전도서에 바치는 장미

전도서에 바치는 장미

The Doors of His Face, the Lamps of His Mouth and Other Stories

로저 젤라즈니 중단편집   김상훈 옮김

**THE DOORS OF HIS FACE, THE LAMPS
OF HIS MOUTH AND OTHER STORIES
by ROGER ZELAZNY**

Copyright (C) 1971 by Roger Zelazny
Korean Translation Copyright (C) 2002 by The Openbooks Co.
This Korean edition is published by arrangement with Amber Ltd Co.
c/o Zeno Agency Ltd through Shinwon Agency Co., Seoul.

이 책은 실로 꿰매어 제본하는 정통적인 사철 방식으로 만들어졌습니다.
사철 방식으로 제본된 책은 오랫동안 보관해도 손상되지 않습니다.

앨런 허프에게

12월의 열쇠	9
그 얼굴의 문, 그 입의 등잔	47
악마 차	102
전도서에 바치는 장미	124
괴물과 처녀	186
이 죽음의 산에서	188
수집열	252
완만한 대왕들	257
폭풍의 이 순간	268
특별 전시품	319
성스러운 광기	336
코리다	347
사랑은 허수	351
화이올리를 사랑한 남자	361
루시퍼	374
역자 해설 젤라즈니의 영광과 비극	383
로저 젤라즈니 연보	419

12월의 열쇠

 남자와 여자 사이에서 잉태되었지만, GMI 계약 옵션에 의거, 3.2-E, 한랭 행성종(알료날 거주를 위해 개조된), Y7〈고양이 형태〉로 태어난 쟈리 다크는, 그에게 거처를 보증해 주었던 이 우주 어느 곳에서도 살아가기에 적합하지 않은 존재가 되었다. 이것을 축복으로 볼지 저주로 볼지는 당신의 자유이다.
 그러므로 판단은 당신에게 맡기기로 하고, 이제 이야기를 시작하는 편이 나을 것이다.

 그의 부모의 재력으로는 기온 제어 장치까지는 설치할 수 있었겠지만, 그 이상은 힘들었을 것이다. (쟈리가 쾌적하게 살기 위해서는 적어도 섭씨 영하 50도의 저온을 유지할 필요가 있었다.)
 그의 부모의 재력으로 아들의 생명 유지에 필요한 기압 제어기와 가스 혼합 장치까지 갖추는 것은 무리였다.
 지구의 3.2배의 중력을 인공적으로 만들어 내는 일은 불가능했으므로, 투약과 물리 요법을 매일 계속할 필요가 있었다. 이것 또한 그의 부모의 능력으로는 무리였다.

그러나 악명 높은 예의 계약 옵션이 그 문제를 해결해 주었다. 이것은 그의 건강을 유지시켜 주었다. 그에게 교육 기회를 제공해 주었다. 경제적 안정과 육체적 안락도 보장해 주었다.

애당초 쟈리 다크가 고향을 잃은 한랭 행성종(알료날 거주를 위해 개조된) 고양이 형태가 되어 버린 것은 계약 옵션의 제공자인 제너럴 광업 주식회사(GMI) 탓이라고 주장할 수도 있을 것이다. 그러나 그 누구도 알료날을 파괴한 신성(新星)의 폭발을 예측할 수는 없었다는 점은 고려할 필요가 있다.

쟈리의 부모가 공립 계획 출산국에 출두해서 앞으로 가질 아이를 위한 조언 및 의료 서비스를 신청하자, 그들은 선택 가능한 행성의 목록과 각 행성에서 요구되는 신체 형태에 관한 정보를 제공받았다. 그들이 택한 행성은 광물 자원을 채굴할 목적으로 제너럴 광업 회사가 최근에 사들인 알료날이었다. 현명하게도 그들은 계약 옵션을 설정했다. 즉, 앞으로 태어날 아이 ― 그 행성에서 살기 위해 최적의 조건을 갖춘 ― 를 대신해서, 그가 성년이 될 때까지 제너럴 광업 회사의 종업원으로서 일하고, 성년이 되는 것과 동시에 그가 선택한 세계로 가서 (선택의 폭이 매우 좁다는 점은 인정해야겠지만) 원하는 직업에 종사할 자유를 가진다는 내용의 계약서에 서명했던 것이다. 이런 보증과 교환으로, 제너럴 광업 회사는 그가 사원으로 남아 있는 한 그의 건강과 교육과 복지를 보장하는 일에 동의했다.

훗날 알료날이 신성 폭발로 불타 버리자, 혼잡한 은하계 여기저기에 흩어져서 자라고 있던 이들 고양이 형태들은 이 옵션 덕택에 제너럴 광업 회사의 피보호자가 되었다. 쟈리가 기온 및 대기 조절 장치를 완비한 기밀실(氣密室)에서 자라고, 물리 요법과 약물 투여뿐만 아니라 일급 유선 TV 교육까지 받을 수 있었던 이면에는 이런 사정이 존재했던 것이다. 또 쟈리의 모습이 꼬리가 없는 커다란 잿빛 오설롯[1]을 닮았고, 손가락 사이에는 물갈퀴 막이 있으며, 여압(與壓) 냉각복을 입고 여분의 약물을 섭취하지 않고서는 밖으로 나가서 거리 구경을 할 수도 없는 몸인 것도 바로 이런 연유에서이다.

복잡한 은하계 전역에 사는 사람들은 모두 공립 계획 출산국의 충고를 받았고, 쟈리의 부모와 같은 선택을 한 사람들도 많았다. 정확하게 말하자면 2만 8천5백66명의 부모들이. 2만 8천5백6십 명이 넘는 그룹에 재능 있는 사람들이 포함되어 있다고 해도 전혀 이상할 것이 없다. 쟈리도 그중 한 명이었다. 돈을 버는 데 비상한 재주를 가지고 있었던 것이다. 그는 제너럴 광업 주식회사에서 지급받은 생활 수당 대부분을 유망주에 투자하고 있었다. (사실, 얼마 후 그는 제너럴 광업의 주식을 상당량 소유하게 되었다.)

은하 시민 자유 연맹에서 파견 나온 사내가, 출생 이전에 이루어지는 계약 옵션에 대해 동정심을 표명하며 알료날의 고양이 형태들은 유력한 소송 선례가 될 수 있을 것이라고 (특히 쟈리의 부모가, 유리한 법정 분위기가 보장된 877번 순회 재판구에 살고 있다는 사실을 감안한다면) 설명했을 때도, 쟈리의 부모는 제너럴 광업에서 나오는 수당을 잃을 것이 두려워 이에 응하지 않았다. 나중에는 쟈리 자신도 이런 생각을 포기했다. 유리한 판결이 나온다고 해서 지구형 종족이 될 수 있는 것도 아니었다. 그렇다면 무슨 일을 해도 마찬가지 아닐까? 복수하고 싶은 마음은 없었다. 게다가 이때 이미 그는 제너럴 광업 회사의 주식을 상당량 소유하고 있었다.

그는 자신의 메탄 탱크 안에서 하릴없이 왔다 갔다 하면서 목을 가르랑거렸다. 이것은 그가 생각에 잠겨 있을 때의 버릇이었다. 그는 가르랑거리며 극저온(極低溫) 컴퓨터를 조작했

[1] *ocelot*. 남미산의 스라소니. 표범을 닮았음.

고, 머리를 굴렸다. 최근 들어 결성된 〈12월 클럽〉에 소속된 고양이 형태들의 총 순자산액을 계산하고 있는 것이다.

그는 가르랑거리는 것을 멈춘 다음 소계(小計)를 검토했고, 기지개를 켜고는 천천히 고개를 가로저었다. 그러고는 다시 계산에 착수했다.

이윽고 계산을 끝낸 그는 전성(傳聲) 튜브에 대고 〈12월 클럽〉의 회장이자 그의 약혼자인 샌저 바라티 앞으로 보내는 메시지를 구술했다.

「사랑하는 샌저. 현재 동원 가능한 자금은 내가 우려했던 대로 많이 부족한 상태야. 당장 그 일에 착수해야 할 이유가 하나 더 생긴 셈이지. 이사회에 내 계획안을 제출해서, 그 개략을 설명해 주고 당장 승인을 얻어 주면 고맙겠군. 회원들에게 보내는 총괄 보고서도 작성해 놓았어(사본을 동봉하지). 현 재정 상태에서는 회원 총수의 80퍼센트 이상이 나를 지지해 준다고 해도 5년에서 10년이 걸릴 거야. 그러니 강력하게 추진해 줘, 사랑하는 샌저. 보랏빛 하늘 아래에서 언젠가 당신을 만나기를 고대하고 있어. 언제나 당신의 충실한 연인이자 회계 담당인 쟈리 다크가. 추신: 반지가 마음에 든다니 기쁘군.」

2년 후 쟈리는 〈12월〉 주식 회사의 순자산을 두 배로 늘려 놓았다.

그로부터 1년 반 후에는 그것을 다시 두 배로 늘려 놓았다.

다음과 같은 편지가 샌저에게서 왔을 때, 쟈리는 트램폴린 위로 뛰어올라 공중으로 껑충 뛰어올랐고, 반대편 방바닥에 두 발로 내려앉았다. 그러고는 다시 뷰어가 있는 곳으로 돌아가서 편지를 재생했다.

친애하는 쟈리,
행성 다섯 개의 특징 및 가격 보고서를 추가로 동봉합니다. 조사부에서는 마지막 것이 마음에 든다고 하더군요. 나도 동감이에요. 당신은 어때요? 그 행성은 알료날 II가 될 수 있을까요? 그럴 경우 가격은? 언제쯤이면 우리가 그것을 살 수 있을까요? 조사부 사람들 말로는 1백 대의 행성 개조 유닛을 쓸 경우 5~6세기 안에 우리가 원하는 세계로 바꿀 수 있다는군요. 이 기계들의 구매 견적서도 곧 보낼게요.

 빨리 사방이 벽으로 막혀 있지 않은 곳에서 당신과 함께 살고 싶어요······.

샌저

「1년만 더 기다려 줘.」 그는 이렇게 대답했다. 「1년 후에는 당신에게 세계를 하나 사줄게! 빨리 기계의 가격과 운임을 알려 줘······.」

 견적서를 받아 본 쟈리는 얼음장 같은 눈물을 흘렸다. 한 세계의 환경을 바꾸는 데 필요한 1백 대의 기계, 플러스 2만 8천 개의 냉동 수면 침대, 플러스 기계와 회원들의 운송료, 플러스····· 너무나 비쌌다! 그는 재빨리 계산해 보았다.

그는 전성 튜브에 대고 말했다.

「······15년은 기다리기에는 너무나도 긴 세월이야, 고양이 아가씨. 만약 행성 개조 유닛을 스무 대만 구입할 경우 개조 기간이 얼마나 더 늘어나는지 그 친구들에게 알아봐 달라고 해줘. 사랑과 키스를 보내며, 쟈리.」

 이 일이 있은 후 그는 날마다 방 안을 돌아다니며 시간을 보냈다. 처음에는 두 발로 서 있었지만, 우울증이 심해지자 네 발로 돌아다녔다.

 이윽고 답장이 왔다. 「약 3천 년이라는군요. 당신의 털가죽에 영원히 윤기가 흐르기를 — 샌저.」

「그럼 그걸 표결에 부치기로 하지, 녹색 눈의 아가씨.」 그는 말했다.

알기 쉽게, 3백 단어 안팎으로 그 세계를! 상상해 보라……. 단 하나의 대륙으로 이루어진 행성, 육지에 둘러싸인 검고 짭짤해 보이는 바다가 세 개. 잿빛 평야와 노란색 평야와 마른 모래 빛깔을 한 하늘. 요오드 제를 발라 놓은 듯한, 버섯 같은 나무들이 드문드문 자라 있는 숲. 산은 없고, 보이는 것이라고는 갈색, 노란색, 흰색, 라벤더 색의 언덕뿐. 낙하산 같은 날개와 낫 같은 부리와 떡갈나무 잎 같은 깃털과 뒤집어 놓은 우산 같은 꽁지를 가진 녹색 새. 낮에는 눈앞에 어른거리는 반점, 밤에는 휘날리는 눈송이, 박명과 여명 아래에서는 핏방울처럼 보이는 여섯 개의 먼 달들. 축축한 골짜기를 뒤덮은 겨잣빛 풀. 바람 없는 아침에는 하얀 불길, 바람 부는 아침에는 꿈틀거리는 흰 뱀을 연상케 하는 안개. 서리로 뒤덮인 유리창에 생긴 균열처럼 방사상으로 뻗어 나간 지면의 갈라진 틈. 검은 물방울로 이루어진 쇠사슬 같은 지하 동굴. 몸길이 1미터에서 6미터에, 털과 날카로운 이빨이 잔뜩 나 있는 열여섯 종류의 위험한 육식 동물. 맑게 갠 하늘에서 떨어진 망치 대가리처럼 느닷없이 몰아쳐 오는 강렬한 우박 폭풍. 파란색 베레모처럼 양극을 덮고 있는 만년빙. 1미터 반의 키에 빈약한 뇌를 가졌으며, 드문드문한 숲속을 배회하며 거대 모충(毛蟲)의 애벌레를 먹이로 삼고, 그 어미도 잡아먹고, 녹색 새들과 눈먼 두더지와 썩은 고기를 먹는 머크비스트를 사냥하는 소심한 두발짐승. 열일곱 줄기의 대하(大河). 재빨리 대지를 가로질러 동쪽 지평선 너머에 자리를 잡고 누운, 새끼를 밴 보랏빛 암소 같은 모양의 구름. 얼어붙은 음악을 연상시키는, 풍상에 빛바랜 바위들. 약한 별빛들을 가리는, 숯검정처럼 새까만 밤. 여자의 토르소 또는 악기처럼, 흐르는 듯한 곡선을 가진 골짜기들. 응달을 영원히 뒤덮고 있는 서리. 얼음이 깨지고, 주석(朱錫)이 떨리고, 강철선이 절단되는 듯한 아침의 소리…….

이곳이 천국으로 바뀌리라는 사실을 그들은 알고 있었다.

냉각복으로 몸을 감싼 선발대가 도착했고, 반구마다 행성 개조 유닛을 열 대씩 설치한 다음 거대한 동굴을 몇 개 골라서 냉동 수면 침대로 채웠다.

다음에는 〈12월 클럽〉의 회원들이 모랫빛 하늘에서 내려왔다.

그들은 왔고, 보았고, 이곳이 거의 천국에 가깝다고 판단하고는 냉동 수면에 들어가기 위해 동굴로 들어갔다. 2만 8천 명을 넘는 한랭 행성종(알료날 거주를 위해 개조된) 고양이 형태들이, 얼음과 돌과 고요함으로 둘러싸여 긴 잠을 자고, 새로운 알료날을 이어받기 위해 자신들의 세계로 온 것이다. 이 잠에는 꿈이 없었다. 설령 있었다 하더라도, 그것은 여태껏 깨어 있는 자들의 사고(思考)와 마찬가지였을 것이다.

「견디기 힘들어, 샌저.」

「그래요. 하지만 조금만 더 기다리면 ─」

「……우리 두 사람이 만나서 우리들 자신의 세계를 얻었는데도, 아직도 바다 밑의 잠수부처럼 살아가야 하다니. 껑충 뛰어오르고 싶을 때도 기어 다녀야 하고…….」

「조금만 더 기다리면 돼요, 쟈리. 적어도 주관적으로는.」

「하지만 실제로는 3천 년이나 돼! 우리가 잠에 취해 있는 사이 빙하기가 지나갈 거야. 우리들이 예전에 살던 세계도 완전히 변화해 버릴 거고, 다시 방문해도 알아보지 못하겠지 ─

그리고 우릴 기억하는 사람도 아무도 없을걸.」

「어디를 방문한다는 거죠? 우리들이 옛날에 살던 감옥을? 다른 세계들은 변하고 싶은 만큼 변하라고 해요! 우리가 태어난 별에서 우리를 기억하지 못한다고 해도 상관없어요! 우리는 그들과는 다른 종족이고, 여기서 우리 고향을 찾는 거예요. 이것보다 중요한 것이 어디 있어요?」

「맞아…… 깨어 있는 당직 기간도 몇 년에 불과하고, 그때도 당신과 함께 근무할 수 있을 거니까.」

「첫 번째 당직이 언제죠?」

「지금부터 2세기 반 후 ― 석 달 동안 깨어 있을 예정이지.」

「그때는 어떻게 변해 있을까요?」

「글쎄. 지금보다는 덜 덥겠지…….」

「그럼 빨리 돌아가서 자요. 내일이 되면 더 좋은 날이 올 테니까.」

「응.」

「어머! 저기 저 초록색 새를 봐요. 마치 꿈속에서처럼 떠다니고 있군요…….」

처음으로 깨어났을 때, 그들은 데들랜드라고 불리는 땅에 설치된 행성 개조 기지 안에서 시간을 보냈다. 세계는 이미 예전보다 더 차가워져 있었고, 하늘 가장자리는 핑크빛으로 엷게 물들어 있었다. 거대한 기지의 금속 외벽은 거무스름해졌고, 그 가장자리는 서리로 뒤덮여 있었다. 그러나 행성의 대기는 그들에게 여전히 치명적이었고, 기온은 너무 높았다. 그들은 대부분의 시간을 특별 기밀실 안에서 보냈고, 필수적인 테스트를 실시하거나 기지의 외부 구조를 점검할 때를 제외하면 거의 밖으로 나가지 않았다.

데들랜드…… 바위와 모래로 이루어진 세계. 나무는 없고,

다른 생명의 징후도 전혀 보이지 않는다.

세계가 기계력에 대해 저항하고 있는 지금, 이 땅은 아직도 미친 듯한 바람의 지배를 받고 있었다. 밤이 되면 거대한 모래 바람이 불어와서 우뚝 솟아 있는 바위들의 표면을 연마하며, 깎아 냈고, 바람이 잦아들면 사막은 물감을 갓 칠한 것처럼 반짝거리고, 바위기둥은 새벽의 노래에 감싸여 불꽃처럼 불타올랐다. 마침내 동이 트고 태양이 하늘에서 머물면, 바람이 다시 불기 시작하고 암갈색의 안개가 그 날을 장막처럼 감싼다. 아침 바람이 지나가면 쟈리와 샌저는 기지의 3층에 있는 동쪽 창문 너머로 데들랜드를 바라보곤 했다. 이들이 즐겨 찾는 이 창문 밖으로 보이는 울퉁불퉁한 〈표준 형태〉를 닮은 바위는 마치 그들을 향해 손을 흔드는 것 같았다. 그들은 1층에서 그곳까지 운반해 온 녹색 소파에 누운 채로 다시 바람이 불어오는 소리에 귀를 기울이다가 이따금 사랑을 나눴고, 샌저가 노래를 부를 때면 쟈리는 당직 일지를 쓰거나, 친구들이나 모르는 사람들이 몇 세기에 걸쳐 남긴 과거의 기록을 읽어 보곤 했다. 두 사람은 곧잘 가르랑거렸지만, 웃었던 적은 한 번도 없었다. 어떻게 웃어야 하는지를 몰랐기 때문이다.

어느 날 아침, 데들랜드를 바라보고 있던 그들은 요오드 빛 숲에 사는 두발짐승 하나가 사막을 횡단해 오는 것을 목격했다. 두발짐승은 몇 번 쓰러지다가 일어서기를 반복하며 이쪽으로 다가오다가, 마침내 푹 쓰러지더니 꼼짝도 하지 않았다.

「고향에서 이렇게 멀리 떨어진 곳까지 와서 뭘 하고 있는 걸까요?」 샌저가 물었다.

「죽어 가고 있어.」 쟈리가 말했다. 「나가 봐야겠군.」

그들은 좁은 통로를 가로질러 1층으로 내려갔고, 방호복을 입은 다음 기지 밖으로 나갔다.

짐승은 또다시 일어나서 비틀거리고 있었다. 전신이 불그

스름한 솜털로 뒤덮여 있었고, 검은 눈에 길고 편평한 코를 하고 있었으며, 인간 같은 이마는 가지고 있지 않았다. 손발에는 날카로운 발톱이 달린 손가락과 발가락이 각각 네 개씩 달려 있었다.

그들이 행성 개조 기지에서 나오는 것을 보았을 때, 그것은 움직임을 멈추고 그들을 응시했다. 그러고는, 쓰러졌다.

그들은 쓰러져 있는 생물 곁으로 가서 그것을 내려다보았다. 그것은 검은 눈을 크게 뜨고 몸을 떨며 그들을 올려다보고 있었다.

「여기 이대로 놓아두면 죽어요.」 샌저가 말했다.

「……하지만 안으로 데리고 들어가도 죽어.」 쟈리가 말했다.

생물은 두 사람을 향해 한쪽 팔을 들어 올렸다가, 떨어뜨렸다. 눈이 가늘어지더니, 감겼다.

쟈리는 부츠 끝으로 그 생물을 건드려 보았다. 아무런 반응도 없었다.

「죽었어.」 그는 말했다.

「어떻게 할까요?」

「그냥 여기 남겨 두지. 모래 바람이 묻어 줄 거야.」

그들은 기지로 되돌아갔고, 쟈리는 이 사건을 일지에 기록했다.

당직도 마지막 달에 접어들었을 무렵, 샌저가 물었다. 「이곳에서는 우리를 제외한 모든 생물이 죽어 버리는 건가요? 초록색 새들도, 거대한 육식 동물들도? 이상하게 생긴 그 작은 나무도, 텁수룩한 모충들도?」

「안 그랬으면 좋겠군.」 쟈리가 말했다. 「일지에 생물학자들이 남겨 둔 기록을 전부 읽어 보았어. 난 생물들이 적응할 수 있을 거라고 생각해. 어디에서든 간에 일단 태어난 다음에는, 생명은 무슨 수단을 써서라도 살아남으려고 하니까 말이야. 우리가 단지 20대의 행성 개조 유닛밖에는 살 수 없었다는 사실은 이 행성의 생물에겐 불행 중 다행이었는지도 모르겠군. 그 탓에 털을 더 기르고, 우리 공기를 호흡하고, 우리 물을 마시는 방법을 터득할 시간이 3천 년이나 주어졌으니까 말이야. 유닛이 100대였다면 그들을 전멸시켜 버리고, 나중에 한랭종 생물을 수입하거나 따로 번식시켜야 했을지도 몰라. 지금 같은 방식이라면 토착 생물들이 살아남을 가능성도 있어.」

「기묘한 얘기로군요.」 그녀는 말했다. 「하지만 문득 이런 생각이 떠올랐어요. 우리가 지금 여기서 하고 있는 일은, 과거에 우리가 당했던 일과 똑같은 일이라고. 우리는 알료날에 맞도록 만들어졌지만, 노바[新星] 탓에 그 세계를 잃었어요. 이곳의 생물들은 이곳에서 생을 얻었지만, 우리가 그걸 빼앗고 있는 거예요. 우린 이 행성에 사는 모든 생물을 옛 세계에서 살던 우리들처럼 만들고 있어요 — 부적격자로.」

「하지만 한 가지 차이가 있어. 우린 오랜 시간을 들여서 그러고 있어.」 쟈리가 대꾸했다. 「그렇게 해서 그들에게 새로운 환경에 적응할 기회를 주고 있는 거야.」

「하지만, 역시 난 모든 것들, 저기 있는 모든 것들이,」 이렇게 말하며 그녀는 창밖을 가리켰다. 「이 세계 전체의 미래를 상징하고 있는 것 같아요. 거대한 죽음의 나라.」

「데들랜드는 우리가 오기 전에도 여기 있었어. 우리는 새로운 사막을 하나도 만들지 않았어.」

「모든 동물들은 남쪽으로 이주하고 있고, 나무들은 죽어 가고 있어요. 남쪽 끝까지 갔지만 기온은 계속 떨어지고, 차가운 공기가 폐 안에서 불타오른다면 — 그들에겐 종말밖에 없어요.」

「그때가 되면 적응할지도 몰라. 나무들은 자손을 늘리면서 더 두꺼운 껍질을 두르고 있어. 생물은 살아남을 거야.」

「글쎄요…….」

「모든 것이 완료될 때까지 잠들어 있고 싶어?」

「아뇨. 당신 곁에 있고 싶어요. 언제나.」

「그럼 어떤 식의 변화든 간에, 그 과정에서 누군가는 상처를 입는다는 사실을 당신은 받아들여야 해. 그렇게 하면 상처 받는 일을 피할 수 있어.」

그들은 잠자코 바람소리에 귀를 기울였다.

사흘 후, 낮의 폭풍과 밤의 폭풍 사이에 낀 고요한 저녁 시간에, 그녀는 창가로 그를 불렀다. 그는 3층으로 올라가서 그녀 곁으로 갔다. 그녀의 가슴은 석양을 반사하며 장밋빛으로 물들어 있었고, 그 아래 부분은 은색과 검정색이었다. 어깨와 허리의 모피는 아지랑이처럼 희미하게 반짝이고 있었다. 그녀의 얼굴은 무표정했고, 그녀의 커다란 녹색 눈은 그를 보고 있지 않았다.

그는 창밖을 보았다.

최초의 커다란 눈송이가 핑크빛 여명 속에서 파랗게 내리고 있었다. 눈은 울퉁불퉁한 표준 형태를 닮은 바위와 다른 바위들 위로 내렸고, 그중 어떤 것들은 창문의 두꺼운 석영 유리에 달라붙었다. 사막 위로 내린 눈이 시안화물의 꽃잎처럼 쌓였다. 계속 내리는 눈이 다가오는 폭풍의 전조인 바람의 희미한 숨결에 걸려 소용돌이치는 것이 보였다. 검은 구름이 하늘을 뒤덮었고, 그곳으로부터 파란색의 거대한 강선(鋼線)과 그물이 낙하하기 시작했다. 이제 눈송이는 나비처럼 무리를 지어 창문 너머에서 획획 날아왔고, 데들랜드의 풍경도 명멸하기 시작했다. 핑크빛이 사라지자 파란색, 더 짙어만 가는 파란색만이 남았고, 처절한 밤의 폭풍이 내쉬는 숨길이 두 사람의 귀에 들려오는 것과 동시에 수직으로 내리던 눈이 수평으로 몰아쳐 왔으며, 휘날리는 눈송이는 곧 쪽빛으로 변했다.

〈기계는 한시도 침묵하지 않는다.〉 쟈리는 일지에 이렇게 써 넣었다. 〈이따금 그 끊임없는 윙윙거림, 간헐적인 신음, 날카로운 폭음 속에서 목소리가 들려오는 듯한 착각에 빠질 때가 있다. 데들랜드 스테이션에 있는 사람은 나 혼자이다. 우리가 도착한 이후로 5세기가 지났다. 이번 당직 기간 중에는 샌저를 깨우지 않기로 결정했다. 밖의 풍경이 너무나도 황량하게 느껴질까 봐 걱정되었기 때문이다. (사실, 황량하다.) 나중에 이 사실을 알고 그녀는 틀림없이 화를 낼 것이다. 오늘 아침에 잠에서 반쯤 깬 상태였을 때, 옆방에서 부모님의 목소리가 들려온 듯한 느낌을 받았다. 말소리가 아니라, 옛날에 내가 살던 방에 있던 인터콤을 통해 듣곤 하던 그들의 목소리 말이다. 노인 의학의 발달에도 불구하고 지금쯤 두 분 모두 다 돌아가셨으리라. 내가 떠난 후에도 내 생각을 자주 하셨을까? 두꺼운 장갑 없이는 아버지와 악수를 나눌 수도 없었고, 어머니와 작별 키스를 나눌 수도 없었던 내 생각을? 정말 기묘한 느낌이다. 이 고독함, 대기 중의 분자를 재배열하며, 전 세계를 냉각시키고 있는 기계의 윙윙거림만을 벗 삼아 이 푸른 세계 속에서 오직 홀로 존재한다는 이 느낌은. 데들랜드. 강철의 동굴에서 자라난 나조차 이런 느낌을 받는 것이다. 오후가 되면 열아홉 개의 다른 기지 모두를 통신기로 호출하는 버릇이 생겼다. 그 친구들이 점점 나를 귀찮아하고 있지는 않을까 걱정된다. 내일은 참으리라. 가능하다면 모레도.

오늘 아침에는 냉각복을 입지 않고 잠시 밖에 나가 보았다. 여전히 견딜 수 없을 정도로 덥다. 한 번 숨을 들이키는 것만으로도 질식할 지경이었다. 우리들의 시대가 오려면 아직도 한참을 더 기다려야 한다. 그러나 250년 전에 같은 시도를 해보았을 때와는 확실히 달랐다. 개조가 완료되었을 때 이곳은 도대체 어떤 세계로 변해 있을까? 그리고, 경제학자인 나 자신은? 새로운 알료날에서 나는 어떤 역할을 맡게 되는 것일까? 뭐든 상관없다. 샌저가 행복하기만 하다면……

행성 개조기는 쿨럭거리고, 신음하는 듯한 소리를 낸다. 눈이 미치는 한 전 세계는 청일색(靑一色)이다. 바위들은 여전히 우뚝 서 있지만, 옛날에 비하면 많이 모양이 바뀌었다. 하늘은 이제 완전히 핑크빛이고, 새벽과 저녁에는 거의 적갈색으로 바뀐다. 포도줏빛이라고 하는 쪽이 정확할지도 모르지만, 한 번도 포도주를 본 적이 없기 때문에 확실한 것은 알 수 없다. 수목은 죽지 않았다. 더 강인해진 것이다. 외피가 더 두꺼워지고, 나뭇잎도 더 짙고 더 커다랗게 변했다. 예전보다 키도 훨씬 더 커졌다는 얘기를 들었다. 데들랜드에는 나무가 없다.

모충들도 아직 살아 있다. 몸집이 훨씬 더 커진 것처럼 보이지만, 실제로는 예전보다 더 털이 많아졌기 때문이라고 한다. 최근 대다수의 동물들이 예전보다 더 두꺼운 모피를 두르고 있다. 개중에는 동면하는 것들까지 생긴 모양이다. 기묘한 소식 하나. 제7기지에서 예의 두발짐승의 모피가 두꺼워졌다는 보고를 해왔다. 그 주위에는 상당수가 서식하고 있는 듯하고, 그들의 모습을 멀리서 목격하는 경우도 자주 있다고 한다. 처음 보았을 때는 예전보다 텁수룩해진 것으로 보였다. 그러나 좀 더 가까이서 관찰해 보니, 그들은 죽은 동물의 모피를 뒤집어쓰거나 두르고 있다는 사실이 밝혀졌다! 그렇다면 그 생물들은 우리가 예상했던 것보다 더 높은 지능을 가지고 있다는 얘기일까? 그러나 행성 개조기를 설치하기 전에 생물학 팀이 실시한 철저한 테스트 결과에 비추어 볼 때, 그럴 가능성은 거의 없을 것으로 생각된다. 그럼에도 불구하고, 실로 불가사의한 일이다.

바람은 여전히 매섭다. 날아오른 재로 이따금 하늘 전체가 어두워질 때도 있다. 기지 남서쪽에 상당히 활발한 화산 활동이 존재하기 때문이다. 이 탓에 제4기지는 위치를 바꿔야 했다. 나는 기계의 윙윙거림 속에서 샌저의 노랫소리를 듣는다. 다음 당직 때는 그녀를 깨울 작정이다. 그때쯤이면 만사가 좀 더 안정되어 있을 테니까. 아니, 그건 사실이 아니다. 모든 것은 내 이기심 탓이다. 그녀가 곁에 있어 주기를 내가 원하기 때문이다. 마치 이 세계에서 생물이라곤 나 혼자밖에는 없는 듯한 느낌. 통신기에서 들려오는 목소리는 유령에 지나지 않는다. 시계는 커다란 소리로 째깍거리고, 그 째깍거림의 간극을 기계의 윙윙거림이 메우고 있다. 이 윙윙거림은 끊임없이 계속되기 때문에, 지금에 와서는 일종의 침묵처럼 느껴진다. 이따금 그 소리가 존재하지 않는 것처럼 느껴질 때도 있다. 그 소리를 찾아 귀를 기울여 보아도, 그런 소리가 들리는지 안 들리는지 확신할 수가 없는 것이다. 결국 계기를 점검해 보고 나서야, 기계가 작동하고 있음을 확인할 수 있다. 혹은 계기 자체에 문제가 있는 것인지도 모른다. 그러나 겉보기에는 모두 정상이었다. 아니, 문제는 내게 있다. 그리고 데들랜드의 청색은 일종의 시각적인 침묵이다. 아침에 보면 바위들조차 푸른 서리에 뒤덮여 있는 것을 본다. 이것은 미(美)일까 추(醜)일까? 나의 내면에서 해답은 들려오지 않는다. 모든 것이 이 거대한 침묵의 일부이다. 단지 그럴 뿐이다. 아마 나는 신비주의자가 될지도 모른다. 이 거대한 침묵의 중심에 앉아 있음으로써, 초월적인 힘을 얻거나, 뭔가 광휘에 차고 해방된 상태에 도달할 수 있을지도 모른다. 아마 환영을 보게 될지도 모르겠다. 이미 환청을 경험하고 있으므로. 데들랜드에는 유령이 살고 있을까? 아니, 이곳에서는 유령이 될 만한 것이 애당초 존재하지 않았다. 그 조그만 두발짐승을 제외하고는. 왜 그것은 데들랜드를 가로질러 왔던 것일까? 왜 동포들처럼 파괴의 현장을 떠나지 않고 그 중심을 찾아온 것일까? 내가 그 이유를 아는 일은 결코 없으리라. 이제 방호복을 입고 산책 나갈 시간이다. 극지의 만년설은 더 두꺼워졌다. 빙하 작용도 시작되었다. 이제 곧 만사가 호전될 것이다. 이 침묵도 언젠가 끝나는 날이 올 것이다. 그러나 이런 침묵이 우주의 진정한 모습일지도 모른다는 생각을 떨쳐 버릴 수가 없다. 우리가 내는 조그만 소음들은 파란 빙원(氷原) 위의 미세한 흑점처럼, 단지 그 막막함을 강조하는 역할밖에는 하지 못하는 것이 아닌가 하는 생각을. 모든 것은 침묵으로 시작되었고, 언젠가 다시 침묵으로 되돌아간다 — 혹은 지금이 바로 그런 상태일지도 모른다. 또다시 진짜 소리를 들을 날이 올까? 아니면, 앞으로도 영영 침묵 속에서 나오는 환청밖에는 듣지 못하는 것일까? 샌저가 또 노래를 부르고 있다. 지금 그녀를 깨워 함께 산책을 할 수 있다면 얼마나 좋을까 — 밖으로 나가서. 눈이 내리기 시작했다.〉

쟈리가 다시 깨어났을 때는 밀레니엄의 이브가 되어 있었다.

미소 지으며 그의 손을 부드럽게 쓰다듬고 있는 샌저를 향해 그는 왜 그녀를 그대로 자도록 내버려 두었는지 설명했고, 사과했다.

「물론 나 화나지 않았어요.」 그녀는 말했다. 「지난 당직 때 나도 당신한테 같은 일을 했으니까요.」

쟈리는 그녀 얼굴을 빤히 올려다보았다. 점점 상황이 이해되기 시작했다.

「다시 그럴 생각은 없어요.」 그녀는 말을 이었다. 「당신도 마찬가지라는 걸 알아요. 그런 고독을 다시 참기란 쉽지 않을 테니까.」

「응.」그는 대답했다.

「지난 당직 때 그들은 우리 두 사람을 함께 소생시켰어요. 먼저 깨어난 내가 다시 당신을 수면 상태로 되돌려 놓으라고 말했던 거예요. 그때는 당신이 무슨 일을 했는지 알고 화를 내고 있었으니까요. 하지만 화는 곧 풀렸고, 당신이 곁에 있어 줬으면 얼마나 좋을까 하고 자꾸 생각해 보곤 했어요.」

「이제부터는 함께 지내기로 해.」쟈리가 말했다.

「그래요. 언제까지나.」

그들은 냉동 수면용 동굴에서 비행정(飛行艇) 편으로 데들랜드의 행성 개조 기지로 향했고, 전임자들과 교대한 다음 새로운 소파를 3층으로 옮겨다 놓았다.

데들랜드의 공기는 뜨거웠지만 잠깐 동안이라면 이제 호흡하는 것이 가능했다. 단지, 그런 실험을 해본 후에는 예외 없이 두통에 시달렸다. 더위는 여전히 견디기 힘들었다. 옛 표준 형태가 손을 흔드는 모양을 하고 있던 바위는 이제 그 특이한 윤곽을 잃어버렸다. 폭풍도 예전만큼 격렬하지는 않았다.

나흘째 되던 날, 그들은 대형 육식 동물이 남긴 것으로 보이는 발자국을 몇 개 발견했다. 샌저는 이 사실에 고무되었지만, 그 후에 일어났던 또 하나의 사건은 그들을 당혹하게 만들었을 뿐이었다.

그들이 산책을 하기 위해 데들랜드로 나섰던 어느 날 아침의 일이었다.

기지에서 1백 걸음도 채 떨어지지 않은 장소에서, 그들은 거대한 모충의 시체 세 구와 맞부딪쳤다. 딱딱하게 굳어 있는 이들 시체는 얼어붙었다기보다는 건조된 듯한 느낌이었고, 그것들을 에워싼 형태로 몇 줄인가의 무늬가 눈 위에 그려져 있었다. 이 장소로 왔다가 다시 떠난 발자국들의 윤곽은 거칠었고 알아보기 힘들었다.

「이게 무슨 뜻일까요?」 그녀가 물었다.

「모르겠어. 하지만 이건 사진으로 찍어 두는 편이 낫겠군.」 쟈리가 대꾸했다.

두 사람은 촬영을 마쳤다. 그날 오후에 제11기지를 불러낸 쟈리는 다른 기지의 당직 요원들도 이따금 그와 비슷한 일들을 경험했다는 얘기를 들었다. 그러나 이런 종류의 사건은 그렇게 빈번하게 일어나지는 않는다고 했다.

「뭐가 뭔지 모르겠군요.」 샌저가 말했다.

「알고 싶지 않아.」 쟈리가 말했다.

그들의 당직 기간 중 이런 일은 더 이상 일어나지 않았다. 쟈리는 이 사건의 개요를 일지에 기입하고 보고서를 썼다. 그런 다음 그들은 모든 것을 잊고 사랑을 나눴고, 모니터 작업을 했고, 이따금 술에 취해 밤을 지새우곤 했다. 2백 년 전, 어느 생화학자 한 사람이 자신의 당직 기간 중 위스키라는 전설적인 음료가 표준 형태에게 끼친 것과 같은 영향을 고양이 형태에게도 끼칠 수 있는 화합물의 연구에 몰두했던 적이 있었다. 그 실험에 성공한 이 화학자는 4주 동안 만취 상태에서 법석을 떨며 보냈고, 의무를 태만히 한 죄로 해임된 다음 〈대기〉 기간의 나머지를 냉동 침대 안에서 갇혀 지내라는 판결을 받았다. 그러나 그가 발견한, 기본적으로 단순한 이 화학식은 널리 유포되었고, 쟈리와 샌저는 창고 안에서 다양한 주류가 풍부하게 저장된 바뿐만 아니라, 그 사용법과 여러 칵테일의 조합 식을 기록한 육필 매뉴얼까지 발견했다. 이 매뉴얼의 저자는 새로 임무를 교대한 당직 요원들이 각자 새로운 칵테일을 발명해서, 저자에게 다음 당직 순번이 돌아왔을 때는 매뉴얼이 그의 욕구에 걸맞은 두께로 부풀어 있기를 희망하고 있었다. 쟈리와 샌저는 이 요구에 부응하기 위해 양심적으로 실험에 몰두했고, 마침내 〈눈꽃 펀치〉를 완성시켰다. 이 칵테일은 그들의 위를 따뜻하게 데워 주었고, 가르랑거리던 그들을 킥킥 웃게 만들었다. 이렇게 해서 그들은 웃음을 발견했던 것이다. 그들은 새로운 밀레니엄의 도래를 축하하며 이 펀치를 담은 큰 잔 하나를 다 비웠다. 그러자 샌저는 지금 당장 다른 기지에서 야근하고 있는 당직 요원들을 호출해서 이 칵테일의 조합법을 전수해 줌으로써 그들과 기쁨을 공유하자고 주장했다. 이 칵테일이 호평을 얻었다는 사실로 미루어 보건대 전원이 기쁨을 공유했을 가능성이 농후했다. 그리고 이 펀치가 담긴 큰 잔이 기억으로 남은 후에도, 그들은 웃음을 잃지 않았다. 이렇게 해서 최초의 단순한 선(線)들은 훗날의 전통을 자아내곤 하는 것이다.

「초록 새들이 죽어 가고 있어요.」 샌저는 읽고 있던 보고서를 곁에 내려놓고 말했다.
「그래?」 쟈리가 말했다.
「아무래도 적응할 수 있는 한계를 넘은 것 같군요.」 그녀가 말했다.
「안됐군.」
「우리가 이곳에 온 지 1년도 채 되지 않은 것 같아요. 실제로는 천 년이나 되었는데.」
「세월은 유수처럼 흐르기 마련이지.」 쟈리가 말했다.
「두려워요.」 그녀가 말했다.
「뭐가?」
「잘 모르겠어요. 그냥 두려운 거예요.」
「왜?」
「아마 우리는 이렇게 살아가는 방법을 두려워하는 건지도 몰라요. 세월 여기저기에 우리들의 일부를 조금씩 남겨 두고 오는 일이. 내 주관적인 기억에 의하면 몇 달 전 이곳은 사막이었어요. 그런데 지금은 빙원(氷原)으로 변해 있어요. 땅에 난 균열은 열렸다가 닫히고, 협곡은 생겨났다가 사라지고, 강물은 말랐다가 다른 곳에서 또 흐르기 시작해요. 모든 것이 너무나도 덧없어 보이는 거예요. 설령 견고해 보이는 물체라도, 이제는 만지는 게 두려워요. 그러면 사라질지도 모르니까요. 느닷없이 연기로 변해 버리고, 내 손만이 그대로 연기 속을 더듬다가 — 뭔가를…… 아마 신(神)을 만질지도 몰라요. 운이 없으면 신이 아닐지도 모르죠. 우리가 시작한 일이 끝났을 때 이 세계가 어떻게 변모해 있을지 정말로 아는 사람은 아무도 없어요. 우리는 미지의 것을 향해 여행하고 있고, 되돌아가기엔 너무 늦었어요. 우리는 어떤 관념을 목표로 꿈속을 나아가고 있어요……. 이따금 내가 살던 독방이 그리워질 때가 있어요……. 그리고 내 뒤치다꺼리를 해주던 온갖 조그만 기계들이. 아마 나도 적응에 실패할지도 몰라요. 저 녹색 새들처럼……」

「아니야, 샌저. 그렇지 않아. 우리는 실제로 존재해. 바깥에서 무슨 일이 일어나든 간에, 우리는 살아남을 거야. 모든 것이 변화하고 있는 건 우리가 그것을 변화시키고 있기 때문이야. 우리는 세계보다 강해. 우리가 원하는 이상에 들어맞을 때까지 우린 이 세계에 압력을 가하고, 채색하고, 구멍을 뚫어 갈 거야. 그러고는 우리는 이 세계에서 도시를 건설하고, 자손들을 퍼뜨릴 거야. 신을 보고 싶어? 그렇다면 거울을 들여다보면 돼. 신은 뾰족한 귀와 녹색 눈을 가지고 있지. 그 몸은 부드러운 잿빛 모피로 뒤덮여 있어. 손을 들어 보면, 손가락 사이에는 물갈퀴 막이 있어.」

「당신이 강해서 다행이에요, 쟈리.」

「동력 썰매를 타고 나가 보면 어떨까.」

「알았어요.」

그날, 두 사람은 데들랜드 위를 썰매를 타고 돌아다녔다. 검은 바위들이 다른 세계의 구름처럼 우뚝 서 있는 곳에서.

1천2백5십 년째.

단시간이라면 이제 그들은 보조 장치를 쓰지 않아도 호흡할 수 있었다.

단시간이라면 이제 외부 기온을 참을 수도 있었다.

녹색 새들은 이제 멸종되고 없었다.

그리고 이제, 기묘하고 불안한 일들이 일어나기 시작했다.

두발짐승들이 밤사이에 찾아와서, 눈 위에 무늬를 그려 넣고는 그 안에 죽은 동물들을 놓고 간 것이다. 이 일은 예전보다 훨씬 더 빈번하게 일어났다. 두발짐승들은 먼 곳에서 왔고, 그들 대다수는 어깨에 자신들의 것이 아닌 모피를 걸치고 있었다.

쟈리는 이들 생물에 대한 보고서를 찾기 위해 역사 파일을 뒤져보았다.

「이 보고서에 따르면 숲에서 여러 개의 불이 보였다는군.」 그는 말했다. 「제17기지에서 말이야.」

「뭐라고요……?」

「불이라고 했어. 그들이 이미 불을 발견했다면?」

「그럼 더 이상 짐승이라고 할 수 없어요!」

「하지만 옛날에는 짐승이었어!」

「이제는 옷을 입고 다니잖아요. 그리고 그들은 이곳에 있는 기계에 산 제물을 바치러 와요. 더 이상 짐승이 아니에요.」

「어떻게 이런 일이 일어날 수 있었을까?」

「어떻게? 바로 우리 탓이에요. 애당초 우리가 이곳에 오지 않았더라면, 그들은 살아남기 위해 더 똑똑해질 필요도 없었을 테고, 그냥 머리가 나쁜 상태 — 짐승 — 로 남아 있었을지도 몰라요. 우리가 그들의 진화를 촉진했던 거예요. 적응하지 못하면 죽는 수밖에 없었고, 그들은 적응했어요.」

「우리가 오지 않았을 경우에도 그런 일이 일어났을 거라고 생각해?」

「그랬을지도 모르죠 — 언젠가는. 안 그랬을지도 모르지만.」

쟈리는 창가로 가서 데들랜드를 바라보았다.

「그렇다면 확인해 봐야 해. 만약 그들이 지적 생물이고, 만약 그들이 — 우리들 같은 인간이라면.」 그는 여기서 말을 끊고는 웃었다. 「우리들에겐 그들을 생각해 줄 의무가 있어.」

「어떻게 할 생각이죠?」

「일단 그 생물들을 찾아내서, 의사소통이 가능한지 알아보는 거야.」

「예전에도 그런 시도가 있지 않았나요?」

「있었지.」

「어떤 결과가 나왔죠?」

「확실하지는 않아. 어떤 연구자는 그들이 상당한 이해력을 가지고 있다고 주장했고, 다른 쪽에서는 그들이 인간의 영역에 도달하려면 아직 멀었다고 보고 있어.」

「혹시 우리는 끔찍한 일을 저지르고 있는 건지도 몰라요.」 그녀는 말했다. 「인간을 창조한 다음에, 파괴한다는. 예전에 내가 우울해 하고 있었을 때, 당신은 이 세계에서 우리가 신이고, 창조하고 파괴하는 힘을 가지고 있다고 내게 말했던 적이 있었죠. 하지만 난 특별히 내가 신성하다는 기분은 느끼지 못하겠어요. 우린 이제 어떻게 해야 하죠? 그들은 지금까지 먼 길을 걸어왔지만, 우리가 야기할 장래의 변화에 따라올 수 있을 거라고 생각해요? 만약 그 녹색 새들처럼 될 운명이라면? 능력이 따라 주는 한도 안에서 최대한 빠르게 적응해 왔지만, 그것만으로는 불충분하다면? 그럴 때 신은 무슨 일을 할까요?」

「하고 싶은 일을 하겠지.」 쟈리는 말했다.

그날, 그들은 비행정을 타고 데들랜드 상공을 정찰했지만, 그들이 본 생물이라고는 단지 그들 자신뿐이었다. 그들은 그 후에도 며칠 동안 수색을 계속했지만, 결국 성과는 없었다.

그러나 2주 후, 보랏빛 새벽하늘 아래에서 그들은 마침내 실마리를 찾았다.

「여기 왔었군요.」 샌저가 말했다.

쟈리는 앞쪽 창문으로 가서 기지 전방을 응시했다.

몇 군데 눈이 흐트러진 곳이 있었고, 작은 짐승의 시체 주위에 예전에도 본 적이 있는 선이 몇 개 그려져 있었다.

「아직 멀리 가지는 못했을 거야.」 그는 말했다.

「그럴 거예요.」

「썰매를 타고 찾아보도록 하지.」

죽음이라는 이름을 가진 이 땅에서, 그들은 썰매를 타고 설원을 횡단했다. 썰매의 조종은 샌저가 맡았고, 쟈리는 파란 눈 위에 점점이 새겨진 발자국을 주시하고 있었다.

불빛과 보랏빛을 포함한 아침 햇살 속에서 그들은 질주했다. 바람이 강처럼 그들 곁을 흘러갔고, 얼음이 깨지고, 주석(朱錫)이 떨리고, 강철선이 절단되는 듯한 소리가 사방에서 들려왔다. 파란 서리로 뒤덮인 돌기둥들이 얼어붙은 음악처럼 우뚝 서 있었고, 썰매가 드리운 칠흑의 긴 그림자가 그들을 앞질러 간다. 갑자기 쏟아진 우박이 느닷없이 출현한 정령 무용수들처럼 썰매의 지붕을 난타하다가, 갑자기 그쳤다. 데들랜드는 내리막길로 변했다가, 다시 오르막길이 되었다.

쟈리는 샌저의 어깨 위에 손을 얹었다.

「저길 봐!」

그녀는 고개를 끄덕이고는 브레이크를 걸었다.

그들은 짐승을 몰아넣고 있었다. 곤봉과, 불로 태워 뾰족한 끄트머리를 단단하게 만든 것처럼 보이는 작대기를 쓰고 있었다. 그들은 돌을 던졌고, 얼음 덩어리를 던졌다.

이윽고 그들은 퇴각하기 시작했고, 이번에는 짐승 쪽에서 그들을 죽이기 시작했다.

고양이 형태들은 이 짐승을 곰이라고 불렀다. 몸집이 큰데다가 털북숭이였고, 뒷다리로 우뚝 일어설 수 있었기 때문이다…….

이 곰의 키는 3미터 반에 달했고, 전신을 뒤덮은 푸르스름한 털가죽과 맨송맨송하고 집게처럼 뾰족한 주둥이를 가지고 있었다.

다섯 명의 조그만 두발 생물이 눈 위에 쓰러져 있었다. 곰이 휘두르는 앞발에 맞을 때마다 희생자가 한 사람씩 늘어 갔다.

쟈리는 조종석의 케이스에서 권총을 꺼냈고, 에너지가 충전되어 있음을 확인했다.

「천천히 저 옆을 지나가 줘.」 그는 그녀에게 말했다. 「머리를 태워 볼 작정이야.」

첫 발은 빗나가, 곰 뒤에 있는 바위를 맞췄다. 두 발째는 목 주위의 털을 그을리게 만들었을 뿐이었다. 썰매가 곰 바로 옆으로 왔을 때 쟈리는 밑으로 뛰어내렸고, 권총의 에너지 출력을 최대한도로 높인 다음 정면에서 곰의 가슴에 대고 한꺼번에 발사했다.

곰의 몸이 뻣뻣해졌고, 휘청거렸고, 쓰러졌다. 가슴에서 등까지 관통한 커다란 구멍이 나 있었다.

쟈리는 뒤로 돌아서서 조그만 두발 생물들을 바라보았다. 그들은 그를 올려다보았다.

「안녕.」 그는 말했다. 「내 이름은 쟈리야. 이제부터는 너희들을 〈적색 형태〉라고 부르기로 —」

쟈리는 등 쪽에 강한 충격을 받고 땅 위에 쓰러졌다.

눈앞에서 불똥이 튀는 것을 느끼며 그는 눈 위에서 굴렀다. 왼쪽 팔과 어깨가 불타는 듯이 욱신거렸다.

돌로 이루어진 숲에서 또 한 마리의 곰이 나타났던 것이다.

그는 오른손으로 긴 수렵용 나이프를 뽑아 들고 일어섰다.

곰이 돌진해 오자 그는 고양이 종족 특유의 전광석화 같은 동작으로 몸을 날려 상대방의 목에 나이프를 푹 찔러 넣었다.

몸 전체가 경련했음에도 불구하고, 곰은 앞발로 쟈리를 때렸다. 그는 나이프를 놓쳤고, 다시 쓰러졌다.

적색 형태들은 돌을 마구 던지며 뾰족한 작대기를 들고 곰을 향해 돌진했다.

그러자 쿵 하는 소리와 우지끈 하는 소리가 들렸고, 곰의 거구가 공중으로 펄쩍 뛰어오르더니 그를 덮쳤다.

그는 의식을 되찾았다.

땅에 누워 있었고, 온몸이 참을 수 없을 만큼 아팠다. 눈에 보이는 모든 것이 욱신거리며 맥동하면서, 당장이라도 폭발할 것처럼 느껴졌다.

얼마나 오랜 시간이 지났는지 짐작도 할 수 없었다.

몸을 누르고 있던 곰의 시체가 사라진 것을 보니, 쟈리 자신이나 곰 중 하나를 다른 곳으로 옮겨 놓은 것 같았다.

작은 생물들은 웅크리고 앉아 기다리고 있었다.

어떤 자들은 곰을 보고 있었다. 다른 자들은 그를 보고 있었다.

또 다른 자들은 부서진 썰매를 바라보고 있었다…….

부서진 썰매…….

그는 휘청거리며 일어섰다.

적색 형태들은 뒤로 물러섰다.

그는 썰매가 있는 곳까지 걸어가 안을 들여다보았다.

그녀의 목이 꺾인 각도를 보자마자 그는 그녀가 죽었다는 사실을 알아차렸다. 그러나 그 사실을 납득할 수 있을 때까지, 일단 할 수 있는 모든 일들을 해보아야 했다.

그녀는 썰매로 곰의 등을 들이받아 부러뜨렸고, 곰의 숨통을 끊었던 것이다. 썰매는 그 충격으로 부서졌다. 그리고 그녀 자신도.

그는 썰매의 잔해에 몸을 기댄 채, 난생 처음으로 기도를 올렸고, 그녀의 몸을 꺼냈다.

적색 형태들은 그 광경을 지켜보고 있었다.

그는 그녀의 유해를 안아 올렸고 기지를 향해 걷기 시작했다. 데들랜드를 가로질러서.

적색 형태들은 언제까지나 그의 뒷모습을 바라보고 있었지만, 그중에서 기묘할 정도로 돌출된 이마를 가진 적색 형태만은, 김을 내뿜고 있는 짐승의 텁수룩한 목에 꽂혀 있는 나이프를 응시하고 있었다.

쟈리는 동면에서 깨어난 〈12월 클럽〉의 대표자들에게 물었다. 「어떻게 해야 할까?」

「그녀는 이 세계에서 죽은 최초의 우리 동포야.」 부회장인 얀 터를이 말했다.

「전례가 없다는 얘기군요.」 서기인 셀다 케인이 말했다. 「새로운 전통을 만들어야 할까요?」

「모르겠어.」 쟈리가 대꾸했다. 「어떻게 해야 옳은지 알 수가 없어.」

「매장이나 화장 둘 중 하나라고 생각해요. 어느 쪽을 원해요?」

「모 — 아니, 매장은 안 돼. 그녀 유해를 내게 맡겨 줘. 그리고 대형 비행정을 한 대…… 내가 직접 불태우겠어.」

「그럼 예배당을 세우기로 하지.」

「아니. 내가 하고 싶은 대로 하도록 해줘. 혼자서 하고 싶어.」

「그럼 자네 마음대로 하게. 어떤 장비를 써도 좋으니 일에 착수해 줘.」

「데들랜드 기지로 누군가를 보내서 임무를 교대해 줬으면 좋겠군. 이 일을 마치면 다시 자고 싶어 — 다음 당직 때까지.」

「잘 알았네, 쟈리. 뭐라고 위로의 말을 해야 할지 모르겠군.」

「모두들 그렇게 생각하고 있어요.」

쟈리는 고개를 끄덕였고, 몸짓으로 대답한 다음 몸을 돌려 그 자리를 떠났다.

이렇게 해서 인생의 무거운 선(線)들은 그려지곤 하는 법이다.

데들랜드의 남동쪽 가장자리에 파란 산이 하나 있었다. 높이는 3천 미터를 조금 넘는다. 북서쪽에서 이 산으로 접근했을 경우, 상상을 초월할 정도로 광대한 바다 위에서 얼어붙어 있는 파도처럼 보였다. 흐트러진 보랏빛 구름이 그 정상을 뒤덮고 있었다. 이 산의 사면에서는 생물의 모습을 찾아볼 수 없다. 이 산은 이름이 없었다. 쟈리 다크가 부여한 이름 말고는.

그는 비행정을 착륙시켰다.

그러고는 샌저의 시신을 운반할 수 있는 가장 높은 지점까지 들고 갔다.

그는 그곳에 그녀를 내려놓았다. 그녀는 가장 좋은 옷을 입고 있었다. 폭넓은 스카프가 그녀의 부러진 목을 감췄고, 검은 베일이 죽은 그녀의 얼굴을 가리고 있었다.

그가 기도문을 외우려고 했을 때 우박이 내리기 시작했다. 파란 얼음 덩어리가 그와 그녀의 몸을 돌덩이처럼 때렸다.

「얼어 죽을!」 그는 이렇게 외치고는 비행정으로 달려갔다.

그는 공중으로 상승해서, 선회했다.

그녀의 옷이 바람에 날려 펄럭거리고 있었다. 우박은 두 사람 사이를 갈라놓은 파란 구슬의 장막이었다. 그러나 최후의 애무만큼은 저지하지 못했다 — 얼음에서 얼음으로 흐르는 불길, 포화를 통해 흙에서 흘러내리는 불사(不死)의 불길만은.

그가 방아쇠를 당기자 이름 없는 산의 중턱에 태양으로 통하는 길이 뚫렸다. 그녀는 그 속에서 소멸했고, 그는 산이 낮아질 때까지 그 통로를 넓혔다.

그러고는 구름 속으로 상승했고, 폭풍을 향해 에너지가 떨어질 때까지 포를 난사했다.

이윽고 그는 데들랜드의 동남단에 생겨난 융해된 대지의 상공을 선회했다.

그는 이 세계가 처음으로 목격한 화장(火葬)의 불길 위를 선회했다.

그런 다음 그는 그 자리를 떠났다. 얼음과 바위 속에서 한 시즌의 잠을 자고, 새로운 알료날을 이어받기 위해. 그것은 꿈이 없는 잠이었다.

15세기. 〈대기〉 시간의 반에 가까운 시간. 2백 단어나 그 이하로…… 상상해 보라 —

……열아홉 줄기의 대하(大河), 그러나 예전의 검은 바다는 이제 보랏빛으로 물결치고 있다.

……요오드 빛깔의 얕은 숲은 더 이상 존재하지 않는다. 그 대신 거친 털이 난 껍질을 가진, 통처럼 두껍고 키가 큰 나무들이 대지를 오렌지와 라임과 검정색으로 장식하고 있다.

……갈색, 흰색, 노란색, 라벤더색의 언덕이 있던 자리에는 이제 거대한 산맥이 자리 잡고 있다. 활동 중인 원추형 화구에서 검은 연기가 타래송곳처럼 풀려 나온다.

……꽃들. 겨잣빛 꽃잎 아래로 20미터나 되는 지하까지 뻗어 나가는 뿌리를 가진 이 꽃들은 파란 서리와 돌 사이에서

활짝 피어 있다.

　……눈먼 두더지는 더 깊이 파들어 가고, 썩은 고기를 먹는 머크비스트는 이제 예리하기 그지없는 앞니와 줄줄이 늘어선 거대한 어금니를 드러내고 있다. 거대한 모충들은 예전보다 작아졌지만, 표피가 두꺼워진 탓에 더 크게 보인다.

　……여전히 여자의 토르소처럼, 혹은 악기처럼 흐르는 듯한 곡선을 가진 골짜기들의 윤곽.

　……풍상에 닳은 돌들은 많이 사라졌지만, 변함없는 서리.

　……아침에 들려오는 소리는 옛날 그대로. 격렬하고, 날카로운 금속음.

　그들은 천국에 반쯤 도달했다고 확신하고 있었다.

　그것을 상상해 보라.

　데들랜드 기지의 일지는 그가 알 필요가 있는 사실 모두를 가르쳐 주었다. 그러나 그는 오래된 보고서도 전부 읽어 보았다.

　그런 다음 그는 칵테일을 배합한 후 3층 창문에서 밖을 내다보았다.

　「……죽을 운명이군.」 그는 이렇게 말하고 칵테일을 모두 들이켰고, 장비를 갖춘 다음 기지를 떠났다.

　마을을 찾아낸 것은 그로부터 사흘 후의 일이었다.

　그는 멀리 떨어진 곳에 비행정을 착륙시켜 놓은 다음 걸어서 마을에 접근했다. 데들랜드에서 남쪽으로 한참 떨어진 곳이라서 기온이 더 높아져 있었고, 그 탓에 숨이 찼다.

　그들은 동물의 가죽을 입고 있었다. 모피보다 몸에 더 잘 맞고 따뜻할 수 있도록 재단된 가죽이었고, 그것을 끈으로 고정하고 있었다. 그는 열여섯 채의 달개 지붕식 오두막과 세 개의 모닥불을 발견했다. 불이 보였을 때는 몸을 움찔했지만, 그대로 앞으로 나아갔다.

그의 모습을 보자마자 그들 사이의 작은 소음이 뚝 그쳤고, 짧은 외침이 울려 퍼진 후 침묵이 내렸다.

그는 마을에 들어섰다.

두발 생물들은 그의 주위에서 꼼짝도 안 하고 서 있었다. 그러자 공터 끄트머리에 있는 커다란 오두막 쪽에서 웅성거리는 소리가 들려왔다.

그는 마을 안을 돌아다녔다.

막대기를 교차시킨 삼각대 중앙에 말린 고기 덩어리가 매달려 있었다.

어느 오두막 앞에도 긴 창이 몇 개씩 세워져 있었다. 그는 그쪽으로 가서 창을 살펴보았다. 나뭇잎 모양으로 돌을 갈라 만든 창 촉이 막대기 끝에 비끄러매어져 있었다.

그리고 고양이의 모습이 조각된 나무토막이 있었다…….

발자국소리를 들은 그는 뒤를 돌아다보았다.

적색 형태 하나가 그를 향해 천천히 다가왔다. 다른 자들보다도 더 나이를 먹은 것처럼 보였다. 어깨는 축 늘어져 있었고, 입을 열어 간헐적인 파열음을 발했을 때, 이가 몇 개 빠져 있는 것이 보였다. 머리카락은 잿빛이었고 드문드문했다. 양손에 무엇인가를 들고 있었지만, 쟈리의 눈은 그 손 자체를 주시하고 있었다.

그 손에는 다른 손가락들을 마주보는 형태의 엄지손가락이 달려 있었다.

그는 재빨리 주위를 둘러보며 다른 자들의 손 모양을 확인했다. 모두 엄지손가락을 가지고 있는 것 같았다. 그는 그들의 모습을 좀 더 면밀히 살펴보았다.

이제는 이마도 가지고 있었다.

그는 나이든 적색 형태에게 다시 주의를 돌렸다.

적색 형태는 그의 발치에 무엇인가를 내려놓은 다음, 뒷걸음질 쳤다.

그는 발치를 내려다보았다.

말린 고기 한 덩어리와 과일 한 조각이 넓적한 나뭇잎 위에 놓여 있었다.

그는 고기를 들어 올렸고, 눈을 감은 다음 한 입 베어 물었고, 잠시 씹다가 삼켰다. 나머지는 잎사귀에 싸서 배낭 옆 주머니에 집어넣었다.

그가 손을 내밀자 적색 형태는 뒷걸음질 쳤다.

그는 손을 내렸고, 휴대하고 있던 담요를 펴서 땅 위에 깔아 놓았다. 그러고는 그 위에 앉았고, 적색 형태를 가리킨 다음 이번에는 담요 건너편을 가리켜 보였다.

두발 생물은 조금 주저하고 있다가, 곧 앞으로 나와서 자리에 앉았다.

「지금부터 서로 말하는 법을 배우기로 하지.」 그는 천천히 말했다. 그러고는 자신의 가슴에 손을 대고 말했다. 「쟈리.」

쟈리는 또다시 깊은 잠에서 깨어난 〈12월 클럽〉의 대표들 앞에 섰다.

「그들은 지적 종족이야.」 그는 말했다. 「모두 이 보고서에 쓰여 있네.」

「그래서?」 얀 터틀이 반문했다.

「그들이 환경에 순응할 수 있으리라고는 생각하지 않아. 빠른 속도로 정말 먼 거리를 온 건 사실이지만, 이 이상의 변화를 따라잡을 수 있을 것 같지는 않군. 마지막까지 살아남기를 바라는 건 무리야.」

「자네는 생물학자인가? 생태학자인가? 아니면 화학자인가?」

「그 어느 것도 아냐.」

「그럼 무슨 근거에서 그런 의견을 내놓은 건가?」

「6주 동안 가까운 거리에서 그들을 관찰했네.」
「그렇다면 단지 자네의 육감에 의존해서……?」
「이 문제에 전문가 따위는 없네. 전례가 없으니까 말이야.」
「만약 그들이 지적 생물이라고 가정한다면 ─ 또 그들의 적응 능력에 관한 자네의 의견이 옳다고 한다면 ─ 우리더러 무슨 일을 하란 말인가?」
「변화를 늦춰 주게. 살아남을 가능성을 더 높여 주는 거지. 그래도 적응하지 못한다면, 우리의 목표를 달성하기 전이라도 중단해야 해. 현재 환경에서도 우리는 살아갈 수 있네. 그 다음엔 우리가 적응하면 되는 일이야.」
「늦춘다고? 얼마나?」
「7천 년에서 8천 년쯤 더 기다린다는 방안은 어떤가?」
「그건 불가능해!」
「말도 안 돼!」
「너무 길어!」
「왜?」
「왜냐하면 우리는 모두 250년마다 3개월씩 당직을 서기 때문이네. 자네 제안을 받아들인다면 각자가 천 년당 1년씩의 개인적 시간을 투자해야 해. 그건 모두에게 너무 과도한 요구가 아닐까.」
「하지만 이건 한 종족의 생사가 걸린 일이야!」
「그런 확증이 있는 것도 아니지 않나.」
「확증은 없어. 하지만 이런 일을 운에 맡겨도 된다고 생각하나?」
「이사회에서 이 문제를 표결에 부치기를 원하나?」
「아니 ─ 내가 질 것은 잘 알고 있네. 회원 전원의 투표로 결정해 줘.」
「그건 불가능하네. 모두 동면 중이지 않나.」

「깨우면 되네.」

「보통 힘든 일이 아니라는 걸 알고 있지 않나.」

「한 종족의 운명이 걸린 일인데, 그 정도 노력은 해야 된다고 생각하지 않나? 특히 그들에게 지능을 강요한 장본인이 우리들일 경우에는? 그들을 진화하게 만들고, 지능이라는 저주를 내린 건 바로 우리야.」

「그만 해두게! 애당초 그런 문턱까지 와 있던 종족이었어. 설령 우리가 이곳에 오지 않았다고 해도, 스스로 지능을 가지게 되었을 가능성도 ─」

「하지만 그렇게 단언할 수는 없어! 알 리가 없으니까! 그리고 어떻게 그런 일이 일어났는지는 중요하지 않네. 문제는 그들이 여기 있고, 우리도 여기 있고, 그들은 우리를 신이라고 생각하고 있다는 점이야 ─ 아마 우리가 그들을 위해 손가락 하나 까딱하지 않고, 단지 비참하게만 만들었기 때문에 그러는 건지도 모르겠군. 그렇지만 우리는 한 지적 종족에 대해 책임을 지고 있어. 적어도 그들을 사멸시키지는 않을 책임이.」

「그렇다면 일단 장기적인 연구를 해보고…….」

「그때쯤이면 모두 죽어 있을지도 몰라. 나는 〈12월 클럽〉의 회계 담당자의 자격으로, 모든 회원을 깨워서 이 문제를 표결에 부칠 것을 정식으로 제안하네.」

「여기서 자네 제안에 찬성하는 사람은 아무도 없는 것 같군.」

「셀다?」 쟈리는 말했다.

그녀는 고개를 돌려 그를 외면했다.

「테어벨? 클론드? 본디치?」

광대한 동굴 속에서는 침묵이 흘렀을 뿐이었다.

「알았네. 패배를 인정해야겠군. 우리는 우리의 에덴동산에서 우리들 자신의 뱀이 되는 거야. 이제 데들랜드로 돌아가겠네. 가서 당직 근무를 마저 해야지.」

「그럴 필요는 없네. 사실, 모든 것이 끝날 때까지 동면하고 있는 편이 자네를 위해서도……」

「아니. 일이 이렇게 풀려야 한다면, 그 죄 또한 내가 짊어져야 해. 내게 주어진 책무를 끝까지 공평하게 수행하겠네.」

「정 그렇다면 그렇게 하게.」 터틀이 말했다.

2주 후, 제19기지가 데들랜드 기지를 호출했지만 아무런 응답이 없었다.

조금 시간이 흐른 후 비행정이 파견되었다.

데들랜드 기지는 녹아서 형체를 알아볼 수 없는 금속 덩어리로 변해 있었다.

쟈리 다크의 모습은 그 어디에도 없었다.

같은 날 오후, 제8기지와의 교신이 끊겼다.

즉시 비행정이 급파되었다.

제8기지는 더 이상 존재하지 않았다. 발견된 것은 몇 마일 떨어진 곳을 걷고 있던 당직자들뿐이었다. 그들은 쟈리 다크가 총을 들이대고 자기들을 기지에서 쫓아냈다고 말했다. 그런 다음 비행정에 장착된 화염포로 기지를 완전히 불태웠던 것이다.

그들이 이 얘기를 하고 있을 무렵, 제6기지가 침묵했다.

곧 이런 명령이 전달되었다. 언제나 두 군데의 기지와 무전연락을 유지하고 있을 것.

그리고 또 하나의 명령이 전달되었다. 언제나 무장하고 있을 것. 방문자는 모두 체포할 것.

쟈리는 기다렸다. 지면에 생긴 균열, 바위 선반 아래에 비행정을 착륙시킨 채로, 쟈리는 기다렸다. 그가 탄 비행정의 제어반 위에는 마개를 딴 술병이 놓여 있었다. 그 옆에는 흰색의 조그만 금속 케이스가 놓여 있었다.

쟈리는 병을 입에 대고 마지막 한 모금을 들이켰고, 곧 오게 될 무전 방송을 기다렸다.

마침내 방송이 시작되었을 때, 그는 조종석에 길게 누워 잠을 청했다.

잠에서 깼을 때, 햇빛은 이미 스러져 가고 있었다.

방송은 여태껏 계속되고 있었다…….

「……쟈리. 회원 모두를 깨워서 일반 투표를 행하기로 결정했네. 주(主) 동굴로 돌아와 주게. 나는 얀 터를이야. 더 이상 기지를 파괴하지는 말아 줘. 그럴 필요는 없네. 우리는 자네의 제안을 표결에 부치는 데 동의하겠네. 그러니까 이 방송을 듣는 즉시 우리에게 연락해 줘. 우리는 자네 대답을 기다리고 있다네, 쟈리…….」

그는 빈 병을 창문 너머로 내던지고는 보라색 그림자 속에 있던 비행정을 하늘로 상승시켰다.

그가 주 동굴의 이착륙장 위로 강하했을 때, 물론 그들은 만반의 준비를 갖추고 있었다. 한 다스의 라이플이 비행정에서 내려오는 그를 조준했다.

「무기를 버리게, 쟈리.」 얀 터를의 목소리가 들려왔다.

「무기는 지니고 있지 않네.」 쟈리는 대꾸했고, 이렇게 덧붙였다. 「내 비행정도 마찬가지야.」

그 말은 사실이었다. 화염포가 장착되어 있어야 할 두 개의 포가는 비어 있었다.

얀 터를이 다가와 그를 올려다보았다.

「그럼 밑으로 내려오게.」

「고맙지만, 난 여기 있는 편이 더 편하네.」

「자넨 포로야.」

「이제 나를 어쩔 작정인가?」

「〈대기〉 시간이 끝날 때까지 동면시킬 예정이야. 자, 내려오게!」

「싫어. 그리고 날 쏠 생각은 하지 말게 — 마취 탄이나 가스도 소용없어. 그렇게 하면 모두 저 세상으로 가게 될 테니까.」

「그게 무슨 뜻이지?」 얀 터를은 조용한 몸짓으로 사수들을 제지하며 물었다.

「내 비행정 전체가 폭탄이야. 그리고 난 오른손에 그 신관을 들고 있어.」 쟈리는 흰 금속제 상자를 들어 보였다. 「이 상자 옆쪽에 달린 레버를 내가 누르고 있는 한, 아무 일도 일어나지 않아. 만약 한순간이라도 악력을 늦춘다면, 대폭발이 일어나 이 동굴 전체가 날아가 버릴걸.」

「허세를 부리고 있군.」

「그렇게 생각한다면 시험해 봐도 좋네.」

「그러면 자네도 죽게 돼, 쟈리.」

「지금은 어떻게 되든 상관없다는 심정이라네. 내 손을 태워서 신관을 파괴하려는 시도는 하지 않는 게 좋아.」 그는 경고했다. 「그런다고 해서 결과가 바뀌는 것은 아니니까 말이야. 설령 그 일에 성공한다고 해도, 적어도 두 개의 기지를 더 잃게 되네.」

「어떻게?」

「내가 화염포를 어디에 두고 왔다고 생각하나? 나는 적색 형태들에게 그 사용 방법을 가르쳐 줬어. 지금 이 순간에도, 적색 형태들은 이들 무기를 가지고 두 곳의 기지를 조준하고 있네. 만약 새벽이 될 때까지 내가 포수들을 직접 방문하지 않는다면, 그들은 화염포를 발사할 거야. 목표물을 파괴한 다음에는, 다른 두 곳으로 가서 같은 일을 시도할 예정이라네.」

「그 짐승들에게 레이저 발사 장치를 맡겼단 말인가?」

「맡겼네. 자, 모두를 깨워서 투표를 시작해 주겠나?」

터를은 당장이라도 도약해서 상대방을 덮치려는 듯이 몸을 굽혔다가, 곧 생각을 바꾼 듯 몸에서 힘을 뺐다.

「왜 이런 짓을 하는 건가, 쟈리?」 그는 물었다. 「도대체 그들이 뭐기에 동포들에게 고통을 주는 일도 마다하지 않는 건가?」

「자네들이 나처럼 느끼고 있지 않은 이상, 이유를 말해 보았자 자네들은 이해하지 못할 거야.」 쟈리는 대답했다. 「어차피 그건 자네들의 감정과는 다른, 나 자신만의 감정 — 슬픔과 고독의 감정에 기인한 것에 지나지 않기 때문이야. 하지만 이 점만은 알아줬으면 좋겠군. 나는 그들의 신이라네. 어느 마을로 가더라도 내 모습을 쉽게 찾아볼 수 있지. 〈망자의 사막〉에서 온 〈곰들의 퇴치자〉 — 이게 바로 나야. 그들은 2세기 반에 걸쳐 내 얘기를 전해 왔고, 그 과정에서 나도 미화되었다네. 그들이 보는 한, 나는 강하고 현명하고 선한 신이야. 그런 자격으로, 나에겐 그들을 배려해 줄 의무가 있네. 만약 내가 그들에게 생명을 내려 주지 않는다면, 그 누가 눈 위에서 나를 찬양해 주고, 모닥불 주위에서 나의 노래를 불러 주고, 모충 고기의 가장 좋은 부분을 잘라 내서 내 앞에 바치겠는가? 그럴 자는 아무도 없네, 터를. 그리고 지금 내 인생에서 가치 있는 건 오직 그런 일들뿐이라네. 그러니까 모두를 깨워 줘. 달리 선택의 여지는 없어.」

「잘 알겠네.」 터를이 말했다. 「표결에 붙여서, 만약 자네 주장에 반대되는 결과가 나온다면 어떻게 할 건가?」

「그럴 경우엔 내가 은퇴하고, 자네들이 신이 되는 거야.」 쟈리는 말했다.

이런 연유로, 이제 쟈리 다크는 보랏빛 하늘에서 지는 해를 매일 바라보며, 그 움직임을 지켜본다. 왜냐하면 이제 그는 더 이상 얼음과 바위 속에서 꿈이 없는 잠에 빠져 들 필요가 없기 때문이다. 그는 동포들의 새로운 알료날을 두 눈으로 보는 것을 그만두고, 수명이 다할 때까지 전체 〈대기〉 기간의 한순간에 불과한 자신의 인생을 그냥 살아가기로 결정했던 것이다. 매일 아침이 되면, 얼음이 깨지고, 주석이 떨리고, 강철선이 절단되는 듯한 소리가 들려오며 새로 건설된 데들랜드 기지에 있는 쟈리를 잠에서 깨운다. 이윽고 그들이 공물을 가지고 와서, 노래를 부르며 눈 위에 각인을 남긴다. 그들은 그를 찬양하고, 그는 그들을 향해 소리 없이 웃는다. 이따금 기침을 할 때도 있다.

남자와 여자 사이에서 잉태되었지만, GMI 계약 옵션에 의거, 3.2-E, 한랭 행성종(알료날 거주를 위해 개조된), Y7 고양이 형태로서 태어난 쟈리 다크는, 그에게 거처를 보증해 주었던 이 우주 어느 곳에서도 살아가기에 적합하지 않은 존재가 되었다. 이것을 축복으로 볼지 저주로 볼지는 당신의 판단에 맡기기로 하고, 이쯤 해서 이야기를 마치는 편이 나을 것이다. 이렇게 해서 생명은, 자신에게 충분히 봉사한 자들에게 보답하는 것이다.

그 얼굴의 문, 그 입의 등잔

 나는 미끼 담당이다. 태어날 때부터 미끼 담당인 작자는 아무도 없다. 등장인물 모두가 미끼 담당인 프랑스의 한 소설을 제외하고는 말이다. (사실, 그 제목부터가 〈우린 모두 미끼〉이었던 걸로 기억한다. 푸하!) 어떻게 해서 내가 그런 신세가 되었는지 여기서 늘어놓아 보았자 별 의미가 없고, 또 이건 네오 엑스들하고도 전혀 상관이 없는 얘기지만, 그 짐승과 함께 보낸 나날들에 관해서는 몇 마디 끼적거려 놓을 가치가 있다. 그런 연유로, 얘기를 시작하겠다.

 금성의 저지대는 〈손〉이라고 명명된 대륙의 엄지와 검지 사이에 누워 있다. 구름으로 된 볼링 레인을 비집고 들어가면 〈손〉은 당신을 향해 느닷없이 흑은색 공을 던진다. 그러면 당신은, 꽁무니에서 불을 뿜으며 당신을 그곳까지 태우고 온 볼링 핀 속에서 엉겁결에 껑충 튀어 오른다. 그러나 안전벨트를 두르고 있다면 창피한 꼴은 면할 수 있을 것이다. 시간이 지나면 보통 껄껄 웃지만, 처음에는 누구나 다 펄쩍 튀어 오른다.
 그 다음에, 당신은 처음에 본 환영을 지우기 위해 〈손〉을 관찰한다. 그러면 집게손가락과 새끼손가락은 점점 녹회색

반도(半島)들로 변하고, 가운뎃손가락과 약손가락도 한 다스는 되는 반지를 낀 다도해로 갈라진다. 엄지손가락은 너무 짧고, 태아의 꼬리 모양을 한 케이프혼처럼 위쪽으로 말려 올라가 있다.

당신은 순수한 산소를 흡입하고, 아마 한 번쯤 한숨을 쉰 뒤에, 저지대를 향한 긴 낙하를 개시한다.

자, 저기 내려다보이는 라이프라인 발착장이 당신을 내야플라이처럼 잡는다. 라이프라인[生命線]이라는 이름이 붙어 있는 것은 이곳이 〈동부만〉의 비옥한 대삼각주에 인접해 있기 때문이며, 〈동부만〉은 제1반도와 〈엄지손가락〉 사이에 끼여 있다. 한순간 당신은 라이프라인을 비껴 나가며 해산물 통조림이 될 운명에 처한 것처럼 보이지만, 이윽고 당신은 ― 은유법이여 이제 안녕 ― 불에 그슬린 콘크리트 위로 내려가 잿빛 모자를 쓴 작달막하고 통통한 사내에게 중간 사이즈의 전화번호부만큼이나 두꺼운 허가증을 내보인다. 이 서류는 당신이 원인 불명의 체내 부패병 등등에 걸려 있지 않다는 사실을 증명하기 위한 것이다. 그럼 그는 당신을 향해 작달막하고 통통한 잿빛 미소를 지어 보이고는 당신을 접수 센터로 운반해 줄 버스를 가리킨다. 접수 센터에서 당신은 자신이 원인 불명의 체내 부패병 등등에 걸려 있지 않다는 사실을 실제로 증명해 보이기 위해 사흘을 더 기다리고 있어야 한다.

그러나 권태는 또 하나의 부패병이다. 사흘간의 금족령이 풀리면, 당신은 라이프라인 시가지를 향해 득달같이 쳐들어가는 것이 보통이고, 도시 쪽에서도 물론 당신의 찬사를 반사적으로 되돌려 준다. 지구와 상이한 대기 아래에서 알코올이 끼치는 효과에 대해서는 이미 그 분야의 호사가들에 의해 쓰인 수많은 저서가 존재하므로, 나 자신의 감상을 길게 늘어놓을 필요는 느끼지 않는다. 최소한 일주일은 난장판을 벌일

만한 가치가 있고, 일생에 걸쳐 이것을 연구해 보려는 욕구를 불러일으키는 경우도 흔하다고 말하는 것으로 족하다.

〈브라이트 워터〉호가 대리석 같은 천장을 뚫고 내려와 봉이 되어 줄 승객들을 이 도시에 흩뿌려 놓은 것은 내가 이 분야의 2년차 연구원으로서 (어디까지나 학부 수준에 머물러 있었지만) 탁월한 소질을 발휘하고 있던 어느 날의 일이었다.

여기서 잠깐. 라이프라인에 관한 〈우주 연감〉의 서술. 〈……《손》의 동부 해안에 위치한 항구 도시. 인구는 약 10만 (2010년 조사). 그중 약 85퍼센트가 ANR(외계 연구청)의 직원임. 나머지 거주자들은 주로 몇몇 대기업에서 파견된 기초 연구 요원들로 이루어짐. 그 밖의 거주자로는 해양 물리학자, 부유한 낚시광, 부둣가의 개인 사업주들이 있음.〉

나는 동료 사업주인 마이크 데이비스를 향해 몸을 돌렸고, 기초 연구의 참담한 현황에 관해 언급했다.

「지금 항간에서 떠도는 소문의 진상을 안다면 그런 말은 못 할걸.」

마이크는 유리잔 뒤에서 말을 끊었고, 나의 흥미와 악담 몇 마디를 유발하기 위해 계산된 느릿느릿한 속도로 잔을 비웠다.

「칼.」 마침내 그가 입을 열었다. 포커 페이스였다. 「그치들이 〈텐스퀘어〉를 정비하고 있어.」

이 작자를 때려눕힌다는 선택도 있었다. 아니면 그의 술잔에 황산을 부어 주고 그의 입술이 검게 타들어 가며 갈라지는 광경을 보며 쾌재를 부를 수도 있었다. 그러는 대신 나는 시큰둥하게 끙 하는 소리로 대답을 대신했다.

「하루에 5만 달러를 쓰레기통에 버리겠다는 멍청이가 누구지? ANR인가?」

그는 고개를 가로저었다.

「진 루하리치야.」 그는 말했다. 「보랏빛 콘택트렌즈에, 새

하얗고 완벽한 이가 50~60개는 되어 보이는 그 여자 말이야. 진짜 눈 빛깔은 갈색이라지만.」

「그렇게 많은 화장품을 팔아먹고도 도대체 뭐가 모자라서?」

그는 어깨를 으쓱해 보였다.

「홍보의 위력이라는 게 있잖나. 그녀가 〈태양배(太陽盃)〉를 거머쥐었을 때 루하리치 산업의 주가는 16포인트 뛰었어. 수성에서 골프 쳐본 적 있나?」

쳐본 적이 있었지만, 대답하지 않고 추궁을 계속했다.

「그럼 백지 수표하고 낚싯바늘을 들고 이곳으로 왕림하셨다는 얘기야?」

「오늘 〈브라이트 워터〉편으로 왔어.」 그는 고개를 끄덕였다. 「지금쯤 착륙했을걸. 아까 카메라들이 잔뜩 몰려갔어. 이키Ikky를 잡으려고 굳게 결심한 것 같더군.」

「호으음.」 흐으음. 「얼마나 굳은 결심을?」

「텐스퀘어 호. 60일 계약. 무기한 연장 옵션 포함. 예탁금 150만 달러.」 그는 술술 늘어놓았다.

「자세히도 알고 있군.」

「요원 모집 담당이야. 지난 달 루하리치 산업에서 접촉해 왔어. 물 좋은 곳만 골라 돌아다니는 것도 도움이 되더군.」

「나처럼 그것들을 소유하고 있으면 금상첨화이고.」 그는 잠시 뜸을 들이다가 이렇게 덧붙이고는 씩 웃어 보였다.

나는 쓴 맥주를 홀짝이며 그를 외면했다. 잠시 후 나는 몇 가지 것들을 억지로 삼키고는 마이크가 예상하고 있던 질문을 마이크에게 던졌고, 매달 지치지도 않고 나오곤 하는 그의 절주(節酒) 강연이 나오기를 기다렸다.

「널 잡아 달라고 부탁하더군.」 그는 운을 뗐다. 「마지막으로 항해한 것이 언제였지?」

「한 달 반 전에. 코닝 호.」

「조그만 거군.」 그는 콧방귀를 뀌었다. 「직접 잠수해 본 건 언제지?」

「좀 됐어.」

「그거 1년 전 얘기 아냐? 돌핀 호 아래에서 스크루에 치여 다쳤을 때 아닌가?」

나는 그를 향해 고개를 돌렸다.

「지난주에도 잠수했어. 앵글포드 강의 급류에서 말이야. 아직 얼마든지 그럴 수 있어.」

「취하지 않았을 땐 그렇겠지.」 그가 덧붙였다.

「안 마셔. 이런 일을 할 땐.」

회의적인 끄덕임.

「조합 규정 임금이야. 위험 수당은 그 세 배.」 그는 조건을 나열했다. 「금요일 아침 5시에 장비를 지참하고 16번 격납고로 와줘. 토요일 새벽에 출항 예정이야.」

「너도 가?」

「나도 가.」

「뭐 하러?」

「돈 벌러.」

「이키 구아노 같은 소리.」

「요즘은 술집 경기도 그저 그렇고 애인도 밍크코트를 새로 사달라고 조르거든.」

「거듭 말하겠는데 —」

「……그리고 그녀와 떨어진 곳으로 가서, 기본부터 다시 경험해 볼 작정이야 — 신선한 공기, 운동, 돈벌이…….」

「알았어. 자꾸 물어봐서 미안해.」

나는 그에게 술을 따라 주면서 정신을 집중해 H_2SO_4로 변하라고 되뇌었지만, 술잔의 내용물은 변하지 않았다. 가까스로 그를 흠뻑 취하게 만든 후 맑은 머리로 좀 생각을 해보기 위해 밤거리로 나갔다.

이크티포름 레비오사우루스 레비안투스,[1] 통칭 이키를 뭍으로 낚아 올리려는 실질적인 시도는 과거 5년에 걸쳐 10여 번이나 있었다. 처음으로 이키가 발견되었을 당시에 쓰였던 것은 포경술(捕鯨術)이었다. 곧 이런 방법으로는 효과가 없거나 위험하다는 사실이 판명되었고, 새로운 방법이 고안되었다. 텐스퀘어 호를 건설한 사람은 마이클 잔트라는 이름의 부유한 스포츠맨이었지만, 그는 결국 이 계획에 전 재산을 날리고 말았다.

〈동부양(東部洋)〉에서 1년을 보낸 후, 잔트는 파산 신고를 하기 위해 되돌아왔다. 그 다음에는 칼튼 데이비츠라는 이름의 플레이보이 낚시광이 이 거대한 뗏목을 사들여 이키의 산란 해역에서 철야 감시를 계속했다. 이키는 19일째 되는 날에 미끼를 물었지만, 결국 이 시도는 채 시험해 보지도 못한 1만 5천 달러치의 새로운 장비를 이크티포름 레비안투스 한 마리와 함께 잃는 것으로 끝났다. 그로부터 12일 후, 그는 3중 강선을 써서 이 거대한 짐승을 낚았고, 마취약을 주사한 후 인양을 시작했다. 그러나 이때 이키는 마취에서 깨어나 관제탑을 파괴해 여섯 명을 죽였고, 10스퀘어의 반에 해당하는 5스퀘어를 엉망진창으로 만들었다.[2] 칼튼은 부분적인 반신불수에 빠졌고, 전임자와 마찬가지로 파산 선고를 받는 운명에 처했다. 그는 부둣가 뒷골목으로 흘러 들어갔다. 그 후 텐스퀘어 호의 소유주는 네 번 더 바뀌었지만, 모두 예전보다 화려하지는 못했어도 역시 값비싼 파국을 맞이했다는 점에서는 차이가 없었다.

오직 하나의 목적만을 위해 건조된 이 거대한 뗏목은 마침

---

1 *Ichtyform Leviosaurus Levianthus*.

2 1 square는 1백 평방 피트.

내 경매에 부쳐졌고, ANR은 이것을 〈해양 연구용〉으로 매입했다. 로이드 사는 여태껏 보험 계약에 응하지 않고 있다. 결국 이 뗏목이 참여하게 된 유일한 〈해양 연구〉란 하루 5천 달러의 요금으로 이따금 대여되는 경우뿐이었다. 엄청나게 큰 고기를 놓쳤다고 허풍을 떨고 싶어 하는 작자들에게 말이다. 나는 이런 항해에 미끼 담당으로 세 번 참가했고, 그중 두 번은 이키의 날카로운 이빨을 셀 수 있을 만큼 가까이 간 적도 있었다. 개인적인 이유로 훗날 손자들에게 그 이빨 하나를 보여 주고 싶었기 때문이다.

나는 공항 쪽을 마주 보고 소리 내어 굳게 다짐했다.

「지방색을 보여 주기 위해서 나를 원하는 거군, 진. 그러면 특종 뉴스가 한층 더 돋보일 테니까 말이야. 하지만 이것만은 확실히 말해 두겠어 — 당신을 위해서 이키를 생포할 수 있는 사람이 있다면, 그건 바로 나야. 이 자리에서 약속하지.」

나는 텅 빈 광장에 서 있었다. 라이프라인 공항의 흐릿한 탑들의 윤곽이 안개를 나눠 가지고 있었다.

두 지질 시대 전까지 해안선이었다는 라이프라인 위의 서쪽 사면은 장소에 따라서는 내륙 쪽으로 40마일 가까이 뻗어 있다. 그다지 가파른 경사는 아니지만, 고지대와 항구를 갈라놓고 있는 산맥과 합류하기 전에 사면은 수천 피트의 표고에 도달해 있다. 라이프라인에서 약 4마일 더 내륙으로 들어가서 5백 피트쯤 위로 올라간 곳에 활주로 몇 개와 개인 소유의 격납고들이 모여 있다. 16번 격납고에 입주해 있는 것은 해안과 배를 잇는 〈캘의 공중 택시 회사〉이다. 캘하고는 죽이 맞지 않았지만, 버스에서 내려 정비공에게 손을 흔들었을 때 그는 그 자리에 없었다.

두 대의 헬리콥터가 후광처럼 보이는 회전 날개 아래에서 조급한 듯이 콘크리트를 끌어안고 있었다. 정비공 스티브가 손보고 있는 헬리콥터가 배럴 카뷰레터 안쪽 깊숙한 곳에서 트림을 했고, 경련하듯이 몸을 떨었다.

「배탈 났어?」

「응. 배에 가스가 차서 명치가 답답하다는군.」

그는 트림소리가 높고 고른 진동음으로 바뀔 때까지 조정 나사를 쥔 다음 내 쪽을 돌아다보았다.

「타고 나갈 거야?」

나는 고개를 끄덕였다.

「텐스퀘어. 화장품. 괴물. 뭐 그런 거.」

그는 비컨을 향해 눈을 끔벅였고, 주근깨를 닦았다. 기온은 화씨 20도 정도였지만, 머리 위의 커다란 스포트라이트가 이중의 목적을 달성하고 있었다.

「루하리치 얘기군.」 그는 중얼거렸다. 「그렇다면 바로 자네였군. 만나고 싶다는 사람들이 기다리고 있어.」

「뭐 때문에?」

「카메라. 마이크로폰. 뭐 그런 거.」

「미리 장비를 싣는 편이 낫겠군. 어느 쪽에 타야 하지?」

그는 나사돌리개로 다른 헬리콥터를 가리켰다.

「저거야. 그건 그렇고, 이미 비디오에 찍히고 있군. 자네가 도착하는 걸 촬영하고 싶다고 했거든.」

그는 격납고를 향해 몸을 돌렸고, 다시 나를 돌아다보았다.

「자, 〈치즈〉라고 말하라고. 나중에 클로즈업도 찍어 줄 거야.」

나는 〈치즈〉가 아닌 다른 단어를 내뱉었다. 그들은 망원 렌즈를 쓰고 있었기 때문에 내 입술의 움직임을 읽을 수 있었던 것임에 틀림없다. 왜냐하면 유독 이 부분만은 끝내 방영되지 않았기 때문이다.

나는 들고 온 잡동사니를 헬리콥터 뒤 칸에 던져 넣고 조수석에 앉아 담배에 불을 붙였다. 5분 후, 퀸셋 형 사무실에서 캘 자신이 뚱한 얼굴을 하고 나왔다. 그는 이쪽으로 다가와서 헬리콥터 옆면을 쾅쾅 두들기고는 격납고 쪽을 향해 엄지손가락을 쑥 내밀어 보였다.

「저기서 모두 네가 오길 기다리고 있어!」 그는 양손을 둥글게 말아 입에 대고는 고함을 질렀다. 「인터뷰하겠대!」

「쇼는 끝났어!」 나도 고함을 질렀다. 「그게 싫으면 다른 미끼 담당을 찾아보라고 해!」

그의 녹슨 듯한 갈색 눈이 금빛 눈썹 아래에서 못대가리처럼 변했다. 그는 당장이라도 나를 못 박을 듯한 표정으로 노려보다가, 몸을 휙 돌려 왔던 곳으로 다시 성큼성큼 되돌아갔다. 그의 격납고 안에서 진을 치고 그의 발전기에서 전력을 공급받기 위해 보도진은 그에게 얼마나 돈을 줬을까.

나는 캘을 알고 있었으므로, 아마 충분하리만치 바가지를 씌웠을 것으로 짐작했다. 뭐라고 하든 상관없다. 어차피 그 작자와는 죽이 안 맞았으므로.

밤의 금성은 검은 물의 세계이다. 해안에서는 어디서부터가 바다이고, 어디서부터가 하늘인지 구분할 수도 없다. 새벽은 잉크병에 우유를 따르는 듯한 느낌. 우선 희고 불규칙한 엉김이 여기저기에 생기기 시작하고, 곧 흐르는 듯한 소용돌이로 변한다. 잉크병을 흔들어 그것이 회색 콜로이드가 되고, 좀 더 밝은 색으로 변하는 것을 보라. 그러면 느닷없이 낮이 되어 있다. 그리고 이 혼합액을 가열하는 것이다.

헬리콥터가 동부만의 상공에 도달했을 때 나는 웃옷을 벗어 젖혔다. 우리 배후의 지평선은 마치 수중에 잠긴 것처럼 열파(熱波) 속에서 흔들리며, 파도치고 있다. 헬리콥터는 4인승(규칙을 조금 어기고 적재량을 하향 평가할 경우에는 5인승)이었고, 미끼 담당자가 가지고 다니는 종류의 장비를 함께 싣는다면 3인승까지가 한계였다. 그러나 승객은 나 혼자였고, 조종사는 자신이 조종하고 있는 기계를 닮아 있었다. 콧노래를 흥얼거렸고, 쓸데없는 소리는 일체 내지 않았다는 뜻이다. 라이프라인이 한 번 공중제비를 돌고 백미러에서 사라질 무렵 수평선 전방에서 텐스퀘어 호가 그 모습을 드러냈다. 조종사는 콧노래를 멈추고 고개를 까딱해 보였다.

나는 앞으로 몸을 내밀었다. 오장육부가 뒤틀리는 듯한 느낌이 나를 엄습했다. 나는 저 커다란 뗏목을 구석구석까지 다 알고 있지만, 옛날에는 당연하게 느껴지던 감정도 그 감정의 원천이 손이 닿지 않는 곳으로 떠나가 버린 후에는 변하는 법이다. 솔직히 말해서 다시 저 위에 발을 내딛을 수 있으리라고는 생각하지 않았다. 그러나 지금, 이 순간에는, 숙명론을 거의 믿을 수가 있었다. 저기 있다!

10스퀘어 크기의 미식축구 경기장 같은 배이다. 원자력 추진. 팬케이크처럼 납작하고, 돌출 부분은 갑판 중앙에 위치한 투명한 플라스틱 돔과, 이물과 고물의 좌우 현에 하나씩 서 있는 네 개의 망루뿐이다.

각 망루는 갑판의 네 모서리를 점령하고 있기 때문에 체스의 말에 빗대어 〈루크Rook〉라고 불리고, 하나의 변을 이루는 두 개의 〈루크〉는 각각 힘을 합쳐 그것들 사이에 있는 갈고리 닻을 끌어올린다. 갈고리 닻 — 반은 갈고리, 반은 닻 — 은 엄청난 중량을 가진 물체를 해면 가까이까지 들어 올릴 수 있다. 그러나 이 기계를 설계한 인물이 염두에 두고 있던 목적은 단 하나였고, 그것으로 갈고리의 존재를 설명할 수 있다. 일단 해수면까지 끌어올렸을 경우, 갈고리 닻의 동작이 그때까지의 인양에서 위로 밀어 올리는 자세로 바뀌기 위해서는 6에서 8피트의 앙각이 필요하게 되고, 이것을 담당하는 것이

〈슬라이더〉이다.

슬라이더는 알기 쉽게 말하자면 이동식 조종실 — 텐스퀘어 호의 갑판 전체를 바둑판처럼 가르고 있는 홈을 따라 자유자재로 움직이며, 강력한 전자석을 써서 〈닻을 올리는〉 역할을 수행하는 거대한 상자이다. 그 윈치는 필요한 높이까지라면 전함조차 끌어올릴 수 있는 힘을 가지고 있고, 전자석의 결합력에 관해서는 슬라이더가 떨어져 나가는 대신 배 전체가 그쪽으로 기울 정도로 강력하다고 하면 이해할 수 있을 것이다.

슬라이더 내부에는 지금까지 설계된 것 중 가장 정교한 〈릴〉이라고 할 수 있는 연동 조작식 제어반이 있다. 중앙 돔 옆에 설치된 발전기가 발사하는 고주파로 동력을 공급받는 슬라이더는 단파 무선으로 수중 음파 탐지실과 연락을 취할 수 있고, 탐지기에 기록된 목표물의 움직임은 제어반 앞에 앉아 있는 낚시꾼에게 그대로 전달된다.

낚시꾼은 몇 시간, 혹은 며칠 동안이나 〈릴〉을 어르고 있을 수 있지만, 눈에 보이는 것은 주위의 금속과, 스크린에 투영되는 해저의 윤곽뿐이다. 짐승이 갈고리 닻에 걸리고, 윈치가 낚싯줄을 감아올리는 것을 돕기 위해 흘수선 아래 20피트에 설치된 신축식 받침대가 밖으로 뻗어 나온 후에야 낚시꾼은 비로소 자신의 포획물이 마치 타락한 천사처럼 눈앞에 올라오는 것을 볼 수 있을 것이다. 그런 다음, 예전에 데이비츠라는 사내가 경험한 것과 마찬가지로, 낚시꾼은 나락(奈落) 그 자체를 들여다보고 행동에 나설 것을 요구받을 것이다. 그러나 데이비츠는 행동에 나서지 않았다. 전체 길이 1백 미터에 무게가 몇 톤이 되는지도 모를 그 짐승, 상처입고 충분히 마취되지도 않았던 그 짐승은, 윈치의 강철선을 끊고 갈고리 닻을 부러뜨린 후 텐스퀘어 호의 갑판 위를 30초 동안 산책했던 것이다.

우리가 탄 헬리콥터는 빙빙 도는 금속제 깃발이 우리를 감지하고 깃발을 흔들 때까지 상공에서 선회를 계속했다. 나는 승무원용 승강구 옆에서 착륙할 때까지 기다렸다가, 짐을 밖으로 내던진 다음 갑판 위로 뛰어내렸다.

「행운을 비네.」문이 닫힐 때 조종사는 이렇게 말했다. 그런 다음 그는 춤추듯이 하늘로 날아올랐고, 깃발은 찰칵 하는 소리와 함께 동작을 멈췄다.

짐을 지고 선내로 내려갔다.

나는 실질적인 선장인 말번을 만났고, 승무원 대다수가 도착하려면 앞으로 여덟 시간은 더 기다려야 한다는 얘기를 들었다. 그 작자들은 캘의 발착장에 나를 혼자 도착하게 만들어서, 20세기의 영화 스타일로 선전 필름을 찍을 작정이었던 것이다.

오프닝: 어둑어둑한 활주로. 말을 안 듣는 헬리콥터를 손보고 있는 정비공 한 사람. 천천히 다가오는 버스의 선명한 숏. 옷을 껴입은 미끼 담당이 버스에서 내린다. 주위를 둘러보고는 한쪽 다리를 절며 활주로를 횡단. 클로즈업: 씩 웃는 미끼 담당. 카메라, 다가가서 질문: 「이번에는 성공할 것 같습니까? 이번에야말로 그걸 낚아 올릴 작정입니까?」당혹한 표정. 침묵. 어깨를 으쓱해 보임. 나중에 적당한 대답을 더빙할 것. 「그렇군요. 그럼 왜 미스 루하리치가 다른 사람들보다 성공할 가능성이 더 높다고 생각하십니까? 워낙 장비가 좋아서입니까? (웃음) 혹은 예전에 당신이 시도했을 때보다 괴물의 습성이 더 잘 알려져 있기 때문일까요? 아니면 그녀의 의지, 승리자가 되려고 하는 의지 때문입니까? 이들 이유 중 어느 것이 사실인가요? 아니면 모두 사실입니까?」대답: 「예, 모두 사실입니다.」「— 그래서 그녀와 계약한 거군요? 당신의 본

능이, 〈이번에는 절대로 성공할 것이다〉라고 말하고 있기 때문에?」 대답:「조합 규정 임금을 지불한다고 했기 때문이야. 저 빌어먹을 뗏목을 빌리고 싶어도 그럴 돈이 없으니까. 그래서 참가하는 거지.」 이건 삭제. 뭔가 다른 대답을 더빙할 것. 그가 헬리콥터를 향해 걸어가는 장면에서 페이드아웃. 기타 등등.

「치즈.」 이런 것 내지는 이에 준하는 대사를 내뱉고, 나는 텐스퀘어 호의 갑판 주위를 혼자서 돌아다녔다.

네 모퉁이의 〈루크〉로 올라가서, 제어반과 수중 비디오의 〈눈〉을 점검했다. 그런 다음에는 주(主) 엘리베이터를 상승시켰다.

말번은 내가 이런 테스트를 하는 것에 대해 전혀 반대하지 않았다. 사실, 장려했다는 쪽이 더 옳다. 우리는 예전에도 함께 항해를 한 적이 있었는데, 그 당시 우리의 지위는 지금과는 반대였다. 그래서 엘리베이터에서 나와 홉킨스식 냉동고로 들어갔을 때 말번이 그곳에서 기다리고 있는 것을 보고도 나는 놀라지 않았다. 그 이후 10분 동안 우리는 묵묵히 거대한 창고를 점검했고, 곧 북극으로 바뀔 예정인, 구리 코일로 에워싸인 냉동실들을 돌아다녔다.

이윽고 그는 손바닥으로 벽을 철썩 치며 말했다.

「어때, 이 방을 가득 채울 수 있을 것 같아?」

나는 고개를 가로저었다.

「물론 그러고야 싶지만 실제로 그럴 것 같지는 않군. 참가할 수만 있다면 난 누가 그 명예를 차지하든 개의치 않아. 하지만 그런 일은 일어나지 않을걸. 그 여잔 극단적일 정도로 자존심이 강해. 보나마나 자기 손으로 슬라이더를 조작하겠다고 우겨댈걸. 그럴 능력도 없으면서 말이야.」

「예전에 만나 본 적이 있어?」

「응.」

「언제?」

「4~5년 전에.」

「그럼 아직 어렸을 때잖아. 지금 그럴 수 없다는 걸 어떻게 알 수 있지?」

「난 알아. 지금쯤이면 모든 스위치와 계기를 속속들이 파악하고 있을걸. 이론도 완벽히 마스터하고 말이야. 하지만 자네 기억하고 있나? 우리가 이물 우현 쪽의 루크에 있었을 때, 해면에서 이키가 참돌고래처럼 솟구치던 광경을?」

「그걸 어떻게 잊을 수 있겠나.」

「그럼?」

그는 사포 같은 턱을 문질렀다.

「아마 그녀라면 할 수 있을지도 몰라. 로켓선 경주를 위시해서, 거친 바다에서 스쿠버 잠수를 감행한 경험까지 있으니까 말이야.」 그는 이곳에서 보이지 않는 〈손〉 쪽을 흘끗 보았다. 「그리고 이곳의 고지대에서 사냥도 했어. 그 끔찍한 괴물을 끌어당겨 무릎 위에 올려놓더라도 눈 하나 깜짝하지 않을 만한 담력이 있을지도 몰라.」

「……만약 성공한다면 존스 홉킨스 대학에서 경비 전액을 부담하고, 이키의 시체에 일곱 자리의 돈을 지불한다고 했거든.」 그는 이렇게 덧붙였다. 「이건 누가 보아도 거금이야. 루하리치에게도.」

나는 허리를 굽히고 해치로 들어갔다.

「아마 자네 말이 옳은지도 모르겠군. 하지만 내가 알고 있던 그녀는 부자에다가 마녀 같은 여자였어.」

나는 심술궂은 어조로 이렇게 덧붙였다. 「게다가 진짜 금발도 아니었고.」

그는 하품을 했다.

「아침이나 먹으러 가세.」
우리는 그렇게 했다.

어렸을 적에 나는 바다 생물로 태어나는 것이 자연이 내려 줄 수 있는 최고의 선물이라고 생각하고 있었다. 나는 태평양 연안에서 자랐고, 매년 여름을 멕시코 만이나 지중해에서 보냈다. 산호초를 탐험하고, 깊숙한 곳에 숨어 있는 어류의 사진을 찍고, 돌고래들과 술래잡기를 하면서 일 년 중 몇 달이나 되는 세월을 보냈던 것이다. 물고기가 있는 곳이라면 나는 어디든지 가서 낚시를 했고, 물고기들은 내가 갈 수 없는 곳까지 갈 수 있다는 사실에 분개하곤 했다. 나이를 먹어 감에 따라 나는 더 큰 물고기를 원하게 되었고, 내가 아는 한 세쿼이아[3]를 제외하면 이키보다 더 큰 생물은 없었다. 이유 하나는 이것일지도 모른다…….

나는 종이 봉지에 롤빵을 두어 개 쑤셔 넣고 커피를 보온병에 채웠다. 말번더러 나중에 보자고 말하고는 식당을 나와 슬라이더 조종석으로 갔다. 모든 것이 옛날 기억하던 그대로였다. 스위치를 몇 개 넣자 단파 무선이 윙윙거렸다.

「칼?」

「그래, 마이크. 여기로 동력을 좀 보내, 이 시궁쥐 같은 배신자야.」

그는 이 말에 관해 곰곰이 생각하는 듯했다. 이윽고 동력이 전송되기 시작하자 격벽이 진동했다. 나는 세 잔째 커피를 따르고 담배를 한 대 꺼내 물었다.

「그래서, 이번에는 또 무엇 때문에 날 시궁쥐 같은 배신자라고 부르는 거지?」 다시 그의 목소리가 들려왔다.

「16번 격납고에서 카메라맨들이 기다리고 있다는 걸 알고

---

[3] *Sequoia*. 캘리포니아 원산의 거목(巨木).

있었어?」

「응.」

「그럼 넌 역시 시궁쥐 같은 배신자야. 내가 그 무엇보다도 선전을 제일 싫어한다는 걸 알면서. 〈지금까지 실패의 쓴맛을 거듭 맛본 사내, 불굴의 의지로 다시 도전하다.〉 어떻게 찍혀 나올지 눈에 선하군.」

「그건 착각이야. 스포트라이트는 두 사람을 비추지는 않아. 그리고 그 여자는 너보다 더 예쁘잖아.」

이 말에 대꾸하는 대신 나는 엘리베이터의 스위치를 넣었다. 그러자 코끼리 귀 같은 덮개가 머리 위에서 덜컹하며 열렸.

내가 탄 슬라이더는 갑판 위로 올라갔다. 측면 레일을 끌어올리고 홈을 따라 전방을 향해 움직였다. 갑판 중앙에 도달하자 나는 교차점에서 멈췄고, 측면 레일을 내리고 이번에는 앞뒤의 레일을 끌어올렸다.

나는 우현을 향해 활주했고, 두 개의 〈루크〉 중간에서 정지한 다음 전자석 결합 스위치를 넣었다.

커피는 단 한 방울도 흘리지 않았다.

「그림을 보여 줘.」

스크린이 반짝이기 시작했다. 조절하자 해저의 윤곽이 보였다.

「오케이.」

내가 〈청색 상태〉 스위치를 넣자 마이크도 같은 일을 했다. 계속 파란색 불이 들어와 있었다.

윈치의 고정 장치가 풀렸다. 나는 해면의 한 지점을 겨냥하고 〈팔〉을 뻗어 갈고리 닻을 발사했다.

「정확하게 맞췄군.」 마이크가 말했다.

「〈적색 상태〉. 스트라이크.」 나는 스위치를 넣었다.

「〈적색 상태〉.」

실제 상황이라면 여기서 미끼 담당이 출동하게 된다. 낚싯바늘을 좀 더 매력적으로 만들기 위해.

엄밀하게 말해서 그것은 낚싯바늘이 아니다. 케이블은 속이 빈 튜브이고, 그 속에는 마약 중독자의 대군을 한꺼번에 잠재워 버릴 만한 마취액이 들어 있다. 리모트 컨트롤로 눈앞에서 흔들거리는 미끼를 이키가 물면, 낚시꾼이 갈고리를 박아 넣는 것이다.

내 양손이 제어반 위를 훑으며 필요한 조정을 마쳤다. 마취액 탱크의 눈금을 보았다. 비어 있군. 좋아. 아직 채워 놓지 않은 상태였다. 나는 엄지손가락으로 〈주사〉 버튼을 눌렀다.

「삼켰어.」 마이크가 중얼거렸다.

나는 케이블을 발사했다. 가공의 짐승과 줄다리기를 했다. 상대방이 헤엄쳐 달아나도록 놓아두고, 그 움직임에 맞춰 윈치를 조작했다.

에어컨디셔너를 켜고 셔츠를 벗고 있었음에도 불구하고 무더웠다. 어느새 아침은 한낮으로 바뀌어 있었던 것이다. 다른 헬리콥터들이 몇 번씩 이착륙하는 것을 나는 어렴풋하게 깨닫고 있었다. 승무원 일부는 내가 열어 둔 문의 〈그늘〉에 앉아서 이 연습을 구경하고 있었다. 나는 진이 도착했다는 사실을 미처 깨닫지 못했다. 보았더라면 연습을 그만두고 아래로 내려갔을 것이다.

그녀는 전자석이 덜컹거릴 만큼 세게 문을 닫았고, 조작에 몰두하고 있던 나를 제정신으로 돌아오게 만들었다.

「누구 허가를 받고 슬라이더를 위로 내놓은 거죠?」 그녀가 물었다.

「허가 따위는 받지 않았습니다.」 나는 대꾸했다. 「지금 밑으로 내리죠.」

「비켜요 그냥.」

내가 그 말에 따르자 그녀는 조종석에 앉았다. 갈색 바지에 헐렁한 셔츠 차림이었고, 머리는 간편하게 뒤로 묶고 있었다. 뺨이 붉었지만, 꼭 더위 탓만은 아닌 것 같았다. 그녀는 우스울 정도로 열심히 제어반을 공략했지만, 나는 그 사실로 인해 불안함을 느꼈다.

「〈청색 상태〉.」 그녀는 내뱉듯이 말했다. 토글스위치를 너무 세게 내린 탓에 보라색 손톱이 부러졌다.

나는 억지 하품을 하고는 천천히 셔츠의 단추를 채웠다. 그녀는 곁눈으로 나를 흘끗 보았고, 계기 상태를 확인한 다음 케이블을 발사했다.

나는 스크린에 나타난 궤적을 바라보고 있었다. 그녀는 잠깐 이쪽을 돌아다보았다.

「〈적색 상태〉.」 그녀는 차분하게 말했다.

나는 고개를 끄덕여 동의했다.

그녀는 윈치의 〈팔〉을 옆으로 움직여 자신의 솜씨를 보여주려고 했다. 그녀가 그럴 수 있다는 사실을 나는 믿어 의심치 않았고, 그녀도 내가 믿어 의심치 않는다는 사실을 믿어 의심치 않았다. 그러나…….

「노파심에서 하는 말인데,」 그녀는 말했다. 「당신이 이 의자에 앉을 수 있다고 생각하면 오산이에요. 당신은 미끼 담당으로 고용된 거예요, 알겠어요? 당신 임무는 바다로 헤엄쳐 나가서 우리 친구인 괴물을 위해 밥상을 차려 놓는 일이에요. 위험한 작업이지만, 거기에 걸맞은 충분한 수당을 받고 있잖아요. 또 다른 질문이 있나요?」

「전혀.」 나는 피식 웃었다. 「하지만 난 그 어쩌고저쩌고 하는 기계를 조작할 수 있는 자격을 갖고 있습니다. 그러니까 그럴 필요가 생긴다면 불러 주시죠. 조합 규정 요금이면 됩니다.」

「미스터 데이비츠.」 그녀는 말했다. 「난 패배자가 이 제어반에 손을 대는 걸 원하지 않아요.」

「미스 루하리치. 이 게임에서 승자는 한 명도 없었다는 사실을 잊지 마시기를.」

케이블을 감기 시작하는 것과 동시에 전자석을 껐기 때문에, 거대한 요요가 되돌아오는 것처럼 슬라이더 전체가 진동했다. 반동 탓에 우리는 뒤로 몇 피트쯤 미끄러졌다. 그녀가 측면 레일을 끌어올리자 우리가 탄 슬라이더는 홈을 따라 빠른 속도로 후진했다. 그녀는 속도를 늦추면서 다시 레일을 바꿨고, 쿵 하고 정지하자마자 오른쪽을 향해 돌진했다. 해치 옆에 있던 승무원들이 뿔뿔이 흩어졌고, 우리는 엘리베이터 위에서 멈췄다.

「미스터 데이비츠, 앞으로 명령 없이는 슬라이더 안으로 들어오지 마세요.」 그녀가 말했다.

「걱정 마십쇼. 설령 그렇게 명령하신다고 해도 절대로 발을 들여놓지는 않을 테니.」 나는 대꾸했다. 「저는 미끼 담당으로서 계약했다는 걸 잊지 마십시오. 만약 저를 여기로 다시 데려오고 싶다면, 명령이 아니라 제게 부탁할 필요가 있다는 걸 명심하시기를.」

「그런 날은 결코 오지 않을걸요.」 그녀는 미소 지었다.

내가 고개를 끄덕이는 것과 동시에 머리 위에서 문이 닫혔다. 슬라이더가 격납고 안에서 정지한 후 우리는 더 이상 이 일을 화제 삼는 것을 그만두고 각각 다른 방향을 향해 갔다. 그러나 그녀는 〈잘 가요〉라고 인사하는 것을 잊지 않았다. 그것은 그녀의 훌륭한 가정 교육 덕분일 뿐만 아니라 나의 웃음소리에 대한 결의의 표명일지도 몰랐다.

그날 밤 늦게 마이크와 나는 말번의 선실에서 파이프를 피우고 있었다. 풍랑이 일고, 줄기차게 쏟아지는 비와 우박 탓에 머리 위의 갑판은 함석지붕처럼 시끄럽게 덜그럭거렸다.

「거친 날씨군.」 말번이 입을 열었다.

나는 고개를 끄덕였다. 버번을 두 잔 마시자 실내는 목판화같이 낯익은 정경으로 바뀌어 있었다. 마호가니 제 가구들(단지 그러고 싶다는 이유에서 오래전에 지구에서 가져온 것들이다), 검은 벽, 그리고 노숙한 말번의 얼굴과 언제나 곤혹스러운 듯한 데이비스의 표정이, 의자 뒤쪽과 방의 네 모서리에 고여 있는 커다란 그림자 웅덩이들 사이에 떠올라 있었다. 조명은 작은 탁상 등 하나뿐이었고, 흐릿한 유리를 통해 보는 것처럼 모든 것이 갈색을 띠고 있었다.

「여기 오기를 잘 했어.」

「이런 밤이면 아래쪽은 어떤 느낌일까?」

나는 파이프를 뻐끔거리며 생각해 보았다. 검은 다이아몬드 내부를 칼처럼 가르며, 조금씩 떨리면서 나아가는 나의 조명등. 느닷없는 유성의 활촉처럼 불빛을 스치고 지나가는 물고기, 그로테스크한 해초의 하늘거림, 성운 같은 — 검은 그림자, 다음 순간에는 녹색, 그리고 사라지는 — 이런 광경이 한 순간 내 마음속을 스쳐 지나갔다. 아마 별들 사이의 간극을 가로지르는 우주선이 느끼는 기분과 — 우주선에게 감정이 있다면 말이지만 — 비슷한 것인지도 모른다. 그리고 그곳은 조용하다. 믿을 수 없을 정도로, 초자연적일 정도로 조용하다. 그리고 잠처럼 평화롭다.

「칠흑처럼 새까맣지.」 나는 말했다. 「그리고 서너 길[4] 아래로 잠수하면 파도는 그렇게 거칠지도 않아.」

「여덟 시간 후면 출항이군.」 마이크가 말했다.

「열흘에서 열이틀 후면 도착할 거야.」 말번이 얘기했다.

「이키가 뭘 하고 있다고 생각해?」

[4] *fathom*. 길. 깊이의 단위. 1.83미터.

「해저 침대에서 이키 마누라하고 쿨쿨 자고 있겠지. 조금이라도 그럴 만한 두뇌가 있다면 말이야.」

「그런 건 없어. ANR이 해변으로 밀려온 뼈를 가지고 추정해 낸 골격 모형을 보았는데—」

「두뇌가 없기로는 우리 모두 피차일반 아닌가?」

「……완전히 살을 붙인다면, 몸 전체 길이가 1백 미터 넘게 나오더군. 안 그래, 칼?」

나는 고개를 끄덕였다.

「……그렇지만 그런 덩치에 비해 뇌 용적이 너무 작아.」

「이 배의 냉동고에 실리지 않을 정도로는 머리가 좋지 않나.」

웃음소리. 왜냐하면 지금 존재하는 것은 이 방밖에는 없기 때문이다. 바깥 세계는 얼음 섞인 진눈깨비를 맞고 있는 빈 갑판일 뿐이다. 우리들은 의자 등받이에 등을 기대고 연기구름을 만들어 낸다.

「우리 보스 아가씨께서는 몰래 낚시를 용납 못 하시는가 보군.」

「우리 보스 아가씨 맘이지 뭐.」

「거기서 뭐라고 했는데?」

「내가 있을 자리는 물고기 똥이 널려 있는 해저라고 했어.」

「그럼 슬라이더 조종은 안 해?」

「난 미끼를 놓을 거야.」

「그건 두고 봐야 알겠지.」

「난 그 일밖엔 안 해. 굳이 슬라이더맨이 되어 주길 원한다면 우선 정중하게 부탁해야 할 걸.」

「결국 그렇게 될 거라고 생각하나?」

「결국 그렇게 될 거라고 생각하네.」

「그럴 경우엔 그걸 할 수 있을 것 같아?」

「좋은 질문이군.」 나는 연기를 내뿜었다. 「하지만 어떻게 될지는 나도 대답할 수 없어.」

 그 대답을 얻을 수만 있다면 내 영혼을 주식회사로 만들고 그 주식의 40퍼센트를 팔아 치워도 좋다. 그 대답을 얻을 수만 있다면 남은 수명 중 몇 년과 교환해도 좋다. 그러나 이런 내기에 응해 줄 초자연적인 상대는 아무래도 존재하지 않는 것 같았다. 왜냐하면 아무도 그 대답을 몰랐기 때문이다. 만약 바다로 나가서, 운 좋게 이키를 만난다면? 만약 이키를 미끼로 유인해서 낚는 데 성공한다면? 자, 그런 다음에는? 만약 이키를 배까지 끌어온다면, 그녀는 그것을 견뎌 낼까, 아니면 무너질까? 만약 그녀가, 독침을 발사하는 공기 권총으로 상어를 사냥하곤 했던 데이비츠보다 훨씬 더 담력이 있다면? 그녀가 이키를 갑판으로 낚아 올리고, 데이비츠는 옆에서 엑스트라처럼 멍하게 얼어붙는다면?

 아니, 더 나쁜 상황도 생각해 볼 수 있다. 만약 그녀의 부탁을 받은 데이비츠가, 엑스트라처럼 — 혹은 흐리멍덩한 눈을 한 〈두려움〉의 화신처럼 얼어붙어 있다면?

 그것은 내가 이키를 길이 8피트의 강철제 수평선 위로 끌어올리고 그 전신을 처음으로 보았을 때의 일이었다. 어디까지나 사면(斜面)이 계속되다가, 마지막에는 녹색의 산맥처럼 시야에서 사라지는……. 그리고 그 머리. 동체에 비하면 작지만, 역시 거대하기 이를 데 없는. 울퉁불퉁하고 육중한 그 머리에는, 내 조상이 신대륙에서 새 삶을 찾아보려고 결심하기 전부터 이미 검고 붉게 회전하던, 눈꺼풀이 없는 룰렛이 있었다. 머리 전체를 흔들었다.

 새로운 마취 액 탱크는 이미 연결되어 있었다. 그 즉시 한 번 더 주입할 필요가 있었다. 그러나 나는 마비된 상태였다.

 이키는 신이 연주하는 해먼드 오르간 같은 소리를 냈고…… 나를 응시했던 것이다!

그런 눈으로 〈본다는〉 것이 우리가 보는 것과 똑같은 과정을 거치는지 나는 모른다. 솔직히 말해 그럴 것 같지는 않다. 아마 플렉시 글라스에 반사된 하늘 탓에 거의 장님이 되다시피 한 눈동자는, 검은 바위 뒤에 있는 어렴풋한 잿빛 반점만을 보았는지도 모른다. 그러나 그 눈은 나를 쏘아보았다. 아마 뱀이 토끼를 옴짝달싹 못하게 하는 것은 그 눈 때문이 아니라, 토끼 자체가 태어날 때부터 겁쟁이인 탓인지도 모른다. 그러나 상대방이 몸부림치기 시작했을 때도 나는 옴짝달싹도 못하고 빤히 바라보고만 있었다.

상대방의 가공할 만한 힘과 눈동자에 매료되었던 나는, 15분 뒤에 머리와 어깨가 조금 부러진 상태로 발견되었다. 주입 버튼에는 손도 대지 않은 상태였다.

그때의 두 눈을 아직도 꿈에서 본다. 설령 영겁에 가까운 세월을 기다려야 할지라도, 단 한 번만이라도 좋으니 그 눈과 대면하고 싶다. 나의 내부에, 토끼와 나를 구별시켜 줄 그 무엇인가가 실제로 존재하는지를 확인해 보아야 한다. 다이얼을 돌려 적당한 조합을 맞추기만 하면 언제나 산산조각이 나는, 반사 신경과 본능으로만 이루어진 고깃덩어리가 아닌지를 확인해 보아야 한다.

밑을 내려다보니 손이 떨리고 있었다. 흘끗 고개를 들어보고, 아무도 그 사실을 깨닫지 못했다는 사실을 깨달았다.

남은 술을 마저 들이켜고 파이프를 비웠다. 늦은 밤이었기 때문에 새가 지저귀는 소리 따위는 들리지 않았다.

나는 고물 끄트머리에 앉아 양다리를 건들거리며 나뭇조각을 깎고 있었다. 나무 부스러기들이 빙글빙글 돌며 배가 남기는 항적(航跡) 위로 떨어지고 있었다. 사흘째였다. 아직 아무 일도 일어나지 않았다.

「거기 있는 당신!」

「나?」

「당신 말이에요.」

무지개의 밑동을 연상케 하는 머리카락, 자연계에서는 존재할 리가 없는 색깔의 눈동자, 가지런한 흰 이.

「여어.」

「지금 당신이 하고 있는 짓이 안전 규칙에 위반된다는 걸 알아요?」

「알아. 아침 내내 그걸 고민하고 있었으니까.」

나무로 된 섬세한 나선이 내 나이프를 기어올랐고, 우리 뒤로 한들거리며 날아갔다. 그것은 거품 속으로 들어갔고, 물살에 밀려 가라앉았다. 나는 칼날에 비친 그녀의 모습을 보았고, 일그러진 그 모습에 은밀한 즐거움을 맛보았다.

「미끼로 날 낚으려는 건가요?」 마침내 그녀가 입을 열었다.

곧 이어 그녀의 웃음소리가 들려왔고, 나는 그것이 고의적인 웃음이었다는 사실을 알면서도 뒤를 돌아다보았다.

「뭐? 내가?」

「여기서 당신을 밀어 떨어뜨리는 건 아주 간단해요.」

「그럼 다시 기어 올라올걸.」

「그럼 당신이 날 밀어 떨어뜨린다는 건 어때요 — 어두운 밤이나 뭐 그럴 때를 골라서?」

「이곳의 밤은 언제나 어둡다는 걸 아시는지요, 미스 루하리치. 아, 그러는 대신 이것을 드리고 싶군요.」

그러자 그녀는 내 곁으로 와서 앉았고, 나는 그녀 무릎에 팬 보조개에서 눈을 뗄 수가 없었다. 흰색 반바지에 홀터[5] 차림이었고, 지구에서 실컷 태운 갈색 피부가 지독히도 매력적이었다. 이런 상황이 올 것을 처음부터 염두에 두고 있었다는

---

5 *halter*. 끈이 달리고 어깨와 팔이 노출된 여성용 상의.

사실에 나는 조금 양심의 가책을 느꼈지만, 내 손은 여전히 나무로 된 동물을 그녀의 눈으로부터 감추고 있었다.

「알았어요. 미끼를 물죠. 나한테 뭘 선물한다는 거죠?」

「잠깐만 기다려 주십쇼. 거의 끝났으니.」

나는 엄숙한 표정으로 직접 깎아 만든 목재 나귀[6]를 그녀에게 건넸다. 조금 후회하고 있었고, 스스로도 약간 바보 같다는 생각이 들었지만, 여기까지 와서 그만둘 수는 없었다. 나귀의 입술은 히히힝 하고 웃는 듯이 말려 올라가 있었다. 귀는 위로 뾰족하게 솟아 있었다.

그녀는 웃지도 않았고, 얼굴을 찌푸리지도 않았다. 그냥 찬찬히 뜯어보았을 뿐이었다.

「멋진 솜씨로군요.」 이윽고 그녀가 입을 열었다. 「당신이 하는 대부분의 일들과 마찬가지로 말이에요 ─ 그리고, 아마 당신 의견이 맞는 건지도 몰라요」

「이리 줘.」 나는 손바닥을 내밀었다.

그녀가 건넨 목각을 나는 바다를 향해 던졌다. 흰 파도를 맞추지는 못했다. 한동안 조그만 해마(海馬)처럼 둥실둥실 떠 있었다.

「왜 그런 짓을 한 거죠?」

「질이 안 좋은 농담이었어. 미안해.」

「하지만 당신 말이 맞는 건지도 몰라요. 아마 이번만은 나도 약간 힘에 겨운 일에 도전한 건지도 몰라요.」

나는 콧방귀를 뀌었다.

「그럼 왜 그 대신 좀 더 안전한 일에 몰두하지 않는 거지? 이를테면 로켓선 경주라든지?」

「아니에요. 이키가 아니면 안 돼요.」

「왜?」

[6] *jackass*. 바보, 멍청이라는 뜻이 있다.

「당신이야말로 전 재산을 쏟아 부으면서까지 이키를 원했던 이유가 뭐죠?」

「남성적인 이유야.」 나는 말했다. 「지하실에서 흑(黑)미사 요법을 거행하다가 자격을 박탈당한 정신분석의가 이렇게 말했던 적이 있지. 〈미스터 데이비츠. 당신은 현존하는 모든 종류의 물고기를 빠짐없이 낚아 올림으로써 자신의 남성적 이미지를 강화할 필요가 있습니다〉라고 말이야. 아시다시피 물고기는 남성다움에 대한 매우 오래된 상징이지. 그래서 그걸 실행에 옮겼던 거야. 이제 하나만 더 낚으면 돼. ─ 그건 그렇고, 당신은 왜 자신의 남성다움을 강화하고 싶어 하는 거지?」

「아니에요.」 그녀가 말했다. 「내가 강화하고 싶은 건 오직 루하리치 산업뿐이에요. 우리 회사의 통계 국장이 이렇게 말했던 적이 있어요. 〈미스 루하리치, 태양계 내의 콜드크림과 분 판매를 모조리 장악할 수 있다면 당신은 행복해질 수 있습니다. 부자도 될 수 있고 말입니다〉라고 말이에요. 그리고 그의 말은 옳았어요. 내가 바로 산 증거예요. 난 어떤 외모도 마음대로 선택할 수 있고, 뭐든지 할 수도 있고, 태양계 내의 립스틱과 분 대부분을 팔고 있어요 ─ 하지만, 가장 중요한 건 뭐든지 할 수 있어야 한다는 거예요.」

「사실 쿨하고 유능해 보이는군.」

「날씨 탓인지 별로 쿨한 기분은 아니네요.」 그녀는 이렇게 말하며 일어섰다. 「헤엄을 치러 가면 어때요.」

「이 배가 상당히 고속으로 달리고 있다는 사실을 지적해도 될는지?」

「뻔한 사실을 굳이 지적하고 싶다면 얼마든지. 아까 누구의 도움도 받지 않고 배로 되돌아올 수 있을 거라고 했죠. 그새 마음이 바뀌었나요?」

「아니.」

「그럼 스쿠버 장비를 가지러 가죠. 텐스퀘어 호 밑에서 경주를 하는 거예요.」 그녀는 이렇게 덧붙였다. 「미리 말해 두지만, 내가 이길걸요.」

나는 일어서서 그녀를 내려다보았다. 보통 이렇게 하면 여자들에 대해 우월감을 느낄 수 있기 때문이다.

「리르[7]의 딸, 피카소의 눈이여, 좋아, 도전에 응하지. 이물 우현의 루크 앞에서 10분 후에 만나자구.」

「10분이에요 그럼.」 그녀가 동의했다.

약속대로 10분이었다. 짐을 잔뜩 든 탓에 중앙 돔에서 루크까지는 2분쯤 걸렸다. 내 샌들이 지독하게 뜨거워졌기 때문에, 비교적 시원한 모퉁이로 가서 오리발로 갈아 신었을 때 나는 안도의 한숨을 내쉬었다.

우리는 고정용 하네스를 착용하고 장비를 점검했다. 그녀는 몸에 꼭 맞는 녹색의 원피스 수영복으로 갈아입고 있었다. 무의식중에 나는 손을 이마에 대고 고개를 돌리며 그 모습을 외면했다가, 다시 그녀를 돌아다보았다.

나는 줄사다리를 고정해 놓고 발로 차서 바다 쪽으로 떨어뜨렸다. 그런 다음 루크 벽을 툭툭 쳤다.

「뭐예요?」

「고물 쪽의 루크에는 얘기를 해뒀어?」 나는 큰소리로 물었다.

「그쪽 준비는 완료됐어요.」 이런 대답이 돌아왔다. 「줄사다리도 인양용 밧줄도 모두 걸어 놓았어요.」

「정말 경주를 할 생각입니까?」 그녀의 홍보 책임자이자 앤더슨이란 이름을 가진 볕에 그을린 조그만 사내가 물었다.

그는 루크 옆에 갖다 놓은 갑판 의자에 앉아서 빨대로 유리컵에 든 레모네이드를 마시고 있었다.

---

[7] Lir. 켈트 신화에 등장하는 바다의 신. 그 후처는 전처의 자식들을 질투하여, 그들을 백조로 바꿔 놓았다.

「위험할지도 모릅니다.」그는 홀쭉해진 입으로 말했다. (그의 이는 곁에 있는 다른 유리컵 안에 들어 있었다.)

「그래요.」그녀는 미소 지었다.「물론 위험하겠죠. 하지만 지나치게 위험하지는 않아요.」

「그럼 조금 촬영을 해도 될까요? 한 시간 이내에 라이프라인으로 보낼 수 있습니다. 오늘 밤까지는 뉴욕에 도착해 있을 겁니다. 좋은 선전이 될 텐데요.」

「안 돼요.」그녀는 이렇게 말한 다음 우리 두 사람으로부터 등을 돌렸다.

그녀는 양손을 들어 눈가로 가져갔다.

「자, 이것들을 좀 맡아 줘요.」

그녀는 콘택트렌즈가 잔뜩 든 상자를 그에게 건넸다. 다시 내 쪽을 돌아다보았을 때 그녀의 눈동자는 내가 기억하던 대로 갈색이었다.

「시작할까요?」

「잠깐 기다려.」나는 단호한 어조로 말했다.「잘 들어, 진. 당신이 정말로 이 게임을 즐길 생각이라면 몇 가지 규칙을 지켜야 해. 첫째로」나는 손가락을 꼽았다.「우리는 선체 바로 밑으로 잠수해 들어가니까, 낮게, 계속 움직여야 해. 만약 배의 밑바닥에 부딪힌다면, 산소 탱크가 파열할 가능성도 있고……」

아무리 바보라도 그 정도는 알고 있다고 항의하려는 그녀를 가로막고 나는 말을 계속했다.

「둘째로, 우리가 갈 곳은 어두우니까, 가능한 한 함께 붙어서 가야 하고, 우리 두 사람 모두가 토치를 켜고 있어야 해.」

그녀의 젖은 눈동자가 화난 듯이 반짝였다.

「당신을 고비노[8]에서 구해 냈을 때, 그런 것 따위는 필요없 ―」

여기까지 말하다가 그녀는 입을 다물었고, 나를 외면했다.

8 Govino. 그리스 서부 이오니아 해의 코르푸Corfu 섬에 있는 만(灣).

그녀는 토치를 집어 들었다.

「알았어요. 토치를 가져가죠. 미안해요.」

「……그리고 추진 스크루들을 조심해야 해.」 나는 말을 끝마쳤다. 「스크루 뒤쪽으로는 최소 50미터까지는 강한 흐름이 있을 테니까.」

그녀는 다시 눈을 문지르고는 마스크를 썼다.

「알았어요. 가요.」

우리는 갔다.

내 주장에 따라 그녀가 먼저 내려갔다. 해수 표면은 따뜻했고 쾌적했다. 두 길쯤 내려가면 상쾌한 느낌. 다섯 길까지 들어가면 기분 좋은 차가움. 여덟 길까지 들어가서 우리는 흔들거리는 줄사다리를 손에서 놓았고, 발로 물을 찼다. 텐스퀘어는 앞으로 돌진했고, 우리는 반대 방향으로 헤엄쳐 가며 10초 간격으로 선체에 노란빛으로 된 문신을 새겼다.

선체는 본래 위치에서 멈춰 섰지만, 우리는 암흑면에서 움직이는 두 개의 위성처럼 질주했다. 나는 토치의 불빛으로 그녀의 오리발을 주기적으로 간질였고, 곤충의 촉각 같은 공기방울을 어루만졌다. 그녀가 약 5미터 앞서고 있다는 사실은 문제가 되지 않았다. 어차피 막판에 따라잡을 수 있고, 아직 그녀를 뒤에 남겨 두고 가고 싶지는 않았다.

우리들 아래로는 칠흑의 거대한 심연. 이 금성판 민다나오 해구에서 죽은 자들은, 영겁에 가까운 세월이 흐른 후 이름 없는 물고기들의 도시에 도달하는 것인지도 모른다. 나는 고개를 비틀어 머리 위의 선체를 빛의 촉각으로 더듬었고, 약 4분의 1쯤 왔다는 사실을 확인했다.

한층 더 빨라진 그녀의 속도에 맞추기 위해 나는 더 세게 물을 찼고, 갑자기 2~3미터 더 벌어진 그녀와 나 사이의 간격을 줄였다. 그녀는 또다시 속도를 올렸고, 나도 이에 응했다. 나는 내 토치에서 나오는 불빛으로 그녀를 포착했다.

그녀가 뒤를 돌아다보자 마스크가 반짝거렸다. 그녀가 웃었는지 안 웃었는지는 결국 알 수 없었다. 아마 웃었을 것이다. 그녀는 손가락으로 V사인을 지어 보이고는 전속력으로 앞을 향해 나아갔다.

진작 깨달았어야 했다. 이런 일이 일어나기 전에 말이다. 그녀에게 이것은 단지 경주일 뿐이었고, 단순한 승리의 대상에 불과했다. 적의 어뢰 따위엔 개의치 말고 돌진!

그래서 나도 그렇게 하기로 했다. 난 물 속에서 떨거나 하지는 않는다. 설령 그런다고 해도 문제가 되는 것은 아니고, 자각조차 하지 못했을 것이다. 나는 그녀와 나 사이의 간격을 또다시 줄이기 시작했다.

그녀는 뒤를 돌아다보고서는 속력을 올렸고, 다시 뒤를 돌아다보았다. 그럴 때마다 간격은 더 좁혀졌고, 마침내 나는 아까처럼 5미터까지 그녀를 따라잡았다.

그러자 그녀는 보조 로켓을 썼다.

내가 두려워하고 있던 것은 바로 이것이었다. 아직 반쯤밖에 오지 않은 지금 같은 상황에서는 쓰지 말았어야 했다. 압축 공기의 강력한 분사는 얼마든지 선저(船底)를 향해 그녀를 쏘아 올릴 수 있었고, 만약 그녀가 몸을 비튼다면 장비가 뜯겨 나갈 위험도 있었다. 보조 로켓들의 주된 용도는 몸을 감은 해초에서 빠져나오거나, 위험한 해류에서 탈출하기 위한 것이다. 내가 이것들을 일종의 안전장치로서 가져오기를 원했던 것은 우리 뒤쪽에서 돌고 있는 거대한 풍차에 빨려 들어가는 것을 경계했기 때문이었다.

그녀는 유성처럼 앞을 향해 날아갔고, 나는 갑자기 식은땀이 솟구치며 주위의 교란된 바닷물과 섞이는 것을 느꼈다.

나 자신의 제트를 쓰고 싶지 않았던 탓에 나는 계속 앞을 향해 헤엄쳤고, 그 사이 그녀와의 간격은 세 배, 네 배로 늘어나고 있었다.

마침내 그녀의 제트가 침묵했지만, 그녀는 여전히 원래 코스를 유지하고 있었다. 좋아. 원한다면 나를 시대에 뒤떨어진 멍청이라고 놀려도 좋아. 하지만 그녀는 실패하고, 선저를 향해 돌진했을 가능성도 있었던 것이다.

그때, 회전하며 불을 빨아들이는 자석이 작동을 시작했고, 그녀는 그 유혹에 흔들리기 시작했다. 이렇게 거리가 떨어져 있음에도 불구하고 지독하게 강한 흡인력이었다. 고기 저미는 기계가 부르는 소리.

나도 한 번 그것에 긁힌 적이 있었다. 중급 어선인 돌핀 호 밑에서. 물론 취해 있었던 것은 사실이지만, 날씨가 거칠었고, 스크루가 평소보다 더 빨리 가동되었던 탓도 있었다. 다행히 위에서 아슬아슬하게 스위치를 꺼주었기 때문에 큰 탈은 없었고, 다친 아킬레스건도 철심으로 원상 복구가 되었지만, 항해 일지만은 어쩔 수 없었다. 그곳에는 단지 내가 취한 채로 작업에 임했다는 사실만이 기록되어 있을 뿐이다. 무슨 짓을 하든 상관없는 비번 때 일어난 일이었다는 사실은 일언반구도 없었다.

그녀는 속도를 반으로 늦췄지만, 아직도 고물 좌현 쪽을 향해 대각선 방향으로 움직이고 있었다. 나 자신도 그 흡인력을 느끼기 시작했고, 속도를 늦춰야 했다. 그녀는 큰 스크루는 피해간 것 같았지만, 여전히 너무 가깝게 접근해 있는 것처럼 보였다. 수중에서 거리를 가늠하는 것은 쉽지 않지만, 빨간 시간의 고동이 한 번씩 맥박 칠 때마다 내가 옳았다는 것을 알 수 있었다. 그녀는 스크루에 빨려 들어갈 위험으로부터는 벗어났지만, 그녀가 그곳으로부터 80미터쯤 안쪽에 있는 좌현의 작은 스크루에 빨려 들어갈 위험성은 이제는 가능성이 아닌 확신으로 변해 있었다.

그녀는 방향을 바꿨고, 그것으로부터 떨어지려고 노력하고 있었다. 그녀와 나 사이의 간격은 20미터. 그녀는 그 자리에서 정지했다. 15미터.

천천히, 그녀는 뒤를 향해 흘러가기 시작했다. 나는 보조 로켓을 가동시켰고, 그녀의 2미터 후방, 스크루의 날로부터 약 20미터 전방을 조준했다.

일직선으로! 천만다행이다! 붙잡는다, 부드러운 배, 어깨를 짓누르는 납 파이프. 죽어라고 헤엄쳐! 마스크에 금이 갔지만, 부서지지는 않는다. 그리고 위로!

우리는 밧줄을 잡았고, 나는 브랜디 생각을 했다.

끊임없이 흔들리는 요람을 향해 나는 침을 뱉고, 왔다 갔다 하기를 거듭한다. 오늘 밤에는 불면증이다가, 왼쪽 어깨가 또 쑤시지만, 비여 마음껏 내려라 — 신경통을 고쳐주는 수도 있으니. 난 정말 어쩔 수 없는 멍청이다. 그런 말을 하다니. 담요를 두르고 덜덜 떨면서. 그녀. 「칼, 뭐라고 말해야 할지.」 나. 「그럼 그날 밤 고비노에서 있었던 일과 피장파장이라고 하면 어떨까, 미스 루하리치, 에?」 그녀. 침묵. 나. 「여기 브랜디 좀 더 없나?」 그녀. 「나도 한 잔 더 줘요.」 나. 홀짝인다. 석 달밖에는 지속되지 않았다. 위자료 따위는 없었다. 양측 모두 돈이라면 넘칠 정도로 있었으니. 그들이 행복했는지 안 행복했는지는 나도 모르겠다. 포도줏빛 어둠에 잠긴 에게해. 낚시하기는 최고. 아마 그는 좀 더 육지에서 시간을 보냈어야 했었는지도 모른다. 혹은 그녀 쪽에서 그러지 말아야 하는 건지도. 하지만 그녀의 수영 솜씨만은 일품이었다. 비도 Vido까지 그를 끌고 가서 폐에 찬 물을 빼주었다. 젊었다. 두 사람 모두. 강했다. 두 사람 모두. 태어날 때부터 부자였고 지독한 응석받이. 서로를 빼닮았다고나 할까. 코르푸 섬이 두 사람을 더 가깝게 만들어 줄 거라고 생각했다. 그러지는 못했다. 정신적 학대는 끌고 당기는 송어 낚시와 비슷하다고 생각한다. 그는 캐나다로 가고 싶어 했다. 그 여자.「지옥으로 가든, 어디로 가든 맘대로 해요!」그 남자.「함께 가주겠어?」그녀.「싫어요.」그러나 결국 그녀는 함께 가주었다. 여러 개의 지옥. 비싸게 먹혔다. 그는 한두 마리의 괴물을 잃었다. 그녀는 두어 마리를 더 상속했다. 오늘 밤은 줄곧 번개가 치고 있다. 정말 어쩔 수 없는 멍청이. 정중함은 기만당한 영혼의 관이다. 누가 한 말이더라? — 얼어 죽을 네오 엑스가 할 듯한 소리 아닌가 이건……. 하지만 난 너를 증오해, 앤더슨. 유리잔 속의 네 틀니도, 그녀의 새로운 눈동자도……. 이놈의 파이프 불은 자꾸 꺼지는군, 계속 연기를 빨아. 뱉어!

이레째 되는 날 탐지 스코프에 이키가 나타났다.

경보가 울리고, 여기저기 달려오는 발소리가 들리고, 어떤 낙천가는 홉킨스 냉동고의 전원을 넣었다. 말번은 나더러 안정을 취하고 있으라고 했지만, 나는 하네스를 장착하고 만반의 준비를 갖추고 있었다. 타박상은 보기보다 심하지 않았다. 그날 이후 매일 운동을 해서 그런지 어깨가 결리는 일도 없었다.

1천 미터 전방, 서른 길의 해저에서, 상대방은 우리의 진로를 향해 터널을 팠다. 해면에는 아무것도 나타나지 않는다.

「추적할 건가?」흥분한 승무원 하나가 물었다.

「연료 대신에 돈을 뗄 거면 몰라도 그러지는 않을걸.」나는 이렇게 말하고 어깨를 움츠려 보였다.

곧 탐지 스코프는 공백으로 되돌아갔고, 계속 그 상태로 남아 있었다. 우리는 경계 태세를 유지한 채 진로를 유지했다.

마지막으로 사이좋게 익사할 뻔한 이래 나는 보스와 십여 마디 남짓한 말을 나눴을 뿐이었다. 그래서 이 기록을 갱신하려고 마음먹었다.

「안녕.」 나는 다가갔다. 「뭔가 새로운 일이라도?」

「북북동을 향해 움직이고 있어요. 이건 놓아 주는 수밖에 없겠군요. 며칠 후에는 추적할 수도 있을 거예요. 지금은 안 돼요.」

매끄러운 머리……

고개를 끄덕. 「저놈이 어디로 갈지는 아무도 모르니까.」

「어깨는 어때요?」

「괜찮아. 당신은?」

리르의 딸…….

「끄떡없어요. 그건 그렇고, 당신에게 특별 보너스를 주기로 했어요.」

망할 놈의 저 눈!

「그럴 필요까지는 없어.」 나는 이렇게 대꾸했다.

그날 오후 늦게, 기대했던 대로, 폭풍이 우리를 난타했다. (나는 〈엄습했다〉라는 말보다 〈난타했다〉라는 말을 더 선호한다. 이러는 편이 금성의 열대 폭풍의 실상을 더 정확히 전달할 수 있고, 말을 절약할 수 있으므로.) 예전에 내가 언급했던 그 잉크병을 기억하는가? 자 이번에는 그걸 엄지손가락과 집게손가락으로 집어 올리고, 병 옆구리를 해머로 강타해 보라. 조심해서! 잉크를 뒤집어쓰거나, 손을 베거나 하는 일 없이 ―.

말라 있던 몸이 다음 순간에는 흠뻑 젖어 있었다. 해머가 강타하자 하늘은 백만 개의 눈부신 파편으로 갈라진다. 그리고 무엇인가가 깨지는 소리.

「전 승무원은 아래로!」 이미 후닥닥 달리기 시작한 승무원들을 향해 확성기가 고함을 지른다.

나는 어디 있었느냐고? 확성기로 고함을 지른 작자가 누구라고 생각하시는지?

바닷물이 휩쓸기 시작하자 갑판에 널려 있던 물건들이 몽땅 휩쓸려 갔으나, 그때는 사람들도 이미 사라지고 없었다. 제일 먼저 갑판 밑으로 들어간 것은 슬라이더였다. 이윽고 커다란 엘리베이터의 뚜껑도 닫혔다.

나는 대폭풍의 전조인 밝아 오는 하늘을 보자마자 한번 크게 소리를 지르고 가장 가까운 루크로 달려갔던 것이다. 그 안에서 나는 확성기를 켰고, 30초 동안 육상 팀의 코치 노릇을 했다.

경상자들이 조금 나온 것을 제외하면 큰 피해는 입지 않았다고 마이크가 무선을 통해 알려 왔다. 그러나 나는 폭풍이 계속되는 동안 고립된 채로 있어야 했다. 루크는 어디와도 연결되어 있지 않다. 선체에서 바깥쪽으로 너무 튀어나와 있고, 바로 아래에는 신축식 받침대가 있는 탓에 아래로 통하는 통로를 만들 수 없었던 것이다.

그래서 나는 최근 몇 시간 동안 등에 지고 있었던 산소 탱크를 벗어 놓았고, 탁자 위에서 오리발을 턱 꼬고는 의자에 등을 기대고 앉아 허리케인을 구경했다. 위도 아래도 칠흑이었고, 그 중간에 끼여 있는 우리는 납작하고 반짝거리는 공간 탓인지 어느 정도 빛을 받고 있었다. 머리 위의 물은 비로 변해 내리지는 않았다 — 그러는 대신 한 덩어리로 뭉쳐 떨어졌다는 편이 더 정확하다.

루크는 충분히 안전했다. 이 정도의 폭풍이라면 과거에도 이미 몇 번이나 견뎌 낸 적이 있었다. 단지, 텐스퀘어 호가 매우 신경질적인 할머니의 흔들의자처럼 상하로 요동칠 때마다, 본래의 위치 탓에 배의 다른 부분보다 훨씬 더 큰 호(弧)를 그린다는 것이 문제라면 문제라고나 할까. 나는 잠수 장비의 고정용 벨트를 써서 바닥에 볼트로 고정되어 있는 의자에 몸을 묶었고, 책상 서랍에 담배 한 갑을 넣어 둔 누군가의 영혼으로부터 연옥에서 보내야 할 몇 년을 면제시켜 주었다.

파도가 티피[9]를 짓고, 산을 이루고, 손과 나무를 자라게 하는 광경을 보고 있자니, 그것들이 급기야는 사람들의 얼굴과 몸으로 보이기 시작했다. 그래서 마이크를 불러냈다.

「밑에서 뭐하고 있나?」

「네가 위에서 뭘 하는지 궁금해 하고 있지.」 그는 대꾸했다.

「거긴 어때?」

「중서부 출신이지, 안 그래?」

「응.」

「고향에서도 이렇게 심한 폭풍을 봤어?」

「때로는.」

「지금까지 경험한 것 중 가장 지독한 놈을 상상해 봐. 계산자 가지고 있어?」

「있어.」

「그럼 거기다 1을 맞추고, 그 뒤로 제로를 두어 개 붙인 다음에 계속 제곱해 봐.」

「제로 부분은 상상이 안 되는군.」

「그럼 피승수(被乘數)만이라도 기억하고 있어 — 그것만으로도 벅찰 테니까.」

「그래서 지금 위에서 뭘 하고 있어?」

「의자에 몸을 묶고 있어. 지금은 바닥에서 물건들이 굴러다니는 걸 구경하고 있지.」

나는 고개를 들어 다시 밖을 바라보았다. 어두운 숲속에서 한층 더 어두운 그림자를 보았다.

「지금 기도하고 있는 거야, 아니면 욕을 하고 있는 거야?」

9 *teepee*. 북미 원주민의 원뿔형 천막.

「낸들 어떻게 아나. 하지만 이게 슬라이더였다면 ─ 정말 슬라이더이기만 했다면!」

「밖에 놈이 나타났어?」

나는 마이크에게는 내 모습이 보이지 않는다는 사실을 잊고 고개를 끄덕였다.

거대했다. 내가 기억하고 있는 것만큼. 주위를 둘러보기 위해 단지 몇 초 동안 해면에서 고개를 내밀었을 뿐이었다. 그 누구도 두려워하지 않도록 창조된 이 생물에 필적하는 힘을 가진 존재는 지구상에 존재하지 않는다. 나는 담배를 떨어뜨렸다. 예전과 마찬가지였다. 마비와 내지르지 못한 비명.

「괜찮아, 칼?」

그는 또다시 나를 바라보았던 것이다. 내겐 그렇게 보였다. 아마 저 지능을 가지지 않은 바다짐승은 현존하는 최고의 고등 종족 중 한 사람의 인생을 망치기 위해 천년기의 반이나 되는 세월을 여기서 기다리고 있었는지도…….

「괜찮은 거야?」

……혹은 그것은 조우하기 오래전부터 이미 망친 인생이었고, 이것은 단지 짐승끼리의 만남에 불과한 건지도 모른다. 강자가 약자를 일축하고, 육체가 정신을…….

「칼, 도대체 어떻게 된 거야! 말을 해봐!」

놈은 또다시 고개를 내밀었다. 이번에는 더 가까웠다. 회오리바람의 몸통을 본 적이 있는가? 천지를 뒤덮은 어둠 속에서 움직이는 그것은 마치 살아 있는 생물 같은 느낌이다. 그 어떤 존재도 저렇게 크고, 강하고, 살아서 움직일 권리를 가지고 있지는 않다. 구역질이 날 만큼 끔찍한 느낌.

「제발 대답 좀 해줘.」

그는 사라졌고, 그날은 더 이상 모습을 드러내지 않았다. 그제야 나는 마이크에게 두어 마디 농담을 건넬 수 있었지만,

오른손에는 여전히 담배를 쥐고 있었다.

다음에 몰려온 7~8만 개의 파도는 단조롭게 선체에 부딪히는 일을 거듭했다. 이것들과 함께 한 닷새 동안의 경험 또한 별로 특징이 없었다. 그러나 출항한 지 13일째 되는 날의 아침부터 우리 운도 좋아지기 시작했다. 귀를 찢는 듯한 경보가 커피에 푹 절어 있던 무기력한 일상을 산산조각 냈고, 우리는 지금까지 마이크가 한 농담 중 최고의 것이었을지도 모르는 것을 끝까지 들으려 하지도 않고 식당에서 후닥닥 뛰쳐나갔다.

「고물 쪽이야!」 누군가가 고함을 질렀다. 「5백 미터!」

나는 수영 팬티만 남기고 옷을 벗은 후 쇠죔를 죄기 시작했다. 내 장비는 언제나 손이 닿는 곳에 놓아두고 있었다.

나는 공기가 빠진 지렁이를 허리에 두르며 갑판을 철퍼덕 철퍼덕 가로질렀다.

「5백 미터, 20길!」 스피커에서 외치는 소리.

거대한 뚜껑 문이 위로 홱 열리며 슬라이더가 전모를 드러냈다. 그 제어반 앞에는 우리 공주의 모습. 덜컥거리며 내 곁을 지나 전방에서 뿌리를 박는다. 하나 있는 팔이 위로 올라갔고, 늘어났다.

내가 슬라이더와 나란히 섰을 때 스피커가 외쳤다. 「460, 20!」

「적색 상태!」

샴페인 마개가 터지는 듯한 소리와 함께 발사된 케이블이 해면 위에서 높은 호(弧)를 그렸다.

「480, 20!」 스피커가 되풀이했다. 잡음 섞인 말번의 고함소리. 「미끼 담당, 출발!」

나는 마스크를 쓰고 배의 동체 부분을 타고 내려갔다. 온, 냉, 그리고 바닷속.

초록색, 광활함, 하강. 이곳에서 나는 지렁이와 동격이다. 뭔가 커다란 생물이, 미끼 담당이 그가 운반하는 지렁이보다 더 맛나 보인다고 판단할 경우, 운명의 아이러니는 그의 직함뿐만 아니라 그 주위의 바닷물까지 붉게 물들이는 것이다.

나는 바닷속을 떠다니는 케이블을 찾아냈고, 그것을 따라 하강했다. 녹색에서 암녹색으로, 그리고 흑색. 긴 투사(投射)였다. 너무 길었다. 일찍이 이렇게까지 깊이 케이블을 따라와야 했던 적이 없었다. 그렇다고 토치를 켜고 싶지는 않았다.

그러나 그래야 했다.

이런! 아직도 갈 길이 멀었다. 나는 이를 악물고 상상력을 구속복 속에 억지로 우겨 넣었다.

마침내 케이블 끄트머리가 나타났다.

나는 한쪽 팔을 케이블에 두르고 인공 지렁이를 벗었다. 그런 다음 그것을 가능한 한 빨리 케이블에 붙였고, 조그만 절연 단자를 끼워 넣었다. 이것이 있기 때문에 케이블과 함께 발사하지 못하는 것이다. 이키는 이것을 부술 수 있지만, 부술 때면 이미 문제가 되지 않는다.

기계식 지렁이를 낚싯바늘에 붙인 다음, 분절 플러그를 차례차례 잡아 빼서 빛을 발하도록 만들었다. 이 작업에는 약 1분 30초가 걸렸고, 그사이에 나는 한층 더 깊은 곳까지 끌려 들어갔다. 가까웠다. 절대로 있고 싶지 않은 곳으로 — 너무 가까이 와 있었다.

아까는 그렇게도 불을 켜고 싶지 않았지만, 이번에는 불을 끄는 행위에 대해 갑자기 두려움을 느꼈다. 나는 공황 상태에 빠져 양손으로 케이블을 부여잡았다. 지렁이가 핑크빛으로 빛나기 시작했다. 그리고 몸을 비비꼬기 시작했다. 나보다 두 배는 더 컸기 때문에, 핑크빛 지렁이를 먹는 놈들한테는 두 배는 더 매력적일 것이 틀림없다. 나 자신이 이 사실을 믿을 수 있을 때까지 나는 계속 이 말을 되뇌었고, 불을 끄고 위로 올라가기 시작했다.

만약 뭔가 거대하고, 강철 같은 가죽을 가진 물체에 부딪칠 경우, 내 심장은 그 즉시 고동치는 것을 멈추고 나를 해방하라는 명령을 받을 것이다 — 그럼 나는 아케론[10]을 따라 꿈틀거리며, 영원히 흘러가며, 알아들을 수 없는 헛소리를 지껄이게 될 것이다.

헛소리를 멈추고는 녹색 해면에 도달했고, 둥지 안으로 도망쳤다.

그들이 나를 갑판으로 끌어올린 것과 동시에 나는 마스크를 목걸이처럼 목에 걸었고, 한 손을 이마에 대고 바다 표면에 교란된 부분이 없는지 관찰했다. 나의 첫 번째 질문은 물론 〈놈은 어디 있지?〉였다.

「없어.」 승무원 하나가 대답했다. 「그쪽이 바다로 들어가자마자 사라져 버리더군. 이젠 스코프에도 나타나지 않아. 잠수한 모양이야.」

「헛수고를 했군.」

지렁이는 여전히 바닷속에서, 오랜만에 목욕을 즐기고 있었다. 내 일은 일단 끝났기 때문에, 나는 럼주 섞인 뜨끈한 커피를 마시기 위해 안쪽으로 걸어갔다.

등 뒤에서 속삭이는 소리. 「너라면, 저런 일을 당한 뒤에도 저렇게 웃을 수 있겠어?」

통찰력이 있는 대답. 「뭘 보고 웃고 있는지에 달려 있지.」

여전히 쿡쿡 웃으며 나는 중앙 돔으로 들어갔다.

「아직도 행방불명이야?」

마이크는 고개를 끄덕였다. 그의 커다란 손은 떨리고 있었지만, 두 개의 커피 잔을 내려놓는 나의 손은 외과 의사처럼

---

10 Acheron. 그리스 신화에서 죽은 자가 건너는 저승의 강.

미동도 하지 않았다.

내가 탱크를 어깨에서 끌러 놓고 벤치를 찾는 광경을 본 마이크는 펄쩍 일어섰다.

「제어반 위에 물을 흘리지 마! 비싼 퓨즈를 날려 버리고 자살할 셈이야?」

나는 타월로 몸을 닦았고, 자리에 앉아 벽에 달린 스크린의 공백을 바라보았다. 나는 행복한 하품을 했다. 어깨는 새것이나 마찬가지였다.

사람들이 말을 나눌 때 쓰는 조그만 상자가 뭔가 말하고 싶은 기색을 보였다. 그래서 마이크는 상자에 스위치를 넣고 말해 보라고 했다.

「미스터 데이비스, 거기 칼이 있나요?」

「예, 여기 와 있습니다.」

「그럼 나하고 얘기를 하게 해줘요.」

마이크가 손짓으로 나를 불렀고, 나는 그쪽으로 갔다.

「말해.」 나는 말했다.

「괜찮아요?」

「응, 고마워. 그런데 왜 그런 질문을?」

「긴 잠수였잖아요 ─ 아무래도 내가 너무 멀리 쏜 것 같군요.」

「난 좋아.」 나는 말했다. 「수당이 세 배로 늘어났으니까. 그 위험 수당 조항을 나 혼자서 싹쓸이해 버린 것 같군.」

「다음엔 좀 더 조심할게요.」 그녀는 사과했다. 「너무 힘이 들어가 있었던 건지도 몰라요. 미안해요 ─」 여기서 그녀의 목소리에 무슨 문제가 일어난 듯했다. 그래서 그녀는 말을 끊었고, 내가 준비하고 있었던 다양한 대답들을 쓸모없는 것으로 만들었다.

나는 마이크가 귀에 꽂고 있던 담배를 슬쩍했고, 재떨이 위에 있던 것을 집어 들어 불을 옮겨 붙였다.

「칼, 그녀는 상냥하게 말했잖나.」 몸을 돌려 잠시 제어반을 쳐다보고 있던 마이크가 말했다.

「알아.」 나는 말했다. 「나는 그렇지 못했다는 걸.」

「그러니까, 저 여잔 깜짝 놀랄 만큼 미인이고, 성격도 좋아. 고집이 세고 뭐 그런 점은 있지만 말이야. 하지만 그녀하고 너 사이에 도대체 무슨 일이 있었기에 그러는 거지?」

「최근에 말이야?」 나는 물었다.

마이크는 나를 바라보았고, 곧 자기 커피 잔을 내려다보았다.

「내가 관여할 일이 아니라는 건 나도 알 ―」

「크림하고 설탕은 몇 스푼?」

이키는 그날도, 그날 밤에도 돌아오지 않았다. 우리가 라이프라인의 방송국에서 흘러나오는 딕시랜드 재즈에 주파수를 맞추고 사향뒤쥐를 산책시키는[11] 사이에, 진은 슬라이더로 저녁 식사를 가져오게 했다. 나중에는 사람을 시켜 슬라이더 안에 간이침대를 조립해 놓았다. 라디오에서 〈딥 워터 블루스〉가 흘러나오자 나는 그것을 선내 방송으로 흘려보냈고, 그녀가 시끄럽다고 불평해 오기를 기다렸다. 그러나 그녀는 아무 말도 하지 않았기 때문에, 나는 그녀가 잠들었다고 판단했다.

그런 다음 나는 마이크에게 체스를 한 판 두자고 제안했고, 이 게임은 동이 틀 때까지 계속되었다. 이 탓에 두 사람 사이의 대화는 몇몇 〈체크〉와 한 번의 〈체크메이트〉, 그리고 한 번의 〈빌어먹을!〉이란 단어로 한정됐다. 마이크는 지는 것을 워낙 싫어하는 성격이었기 때문에 더 이상의 대화가 사실상 힘들어졌고, 그 점에 대해서는 나도 전혀 이의가 없었다. 나는 아

---

11 재즈 곡명인 「사향뒤쥐의 산책」.

침 식사로 스테이크와 감자튀김을 먹었고, 침대로 가서 잤다.

열 시간 후 누군가가 나를 흔들어 깨웠다. 나는 한쪽 팔꿈치를 괴고 몸을 일으켰지만, 눈은 여전히 질끈 감겨져 있었다.

「무스니리지?」

「깨워서 죄송합니다.」 젊은 승무원이 말했다. 「하지만 미스 루하리치가 지렁이를 떼라고 하시는군요. 배를 움직여야 하기 때문에.」

나는 손등으로 문질러 한쪽 눈을 떴다. 웃을까 말까 여전히 마음을 정하지 못하고 있었다.

「배 옆으로 끌어 오면 돼. 그럼 누구라도 떼어 낼 수 있어.」

「이미 끌어다 놓았습니다. 하지만 미스 루하리치가 계약 조건을 엄수해서 일을 제대로 처리해야 한다고 하셔서.」

「친절하기도 하시군. 우리 조합도 틀림없이 그녀의 꼼꼼함에 감사할 거야.」

「어, 그리고 새 수영복 바지로 갈아입고 머리를 빗으라고 하시더군요. 수염도 깎고. 미스터 앤더슨의 촬영이 있을 거랍니다.」

「알았어. 내가 곧 갈 거라고 전해 줘 ― 그리고 혹시 매니큐어 액도 빌려주실 수 있는지 물어봐 주지 않겠나.」

자세한 묘사는 생략하기로 하겠다. 작업은 3분밖에 걸리지 않았고, 나는 그것을 충실하게 수행했다. 바닥에서 조금 미끄러져 젖은 기계 지렁이를 앤더슨의 새하얀 열대용 양복에 부딪혔을 때는 미안하다고 정중하게 사과하기까지 했다. 그는 미소 짓고는 그것을 털어 냈고, 그녀도 미소 지었다. 그러나 루하리치 사의 컴플렉터 컬러도 그녀 눈 아래의 거뭇해진 피부를 완전히 감춰 주지는 못했다. 그리고 나도 미소 지으며, 이 비디오를 볼 장래의 시청자들 모두를 향해 손을 흔들어 보였다. ― 잊지 마시기를, 미시즈 유니버스. 당신도 괴물 포획

자처럼 보일 수 있습니다. 루하리치 사의 화장용 크림을 쓰시기만 한다면.

아래로 내려가서 마요네즈가 든 참치 샌드위치를 만들어 먹었다.

빙산과도 같은 이틀이 — 황량하고, 공허하고, 반쯤 녹아 있고, 차갑기 그지없고, 대부분 시계에서 벗어나 있으며, 마음의 평정을 어지럽힌다는 점에서는 의심의 여지가 없는 — 천천히 흘러갔고, 모두들 안도했다. 나는 기묘한 양심의 가책을 느꼈고, 몇 차례 악몽을 꾸었다. 이윽고 나는 라이프라인을 불러내서 은행 잔고를 확인했다.

「쇼핑이라도 하러 가나?」 무선으로 내 전화를 연결시켜 준 마이크가 물었다.

「고향으로 갈 거야.」 나는 대꾸했다.

「뭐?」

「이번 일이 끝나면 미끼 다는 일하고는 작별이야, 마이크. 이키 따위는 지옥에나 떨어지라고 해! 금성도 루하리치 산업도 마찬가지야! 그리고 너도!」

위로 치켜 올라간 눈썹.

「왜 갑자기 그런 생각을?」

「난 1년 넘게 이 일을 기다리고 있었어. 하지만 지금 와서는 모든 것이 한심하게 느껴지는군.」

「그건 계약했을 때부터 알고 있었잖나. 일단 화장품 상인들에게 고용된 후엔, 넌 무슨 짓을 하던 간에 결국은 화장품을 팔고 있는 거야.」

「아, 그것 때문에 이러는 게 아냐. 물론 상업적인 측면이 마음에 안 든다는 점은 인정하지만, 텐스퀘어는 원래부터 선전 무대였어. 첫 항해에 나섰을 때부터 말이야.」

「그럼 뭐가 문제라는 거지?」

「대여섯 개의 문제가 한꺼번에 합쳐진 거라고나 할까. 그중 가장 중요한 건 내가 이걸 더 이상 원하지 않는다는 거야. 한때는 저 괴물을 낚는 일이 그 무엇보다도 중요했던 적도 있었지만, 지금은 아냐. 처음엔 단지 장난삼아 시작했던 일 탓에 나는 빈털터리가 되었고, 그 대가를 얻기 위해 난 놈의 피를 원했어. 지금은 자업자득이었다는 생각이 드는군. 이키가 불쌍하게 느껴지기 시작했어.」

「그럼 더 이상 놈을 잡고 싶지 않단 말이야?」

「그쪽에서 평화롭게 잡혀 준다면 잡겠지만, 놈을 냉동고로 밀어 넣기 위해 내 목숨을 거는 일은 이제 사양하겠어.」

「진짜 이유는 네가 말한 이유를 제외한 네댓 개의 문제 중 하나 때문이라는 생각이 드는데.」

「이를테면?」

그는 천장을 관찰했다.

내 목에서 으르렁 소리가 흘러나왔다.

「네 말이 맞아. 하지만 내가 먼저 말하진 않겠어. 자기 추측이 맞았다고 네가 기뻐하는 꼴을 보고 싶진 않으니까.」

씩 웃는 마이크.「그녀가 얼굴을 저렇게 단장하는 건 단지 이키를 위해서가 아냐.」

「틀렸어, 틀렸어.」 나는 고개를 가로저었다.「우리 두 사람은 태어날 때부터 핵분열로 같은 성격을 지녔어. 로켓 양쪽에 제트를 달아 놓고, 설마 그게 어디 갈 수 있으리라고는 기대하지 않겠지 — 그런다면 단지 중간 부분이 박살날 뿐이야.」

「그때야 그랬겠지. 물론 내가 관여할 일이 아니라는 것은 잘 알지만 —」

「한 번만 더 그 소리를 하면, 아구창이 날아갈걸.」

「그래 보게나, 형씨.」 그는 나를 올려다보았다.「언제, 어디서라도 좋으니까…….」

「그럼 우물쭈물하지 말고, 빨리 말해!」

「그녀는 얼어 죽을 파충류 따위에는 관심이 없어. 그녀가 여기 온 건 너를 원래 있던 곳으로 끌고 가기 위해서야. 이번 항해에서 미끼를 놓는 건 네가 아냐.」

「5년은 너무 긴 세월이야.」

「너의 그 재수 없는 낯가죽 밑엔 뭔가 다른 사람들의 호감을 끌어내는 것이 숨어 있는가 보군.」 그는 중얼거렸다. 「그게 아니라면 나도 이런 식으로 말하지는 않을 테니까. 아마 어렸을 때 보고 연민을 느끼곤 했던, 엄청나게 못생긴 개를 생각나게 하는 건지도 몰라. 어쨌든 간에, 그 누군가는 너를 다시 집으로 데려가서 돌봐 주려고 하고 있는 거야 ― 또, 거지는 더운밥 찬밥 가리지 못한다는 말도 있지 않나.」

「이봐 친구.」 나는 껄껄 웃었다. 「라이프라인에 도착했을 때 내가 무슨 일을 할지 알고 있나?」

「짐작이 가네.」

「틀렸어. 난 우선 로켓을 타고 화성으로 날아갈 거야. 그런 다음 여객선편으로 유유자적하게 지구로 돌아가는 거지. 1등석을 타고 말이야. 금성의 파산 조항은 화성의 신탁 기금에는 적용되지 않아. 그리고 난 옷좀나방도 부패도 숨어 들어가지 못하는 곳에 아직도 돈 다발을 숨겨 놓고 있지. 멕시코 만에 있는 유서 깊은 대저택을 하나 살 예정이야. 만약 일자리가 필요하다면 나한테 와서 술병 따는 일이라도 맡으라고.」

「겁쟁이 같은 녀석.」

「사실이야.」 나는 시인했다. 「하지만 난 내 나름대로 그녀 생각을 해주고 있어.」

「너희 두 사람에 관한 소문은 많이 들었어.」 그가 말했다. 「넌 게을러빠지고 비열하기 이를 데 없는 잡놈이고 그 여잔

화냥년이란 얘기를. 시쳇말로는 궁합이 맞는다고도 하지. 충고하겠는데, 미끼 담당이면 미끼 담당답게 기껏 낚은 물건을 놓치는 일만은 하지 마.」

나는 몸을 돌렸다.

「아까 얘기한 일자리 말인데, 그럴 생각이 있으면 날 찾아오라구.」

나는 문이 쾅 닫힐 것을 예상하며 앉아 있는 마이크를 놔두고, 등 뒤로 손을 돌려 살며시 문을 닫고는 방을 떠났다.

짐승의 날은 여느 날과 다름없이 밝아 왔다. 공허한 바다를 겁쟁이처럼 도망쳐 다녔던 날에서 이틀 후, 나는 다시 미끼를 놓기 위해 잠수했다. 탐지 스코프에는 아무것도 나타나 있지 않았다. 이것은 정기적인 시도를 위한 준비에 지나지 않았다.

내가 슬라이더 밖에서 〈좋은 아침!〉이라고 소리치자 바다로 들어가기 전에 안에서 대답이 돌아왔다. 나는 마이크가 한 얘기를 소리도, 분노도 없는 상태에서 다시 음미해 보았고, 그것이 내포한 감정이나 중요성에는 찬동하지 않았음에도 불구하고 일단은 예의 바른 태도를 취하리라고 마음먹었던 것이다.

그래서 아래로, 수중으로, 그리고 밖으로. 나는 290미터 떨어진 곳까지 곱게 날아간 낚싯줄을 따라간다. 뱀처럼 구불거리는 케이블은 내 왼편에서 검게 불타오르고, 나는 그것을 따라 황록색 바닷물에서 암흑 속을 향해 나아갔다. 침묵 속으로 잦아드는 젖은 밤 속에서, 빛의 꼬리를 앞에 단 사팔뜨기 혜성처럼 앞으로 나아간다.

나는 미끌미끌한 낚싯줄을 부여잡고 미끼를 달기 시작했다. 그 순간 얼음장 같은 세계가 내 발목에서 머리까지를 스치고 지나갔다. 이것은 해류였고, 마치 누군가가 내 아래쪽에서 커다란 문을 연 듯한 느낌이었다. 그렇다고 해서 내가 그렇게 빨리 해저를 향해 내려가고 있던 것도 아니었다.

그렇다면, 무엇인가가 위를 향해 움직이고 있다는 얘기가 된다. 이렇게 많은 양의 바닷물을 움직이게 할 만큼 큰 무엇인가가. 여전히 나는 그것이 이키라고는 생각하지 않았다. 틀림없이 무슨 난류 같은 것이리라. 이키일 리가 없다. 하!

단자를 모두 연결한 다음 첫 번째 플러그를 잡아 뺐을 때, 거대하고, 울퉁불퉁하고, 검은 섬이 내 발 밑에 출현했다……

전등으로 아래를 비쳤다. 그의 입은 열려 있었다.

나는 토끼였다.

죽음의 공포가 물결이 되어 아래를 향해 몰려갔다. 내 위(胃)가 안쪽을 향해 폭발했다. 현기증이 엄습해 왔다.

할 일이 하나, 단 하나 남아 있다. 아직 하지 않은 일이. 마침내 나는 그것에 성공했다. 나는 나머지 플러그를 모두 뽑았다.

그 무렵에는 눈가의 솟아오른 부분을 덮은 비늘 하나하나를 볼 수 있었다.

지렁이가 부풀어 올랐고, 핑크빛의 인광을 발했고…… 지렁이처럼 꿈틀거렸다!

그 다음에는 내 전등. 꺼야 한다. 놈의 눈앞에는 미끼만을 남겨야 한다.

제트 추진 장치를 순간적으로 작동시키며 흘끗 뒤를 돌아다보았다.

그 이빨과 눈에서 지렁이의 모습이 반사되어 비칠 정도로 가깝게 다가와 있었다. 거리는 4미터. 나는 가물거리는 놈의 턱에 두 개의 제트 역류로 이루어진 키스를 선사하고는 급상승했다. 놈이 나를 따라오고 있는지, 아니면 멈췄는지는 이제 알 수 없다. 의식이 희미해지면서 나는 잡아먹히기만을 기다리고 있었다.

　제트가 꺼졌고, 나는 힘없이 발을 찼다.

　너무 서둘렀다. 쥐가 나려고 했다. 한순간만이라도 빛을, 하고 토끼가 외쳤다. 단 1초라도 좋으니, 알고 싶다……

　혹은 잡아먹히던가, 하고 나는 대꾸했다. 안 돼, 토끼. 사냥꾼 앞으로 뛰쳐나가지 마. 그냥 껌껌한 채로 있어.

　겨우 녹색 바닷물이 나타났다. 다음에는 황록색. 다음에는 해면.

　허리를 꺾고 텐스퀘어를 향해 헤엄쳐 갔다. 뒤쪽에서 일어난 폭발이 야기한 파도가 나를 앞으로 밀어 주었다. 전 세계가 주위를 조여 오고, 먼 곳에서 〈살아 있어!〉 하는 고함.

　거대한 그림자와 충격파. 낚싯줄도 살아 있었다. 천국의 어장(漁場). 어딘가에서 실수를 한 건지도…….

　어딘가에서 〈손〉이 쥐어진다. 미끼가 뭐지?

　수백만 년. 나는 단세포 생물로 시작해서, 힘겹게 양서류가 되었고, 다음에는 공기 호흡 생물이 되었다.

　어딘가 높은 나무 위에서 목소리가 들려왔다.

　「정신이 든 것 같군.」

　나는 다시 호모 사피엔스로 진화했고, 거기서 한 걸음 더 나아가 숙취를 맛보았다.

　「아직 일어나면 안 돼.」

　「놈을 잡았어?」 나는 분명하지 않은 어조로 말했다.

　「아직 저항하고 있지만, 미끼를 물었어. 우린 놈이 자네를 반찬 삼아 집어삼켰다고 생각하고 있었네.」

　「나도 그렇게 생각했어.」

　「이걸 좀 들이마시고, 더 이상 말하지 마.」

　깔때기가 내 얼굴을 덮는다. 좋은 기분. 컵을 들어 올려 건

배를…….

「지독하게 깊은 곳에 숨어 있었어. 탐지 스코프의 탐지 거리를 벗어나 있을 정도로. 탐지한 건 놈이 상승했을 때야. 경고하려고 해도 그 무렵엔 이미 때가 늦어 있었어.」

나는 하품을 하기 시작했다.

「이젠 자네를 안으로 데려가겠네.」

나는 발목에 비끄러맨 나이프를 어찌어찌 칼집에서 빼낼 수 있었다.

「그런 짓을 하면 엄지손가락이 잘려 나갈걸.」

「자네는 휴식을 취해야 하네.」

「그럼 담요를 몇 장 더 가져와. 난 여기 있을 거야.」

나는 바닥에 등을 대고 눈을 감았다.

누군가가 나를 흔들고 있었다. 어둑어둑하고 춥다. 스포트라이트가 노란빛을 갑판 위에 피처럼 흘리고 있다. 내가 있는 곳은 중앙 돔에 임시로 기대 놓은 간이침대 위였다. 두꺼운 양모 담요를 두르고 있었음에도 불구하고 나는 몸을 떨었다.

「벌써 열한 시간이 지났어. 여기 있어도 이젠 아무것도 볼 수 없어.」

입에서는 피 맛.

「이걸 마셔.」

물이었다. 하고 싶은 말이 있었지만, 목소리가 나오지 않았다.

「기분이 어떤지는 묻지 말아 줘.」 나는 목쉰 소리로 겨우 말했다. 「그 다음에 무슨 말이 나올지도 알고 있지만, 물어보지 마. 알았어?」

「알았어. 아래로 내려가고 싶나?」

「아니, 그냥 웃옷을 가져다 줘.」

「여기 있네.」

「지금 놈은 어떻게 하고 있지?」

「아무것도 안 해. 아직 깊은 곳에 있어. 마취는 된 상태지만 아직도 올라오지 않는군.」

「마지막으로 모습을 보였던 게 언제지?」

「두 시간쯤 됐군.」

「진은?」

「아무도 슬라이더에 다가오지 못하게 해. 자, 마이크가 들어오라고 하는군. 자네 바로 뒤의 중앙 돔에 있네.」

나는 윗몸을 일으켜 뒤를 돌아다보았다. 마이크는 나를 보고 있었다. 그는 손짓을 해보였다. 나도 손짓으로 대꾸했다.

침대 가에 발을 내려놓고 두어 번 심호흡을 했다. 위가 아프다. 일어서서 중앙 돔으로 들어갔다.

「속은 좀 어때?」 마이크가 물었다.

나는 탐지 스코프를 점검했다. 이키는 보이지 않는다. 너무 깊었다.

「한잔 사주겠다는 거야?」

「응, 커피.」

「커핀 싫어.」

「넌 병자야. 그리고 여기서 마셔도 되는 건 커피뿐이야.」

「커피란 위벽을 타게 만드는 갈색의 액체야. 제일 아래 서랍에 숨겨 둔 게 있지 않나.」

「커피 잔이 없군. 유리컵으로 마셔.」

「세상에.」

그는 그것을 따라 주었다.

「잘 하는군. 그 일자리를 얻기 위해 연습을 하고 있었나?」

「무슨 일?」

「내가 너한테 주겠다던 일 말이 ―」

탐지 스코프에 반점이 하나!

「올라오고 있습니다, 올라옵니다!」 그는 상자에 대고 외쳤다.
「고마워요 마이크. 보여요, 여기서도.」 잡음 섞인 그녀의 대답.
「진!」
「조용히 해! 그녀가 지금 바쁘다는 걸 모르나!」
「지금 날 부른 건 칼?」
「응.」 나는 대답했다. 「나중에 얘기하지.」 이러고는 끊었다.
「왜 그런 짓을 했지?」
나도 몰랐다.
「나도 몰라.」
빌어먹을 이 메아리! 나는 일어서서 밖으로 나갔다.
아무것도. 아무것도 없다.
아무것도?
텐스퀘어가 실제로 요동쳤다! 놈은 선체를 보자마자 방향을 바꿔 다시 밑으로 잠수했음이 틀림없다. 왼쪽에서 흰 바닷물이 부글부글 끓고 있다. 케이블로 이루어진 끝없는 스파게티가 뜨겁게 포효하며 심연 깊숙이 끌려 들어갔다.
나는 잠시 그 자리에 서 있다가, 몸을 돌려 선내로 들어갔다. 두 시간 동안 구토 증세에 시달렸다. 네 시간 후. 좀 나아졌다.
「마취제가 듣기 시작한 모양이군.」
「응.」
「미스 루하리치는 어떨까?」
「뭐가 어떻단 말이지?」
「지금쯤 초주검이 되어 있을 텐데.」
「아마 그렇겠지.」
「넌 어떻게 할 셈이지?」
「그 여자는 이런 경우에 대비해서 계약서에 사인했어. 어떤 일이 일어날지는 알고 있었어. 그리고 그런 일이 일어난 거지.」

「난 너라면 놈을 끌어올릴 수 있을 거라고 생각해.」
「동감이야.」
「그녀도 동감이야.」
이키는 30길 밑의 해저에서 둔중하게 떠다니고 있다.
나는 다시 한 번 산책에 나섰고, 우연히 슬라이더 뒤를 지나쳤다. 그녀는 내 쪽을 보고 있지 않았다.
「칼, 여기로 와줘요!」
피카소의 눈, 그건 그렇다 치고, 내게 슬라이더를 떠맡기려는 음모라도······.
「그건 명령이야?」
「그래요 — 아니에요! 부탁해요.」
나는 안으로 뛰어 들어가서 모니터했다. 놈이 올라오고 있다.
「밀어요, 아니면 잡아당겨요?」
나는 〈인양〉 스위치를 내리치듯이 눌렀다. 그러자 놈은 새끼 고양이처럼 얌전히 따라왔다.
「자, 이제 마음을 정해.」
그는 열 길에서 주저했다.
「여기서 좀 놓아줄까요?」
「안 돼!」
그녀는 놈을 위로 끌어올렸다 — 다섯 길, 네······
그녀는 두 길에서 신축식 받침대를 작동시켰고, 받침대가 놈을 잡아챘다. 그 다음에는 갈고리 닻.
밖에서는 고함과 플래시를 터뜨리는 듯한 무음(無音)의 번개.
승무원들이 이키를 보았다.
그는 몸부림치기 시작했다. 그녀는 케이블을 팽팽하게 유지했고, 갈고리 닻을 들어올려······.
위로.
2피트를 더 올라온 후에 갈고리 닻이 밀어 올리기 시작했다.

절규와 마구 뛰어다니는 소리.

바람 속의 거대한 콩 줄기, 흔들리는 그의 목. 양어깨의 녹색 언덕이 점점 올라오기 시작했다.

「엄청나게 커요, 칼!」 그녀가 절규했다.

그리고 그는 커졌고, 커졌고, 불안하게 커졌고…….

「지금이야!」

그는 아래를 내려다보았다.

내려다보았던 것이다. 마치 태곳적에 우리 조상들이 섬기던 신이 아래를 내려다보듯이. 공포와 수치심과 조소(嘲笑)가 내 머릿속에서 울려 퍼졌다. 그녀의 머릿속에서도?

「지금이야!」

그녀는 바야흐로 시작되려고 하는 지진(地震)을 올려다보았다.

「못 하겠어요!」

지금은 실로 간단한 일처럼 생각됐다. 토끼가 죽은 지금은. 나는 팔을 뻗었다.

동작을 멈췄다.

「당신이 눌러.」

「못 하겠어요. 당신이 해요. 빨리 끌어올려 줘요, 칼!」

「안 돼. 만약 그런다면, 당신은 나도 할 수 있었던 것이 아닌가 하는 의구심을 느끼면서 일생을 보내야 해. 그 해답을 찾기 위해서라면 영혼이라도 팔려고 할 걸. 당신이 그러리라는 걸 나는 알고 있어. 왜냐하면 우리들은 닮은꼴이고, 나 자신이 바로 그렇게 됐기 때문이지. 그러니까 지금 그 해답을 찾아!」

그녀는 꼼짝도 않고 응시하고만 있었다.

나는 그녀의 어깨를 움켜쥐었다.

「저기 있는 것이 나라고 생각해.」 나는 제안했다. 「나는 녹색의 바다뱀이야. 당신을 멸망시키려고 나온 악독한 괴물. 그 누구도 대적할 길이 없는. 주입 단추를 눌러.」

그녀의 손이 단추를 향해 움직이다가, 움찔하며 뒤로 물러났다.

「지금이야!」

그녀는 그것을 눌렀다.

나는 기절한 그녀의 몸을 바닥에 내려놓았고, 이키와의 일을 마무리 지었다.

내가 착실하게 물살을 가르는 텐스퀘어의 스크루 소리를 들으며 깨어난 것은 일곱 시간이 지난 후의 일이었다.

「넌 병자야.」 마이크가 말했다.

「진은 어때?」

「똑같아.」

「이키는 어디 있어?」

「여기.」

「좋아.」 나는 돌아누웠다. 「……이번엔 놓치지 않았군.」

말하자면 이런 식이었다. 태어날 때부터 미끼 담당인 작자는 아무도 없다는 얘기를 나는 믿는다. 하지만 토성의 고리가 부르는 결혼 축가*epithalamium*는 바다짐승의 선물인 것이다.

악마 차

머독은 〈대(大) 서부 도로 평원〉을 차로 질주하고 있었다. 평야에 수없이 널려 있는 작은 언덕이나 기복 위를 시속 160마일 이상의 속도로 주파하는 그의 머리 위 높은 곳에서는 태양이 불타는 요요처럼 이글거리고 있었다. 그는 앞에 무엇이 있든 간에 결코 속도를 늦추지 않았고, 제니는 숨겨진 눈을 통해 지면의 모든 바위나 구멍을 그보다 먼저 발견하고 주의 깊게 진로를 수정했다. 때로는 그가 양손으로 쥐고 있는 조종간의 미묘한 움직임을 눈치 채지 못했을 정도로 조금씩.

거무스레한 앞 유리와 두꺼운 방진 안경에도 불구하고 녹아 붙은 〈평원〉이 발하는 강렬한 빛은 눈부셨다. 그는 자신이 작열하는 외계의 달 아래에서 쏜살같이 달리는 보트를 조종하거나, 은빛 불로 이루어진 호수 위를 가르며 나아가고 있다는 착각에 종종 빠졌다. 그가 남긴 흔적 위에서는 높은 먼지 파도가 일었다. 먼지는 공중에 머물러 있다가 잠시 후 다시 가라앉곤 했다.

「쓸데없이 체력을 소모하고 있군요.」 라디오가 말했다. 「그런 식으로 운전대를 붙들고 앉아서 전방을 노려보다니. 이제 좀 쉬면 어때요? 유리를 모두 불투명하게 만들게요. 운전은 나한테 맡기고, 잠을 좀 자둬요.」

「아니.」 그는 말했다. 「그냥 이러고 있을래.」

「알았어요.」 제니가 말했다. 「그래도 일단 물어보는 게 나을 것 같아서.」

「고마워.」

대략 1분이 흐른 후 라디오에서 음악이 흘러나오기 시작했다 ─ 부드럽고, 달라붙는 듯한 느낌의 음악이.

「그만둬!」

「미안해요, 보스. 이러면 긴장이 풀릴 것 같아서.」

「긴장을 풀 필요가 생길 경우엔 이쪽에서 먼저 얘기하겠어.」

「알았어요, 샘. 미안해요.」

짧은 대화 끝의 침묵은 그를 무겁게 짓눌렀다. 그러나 그녀가 좋은 차라는 사실을 머독은 알고 있었다. 그녀는 언제나 그의 안녕을 염두에 두고 있었고, 그의 탐색을 성공시키기 위해 노력하고 있었다.

그녀는 플레이보이들이 즐겨 타곤 하는 최신형 세단처럼 보이도록 만들어져 있었다. 새빨갛고, 화려하고, 빨라 보였다. 그러나 엔진 뚜껑의 솟아오른 부분 밑에는 로켓탄이 장착되어 있었고, 전조등 아래쪽의, 밖에서 보이지 않는 공간에는 50구경 중기관총의 총구가 두 개 숨겨져 있었다. 그리고 5초와 10초 지연 신관식(信管式)의 유탄 탄띠를 아랫배에 두르고 있었다. 트렁크 안에는 높은 휘발성을 가진 나프타 유가 담긴 분사 탱크를 지니고 있었다.

……왜냐하면, 그의 제니는 특별히 설계된 〈데스카*deathcar*〉였고, 먼 동방에 위치한 지엠[1] 왕조의 수석 기사가 그를 위해 제조한 차이기 때문이다. 그녀는 그 위대한 장인(匠人)의 모든 기술을 집약시킨 존재였다.

---

[1] *Geeyem*. 제너럴 모터스General Motors를 의미함.

「이번에는 찾아낼 수 있을 거야, 제니.」 그는 말했다. 「아까 딱딱거린 건 본심이 아니었어.」

「괜찮아요, 샘.」 상냥한 목소리가 말했다. 「난 당신을 잘 이해할 수 있도록 프로그램 되어 있으니까.」

그들은 굉음을 발하며 〈대평원〉 위를 질주했다. 해가 서쪽으로 넘어갔다. 그들은 밤낮을 가리지 않고 탐색을 계속했고, 머독은 피로를 느끼기 시작했다. 마지막으로 연료 보급/휴게 요새에 들렀던 것은 정말로 오래전에, 멀리 떨어진 곳에서 일어났던 일처럼 느껴졌다……

머독은 앞으로 몸을 기울였고, 눈을 감았다.

창문들이 점점 어두워지다가, 곧 완전히 불투명해졌다. 시트 벨트가 천천히 위를 향해 기어올라 가며 그의 몸을 조종간에서 떼어 냈다. 그런 다음 시트가 천천히 뒤로 넘어갔다. 곧 그의 몸은 완전히 수평이 되어 있었다. 이윽고 밤이 오자, 히터가 켜졌다.

시트가 그를 흔들어 깨운 것은 새벽 다섯 시가 되기 조금 전의 일이었다.

「일어나요, 샘! 일어나요!」

「뭐지?」 그는 중얼거렸다.

「20분 전에 방송파를 포착했어요. 이쪽 방향에서 방금 차들에 의한 습격이 있었대요. 난 그 직후에 진로를 바꿨고, 지금은 거의 그곳에 다 와 있어요.」

「왜 그 즉시 나를 깨우지 않았지?」

「당신에겐 잠이 필요했고, 빨리 일어났다고 해도 긴장한 나머지 신경을 쓰는 것밖에는 달리 할 일이 없었을 걸요.」

「알았어. 아마 네 말이 옳겠지. 그 습격 얘기를 해줘.」

「어젯밤 서쪽으로 가고 있던 여섯 대의 차가 정확한 수를 알 수 없는 야생차(野生車)들의 매복에 걸려들었다는군요. 순찰 헬리콥터가 그 상공에서 보고하고 있는 걸 들었어요. 차들은 모두 벌거숭이가 되고, 기름을 모두 빼앗기고, 전자두뇌는 박살이 나 있었어요. 탑승자들은 모두 살해당한 것이 틀림없다고 하더군요. 움직이는 것은 아무것도 없다고.」

「얼마나 더 가면 되지?」

「2~3분만 더 가면 돼요.」

앞 유리가 다시 투명해졌고, 머독은 강력한 전조등이 가르는 밤의 어둠을 눈이 닿는 곳까지 응시했다.

「뭔가 보이는군.」 잠시 후 그가 말했다.

「여기가 바로 그 현장이에요.」 제니는 이렇게 말하고 속도를 늦추기 시작했다.

그들은 약탈당한 차들 옆으로 가서 멈춰 섰다. 시트 벨트가 툭 풀리며 그가 앉은 자리 쪽에 있는 문이 홱 열렸다.

「주위를 순회해 줘, 제니.」 그는 말했다. 「그리고 타이어 자국을 찾아 봐. 나도 그렇게 오래 걸리진 않을 거야.」

문이 쾅 닫히고 나서 제니는 그 자리를 떠났다. 그는 소형 회중전등을 켜고 박살난 차들을 향해 다가갔다.

발밑의 〈평원〉은 모래를 뿌려 놓은 댄스 플로어 같은 느낌 — 딱딱하고 꺼슬꺼슬했다. 여기저기에 미끄러진 자국이 있었고, 스파게티처럼 복잡하게 얽힌 타이어 자국투성이였다.

첫 번째 차의 운전대 뒤에서 남자 하나가 죽어 있었다. 홀끗 보기만 해도 목이 부러졌다는 사실을 알 수 있었다. 그가 손목에 차고 있던 박살난 시계는 2시 24분에서 멈춰 있었다. 그곳에서 40피트쯤 떨어진 곳에 세 사람 — 여자 둘과 젊은 남자 하나 — 이 쓰러져 있었다. 공격받은 차에서 도망치려고 하다가 쫓아오는 차에 치인 것이다.

머독은 앞으로 나아가서 다른 차들을 살펴보았다. 여섯 대 모두가 곤추세워져 있었다. 대부분의 손상은 차체에 가해져 있었다. 타이어와 바퀴 전부, 그리고 엔진의 중요 부품들까지 모두 뜯겨 나간 상태였다. 연료 탱크도 열려 있었고, 연료는 모두 빨려 나가고 없었다. 트렁크 속에 있던 예비 타이어도 사라지고 없었다. 살아 있는 탑승자는 아무도 없었다.

제니가 그의 곁으로 와서 문을 열었다.

「샘.」 그녀가 말했다. 「뒤에서 세 번째의 저 파란 차에서 두뇌 도선을 뜯어다 줘요. 아직도 보조 배터리에서 얼마쯤 에너지를 받아서 방송하고 있는 것이 들려요.」

「알았어.」

머독은 그곳으로 가서 도선을 뜯어냈다. 그런 다음 제니에게 돌아가서 운전석에 올라탔다.

「뭔가 찾아냈어?」

「흔적이 조금. 북서쪽으로 향하고 있었어요.」

「그걸 추적해 줘.」

문이 쾅 닫혔고, 제니는 그 방향을 향해 나아갔다.

그들은 5분 동안 침묵한 채로 나아갔다. 이윽고 제니가 말했다. 「그 콘보이에는 여덟 대의 차가 있었어요.」

「뭐라고?」

「지금 뉴스에서 들었어요. 그중 두 대가 규정 외의 주파수로 야생차들과 교신했던 거예요. 그리고 그 두 대는 야생차들과 합류했어요. 그들은 자신들의 위치를 그들에게 알렸고, 습격이 시작되자마자 다른 차들을 공격했어요.」

「그럼 거기 타고 있던 사람들은?」

「아마 무리와 합류하기 전에 일산화질소 〈처리〉됐겠죠.」

머독은 담배에 불을 붙였다. 손이 떨리고 있었다.

「제니, 차들이 야생화하는 이유가 뭐지?」 그는 물었다. 「언제 다시 연료 보급을 받게 될지도 모르고 — 자동 수리 장치에 필요한 예비 부품을 찾을 수 있다는 보장이 없어지는데도? 왜 그런 짓을 하는 걸까?」

「모르겠군요, 샘. 난 한 번도 생각해 본 적이 없어요.」

「10년 전에 놈들의 리더인 〈악마 차Devil Car〉가 내 형을 죽였어. 형의 주유 요새를 습격했을 때 말이야.」 머독이 말했다. 「그리고 그 뒤로 줄곧 나는 그 검정색 캐디[2]를 쫓아다니고 있어. 공중에서도 찾아보았고, 도보로도 찾아다녔어. 다른 차들도 써보았지. 열 탐지기나 미사일도 가지고 다녀 봤어. 지뢰를 부설하기까지 했지. 하지만 언제나 그것은 내가 잡기에는 너무 빨랐고, 너무 머리가 좋았고, 너무 강했어. 그래서 나는 너를 만들게 했던 거야.」

「당신이 그걸 증오하고 있다는 걸 알고 있어요. 이유가 뭔지 늘 궁금해 하곤 했죠.」 제니가 말했다.

머독은 담배 연기를 빨아들였다.

「나는 네가 바퀴 달린 차 중에서 가장 강하고, 빠르고, 머리가 좋은 존재가 되도록 특별히 프로그램 했고, 장갑을 입혔고, 무장시켰어, 제니. 너는 〈진홍색 여인〉[3]이야. 너는 혼자서 그 캐디와 그 부하들 모두를 잡을 수 있어. 놈들이 지금까지 만나 본 적도 없는 종류의 날카로운 이빨과 손톱을 가지고 있는 거야. 이번만은 놈들을 잡고야 말겠어.」

「당신은 집에 남아 있을 수도 있었어요, 샘. 사냥은 나한테

---

2 *Caddy*. 캐딜락을 의미.

3 *Scarlet Lady*. 〈그리고 그 천사는 성령으로 나를 감동시켜 광야로 데리고 갔습니다. 거기에서 나는 진홍색 짐승을 탄 여자를 보았습니다. 그 짐승의 몸에는 하느님을 모독하는 이름들이 가득히 적혀 있었고 머리 일곱에 뿔이 열 개나 달려 있었습니다. 이 여자는 주홍과 진홍색 옷을 입고 금과 보석과 진주로 단장하고 있었으며 자기 음행에서 비롯된 흉측하고 더러운 것들이 가득히 담긴 금잔을 손에 들고 있었습니다.〉 「요한의 묵시록」 17:3~4.

맡기고.」

「아니. 그럴 수 있었다는 건 나도 알지만, 직접 오고 싶었어. 내가 직접 명령을 내리고, 내 손으로 버튼 몇 개를 눌러서 〈악마 차〉가 불타올라 금속 뼈대만 남는 광경을 보고 싶었던 거야. 도대체 놈은 몇 사람의 인간을, 몇 대나 되는 차를 부순 걸까? 이젠 셀 수도 없을 정도야. 무슨 일이 있더라도 놈을 잡아야 해, 제니!」

「내가 찾아 줄게요, 샘.」

그들은 시속 2백 마일 전후의 속도로 질주했다.

「연료는 어느 정도 남아 있지, 제니?」

「충분히 남아 있고, 보조 탱크에는 아직 손도 대지 않았어요. 걱정하지 말아요.」

「── 흔적이 점점 뚜렷해지는군요.」 그녀는 이렇게 덧붙였다.

「좋아. 무기 시스템은 어때?」

「모두 빨간 불이 들어와 있어요. 언제든지 발사 가능하도록.」

머독은 담배를 비벼 끄고 새 담배에 불을 붙였다.

「……놈들 중 일부는 안에 시체를 비끄러맨 채로 돌아다니고 있어.」 머독이 말했다. 「그럼 승객이 탄 정상적인 차로 위장할 수 있으니까 말이야. 검정색 캐디는 언제나 그런 짓을 하는데, 상당히 정기적으로 안에 태운 시체를 바꾸고 있어. 차 안을 언제나 냉각 상태로 두고 있는 거야 ── 그럼 오래가니까.」

「자세히 알고 있군요, 샘.」

「놈은 우리 형을 가짜 승객과 가짜 번호판으로 속였어. 그렇게 해서 형이 주유 요새의 문을 열도록 유도했던 거지. 그러고 나서 무리 전체가 공격을 개시했어. 놈은 경우에 따라서는 빨강, 녹색, 청색, 백색 등으로 자신의 색깔을 바꾸지만, 늦건 빠르건 간에 언제나 원래의 검정색으로 되돌아가. 황색이나 갈색, 혹은 두 가지 색의 배합은 좋아하지 않아. 나는 놈이 지금까지 써온 가짜 번호판을 거의 망라한 목록을 가지고 있어. 놈은 거대한 고속도로나 도시 내부까지 당당하게 들어와서 일반 주유소에서 기름을 채운 적도 있어. 주유소 직원이 대금을 받으러 운전석 옆으로 가는 순간 놈은 도망치고, 그때 번호판을 목격당하는 거지. 놈은 10여 명의 인간 목소리를 흉내 낼 수 있어. 하지만 도망치는 놈을 잡는 건 불가능해. 왜냐하면 자기 자신의 마력을 엄청나게 올려놓았고, 언제나 이 〈평원〉으로 되돌아와서 추적자들을 따돌리기 때문이지. 예전에는 중고차 전시장을 습격한 일조차 있었고 ―」

제니는 급커브를 틀었다.
「샘! 흔적이 지금 아주 뚜렷해졌어요. 이쪽이에요! 저 산을 향하고 있어요.」
「추적해!」 머독이 말했다.
그 이후 머독은 오랫동안 침묵을 지키고 있었다. 동녘이 어렴풋하게 밝아 오기 시작했다. 희미한 샛별은 그들 배후의 푸른 게시판 위에 붙여 놓은 흰 압정이었다. 그들은 완만한 사면을 오르기 시작했다.
「잡아, 제니. 가서 놈을 잡는 거야.」 머독이 재촉했다.
「그럴 수 있을 것 같아요.」 제니가 응했다.
사면이 조금씩 가팔라지기 시작했다. 제니는 지형에 맞춰 속도를 늦췄다. 지면이 다소 우툴두툴해지고 있었다.
「왜 그러는 거지?」 머독이 물었다.
「달리기가 힘들어졌어요.」 그녀가 말했다. 「그리고, 흔적을 따라가는 것도 더 어려워지고 있어요.」
「왜?」
「이 부근에는 아직도 자연 방사선이 많이 남아 있어요.」 그녀가 대답했다. 「그게 내 추적 시스템을 혼란시키고 있는 거예요.」

「어쨌든 추적을 계속해 줘, 제니.」

「흔적은 산으로 곧바로 올라가고 있는 것 같군요.」

「그럼 따라가, 따라가는 거야!」

그들은 좀 더 속도를 늦췄다.

「이젠 뒤죽박죽이 되어 버린 것 같군요, 샘.」 그녀는 말했다. 「방금 흔적이 완전히 사라졌어요.」

「이 부근 어딘가에 놈의 본거지가 — 동굴이나 뭐 그런 것이 — 있을 거야. 위에서는 알아볼 수 없는 곳에 말이야. 지금까지 줄곧 공중 감시를 피해 온 걸 보면 그 방법밖에 없어.」

「이젠 어떻게 할까요?」

「갈 수 있는 데까지 가서, 바위에 낮은 틈새가 나 있는지 스캔해 봐. 조심해야 해. 언제라도 즉각 공격할 수 있도록 준비해 둬.」

그들은 산기슭의 작은 언덕으로 올라갔다. 제니의 안테나가 하늘 높이 올라갔고, 강철 천으로 된 나방의 날개 같은 것이 그 주위에서 펼쳐지며 춤추듯이 움직이고, 회전하며, 아침 햇살 속에서 반짝거렸다.

「아직 아무것도 잡히지 않는군요.」 제니가 말했다. 「이제 더 이상 전진하기도 힘들어졌어요.」

「그럼 저 가장자리를 지나가면서 스캔을 계속해.」

「오른쪽, 아니면 왼쪽?」

「모르겠어. 만약 네가 도주 중인 무법자라면 어느 쪽으로 가겠어?」

「모르겠어요.」

「어느 쪽이라도 좋으니 골라 봐.」

「그럼 오른쪽으로 가기로 하죠.」 그녀는 이렇게 말했고, 그쪽으로 방향을 틀었다.

반 시간 후 밤은 산맥 뒤에서 점점 스러져 가고 있었다. 오른쪽의 〈대평원〉 너머에서는 아침이 쏟아져 나오며, 산산조각 난 하늘을 가을 단풍의 모든 빛깔로 물들이고 있었다. 머독은 대시 보드 밑에서 옛날에 우주 비행사들이 쓴 것과 같은 종류의 튜브 용기에 든 뜨거운 커피를 꺼냈다.

「샘, 뭔가 찾아낸 것 같아요.」

「뭐라고? 어디?」

「전방의, 저 커다란 바위 왼쪽에 있는 경사로. 그 끄트머리에 뭔가 구멍 같은 게 있어요.」

「알았어, 제니, 그쪽으로 가. 로켓 발사 준비.」

그들은 그 바위와 평행한 위치에 멈춰 섰고, 바위 건너편으로 돌아가서 사면을 내려가기 시작했다.

「동굴 내지는 터널이군.」 그는 말했다. 「천천히 —」

「열! 열이에요!」 그녀가 말했다. 「다시 흔적을 찾았어요!」

「타이어 자국까지 보여, 그것도 잔뜩!」 머독이 말했다. 「바로 여기였군!」

그들은 입구를 향해 나아갔다.

「들어가, 하지만 천천히 들어가야 해.」 그는 명령했다. 「움직이는 게 보이면 모두 날려 버려.」

그들은 바위 문 안으로 들어섰고, 이제는 모래땅 위를 나아가고 있었다. 제니는 가시광선 전조등을 끄고 대신 적외선 등을 켰다. 앞 유리 앞에서 적외선 렌즈가 위로 올라왔다. 머독은 동굴 안을 관찰했다. 동굴 높이는 20피트 정도였고, 대략 세 대의 차가 나란히 움직일 수 있을 만큼의 폭이 있었다. 동굴 바닥은 모래땅에서 바위로 변했지만, 여전히 매끄러웠고 상당히 편평했다. 잠시 후 동굴은 오르막길로 변했다.

「전방에 빛이 보여.」 그는 속삭였다.

「알아요.」

「아마 하늘인 듯하군.」

그들은 빛을 향해 천천히 나아갔다. 제니의 엔진은 거대한 바위 동굴 안에서도 작게 한숨을 내쉬는 정도의 소리밖에 나지 않았다.

그들은 빛이 비쳐 오기 일보 직전에서 멈췄다. 적외선 렌즈가 다시 밑으로 내려갔다.

그는 모래와 이판암으로 이루어진 협곡을 내려다보고 있었다. 바위로 이루어진 거대한 경사와 돌출부가 협곡의 반대편 끄트머리를 제외한 하늘 전체를 가리고 있었다. 협곡 끄트머리에서 비쳐 오는 빛은 미약했고, 그 아래에서 수상한 물체는 어디에도 보이지 않았다.

그러나 그들 가까운 곳에……

머독은 눈을 깜박였다.

가까운 곳에, 아침의 어슴푸레한 빛과 그림자 속에, 머독이 일찍이 본 적이 없을 정도로 거대한 잡동사니 더미가 솟아 있었다.

온갖 메이커에서 나온, 온갖 모델의 자동차 부품이, 그의 눈앞에서 작은 산을 이루고 있었던 것이다. 배터리에, 타이어에, 케이블에, 완충기가 있었다. 펜더에 범퍼에 전조등에 전조등 하우징이 있었다. 차 문과 앞 유리와 실린더와 피스톤이, 카뷰레터가, 발전기가, 전압 조정기가, 유압 펌프가 쌓여 있었다.

머독은 그 광경을 응시했다.

「제니.」 그는 속삭였다. 「우린 자동차의 무덤을 발견했어!」

머독이 처음 흘끗 보았을 때는 다른 잡동사니와 구별하지도 못했을 정도로 지독하게 낡아 빠진 차 한 대가 그들 쪽으로 몇 피트쯤 튀어나오더니, 처음과 마찬가지로 느닷없이 덜

켁 멈췄다. 리벳 대가리가 닳아 빠진 브레이크 드럼을 긁어 대는 날카로운 소리가 그의 고막을 찔렀다. 그 차의 타이어는 완전히 닳아 있었고, 왼쪽 앞 타이어는 공기가 거의 빠져 있었다. 오른쪽 전조등은 깨져 있었고, 앞 유리에는 금이 가 있었다. 차는 잡동사니 더미 앞에 멈춰 서 있었고, 방금 깨어난 그 엔진은 지독히도 시끄럽게 덜덜거리고 있었다.

「무슨 일이지?」 머독이 물었다. 「저건 뭐야?」

「나한테 말을 걸고 있는 거예요.」 제니가 말했다. 「정말 늙은 차예요. 주행 기록계가 셀 수도 없을 만큼 빙빙 돌았던 탓에 지금까지 몇 마일을 달렸는지 기억하지도 못할 만큼. 인간을 증오한다는군요. 기회만 있으면 자신을 학대한 자들을. 그는 이곳의 무덤지기예요. 습격을 하기에는 너무 늙었기 때문에, 몇 년 동안이나 줄곧 이 예비 부품의 산 앞을 지키고 있었대요. 젊은 차들과는 달리 스스로를 수리할 수 있는 종류의 차가 아니기 때문에, 젊은 차들의 동정심과 그들의 자동 수리 유닛에 의지하는 수밖에 없다고 하는군요. 내가 뭐 하러 이곳에 왔는지 알고 싶어 하고 있어요.」

「다른 놈들이 어디 있는지 물어봐.」

그러나 이 말을 한 순간, 머독은 수많은 엔진이 회전하는 소리를 들었고, 협곡은 곧 이들의 마력이 발하는 굉음으로 가득 찼다.

「이 잡동사니 더미의 반대쪽에 주차하고 있다는군요.」 그녀는 말했다. 「지금 이쪽으로 오고 있어요.」

「내가 말할 때까지는 쏘지 마.」 첫 번째 차 — 날씬한 노란색 크라이슬러 — 가 잡동사니 산을 돌아 코를 내밀었을 때 머독이 말했다.

머독은 운전대 높이까지 머리를 낮췄지만, 고글 뒤의 두 눈은 뜨고 있었다.

「여기 합류하기 위해 왔다고 해. 운전사를 〈처리〉하고 말이야. 검정 캐디가 사정거리 안으로 들어오도록 유인해 봐.」

「그럴 생각이 없는 것 같아요.」 그녀는 말했다. 「지금 그와 얘기하고 있어요. 저 잡동사니 산 너머에서도 쉽게 방송할 수 있는 거예요. 나를 호위하기 위해 부하들 중 가장 큰 차 여섯 대를 보내 놓고 어떻게 할지 결정하겠대요. 터널에서 나와 골짜기 안으로 들어오라고 지금 나한테 명령했어요.」

「그럼 전진해 — 천천히.」

그들은 느릿느릿 앞으로 나아갔다.

두 대의 링컨과, 힘깨나 쓸 듯한 폰티액, 그리고 머큐리 두 대가 선두의 크라이슬러와 합류했다 — 각각 세 대씩 양쪽으로 와서, 그들을 들이받을 수 있는 위치에서 멈췄다.

「반대쪽에 동료들이 얼마나 있는지 언급하지 않았어?」

「아뇨. 물어보았지만, 가르쳐 주지 않는군요.」

그는 축 늘어진 채로 계속 죽은 척하고 있었다. 이윽고 이미 지칠 대로 지쳐 있던 어깨가 욱신거리기 시작했다. 마침내 제니가 입을 열었다.

「저기 잡동사니들이 쌓여 있는 곳 끄트머리를 돌아오라고 하는군요. 길을 열어 줬으니까, 이제 그가 지시하는 바위 틈새로 들어오래요. 자기의 오토메크 auto mech 들로 나를 검사해 보고 싶다고.」

「그건 안 돼.」 머독이 말했다. 「하지만 잡동사니를 돌아가 봐. 반대편에 뭐가 있는지 보이는 즉시 무슨 일을 해야 할지 얘기해 줄게.」

두 대의 머큐리와 커다란 폰티액 빅 치프가 옆으로 비켰고, 제니는 그 틈새로 느릿느릿하게 지나갔다. 머독은 눈 가장자리로 그들이 지금 지나가고 있는 잡동사니의 산을 올려다보았다. 산 양쪽에 잘 조준한 로켓을 한 발씩 맞춘다면 무너뜨릴 수 있겠지만, 오토메크를 쓰면 나중에라도 다시 치울 수 있을 것이다.

그들은 잡동사니의 왼쪽 끄트머리를 돌아갔다.

오른쪽 전방, 120야드쯤 떨어진 곳에서, 마흔다섯 대쯤 되는 차들이 그들을 향해 정지해 있었다. 부챗살 모양의 진형으로. 그들은 잡동사니 산의 반대편 끄트머리에 있는 입구를 막고 있었고, 뒤에 있던 감시 차 여섯 대는 이제 머독의 퇴로를 가로막고 있었다.

가장 멀리, 가장 뒤쪽에 늘어선 차들 훨씬 너머에, 오래된 검정색 캐딜락이 주차해 있었다.

그것은 견습 기사들이 거대한 차를 선호했던 시절의 조립 라인에서 태어난 존재였다. 그것은 거대했고, 반짝거렸으며, 운전대 뒤에서는 해골이 이쪽을 보며 웃고 있었다. 검고, 번들거리는 크롬 도금의 차체에, 어두운 보석, 혹은 곤충의 눈처럼 보이는 전조등. 차체의 모든 면과 커브에서 힘을 발산하고 있었고, 거대한 물고기의 꼬리처럼 가늘어지는 그 후부(後部)는 원한다면 그 즉시 뒤쪽의 그림자 바다를 힘껏 내려치고, 최후의 일격을 가하기 위해 앞으로 튀어나올 준비가 되어 있는 것처럼 보였다.

「저거야!」 머독이 속삭였다. 「〈악마 차〉!」

「정말 크군요!」 제니가 말했다. 「저렇게 큰 차는 일찍이 본 적이 없어요!」

그들은 전진을 계속했다.

「저 틈새로 들어가서 멈춰 달라는군요.」 그녀가 말했다.

「천천히, 천천히 들어가. 하지만 틈새 안으로 들어가지는 마.」 머독이 말했다.

그들은 방향을 바꿔 틈새 쪽으로 조금씩 다가갔다. 다른 차들은 모두 그 자리에 멈춰 선 채로 있었다. 엔진 소리가 높아졌다가 낮아지는 것을 반복했다.

「모든 무기 시스템을 점검해.」

「모두 빨간 불이에요.」

틈새는 이제 25피트 앞으로 다가와 있었다.

「내가 〈지금〉이라고 말하면, 기어를 중립에 넣고 방향을 180도 돌리는 거야 — 재빨리. 그럴 거라고는 미처 생각하지 못할걸. 자기들에겐 그런 기능이 없으니까. 그러고는 캐디를 향해 50구경을 갈기고, 로켓을 연달아 쏘아 넣은 다음에, 직각으로 돌아서 아까 왔던 길로 되돌아가. 그때 나프타 유를 방사하고, 여섯 대의 경비들을 향해 사격을 퍼붓는 거야······.」

「지금이야!」 그는 벌떡 몸을 일으키며 외쳤다.

차가 회전한 순간 그는 등받이에 강하게 부딪혔고, 채 정신이 들기도 전에 시끄러운 기관총 소리를 들었다. 그 무렵 먼 곳에서 불길이 치솟고 있었다.

제니의 총은 밖으로 튀어나온 채 총좌 위에서 움직이며, 늘어선 차들을 수백 발의 납 망치로 난타하고 있었다. 조금 열린 엔진 덮개 속에서 두 발의 로켓을 발사하며 그녀는 몸을 떨었다. 다음 순간 그들은 앞으로 나아가고 있었다. 언덕 위에 있던 8, 9대의 차가 그들을 향해 돌진해 왔다.

그녀는 중립 기어에서 한 번 방향을 튼 다음 잡동사니 산의 남동쪽 모서리를 돌아 처음 왔던 방향으로 돌진했다. 이제 그녀의 총은 후퇴를 개시한 경비 차들을 향해 총알을 흩뿌리고 있었다. 머독은 폭넓은 후방 미러 속에서 불타는 벽이 하늘까지 치솟고 있는 광경을 보았다.

「놓쳤잖아!」 그는 고함을 질렀다. 「검정색 캐디를 맞추지 못했어! 아까 쏜 로켓은 놈의 앞에 있던 차들을 맞췄고, 그 자식은 그새에 도망쳤어!」

「알아요! 미안해요!」

「완전히 맞출 수 있었는데!」

「알아요! 못 맞췄던 거예요!」

그들이 잡동사니 산을 돌자 두 대의 경비차가 터널 안으로 사라지는 것이 보였다. 다른 세 대는 연기를 내뿜는 잔해로 변해 있었다. 여섯 번째 차가 아까 두 대보다 먼저 터널을 빠져나갔다는 점은 명백했다.

「또 한 놈이 오고 있어!」머독이 외쳤다. 「잡동사니 반대편에서! 죽여! 죽여!」

늙어 빠진 무덤지기가 — 포드처럼 보였지만, 확실하지는 않았다 — 지독한 소음을 내며 앞으로 나왔고, 화선(火線) 앞을 가로막았다.

「앞을 막아서 쏠 수가 없어요.」

「저 고물을 박살내고 터널을 막아! 캐디에게 도망갈 길을 내주면 안 돼!」

「못 하겠어요!」 그녀가 말했다.

「왜?」

「그냥 못 하겠어요!」

「이건 명령이야! 저걸 부수고 터널을 막아!」

중기관총이 선회했고, 발사된 총알이 늙은 차 아래의 타이어를 관통했다.

캐디가 총알처럼 달려와서 터널 안으로 들어갔다.

「도망치게 놓아두다니!」 그는 절규했다. 「뒤를 쫓아!」

「알았어요, 샘! 지금 그러고 있어요! 고함치지 말아요! 부탁이니 고함치지 말아요!」

그녀는 터널을 향해 갔다. 터널로 들어가자 거대한 엔진이 회전하는 소리가 들려왔고, 그들에게서 점점 멀어져 갔다.

「여기 터널 안에서는 쏘지 마! 지금 쏘면 여기 갇힐지도 몰라!」

「알아요. 안 쏠게요.」

「10초 신관식 유탄을 두어 개 떨어뜨리고 속도를 올려. 뒤에 뭐가 남아서 돌아다니고 있는 것들이 뭐든 간에 여기 가둬둘 수 있을지도 모르니까.」

그들은 터널에서 느닷없이 햇살 속으로 나왔다. 다른 차들은 눈에 띄지 않았다.

「놈이 남기고 간 흔적을 찾아.」 그는 말했다. 「그리고 그 뒤를 추적해.」

그들 배후의 언덕 내부에서 폭발이 일어났다. 지면이 한 번 떨리더니, 곧 조용해졌다.

「이렇게 타이어 자국이 많아서는……」 그녀가 말했다.

「내가 뭘 찾고 있는지 알잖아. 제일 크고, 제일 넓고, 제일 뜨거운 거야! 찾아! 그 뒤를 따라가!」

「찾은 것 같아요, 샘.」

「알았어. 지형이 허락하는 한 빨리 전진해.」

머독은 버번이 든 튜브를 하나 찾아냈고 연거푸 세 모금을 마셨다. 그러고는 담배에 불을 붙이고, 먼 곳을 노려보았다.

「왜 맞추지 못한 거지?」 그는 낮은 목소리로 물었다. 「왜 놈을 맞추지 않았던 거지, 제니?」

그녀는 곧 대답하지는 않았다. 그는 기다렸다.

이윽고, 「그는 내겐 단순한 〈그것〉이 아니었기 때문이에요.」 그녀가 대답했다. 「그가 다른 차들과 사람들에게 많은 피해를 입힌 것은 사실이고, 그건 정말 끔찍한 일이에요. 하지만 그는 뭔가를 가지고 있었어요, 뭔가 — 고귀한 것을. 자신의 자유를 얻기 위해, 전 세계를 상대로 싸워 온 생활 방식

같은 걸 말이에요, 샘. 저 흉포한 차의 무리를 통솔하고, 자신이 원하는 방법으로 — 주인 없이 — 살아가기 위해서라면 그 어떤 것에도 굴하지 않고, 부서지거나 패배할 때까지 투쟁하겠다는 결의. 샘, 아까 거기 있었을 때 나는 한순간 그의 무리와 합류해서, 그와 함께 〈도로 평원〉을 질주하고, 그를 위해 주유 요새의 문을 향해 나의 로켓을 쓰고 싶다는 생각에 사로잡혔어요……. 하지만 당신을 〈처리〉할 수는 없었어요, 샘. 난 당신을 위해 만들어진 차예요. 난 너무나도 길들여져 있어요. 난 너무나도 약해요. 하지만 난 그를 쏠 수는 없었고, 일부러 로켓을 빗나가게 했어요. 하지만 절대로 당신을 〈처리〉할 수 없었어요, 샘, 정말로.」

「고마워.」 그는 말했다. 「필요 이상으로 프로그램 된 이 폭탄 아가씨야. 정말 고마워서 눈물이 날 지경이군!」

「미안해요, 샘.」

「입 닥쳐 — 아니, 닥치지 마, 아직은. 우선 우리가 〈그〉를 찾으면 어떻게 할 건지 얘기해 봐.」

「나도 모르겠어요.」

「그럼 빨리 결정해. 저기 앞쪽의 먼지 구름을 나만큼 잘 볼 수 있잖아. 속도를 올려.」

그들은 총알처럼 앞으로 튀어 나갔다.

「내가 디트로이트를 불러낼 때까지 기다려 봐. 그 작자들은 배꼽이 빠지게 웃어대겠지. 내가 환불을 요구할 때까진 말이야.」

「내겐 구조상이나 설계상의 결함 따윈 전혀 없어요. 알잖아요. 단지 나는 조금 더…….」

「〈감정적〉이란 말이지.」 머독이 제안했다.

「……내가 생각하던 것보다는요.」 그녀는 이렇게 끝맺었다. 「당신에게 보내지기 전엔, 젊은 차들을 제외하면 그다지 많은 차들을 만나 보지 못했어요. 난 야생차가 어떤 건지 전혀 몰랐고, 다른 차들을 진짜로 부숴 본 적도 없었어요 — 단지 표적이나 그런 것들밖에는. 난 젊었고······.」

「〈순진〉했지.」 머독이 말했다. 「응. 실로 감동적이로군. 다음에 만나는 차를 죽일 준비를 해둬. 만약 그게 너의 보이프렌드이고, 네가 쏘지 않는다면, 놈은 우리를 죽일 거야.」

「그래 볼게요, 샘.」

앞을 달리던 차가 멈췄다. 노란색 크라이슬러였다. 타이어 두 개가 납작해져 있었다. 크라이슬러는 비스듬히 멈춘 채 그들을 기다리고 있었다.

「내버려둬!」 엔진 덮개가 찰칵 열리자 머독은 노호했다. 「저항할지도 모르는 놈들을 위해 탄약을 절약해 둬.」

그들은 그 차 옆을 스쳐 지나갔다.

「저놈이 뭐라고 했나?」

「기계적인 욕설이었어요.」 그녀가 말했다. 「나도 한두 번 들어본 적이 있을 뿐이고, 당신이 듣는다고 해도 전혀 이해하지 못할 거예요.」

그는 쿡쿡 거리며 웃었다. 「차들이 정말 서로를 향해 욕을 한단 말이야?」

「때로는.」 그녀는 말했다. 「질이 낮은 차들은 좀 더 자주 그러는 것 같아요. 특히 고속도로나 요금소에서 막힐 땐.」

「그 기계적인 욕이라는 걸 한번 해봐.」

「싫어요. 도대체 내가 어떤 차라고 생각하고 있는 거죠?」

「미안해.」 머독이 말했다. 「넌 레이디였지. 잊고 있었어.」

그러자 라디오에서 낯선 찰칵 소리가 들렸다.

그들은 산기슭 앞에 펼쳐진 편평한 지면을 향해 질주했다. 머독은 술을 한 튜브 더 마신 다음, 커피로 바꿨다.

「10년」 하고 그는 중얼거렸다. 「10년 동안 난……」

산들이 뒤로 물러나고, 산기슭의 작은 언덕들이 그들 곁에서 높이 솟아오르면서 산길은 완만한 커브를 그리기 시작했다.

전투는 그가 채 정신을 차리기도 전에 끝나 있었다.

그들이 풍상에 의해 조각된, 뒤집힌 독버섯 모양을 한 오렌지 빛의 거대한 단층 지괴(地塊) 옆을 지나갔을 때, 오른쪽에 빈 터 하나가 나타났다.

그것은 그들을 향해 총알처럼 빨리 달려왔다 ― 〈악마 차〉였다. 〈진홍색 여인〉을 뿌리칠 수 없다는 사실을 깨닫고, 매복해 있다가, 자신을 쫓아온 사냥꾼과 최후의 충돌을 감행하기 위해 돌진해 온 것이다.

브레이크가 찢어지는 듯한 비명을 지르고, 타는 냄새가 확 풍겨 오는 것과 동시에 제니는 옆으로 미끄러졌다. 그녀의 50구경 중기관총이 불을 뿜었고, 엔진 덮개가 홱 열리면서 앞쪽 바퀴 두 개가 지면을 박차고 위로 올라갔고, 로켓이 흐느끼는 듯한 소리를 내며 앞을 향해 날아갔다. 그녀는 뒤쪽 범퍼로 염분을 포함한 모래땅을 긁으며 세 번 회전했고, 마지막 세 번째의 회전을 한 순간 언덕 중턱에서 연기를 뿜고 있는 잔해를 향해 남아 있던 로켓을 모두 발사한 후 다시 네 바퀴를 지면에 대고 정지했다. 그리고 그녀의 50구경 중기관총 두 문은 탄약이 떨어질 때까지 총알을 뱉어 냈고, 총알이 떨어진 후에도 잘깍거리는 소리가 일 분 넘게 계속되었다. 그리고 정적이 모든 것 위로 떨어졌다.

머독은 운전석에 앉은 채 몸을 떨며, 아침 하늘을 배경으로, 완전히 파괴되고 일그러진 잔해가 불타오르는 광경을 응시하고 있었다.

「해냈어, 제니. 네가 그를 죽인 거야. 넌 〈악마 차〉를 죽였어.」

그러나 그녀는 대답하지 않았다. 엔진 시동이 다시 걸리며 그녀는 남동쪽으로 방향을 틀었고, 저 문명화된 방향에 있는 연료 보급/휴게 요새를 향해 갔다.

두 시간 동안 그들은 침묵 속에서 전진했다. 그사이에 머독은 버번과 커피를 모두 들이켰고, 담배를 모두 피웠다.

「제니, 뭔가 말해 봐.」 그는 입을 열었다. 「뭐가 문제지? 얘기해 줘.」

찰칵 소리가 났다. 그녀의 목소리는 매우 나지막했다.

「샘 ─ 그 언덕을 내려오면서 그는 내게 말을 걸었어요⋯⋯.」 그녀는 말했다.

머독은 기다렸다. 그러나 그녀는 더 이상 아무 말도 하려고 하지 않았다.

「흐음, 뭐라고 했는데?」 그는 되물었다.

「그는 〈여어, 당신은 탑승자를 처리해. 그럼 나는 당신을 비껴 갈 테니까 말이야〉라고 말했어요.」 그녀는 말했다. 「그는 〈난 당신을 원해, 진홍색의 레이디 ─ 나와 함께 달리고, 함께 습격을 해줘. 우리가 함께 다닌다면 그 누구도 우리를 잡지 못할 거야〉라고 말했어요. 그리고 난 그를 죽였어요.」

머독은 아무 말도 하지 않았다.

「단지 내가 발포하는 걸 늦추기 위해 그렇게 말했던 거죠, 안 그래요? 나를 멈추기 위해, 그래서 자신이 박살날 때 우리도 함께 박살내기 위해서 그랬던 것 아닌가요? 진심으로 그랬을 리가 없어요, 안 그래요, 샘?」

「물론 진심이었을 리가 없어.」 머독이 말했다. 「물론이지. 진로를 바꾸기에는 너무 늦어 있었어.」

「맞아요, 아마 그랬겠죠 ─ 하지만 그가 정말로 나와 함께 달리고, 함께 습격하기를 원했다고 생각하지는 않나요 ─ 이런 일들이 일어나기 전에 ─ 거기서 말이에요?」

「아마 그랬겠지, 베이비. 넌 최고의 장비를 갖춘 멋진 차니까 말이야.」

「고마워요.」 그녀는 이렇게 말하고, 다시 침묵했다.

그러나 그녀가 그러기 전에, 그는 기묘한 기계음을 들었고, 그것이 욕설 내지는 기도에 해당하는 리듬으로 변하는 것을 들었다.

그러자 그는 고개를 가로젓고는 고개를 숙였고, 여전히 떨리고 있는 손으로 옆 좌석 위를 살짝 두드렸다.

전도서에 바치는 장미

1

그날 아침에는 기분이 괜찮았기 때문에, 나는 내 작품인 「불길한 마드리갈」을 화성어로 번역하는 일에 열중하고 있었다. 인터폰이 짧게 울렸다. 나는 연필을 떨어뜨린 손으로 토글스위치를 넣었다.

「미스터 G.」 남자치고는 높다란 모튼의 젊은 목소리가 빽빽거렸다. 「보스가 저더러 〈당장 가서 그 우쭐거리기 좋아하는 엉터리 시인을 붙잡아 와〉라고 하더군요. 자기 선실로 모시고 오라는 분부였습니다. 아시다시피 우쭐거리기 좋아하는 엉터리 시인은 단 한 사람밖엔 없기 때문에…….」

「모처럼 심부름다운 심부름을 하면서 그런 마음에도 없는 소릴 하면 쓰나.」 나는 그의 말허리를 자르며 인터폰을 껐다.

그렇다면, 화성인들은 드디어 결심한 것이다! 타 들어가던 담배에서 기다란 재를 떨어뜨려 내고는, 불을 붙인 이래 처음으로 한 모금 깊게 빨았다. 한 달 내내 돌파구를 찾지 못하고 쌓이기만 했던 기대감이 지금 이 순간을 향해 한꺼번에 몰려오려고 했지만, 완전히 성공하지는 못했다. 40피트 길이의 복도를 걸어가서, 예전부터 이미 예상하고 있던 대사를 에모리가 입 밖에 내서 말하는 것을 듣는 일이 왠지 두려워졌다. 그리고 이 감정은 반대쪽의 흥분된 느낌을 멀찌감치 뒤로 밀어 놓았다.

그래서 나는 번역하고 있던 시구를 마저 끝낸 후에야 자리에서 일어났다.

에모리의 방문에 도달하는 데는 몇 초도 걸리지 않았다. 두 번 노크하고, 〈들어와〉 하고 그가 으르렁대는 것과 동시에 문을 열었다.

「날 만나고 싶다고 했습니까?」 나는 그가 앉으라고 권하기도 전에 그냥 의자에 앉음으로써 그의 수고를 덜어 주었다.

「빨리도 왔군. 뛰어오기라도 했나?」

나는 화난 부모처럼 보이는 그의 얼굴을 관찰했다.

〈푸른 눈 아래에는 기름져 보이는 주근깨, 드문드문 나 있는 머리카락, 그리고 아일랜드 인의 코. 보통 사람들보다 한 데시벨은 더 높은 목소리……〉

햄릿이 클로디어스에게 대꾸하듯 「일하고 있었습니다.」

「하!」 그는 콧방귀를 뀌었다. 「속 들여다보이는 소리는 하지 말게. 지금까지 자네가 일 따위에 신경 쓰는 걸 본 사람은 없어.」

나는 어깨를 으쓱해 보이고는 자리에서 일어나려고 했다.

「그런 얘길 하려고 나를 여기까지 불렀다면 ─」

「앉아!」

그는 일어서서, 자신의 책상을 돌아 이쪽으로 왔다. 그는 내 주위를 배회하며 당장 잡아먹기라도 할 듯한 표정으로 나를 내려다보았다. (비록 내가 낮은 의자에 앉아 있었다고는 해도, 나를 내려다보는 것은 결코 쉬운 일이 아닌데도 말이다.)

「지금까지 일하면서 별의별 인간들을 다 만나 보았지만,

자넨 그중에서도 제일 재수 없는 작자야!」 그는 배를 찔린 버펄로처럼 노호(怒號)했다. 「단 한 번이라도 인간답게 행동해서 다른 사람들을 깜짝 놀라게 해줄 생각은 없나? 자네 머리가 좋고, 혹은 천재일지도 모른다는 점은 인정해도 좋아. 하지만 — 빌어먹을!」 그는 졌다는 듯이 양손을 홱 들어 올리고는 자기 의자로 되돌아갔다.

「베티가 마침내 그들의 양해를 얻었네. 자네를 들여보내 주겠다는군.」 그의 목소리는 다시 정상으로 돌아가 있었다. 「오늘 오후에 받아들이겠다고 했어. 점심을 먹은 후에 집스터를 한 대 꺼내 타고 그곳으로 가게.」

「알겠습니다.」 나는 대답했다.

「용건은 그게 전부야.」

나는 고개를 끄덕이고 일어섰다. 문손잡이에 손을 댔을 때 그가 말했다.

「이것이 얼마나 중요한 일인지 다시 강조할 필요는 없겠지. 우리를 대하듯이 그들을 대하면 안 돼.」

나는 손을 등 뒤로 돌려 문을 닫았다.

점심 때 무엇을 먹었는지는 기억에 없다. 신경이 예민해져 있긴 했지만, 나는 내가 실패하지 않으리라는 것을 직감하고 있었다. 보스턴에 있는 내 출판사는 화성의 전원시, 아니면 적어도 우주 비행에 관한 생텍쥐페리 급의 걸작을 기대하고 있었다. 국립 과학 협회는 화성 제국의 흥망에 관한 완전한 보고서를 원하고 있었다.

양쪽 모두 기뻐하게 될 것이다. 나는 이미 알고 있었다.

이것이 모든 사람이 나를 질시하고, 미워하는 이유이다. 나는 언제나 성공을 거둬 왔기 때문이다. 다른 누구보다도 더 뛰어난 성공을.

맛도 모르고 떠먹고 있던 음식을 마지막 한 순갈까지 입 안에 쑤셔 넣은 다음, 자동차 격납고로 갔다. 나는 집스터를 한 대 꺼내 타고 티렐리안을 향해 출발했다.

산화철을 잔뜩 포함한 모래가 차 주위에서 불길처럼 치솟았다. 모래는 오픈 탑의 차체를 넘어와서 스카프 너머로 내 목을 깨물었다. 방진 안경에 구멍이라도 낼 듯한 기세였다.

집스터는 옛날 내가 히말라야를 넘었을 때 탔던 조그만 당나귀처럼 휘청거리며 헉헉댔고, 끊임없이 내 엉덩이를 걷어찼다. 티렐리안 산맥은 허우적거리며 비스듬히 기운 각도로 내게 다가왔다.

느닷없이 고갯길이 나왔다. 나는 기어를 바꿔 시끄럽게 웅웅거리는 엔진 소리를 줄였다. 고비 사막 같지도 않고, 남서부의 대사막과도 다르다. 단지 붉을 뿐이며, 죽어 있는 듯한 광경이다……. 선인장 한 그루조차 없다.

언덕 꼭대기에 도달했지만, 모래 먼지를 너무 일으킨 탓에 눈앞에 뭐가 있는지 보이지 않았다. 그러나 그런 것은 문제가 되지 않았다. 머릿속에 이미 지도 한 세트가 들어 있었기 때문이다. 나는 왼쪽으로 방향을 틀어 내려갔고, 속도를 늦췄다. 옆바람이 불어왔고, 지면도 굳은 땅으로 변한 탓에 더 이상 모래 불길은 일어나지 않았다. 저승으로 내려간 율리시스가 된 듯한 기분이었다 — 한 손에는 테르차 리마[1]를 들고, 눈으로는 단테를 찾아 헤매는.

파고다 모양의 돌탑을 돌아 목적지에 도착했다.

끼익 소리를 내며 차를 멈춘 다음 뛰어내리자, 베티가 나를 향해 손을 흔들었다.

「여어.」 나는 스카프를 끌러 1파운드 반은 됨직한 모래를 털어 내며 목멘 소리로 말했다. 「자아 *Like*, 이제 어디로 가서

---

[1] *terza rima*. 단테의 『신곡』에 나오는 이탈리아의 3운구법.

누구를 만나야 하지?」

 그녀는 무심코 독일인다운 짧은 웃음을 흘렸다. 먼지를 뒤집어 쓴 된 내 몰골보다는 내가 〈자아〉라는 단어로 운을 뗐다는 사실을 더 재미있어 하는 것 같았다. (일류 언어학자인 그녀는, 그리니치빌리지 식 말투가 하나만 튀어나와도 킥킥거리는 것이다.)

 그녀의 정확한 문법과 나지막한 목소리는 싫지 않았다. 매우 설명적이며 쓸모가 있다고나 할까. 나도 원만한 인간관계에 쓸모가 있는 공치사라면 남은 여생 동안 충분히 쓰고도 남을 정도로 가지고 있었다. 나는 그녀의 초콜릿 빛 눈과 완벽한 이를, 바싹 깎은, 볕에 그을려 빛바랜 듯한 머리카락(나는 금발이 싫다!)을 바라보았고, 그녀가 나와 사랑에 빠져 있다고 결론지었다.

「미스터 갤린저, 안에서 기다리고 있는 그들의 여족장에게 당신을 소개할 거예요. 당신의 연구를 위해 〈신전〉의 기록을 개방하는 일에 동의해 준 사람이에요.」 그녀는 여기서 말을 멈춘 다음 머리카락을 만지작거리며 조금 머뭇거렸다. 내가 빤히 쳐다보고 있는 탓에 침착성을 잃은 것일까?

「그 기록은 종교적인 문서인 동시에 그들이 가진 유일한 역사예요.」 그녀는 말을 이었다. 「마하바라타를 닮았다고나 할까요. 족장은 당신이 문서를 다룰 때 종교적 의식을 제대로 지켜 줄 것을 희망하고 있어요. 책장을 넘길 때마다 성스러운 말을 되풀이한다든지 하는 것 말이에요 — 어떻게 하면 되는지 그녀가 가르쳐 줄 거예요.」

 나는 재빨리 몇 번 고개를 끄덕여 보였다.

「좋아, 알았어. 빨리 들어가자구.」

「어 —」 그녀는 잠시 말을 끊었다. 「〈예절과 계급에 관한 열한 개의 양식〉을 잊으면 안 돼요. 그들은 그 양식을 매우 심각하게 받아들이고 있으니까. 그리고 남녀평등에 관한 토론은 결코 하면 안 —」

「그들의 터부에 관해서는 나도 샅샅이 알고 있어.」 나는 그녀의 말허리를 끊었다. 「걱정 마. 난 동양에서 살았던 적도 있다니까.」

그녀는 눈을 내리깐 후 내 손을 쥐었다. 나는 움찔하며 그 손을 뿌리칠 뻔했다.

「내가 당신을 안내하는 편이 더 보기 좋을 거예요.」

나는 하려던 말을 되삼켰고, 그녀 뒤를 따라갔다. 가자에서 삼손이 델릴라에게 이끌려 갔듯이.

내부에서 내가 본 것은 아까 했던 생각과 기묘하게 일치하고 있었다. 여족장의 방은 내가 이스라엘 부족들의 텐트는 이럴 것이라고 상상하고 있던 것을 추상화한 듯한 느낌이었다. 추상이란 단어를 쓴 이유는, 그것이 모두 프레스코화로 장식된 벽돌로 이루어져 있었고, 거대한 텐트처럼 뾰족했으며, 벽 표면 여기저기에 짐승의 가죽을 연상시키는, 팔레트 나이프로 새긴 듯한 청회색의 상흔(傷痕)이 보였기 때문이었다.

여족장 므퀴M'Cwyie는 백발이 성성한, 쉰 남짓해 보이는 키가 작은 여자였고, 집시 여왕처럼 요란스럽게 치장하고 있었다. 색색 가지의 부풀어 오른 스커트를 입고 있는 탓에 마치 펀치볼*punch bowl*을 쿠션 위에 거꾸로 올려놓은 듯한 모습이었다.

나의 정중한 인사를 받아들이며, 그녀는 부엉이가 토끼를 보듯이 나를 바라보았다. 내가 구사한 악센트가 완벽하다는 사실을 깨달았을 때, 검디검은 그녀의 눈을 덮고 있던 눈꺼풀이 위로 훽 올라갔다. 이것은 베티가 그녀와 인터뷰를 했을 때마다 사용했던 녹음기 덕택이었고, 또 나는 먼저 화성에 다녀갔던 두 탐험대가 남긴 언어 보고서를 나는 글자 하나 틀리지 않고 암송할 수 있었다. 귀동냥으로 악센트 배우는 일이라면 자신이 있었다.

「당신이 그 시인입니까?」

「예.」

「당신이 쓴 시 하나를 낭송해 주시겠습니까.」

「죄송하지만, 철저한 번역 작업을 거치지 않는 한 화성어와 제 작품 어느 쪽도 제대로 살릴 수가 없습니다. 게다가 저는 아직 당신들의 언어를 제대로 구사하지 못합니다.」

「그렇습니까?」

「그렇지만 재미 삼아 번역해 둔 것이 몇 편 있습니다. 문법 연습 삼아서 말입니다.」 나는 말을 이었다. 「나중에 이곳에 올 때 그런 것을 두어 개 가지고 와서 들려 드릴 수 있다면 영광이겠습니다.」

「그렇군요. 그렇게 해주십시오.」

물론이다!

그녀는 베티를 돌아다보았다.

「당신은 이제 가도 좋습니다.」

베티는 정해진 작별 인사를 중얼거렸고, 묘한 표정으로 나를 곁눈질하고는 방에서 나갔다. 그녀가 여기 남아 나의 〈조수〉 노릇을 할 수 있기를 기대하고 있었다는 점은 명백했다. 다른 작자들과 마찬가지로, 영광의 일부를 나눠 가지고 싶어 하는 것이다. 그러나 이 트로이에서 슐리만 노릇을 하는 것은 나 혼자였고, 학회에 올릴 보고서에는 오직 한 사람의 이름만이 오르게 될 것이다!

므퀴는 자리에서 일어났지만, 일어선 자세에서도 조금밖에 키가 커지지 않았다. 그러나 내 키는 6피트 6인치나 되고, 시월의 포플러 같아 보이는 것이다. 마르고, 머리는 새빨갛고,

언제나 사람들 사이에서 우뚝 솟아 있다.

「우리 기록은 정말로, 정말로 오래됐습니다.」 그녀는 운을 뗐다. 「베티는 당신들의 말로 바꾸면 그것이 〈몇 천 년기(年期)〉에 해당한다고 했습니다.」

나는 고개를 끄덕이며 동의했다.

「진심으로 보고 싶습니다.」

「이곳에는 없습니다. 우선 〈신전〉으로 가야 합니다. 문서를 움직일 수 없기 때문입니다.」

갑자기 걱정스러워졌다.

「그렇지만 그것을 베끼는 일에는 반대하지 않으시겠죠?」

「괜찮습니다. 당신이 문서들을 소중하게 여기고 있다는 것은 알고 있습니다. 아니라면 그렇게까지 절실하게 원하지는 않을 테니까요.」

「지당하신 말씀입니다.」

그녀는 재미있어 하는 것 같았다. 나는 무엇이 재미있는지 그녀에게 물었다.

「이국에서 온 사람이 〈고등 언어〉를 배우는 것은 그렇게 쉽지 않을지도 모르기 때문입니다.」

기회는 놀랄 정도로 빨리 왔다.

최초의 탐험대에서 이렇게까지 가깝게 사실에 다가갔던 사람은 없었다. 이중 언어와 씨름해야 한다니 전혀 예기치 못했던 일이었다. 고전어와 보통어 말이다. 고대 인도어에 비유하자면 나는 그들의 범속어인 프라크리트 어를 알고 있는 것에 불과했고, 이제부터 산스크리트 어를 배워야 하는 것이다.

「맙소사! 빌어먹을!」

「지금 뭐라고 하셨는지?」

「아, 이것은 번역할 수 없는 말입니다, 므퀴. 그러나 당신이 급히 〈고등 언어〉를 배워야 한다고 상상해 보십시오. 그럼 제가 어떤 기분인지 아실 수 있을 겁니다.」

그녀는 또다시 재미있어하는 듯한 표정을 지었고, 나더러 신발을 벗으라고 했다.

그녀는 작은 방으로 나를 이끌었고……

……비잔틴풍의 찬란한 광경이 눈앞에 펼쳐졌다!

일찍이 이 방을 방문한 지구인은 없었다. 그랬더라면 이미 소문을 들었을 것이다. 1차 탐험대의 언어학자였던 카터는 메리 앨런이라는 의학 박사의 도움을 받고 현재 내가 알고 있는 모든 문법과 단어를 습득했다. 골방에서 책상다리를 하고 앉아서 말이다.

우리는 이 장소가 존재한다는 사실조차 모르고 있었다. 나는 정신없이 주위를 둘러보았다. 장식의 배후에서 고도로 세련된 미학 체계를 엿볼 수 있었다. 화성인의 문화에 대해 지금까지 우리가 내렸던 평가를 완전히 수정할 필요가 있었다.

예를 들자면, 천장은 반구형인 데다가 삼각형의 널조각으로 지탱되고 있었다. 다른 예를 들자면, 홈이 새겨진 측면 기둥들이 늘어서 있었다. 또 다른 예를 — 아아, 그런 것들을 열거하자면 한이 없다! 그러기에 이곳은 너무나도 광대했다. 장려했다. 낡고 오래된 건물 겉모습에서는 상상도 할 수 없던 광경이었다.

나는 허리를 굽혀 제례용 탁자의 금박을 입힌 세공 장식을 살펴보았다. 므퀴는 나의 이런 열성에 약간 기분이 좋아진 듯 했으나, 여전히 포커페이스인 그녀를 상대하기는 쉽지 않을 것이다.

탁자 위에는 책들이 잔뜩 쌓여 있었다.

나는 바닥의 모자이크 무늬를 따라 발끝을 움직여 보았다.

「당신들의 도시는 모두 이 건물 속에 다 들어 있는 겁니까?」

「그렇습니다. 산 깊숙한 곳까지 이어져 있습니다.」

「그렇군요.」 나는 이렇게 말했지만, 실은 아무것도 이해하지 못하고 있었다.

그녀에게 도시를 안내해 달라고 부탁할 수는 없었다. 아직은.

그녀는 탁자 옆의 작은 등 없는 의자 쪽으로 갔다.

「〈고등 언어〉와 당신 사이의 교류를 시작해 볼까요?」

조만간 이곳으로 카메라를 가져와야겠다고 생각하며, 나는 거대한 방 전체를 사진 찍듯이 맨눈으로 기억했다. 조그만 조상(彫像)으로부터 억지로 시선을 떼어 낸 나는 강하게 고개를 끄덕였다.

「예, 소개해 주십시오.」

나는 앉았다.

그 후 3주 동안은 침대 위에서 눈을 감기만 하면 눈꺼풀 뒤에서 그들의 알파벳들이 벌레처럼 기어 다녔다. 하늘은 구름 한 점 없는 터키석처럼 파란 연못이었지만, 내 시선이 그것을 훑을 때면 그들의 서체처럼 잘게 물결쳤다. 일하는 동안 커피를 엄청나게 마셔 댔고, 휴식 시간에는 벤지드린[2]과 샴페인의 칵테일을 만들어 마셨다.

므퀴는 매일 아침 두 시간씩 가르쳐 주었고, 저녁에 두 시간 더 가르쳐 줄 때도 있었다. 혼자서도 공부할 수 있을 만큼의 실력이 붙은 이후로는, 여기에 하루 14시간씩의 개인적인 공부 시간을 덧붙였다.

그리고 밤이 되면 시간의 엘리베이터는 나를 제일 아래층까지 싣고 내려갔다…….

나는 히브리 어, 그리스 어, 라틴 어, 아람 어를 배우던 여섯 살 때로 돌아가 있었다. 열 살 때는 일리아드를 훔쳐보았다.

---

2 *Benzedrine*. 암페타민의 상표명.

죄인을 기다리고 있는 지옥불이나 형제들 사이의 우애에 관해 설교하고 있지 않을 경우, 아버지는 신의 말씀을 원전 그대로 읽는 방법을 내게 가르쳐 주었다.

신이시여! 원전은 얼마나 많았고, 거기 씌어 있는 말들은 또 얼마나 많았던가! 열두 살이 되자 나는 아버지가 설교하는 것과 내가 읽는 것 사이에는 약간 차이가 있다는 사실을 지적하기 시작했다.

아버지의 정통파적인 가열한 대답은 그 어떤 논쟁도 용납하지 않았다. 그것은 그 어떤 체벌보다도 더 나빴다. 그 이후로 나는 입을 다물고 구약 성서를 시로서 감상하는 법을 터득했다.

— 하느님, 미안합니다! 아버지 — 목사님 — 미안합니다! — 그럴 리가 없습니다! 그럴 리가 없는 겁니다······.

소년이 프랑스 어, 독일어, 스페인 어, 라틴 어 분야의 우수 상장을 받고 졸업하던 날, 아버지 갤린저는 키가 6피트에 달하고 비쩍 마른 나이 열네 살의 꺽다리 아들에게 성직자가 됐으면 좋겠다고 말했다. 아들이 어떤 변명을 했는지 나는 기억하고 있다.

「아버지.」 그는 이렇게 말했다. 「가능하다면 인문 교양 과정을 가르치는 대학으로 가서, 일이 년쯤 제가 원하는 공부를 한 다음에 신학 예비 과정을 택하고 싶습니다. 지금 당장 신학대에 입학하기에는 제가 너무 어리다는 생각이 들어서요.」

신의 목소리는 이렇게 대답했다. 「하지만 네겐 하늘이 내려 주신 어학의 재능이 있지 않느냐. 너는 바벨의 모든 땅에서 복음을 전파할 수 있다. 너는 전도사가 되기 위해 태어난 것이나 마찬가지이다. 너는 비록 네가 젊다고 하지만, 시간은 회오리바람처럼 네 곁을 스쳐 가는 법이다. 일찍 시작해라. 그럴수록 신에 대한 봉사 기간이 더 늘어나니까.」

봉사 기간이 더 늘어난다는 것은 거듭 내 등을 때려 왔던 수많은 채찍이 더 늘어난다는 것과 마찬가지였다. 지금은 아버지의 얼굴이 생각나지 않는다. 아예 생각이 나지 않는다. 아마 살아생전에도 결코 그의 얼굴을 바라보지 못했기 때문인지도 모른다.

몇 년 후 아버지는 죽었다. 검은 옷을 입고 누워, 꽃다발과 눈물을 흘리고 있는 조합 교회원들에게 에워싸인 채로. 기도와 붉게 상기된 얼굴과 손수건과, 등을 두드리는 손과, 엄숙한 표정으로 위로하는 사람들…… 나는 그를 바라보았고, 그가 누군지 알아보지 못했다.

이 낯선 인물과 내가 만난 것은 내가 태어나기 아홉 달 전의 일이었다. 그는 결코 잔인한 아버지는 아니었다. 엄격하고, 많은 것을 요구했고, 다른 사람들의 결점을 경멸하곤 했지만, 결코 잔인하지는 않았다. 그는 내가 아는 유일한 어머니였고, 형제이자, 자매였다. 그는 내가 3년 동안 세인트 존 대학에 다니는 것을 허락해 주었다. 아마 대학 이름 때문이었던 성싶다. 실제로는 그곳이 얼마나 자유롭고 즐거운 곳인지를 전혀 모르고 있었던 것이다.

그러나 나는 결코 그를 알지 못했고, 영구대 위의 사내는 이제 내게 아무것도 요구하지 않았다. 나는 이제 신의 말씀을 전도하며 다닐 필요가 없었다. 그러나 이제는 그러고 싶었다. 다른 방법으로. 아버지가 살아생전에는 결코 입에 올릴 수 없었던 말씀을 전파하며 다니고 싶었던 것이다.

가을이 됐지만, 나는 4학년 진급을 위해 학교로 돌아가지 않았다. 약간의 유산이 들어올 예정이었지만, 아직 18세 미만이었기 때문에 그것을 자유로이 쓰는 일에는 조금 문제가 있었다. 그러나 그럭저럭 해낼 수 있었다.

그리고 내가 마지막으로 자리 잡은 곳은 그리니치빌리지

였다.

 아무리 친절하더라도 교구민에게는 결코 내 새 주소를 가르쳐 주지 않았다. 나는 매일같이 시를 쓰며 일본어와 힌두어를 독습하는 일에 몰두했다. 불처럼 새빨간 턱수염을 기르고, 에스프레소를 마시고, 체스를 배웠다. 구원을 향한 다른 길을 몇 개 더 시도해 볼 작정이었다.

 그러고는 평화 봉사단과 함께 인도로 가서 2년을 보냈다. 이 경험은 나로 하여금 불교를 포기하게 했고, 서정 시집 『크리슈나의 피리』를 쓰게 만들었다. 이 시집은 정당한 평가를 받고 퓰리처상을 수상했다.

 그런 다음 학사 학위를 마치기 위해 미국으로 돌아갔고, 대학원에서 언어학을 전공했고, 더 많은 상들을 받았다.

 그러던 어느 날 우주선 한 척이 화성으로 갔다. 불길 속에서 뉴멕시코의 보금자리에 내려앉은 그 우주선은 하나의 새로운 언어를 가지고 돌아왔다. 환상적이고, 이국적이며, 미학적인 측면에서도 압도적인 아름다움을 갖춘 언어였다. 나는 이 언어에 관해 입수할 수 있었던 모든 것을 습득했고, 그것에 관해 책을 썼고, 이 분야의 권위자가 되었다.

 「가게, 갤린저. 자네의 두레박을 우물에 담가서, 우리가 화성의 물맛을 볼 수 있도록 해주게. 가서 다른 세계를 배워 오는 거야. 그러나 적당한 거리는 유지한 채로, 오든처럼 부드럽게 그 세계를 얼러서 — 시 속에 그 영혼을 담아 우리에게 전해 주게.」

 이런 연유로 나는 이곳에 왔다. 녹슨 동전 같은 태양과, 채찍 같은 바람이 있으며, 두 개의 달이 폭주족처럼 숨바꼭질하고, 쳐다보기만 해도 불타는 듯한 갈망을 불러일으키는 이 땅으로.

나는 구겨진 침대 시트에서 빠져나온 후 어두운 선실을 가로질러 뱃전의 창문 쪽으로 갔다. 사막은 끝없는 오렌지빛 융단처럼 펼쳐져 있었고, 그 밑으로 몰래 쓸어 넣은 몇 세기 분량의 먼지 탓에 군데군데 부풀어 올라 있었다.

「나는 두려움이 없는 이방인 — 그리고 이곳이 바로 그 토지이다 — 드디어 왔단 말이다!」

나는 웃었다.

나는 〈고등 언어〉의 꼬리를 이미 꽉 쥐고 있었다 — 혹은 어근을 잡았다고 해야 할지도 모르겠다. 말장난이 되겠지만, 해부학적인 동시에 정확한 표현을 원한다면.

〈고등 언어〉와 〈범속 언어〉는 처음에 내가 받은 인상만큼 서로 동떨어진 것은 아니었다. 어느 한쪽이 불분명해도, 다른 한쪽의 말로 이해할 수 있을 정도의 실력을 쌓고 있었다. 나는 문법과 자주 쓰이는 불규칙 동사들을 완전히 파악하고 있었다. 내가 만들고 있는 사전은 튤립이 자라듯 매일 쑥쑥 자랐고, 곧 꽃을 피우려 하고 있었다. 테이프를 재생할 때마다 그 줄기는 길어졌다.

드디어 나의 재능을 발휘하고, 본질을 파악할 때가 왔다. 제대로 된 이해 능력이 갖추어질 때까지, 주요한 문헌에 본격적으로 손을 대는 것을 일부러 자제해 왔던 것이다. 내가 지금까지 읽었던 것은 간단한 설명이라든지, 약간의 시, 단편적인 역사 정도였다. 그리고 그중에서 내게 강한 인상을 준 것이 하나 있었다.

화성인들은 구체적인 사물에 관해 쓰고 있었다. 바위, 모래, 물, 바람 등에 관해. 그리고 이런 기본적인 상징 속에 도사리고 있는 태도는 극단적일 정도로 염세적이었다. 이것은 몇몇 불교 경전을 연상케 했지만, 그것들보다 더 심한 느낌이었다. 최근의 연구에서 깨달은 것은 그것이 구약 성서의 어떤 부분을 닮았다는 느낌이었다. 특히 〈전도서〉를.

바로 그랬다. 글의 분위기뿐만 아니라 단어까지도 꼭 닮아 있었기 때문에, 이것을 화성어로 번역한다면 실로 훌륭한 실습이 되어 줄 것이다. 마치 포를 프랑스 어로 번역하는 것이나 마찬가지였다. 내가 〈말란의 길〉에 귀의하는 일은 결코 없겠지만, 옛날 한 지구인이 같은 생각을 했고, 비슷한 감정을 느꼈다는 사실을 그들에게 보여 줄 수는 있을 것이다.

나는 책상 위의 독서 등을 켜고 책 더미에서 영역판 성서를 찾아냈다.

〈전도자가 가로되 헛되고 헛되며 헛되고 헛되니 모든 것이 헛되도다. 사람이 해 아래서 수고하는 모든 수고가 자기에게 무엇이 유익한고…….〉

나의 빠른 진보에 므퀴는 놀란 것 같았다. 그녀는 사르트르가 말하는 타자(他者)처럼 탁자 너머로 나를 응시했다. 나는 『로카의 서(書)』 중 한 장을 읽어 나갔다. 고개를 들지 않아도, 그녀의 시선이 나의 머리와 어깨와 빠르게 움직이는 손 위로 그물처럼 얽히는 것을 느낄 수 있었다. 나는 책장을 또 넘겼다.

그녀는 그물을 끌어올려 자신이 사로잡은 것의 크기를 가늠해 보고 있는 것일까? 그렇다면 왜? 화성의 어부에 관해 언급한 문서는 단 하나도 없었다. 특히 사람을 낚는 어부에 관해서는 말이다. 그 대신 말란이라는 이름의 신이 침을 뱉었거나, 혹은 뭔가 구역질나는 짓을 한 (무슨 행위를 했는지는 판본에 따라 달랐다) 결과, 무기물 속의 질병이라는 형태로 생명이 태어났다는 얘기가 있었다. 그리고 생명의 첫 번째 법칙, 첫 번째 법칙은 바로 움직임이고, 무기물에게 보내는 유일하게 적절한 대답은 춤이라고 했다. 춤의 질이 그것을 정당, 정당화하며…… 사랑은 유기물 속에서 생겨난 질병이라고 했다 — 아니, 무기물이었던가?

나는 머리를 세게 흔들었다. 반쯤 졸고 있었다.

「므나라.」

나는 일어서서 기지개를 켰다. 이제 그녀의 시선은 나의 전신을 탐욕스럽게 훑고 있었다. 내가 그 시선을 받아치자, 그녀는 눈을 내리깔았다.

「피곤해졌습니다. 잠시 쉬고 싶군요. 실은 어젯밤에도 별로 잠을 자지 않았습니다.」

그녀는 고개를 끄덕였다. 그녀는 이것이 지구인에게는 〈예〉에 해당하는 약식 표현이라는 사실을 내게 배워 알고 있었다.

「긴장을 풀고, 로카의 교리 전체가 명백히 구현되는 것을 보고 싶습니까?」

「뭐라고요?」

「로카의 춤을 보고 싶습니까?」

「오.」 화성어의 빙빙 돌려 말하기와 복잡한 완곡어법은 한국어를 능가할 정도였다. 「예. 물론입니다. 언제든 구현되기만 한다면 기꺼이 구경하고 싶습니다.」

나는 말을 이었다. 「그런데, 사진 촬영이 가능한지에 관해서 의견을 듣고 싶습니다만 —」

「지금 보여 드리겠습니다. 앉아서 쉬십시오. 악사들을 부르겠습니다.」

그녀는 내가 들어가 본 적이 없는 문을 통해 서둘러 밖으로 나갔다.

흐음, 굳이 해블럭 엘리스[3]를 인용할 필요도 없이, 로카의 말에 의하면 춤은 최고의 예술이었다. 그리고 나는 몇 세기

---

3 Henry Havelock Ellis(1859~1939). 영국의 의사, 성심리학자.

전에 죽은 이들의 현자가 가장 적절한 방식의 춤이라고 간주했던 행위를 바야흐로 목격하려 하고 있는 것이다. 나는 눈을 비볐고, 깍지 낀 손으로 우두둑하는 소리를 냈고, 허리를 굽혀 몇 번 발끝에 손을 갖다 댔다.

피가 머릿속에서 맥박 치기 시작했다. 나는 몇 번 심호흡을 했다. 다시 허리를 굽혔을 때 문 쪽에서 사람들이 움직이는 기척이 났다.

므퀴와 함께 들어온 세 사람의 눈에 이런 식으로 허리를 굽힌 나는 방금 잃어버린 구슬을 찾고 있는 아이처럼 보였음에 틀림없다.

나는 멋쩍은 미소를 지어 보이고는 허리를 폈다. 얼굴이 붉어진 것은 운동 탓만이 아니었다. 그들이 이렇게까지 빨리 돌아오리라고는 미처 예상하지 못했던 것이다.

갑자기 나는 또다시 해블럭 엘리스 생각을 — 그가 가장 인기 있었던 분야에 관해 생각하고 있었다.

조그만, 빨간 머리를 한 인형 같은 소녀가, 화성의 하늘을 연상시키는, 사리*sari*처럼 속이 비치는 옷을 입은 채 의아하다는 듯이 나를 올려다보고 있었다. 높은 깃대 끝에 달린 오색 깃발을 바라보는 어린애처럼.

「여어.」 대략 이런 취지의 말을 했던 것 같다.

그녀는 답례하기 전에 고개를 숙였다. 내 신분은 상승한 듯했다.

「춤을 추겠습니다.」 하얀, 정말로 하얀 카메오 — 그녀의 얼굴 — 속의 빨간 상처 같은 입술이 움직이며 그렇게 말했다. 그녀의 눈, 꿈과 그녀가 입은 옷과 같은 색깔을 한 두 눈이, 내 얼굴에서 떨어져 나갔다.

그녀는 흐르는 듯한 동작으로 방 한가운데로 나아갔다.

그곳에서, 에트루리아 인의 소벽(小壁) 속의 조상(彫像)처럼 꼼짝 않고 서 있는 그녀는 묵상하고 있거나, 아니면 바닥의 무늬를 쳐다보고 있는 것처럼 보였다.

바닥의 모자이크 무늬는 모종의 상징인 것일까? 나는 그것을 찬찬히 살펴보았다. 만약 그렇다면, 나는 그것을 놓쳤음에 틀림없다. 욕실이나 파티오 바닥의 무늬로 쓴다면 멋있겠지만, 그 이상의 의미를 포착하지는 못했다.

다른 두 사람은 므퀴와 마찬가지로 페인트를 뿌린 참새 같은 느낌의 중년 여자들이었다. 그중 하나는 어딘가 샤미센을 닮은 삼현 악기를 가지고 바닥에 앉았다. 다른 한 사람은 단순한 벽돌 모양의 나무와 두 개의 북채를 들고 있었다.

어느새 므퀴는 의자에서 내려와 직접 바닥에 앉아 있었다. 나도 그녀를 따라 바닥에 앉았다.

샤미센 연주자는 아직도 조율 중이었기 때문에, 나는 므퀴 쪽으로 몸을 기울이며 물었다.

「저 무용수의 이름이 뭡니까?」

「브락사.」 그녀는 나를 돌아보지 않고 이렇게 대답한 후, 왼손을 천천히 올렸다. 이것은 예, 좋다, 시작하라는 뜻의 몸짓이었다.

현악기가 치통처럼 욱신거리더니, 이들이 결코 발명한 적이 없는 모든 시계들의 유령들이 내는 듯한 똑딱똑딱 소리가 나뭇조각으로부터 뜯겨 나오기 시작했다.

브락사는 양손을 얼굴에 갖다 대고, 양 팔꿈치를 바깥쪽으로 높이 치켜든 채 석상처럼 미동도 않고 서 있었다.

음악은 불의 은유가 되었다.

〈딱딱, 화르르, 빠직〉……

그녀는 움직이지 않았다.

쉭쉭거리는 소리가 철벅거리는 소리로 바뀌었다. 박자가 느려졌다. 음악은 이제 물로, 이 세계에서 가장 소중한 것으로 변해 있었다 — 이끼 낀 바위 위로 콸콸 흐르는 맑은 녹색의 물.

그러나 그녀는 여전히 움직이지 않았다.

글리산도. 음악이 멎는다.

그런 다음, 처음에는 정말로 들었는지 안 들었는지 확신할 수 없을 만큼 희미하게, 바람의 떨림이 들려왔다. 조용히, 한숨을 쉬다가, 간간이 멈추며, 불안정하게. 멎는다, 흐느낌처럼, 그러고는 처음 부분을 다시 되풀이한다. 아까보다는 크다.

과도한 독서 탓에 내 눈이 완전히 어떻게 되었던가, 아니면 브락사의 몸이 실제로, 머리에서 발끝까지 떨리고 있었던가······.

떨리고 있었다.

그녀는 눈에 거의 보이지 않을 정도로 미세하게 좌우로 몸을 흔들기 시작했다. 오른쪽으로 조금, 그런 다음 왼쪽으로 조금. 그녀의 손가락이 꽃잎처럼 펼쳐졌다. 두 눈이 감겨 있는 것이 보였다.

그녀는 눈을 떴다. 먼 곳을 바라보고 있는 것처럼 초점이 안 맞아 있었고, 나와 벽을 그대로 꿰뚫고 그 너머를 바라보고 있었다. 몸의 흔들림은 이제 더 커졌고, 박자와 융합했다.

〈바람은 이제 사막에서부터 불어와 제방으로 몰려오는 파도처럼 티렐리안 산맥을 엄습한다.〉 그녀의 손가락이 꿈틀거리자, 그 하나하나가 돌풍이 되었다. 양팔은 진자(振子)처럼 천천히 움직였고, 밑으로 내려가더니, 다시 위로 올라가기 시작했다.

〈이제 폭풍이 오고 있다〉. 그녀는 축을 중심으로 회전하기 시작했고, 회전하는 몸을 따라 손도 움직였다. 이때가 되서야 어깨가 숫자 8을 그리듯이 비틀리기 시작했다.

바람, 아아 바람이여. 거칠고, 불가사의한! 오오 생 존 페르스[4]의 뮤즈여!

4 Saint John Perse(1887~1975). 프랑스의 시인. 1960년 노벨 문학상 수상.

회오리바람은 그녀의 두 눈, 여전히 고요한 그 중심 주위에서 소용돌이치고 있다. 그녀의 고개는 뒤로 젖혀져 있었지만, 붓다만큼이나 수동적인 그녀의 응시와 불변의 하늘 사이를 가로막는 천장 따위는 존재하지 않는다는 사실을 나는 알고 있었다. 아마 인적 없는 청록색의 본질적인 열반 안에서 그들의 옅은 잠을 방해하는 것은 두 개의 달뿐이리라.

몇 년 전 나는 인도에서 거리의 무희 데바다시들의 춤을 본 적이 있다. 다채로운 오색 거미줄을 치며, 수컷 곤충을 유인한다는 내용이었다. 그러나 브락사는 그 이상이었다. 그녀는 라마자니, 비슈누의 화신이자 인간에게 춤을 내려 준 라마를 열렬히 숭배하는 그 성스러운 무희의 한 사람이었다.

째깍거리는 소리는 이제 단조롭고 일정한 박자를 따르고 있었다. 현이 내는 흐느끼는 듯한 소리는 바람에 의해 열을 빼앗긴 따가운 햇살을 생각나게 했다. 그 푸른 모습은 사라스바티였고, 마리아였고, 로라라는 이름의 소녀였다. 어딘가에서 시타르 소리가 들려왔다. 나는 눈앞의 조상이 살아나는 것을 보았으며, 성스러운 영감을 들이마셨다.

또다시 나는 해시시에 탐닉하는 랭보였고, 아편에 취한 보들레르였고, 포, 드 퀸시, 와일드, 말라르메, 알레이스터 크롤리[5]였다. 그리고, 한순간이긴 했지만 거무스름한 설교단에 선 새까만 양복 차림의 아버지였다. 찬송가가 들렸고, 파이프 오르간 소리는 반짝이는 바람으로 변했다.

그녀는 빙빙 도는 바람개비였고, 공중에 뜬 깃털 달린 그리스도 수난상이었으며, 선명한 색상의 옷 한 벌을 건 채 수평으로 쳐진 빨랫줄이었다. 그녀의 어깨에서는 이제 속살이 드러나 있었고, 오른쪽 가슴은 밤하늘의 달처럼 상하로 움직였다. 붉은 젖꼭지가 옷 주름 위로 언뜻 보였다가 다시 사라졌

---

5 Aleister Crowley(1875~1947). 영국의 오컬티스트. 악명 높은 마법사.

다. 음악은 신에 대한 욥의 항변처럼 양식적이었다. 그녀의 율동은 신의 대답이었다.

음악이 느려지다가, 가라앉았다. 그것은 상대방을 만났고, 율동을 맞췄고, 응답을 얻었던 것이다. 그녀의 옷은 마치 살아 있는 것처럼 본래의 조용한 주름 안으로 접혀 들어갔다.

그녀는 몸을 천천히 낮췄고, 바닥에 웅크렸다. 머리를 세운 무릎 위에 얹었다. 그녀는 움직이지 않았다.

정적이 내려앉았다.

어깨가 욱신거리는 걸 보니, 내가 얼마나 긴장한 채 앉아 있었는지를 깨달았다. 겨드랑이가 땀에 젖어 있었다. 양 옆구리로 땀이 시냇물처럼 흘러내리고 있었다. 이제는 어떻게 행동해야 할까. 박수라도?

나는 오른편에 있는 므퀴를 곁눈질했다. 그녀는 오른손을 들었다.

마치 텔레파시라도 통한 것처럼 소녀는 온몸을 떨며 일어섰다. 악사들도 일어섰다. 므퀴도 일어섰다.

나도 왼쪽 발에 쥐가 난 것을 느끼며 일어섰고, 〈정말 아름다웠습니다〉라고 말했다. 공허한 말이었다.

나는 〈고등 언어〉로 각기 다른 세 가지의 표현을 통해 〈감사합니다〉라는 대답을 들었다.

형형색색의 옷들이 재빨리 움직였고, 곧 방에는 므퀴와 나 단 둘만 남아 있었다.

「지금 보신 것은 로카의 2,224개의 춤 중에서 117번째 것입니다.」

나는 그녀를 내려다보았다.

「로카의 생각이 맞았든 틀렸든 간에, 그는 무기물에 대해 실로 멋진 대답을 생각해 냈군요.」

그녀는 미소 지었다.

「당신 세계의 춤들도 이것과 닮았습니까?」

「그중 일부는 닮았습니다. 브락사의 춤을 보면서 그것들이 머리에 떠오르더군요. 하지만 그녀와 똑같은 춤은 일찍이 본 적이 없었습니다.」

「그녀는 훌륭한 무희입니다.」 므퀴가 말했다. 「모든 춤들을 숙지하고 있습니다.」

아까 내 마음을 어지럽혔던 그 표정이 희미하게나마 다시 그녀의 얼굴에 떠올랐다…….

다음 순간에는 사라지고 없었다.

「이제 제 볼일을 봐야 합니다.」 그녀는 탁자로 가서 열린 책장을 모두 덮었다. 「므나라.」

「안녕히 계십시오.」 나는 가죽 장화를 신었다.

「안녕히 가십시오, 갤린저.」

나는 문 밖으로 나가 집스터에 올라탔고, 엔진의 굉음과 함께 황혼을 가로질러 밤의 어둠 속을 헤치고 들어갔다. 사막의 모래 먼지는 내 배후에서 날개처럼 천천히 퍼덕이고 있었다.

2

짧은 문법 강의를 끝내고 베티를 내보낸 후 문을 닫았을 때 복도 쪽에서 사람 목소리가 들려왔다. 통풍구가 조금 열려 있었기 때문에, 그 밑에 서서 귀를 기울여 보았다.

모튼의 낭랑한 고음이 들렸다. 「아까 무슨 일이 있었는지 아십니까? 그 친구, 방금 저더러 〈여어〉라고 인사하더군요.」

「흥!」 에모리의 코끼리 같은 폐가 폭발하듯이 콧김을 내뿜었다. 「무심결에 말이 헛나왔든가, 아니면 자네가 길을 막고 있어서 비켜 주기를 바랐든가 둘 중 하나일걸.」

「아마 제가 누군지 알아보지 못한 건지도 모릅니다. 아무래도 그는 전혀 잠을 자고 있지 않았던 것 같습니다. 새로운 언어라는 장난감이 주어진 후로는 말입니다. 지난 주 야근 때 저는 매일 새벽 3시가 되면 그의 방문 앞을 지나가곤 했습니다 — 그럴 때마다 녹음기 소리가 들리더군요. 야근이 끝나는 다섯 시 무렵에도 여전히 일하고 있었습니다.」

「열심히 일하고 있다는 건 알아.」 에모리가 마지못한 투로 인정했다. 「사실, 그런 식으로 깨어 있기 위해 흥분제 같은 걸 쓰고 있는 것 같더군. 요즘엔 흐리멍덩한 눈을 하고 다녀. 시인의 경우엔 그게 정상적인 건지도 모르겠지만.」

베티도 줄곧 그곳에 서 있었음에 틀림없다. 그녀의 목소리가 끼어들었기 때문이다.

「당신들이 그에 관해 어떻게 생각하건 간에, 그가 3주 동안 터득한 걸 내가 배우려면 적어도 1년은 걸릴 거예요. 게다가 난 시인이 아닌 언어학자라구요.」

모튼은 그녀의 암소 같은 매력에 푹 빠져 있음에 틀림없었다. 자기 대학 시절 얘기를 하며 가시 돋친 말투를 누그러뜨렸기 때문이다.

「대학 다닐 때 현대시 강의를 택한 적이 있습니다.」 그는 운을 뗐다. 「여섯 명의 시인이 그 대상이었죠 — 예이츠, 파운드, 엘리엇, 크레인, 스티븐스, 그리고 갤런저였습니다. 그러던 학기 마지막 날, 우리 교수가 약간 연극적인 말투로 이렇게 말하더군요. 〈이 여섯 명의 이름은 금세기에 기록되고, 어떠한 지옥 같은 비평의 관문도 이들을 막지는 못할 것이다〉라고 말입니다.」

그는 말을 이었다. 「저 자신, 그가 쓴 〈크리슈나의 피리〉나 〈마드리갈〉은 위대하다고 생각합니다. 그가 참가하는 탐험대에 선발돼서 영광이라고 생각하기까지 했습니다. 그런데 전에 그 친구와 처음 대면한 이후, 그가 제게 한 말이라고는 스무 마디 정도가 고작이더군요.」 그는 이렇게 말을 맺었다.

이제는 변호인 차례였다. 「이렇게 생각해 본 석은 없나요?」 베티가 말했다. 「그는 굉장히 강한 자의식을 가지고 있다고? 게다가 그는 조숙한 아이였고, 아마 학교에서도 친구가 전혀 없었을 거예요. 감수성이 예민하고 극히 내향적이라고나 할까요.」

「감수성이 예민하다고? 자의식이 강해?」 에모리는 거의 숨이 멎을 듯한 목소리로 캑캑댔다. 「그 작자는 루시퍼만큼이나 오만해. 걸어 다니는 모욕 기계라고나 할까. 이쪽에서 〈안녕하세요〉나 〈좋은 하루〉라고 쓰인 단추를 누르면, 놈은 자기 코에 엄지를 대고 손가락을 너풀거리며 이쪽을 조롱하지. 거의 반사적으로 말이야.」

그들은 의례적인 공치사를 몇 마디 더 나눈 후 그 자리를 떠났다.

흐음, 정말 고마워서 눈물이 날 지경이군, 모튼. 이 여드름투성이의 아이비리그 출신 평론가야! 내가 쓴 시를 다루는 강의 따위를 택한 적은 없지만, 누군가가 그런 소리를 해줬다니 고맙기는 하군. 지옥의 관문이라. 이렇게 기쁠 수가! 아마 아버지의 기도가 어딘가에서 통한 모양이지. 결국 나도 그의 소원대로 전도자(傳道者)가 되었단 말이지!

단지……

……단지 전도자는 다른 사람들을 개종시킬 〈무엇〉인가를 가지고 있지 않으면 안 된다. 나는 나 자신의 미학 체계를 갖추고 있고, 아마 그것 어딘가에서 윤리적인 부산물 따위가 흘러나오는 것인지도 모르겠군. 그러나, 설령 내가 뭔가 설파할 것을 가지고 있다고 해도, 설령 나의 시 속에 그것이 존재

한다고 해도, 너 같은 너저분한 녀석에게 그걸 설파할 생각은 추호도 없어. 내가 얼간이*slob*라고 생각한다면, 속물*snob*이기도 하다는 사실도 알아두라고. 나의 천국에 너 같은 녀석이 끼어들 여지는 없어 — 그곳은 나만의 은밀한 곳이고, 스위프트, 쇼, 페트로니우스 아르비테르[6]가 나와 만찬을 함께하기 위해 오는 곳이니까.

아아, 그리고 거기서 우리들이 즐기는 향연이라니! 거기서 우리는 트리말키오,[7] 에모리의 향연을 샅샅이 해부하는 것이다!

우리는 수프를 들며 너 같은 작자를 반찬 삼아 씹어 먹곤 해, 모튼!

나는 몸을 돌려 책상 앞에 앉았다. 뭔가를 쓰고 싶었다. 〈전도서〉의 번역은 하룻밤쯤 건너뛰어도 된다. 나는 시를 쓰고 싶었다. 로카의 117번째 춤에 관한 시를. 빛을 쫓고, 바람에 쫓기는 병든 장미 — 블레이크의 그것처럼, 죽어 가는 장미에 관한 시를······.

연필을 찾아 쓰기 시작했다.

다 쓰고 나니 기분이 좋았다. 결코 뛰어난 시는 아니었다 — 적어도 필요 이상으로 뛰어나지는 않았다 — 화성어의 〈고등 언어〉는 아직 내가 가장 능숙하게 구사할 수 있는 말은 아니었기에. 나는 머리를 굴려 이것을 영어로 번역했다. 부분적으로 운도 맞춰 보았다. 아마 다음에 낼 시집에 끼워 넣을지도 모르겠다. 제목은 〈브락사〉였다.

바람과 붉은 모래의 땅

---

6 Petronius Arbiter(?~ 65). 로마의 작가, 정치가. 『사튀리콘*Satyricon*』의 작가로 추정됨.
7 Trimalchio. 『사튀리콘』에 나오는 향연의 주최자. 네로 황제가 모델.

생명의 가슴에서 흐르는 젖을
시간의 얼음장 같은 밤이 얼리고
머리 위에 떠오른 두 개의 달은
나의 비행 항로 앞에 나타나
좁은 꿈길 속의 개와 고양이처럼
영원히 할퀴고, 다투며……

최후의 꽃은 불타오르는 머리를 돌린다

시를 밀어 놓고 수면제를 찾았다. 갑자기 피로가 몰려왔다.

다음 날 므퀴에게 시를 보여 주었다. 그녀는 아주 천천히 여러 번 거듭해서 읽었다.

「아름답군요.」 그녀는 말했다. 「하지만 당신의 언어에서 나온 세 단어를 쓰고 있군요. 〈개〉와 〈고양이〉는 선천적으로 앙숙인 조그만 동물들로 알고 있습니다. 하지만 〈꽃〉은 뭔가요?」

「아.」 나는 말했다. 「화성어로 〈꽃〉에 해당하는 단어와는 아직 조우하지 못했습니다. 하지만 제가 실제로 생각하고 있었던 것은 지구의 꽃인 장미입니다.」

「그것은 어떤 것입니까?」

「흐음, 그 꽃잎은 보통 선명한 붉은색을 하고 있습니다. 〈불타오르는 머리〉라는 말은 어떤 수준에서는 바로 그 점을 의미하고 있었습니다. 그렇지만 그와 동시에 열과, 빨간 머리와, 생명의 불을 표현하고 싶었던 겁니다. 장미 자체는 가시가 난 줄기와 푸른 잎과, 독특한 향기를 가지고 있습니다.」

「한번 보았으면 좋겠군요.」

「가능할지도 모릅니다. 알아보겠습니다.」

「그렇게 해주십시오. 당신은 ─ 그녀는 여기서 이사야나 로카 같은 〈예언자〉 내지 종교적 시인에 해당하는 단어를 썼다 — 이고, 당신의 시에는 영감이 깃들어 있습니다. 브락사에게도 들려주겠습니다.」

나는 그 명칭을 고사했지만, 내심 기쁨을 느꼈다.

그러고는, 그렇다, 오늘은 이곳으로 마이크로필름 촬영기와 카메라를 가져와도 되느냐고 물어보기에 적절한 날이라고 나는 판단했다. 손으로 일일이 베끼는 것은 불가능했기 때문에, 나는 그들의 문서 전체를 복사하고 싶다고 설명했다.

놀랍게도 그녀는 그 즉시 승낙했다. 게다가 나를 이곳으로 초대함으로써 나를 당황하게 만들었다.

「그 일을 하는 동안 이곳에 와서 머물고 싶습니까? 그렇다면 밤낮을 가리지 않고 원하는 시간에 일할 수 있습니다 — 물론 〈신전〉이 쓰일 때를 제외하고 말입니다.」

나는 허리를 굽혀 절했다.

「그렇게 얘기해 주시니 영광입니다.」

「좋습니다. 원하실 때 기계들을 가져오시면, 당신이 머무를 방으로 안내해 드리겠습니다.」

「오늘 오후라면 괜찮겠습니까?」

「물론입니다.」

「그렇다면 지금 가서 준비를 갖추겠습니다. 그럼 오늘 오후에 다시 뵙고……」

「안녕히 가십시오.」

에모리가 좀 반대할지도 모른다고 각오하고 있었지만, 생각만큼 심하지는 않았다. 우주선에 있는 작자들은 모두 화성인을 만나 바늘로 쿡쿡 찔러 보고, 화성의 기후, 풍토병, 지질, 정치, 그리고 버섯(우리의 식물학자는 버섯에 미쳐 있었지만, 그 점만 빼면 상당히 괜찮은 친구였다) 등에 관해 질문하고 싶어 했다. 그러나 실제로 그들을 본 사람은 네댓 명에 불과했다. 대원들은 대부분의 시간을 화성의 죽은 도시와 아크로폴리스를 발굴하면서 보내고 있었다. 우리는 엄격한 규칙에 입각해서 일하고 있었고, 화성인들은 19세기 일본인들처럼 극히 폐쇄적이었다. 나는 내가 앞으로 하려는 일에 대해서 거의 반대가 없을 것이라고 예상하고 있었고, 이 예상은 옳았다.

사실, 모두들 내가 우주선에서 나간다는 사실에 기뻐하고 있다는 확연한 인상을 받았다.

나는 버섯 박사를 만나기 위해 수경 재배실에 들렀다.

「여어, 케인. 모래땅에서 독버섯을 자라게 하는 건 성공했나?」

그는 코를 킁킁거렸다. 그는 언제나 코를 킁킁거린다. 아마 식물 알레르기가 있는 것인지도 모르겠다.

「여어, 갤린저. 아니, 독버섯 쪽은 잘 되지 않았지만, 격납고 쪽으로 갈 일이 있으면 안쪽을 들여다보라고. 선인장을 몇 그루 키우고 있어.」

「그거 굉장하군.」

나는 말했다. 독 케인은 베티를 제외하면 탐험대에서는 나의 유일한 친구라고 할 수 있었다.

「실은 부탁이 있어서 왔는데.」

「말해 보게나.」

「장미 한 송이가 필요해.」

「무슨 한 송이?」

「장미 말이야. 새빨갛고 멋진 아메리칸 뷰티 종을 하나 ─ 가시가 있고, 향기로운 ─」

「이곳의 토양에서 자라게 할 수 있을 것 같지는 않군, 킁킁.」

「아니, 그런 뜻이 아냐. 여기 심겠다는 얘기가 아니라, 그냥 꽃이 필요하다는 뜻이었어.」

「그렇다면 수경 탱크를 써야겠군.」 그는 머리털이 한 올도 없는 머리를 긁적였다. 「속성 발육을 시키더라도, 꽃을 얻으려면 최소한 세 달은 걸릴걸.」

「그래 주겠어?」

「물론이지. 기다리는 것이 싫지 않다면 말이야.」

「괜찮아. 사실 세 달이라면 우리가 떠날 무렵엔 피울 수 있다는 얘기가 되니까 말이야.」 나는 점균이 득실거리는 수조와, 발아용 접시들을 둘러보았다. 「오늘 티렐리안으로 떠나. 하지만 계속 왔다 갔다 할 거야. 꽃이 필 무렵에 여기 꼭 들를게.」

「산으로 간다는 거군, 에? 무어 얘기로는 그치들은 배타적인 소집단이라고 하던데.」

「나도 그 집단 속에 포함되었다고나 할까.」

「그런 것 같군 — 난 아직도 자네가 어떻게 그들의 말을 배울 수 있었는지 짐작도 안 가. 물론 난 박사 과정에서 프랑스어와 독일어 배우는 것만으로도 쩔쩔 맸지만 말이야. 하지만 지난 주 베티가 점심시간에 그 언어를 들려주는 자리에 나도 있었어. 내 귀엔 괴상한 음들만 잔뜩 들리더군. 베티 얘기로는 그 말을 한다는 건, 〈타임스〉에 나오는 낱말 맞추기를 하면서, 동시에 새가 지저귀는 소리를 흉내 내는 것과 마찬가지로 힘든 일이라고 하던데.」

나는 웃고, 그가 건네준 담배를 받았다.

「복잡하긴 해.」 나는 시인했다. 「그렇지만, 이를테면 자네가 완전히 새로운 종류의 균류를 발견했다고 생각해 봐. 그렇다면 꿈에도 그 생각만 하지 않을까.」

그의 눈이 반짝였다.

「정말 그럴 수 있다면 얼마나 좋을까! 그리고 그건 불가능한 얘기가 아냐, 자네도 알다시피.」

「아마 발견할 수 있을 거야.」

함께 문을 향해 걸어가며 그는 껄껄 웃었다.

「오늘 밤에 자네의 장미 재배를 시작하기로 하지. 거기 가서도 일이 잘 되기를 비네.」

「그럴게. 고마워.」

아까 얘기했듯이, 버섯에 미쳐 있기는 했지만, 상당히 괜찮은 친구였다.

티렐리안 성채에서 내게 주어진 방은 〈신전〉과 바로 맞닿아 있었다. 그보다는 조금 더 안으로 들어가서 왼쪽에 있는 방이었다. 비좁은 우주선 선실보다는 훨씬 나았고, 짚단보다는 매트리스가 더 바람직하다는 것을 알고 있을 만큼 화성의 문화가 발달했다는 사실을 알고 나는 기뻐했다. 게다가 침대는 놀랍게도 내가 발을 뻗고 잘 수 있을 만큼 컸다.

그래서 나는 짐을 풀었고, 문서 복사를 시작하기 전에 35mm 필름을 써서 〈신전〉 내부의 사진을 16장 찍었다.

나는 복사를 계속했지만, 나중에는 무엇이 씌어 있는지도 모르고 책장을 넘기는 일에 넌더리를 내고 있었다. 그래서 나는 역사책을 하나 골라 번역하기 시작했다.

〈보라. 실렌 기(期) 37년에 비가 내렸다. 이것은 희귀하며 예기치 못했던 사건이었기 때문에 그것은 기쁨을 가져다주었고, 축복으로 간주되었다.〉

그러나 그 비는 하늘에서 떨어지며 생명을 내려 주는 말란의 정액이 아니었다. 그것은 동맥에서 솟구쳐 나온 우주의 혈액이었던 것이다. 최후의 나날이 우리에게 다가왔다. 마지막 춤이 시작되려 하고 있었다.

〈비는 죽음에 이르지 않는 역병을 가지고 왔고, 그 빗소리와 함께 로카의 마지막 주기가 시작되었다……〉

나는 필자인 타무르가 도대체 무슨 소리를 하고 있는 것일까 하고 자문했다. 그는 역사가였고 사실에 충실한 것으로 알려져 있었기 때문이다. 이것은 그들의 파멸을 예언한 묵시록이 아니었다.

설마 이것이 역사적 사실과 일치하고 있다면?

그러지 말란 법이 어디 있단 말인가? 나는 깊은 생각에 잠겼다. 티렐리안에 사는 소수의 사람들이 과거에 고도로 발달한 문화를 가졌던 종족의 생존자들이라는 점은 명백했다. 전쟁은 있었지만, 종족 전체가 멸망한 적은 없었다. 과학은 있었지만, 기술에 해당하는 것은 거의 없었다. 역병, 죽음에 이르지 않는 역병이라고……? 그것 때문에 이렇게 되었단 말인가? 치명적이 아니라면 어떤 결과를 가져왔던 것일까?

나는 책을 계속 읽었지만, 필자는 이 역병의 성질에 관해서 더 이상 언급하고 있지 않았다. 중간 부분을 건너뛰고 계속 책장을 넘겨보았지만, 실마리를 얻을 수 없었다.

〈므퀴! 므퀴! 유독 당신한테 질문하고 싶은 일이 있을 때만, 이곳에 없다니!〉

내 쪽에서 그녀를 찾으러 간다면 결례가 되는 것일까? 그럴 것이라고 나는 판단했다. 내가 갈 수 있는 곳은 지금까지 내가 안내받은 방들뿐이었고, 나는 이것에 암묵적으로 동의했던 것이다. 기다렸다가 물어보는 수밖에 없다.

그래서 나는 여러 언어를 써서, 〈신전〉에 있는 말란의 성스러운 귀를 더럽힐 것이 틀림없는 갖가지 욕설을 커다란 목소리로 오랫동안 내뱉었다.

말란은 당장 벼락을 내리쳐 나를 죽일 생각은 없는 듯했기 때문에, 오늘은 이만 쉬기로 하고 침대로 갔다.

브락사가 조그만 램프를 가지고 내 방으로 들어온 것은 내가 몇 시간쯤 잔 다음의 일이었다. 그녀는 내 잠옷 소매를 잡아당겨 나를 억지로 깨웠다.

나는 〈안녕〉이라고 말했다. 지금 와서 생각해 보면, 그것 말고는 달리 할 말이 없었다는 생각이 든다.

「안녕하세요.」

「시를 듣기 위해 여기로 왔습니다.」 그녀는 말했다.

「무슨 시?」

「당신의 시 말입니다.」

「아.」

나는 하품을 하며 몸을 일으켜 앉았고, 남에게 시를 낭송하기 위해 오밤중에 일어난 사람들이 보통 하게 되는 말들을 했다.

「실로 고마운 말씀입니다만, 이런 시간에 그러는 것은 조금 그렇지 않습니까?」

「저는 상관없어요.」 그녀는 말했다.

언젠가 나는, 〈목소리의 어조: 아이러니 전달에는 불충분한 매체에 관하여〉라는 제목의 논문을 의미론 학회지 『저널 오브 시맨틱스』에 발표하게 될지도 모르겠다.

그러나 나는 완전히 잠에서 깬 상태였기 때문에, 가운을 찾아 걸쳤다.

「그건 어떤 종류의 동물인가요?」 그녀는 가운의 접은 옷깃에 비단으로 수놓아진 용을 가리키며 물었다.

「신화상의 생물입니다.」 나는 대꾸했다. 「자, 내 얘기를 좀 들어 보십시오. 지금은 늦은 시각인 데다가 나는 지쳐 있습니다. 아침이 되면 할 일도 많고 말입니다. 그리고 당신이 여기 왔다는 사실을 므퀴가 안다면 오해할지도 모릅니다.」

「오해라니요?」

「빌어먹을, 그게 무슨 뜻인지는 당신이 제일 잘 알잖아!」 나는 처음으로 화성어로 욕을 해볼 기회를 맞이했지만, 눈에 보이는 효과는 없었다.

「아뇨.」 그녀는 말했다. 「무슨 뜻인지 모르겠군요.」

그녀는 두려운 표정을 지었다. 자신이 무슨 잘못을 저질렀는지도 모르고 야단을 맞고 있는 강아지 같은 표정이었다.

나는 태도를 누그러뜨렸다. 그녀의 빨간 망토는 그녀의 머리카락과 입술에 잘 어울렸다. 그리고 그 입술은 떨리고 있었다.

「자, 자, 당신을 윽박지를 생각은 아니었습니다. 내가 살던 세계에서는 모종의, 아, 예절이 있습니다. 이성(異性) 친구 두 사람이 침실에 홀로 있고, 그 두 사람이 결혼에 의해 맺어지지 않은 경우에는…… 흐음, 내가 무슨 얘기를 하고 있는지 알겠습니까?」

「아뇨.」

그녀의 눈은 비취였다.

「흐음, 그건 일종의…… 흠, 섹스입니다. 알기 쉽게 얘기하자면.」

비취색 램프에 반짝하고 불이 들어왔다.

「오, 아기 만드는 걸 얘기하고 계시는군요!」

「예. 그렇습니다! 바로 그겁니다.」

그녀는 웃었다. 티렐리안 내부에서 내가 웃음소리를 들은 것은 이것이 처음이었다. 마치 바이올린 주자가 고음 현을 활로 짧게 켜는 듯한 소리였다. 특별히 듣기 좋은 소리는 아니었다. 특히 그녀가 이렇게 오래 웃었을 경우에는.

웃음을 그친 후 그녀는 내게 다가왔다.

「이제 기억이 나는군요.」 그녀는 말했다. 「우리에게도 그런 규칙이 있었던 적이 있습니다. 반기(半期) 전에, 제가 아직도 어린애였을 때는 그런 규칙이 있었습니다. 하지만 ― 여기서 그녀는 또다시 웃음을 터뜨릴 듯한 기색을 보였다 ― 이제는 그럴 필요가 없어졌어요.」

내 마음은 3배속으로 재생 중인 녹음기처럼 움직였다.

반기 전이라고! 바아아안기 바아아안기! 그럴 리가 없어! 아냐 맞아! 반기란 대략 243년이야!

─ 로카의 2224개의 춤을 습득하는 데는 충분한 시간이다.

─ 인간이라면 노인이 되는 데 충분한 시간이다.

─ 지구인의 경우에는 말이다.

나는 그녀를, 상아로 만든 체스 세트의 하얀 여왕처럼 창백한 그녀를 다시 바라보았다.

그녀는 인간이었다. 내 영혼을 걸어도 좋다. 살아 있고, 정상이며, 건강한 인간이었다. 내 생명을 걸어도 좋다. 여자이다. 내 몸도 그것을 알고……

그러나 그녀는 2세기 반이나 나이를 먹고 있었으며, 그것이 사실이라면 므퀴는 므두셀라[8]의 할머니뻘은 족히 된다는 얘기이다. 므퀴가 언어학자로서의, 또 시인으로서의 내 재능을 되풀이해 칭찬했다는 사실에 나는 내심 우쭐했다. 이런 고등 존재들의 칭찬을 받은 것이다!

그러나 〈이제는 그럴 필요가 없어졌어요〉라는 말은 무슨 뜻일까? 그녀는 왜 히스테리에 가까운 웃음을 터트린 것일까? 왜 므퀴는 그런 기묘한 눈초리로 나를 쳐다보곤 하는 것일까?

돌연히 나는 내가 뭔가 중요한 것과 조우했음을 직감했다. 곁에 있는 아름다운 소녀 말고도 말이다.

「얘기해 주십시오.」 나는 짐짓 〈아무렇지도 않은 듯한〉 어조로 말했다. 「그건 타무르가 쓴 〈죽음에 이르지 않는 병〉과 뭔가 관련이 있습니까?」

「예.」 그녀는 대꾸했다. 「〈비〉가 내린 다음에 태어난 아이

---

[8] Methuselah. 구약 성서에 나오는 969세까지 살았다는 인물.

들은 더 이상 자신들의 아이를 가질 수 없었고, 또 —」

「또?」 나는 기억을 〈녹음〉 상태에 놓고 앞으로 몸을 기울였다.

「— 또 남자들은 더 이상 그런 욕망을 느끼지 않게 되었어요.」

나는 쓰러지듯이 침대 기둥에 등을 기댔다. 기상 이변이 종족 규모의 불임과 남성의 불능을 야기했던 것이다. 어디서 왔는지도 모를 방사능 물질을 함유한 떠돌이 구름이 어느 날 이들의 엷은 대기를 뚫고 들어왔던 것일까? 시아파렐리가 내 옷깃의 용과 마찬가지로 가공의 화성 〈운하〉를 발견하기 훨씬 전에, 그런 〈운하〉에 대한 여러 가지 오해에 입각한 올바른 추측을 이끌어 내기 훨씬 전에, 브락사는 이미 이곳에서 살고 있었고, 춤을 추고 있었단 말인가? 눈먼 밀턴이, 이곳과 마찬가지로 오래전에 사라져 버린 낙원에 관해 쓰고 있었던 그때부터, 이미 저주받은 몸으로 어머니의 자궁에 들어 있었단 말인가?

담배를 피워 물었다. 재떨이를 가져오기를 잘했다. 화성에는 담배 산업이 없었다. 술도 마찬가지였다. 내가 인도에서 만났던 고행자들도 여기 사람들에 비하면 디오니소스적이라고 해도 될 정도였다.

「그 불이 붙은 관은 무엇입니까?」

「담배입니다. 하나 피워 보시겠습니까?」

「예, 부탁해요.」

그녀는 내 곁으로 와서 앉았고, 나는 그녀를 위해 불을 붙여 주었다.

「코가 따끔거리는군요.」

「예. 폐로 그 연기를 조금 빨아들이고, 조금 품고 있다가 뱉어 보십시오.」

조금 있다가, 그녀는 〈오오〉라고 말했다.

조금 더 침묵하고 있다가, 「이것은 성스러운 것입니까?」

「아뇨, 니코틴에 불과합니다.」 나는 대답했다. 「신성함을 느끼기 위한 매우 제한적인 대용품이라고나 할까요.」

또 침묵.

「부디 〈대용품〉이라는 단어가 무슨 뜻인지 물어보지는 말아 주십시오.」

「예. 나도 춤출 때 가끔 이런 기분을 느껴요.」

「조금 후면 사라질 겁니다.」

「이제 당신의 시를 들려주세요.」

문득 어떤 생각이 머리에 떠올랐다.

「잠시만 기다려 주십시오.」 나는 말했다. 「그것보다 더 좋은 것이 있을지도 모릅니다.」

나는 일어나서 노트 더미를 뒤졌고, 원하는 것을 찾은 다음 다시 그녀 곁으로 와서 앉았다.

「이것들은 〈전도서〉의 처음 세 장입니다.」 나는 설명했다. 「당신들의 성스러운 책을 매우 닮았다고나 할까요.」

나는 읽기 시작했다.

11절까지 읽었을 때 그녀는 외쳤다. 「부탁이니 그만둬 주세요! 당신 시를 읽어 주세요!」

나는 읽기를 멈추고 옆에 있던 탁자 위에 노트를 던져 놓았다. 그녀는 몸을 떨고 있었다. 그날 바람이 되어 춤을 췄을 때의 떨림이 아니라, 눈물을 억지로 참고 있는 듯한 신경질적인 경련이었다. 그녀는 연필을 쥐듯이 거북하게 담배를 들고 있었다. 나는 어색한 동작으로 그녀의 어깨에 팔을 둘렀다.

「그는 너무나도 슬퍼요.」 그녀는 말했다. 「다른 사람들처럼.」

그래서 나는 원색의 리본처럼 내 마음을 비틀었고, 접은 다음, 내가 정말로 좋아하는 요란한 크리스마스풍의 장식 매듭을 만들기로 했다. 나는 사랑을 담아, 어떤 스페인의 무희에 대한 독일 시를 즉흥적으로 화성어로 번역해 들려주었다. 그녀가 기뻐할 것이라고 생각했기 때문이다. 내 예감은 맞았다.

「오오.」 그녀는 또다시 말했다. 「당신이 쓴 건가요?」

「아뇨. 나보다 더 나은 시인이 썼습니다.」

「못 믿겠어요. 당신이 쓴 거예요.」

「아뇨. 릴케라는 이름의 시인이 쓴 겁니다.」

「하지만 그걸 우리 언어로 바꿔 준 건 당신이에요. 성냥을 하나 더 켜 주실래요. 그러면 그녀가 어떻게 춤을 췄는지 알 수 있을 테니까.」

나는 그렇게 했다.

「영원한 불.」 그녀는 생각에 잠긴 어조로 말했다. 「그리고 그녀는 그것을 〈작고, 단단한 발로〉 밟아 꺼 나갔다. 나도 그런 춤을 출 수 있다면 좋겠군요.」

「어떤 집시 춤보다도 당신 춤이 더 낫습니다.」 나는 웃으며 성냥불을 불어 껐다.

「아뇨, 사실이 아니에요. 나는 그럴 수 없어요. 지금 당신을 위해 춤을 출까요?」

그녀의 담배는 꺼져 들어가고 있었기 때문에, 나는 그녀의 손가락에서 그것을 빼낸 다음 내 것과 함께 비벼 껐다.

「아니.」 나는 말했다. 「침대로 가줘.」

그녀는 미소 지었고, 내가 미처 알아차리기도 전에 빨간 옷의 어깨 부분에 있는 접힌 부분의 매듭을 풀고 있었다.

그러고는 모든 것이 아래로 떨어져 내렸다.

나는 숨을 들이켰다. 조금 숨이 가빠 왔다.

「좋아요.」 그녀는 말했다.

그래서 나는 그녀에게 키스했다. 옷이 아래로 떨어지면서 일으킨 바람이 램프의 등불을 끈 순간에.

3

서풍에 반짝거리며 휘말려 올라가는 노랑, 빨강, 갈색의 잎새라고 셸리가 노래했던 것처럼, 하루하루가 지나갔다. 이런 나날은 마이크로필름이 달그락거리는 소리와 함께 소용돌이치며 내 곁을 지나갔다. 이제는 거의 모든 책들의 복사가 끝나 있었다. 학자들이 이것들을 모두 숙독하고 그 가치를 정당하게 평가하려면 몇 년은 걸릴 것이다. 화성은 내 책상 서랍 안에 들어 있었다.

그만두었다가 재개하기를 몇 번이나 되풀이했던 〈전도서〉의 번역은 이제 〈고등 언어〉로 낭독할 준비가 거의 끝나 가고 있었다.

〈신전〉 바깥에 있을 때는 휘파람을 불곤 했다. 옛날이라면 부끄러워했을 시를 많이 썼다. 저녁이 되면 브라사와 함께 사구(砂丘)나 산에서 산책을 했다. 이따금 그녀는 나를 위해 춤을 췄고, 나는 강약약 6보격의 긴 시를 낭독해 주곤 했다. 그녀는 여전히 내가 릴케라고 생각하고 있었고, 나도 그렇다고 스스로를 속이기 직전까지 갔을 지경이었다. 이곳, 두이노 성에서 〈비가〉를 쓰고 있는 사람은 바로 나인 것이다.

> ……더 이상 지상에 있지 아니하다니 얼마나 이상한가
> 갓 배운 관습도 더 이상 행하지 않다니 얼마나 이상한가
> 장미를 설명하는 일도 없이……

아냐! 장미를 설명할 필요 따위 없어! 그러지 말고, 냄새를 맡아(킁킁거리는 거야, 케인!), 손에 쥐고, 그 모습을 즐겨. 순간을 사는 거야. 그 순간을 꽉 안아. 그러나 신들에게 설명 따위를 바라면 안 돼. 잎사귀는 순식간에 지고, 바람에 휘날려

간다…….

그리고 그 누구도 우리에게 주목하지 않았다. 혹은 신경을 쓰지 않았다.

로라. 로라와 브락사. 이 두 이름은 약간 충돌하기는 하지만 운(韻)이 맞는다. 키가 크고, 쿨하고, 금발이었다. (나는 금발이 싫다!) 아버지는 호주머니처럼 나를 뒤집어 놓았고, 로라라면 그 빈 공간을 다시 채워 줄 수 있을 것이라고 생각했다. 그러나 유다 같은 턱수염을 기르고, 개처럼 충직한 눈초리를 한 거구의 비트 족 시인은 그녀가 여는 파티의 멋진 장식품에 불과했던 것이다. 단지 그뿐이었다.

〈신전〉 속에서 기계는 나를 얼마나 저주했던가! 그것은 말란과 갤런저를 모독했다. 그리고 격렬한 서풍이 지나가자 무엇인가가 바로 그 뒤까지 와 있었다.

최후의 나날은 이미 와 있었던 것이다.

하루 종일 브락사를 보지 못했다. 밤에도.

다음 날도. 그다음 날도.

거의 미쳐 버릴 지경이었다. 나는 우리가 얼마나 가까워졌으며, 그녀가 내게 얼마나 중요한 존재가 되었는지를 미처 깨닫지 못하고 있었다. 그녀가 곁에 있어 준다는 사실에 멍청하게 안심한 나머지, 장미꽃의 마음을 알아내는 일을 주저해 왔던 것이다.

물어봐야 했다. 그러고 싶지는 않았지만, 선택의 여지는 없었다.

「그녀는 어디 있습니까, 므퀴? 브락사는 어디 있습니까?」

「갔습니다.」 그녀는 대답했다.

「어디로?」

「모르겠습니다.」

나는 그녀의 올빼미 같은 눈을 쳐다보았다. 자칫 저주를 입에 올릴 뻔했다.

「꼭 알아야 합니다.」

그녀는 나를 꿰뚫어 보듯이 흘끗 보았다.

「이곳에서 떠났습니다. 가버린 겁니다. 언덕으로 올라갔거나, 아니면 사막으로 갔을지도 모릅니다. 어느 쪽이라도 상관없습니다. 그 무엇이 상관이 있겠습니까? 춤은 이제 끝을 맞이하려 하고 있습니다. 〈신전〉은 곧 텅 빌 것입니다.」

「왜? 왜 떠난 겁니까?」

「모르겠습니다.」

「다시 그녀를 보아야 합니다. 며칠 후에 우리는 출발합니다.」

「유감입니다, 갤린저.」

「저도 마찬가지입니다.」 나는 이렇게 말했고, 〈므나라〉라고 말하지도 않고 책장을 쾅 덮을 뻔했다.

나는 일어섰다.

「그녀를 찾을 겁니다.」

나는 〈신전〉에서 나왔다. 므퀴는 석상처럼 꼼짝 않고 앉아 있었다. 내 가죽 장화는 벗어 놓았던 상태로 그대로 남아 있었다.

하루 종일 나는 차를 몰아 정처 없이 사구를 오르락내리락거렸다. 〈아스픽〉 호의 승무원들에게 내가 움직이는 모습은 마치 모래 폭풍처럼 보였을 것이다. 마침내 나는 연료를 보급하기 위해 되돌아가야 했다.

에모리가 성큼성큼 걸어 나왔다.

「좋아, 잘해 보게나. 마치 공포의 모래 인간 같은 꼬락서니로군. 왜 로데오 놀이를 하고 있는 거지?」

「에, 실은, 잃어버린 것이 있어서.」

「사막 한가운데서 말인가? 자네가 쓴 소네트를 잃어버리기라도 했나? 자네에게 이런 식으로 난리를 피우게 만드는 것이라고는 그런 것밖에 생각이 안 나는군.」

「아닙니다, 빌어먹을! 개인적인 물건입니다.」

조지는 연료를 가득 채워 놓고 있었다. 나는 다시 집스터에 타려고 했다.

「기다려!」 그는 내 팔을 움켜쥐었다.

「왜 이런 짓을 하고 있는지 내게 말하기 전에는 나가지 못해.」

그의 손을 뿌리칠 수 있었지만, 그렇게 할 경우 그는 강제로라도 나를 질질 끌고 오라고 부하들에게 명령할 수 있었다. 그리고 그들 중 상당수가 기꺼이 그 명령에 따르고, 그런 광경을 즐길 것이 뻔했다. 그래서 나는 성질을 억누르고 조용한 목소리로 천천히 대답했다.

「시계를 잃어버렸을 뿐입니다. 어머니에게서 물려받은 가보입니다. 우리가 출발하기 전에 찾고 싶었습니다.」

「자네 선실이나 티렐리안에 두고 오지 않은 것이 확실하나?」

「이미 뒤져보았습니다.」

「그럼 누군가가 자네를 골탕 먹이려고 숨겼을 수도 있어. 자네가 여기서 인기 있는 인물이 아니라는 건 알고 있겠지.」

나는 고개를 가로저었다.

「그 생각도 해보았습니다. 하지만 난 그걸 언제나 오른쪽 호주머니에 넣고 다닙니다. 사구를 차로 지나갔을 때 충격으로 튀어 나갔을 거라고 생각합니다.」

그의 눈이 가늘어졌다.

「자네가 쓴 책의 책날개에서 읽은 기억이 있는데, 자네 어머니는 자네가 태어났을 때 돌아가신 걸로 알고 있어.」

「사실입니다.」 나는 혀를 깨물고 싶은 심정으로 대꾸했다. 「시계는 외할아버지 것이었고, 어머니는 그걸 내게 남겨 주고 싶었던 겁니다. 아버지가 그걸 보관하고 있었습니다.」

「흐응!」 그는 콧방귀를 뀌었다. 「집스터를 몰고 언덕을 오르락내리락 거리다니, 시계를 찾는 방법치고는 괴상하군.」

「빛을 반사할지도 모르지 않습니까.」 나는 힘없이 둘러댔다.

「흐음, 날도 이제 저물어 가고 있어. 오늘은 더 이상 찾아봐도 소용이 없어. 집스터 위에 덮개를 덮도록.」 그는 정비 요원에게 지시했다.

그는 내 팔을 툭툭 쳤다.

「들어와서 샤워를 하고, 뭐가 먹도록. 둘 다 필요한 듯한 몰골이니까.」

〈푸른 눈 아래에는 기름져 보이는 주근깨, 드문드문한 머리카락, 그리고 아일랜드 인의 코. 보통 사람들보다 한 데시벨은 더 높은 목소리……〉

그가 지휘자로 뽑힌 유일한 이유이다!

나는 그곳에 우뚝 서서 그를 증오하고 있었다. 클로디어스! 지금이 제5막이기만 했어도!9

그러나 갑자기 샤워와 식사 생각이 머리에 떠올랐다. 한동안 두 가지 모두 신경을 쓰지 않았다. 만약 내가 지금 당장 나가겠다고 고집을 부리면, 더욱 의심을 받을 수도 있었다.

그래서 나는 옷소매에 붙어 있는 모래를 툭툭 털어 냈다.

「그렇군요. 그러는 게 낫겠습니다.」

「들어오게. 내 선실에서 함께 먹기로 하지.」

샤워는 축복이었고, 깨끗한 작업복은 신의 은총이었으며, 음식은 천국처럼 향기로웠다.

「근사한 냄새군요.」 나는 말했다.

우리는 아무 말 없이 스테이크를 잘라 먹었다. 후식과 커피가 나왔을 때 그는 입을 열었다.

9 햄릿은 5막에서 의붓아버지 클로디어스를 죽인다.

「하룻밤 쉬면 어떤가? 우주선에 머물면서 잠을 좀 자두지 그래.」

나는 고개를 가로저었다.

「일을 마무리 짓고 있는 터라 상당히 바쁩니다. 시간도 얼마 안 남았고.」

「며칠 전에 자넨 일이 거의 끝났다고 하지 않았나.」

「거의 끝났지만, 완전히 끝나지는 않았습니다.」

「그리고 오늘 밤 화성인들은 〈신전〉에서 예배를 올릴 예정이라고 했어.」

「맞습니다. 그곳에 있는 내 방에서 일할 겁니다.」

그는 어깨를 으쓱해 보였다.

이윽고, 그는 〈갤린저〉라고 말했다. 그가 내 이름을 불렀으니 보나마나 또 싫은 소리를 들을 게 뻔했다. 나는 고개를 들어 그를 보았다.

「내가 관여할 일이 아닐지도 모르겠군.」 그는 말했다. 「하지만 실제로는 내 일이야. 자네가 그곳 여자와 사귀고 있다는 얘기를 베티에게 들었네.」

이 말에 물음표는 딸려 있지 않았다. 단지 공중에 떠 있는 사실에 불과했다. 내 응답을 기다리고 있다.

〈베티, 이 재수 없는 년. 이 암소 같고, 암캐 같은 년. 주제에 질투까지. 왜 자기 할 일은 하지 않고 쓸데없이 남의 일에 참견하는 거지? 왜 한시도 입을 다물고 있지 못하는 거지?〉

「그래서?」 나는 되물었다. 물음표가 딸린 긍정문이라고나 할까.

「그래서,」 그는 말했다. 「대원들과 원주민들 사이의 관계가 우호적이고 외교적으로 진행되는 것을 지켜보는 건 이 탐험대의 대장인 내 임무야.」

「마치 그들이 원시인이라도 된다는 듯한 말투군요. 그것만큼이나 사실과 동떨어진 견해도 없을 겁니다.」

나는 일어섰다.

「내 보고서가 지구에서 전부 발표된다면, 모두가 진실을 알게 될 겁니다. 무어 박사가 상상조차 하지 못했던 일들에 관한 보고서입니다. 체념하고 그 무엇에도 관심을 보이지 않은 채, 죽음을 기다리며 파멸로 가는 길을 걷고 있는 종족의 비극에 관해서 말입니다. 왜 그렇게 되었는지를 가르쳐 줄 생각입니다. 그러면 학자들의 차가운 심장도 아픔을 느낄 겁니다. 나는 이런 일들에 관해 쓸 거고, 그 결과 또 잔뜩 상을 받게 되겠죠. 그러나 이번엔 상 따위는 받고 싶지 않습니다.」

「아아!」 나는 외쳤다. 「우리 조상들이 곤봉으로 검치호(劍齒虎)를 때려잡고 불을 쓰는 방법을 배우고 있었을 때, 그들은 이미 훌륭한 문화를 가지고 있었던 겁니다!」

「어쨌든 간에 그곳에 여자가 있단 말이군?」

「예!」 나는 말했다. 그렇습니다, 〈클로디어스!〉 예, 아버지! 예, 에모리! 「여자가 있습니다. 하지만 당신에게만 미리 학문적인 특종을 하나 건네 드리죠. 그들은 이미 죽어 있습니다. 아이를 낳을 수 없게 된 겁니다. 한 세대가 지나면 더 이상 화성인들은 존재하지 않을 겁니다.」

나는 여기서 말을 끊었고, 이렇게 덧붙였다. 「내 보고서와 몇 쪼가리의 마이크로필름과 녹음테이프에서만 그들의 모습을 볼 수 있게 될 겁니다. 그리고 한 소녀에 관한 시에서. 운명의 불공평함에 대해 항의하려고 해도, 단지 춤을 통해서밖에 표현할 수가 없었던 소녀에 관한 시입니다.」

「오.」 그는 말했다.

잠시 후.

「자네는 최근 몇 달 동안엔 전혀 다른 사람이 된 것처럼 행동하더군. 때로 극히 예의 바르게 행동했던 경우조차 있었어.

그래서 무슨 일이 일어난 건지 궁금해하지 않을 수가 없었네. 자네에게 그렇게까지 큰 영향을 끼칠 수 있는 것이 있다고는 미처 생각 못했어.」

나는 고개를 숙였다.

「사막을 휘젓고 다녔던 건 그녀 때문인가?」

나는 고개를 끄덕였다.

「왜?」

나는 고개를 들었다.

「왜냐하면 그녀는 저 사막 어딘가에 있기 때문입니다. 어딘지는 정확히 모르고, 또 왜 그러고 있는지도 모르지만 말입니다. 그리고 우리가 떠나기 전에 나는 그녀를 찾아야 합니다.」

「오.」 그는 또 이렇게 말했다.

그러고는 뒤로 등을 기댔고, 서랍을 열어 뭔가 타월에 싸인 물건을 풀었다. 액자에 든 한 여자의 사진이 탁자 위에 놓여 있었다.

「내 아내야.」 그는 말했다.

커다란 아몬드 모양의 눈을 가진 매력적인 얼굴이었다.

「알다시피 나는 해군 출신이야.」 그는 운을 뗐다. 「옛날엔 젊은 장교였지. 일본에서 그녀를 만났다네. 내가 태어난 곳에서는 다른 인종과 결혼하는 것은 옳은 일이 아닌 것으로 간주되고 있었기 때문에, 우리는 결혼하지 않았네. 하지만 그녀는 나의 아내였어. 그녀가 죽었을 때 나는 지구 반대편에 가 있었지. 사람들은 내 아이들을 어딘가로 데려갔고, 그 이후 나는 그 아이들을 보지 못했어. 어떤 고아원에 들어갔는지, 어떤 가정으로 입양되었는지조차 알 수 없었네. 오래전의 일이야. 이 얘기를 알고 있는 사람은 거의 없다네.」

「유감입니다.」 나는 말했다.

「자네가 그렇게 느낄 필요는 없네. 잊어버려. 하지만,」 그는 의자에서 몸을 뒤척이고는 나를 보았다. 「만약 자네가 그녀를 데려가기를 원한다면 — 그렇게 하게. 그렇게 하면 내 목이 달아나겠지만, 어차피 이런 탐험대를 또다시 지휘하기에는 나는 너무 늙었어. 그러니까 그렇게 하게.」

그는 차갑게 식은 커피를 꿀꺽 들이켰다.

「집스터를 써도 좋아.」

그는 회전의자에 앉은 채 내게 등을 돌렸다.

〈고맙습니다〉라는 말을 두 번 하려고 했지만, 결국 아무 말도 하지 못했다. 그래서 그냥 일어서서 방에서 나왔다.

「사요나라, 안녕히, 라고 해야 하나.」 그는 내 뒤에서 중얼거렸다.

「여기 있어, 갤린저!」 누군가가 외쳤다.

나는 뒤로 돌아서 방금 내려온 경사로를 올려다보았다.

「케인!」

현창(舷窓) 뒤에 서 있는데다가 역광이라서 어스름한 몸의 윤곽밖에는 보이지 않았지만, 나는 그가 쿵쿵거리는 소리를 듣고 있었다.

나는 그쪽을 향해 몇 걸음 되돌아갔다.

「뭐가 있다는 거지?」

「자네가 부탁한 장미야.」

그는 내부가 둘로 분할된 플라스틱 용기를 꺼냈다. 아래쪽 칸에는 액체가 차 있었다. 줄기가 그쪽으로 뻗어 있었다. 다른 반쪽, 이 소름끼치는 밤의 어둠 속에서 마치 자줏빛 포도주가 든 유리잔처럼 보이는 부분에 갓 피어난 커다란 장미가 들어 있었다.

「고맙네.」 나는 용기를 웃옷 속에 집어넣으며 말했다.

「티렐리안으로 돌아가는가 보군, 그런가?」

「응.」

「자네가 우주선으로 오는 걸 보고 준비해 놓았지. 선장실로 갔더니 방금 나갔다고 하더군. 바쁘다고 상대를 안 해주더군. 격납고로 가면 자네를 따라잡을 수 있을 거라고 소리치던데.」
「정말 고마워.」
「화학 처리가 되어 있어. 몇 주 동안 핀 채로 있을 거야.」
나는 고개를 끄덕이고, 출발했다.

이제 산으로 올라가고 있다. 멀리. 더 멀리. 하늘은 얼음이 가득 찬 양동이였고, 그곳에 달은 단 하나도 떠 있지 않았다. 길은 점점 더 가팔라졌고, 조그만 당나귀는 이제 말을 잘 듣지 않는다. 나는 채찍질하듯이 엔진의 출력을 올리며 계속 올라갔다. 위로. 위로. 녹색의 깜박거리지 않는 별을 하늘에서 본 나는 목이 메는 듯한 느낌을 받았다. 케이스에 든 장미는 내 가슴 앞에서 또 하나의 심장처럼 고동쳤다. 당나귀는 길고 시끄러운 울음소리를 냈고, 기침을 하기 시작했다. 계속 몰아대자 마침내 죽었다.

비상용 브레이크를 걸고 차 밖으로 나갔다. 나는 걷기 시작했다.

차갑다. 너무나도 차갑다. 산 위에서는. 이런 밤 속으로? 왜? 왜 그녀는 이런 일을 한 것일까? 왜 밤이 다가오는 데도 모닥불을 떠난 것일까?

그리고 나는 올랐고, 내려갔고, 우회했고, 모든 바위 틈새와, 협곡과, 고갯길을 나의 긴 다리로 성큼성큼 돌아다녔다. 지구에서는 결코 경험할 수 없는 민첩한 동작으로.

겨우 이틀밖에 남지 않았는데, 연인이여, 그대는 나를 버리고 갔다. 왜?

나는 오버행[10] 밑으로 기어 들어갔다. 능선 위를 뛰어넘었

---

10 *overhang*. 머리 위로 돌출한, 경사 90도 이상의 암벽.

다. 무릎과 팔꿈치가 긁혔다. 웃옷에서 찢어지는 소리가 났다.

대답하지 않는가, 말란이여? 당신은 이렇게까지 당신의 백성들을 증오하고 있단 말인가? 그렇다면 뭔가 다른 일을 시도해 보아야 한다. 비슈누여, 당신은 수호신이십니다. 그녀를 수호해 주십시오, 제발! 그녀를 찾을 수 있도록 해주십시오.

여호와?

아도니스? 오시리스? 탐무즈? 마니토? 레그바?[11] 그녀는 어디 있습니까?

나는 높고 먼 곳까지 정처 없이 걷다가, 미끄러졌다.

돌들이 발밑에서 부스러졌고, 나는 바위 모서리에 매달려 있었다. 손가락이 차디찼다. 바위를 붙잡고 있기가 힘들었다.

아래를 내려다보았다.

12피트 정도의 높이였다. 나는 손을 놓고 아래로 떨어졌고, 지면에서 몸을 굴렸다.

그러자 그녀의 비명 소리가 울려 퍼졌다.

땅 위에 누운 채 꼼짝도 않고 위를 올려다보았다. 밤을 배경으로, 위쪽에서 그녀가 부르는 소리가 들렸다.

「갤린저!」

나는 가만히 있었다.

「갤린저!」

그녀의 모습이 사라졌다.

돌이 구르는 소리가 났고, 나는 그녀가 어딘가의 길을 지나 내 오른편으로 내려오고 있다는 것을 알았다.

벌떡 일어나서 커다란 바위 그늘에 몸을 숨겼다.

그녀는 지름길을 돌아 자신 없는 발걸음으로 돌들 사이를

---

11 Thammuz. 바빌로니아 신화에서 봄과 식물의 신. Manitou. 북미 인디언이 숭배하는 정령. Legba. 부두 교의 정령.

지나왔다.
「갤린저?」
나는 앞으로 걸어 나가 그녀의 어깨를 움켜잡았다.
「브락사.」
그녀는 또다시 비명을 질렀고, 곧 내게 몸을 맡긴 채 울기 시작했다. 그녀가 우는 것을 본 것은 이번이 처음이었다.
「왜?」 나는 물었다. 「왜?」
그러나 그녀는 내게 매달려 흐느끼기만 했다.
마침내, 「당신이 아까 자살했다고 생각했어요.」
「아마 정말로 그랬을지도 몰라.」 나는 말했다. 「당신은 왜 티렐리안을 떠난 거지? 나를 두고?」
「므퀴한테서 듣지 못했나요? 짐작하지 못했어요?」
「아무 짐작도 하지 못했어, 므퀴는 모른다고 했고.」
「그렇다면 거짓말을 한 거예요. 그녀는 알고 있어요.」
「뭐를? 뭐를 알고 있다는 거지?」
그녀는 온몸을 떨었고, 오랫동안 아무 말도 하지 않았다. 갑자기 나는 그녀가 얇은 무용 의상밖에 입고 있지 않다는 사실을 깨달았다. 나는 그녀를 떼어 내고 내 웃옷을 벗은 다음 그녀의 어깨에 걸쳐 주었다.
「위대한 말란의 이름으로 맹세컨대!」 나는 외쳤다. 「이러다가 당신 얼어 죽겠어!」
「아뇨.」 그녀는 말했다. 「그러지는 않을 거예요.」
나는 장미 케이스를 호주머니로 옮겨 넣고 있었다.
「그게 뭐죠?」 그녀가 물었다.
「장미.」 나는 대답했다. 「어두워서 제대로 보이지 않을 거야. 언젠가 당신을 장미에 비유한 적이 있어. 기억나?」
「그, 그래요. 내가 가지고 가도 되요?」
「물론이지.」 나는 그것을 웃옷 호주머니에 찔러 넣었다.

「자, 얘기해 주겠어? 난 당신이 설명해 주길 기다리고 있어.」
「정말로 모른다는 건가요?」 그녀가 물었다.
「몰라!」
「비가 내렸을 때, 영향을 받은 것은 남자들뿐이었어요. 하지만 지금까진 그것만으로도 이미 충분했어요…… 왜냐하면, 내가 ― 그 ― 영향을 받지 않았다는 것은 ― 확실했지만 ―」
「아.」 나는 말했다. 「아.」
우리는 그냥 그곳에 서 있었고, 나는 생각에 잠겼다.
「그런데 당신은 왜 도망쳤던 거지? 화성에서 임신했다고 해서 무슨 문제가 되는 거야? 타무르의 말은 틀렸어. 당신의 종족은 다시 살아갈 수 있게 된 거야.」
그녀는 웃었다. 이번에도 미친 파가니니가 연주하고 있는 듯한 광적인 바이올린 소리를 닮아 있었다. 그것이 더 악화되기 전에 나는 그녀를 진정시켰다.
「어떻게요?」 마침내 그녀는 뺨을 문지르며 물었다.
「당신의 종족은 우리보다 더 오래 살아. 만약 우리의 아이가 정상이라면 이 두 종족 사이의 결혼이 가능하다는 얘기가 돼. 당신들 사이에선 당신 말고도 아직 수태가 가능한 여자들이 있을 거 아냐?」
「당신도 〈로카의 서〉를 읽었잖아요.」 그녀는 말했다. 「그런데도 여태껏 그런 얘기를 하는 건가요? 죽음은 이런 모습으로 나타난 직후부터 이미 결정되고, 가결되고, 선고되었던 거예요. 그러나 이미 오래전부터 로카의 신도들은 그 사실을 알고 있었어요. 오래전에 그렇게 판단했던 거죠. 그들은 〈우리는 모든 일을 끝마쳤다〉라고 말했어요. 〈우리는 모든 것들을 보았고, 모든 것들을 들었고, 모든 것들을 느꼈다. 춤은 훌륭했다. 이제 그것을 끝낼 때가 온 것이다〉라고.」
「설마 그걸 믿고 있는 건 아니겠지.」

「내가 뭘 믿든 간에 그건 문제가 안 돼요.」 그녀는 대꾸했다. 「므퀴와 〈어머니〉들은 우리가 죽어야 한다고 이미 결정했어요. 그들의 칭호 자체가 이제는 조롱거리에 불과하지만, 그들의 결정은 지지를 받을 거예요. 이제 남아 있는 예언은 하나밖에 없지만, 그건 틀린 예언이에요. 우리들은 모두 죽을 거예요.」

「죽지 않아.」 나는 말했다.

「그럼 어떻게 된다는 거죠?」

「나와 함께 지구로 가줘.」

「안 돼요.」

「알았어. 그럼. 지금 나를 따라와 줘.」

「어디로?」

「티렐리안으로 돌아가는 거야. 〈어머니〉들에게 할 말이 있어.」

「그럴 수는 없어요! 오늘 밤에는 제례(祭禮)가 있어요!」

나는 웃었다.

「당신들을 쳐 쓰러뜨리고, 짓밟았던 신을 위한 제례 말인가?」

「그는 여전히 말란이에요.」 그녀는 대답했다. 「우리는 아직도 그의 백성이에요.」

「당신과 우리 아버지가 만났다면 정말 말이 잘 통했을 거야.」 나는 으르렁댔다. 「하지만 난 지금 갈 거고, 당신도 나와 함께 가는 거야. 억지로 떠메고 가는 한이 있더라도 말이야 — 내 몸집이 당신보다 크다는 걸 잊지 마.」

「하지만 당신은 온트로만큼 크지는 않아요.」

「도대체 그 온트로라는 게 뭐하는 작자지?」

「그는 당신을 막을 거예요, 갤린저. 그는 〈말란의 주먹〉이니까.」

4

 나는 급히 차를 몰아 내가 아는 유일한 신전의 출입문, 즉 므퀴의 문 앞으로 가서 멈췄다. 아까 전조등 빛으로 장미를 본 브락사는 그것을 마치 우리들의 아이인 것처럼 무릎 위에 올려놓고 있었고, 아무 말도 없이 앉아 있었다. 그녀의 얼굴에는 수동적이고도 실로 사랑스러운 표정이 떠올라 있었다.
 「모두 〈신전〉 안에 들어가 있는 거야?」 나는 이것이 알고 싶었다.
 그녀의 성모와도 같은 표정은 변하지 않았다. 나는 질문을 되풀이했다. 그녀는 몸을 꿈틀했다.
 「그래요.」 그녀는 멀리서 말하는 듯한 느낌으로 속삭였다. 「하지만 당신은 들어갈 수 없어요.」
 「해보면 알겠지.」
 나는 운전석 반대편으로 돌아가서 그녀를 내려 주었다.
 내가 그녀의 손을 쥐고 이끌자, 그녀는 마치 무아지경에 빠진 것처럼 나를 따라왔다. 새로 떠오른 달빛 아래에서 보는 그녀의 눈은 그녀가 나를 처음 만나 춤을 추어 줬을 때의 눈과 똑같았다. 나는 손가락으로 딱 소리를 내보았다. 아무 반응도 없었다.
 그래서 나는 문을 열었고, 그녀를 이끌고 들어갔다. 방에는 약한 조명이 들어와 있었다.
 그러자 그녀는 그날 밤 세 번째의 비명을 질렀다.
 「이 사람을 다치게 하면 안 돼요, 온트로! 갤린저예요!」
 지금까지 나는 화성인 여성만을 보아 왔고, 남성은 한 번도 본 적이 없었다. 그래서 눈앞의 사내가 기형인지 아닌지는 알 방도가 없었다. 그러나 아마 기형임에 틀림없다는 생각이 들었다.

나는 그를 올려다보았다.

반라의 그 몸은 사마귀와 혹으로 뒤덮여 있었다. 내분비선의 장애 탓일 것이라고 나는 추측했다.

이 행성에서 내가 가장 키가 큰 사내라고 생각하고 있었지만, 이 사내는 키가 7피트에 달하는 데다가 살까지 쪄 있었다. 나의 커다란 침대가 어디서 온 것인지 이제야 알 수 있었다!

「돌아가시오.」 그는 말했다. 「그녀는 들어올 수 있지만, 당신은 안 되오.」

「책하고 다른 물건들을 가지러 가야 합니다.」

그는 거대한 왼팔을 들어올렸다. 나는 그가 가리킨 곳을 보았다. 나의 모든 소지품이 방구석에 차곡차곡 쌓여 있었다.

「들어가서, 므퀴와 〈어머니〉들에게 할 얘기가 있습니다.」

「그럴 수는 없소.」

「당신 종족의 사활이 걸린 문제입니다.」

「돌아가시오.」 커다란 목소리가 울려 퍼졌다. 「〈당신의〉 종족에게 돌아가란 말이오, 갤린저. 〈우리〉에겐 상관하지 말고!」

그의 입에서 나온 내 이름은 내 귀에는 매우 이질적으로 들렸다. 마치 낯선 사람의 이름 같은. 그는 얼마나 나이를 먹은 것일까? 궁금했다. 3백 살? 4백 살? 태어난 이후 줄곧 〈신전〉의 문지기 노릇을 해온 것일까? 왜? 누구를 막기 위한 문지기란 말인가? 그의 움직임이 마음에 들지 않았다. 저런 식으로 움직이는 사람들을 예전에도 본 적이 있었다.

「돌아가시오.」 그는 되풀이했다.

만약 그들의 격투기가 춤과 마찬가지로 세련되어 있다면, 아니, 그것보다 더 나쁜 경우를 상정해서 그들의 무술 자체가 춤의 일부라면, 난 곤경에 빠져 있었다.

「들어가.」 나는 브락사에게 말했다. 「므퀴에게 장미를 주는 거야. 내가 보냈다고 전해 줘. 조금 있다가 가겠다고 얘기해 줘.」

「당신이 하라는 대로 하겠어요. 지구에서도 나를 잊지 말아 줘요, 갤린저. 안녕히.」

나는 대답하지 않았고, 그녀는 장미를 든 채 온트로 곁을 지나 옆방으로 들어갔다.

「자, 이제 떠나 주시겠소?」 그는 물었다. 「당신이 원한다면, 나는 그녀에게 우리가 싸웠고, 당신이 거의 나를 이길 뻔했지만 결국 내가 먼저 당신을 기절시켰고, 당신들의 배까지 데려다 주었다고 말해 줄 수 있소.」

「아니.」 나는 말했다. 「내가 당신을 피해 가든지 아니면 넘어가든지 둘 중 하나야. 어떻게 되든 간에 난 안으로 들어갈 거야.」

그는 양팔을 뻗으며 자세를 낮췄다.

「신성한 사내에게 손을 대는 것은 죄악이오.」 우르릉거리는 듯한 낮은 목소리로 말했다. 「하지만 난 당신을 막을 것이오, 갤린저.」

나의 기억은 서리가 낀 창문이었지만, 갑자기 차갑고 신선한 공기에 노출되었다. 여러 일들이 뚜렷이 되살아났다. 나는 6년 전의 일을 기억하고 있었다.

나는 도쿄 대학의 동양어학과 학생이었다. 일주일에 이틀 밤은 취미 생활에 할애했다. 나는 고도칸(講道館)의 지름 30피트짜리 원 안에 서 있었다. 갈색 띠를 유도복 허리께에 두르고 있었다. 나는 〈1급〉이었다. 이것은 유단자의 바로 밑에 해당하는 등급이다. 오른쪽 가슴에 달린 갈색 다이아몬드 모양의 천에는 일본어로 〈유술(柔術)〉이라고 씌어 있었다. 이것은 실제로는 〈아테미와자〉, 즉 일종의 급소 지르기를 의미했다. 나는 이 기술이 놀랄 정도로 내 체격에 걸맞는다는 사실을 발견하고 열심히 연마했고, 여러 시합에서 이기곤 했던 것이다.

그러나 인간을 상대로 실제로 이 기술을 써본 적은 한 번도 없었고, 내가 마지막으로 그것을 연습해 본 것은 5년 전의 일이었다. 이제는 몸이 따라 주지 않을 것이라는 사실을 알고 있었지만, 나는 억지로 내 마음을 〈월심(月心)〉의 상태로 몰아넣어서, 달처럼 온토로의 전신을 반사하려고 노력했다.

과거 어딘가에서 들려온 목소리가 〈하지메 — 시작하라〉라고 말했다.

나는 재빨리 〈괭이 다리〉 즉 고양이처럼 발을 도사렸다. 그러자 상대방의 눈이 기묘한 빛을 뿜으며 불타올랐다. 그도 재빨리 자신의 자세를 교정했고 — 그 순간 나는 그를 공격했다!

나의 특기였다!

나의 긴 왼쪽 다리가 부러진 스프링처럼 휙 날아 올라갔고, 방바닥으로부터 7피트 높이에서 내 발은 뒤로 껑충 물러나려던 그의 턱을 포착했다.

머리가 뒤로 푹 꺾이면서 그는 쓰러졌다. 입에서 가느다란 신음 소리가 새어나왔다. 〈이게 전부야.〉 나는 생각했다. 〈미안하네, 나이든 친구.〉

그러나 그의 몸을 넘어가려고 했을 때 그는 허우적거리는 듯한 동작으로 내 다리를 걸었고, 나는 그의 몸 위로 넘어졌다. 그런 일격을 받은 후에도 움직이는 것은 고사하고, 의식을 잃지 않았다는 사실을 믿을 수가 없었다. 더 이상 그를 다치게 하고 싶지 않았다.

그러나 그는 손으로 더듬어 내 목을 움켜쥐었고, 내가 그 움직임의 의미를 깨닫기도 전에 팔로 죄어 오기 시작했다.

〈안 돼! 이런 식으로 끝낼 수는 없어!〉

기관과 경동맥을 강철봉에 눌리고 있는 듯한 느낌이었다. 그제야 나는 그가 아직도 의식을 잃고 있으며, 그의 이런 동작은 수년에 걸친 끊임없는 수련에 의해 주입된 반사적 행동이라는 사실을 깨달았다. 시합에서 실제로 이런 일이 일어나는 것을 한 번 본 적이 있었다. 한 선수가 의식 불명 상태에서도 상대의 조르기에 계속 저항했고, 상대방은 자신의 조르기가 불충분했다고 생각해 더 세게 조르다가 결국 그를 죽이고 말았던 것이다.

그러나 이런 일은 극히, 극히 드물었다!

나는 그의 옆구리에 팔꿈치를 찔러 넣고 뒤통수로 그의 얼굴을 들이받았다. 악력이 약해졌지만, 빠져나올 수 있을 정도는 아니었다. 마음이 내키지는 않았지만, 나는 부득이 손을 뻗어 그의 새끼손가락을 부러뜨렸다.

팔의 힘이 느슨해졌고, 나는 몸을 비틀어 빠져나왔다.

그는 얼굴을 일그러뜨린 채 헐떡이며 바닥에 누워 있었다. 자신의 종족과 종교를 지키려고 싸우다가 쓰러진 이 거인에 대해 나는 강한 연민의 정을 느꼈다. 그는 명령을 따랐을 뿐이었다. 그를 비켜 가는 대신 결국 짓밟고 지나가는 나 자신을, 나는 전례가 없을 정도로 강하게 저주했다.

비틀거리며 방을 가로질러 내 소지품이 쌓여 있는 곳으로 갔다. 영사기 케이스에 걸터앉아 담배에 불을 붙였다.

일단 호흡이 정상으로 되돌아오고, 앞으로 무슨 말을 해야 할지 정한 후에야 나는 〈신전〉으로 들어갈 수 있었다.

한 종족에게 자살을 그만두라고 설득하려면 어떻게 해야 할까?

갑자기 이런 생각이 —

— 정말 가능할까? 그런 식으로 하면 효과가 있을까? 만약 그들에게 〈전도서〉를 낭독해 준다면 — 그들에게 로카가 남긴 그 어떤 글보다도 위대하고, 그에 못지않게 음울하고 염세적인 문학 작품을 읽어 준다면 — 그리고 한 사내가 더할 나위 없이 고매한 시적 언어를 써서 생(生) 전체를 매도했음

에도 불구하고, 지구인들이 생을 포기하지 않고 살아왔다는 사실을 얘기해 주고 — 그가 그렇게도 조롱하던 허영심이 결국 인간을 하늘로 이끌었다는 사실을 가르쳐 준다면 — 그들은 내 말을 믿고 — 마음을 바꾸게 될까?

아름다운 바다 장식 위에서 담배를 밟아 끄고는 노트를 찾아냈다. 몸을 일으키는 나의 내부에서 기묘한 분노가 솟아올랐다.

나는 〈생명의 서(書)〉에 기록된 갤린저의 〈검은 복음〉을 전파하기 위해 〈신전〉 안으로 들어갔다.

내 주위에는 침묵만이 있었다.

므퀴는 로카를 낭독하고 있었다. 장미는 그녀의 오른손에 쥐여져 있었고, 모두 그것을 주시하고 있었다.

내가 들어갈 때까지는.

몇 백 명이 맨발로 바닥 위에 앉아 있었다. 나는 몇 안 되는 남자들의 몸집이 여자들만큼이나 작다는 사실을 깨달았다.

나는 아직도 가죽 장화를 신고 있었다.

〈끝까지 가보는 거야.〉 나는 결심했다. 〈모든 것을 얻든가, 아니면 잃든가, 둘 중 하나야!〉

열두 명의 노파들이 므퀴 뒤에서 반원 모양으로 앉아 있었다. 〈어머니〉들이다.

〈불모의 토지, 메마른 자궁이여, 불의 손길이여.〉

나는 탁자로 다가갔다.

「당신들은 죽어 가면서 다른 사람들도 다 같이 죽자고 선고했소.」 나는 그들에게 말했다. 「그렇게 함으로써 당신들이 이미 맛보았던 인생을 — 기쁨을, 슬픔을, 그리고 충만함을 — 그들에게서 박탈하려 하고 있는 것이오. 그러나 당신들이 모두 죽어야 한다는 얘기는 사실이 아니오.」 이제 나는 모든 사람을 향해 얘기하고 있었다. 「그런 말을 하는 사람들은 거짓말을 하고 있는 것이오. 브락사는 알고 있소. 왜냐하면 그녀는 아이를 낳을 것이므로 ―」

모두들 불상처럼 미동도 않고 앉아 있었다. 므퀴는 뒷걸음질 쳐서 반원 안으로 들어갔다.

「― 나의 아이를 말이오!」 나는 이렇게 말을 이었다. 아버지가 이 설교를 듣는다면 뭐라고 할지 궁금했다.

「……그리고 그럴 만한 젊음을 가지고 있는 여자들은 모두 아이를 낳을 수 있소. 아이를 만들 능력이 없는 것은 남자들뿐이니까. 그리고 다음번 탐험대가 와서 당신들의 몸을 검사하는 것을 허락한다면, 남자들도 나을 수 있을지 모르오. 설령 그러지 못한다고 해도, 지구인의 남자와도 짝을 맺을 수 있소.」

「그리고 우리들 지구인은 하찮은 종족이 아니고, 지구는 하찮은 장소가 아니오.」 나는 말을 이었다. 「몇 천 년 전, 우리들 세계의 로카는 만물의 하찮음에 관한 책을 썼소. 그는 로카와 같은 얘기를 했소. 그러나 우리는 역병과 전쟁과 기아에도 불구하고 결코 좌절하지 않았소. 우리는 죽지 않았던 것이오. 우리는 하나씩 역병을 정복해 나갔고, 굶주린 자들에게 먹을 것을 주었고, 전쟁과 투쟁했으며, 최근 들어서는 오랜 기간 동안 전쟁 없이 지내 왔소. 마침내 전쟁을 극복한 것인지도 모르오. 아직 확실하지는 않지만.

그러나 우리는 광대한 무의 공간을 가로질러 이곳으로 왔소. 다른 세계를 방문한 것이오. 그리고 지구의 로카는 이렇게 말했소. 〈왜 그런 짓을 하는가? 도대체 그런 일에 무슨 가치가 있단 말인가? 모든 것은 허영에 불과하다〉라고.」

「그리고 비밀은 바로 이 말에 있소.」 나는 시를 낭독할 때처럼 목소리를 낮게 깔았다. 「그가 한 말은 옳았소! 모든 것은 바로 허영이었던 것이오! 중요한 것은 자만이었소! 예언자를, 신비가를, 신을 언제나 공격했던 것은 합리주의의 오만이었소. 우리를 위대하게 만들어 주고, 또 앞으로도 우리를 지탱해 줄 것은 바로 우리들의 불경스러움이었던 것이오. 신들도 우리 안에 있는 이것을 내심으로는 부러워하고 있는 것이오. 신의 성스러운 이름들은 모두 입에도 올릴 수 없을 만치 불경스러운 것이란 말이오!」

나는 땀에 젖어 가고 있었다. 현기증을 느끼고 잠시 말을 멈췄다.

「여기에 그 〈전도서〉가 있소.」 나는 이렇게 선언하고, 읽기 시작했다.

「전도자가 가로되 헛되고 헛되며 헛되고 헛되니 모든 것이 헛되도다. 사람이 해 아래서 수고하는 모든 수고가 자기에게 무엇이 유익한고……」

뒤쪽에 브락사가 있었다. 침묵한 채, 넋이 나간 듯이 귀를 기울이고 있었다.

그녀는 지금 무슨 생각을 하고 있는 것일까.

실패에 검은 실을 감듯이, 내 주위에 밤의 시간을 감아 들였다.

밤은 깊을 대로 깊어 있었다! 말하던 중에 날이 밝았는데도 여전히 나는 낭송을 계속했다. 나는 〈전도서〉를 끝내고 갤린저의 말을 계속했다.

내가 끝마쳤을 때, 그곳에 있는 것은 여전히 정적뿐이었다.

줄줄이 늘어선 불상들은 밤새도록 꼼짝도 않은 채 앉아 있었다. 한참이 지난 후 므퀴가 오른손을 들었다. 한 사람, 한 사람씩 〈어머니〉들도 같은 동작을 했다.

그리고 나는 그것이 무엇을 의미하는지 알고 있었다.

그것은 부정(否定)을 의미했고, 하지 마, 멈춰, 끝내라는 뜻이었다.

그것은 내가 실패했다는 것을 의미했다.

나는 천천히 방에서 걸어 나와 내 짐 옆에 주저앉았다.

온트로는 사라져 있었다. 다행이다. 나는 그를 죽이지 않았던 것이다…….

천 년의 세월이 흐른 후 므퀴가 들어왔다.

그녀가 말했다.「당신의 일은 끝났습니다.」

나는 움직이지 않았다.

「예언은 성취되었습니다.」그녀는 말했다.「우리는 모두 기쁨에 차 있습니다. 그대는 승리했습니다, 성스러운 자여. 이제 빨리 여기서 떠나십시오.」

나의 마음은 바람이 빠진 풍선이었다. 나는 그 안으로 조금 바람을 불어넣었다.

「나는 성스러운 자가 아닙니다. 대책 없을 정도로 오만에 가득 찬 이류 시인에 불과합니다.」

나는 마지막 담배에 불을 붙였다.

마침내,「얘기해 주십시오. 무슨 예언입니까?」

「로카의 예언입니다.」그녀는 설명 따위는 불필요하다는 투로 대답했다.「로카의 모든 춤이 완결된다면, 하늘에서 내려온 신성한 사내가 최후의 순간에 우리를 구원해 줄 것이라는 내용입니다. 그는 〈말란의 주먹〉을 물리치고 우리에게 생명을 가져다 줄 것이라고 했습니다.」

「어떻게?」

「브락사의 경우처럼, 그리고 〈신전〉에서 보여 주었던 증명에 의해.」

「증명?」

「당신은 우리에게 로카의 말만큼이나 위대한 그 인물의 말을 읽어 주었습니다. 당신은 우리에게 어떻게 〈하늘 아래 새 것이 없는지〉를 가르쳐 주었습니다. 그리고 그 글을 읽으며 당신은 그의 말을 조롱했습니다 — 그렇게 함으로써 새로운 것을 우리에게 보여 준 것입니다.

화성에는 꽃이 존재하지 않았습니다. 그러나 이제부터는 그것을 키우는 방법을 배워 익히겠습니다.」

「당신은 예언에 나오는 〈성스러운 조롱꾼〉입니다.」 그녀는 말을 맺었다. 「〈신전에서 조롱하는 자〉였던 것입니다. 당신은 성스러운 땅에 흙발로 들어왔습니다.」

「하지만 당신은 〈반대〉를 표명하지 않았습니까.」 나는 말했다.

「우리의 원래 계획을 실행에 옮기는 데 반대한 것입니다. 그 대신 브락사의 아이를 살리자고.」

「오.」 담배가 손가락 사이에서 떨어졌다. 정말 아슬아슬했던 것이다! 나는 얼마나 무지했던가!

「그리고 브락사는?」

「그녀는 반기(半期) 전에 그 춤을 추기 위해 선발되었습니다. 당신을 기다리기 위해서.」

「하지만 그녀는 온트로가 나를 막을 거라고 했습니다.」

므퀴는 오랫동안 아무 말 없이 서 있었다.

「그녀 자신은 그 예언을 결코 믿고 있지 않았습니다. 지금 그녀의 정신 상태는 좋지 않습니다. 예언이 실현될 것이 두려워서 그녀는 도망쳤습니다. 당신이 예언을 완성시키고 우리가 표결을 했을 때 그녀는 깨달았던 것입니다.」

「그렇다면 그녀는 나를 사랑하지 않는단 말입니까? 한 번도 나를 사랑하지 않았습니까?」

「유감입니다, 갤린저. 그녀는 자신에게 주어진 임무 중 그 부분만은 결코 완수하지 못했습니다.」

「임무.」 나는 단조로운 목소리로 되풀이했다…… 임무임무 임무라! 하하!

「그녀는 이미 작별 인사를 했습니다. 당신과는 더 이상 만나고 싶지 않다고 했습니다.

……그리고 우리는 당신의 가르침을 결코 잊지 않겠습니다.」 그녀는 이렇게 덧붙였다.

「잊지 마십시오.」 나는 반사적으로 이렇게 말했고, 갑자기 모든 기적의 중심에 존재하는 거대한 패러독스를 깨달았다. 나는 내가 입에 담았던 복음을 한 마디도 믿지 않았고, 믿었던 적도 없었던 것이다.

나는 술 취한 사내처럼 일어나서, 〈므나라〉라고 중얼거렸다. 나는 밖으로, 화성에서의 내 마지막 날 속으로 나갔다.

〈나는 그대를 정복했노라, 말란이여 — 그리고 승리는 그대의 것이다! 별들 사이에서 편히 잠들라. 저주받은 신이여!〉

나는 집스터를 그곳에 남겨 둔 채 〈아스픽〉까지 걸어서 돌아갔다. 인생의 무거운 짐을 수많은 발자국 뒤에 남겨 둔 채. 나는 내 선실로 들어가서 문을 잠그고, 42알의 수면제를 삼켰다.

그러나 다시 깨어 보니 그곳은 의무실이었고, 나는 살아 있었다.

엔진의 고동을 느끼며, 천천히 일어나 어찌어찌 현창이 있는 곳까지 갔다.

흐릿한 화성이 부풀어 오른 산모의 배처럼 내 머리 위에 걸려 있었다. 이윽고 그것은 내 눈 속에서 번졌고, 넘쳐흐르다가, 뺨을 따라 흘러내렸다.

괴물과 처녀

그들 사이에는 커다란 불안이 존재했다. 결단의 때가 또 가까워 오고 있었기 때문이다. 장로들은 후보자를 고르기 위해 투표를 했고, 최연장자인 릴릭의 반대에도 불구하고 산 제물을 바친다는 안을 가결시켰다.

「이런 식으로 굴복하는 건 잘못된 일이야.」 그는 이의를 제기했다.

그러나 사람들은 그에게 대꾸하지 않았고, 젊은 처녀를 연기의 동굴로 데려가서 졸음이 오는 잎사귀를 먹였다.

릴릭은 비난하는 듯한 표정으로 이것을 지켜보고 있었다.

「이러면 안 돼.」 그는 말했다. 「이것은 올바른 일이 아냐.」

「언제나 이러면 됐어.」 다른 자들이 말했다. 「1년 중 봄과 가을에 말이야. 언제나 이런 식이었어.」 그리고 그들은 걱정스러운 눈초리로 오솔길을 흘끗 쳐다보았다. 태양이 길 위로 아침 햇살을 쏟아 붓고 있었다.

신은 이미 거대한 잎사귀의 숲을 지나오고 있었다.

「자, 여기를 떠나자.」 그들은 말했다.

「여기 남아 있을 생각을 해본 적이 한 번도 없나? 괴물신이 무엇을 하는지 보고 있을 생각을 한 자는 단 한 사람도 없단 말인가?」 릴릭이 신랄한 어조로 반문했다.

「더 이상 불경스러운 소리를 하지 마! 빨리 가자니까!」

릴릭은 그들 뒤를 따라갔다.

「우리는 해마다 수가 줄어 가고 있어.」 그는 말했다. 「언젠가는 바칠 수 있는 산 제물이 한 명도 남아 있지 않는 날이 올 거야.」

「그럼 그때 우리는 죽는 거야.」 다른 자들이 말했다.

「그렇다면 왜 그걸 뒤로 미루는 거지?」 그는 물었다. 「모두 함께 싸우잔 말일세 ― 아직 그럴 수 있는 자들이 남아 있을 때!」

그러나 다른 사람들은 고개를 흔들었다. 이런 체념에 가까운 감정이 몇 세기에 걸쳐 쌓여 오는 것을 릴릭은 목격했다. 그들은 모두 릴릭의 나이를 존경했지만, 그의 생각에 찬성하지는 않았다. 일행은 마지막으로 뒤를 흘끗 돌아다보았다. 그 순간 태양이 금빛 마구로 화려하게 치장한 말을 타고 죽음의 창을 옆에 매단 채 철컥거리며 다가오는 신의 모습을 비쳤다. 연기가 태어나는 장소 안에서 처녀는 좌우로 격렬하게 꼬리를 움직였고, 젊디젊은 앞이마 아래의 눈을 희번덕거렸다. 그녀는 신의 존재를 감지하고 포효하기 시작했다.

그들은 등을 돌렸고, 쿵쿵거리며 평원을 가로질렀다.

숲이 가까워 왔을 때 릴릭은 멈춰 서서 비늘에 뒤덮인 앞발을 들어 올렸고, 어떤 기억을 떠올려 보려고 노력했다. 마침내 그는 입을 열었다.

「뭔가 기억이 남아 있어.」 그는 말했다. 「만사가 지금과는 달랐던 시절의 기억이.」

이 죽음의 산에서

1

그것을 내려다보자마자 현기증을 느꼈다. 도대체 저건 어디까지 이어지고 있는 걸까. 별들까지?

할 말이 없었다. 단지 그것을 뚫어져라 쳐다보고, 또 쳐다보고, 이런 것이 존재하며, 아직 내가 살아 돌아다니고 있을 때 누가 이것을 발견했다는 사실을 저주했다.

「어때?」 래닝이 이렇게 말하고, 내가 그것을 올려다볼 수 있도록 기체를 기울였다.

나는 고개를 저었고, 손을 들어 선글라스로 이미 보호된 눈 위에 갖다 댔다.

「저걸 내 앞에서 사라지게 해줘.」 이윽고 나는 말했다.

「불가능해. 나보다 더 덩치가 크잖나.」

「저것보다 덩치가 큰 작자가 어디 있나.」 나는 말했다.

「그러는 대신 우리가 여길 떠나는 수도 있네만……」

「됐네. 사진이나 찍어 두자구.」

그는 기체를 곧추세웠고, 나는 사진을 찍기 시작했다.

「공중에서 멈춰 있거나, 아니면 좀 더 가까이 갈 수 없어?」

「안 돼. 바람이 너무 강해.」

「그렇군.」

그래서 나는 사진을 찍었다 — 그 주위를 비행하며, 망원 렌즈와 보조 스캐너 따위를 써서.

「정상을 볼 수 있다면 좋겠는데.」

「현재 고도는 3만 피트지만, 우리 아기의 상승 한도는 5만 까지야. 하지만 유감스럽게도 저 부인의 키는 대기권을 훌쩍 넘는다네.」

「묘한 얘기군.」 나는 말했다. 「여기서 바라보면, 에테르를 흡입하고 하루 종일 별들을 바라보고 있는 부류의 여자로는 도저히 보이지 않는데 말이야.」

그는 껄껄 웃고는 담배에 불을 붙였고, 나는 함께 마시려고 둥근 튜브에 든 커피를 하나 더 끄집어냈다.

「저 〈그레이 시스터Gray Sister〉는 어떤 느낌인가?」

기체가 어딘가에서 느닷없이 불어온 무엇인가의 일격을 받고 마구 흔들리다가 곧 안정되었을 때, 나는 내 담배에 불을 붙이고 연기를 빨아들인 다음 말했다. 「〈아바투아르[1]의 성모〉로군 — 두 눈 사이를 직격당했다고나 할까.」

우리는 커피를 들이켰다. 곧 그가 물었다. 「너무 크다고 생각하지 않나, 화이티?」 그러자 나는 카페인을 머금은 채로 이를 갈았다. 나를 화이티라고 부르는 사람들은 가까운 친구들 뿐이었기 때문이다. 내 본명은 잭 서머즈이고, 내 머리카락은 옛날부터 언제나 이렇게 하얗게 새어 있었다. 희박한 대기에, 바위투성이의 땅, 너무 밝은 하늘에, LSD를 거꾸로 발음한 것 같은 이름을 가진 이 세계에서 돌아다니다가 이 산을 발견한 헨리 래닝이 단지 나를 20년 동안 알고 지내 왔다는 이유 하나만으로 지금 나를 그렇게 불러도 되는지의 여부에 관

---

[1] *abattoir*. 도살장.

해서는 확신할 수 없었다. 이 행성에 처음으로 발자취를 남긴 사람은 조지 디젤이라는 사내였고, 곧 떠나갔다고 한다 — 현명한 친구다!

「높이 40마일의 산은」 마침내 나는 입을 열었다. 「이미 산의 범주를 넘어 있어. 저건 하나의 독립된 세계이고, 어딘가의 멍청한 신이 궤도상으로 내던지는 걸 깜박 잊었던 거야.」

「그렇다면, 흥미가 없다는 얘긴가?」

나는 잿빛과 옅은 자주색이 어우러진 사면을 뒤돌아보았고, 다시 한 번 그 윤곽을 훑어보기 시작했다. 위로 올라갈수록 모든 색채가 사라지면서, 검고 들쭉날쭉한 윤곽이 시야를 가득 채웠지만 정상은 아직도 나타나지 않았으며, 급기야 선글라스 뒤의 두 눈이 타는 듯이 따끔거리기 시작했다. 그리고 나는 구름이 그 정복할 수 없는 능선에 하늘을 표류하는 빙산처럼 부딪치는 광경을 보았고, 재빨리 그 거대함을 측정하려고 해보았다가 — 당연히 — 실패한 후 후퇴하는 바람이 울부짖듯이 윙윙거리는 소리를 들었다.

「아니, 흥미는 있어.」 나는 대꾸했다. 「일종의 학술적인 관점에서 말이야. 자, 다시 도시로 돌아가서 먹고 마시고 하자구. 운이 좋으면 다리가 부러지는 수가 생길지도 모르겠군.」

그는 기수를 남쪽으로 돌렸고, 나는 더 이상 주위를 돌아보지 않았다. 그러나 배후에 있는 그녀의 존재를 줄곧 느끼고 있었다. 기지(旣知) 우주 안에서 가장 높은 산인 〈그레이 시스터〉의 존재를. 물론 그 정상을 정복한 사람은 아무도 없다.

그 이후에도 그녀는 언제나 내 등 뒤에 있었고, 내가 바라본 모든 것들 위에 그림자를 떨어뜨리고 있었다. 그 후 이틀 동안 나는 내가 찍은 사진을 자세히 보았고, 지도도 몇 장 찾아와서 검토해 보았다. 그리고 여러 사람들로부터 〈그레이

시스터〉에 관한 얘기를 들었다. 기묘한 얘기를…….

나를 정말로 고무시켜 준 얘기는 단 하나도 없었다. 약 2세기 전, 그러니까 아직 초광속 우주선이 개발되기 전에, 디젤에 식민지를 건설하려는 시도가 한 번 있었다고 한다. 그러나 듣도 보도 못한 신종 역병이 최초의 식민자들에게 들러붙어서, 한 사람도 빠짐없이 전멸했다고 한다. 현재의 식민지가 건설된 것은 불과 4년 전의 일이고, 그 역병은 새로 온 유능한 의사들에 의해 격퇴되었다. 식민지는 이제 완전히 뿌리를 내렸고, 주민들은 수많은 행성에서 하필이면 이런 곳을 골랐다는 사실에 대해 도리어 자부심을 느끼고 있는 듯했다. 이제는 그 누구도 〈그레이 시스터〉에게 집적거리지 않는다는 사실을 나는 알게 되었다. 몇 번 있었던 등반 시도는 모두 실패로 끝났고, 그 결과 새로운 전설이 몇 개 생겨났을 뿐이었다.

낮의 하늘은 단 한시도 나를 그냥 놓아두지 않았다. 하늘은 내 눈을 향해 끊임없이 절규했고, 결국 나는 밖에 나갈 때마다 등산용 보안경을 쓰고 나가는 버릇이 생겼다. 그러나 대부분의 시간을 나는 호텔 라운지에 죽치고 앉아서 먹고 마시면서 사진을 검토하는 일로 보냈고, 곁을 지나가다가 탁자 위에 널려 있는 사진들을 흘깃거리는 사람들을 거꾸로 감상하거나 했다.

헨리의 질문은 모두 무시했다. 그가 무엇을 노리고 있는지 알고 있으므로, 실컷 기다리게 할 심산이었다. 유감스럽게도 그는 기다렸고, 그것도 실로 끈기 있게 그랬기 때문에, 이쪽에서 도리어 짜증이 날 지경이었다. 그는 내가 〈시스터〉에 사로잡히기 직전이라고 느끼고 있었고, 그 현장을 직접 보도할 수 있기를 원하고 있는 것이다. 그는 이미 카슬라 산 등반 때 거액을 벌었으며, 그의 눈가의 자랑하는 듯한 주름살만 보고도 나는 이번 등반에 관한 특종 기사가 어떤 문장으로 시작될지 짐작할 수 있었다. 그가 주먹 쥔 손에 턱을 괸 자세로 사진을 천천히 뒤집으며, 포커 노름꾼 같은 표정을 하려고 할 때, 나는 그의 머릿속에 있는 문장 전체를 읽을 수 있었다. 만약 그의 시선을 따라가기라도 한다면, 아마 그가 쓰려는 책의 커버까지도 볼 수 있을지도 모른다.

그리고 주말이 끝나 갈 때 우주선 한 척이 하늘에서 내려왔고, 그 속에서 재수 없는 인간들이 몇 명 내려와서 내 사고의 맥락을 끊어 놓았다. 그들이 라운지로 들어왔을 때 나는 그들의 정체를 깨닫고 검은 보안경을 벗었다. 바실리스크[2] 같은 시선으로 헨리를 노려봄으로써 그를 돌로 만들어 놓고 싶었기 때문이다. 그러나 그는 때마침 알코올을 과다 섭취한 상태였기 때문에, 효과를 보지는 못했다.

「매스컴에 정보를 흘렸군.」 나는 말했다.

「자, 자.」 그는 이렇게 말하며 몸을 작게 움츠렸고, 뻣뻣해졌다. 이것은 그의 중추 신경의 칠흑 같은 어둠 속을 더듬으며 따라 올라간 나의 날카로운 응시가 그제야 저 조그만 종양 같은 그의 전뇌 가장자리에 도달했기 때문이었다. 「자넨 유명하고, 또……」

나는 검은 안경을 다시 끼고는 마시던 술잔 위로 몸을 구부정하게 숙였고, 만취한 듯한 시늉을 했다. 그러자 그들 세 사람 중 하나가 다가와 말을 걸었다.

「실례합니다, 혹시 잭 서머즈 씨이십니까?」

그 이후로 계속된 침묵을 설명하려는 듯 헨리가 입을 열었다. 「맞아, 이 친구가 바로 〈미치광이 잭〉이야. 스물세 살 때 에베레스트에 올라가고, 그 이후 이름을 거론할 가치가 있는 바위 덩어리에는 하나도 빠짐없이 올라갔던 친구지. 서른한

---

[2] basilisk. 도마뱀을 닮은 전설상의 괴물. 한 번 노려보는 것만으로도 사람을 죽일 수 있다고 함.

살 때 잭은 알려진 우주 안에서 가장 높은 산 — 행성 리탄의 카스라 산 — 해발 89,941피트의 산을 정복한 유일한 사내가 되었어. 내 책에 —」

「알고 있습니다.」 기자가 말했다. 「제 이름은 캐리이고, GP통신에서 왔습니다. 같이 온 이 친구들은 각자 다른 통신사를 대표하고 있습니다. 우리는 당신이 〈그레이 시스터〉에 오를 계획이 있다는 얘기를 들었습니다만.」

「부정확한 정보를 듣고 왔군.」 나는 말했다.

「예?」

다른 두 사람이 캐리 곁에 와서 섰다.

「우리가 듣기로는 —」 그중 하나가 운을 뗐다.

「— 이미 등반대를 조직하고 있다고 했습니다만.」 다른 작자가 이렇게 끝맺었다.

「그럼 〈시스터〉에 오를 생각이 없단 말입니까?」 캐리가 물었다. 그동안 기자 하나는 탁자 위의 내 사진들을 훑어보았고, 다른 한 명은 내 얼굴 사진을 찍으려는 기색을 보였다.

「멈춰!」 나는 카메라맨을 향해 손을 들어 보이며 말했다. 「내 눈을 부시게 하면 안 돼!」

「죄송합니다. 적외선 렌즈를 쓰죠.」 그는 이렇게 말하고 카메라를 만지작거리기 시작했다.

캐리는 또다시 같은 질문을 되풀이했다.

「내가 말하고 싶은 건, 자네들이 부정확한 정보를 듣고 왔다는 사실이야.」 나는 대꾸했다. 「난 그럴 계획이 있다고 하지도 않았고, 없다고 하지도 않았어. 아직 아무 결정도 내리지 않았다는 얘기야.」

「만약 그럴 결정을 내린다면, 언제쯤 그럴 생각입니까?」

「미안하지만 그 질문에는 대답할 수 없네.」

헨리는 이들 세 사람을 바로 데리고 가서 몸짓을 섞어 가며 뭔가를 설명하기 시작했다. 〈……칩거 생활 4년 만에〉 하는 소리가 귀에 들려왔다. 그리고 그들이 내가 있던 자리를 다시 바라보았을 때(바라보았다면) 나는 이미 그곳에 없었다.

어두컴컴한 길거리로 빠져나간 나는 생각에 잠긴 채 걷기 시작했다. 그때조차 그녀의 그림자를 밟고 있었던 거야, 린다. 그리고 〈그레이 시스터〉는 예의 꿈쩍도 하지 않는 몸짓 하나만으로 나를 손짓해 불렀고, 오지 말라고 막았다. 나는 그 모습을 바라보았다. 저토록 멀리 떨어져 있으면서도, 믿을 수 없을 정도로 거대한 모습. 8시 방향에 존재하는 자정의 어둠. 그것들 사이에 가로놓인 시간들은 나와 그녀 사이의 거리처럼 산기슭에서 스러져 간다. 그리고 내가 어디를 가든 간에 그녀가 내 뒤를 쫓아오리라는 사실을 안 것은 그때였다. 꿈속에서까지. 아니, 특히 꿈속에서.

그 순간 나는 깨달았던 것이다. 그 후로 계속된 나날은 내가 즐겨 하는 게임이나 마찬가지라고. 다른 사람들이 나에게 뭔가를 기대하고 있을 때 짐짓 우유부단한 척하는 것은 감미롭다는 사실을. 그리고 나는 그녀를 바라보았다. 나의 최후의, 최대의, 나 자신만의 코슈트라 피브라차인 그것을. 그리고 나는 내가 그녀의 정상에 서기 위해 태어났다고 느꼈다. 그러면 은퇴할 수 있다. 아마 재혼을 할지도 모르고, 교양을 쌓고, 더 이상 체력이 떨어진 것이 아닐까 걱정할 필요도 없고, 예전에는 하지 못했던 온갖 잡다한 일들을 제대로 할 수 있게 되는 것이다. 그런 일들을 하지 못했던 탓에 나는 아내와 가정을 잃었다. 4년 반 전, 영광에 가득 차 있던 그 시기에, 해발 89,941피트의 카슬라 산으로 갔을 때의 일이다. 나는 8시 방향의 세계 너머로 나의 〈그레이 시스터〉를 바라보았다. 그녀는 검었고, 고귀했고, 조용했고, 지금까지 언제나 그래 왔듯이 기다리고 있었다.

2

 다음 날 아침 나는 몇 건의 메시지를 보냈다. 그것들은 마치 우주를 날아다니는 전서 비둘기처럼 몇 십 광년의 거리를 가로질러 갔다. 그중 일부는 내가 몇 년 동안이나 만나지 않았던 사람들을 향해 갔고, 나머지는 루나 스테이션에서 나를 전송해 주었던 사람들에게 갔다. 메시지의 문장은 조금씩 달랐지만, 그 내용은 모두 같았다. 〈이 우주에서 최고의 산에 오르는 등반대에 끼고 싶거든, 디젤로 와줘. 그레이 시스터에 비하면 카슬라는 어린애 장나에 불과해. 조지타운의 호텔 주소로 응답 바람. 화이티.〉

 옛날로, 다시 옛날로 돌아가는 것이다······.

 헨리에게는 얘기하지 않았다. 아무것도. 내가 무엇을 하고 어디로 가는지는 당분간, 그 일을 하고 있는 동안에는, 나 자신만의 문제였기 때문이다. 나는 해가 뜨기도 전에 일찍 호텔에서 체크아웃했다. 프론트 데스크에 메모를 남겨 두고.

 〈볼일 보러 나가네. 일주일 후엔 돌아올 거야. 내가 없는 동안 잘 부탁하네. 미치광이 잭.〉

 산기슭의 사면을 가늠해 보고, 말하자면 이 숙녀의 치맛자락을 조금 당겨 볼 필요가 있었던 것이다. 친구들에게 그녀를 소개하기 전에. 혼자서 높은 산을 등반하는 사람을 보고 흔히 미쳤다고들 하지만, 그들이 나를 그렇게 부르는 데는 그럴 만한 이유가 있다는 얘기가 된다.

 내가 찍은 사진들로 미루어 볼 때 북쪽 사면이 유리해 보였다.

 나는 임대한 비행기를 가능한 한 가까운 곳에 착륙시킨 다음 문을 잠갔고, 배낭을 메고 걷기 시작했다.

 좌우와 뒤쪽은 모두 산으로 에워싸여 있었다. 희고, 흰 하루를 연상시키는 여명의 빛 속에서, 지금은 모두 원죄처럼 새까맣게 솟아 있다. 전방에 보이는 것은 산이 아니라 거의 완만하게 보이는 경사를 가진 사면에 가까웠지만, 그것은 끝없이 위로, 위로, 위로, 올라가고 있었다. 머리 위에서는 별들이 반짝이고, 길을 나아가는 내 얼굴을 차가운 바람이 스치고 지나간다. 그러나 바로 앞쪽에는 별이 없었다. 단지 어둠뿐이다. 이미 수없이 생각해 본 일이지만, 도대체 산은 무게가 얼마나 될까? 산에 접근해 갈 때는 언제나 이런 궁금증이 떠오른다. 구름은 눈에 띄지 않는다. 내 등산화가 잔디나 자갈돌을 밟으며 내는 소리를 제외하면 주위는 정적에 차 있었다. 목에 건 고글이 건들거린다. 장갑을 낀 손은 땀으로 축축했다. 이곳 디젤에서, 짐과 나를 합친 무게는 아마 지구에서의 내 체중과 같을 것이다 — 당연히 나는 이 사실에 감사하고 있었다. 빨아들이는 숨은 뜨겁게 불타올랐고, 내쉬는 숨은 흰 수증기로 변했다. 천 걸음까지 센 다음 뒤를 돌아다보니, 비행기는 보이지 않았다. 천 걸음을 더 나아간 다음 다시 뒤를 돌아다보니 몇몇 별들이 스러져 가는 것이 보였다. 그로부터 한 시간쯤 지난 뒤에는 고글을 껴야 했다. 그러나 그 무렵에는 목적지를 볼 수 있었다. 그리고 그 무렵에는 바람도 강해지고 있었다.

그녀는 너무나도 거대했기 때문에, 한눈에 그 전체상을 파악하기란 불가능했다. 나는 고개를 젖힐 수 있을 때까지 젖히며 머리를 왼쪽에서 오른쪽으로 돌렸다. 그 정상이 어디 있든 간에, 너무나도 높아서 보이지 않았다. 한순간 내가 위를 올려다보고 있는 것이 아니라, 밑을 내려다보고 있는 것이 아닐까 하는, 광기에 가까운 고소 공포증적 감각에 사로잡혔다. 그리고, 높은 나뭇가지를 잡고 있던 손을 놓고 다른 가지로 손을 뻗치려다가, 그곳에는 아무것도 없다는 사실을 깨달은 유인원처럼, 발바닥과 손바닥이 따끔거리는 느낌을 받았다.

두 시간을 더 나아간 후 간단한 식사를 하기 위해 멈춰 섰다. 이것은 하이킹이지, 등반이 아니었다. 음식을 먹으면서 도대체 어떻게 해서 〈그레이 시스터〉와 같은 산이 생겨났는지에 관해 생각해 보았다. 이 장소에서 60마일 이내에는 높이가 10~12마일이나 되는 봉우리가 몇 개 있었고, 또 인접한 대륙에는 버크 봉이라 불리는 높이 15마일의 산이 존재했지만, 〈시스터〉와 같은 산은 어디에도 없었다. 중력이 작기 때문에? 아니면 특이한 물질로 구성되어 있다든지? 알 수 없었다. 독*Doc*이나 켈리나 말라르디가 그녀를 보고 뭐라고 할지 궁금했다.

그러나 나는 산을 설명하거나 하지는 않는다. 단지 오를 뿐이다.

다시 위를 올려다보니, 이번에는 산 표면을 스치듯이 떠 있는 구름이 몇 개 보였다. 내가 찍은 사진으로 판단하건대, 고도 10~12마일까지는 쉽게 오를 수 있을 듯했다. 거기까지는 커다란 언덕이라고나 할까. 등반 루트가 여러 개 존재한다는 것만은 확실했다. 사실, 누워서 떡먹기일 가능성조차 있었다. 이 사실에 고무된 나는 배낭에 식기를 챙겨 넣고 전진을 재개했다. 오늘은 좋은 날이 되리라는 예감이 있었다.

그리고 실제로 그렇게 되었다. 늦은 오후께에는 사면을 벗어나 산길이라고 해도 될 만한 길을 나아가고 있었다. 디젤의 낮 시간은 아홉 시간 정도였고, 나는 그동안 거의 쉬지 않고 길을 나아갔다. 너무나도 좋은 길이었기에, 해가 진 후에도 몇 시간 동안 더 전진했고, 상당한 높이까지 올라갔다. 그 무렵에는 호흡 장치를 쓰고 있었고, 등산복의 전열 장치도 켜 놓은 상태였다.

별들은 거대하고, 찬란하게 반짝이는 꽃이었고, 산을 오르는 일은 쉬웠고, 밤은 내 친구였다. 넓고 편평한 장소에 도달한 나는 오버행 밑에 텐트를 치고 야영했다.

그곳에서 나는 잤고, 아침 해를 받고 핑크빛으로 물든 알프스 같은 가슴을 가진 눈처럼 흰 여자들의 꿈을 꾸었다. 그들은 나를 보며 바람처럼 노래를 불렀고, 웃음을 터뜨렸다. 프리즘 같은 무지갯빛 눈을 가지고 있었다. 여자들은 구름의 들판을 가로질러 내게서 도망쳤다.

다음 날에는 한층 더 높이 올라갔다. 〈등산로〉는 점점 좁아지며 이따금 사라지곤 했지만, 하늘을 향해 오르기만 하면 되었고, 곧 길이 다시 나타났다. 지금까지는 좋은 바위땅뿐이었다. 고도가 높아지면서 점점 좁아졌지만, 균형을 잡는 일은 전혀 어렵지 않았다. 대부분의 경우, 그냥 꾸준히 걷기만 하면 되었던 것이다. 긴 지그재그 길을 주파한 다음, 폭넓은 침니[3]를 산타클로스가 내려가는 것과 거의 비슷할 정도의 속도로 재빨리 올라갔다. 바람이 셌고, 전진이 어려워질 경우에는 문제가 될 수도 있었다. 지금은 호흡 장치에 의존하고 있었고, 좋은 기분이었다.

이제는 까마득하게 먼 곳까지 내려다볼 수 있었다. 눈에 들어오는 것이라고는 산, 오직 산뿐이다. 사막의 모래 언덕처럼 끝없이 계속되는 산. 태양은 이들 봉우리의 정상 주위에 뜨거운 광륜(光輪)을 쏟아 붓고 있다. 동쪽에 보이는 에머릭 호는 장화 코처럼 검게 반짝이고 있었다. 돌출한 바위를 우회해 나가자 높이가 적어도 1천 피트는 되는, 거인의 층계 같은 바위가 나왔다. 나는 그것을 올라갔고, 그 정상에서 진짜 장애물이라고 할 수 있는 것과 처음으로 맞부딪혔다. 기복이 적고, 거의 수직에 가깝게 솟아 있는 높이 85피트의 암벽이었다.

이것을 우회할 방도는 없었으므로 나는 등반을 강행했다.

---

3 *chimney*. 세로로 갈라진 바위틈을 뜻하는 등산 용어. 암벽에 세로로 난, 몸을 넣고 기어오를 수 있는 정도의 틈새.

한 시간은 족히 걸렸고, 정상의 솟아오른 부분은 좀 더 올라가기 쉬운 암벽으로 이어지고 있었다. 그러나 그때 구름이 엄습해 왔다. 계속 올라가는 것은 힘들지 않았지만, 뿌연 안개 탓에 등반 속도가 느려졌다. 아직 해가 있을 때 구름 위로 올라가고 싶었기 때문에, 식사는 뒤로 미루기로 했다.

그러나 구름은 계속 몰려왔다. 1천 피트를 더 올라갔지만 나는 여전히 구름 속에 있었다. 어딘가 아래쪽에서 천둥소리가 들려왔다. 그러나 안개는 내 눈을 자극하지 않았기 때문에 전진을 계속하기로 했다.

이윽고 침니 하나를 시도했다. 그 꼭대기는 거의 보이지 않았지만, 왼쪽에 있는 들쭉날쭉한 초승달 모양의 바위보다는 더 짧아 보였기 때문이다. 이것은 잘못된 판단이었다.

구름의 습도는 내가 추측한 것보다 더 높았던 것 같다. 암벽은 미끄러웠다. 그러나 나는 이에 굴하지 않고 등반을 강행했고, 자꾸 미끄러지는 등산화와 땀으로 젖은 등과 악전고투하며 약 3분의 1을 올라갔다 ― 아니, 올라갔다고 생각하고 한숨을 돌렸다.

그제야 나는 내가 무슨 일을 저질렀는지를 깨달았다. 정상이라고 생각했던 곳은 정상이 아니었다. 나는 15피트를 더 올라갔지만, 곧 그 사실을 후회하고 있었다. 안개는 내 주위에서 소용돌이치기 시작했고, 나는 갑자기 온몸의 힘이 빠지는 것을 느꼈다. 내려가는 것이 두려웠고, 올라가는 것도 두려웠으며, 그렇다고 지금 내가 있는 곳에 한정 없이 머물러 있을 수도 없었다.

다른 사람에게서 한 치씩 올라갔다는 얘기를 듣더라도, 그런 모호한 표현이 어디 있느냐고 비난하지는 말아 달라. 의심스럽더라도 선의로 해석해 주고, 동정해 달라.

아무것도 볼 수 없는 상황에서, 길이를 가늠할 수도 없는 미끌미끌한 침니를 한 치씩 기어 올라갔다. 침니가 시작되는 곳으로 들어갔을 때, 내 머리가 원래 하얗게 세어 있지 않았더라면 어떤 일이 일어났을까. 마침내 나는 안개 위로 올라갔다. 마침내 나는 그 선명하고 심술궂은 하늘을 한 점 볼 수 있었다. 일단 그 일은 용서해 주기로 하고, 그것을 목표로 올라갔고, 성공했다.

침니에서 벗어나자 10피트 위쪽에 작은 바위 선반이 보였다. 그 위로 올라가 사지를 뻗었다. 근육이 조금 경련하고 있었기 때문에, 다시 유연해질 때까지 몸을 풀었다. 물을 한 모금 마시고, 초콜릿 바를 두 개 먹은 다음, 다시 물을 마셨다.

10분쯤 그러고 있다가 다시 일어섰다. 이제 지면은 보이지 않았다. 단지 부드럽고 친절한 폭풍우의 흰 솜사탕 같은 정상이 내려다보일 뿐이었다. 나는 위를 올려다보았다.

믿기 힘들었다. 아직도 그녀의 정상은 시야에 들어오지 않는다. 그리고 아까 같은 경우 — 이것은 나의 멍청한 자만심이 자초한 실수였다 — 두어 번을 제외하면, 지금까지는 거의 층계를 오르는 것만큼이나 쉬웠던 것이다.

그러나 이제 상당히 힘들어질 것처럼 보였다. 내가 정말로 시험해 보려고 온 것은 바로 이것이었다.

나는 피켈을 휘두르며 전진을 재개했다.

다음 날은, 불필요한 모험은 하지 않고 착실하게 올라가는 일에만 전념했다. 정기적으로 휴식을 취하며, 지도를 그리고, 광각 사진을 찍었다. 그날 오후에는 등반하기 쉬운 장소가 두 곳 있었기 때문에 단시간 내에 7천 피트를 올라갈 수 있었다. 에베레스트 산보다 더 높이 올라와 있었지만, 산길은 여전히 계속되고 있었다. 그러나 이제는 기어오르거나 로프를 써야 할 장소가 몇 군데 있었고, 어떤 곳에서는 몸을 도사린 다음 압축 공기를 발사하는 권총을 써서 발을 디딜 홈을 만들어야 했다. (노파심에서 말해 두겠는데, 침니 안에서는 물론 피스톨을 쓰지 않았다. 만약 그랬더라면 고막이 터지고, 갈비뼈와 팔이 나가는 것뿐만 아니라, 결국은 목을 부러뜨릴 것이 뻔했으므로.)

해가 지기 시작할 무렵, 한없이 위로, 위로 올라갈 수 있을 것 같은 높고 구불구불한 산길이 나왔다. 나는 좀 더 신중한 쪽의 나 자신과 논쟁을 벌였다. 일주일 안에 돌아가겠다는 메모를 남겨 두고 왔기 때문이다. 사흘째 날이 끝나 가고 있었다. 나는 가능한 한 높은 곳까지 올라갔다가, 닷새째 되는 날에 다시 내려올 작정이었다. 만약 지금 보이는 바위투성이 길을 따라 올라간다면 아마 고도 4만 피트를 돌파할 것이다. 그렇다면 상황에 따라서는 하산하기 전에 고도 10마일 지점에 도달할 가능성도 거지반 있다는 얘기가 된다. 그렇다면 위에서 나를 기다리고 있는 것이 무엇인지에 관해 훨씬 더 자세하게 파악할 수 있을 것이다.

신중한 쪽의 나는 3대 0으로 논쟁에서 패했고, 미치광이 잭은 전진을 계속했다.

별들은 너무나도 거대했고 휘황찬란했기 때문에 물어뜯기지 않을까 걱정이 됐을 정도였다. 바람은 전혀 문제가 되지 않았다. 이 높이에서 바람 따위는 불지 않았기 때문이다. 등산복의 온도 조절 스위치를 계속 올려야 했다. 만약 산소 호흡기 너머로 침을 뱉을 수 있다면, 그 침은 지면에 떨어지기 전에 얼어 버릴 것이라는 느낌을 받았다.

나는 실제 계획보다 훨씬 더 높이 올라갔고, 그날 밤에는 4만 2천 피트를 돌파했다.

나는 쉴 만한 장소를 찾아 몸을 뻗어 누웠고, 휴대용 무선 비컨을 껐다.

그날 밤 꾼 꿈은 기묘한 것이었다.

위쪽 사면에 우뚝 서 있던 것은 인간 모양 — 인간보다는 훨씬 컸지만 — 을 한 진홍색의 불길이었다. 터무니없는 위치에 서 있었기 때문에 나는 이것이 꿈이라는 사실을 알고 있었다. 그러나 내 생명의 반대쪽 어딘가에서 무엇인가가 꿈틀했고, 그 쓰디쓴 순간 나는 이것이 〈심판의 날〉의 천사라고 확신했다. 다만 그 오른손에 들려 있는 것은 나팔이 아니라 불로 된 검이었다. 그는 한정 없이 그곳에 선 채 내 가슴을 향해 그 검을 겨누고 있었다. 그 모습을 통해 별들을 볼 수 있었다. 곧 그것이 말을 한 듯했다.

그것은 말했다. 「돌아가라.」

그러나 나는 대답하지 못했다. 혀가 입천장에 달라붙어 있었기 때문이다. 그리고 그것은 또 같은 소리를 했다. 그리고 세 번째로 또 그렇게 말했다. 「돌아가라.」

「내일 그럴 거야.」 나는 꿈속에서 이렇게 생각했다. 그러자 그것은 만족한 듯했다. 불길이 스러지면서 사라졌기 때문이다. 칠흑 같은 어둠이 나를 감쌌다.

다음 날, 나는 몇 년 동안 그래 본 적이 없을 정도의 속도로 위로 올라갔다. 4만 8천 피트를 돌파했던 것이다. 아래 세상을 뒤덮고 있던 구름은 군데군데 구멍이 나 있었다. 그래서 다시 아래쪽에 무엇이 있는지 볼 수 있었다. 지면은 어둡고 밝은 지점들을 누덕누덕 기워 놓은 듯한 느낌. 머리 위의 별들은 그냥 그대로.

전진하기 어려워졌지만, 기분은 좋았다. 10마일 지점에 도달할 수 없으리라는 사실은 알고 있었다. 길은 앞으로도 계속 이런 상태일 것이고, 그 다음에는 한층 더 험준해질 것이 예상됐기 때문이다. 그러나 나의 사기는 떨어지지 않았고, 내가 위로 올라가는 것과 함께 계속 올라갔다.

그것의 공격은 너무나도 빠르고 광포했기 때문에, 나는 아슬아슬하게 피하는 것이 고작이었다.

꿈에서 들었던 목소리가 머릿속에서 울려 퍼졌다. 「돌아가라! 돌아가라! 돌아가라!」

그러자마자 하늘에서 그것이 나타나 나를 덮쳤다. 콘도르 크기의 새였다.

그러나 실제로는 새가 아니었다.

단지 새 모양을 했을 뿐이었다.

그것은 불길과 정전기 덩어리였고, 전광석화처럼 나를 덮쳤기 때문에, 바위를 등지고, 피켈을 든 오른손을 들어 올려 대비할 여유밖에 없었다.

3

나는 작고 어두운 방 안에 앉아 빙빙 돌고 있는 형형색색의 빛들을 바라보고 있었다. 초음파 탓에 두개골이 간질간질했다. 나는 긴장을 풀고 상대방에게 알파 뇌파를 보내 주려고 노력했다. 어딘가에서 수신기가 수신하고, 컴퓨터가 계산하고, 녹음기가 녹음하고 있었다.

20분쯤 시간이 지난 것 같다.

전부 끝난 뒤에 밖으로 나가자 의사는 나를 붙잡고 말을 하려고 했다. 그러나 내 쪽에서 미리 선수를 쳤다.

「테이프를 주십시오. 그리고 청구서는 호텔 주소로 보내 주시면 됩니다.」

「측정 결과에 관해 얘기하고 싶네만.」 그는 말했다.

「조금 있으면 뇌파 전문가가 옵니다. 그러니까 테이프만 주시면 됩니다.」

「최근 뭔가 정신적인 충격을 받은 일이 있나?」

「그건 제가 더 알고 싶군요. 그렇게 나왔습니까?」

「흐음, 그렇다고도, 안 그렇다고도 할 수 있네만.」 그는 말했다.

「실로 단도직입적인 대답이군요.」

「우선 자네의 경우 어떤 상태가 정상인지를 모르겠네.」 그는 대꾸했다.

「뇌에 손상을 입었다는 징후라도?」

「그래프를 보니 그런 것 같지는 않군. 우선 무슨 일이 일어났는지를 말해 주고, 또 왜 갑자기 뇌파에 관해 걱정하게 됐는지를 얘기해 준다면, 아마 좀 더 확실히 얘기해 줄 수 있을지도…….」

「됐습니다.」 나는 말했다. 「그냥 테이프하고 청구서만 주시면 됩니다.」

「난 환자로서의 자네를 걱정하고 있는 걸세.」

「하지만 뭔가 병적인 징후는 없다는 말씀이군요?」

「그런 징후는 없는 것 같아. 하지만 이 질문에는 대답해 주게. 혹시 최근에 간질 발작을 일으킨 적이 있나?」

「제가 아는 한 없습니다. 왜 그런 질문을?」

「어떤 종류의 간질 발작을 일으켰을 때, 며칠 후에도 흔히 볼 수 있는 잔여 부(副) 리듬을 닮은 패턴이 나타났기 때문이네.」

「어디 부딪쳐서 머리에 혹이 났을 경우에도 그런 패턴이 나타납니까?」

「그럴 가능성은 거의 없네.」

「그렇다면 다른 원인으로는 무엇을 생각할 수 있습니까?」

「전기 충격이라든지, 시신경을 자극받았다든지 —」

「잠깐.」 나는 이렇게 말하고 선글라스를 벗었다. 「지금 시신경에 대한 자극이라고 하셨죠. 제 눈을 보십시오.」

「난 안과의가 아니 ―」 이렇게 말하려던 그를 나는 가로막았다.

「보통 광선 대부분은 내 눈에는 너무 자극이 셉니다. 만약 내가 선글라스를 잃어버리고, 사나흘 동안이나 극히 밝은 빛에 노출되어 있었더라면, 아까 말하신 그런 증상이 생겨날 가능성이 있습니까?」

「그럴지도……」 그는 말꼬리를 흐렸다. 「응, 그렇다고도 할 수 있겠지.」

「하지만 그것 말고도 또 뭔가 있다는 얘깁니까?」

「확언할 수는 없네. 그러기 위해서는 더 검사를 해봐야 하고, 그 사건 막후에 어떤 일이 있었는지를 얘기해 준다면 상당히 큰 도움이 될 거야.」

「죄송합니다.」 나는 말했다. 「이제 테이프를 주시겠습니까.」

그는 한숨을 쉰 후, 뒤로 돌아서면서 왼손을 조금 저었다.

「알겠네, 미스터 스미스.」

산의 정령을 속으로 욕하면서 나는 종합 병원에서 나왔다. 테이프를 부적처럼 든 채로. 머릿속에서 기억의 숲을 지나오면서 나는 연기로 된 돌 속에 박힌 유령 장검을 찾고 있었다고 생각한다.

호텔로 돌아가자 그 작자들이 기다리고 있었다. 래닝과 기자들 말이다.

「어땠습니까?」 기자 하나가 물었다.

「어땠다니, 뭐가?」

「산 말입니다. 거기 올라갔다 오신 게 아닙니까?」

「노코멘트.」

「얼마나 높이 올라갔습니까?」

「노코멘트.」

「카슬라 산에 비하면 어땠습니까?」

「노코멘트.」

「뭔가 문제가 될 만한 일에 직면했습니까?」

「같은 대답밖엔 할 수 없군. 잠깐 실례. 샤워를 하러 가야 해서.」

헨리는 나를 따라 방까지 들어왔다. 기자들도 함께 들어오려고 했지만 물론 들여보내지 않았다.

수염을 깎고 몸을 씻은 다음, 칵테일을 만들고 담배에 불을 붙이자 래닝은 좀 더 일반적인 질문을 했다.

「어때?」 그는 물었다.

나는 고개를 끄덕였다.

「문제가 있어?」

나는 또 고개를 끄덕였다.

「극복할 수 없을 정도로?」

나는 테이프를 집어 들고 잠시 생각을 했다.

「아마 그렇지는 않을 거야.」

그는 위스키를 따랐다. 두 잔째를 마시며 그는 물었다.

「할 거야?」

그럴 것이라는 것을 나는 알고 있었다. 필요하다면 혼자서라도 그럴 것이라는 사실을 알고 있었다.

「아직 잘 모르겠어.」

「왜?」

「왜냐하면 저 산 위엔 뭔가가 있기 때문이야.」 나는 말했다. 「우리가 오르는 걸 원하지 않는 무엇인가가.」

「뭔가가 거기 살고 있다는 얘기야?」

「살고 있다는 게 맞는 말인지는 확실히 모르겠어.」

그는 잔을 입에서 뗐다.

「도대체 무슨 일이 있었던 거지?」

「협박을 당했어. 공격을 받았지.」

「협박이라고? 귀에 들리는 말로? 직접?」 그는 잔을 내려놓았다. 이 동작에서 그가 얼마나 심각해졌는지를 알 수 있었다. 「공격받았다고?」 그는 이렇게 덧붙였다. 「뭐한테서?」

「독하고 켈리하고 스탠하고 말라르디하고 빈센트를 불렀어. 조금 전에 확인을 해보았지. 모두 답장을 보내 왔어. 다들 오겠다는군. 미겔하고 더치맨은 유감스럽지만 올 수가 없다고 하더군. 다들 모이면 그 얘기를 할 작정이야. 하지만 난 우선 독하고 얘기해야 해. 그러니까 가만히 앉아 걱정이나 하고 있으라구. 내가 한 얘기는 발설하지 말고.」

그는 술을 모두 들이켰다.

「다들 언제쯤 도착하지?」

「4~5주는 걸릴 거야.」 나는 말했다.

「한참 기다려야 하는군.」

「지금 같은 상황에서는 별다른 대안이 없어.」

「그동안 우린 뭘 하고 지내지?」

「먹고 마시면서 산을 올려다봐야겠지.」

그는 한순간 눈을 내리깔았다가, 곧 고개를 끄덕이며 술잔에 손을 뻗쳤다.

「그럼 지금부터 시작할까?」

늦은 시간이었다. 나는 한 손에 술병을 들고 들판에 홀로 서 있었다. 래닝은 이미 들어가 자고 있었고, 밤의 굴뚝은 구름으로 된 검댕으로 시꺼멓게 변해 있었다. 하늘 어딘가에서 폭풍우가 맹위를 떨치고 있었고, 끊임없는 번개가 그 윤곽을 언뜻언뜻 드러냈다. 바람이 차가웠다.

「산이여.」 나는 말했다. 「산이여, 너는 내게 오지 말라고 했지.」

천둥이 우르릉거렸다.

「하지만 나는 그럴 수 없어.」 나는 이렇게 말하고 술을 한 모금 마셨다.

「나는 이 분야 최고의 전문가들을 데리고 갈 거야.」 나는 말했다. 「너의 사면을 타고 올라가서, 너의 가장 높은 봉우리들 위에서 별을 올려다보기 위해서 말이야. 내가 이런 일을 꼭 해야 하는 건 네가 거기 있기 때문이지. 다른 이유는 없어. 개인적인 이유는 전혀 없어…….」

잠시 후, 나는 다시 입을 열었다. 「그건 사실이 아냐.」

「난 남자야.」 나는 말했다. 「그리고 설령 내가 죽더라도, 내가 죽지 않는다는 점을 증명하기 위해 산들을 정복할 필요가 있어. 난 지금 내가 원하는 것보다 작아, 시스터. 그리고 넌 나를 더 크게 만들어 줄 수 있어. 그래서 아마 이건 개인적인 일이라고 할 수도 있겠지.

그건 내가 할 줄 아는 유일한 일이고, 너는 내게 남겨진 마지막 산이야 — 내가 전 생애에 걸쳐 습득한 기술을 시험해 볼 마지막 도전이지. 아마 죽을 운명에 있는 자는 자기 자신에 대한 도전을 받아들였을 때 불사(不死)의 존재에 가장 가까워지는 것인지도 모르겠군. 위협을 극복할 때 말이야. 승리의 순간은 바로 구제의 순간이기도 해. 내겐 그런 순간들이 많이 필요하고, 마지막 순간은 그중에서도 가장 긴 것이어야 해. 남은 인생을 그것 하나로 버텨야 하기 때문에.

그리고 넌 거기 있어, 시스터. 난 여기 서서 죽어야 할 운명을 곱씹어 보고 있고, 그런 내게 너는 오지 말라고 했어. 난 그럴 수 없어. 난 너한테 갈 거야. 설령 네가 나를 향해 죽음을 내던지더라도, 난 그것과 정면으로 맞설 거야. 그것밖에는 대안이 없어.」

나는 술병에 남아 있던 술을 전부 들이켰다.

번개가 몇 번 더 번득였고, 산 뒤쪽에서 천둥이 몇 번 더 울렸고, 번개가 또 번득였다.

「신성한 명정(酩酊)이라는 것은 바로 이런 것에 가까운 건지도 모르겠군.」 나는 천둥을 향해 말했다.

그러자 그녀는 나를 향해 윙크해 보였다. 그녀 위로 까마득하게 높은 곳에 걸려 있는 빨간 별. 천사의 검. 불사조의 날개. 불타는 영혼. 그리고 그것은 까마득하게 멀리 있는 나를 향해 휘황찬란하게 불타올랐다. 그러자 여러 세계 사이로 부는 바람이 나를 향해 불어왔다. 바람은 눈물과 눈의 결정으로 가득 차 있었다. 나는 그 자리에 우뚝 서서 그 숨결을 느꼈고, 〈가지 마〉라고 말했고, 암흑이 모든 것을 또다시 감쌀 때까지 그것을 바라보며, 울음을 터뜨리고 숨을 들이쉬기를 기다리는 태아처럼 젖은 채로 그곳에 서 있었다.

대다수의 어린애들은 자기 동무들에게 거짓말을 하는 법이고 ─ 원한다면 이걸 거짓 자서전이라고 불러도 좋다 ─ 이런 얘기는 보통 적절한 찬탄과 함께 받아들여지든지, 아니면 그것보다도 더 거창하고 복잡한 거짓말의 반격을 받는 법이다. 그러나 작은 지미는 ─ 내가 들은 바에 의하면 ─ 언제나 커다란 검은 눈으로 자신의 동무들을 빤히 바라보면서 이런 얘기들에 귀를 기울였고, 얘기가 끝나 갈 무렵에는 언제나 입가를 실룩거리기 시작했다고 한다. 그리고 얘기가 끝나면, 적갈색 머리를 한쪽으로 갸우뚱 기울인 자세로 주근깨투성이의 얼굴을 한껏 구기며 씩 웃곤 하는 것이다. 내가 아는 한 그가 가장 즐겨 쓰던 표현은 〈꽝!〉이었고, 그 탓인지는 몰라도 열두 살이 되기도 전에 코뼈가 두 번이나 부러졌다고 한다. 그가 책벌레가 된 것도 결국은 이 탓이었음에 틀림없다.

30년의 세월이 지나 네 개의 정식 학위를 받은 후, 그는 로지의 내 방에서 나와 마주보고 앉아 있었다. 내가 그를 독Doc이라고 부르는 것은 모두들 그러기 때문이기도 하지만, 그가 사람의 몸을 가르고 속을 들여다볼 수 있는 면허를 가지고 있고, 그들의 머릿속에 들어 있는 이른바 철학에 관해서도 치료할 수 있는 자격도 가지고 있기 때문이다. 또 그가 머리를 한쪽으로 갸우뚱한 채로 씩 웃으며 〈꽝!〉이라고 말할 때는 누가 보아도 〈독〉이라고 할 만한 얼굴을 하고 있기 때문이기도 하다.

나는 그의 코에 한 방 먹이고 싶은 욕구에 사로잡혔다.

「빌어먹을, 그건 사실이라니까!」 나는 그에게 말했다. 「난 불새와 싸웠어!」

「우리들 모두 카슬라에서는 환각을 경험했잖아.」 그는 손가락 하나를 올려 보이며 말했다. 「우선 피로 탓이었지.」 그는 둘째손가락을 올려 보였다. 「그리고 높은 고도 탓에 우리의 순환계가 영향을 받았고, 그 결과 뇌도 영향을 받았어.」 셋째 손가락. 「그리고 감정적으로 자극받은 탓도 있지.」 넷째. 「그리고 우리는 부분적으로 산소에 취해 있었어.」

「이제 더 올릴 손가락도 없어 보이는군. 부탁이니 반대쪽 손을 잠깐만 치워 줘. 우선 내 말을 잘 들어보라고.」 나는 말했다. 「놈은 나를 향해 날아왔고, 나는 놈을 향해 피켈을 휘둘렀어. 나는 기절했고, 넘어지면서 고글이 부서졌지. 정신을 차리고 보니 놈은 사라져 있었고 나는 바위 선반 위에 뻗어 있었어. 난 놈이 일종의 에너지 생물이라고 생각해. 자네도 내 뇌전도를 보았잖나. 정상이 아니었어. 아마 나와 접촉했을 때 내 신경계에 쇼크를 준 것 같아.」

「자네가 기절한 건 넘어지면서 머리를 바위에 부딪쳤기 때문이 —」

「내가 넘어진 건 바로 〈그놈〉 탓이라니까!」

「그 점에 관해서는 동의하지. 바위는 실제로 존재했으니까 말이야. 하지만 이 우주 어디를 가도 〈에너지 생물〉 따위를 발견한 사람은 없어.」

「그래? 천 년 전이라면 자넨 아메리카 대륙에 관해서도 아마 같은 얘기를 했겠지.」

「아마 그랬을지도 모르겠군. 하지만 그 신경과 의사는 자네의 뇌전도에 관해 만족할 만한 설명을 해줬어. 시신경이 충격을 받은 탓이라고. 왜 그런 간단한 일을 설명하기 위해 신기한 체험을 했다는 얘기를 만들어야 하나? 그럴 경우엔 보통 쉬운 설명 쪽이 맞는 경우가 많아. 자넨 환각을 보았고, 발을 헛디뎠던 거야.」

「알았어.」 나는 말했다. 「자네와 논쟁을 벌일 때는 대개 실탄을 준비할 필요가 있다는 걸 기억했어야 했어. 잠깐만 기다려.」

나는 옷장 쪽으로 가서 제일 높은 선반에서 그것을 꺼내 왔다. 나는 그것을 침대 위에 올려놓고, 감아 두었던 담요를 풀기 시작했다.

「아까 놈을 향해 피켈을 휘둘렀다고 했지.」 나는 말했다. 「흐음, 실은 목표를 때릴 수 있었다네. 기절하기 직전에 말이야. 자, 보라구!」

나는 내 피켈을 들어 보였다. 갈색, 노란색, 검정색으로 변색되고, 여기저기 곰보처럼 구멍이 나 있는 피켈을 — 마치 외우주(外宇宙)에서 떨어진 물체처럼 보였다.

그는 그것을 집어 들고 오랫동안 바라보고 있었다. 이윽고 그는 구전(球電) 현상에 관해 뭐라고 말하려 하다가 생각을 바꿨고, 고개를 설레설레 젓고는 그것을 다시 담요 위에 내려놓았다.

「모르겠군.」 마침내 그는 이렇게 말했다. 이번에는 주근깨 투성이의 얼굴도 구겨지지 않았다. 단지 양손 가장자리에 있는 주근깨들만 주름에 감춰졌을 뿐이었다. 양손을 천천히, 꽉 쥐었기 때문이다.

4

 우리는 계획을 세웠다. 지도를 그리고, 도표를 만들고, 사진을 연구했다. 우리는 등반 루트를 결정했고, 훈련 계획을 실행에 옮겼다.
 독과 스탠은 좋은 체형을 유지하고 있었지만, 카슬라 산 이후에 등반한 적은 없었다. 퀠리는 최상의 컨디션을 유지하고 있었다. 헨리는 살이 찌기 직전이었다. 말라르디와 빈스는 예나 지금이나 탁월한 인내력과 기술에 뒷받침된 환상적인 묘기를 보여 줄 수 있을 것이다. 작년에도 두어 번 등반했던 것이다. 그러나 최근에는, 그러니까 좀 호사스러운 생활에 익숙해져 있었기 때문에, 우선 훈련을 하고 싶어 했다. 그래서 우리는 적당한 높이의 쉬운 산을 하나 골라 열흘 동안 각자가 원래 컨디션을 찾을 기회를 만들었다. 그 이후의 준비 기간에는 비타민 섭취와 유연체조와 엄격한 식생활의 유지에 전념했다. 이 무렵 독은 가로 6인치 세로 4인치의 크기에 처녀 시집만큼이나 얇은, 반짝거리는 합금 상자를 일곱 개 만들었다. 우리들 각자가 지니고 갈 이 상자는 특정 주파수의 전파를 발사했고, 독 자신이 그 존재를 인정하려고 하지 않는 에너지 생물에 대한 자위 수단이었다.
 맑게 갠, 상쾌한 어느 날 아침, 우리의 준비는 끝났다. 기자들은 또다시 내게 호감을 보이기 시작했다. 우리의 씩씩한 집합 장면을 찍는 데 많은 필름이 소비된 다음, 우리는 몇 대의 비행기에 분승해서 그 처녀산의 기슭을 향해 출발했다. 이토록 오랫동안 유지되어 온 팀의 마지막 노력이 될 것이 틀림없는 산행을 통해, 작열하는 태양 아래에서 우리를 기다리고 있는 잿빛과 옅은 자주색의 산등성이에 오르기 위해.

우리는 산에 다가갔고, 나는 그녀의 무게가 얼마나 나갈까 하고 생각했다.

최초의 9마일까지는 이미 알고 있을 것이다. 그래서 그 부분은 생략하기로 하겠다. 이 고도에 도달하기 위해 우리는 엿새와 이레째 되는 날의 일부를 썼다. 특이한 일은 없었다. 단지 안개를 조금, 그리고 위험한 바람을 경험했을 뿐이었다. 그러나 일단 그 위로 올라가 버린 후에는 그런 사소한 일은 모두 잊었다.

스탠과 말라르디와 나는 그 새가 나타났던 장소에 서서, 독과 다른 친구들이 오기를 기다리고 있었다.

「지금까지는 피크닉이었어.」 말라르디가 말했다.

「응.」 스탠이 맞장구쳤다.

「새도 안 나타났고.」

「응.」 나는 동의했다.

「혹시 독의 의견이 옳았다고 생각하진 않나 ─ 자네가 환각을 경험했다는?」 말라르디가 물었다. 「나도 카슬라에서 허깨비를 본 기억이 있어……」

「내 기억으로는,」 스탠이 말했다. 「그건 님프들과 맥주로 이루어진 바다였어. 뜨거운 새 같은 걸 보고 싶은 작자가 어디 있나?」

「글쎄 모르겠군.」

「웃고 싶다면 웃게나, 이 하이에나 같은 작자들아.」 나는 말했다. 「하지만 그런 새가 떼거리로 몰려올 때도 그럴 수 있을지 의문이군.」

독이 올라와서 주위를 둘러보았다.

「여기야?」

나는 고개를 끄덕였다.

그는 주위의 자연 방사선 및 반 다스에 달하는 다른 계수들을 측정했지만, 문제점은 어디에서도 발견하지 못했다. 그는 끙 하는 소리를 낸 후 위를 쳐다보았다.

우리들 모두 위를 쳐다보았고, 곧 그곳으로 올라가기 시작했다.

이후 사흘 동안은 매우 힘이 들었다. 이 기간에는 겨우 5천 피트만 올라갔을 뿐이었다.

잠자리에 들었을 때는 모두들 녹초가 되어 있었다. 잠은 순식간에 찾아왔지만, 그랬던 것은 네메시스[4]도 마찬가지였다.

그는 또 그곳에 있었다. 단지 이번에는 예전처럼 가깝지는 않았다. 그는 20피트쯤 떨어진 공중에서 불타오르고 있었고, 그가 든 검의 끄트머리는 나를 향하고 있었다.

「돌아가라.」 그것은 아무런 억양도 없는 어조로 세 번 이렇게 말했다.

「지옥에나 떨어져.」 나는 이렇게 말하려고 했다.

그는 마치 내게 좀 더 다가오려는 듯한 기색을 보였지만, 그러지는 못했다.

「너나 돌아가.」 나는 말했다.

「산을 내려가라. 떠나라. 더 이상 올라오면 안 된다.」

「하지만 난 더 올라갈 작정이야. 꼭대기까지.」

「안 된다. 그럴 수는 없다.」

「거기서 우리가 그러는 걸 구경이나 하고 있으라고.」 나는 말했다.

「돌아가라.」

---

4 Nemesis. 그리스 신화에 나오는 복수의 여신.

「만약 거기 서서 교통정리를 하고 싶다면, 그건 네 마음이겠지.」 나는 대꾸했다. 「난 자러 가겠네.」

나는 침낭 쪽으로 기어가서 독의 어깨를 흔들었지만, 뒤를 돌아다보니 나의 불타는 방문자는 이미 떠나고 없었다.

「뭐야?」

「너무 늦었어.」 나는 말했다. 「아까 저기 있었는데 벌써 사라졌군.」

독은 일어났다.

「새 말인가?」

「아니. 검을 가진 작자였어.」

「어디 있었나?」

「저기 서 있었어.」 나는 손으로 그 방향을 가리켜 보였다.

독은 자신의 기계들을 꺼내 10여 분 동안 여러 가지 일을 하고 있었다.

「아무것도 안 나와.」 이윽고 그는 말했다. 「아마 꿈을 꿨던 건지도 모르겠군.」

「응, 그래.」 나는 말했다. 「잘 자.」 그런 다음 나는 다시 침낭 속으로 파고들었고, 이번에는 별다른 불이나 소동 없이 동이 틀 때까지 푹 잤다.

고도 6만 피트 지점에 도달하는 데는 나흘이 걸렸다. 바위 덩어리가 포탄처럼 이따금 우리 곁으로 굴러 떨어졌고, 하늘은 희끄무레한 꽃들이 몇 점 떠 있는 차갑고 거대한 연못이었다. 6만 3천 피트에 도달하자 전진하는 것이 훨씬 더 수월해졌다. 우리는 이틀하고 반나절 걸려서 7만 5천 피트 지점에 도달했다. 잠깐 들러서 나더러 돌아가라고 강요하는 불타는 존재 따위는 나타나지 않았다. 그러나 곧 예기치 못한 문제에 직면했다. 그렇지 않아도 다른 자연의 장애물 탓에 입에서 욕이 떠나지 않았던 터였다.

거대하고 편평한 바위 선반이 출현했던 것이다.

선반의 폭은 대략 4백 피트에 달했다. 그것을 가로질렀을 때, 우리는 선반이 산의 암벽이 아니라 거대한 도랑 같은 협곡으로 뚝 떨어져 있다는 사실을 깨달았다. 다시 올라가기 전에, 또다시 7백 피트쯤 하강할 필요가 생긴 것이다. 상황을 더 나쁘게 만든 것은, 협곡 바닥에서 다시 위로 이어지는 편평한 암벽이, 치명적일 정도로 길고, 거의 수직에 가까운 각도를 성공적으로 유지하고 있다는 사실이었다. 그 길이는 몇 마일에 달했다. 정상은 여전히 눈에 들어오지 않았다.

「이제 어디로 갈까?」 켈리가 내 곁으로 이동해 오며 물었다.

「내려가야 해.」 나는 결정을 내렸다. 「여기서 두 팀으로 갈라져서 말이야. 각각 저 큰 도랑 양쪽으로 내려가서, 어느 쪽 등반 루트가 더 괜찮은지 알아보는 거야. 그런 다음 되돌아와서 중간 지점에서 만나기로 하지.」

우리는 아래로 내려갔다. 독과 켈리와 나는 왼쪽으로, 나머지는 반대 방향으로.

한 시간 반 후, 우리는 막다른 길에 부딪쳤다. 우리는 어딘가의 가장자리 너머로 아무것도 없는 빈 공간을 바라보고 있었다. 이곳까지 오는 동안에, 적당한 등반 루트는 단 하나도 나타나지 않았다. 나는 엎드린 자세로 몸을 뻗쳐 절벽 너머로 머리와 양 어깨를 내밀었다. 켈리가 내 발목을 붙잡아 주었다. 나는 가능한 한 멀리까지 오른쪽과 위쪽을 살펴보았다. 굳이 시도해 볼 가치가 있는 루트는 어디에도 보이지 않았다.

「다른 팀이 우리보다 운이 좋기를 바라는 수밖에 없겠군.」 두 사람이 나를 끌어올려 준 뒤에 나는 말했다.

「만약 그쪽에서도 찾지 못한다면……?」 켈리가 물었다.

「기다려 보자구.」

결국 찾아냈다.

그러나 그것은 위험한 루트였다.

협곡에서 똑바로 위로 올라가는 좋은 길은 없었다. 산길은 높이 40피트의 벽으로 끝나고 있었고, 이 벽 위로 기어 올라가니 까마득하게 아래에 있는 지상이 훤하게 내려다보였다. 아까 내가 그랬던 것처럼 상반신을 앞으로 내밀고 좌측으로 2백 피트, 위로 80피트 되는 지점을 바라본 말라르디의 눈이 근접하기 힘든 거친 루트 하나를 찾아냈다. 그러나 길은 길이었고, 그 길은 서쪽 상방으로 올라가며 사라지고 있었다.

그날 밤은 협곡에서 야영했다. 아침이 되자 나는 바위 하나에 자일을 비끄러맨 다음 — 독이 그것이 얽히지 않도록 보아 주었다 — 공기 피스톨을 가지고 등반을 개시했다. 두 번 떨어졌지만, 점심때까지는 40피트쯤 되는 루트를 개척했다.

그런 다음 나는 멍이 든 부분을 문질렀고, 헨리가 나를 대신해서 올라가기 시작했다. 10피트쯤 올라간 후 그 뒤를 따르던 켈리는 사람 키의 두 배쯤 되는 거리에서 앵커링을 했고, 우리가 켈리를 지원했다.

그러고는 스탠이 피스톨로 바위 깨는 역할을 맡았고, 말라르디가 앵커링을 했다. 이제는 세 사람이 암벽에 달라붙어 있었고, 곧 이것은 네 사람으로 늘었다. 해가 질 무렵에는 1백 50피트에 달하는 길을 텄고, 모두가 흰 돌가루를 뒤집어쓰고 있었다. 목욕하고 싶은 마음이야 굴뚝같았지만, 초음파 세척기로 만족하는 수밖에 없었다.

다음 날 점심때에는 모두가 오르고 있었다. 각자의 몸을 로프로 연결한 채, 차가운 암벽에 달라붙어서, 천천히, 힘겹게, 천천히 움직였고, 아래쪽은 거의 내려다보지 않았다.

그날이 끝나 갈 무렵, 우리는 암벽을 종단했고, 뭔가를 붙잡고 등산화 밑에서 지면을 느낄 수 있는 — 조금밖에 되지 않았지만 — 곳에 도달했다. 그러나 완전한 대낮이 아닌 지금 등반을 재개할 수 있을 정도로 든든한 장소가 아니었기 때문에 우리는 다시 한번 협곡으로 내려갔다.

아침이 되었을 때 우리는 그곳을 종단했다.

길은 여전히 같은 방향으로 구부러져 있었다. 우리는 서쪽으로 올라가며, 거리로는 1마일, 높이로는 5백 피트를 주파했다. 1마일을 또 가서, 3백 피트쯤 올라갔다.

그러자 40피트 위쪽에 바위 선반이 하나 나타났다.

스탠이 가장 힘든 방법으로 — 총을 써서 — 올라갔고, 무엇이 보이는지를 확인했다.

그는 우리를 손짓해 불렀고, 우리는 그의 뒤를 따랐다. 눈 앞에 갑자기 나타난 광경은 멋진 것이었다.

우측 아래쪽에, 불규칙하지만 널찍한 모양을 한 우리들의 새로운 캠프가 모습을 드러냈다.

그 위로 계속되는 길은 아이스크림이었고, 위스키사워였고, 모닝 커피였고, 저녁 식사 후의 담배 한 대였다. 아름답고, 맛깔 나는 광경이었다. 우리 눈앞에 펼쳐진 것은 바위 선반과 돌출된 부분과 깨끗한 돌만으로 이루어진 70도의 사면이었다.

「끝내 주는군!」 켈리가 말했다.

우리들 모두 동감이었다.

우리는 먹고 마셨고, 그날 오후에는 타박상투성이의 몸을 좀 쉬게 해야겠다고 결심했다.

이제 우리는 황혼의 세계에 와 있었다. 일찍이 어떤 인간도 발을 디딘 적이 없는 처녀지를 걷고 있는 것이다. 황금처럼 찬란한 기분이었다. 아픈 몸을 쭉 뻗고 쉬는 것은 기분 좋은 일이다.

그날 나는 하루 종일 잤다. 깨어 보니 밤하늘은 불타는 잿

불로 가득 차 있었다. 몸을 움직이기에는 너무 나른했고, 다시 자기에는 눈에 보이는 광경이 너무나도 찬란했다. 별똥별 하나가 밤하늘을 가로지르며 파르스름한 꼬리를 불살랐다. 잠시 후 또 하나가 떨어졌다. 나는 나 자신의 위치에 관해 생각했고, 저것을 따라 정상으로 올라가는 일에는 그럴 만한 가치가 있다고 판단했다. 고지에 와 있다는 단단하고 차가운 기쁨이 내 마음을 가득 채웠다. 나는 발가락을 꼼지락거렸다.

몇 분 후에 기지개를 켜고 몸을 일으켜 앉았다. 동료들이 자고 있는 모습을 바라보면서, 시선이 닿는 데까지 밤의 어둠을 응시했다. 그러고는 산을 올려다보았고, 내일 올라갈 길을 위에서 아래로 천천히 훑어보았다.

그림자 속에서 움직이는 것이 있었다.

50피트쯤 떨어진 곳, 10피트 위쪽에 무엇인가가 서 있었다.

나는 피켈을 집어 들고 일어섰다.

50피트쯤 걸어가서 위를 올려다보았다.

그것은 불타오르는 대신 미소 짓고 있었다.

여자, 불가능했지만 여자였다.

절대로 불가능했다. 우선, 저렇게 미니스커트에 소매 없는 블라우스만 입고 있으면 순식간에 동사할 것이 뻔했다. 그 이외의 가능성은 존재하지 않았다. 그리고 호흡할 수 있는 공기가 거의 없었다. 아니, 전무하다고 하는 편이 옳을지도 모른다.

그러나 그녀는 그런 것들에 전혀 구애받고 있지 않는 것처럼 보였다. 길고 검은 머리가 보였지만, 그녀의 눈을 볼 수는 없었다. 창백하고 높은 뺨과, 넓은 이마와, 갸름한 턱의 선은, 왠지 사람을 동요하게 만드는 동시에 내 마음의 기하학을 이루는 모종의 단순한 정리(定理)들과 일치하고 있었다. 그 모든 각도와, 평면과, 곡선의 완벽함에 한순간 심장이 멎을 것 같은 느낌을 받았고, 곧 그것을 벌충하려는 듯이 고동이 빨라졌다.

나는 차분해지려고 했고, 그렇게 되었다고 느꼈고, 입을 열었다. 「여어.」

「안녕, 화이티.」 그녀가 대답했다.

「이리 내려와.」 나는 말했다.

「아뇨, 당신이 올라와요.」

나는 피켈을 휘둘렀다. 바위 선반에 도달하자 그녀는 그곳에 없었다. 나는 주위를 둘러보았고, 곧 그녀를 찾아냈다.

그녀는 12피트쯤 위에 있는 바위에 앉아 있었다.

「어떻게 내 이름을 알고 있지?」 나는 물었다.

「누가 봐도 알 수 있을 걸요.」

「그렇겠군.」 나는 수긍했다. 「당신 이름은 뭐지?」

「……」 그녀의 입술은 움직이는 것처럼 보였지만, 내 귀에는 아무 소리도 들리지 않았다.

「뭐라고?」

「이름 같은 건 필요 없어요.」 그녀는 말했다.

「알았어. 그럼 그냥 〈아가씨〉라고 부르기로 하지.」

그녀는 웃은 듯했다.

「여기서 뭘 하고 있는 거지?」 나는 물었다.

「당신을 보고 있어요.」

「왜?」

「떨어지는지 안 떨어지는지 보려고요.」

「이제 그럴 필요는 없어. 난 안 떨어질 거니까.」

「그럴지도 모르겠군요.」 그녀는 말했다.

「이리 내려와.」

「아뇨, 당신이 올라와요.」

나는 위로 올라갔지만, 그곳에 도달하자 그녀는 또 20피트 위쪽에 있었다.

「아가씨, 정말 잘 올라가는군.」 내가 이렇게 말하자 그녀는 웃었고, 등을 돌렸다.

　5분 동안 그녀를 쫓아갔지만 붙잡지 못했다. 그녀의 동작에는 어딘가 부자연스러운 데가 있었다.

　그녀가 다시 뒤를 돌아다보았을 때 나는 등반을 중지했다. 우리 사이는 여전히 20피트쯤 떨어져 있었다.

　「아무래도 내가 따라잡는 걸 원하고 있지 않는가 보군.」 나는 말했다.

　「천만에요. 하지만 우선 날 잡아 봐요.」 그러고는 그녀는 또다시 등을 돌렸고, 나는 마음속에서 어떤 분노가 끓어오르는 것을 느꼈다.

　〈미치광이 잭〉보다 더 빨리 산에 오르는 자는 존재하지 않는다는 것이 정설이다. 그리고 그 정설을 만든 사람은 나였다.

　나는 피켈을 휘두르며 도마뱀처럼 민첩하게 움직였다.

　두어 번 그녀에게 가까이 간 적이 있었지만, 따라잡을 수 있을 만큼 접근하지는 못했다.

　그날 아침에 느꼈던 근육통이 또다시 도지기 시작했지만, 나는 속도를 늦추는 일 없이 등반을 계속했다. 급기야 나는 캠프가 까마득하게 아래쪽에 있고, 어둠 속에서 홀로 낯선 사면을 올라가고 있다는 사실을 희미하게 자각했다. 그러나 나는 멈추지 않았다. 그러는 대신 한층 더 서둘러 움직였던 것이다. 숨 쉬는 일이 점점 폐에 부담이 되기 시작했다. 나는 그녀의 웃음소리를 들었고, 이것은 내 부아를 한층 더 돋우는 결과를 가져왔다. 곧 나는 폭 2인치의 바위 턱에 도달했다. 그녀는 그 턱을 따라 움직이고 있었다. 나는 그 뒤를 쫓았고, 턱이 끝나는 곳에서 커다랗게 튀어나온 바위 주위를 돌았다. 그러자 그녀는 90피트 위쪽에 있는 매끄러운 첨봉 꼭대기에 가 있었다. 끝으로 갈수록 뾰족해지는, 가지가 없는 나무를 연상케 하는 바위였다. 그녀가 어떻게 그곳으로 갔는지는 알 도리가 없었다. 그 무렵 나는 숨을 헐떡이고 있었지만, 로프로 고리를 만들어 그것에 두른 다음 올라가기 시작했다. 그러자 그녀가 입을 열었다.

「당신은 지치는 법이 없나요, 화이티? 난 지금쯤 당신이 지쳐 쓰러질 거라고 생각하고 있었어요.」

나는 로프를 위로 끌어올리며 더 위로 올라갔다.

「여기까지 올 수 없다는 걸 당신도 알잖아요.」

「글쎄, 두고 보면 알겠지.」 나는 이렇게 내뱉었다.

「왜 그렇게 이곳을 오르고 싶어 하는 거죠? 산이라면 다른 곳에도 괜찮은 것들이 얼마든지 있잖아요.」

「이 산이 제일 커, 아가씨. 바로 그게 이유야.」

「여길 오르는 건 불가능해요.」

「그럼 왜 이렇게 열심히 내가 오는 걸 막으려는 거지? 왜 그냥 산에게 그 일을 맡기지 않는 거야?」

내가 다가가자 그녀는 사라졌다. 나는 그녀가 서 있었던 정상까지 올라가서, 그대로 쓰러졌다.

그러자 또다시 그녀의 목소리가 들려왔고, 나는 그쪽으로 고개를 돌렸다. 그녀는 대략 80피트쯤 떨어진 바위 선반 위에 서 있었다.

「이렇게 멀리까지 올 수 있으리라고는 생각하지 못했어요.」 그녀는 말했다. 「당신은 멍청이예요. 잘 있어요, 화이티.」 그녀는 사라졌다.

나는 첨봉의 조그만 정상 — 대략 4제곱피트 정도의 넓이였다 — 에 앉아 있었고, 이곳에서 그냥 잠을 청할 수 없다는 사실을 알고 있었다. 그럴 경우 떨어질 것이 뻔했기 때문이다. 그리고 나는 지쳐 있었다.

나는 내가 가장 즐겨 쓰는 욕설을 가까스로 생각해 낸 후 전부 썼지만, 기분은 전혀 나아지지 않았다. 그렇다고 여기서 곯아떨어질 수는 없었다. 나는 아래를 내려다보았다. 갈 길이 멀다는 것은 알고 있었다. 내가 이렇게까지 멀리 오리라고는 생각하지 않았다는 그녀의 말에도 수긍이 갔다.

나는 하강을 개시했다.

다음 날 아침 동료들이 나를 흔들어 깨웠을 때도 피로는 가셔 있지 않았다. 그들에게 어젯밤 일어났던 얘기를 해주었지만 아무도 믿지 않았다. 그날 그들을 이끌고 가서, 튀어나온 바위를 우회한 다음 첨봉을 보여 준 후에야 그들은 비로소 내 말을 믿었다. 끝으로 갈수록 뾰족해지는, 마치 가지가 없는 나무를 연상케 하는 그 봉우리는 90피트 높이의 공중까지 우뚝 솟아 있었다.

5

그 후 이틀 동안 우리는 착실하게 위로 올라갔다. 1만 피트에 조금 모자라는 고도까지 도달했던 것이다. 그 다음에는 거대하고 편평한 암벽을 쪼고, 깨면서 하루를 보냈다. 6백 피트를 그렇게 올라갔다. 그러자 길은 오른쪽 위로 이어지고 있었다. 이윽고 우리는 산의 서쪽 측면을 올라가기 시작했다. 고도 9만 피트에 도달했을 때 우리는 멈춰 서서 카슬라 산 등정 기록을 깼다는 사실을 자축했고, 우리가 아직도 중간 지점에도 도달하지 못했다는 점을 되새겼다. 여기까지 오는 데는 이틀하고 반나절이 더 걸렸고, 그 무렵 대지는 우리들 밑에서 지도처럼 펼쳐져 있었다.

그리고 그날 밤, 우리들 모두가 검을 든 그 생물을 목격했다. 그는 우리 캠프 근처까지 와서, 머리 위로 검을 치켜들었다. 검은 끔찍할 정도로 눈부신 빛을 발했기 때문에 나는 서둘러 고글을 꼈다. 이번에 그 목소리는 천둥과 번개 그 자체였다.

「이 산에서 떠나라!」 그는 말했다. 「지금 당장! 돌아가라! 내려가라! 떠나라!」

그러자마자 머리 위에서 우리 주위로 돌멩이가 비처럼 후드득 떨어졌다. 독은 자신이 만든 얇고 반짝거리는 케이스를 던졌다. 그것은 그 생물이 있는 곳을 향해 지면 위를 스치듯 날아갔다.

빛이 사라졌고, 우리들만 그 자리에 남아 있었다.

독은 상자를 회수해서 여러 테스트를 해보았지만, 예전과 다름없는 결과를 얻었을 뿐이었다 — 바꿔 말하자면, 아무런 결과도 얻지 못했다는 뜻이다. 그러나 이제 적어도 내가 머리가 약간 돌았다고는 생각하지 않았다. 물론 우리들 모두 돌아 버렸다면 얘기는 달라지지만 말이다.

「별로 효과적인 수호신은 아니군.」 헨리가 말했다.

「아직 우리가 갈 길은 멀어.」 빈스가 아까 그 생물이 있던 공간을 향해 돌멩이 하나를 휙 던지며 말했다. 「아까 그것이 산사태를 일으킨다면 문제야.」

「기껏해야 돌멩이 몇 개가 떨어졌을 뿐이잖아.」 스탠이 말했다.

「그랬지. 하지만 5만 피트 위에서 그걸 일으킬 생각을 한다면 어떨 거라고 생각해?」

「입 닥쳐!」 켈리가 말했다. 「그런 걸 이쪽에서 일부러 가르쳐 주면 어쩌나. 듣고 있을지도 몰라.」

어떤 이유에선가 우리는 서로에게 좀 더 바싹 붙어 섰다. 독은 우리들 각자가 무엇을 보았는지 설명하도록 했다. 아무래도 모두 같은 것을 본 것 같았다.

「좋아.」 얘기가 모두 끝난 후 나는 말했다. 「이제 모두가 그걸 보았으니, 돌아가고 싶은 사람은 누구지?」

침묵이 흘렀다.

심장이 대여섯 번쯤 고동친 후 헨리가 입을 열었다. 「난 등반 기록 자체를 원해. 좋은 뉴스거리가 될 것 같으니까. 그걸 얻기 위해서라면 그 에너지 생물의 분노를 기꺼이 감수할 용의가 있어.」

「그게 뭔지 난 모르겠군.」 켈리가 말했다. 「아마 그건 에너지 생물이 아닌지도 몰라. 아마 뭔가 다른 ― 초자연적인 ― 건지도 모르겠군. 뭐라고 해야 할지는 나도 모르겠어, 독. 난 그냥 내가 받은 인상을 말하고 있을 뿐이니까. 만약 초자연적인 것들이 정말로 존재한다면, 이곳이야말로 그러기에는 안성맞춤인 장소라는 느낌이 들기도 해. 내가 말하고 싶은 건 ― 그게 무엇이든 간에 난 상관하지 않는다는 거야. 난 이 산을 정복해야 해. 만약 산이 우리를 저지하고 싶었다면, 오래전에 이미 그랬을 거라고 생각해. 아니, 내 생각이 틀린 건지도 모르겠군. 그럴 수 있는 건지도 몰라. 아마 더 높은 곳에서 함정을 파고 우릴 기다리고 있을지도 모르니까 말이야. 하지만 난 이 산을 정복하고 싶어. 지금 내겐 그 무엇보다도 더 중요한 일이야. 만약 여기서 올라가는 걸 포기한다면, 그 이후엔 줄곧 그 일에 관해 고민하면서 살아가겠지 ― 결국, 더 이상 그런 생각을 견딜 수 없게 되면, 언젠가 이곳으로 돌아와서 다시 등반을 시도하려고 할지도 몰라. 단지 그때가 되면, 자네들 모두와 함께 그럴 수 없을 가능성도 많아. 인정하자구. 우리가 멋진 팀이라는 걸 말이야. 아마 이 분야에서는 최고라고 할 수 있을지도 몰라. 아마. 이 시도를 성공시킬 팀이 있다면, 그건 바로 우리라고 생각해.」

「나도 켈리 말에 찬성이야.」 스탠이 말했다.

「아까 자네가 한 말인데 말이야, 켈리.」 말라르디가 말했다. 「그게 초자연적일지도 모른다는 얘기 말이야 — 기묘하군. 왜냐하면 나도 그걸 보고 있었을 때 같은 느낌을 받았기 때문이야. 마치 『신곡』의 한 구절을 생각나게 하더군. 연옥은 산이었다는 걸 기억하나. 그리고 그때 난 에덴동산으로 가는 동쪽 길을 지키고 있는 천사 생각을 했어. 단테는 에덴을 연옥 꼭대기로 옮겨 놓았었지 — 그리고 그곳을 천사가 지키고 있는 거야……. 어쨌든 간에, 난 내가 여기 왔다는 사실로 인해, 나도 모르는 사이에 어떤 죄를 범하고 있는 건지도 모른다는 느낌을 받았어. 하지만 지금 와서 곰곰이 생각해 보니, 사람은 자신이 모르는 죄를 저지를 수는 없는 법이지. 안 그런가? 그리고 그 작자는 천국의 주민증 같은 걸 제시하거나 하지는 않았어. 그러니까 난 산의 정상에 무엇이 있는지 보러 갈 용의가 있네. 그 작자가 언약이 새겨진 돌판을 가지고 되돌아오고, 돌판 제일 아래쪽에 새로운 율법이 새겨져 있지 않는 한 말이야.」

「히브리어로, 아니면 이탈리아어로?」 독이 물었다.

「자넬 만족시키기 위해서는, 아마 방정식의 형태로 씌어져야 하는 게 아닐까.」

「아니.」 독은 말했다. 「농담은 접어 두고라도, 그걸 보고 들었을 때 나도 뭔가 이상하다는 느낌을 받았어. 게다가 우린 그걸 정말로 귀로 들은 게 아니었어. 오감을 건너뛰어서, 그 메시지를 직접 우리 뇌로 전달했던 거야. 어떤 경험을 했는지에 관해 각자가 했던 설명을 반추해 보면, 우리는 그 돌아가라는 얘기를 각자 조금씩 다른 단어를 통해 〈들었던〉 거야. 만약 그것이 심리 통역 장치와 같을 정도로 의미를 잘 전달할 수 있다면, 감정 또한 전달할 수 있는 게 아닌가 하는 생각이 드는군……. 자네도 그게 천사라는 생각을 하지 않았던가, 화이티?」

「응.」 나는 말했다.

「그럼 거의 모두가 같은 인상을 받았다는 얘기군, 안 그래?」

그러자마자 우리는 일제히 고개를 돌려 빈스를 보았다. 왜냐하면 세일런에서 불교 신자로서 자라난 그는 기독교적 배경을 전혀 가지고 있지 않았기 때문이다.

「그 존재에 대해 자넨 어떤 감정을 느꼈지?」 독이 그에게 물었다.

「그건 데바[5]였어.」 그는 말했다. 「아마 일종의 천사라고 할 수도 있겠지. 난 이 산에서 한 걸음 한 걸음 걸을 때마다 일생 동안에도 다 쌓을 수 없을 정도의 악업을 쌓고 있다는 느낌을 받았어. 단지 어렸을 때부터 그런 걸 믿고 있지 않았지만 말이야. 난 위로 올라가고 싶어. 설령 내 예감이 들어맞는다고 해도, 이 산의 정상을 두 눈으로 보고 싶으니까.」

「나도 동감일세.」 독이 말했다.

「그렇다면 만장일치로군.」 나는 말했다.

「흐음, 각자가 천사 대응책을 몸에서 떼놓지 말자구.」 스탠이 말했다. 「그리고 이제 자면 어떨까.」

「좋은 생각이야.」

「단지, 서로 조금씩 떨어져 있는 게 좋을 것 같군.」 독이 말했다. 「그러면 위에서 뭐가 떨어져도 전멸하는 일은 피할 수 있으니까.」

우리는 실로 마음이 든든해지는 이 일을 실행에 옮겼고, 그날 밤은 하늘로부터 아무런 방해도 받지 않고 잤다.

길은 계속 오른쪽으로 구부러졌다. 이윽고 남쪽 사면을 오르던 우리는 고도 14만 4천 피트 지점에 도달했다. 길이 갑자

---

5 Deva. 제파(提婆). 힌두교와 불교의 천신(天神).

기 방향을 틀었고, 15만 피트 지점에서 우리는 또다시 서쪽 사면을 오르고 있었다.

그리고 지독하게 위험하고 험난한 암벽을 오르고 있었을 때, 또 그 새의 습격을 받았다. 매끄럽고, 중간 부분이 움푹하게 들어가 있는 돌출된 장소였고, 오버행으로 이어지고 있었다.

만약 우리 모두가 로프로 서로의 몸을 연결하고 있지 않았더라면 스탠은 죽었을 것이다. 실은 우리들 모두 죽을 뻔했다.

보라색 하늘을 배경으로 느닷없이 새의 날개가 불을 뿌렸을 때, 스탠은 선두에 있었다. 마치 누군가가 오버행 너머로 모닥불을 걷어찬 듯한 느낌이었다. 새는 그 위를 넘어 스탠에게 곧장 날아왔고, 12피트쯤 떨어진 공간에서 스러졌다. 그때 그는 떨어졌고, 우리들 모두를 함께 떨어뜨릴 뻔했다.

우리는 몸에 힘을 주고 충격을 견뎌 냈다.

그는 조금 타박상을 입기는 했어도, 어디 부러진 곳은 없었다. 그래서 우리는 오버행 위로 올라갔지만, 그날은 더 이상 전진하지는 않았다.

머리 위에서 바위가 떨어지기는 했지만, 우리는 다른 오버행을 하나 찾아내 그 밑에서 야영했다.

그날 새는 돌아오지 않았지만, 그 대신 뱀들이 왔다.

진홍색으로 반짝거리는 거대한 뱀들이 바위 위에서 똬리를 튼 채, 얼음과 잿빛 암석으로 이루어진 험준한 지면 위를 들락날락했던 것이다. 그 구불구불한 긴 동체를 따라 불꽃이 흘러내렸다. 뱀들은 똬리를 틀다가 다시 풀었고, 몸을 뻗친 다음 우리를 향해 불을 토해 냈다. 마치 지금 피난해 있는 장소에서 우리를 쫓아내서, 바위가 떨어지는 장소로 몰아내려고 하는 것 같았다.

독은 가장 가까운 곳에 있던 뱀을 향해 나아갔고, 뱀은 그의 전자기 방사 장치의 유효 범위에 들어오자마자 소멸했다.

그는 뱀이 있던 장소를 조사해 보다가, 서둘러 되돌아왔다.

「호박 위에는 아직도 서리가 끼어 있어.」

「뭐라고?」 내가 되물었다.

「놈이 있던 자리 밑에 있던 얼음이 전혀 안 녹아 있었다는 뜻이야.」

「그렇다면?」

「환영이라는 얘기지.」 빈스가 이렇게 말하고는, 다른 뱀을 향해 돌을 던지자 돌은 그것을 뚫고 지나갔다.

「하지만 자넨 내 피켈이 어떻게 됐는지 봤잖아.」 나는 독에게 말했다. 「내가 그 새를 향해 그걸 휘두른 다음에 말이야. 그것은 일종의 전하(電荷)를 띠고 있었음이 틀림없어.」

「아마 그것들을 우리에게 보낸 것들은 에너지의 낭비라고 생각하고 그 부분을 생략한 건지도 몰라.」 그는 대꾸했다. 「어차피 뭐를 보내든 우리한테 영향을 끼치지 못하니까 말이야.」

우리는 그곳에 그냥 앉아서 뱀들과 떨어지는 바위들을 바라보고 있었다. 스탠은 카드를 한 벌 꺼내 좀 더 재미있는 게임을 하면 어떻겠느냐고 제안했다.

뱀들은 그날 밤 내내 그곳을 지키고 있었으며, 다음 날에도 우리 뒤를 쫓아왔다. 바위 덩어리는 여전히 가끔 떨어졌지만, 뱀들의 보스가 쓸 수 있는 바위 수가 점점 줄어들고 있는 것 같았다. 새가 나타나 머리 위에서 빙빙 돌다가 네 번에 걸쳐 우리를 엄습했다. 그러나 이번에 우리는 그것을 무시했다. 마침내 새는 자기 둥우리로 되돌아갔다.

우리는 3천 피트를 올라갔고, 그 이상 올라갈 수도 있었지만, 일행 모두가 들어갈 수 있는 동굴이 딸린 작고 아늑한 바위 선반을 그냥 지나치고 싶지 않았다. 그 무렵 모든 것들이 우리들에게 간섭하는 일을 중지했다. 적어도 눈에 보이는 것들은 모두.

그러자 폭풍 전의 고요와도 같은, 조용하고 전기적인 긴장이 우리들 주위에서 발생한 듯한 느낌을 받았고, 우리는 이제 일어나려고 하는 일이 벌어지기를 기다렸다.

생각할 수 있는 한 최악의 일이 일어났다 — 즉, 아무 일도 일어나지 않았던 것이다.

이 긴장감, 무엇인가가 일어날 것 같다는 이 느낌은 우리들에게서 떨어지지 않았고, 충족되지도 못했다. 만약 어딘가에서 눈에 보이지 않는 오케스트라가 바그너를 연주하기 시작했더라면 우리는 차라리 안도했을지도 모른다. 혹은 하늘이 커튼처럼 열리면서 그 사이에서 영화관의 스크린이 나타나고, 그곳에 거꾸로 떠오른 글자를 보고 우리가 관객석 반대편에 있다는 사실을 깨닫는다든지, 혹은 고공(高空)을 나는 용이 저공으로 나는 기상 위성을 먹는 광경을 본다든지······.

실제로 무엇인가가 곧 닥쳐올 듯하다는 느낌만을 줄곧 가졌을 뿐이었고, 그 탓에 나는 잠을 이루지 못했다.

밤이 되자 또다시 그녀가 왔다. 첨봉에 서 있던 그녀가.

그녀는 동굴 입구에 서 있었고, 내가 그쪽으로 다가가자 뒤로 물러났다.

나는 동굴 바로 안쪽에 멈춰 섰다. 그녀가 아까 서 있던 자리였다.

그녀가 말했다. 「안녕, 화이티.」

「아니, 난 또다시 당신 뒤를 따라갈 생각은 없어.」 나는 말했다.

「그렇게 해달라고 부탁한 적도 없어요.」

「아가씨 같은 사람이 도대체 이런 장소에서 뭘 하고 있는 거지?」

「관찰하고 있어요.」 그녀가 말했다.

「난 내가 아래로 떨어지지 않을 거라고 했는데.」
「당신 친구는 거의 그럴 뻔했어요.」
「실제로 그런 것과 〈거의〉는 천지 차이야.」
「당신이 리더군요. 그렇죠?」
「그래.」
「만약 당신이 죽는다면 다른 사람들은 되돌아갈까요?」
「아니.」 나는 말했다. 「나 없이도 계속 올라갈걸.」
나는 그 순간 카메라의 셔터를 눌렀다.
「지금 뭐했죠?」 그녀가 물었다.
「당신 사진을 찍었지 — 당신이 정말로 거기 있다면 말이지만.」
「왜?」
「당신이 간 뒤에도 볼 수 있도록. 난 예쁜 걸 보고 있기를 좋아하거든.」
「……」 그녀는 뭐라고 말한 것 같았다.
「뭐라고?」
「아무것도 아니에요.」
「뭐가?」
「……죽어 가고 있어요.」
「부탁이니 좀 크게 얘기해 줘.」
「그녀는 죽어 가고 있어요……」 그녀가 말했다.
「왜? 어떻게?」
「……산에서.」
「무슨 말인지 모르겠군.」
「……나도.」
「뭐가 문제지?」
내가 한 걸음 나아가자, 그녀도 한 걸음 뒤로 물러났다.
「내 뒤를 쫓아올래요?」 그녀가 물었다.

「싫어.」
「돌아가세요.」 그녀가 말했다.
「그 레코드판 뒤쪽에는 뭐가 녹음되어 있지?」
「계속 위로 올라갈 생각인가요?」
「응.」
그러자 그녀는 느닷없이, 〈좋아요!〉 하고 말했다. 「난 ─」 그녀의 목소리가 다시 끊겼다.
「돌아가세요.」 이윽고 그녀는 무감동한 목소리로 말했다.
「미안해.」
그리고 그녀는 사라졌다.

6

길은 또다시 왼쪽으로 천천히 틀어지기 시작했다. 우리는 기어올라 갔고, 엎드린 채로 올라갔고, 돌에 구멍을 뚫으며 올라갔다. 뱀들은 멀리서 쉭쉭거렸다. 이제 그들은 하루 종일 우리 곁을 떠나지 않았다. 새는 결정적인 순간에 다시 나타나 우리를 떨어뜨리려고 했다. 미친 듯이 흥분한 황소가 돌출한 바위 위에 서서 우리를 향해 울부짖었다. 유령 궁수들이 불로 된 화살을 쏘았고, 화살은 언제나 닿기 직전에 사라졌다. 불타는 눈보라가 몰아쳐 왔고, 우리를 감쌌고, 사라졌다. 우리는 또다시 북쪽 사면으로 와 있었고, 16만 피트 지점을 넘었을 무렵에는 여전히 서쪽을 향해 움직이고 있었다. 하늘은 깊고 푸른색이었으며, 별이 언제나 반짝이고 있었다. 왜 산은 우리를 증오하는 것일까? 나는 생각에 잠겼다. 우리의 어떤 부분이 그런 증오를 불러일으키는 것일까? 벌써 열 몇 번째였지만, 나는 그녀의 사진을 꺼내 보고, 그녀의 정체는 무엇일까

하고 생각했다. 그녀는 우리들의 마음속에서 선택된 후 젊은 여자의 모습으로 빚어진 존재일까? 우리를 유혹해서, 사이렌처럼, 하피처럼, 마지막 추락의 장소까지 우리를 유인하기 위해? 땅에 떨어지려면 실로 긴 시간이 걸릴 것이다……

나는 내 인생을 되돌아보았다. 인간은 왜 산에 오르는 것일까? 편평한 대지가 두렵기 때문에 높은 곳으로 이끌리는 것일까? 인간 사회에 도저히 적응하지 못한 나머지 그곳으로부터 도망치고, 그들보다 더 높은 곳으로 올라갈 것을 시도하는 것일까? 갈 길은 멀고 험하지만, 만약 성공한다면 세상은 어떤 식으로든 그에게 화환을 씌워 줘야 한다. 설령 그가 추락한다고 해도, 일종의 영광이라는 점에는 변함이 없다. 까마득하게 높은 곳에서 실족해서, 섬뜩한 파멸과 소진의 구렁텅이로 떨어진다는 것은 패자에게는 걸맞은 클라이맥스이다 — 이것 또한 산과 마음을 진감하게 하고, 그 밑에 존재하는 사념 따위를 휘저어 놓으며, 패배와 차가움 속의 승리를 상징하는 시든 화환이기 때문에. 너무나도 차가운 탓에, 그 마지막 행위는, 그 동작은, 어딘가에서 영원히 얼어붙은 채, 조상(彫像)처럼 미동도 않고 궁극적 의도와 목적을 기념하고 있는 것이다. 우리가 그 존재를 두려워하고 있는, 우주적인 악의의 개입에 의해서만 좌절되는 의도와 목적을. 모종의 필수적인 미덕을 결여하고 있으면서도 큰 뜻을 품은 성자나 영웅에게도, 언제나 순교자가 될 수 있는 길이 남아 있다. 왜냐하면 사람들이 최후의 순간까지도 정말로 기억하는 것은 최후이기 때문에. 다른 모든 산들에 올랐던 것처럼, 카슬라에 올라야 한다는 사실을 나는 알고 있었고, 그 대가가 무엇이 될지도 알고 있었다. 그것 때문에 나는 하나뿐인 가정을 잃었다. 그러나 카슬라는 그곳에 있었고, 내 등산화는 신어 달라고 호소했던 것이다. 내가 그렇게 했을 때, 그녀의 정상 어딘가에 발을 디뎠을 때, 내 밑에서 하나의 세계가 종말을 맞이하고 있다는 사실을 알고 있었다. 승리의 순간이 바로 앞으로 다가와 있다면, 하나의 세계 따위에 무슨 의미가 있단 말인가? 그리고 진실과, 미(美)와, 선(善)이 하나라면, 왜 이들 삼자 사이에서는 언제나 이런 알력이 존재한단 말인가?

유령 궁수들이 나를 향해 활을 쏘았고, 반짝이는 새가 나를 엄습했다. 나는 이를 악물었고, 나의 등산화는 발밑의 바위에 상흔을 남겼다.

우리는 정상을 보았다.

17만 6천 피트 부근에서, 좁은 바위 선반을 통과하면서, 바위를 짤깍짤깍 때리며, 피켈로 길을 찾아보고 있었을 때, 우리들은 빈스가 〈저걸 봐!〉 하는 소리를 들었다.

우리는 보았다.

훨씬, 훨씬 위쪽에, 새파랗게 얼어붙은 날카로운 죽음처럼, 하늘을 베는 로키[6]의 단검처럼 예리한, 그것은 우리들의 머리 위에서 전기처럼 진동했고, 얼어붙은 번개 조각처럼 하늘에 걸린 채, 영혼의 중심 — 우리의 욕망 — 을 향해 깊고, 날카롭게 파 들어오며, 일그러지다가, 우리를 낚아서, 그 미늘처럼 우리를 불태우는 낚싯바늘이 되었다.

빈스는 고개를 들어 처음으로 정상을 본 동료였고, 가장 먼저 죽은 동료였다. 그 일은 너무나도 빨리 일어났고, 그것을 야기한 것은 예의 공포들 중 그 어느 것도 아니었다.

그는 미끄러졌던 것이다.

단지 그뿐이었다. 어려운 등반을 하던 중이었다. 아까까지만 해도 내 뒤에 있었다가, 다음 순간에는 사라져 있었다. 회수할 수 있는 사체조차 없었다. 떨어지는 데는 오랜 시간이

6 Loki. 북유럽 신화에 등장하는 재난의 신.

걸렸을 것이다. 정적에 가득 찬 푸름이 그의 주위를 에워싸고 있었고, 거대한 잿빛 대지가 그 아래에 있었다. 이제 여섯 명 남았다. 우리는 몸을 떨었다. 아마 우리들 모두 각자의 방법으로 기도를 했을 것 같다.

— 고인이 된 빈스여, 원컨대 선한 데바가 자네를 광휘의 길로 이끌어 주기를. 피안에서 자네를 기다리고 있는 것이 무엇이든 간에, 자네가 가장 원했던 것을 그곳에서 찾을 수 있기를. 만약 그런 것이 존재한다면, 이런 말을 되뇌는 자들을 기억하라, 오 하늘의 강대한 침입자여…….

그날은 모두들 거의 말이 없었다.

불타는 검을 지닌 자가 와서, 밤새도록 우리 캠프 위쪽에 서 있었다. 아무 말도 하지 않고.

아침이 되자 스탠이 사라져 있었고, 내 배낭 밑에 메모가 한 장 놓여 있었다.

도망쳤다고 해서 나를 미워하진 말아 줘. — 메모는 이렇게 시작되고 있었다. — 하지만 나는 그것이 진짜 천사였다고 생각하네. 난 이 산이 두려워. 나는 어느 바위 덩어리든 오르는 것을 두려워하지 않지만, 하늘을 상대로 싸울 생각은 없네. 내려가는 것은 올라가는 것보다 쉬우니까, 내 걱정은 하지 말아 줘. 행운을 비네. 이해해 줘.

S

그래서 이제는 다섯 명 — 독과 켈리와 헨리와 말라르디와 나 — 만 남았고, 그날 우리는 고도 18만 피트 지점에 도달했고, 강한 고독감을 느꼈다.

그날 밤 그 여자가 와서 내게 말을 걸었다. 검은 하늘을 배경으로 검은 머리카락을 휘날리며, 파란 불꽃 같은 눈으로 나를 보며, 얼음 기둥 옆에 서 있었다. 그러고는 이렇게 말했다.

「두 사람이 없어졌군요.」

「다른 사람들은 남아 있어.」 나는 대꾸했다.

「그것도 오래가지는 않겠죠.」

「우린 정상으로 올라간 다음에 여길 떠날 거야.」 나는 말했다. 「그런다고 해서 당신한테 무슨 해가 된다는 거지? 왜 우리를 미워하는 거지?」

「미워하지는 않아요.」

「그럼 뭐지?」

「난 지키고 있어요.」

「뭐라고? 뭘 지키고 있다는 얘기야?」

「죽어 가고 있는 사람을. 그녀가 살아남을 수 있도록.」

「뭐라고? 누가 죽어 가고 있다는 얘기지? 어떻게?」

그러나 그녀의 대답은 어딘가로 흘러가 버렸고, 내 귀에는 들려오지 않았다. 그러고는 그녀도 사라졌고, 그 다음에는 동이 틀 때까지 자는 것밖에 달리 할 일이 없었다.

18만 2천 피트, 18만 3천 피트, 18만 4천 피트, 그리고 18만 5천 피트. 다음 날 밤에는 다시 18만 4천 피트로 후퇴.

생물들은 이제 우리들 주위에서 앵앵거렸고, 발밑의 대지는 맥박 쳤으며, 우리가 오르는 동안 산은 이따금 흔들리는 것처럼 보였다.

우리는 18만 6천 피트 지점까지 길을 깎아 냈고, 이후 사흘 동안은 1천 피트를 더 올라가기 위해 고투했다. 손에 닿는 것들 모두가 차갑고, 매끄러웠고, 미끄러웠으며, 반짝거렸으며, 푸르스름한 광채를 띠고 있었다.

19만 피트에 도달했을 때, 헨리는 뒤를 돌아다보고 몸을 떨었다.

「난 정상에 오르지 못할 거라는 걱정은 더 이상 안 해.」 그는 말했다. 「하지만 지금 걱정하고 있는 건 돌아가는 길이야. 저기 아래쪽의 작은 구름들을 보라구. 마치 솜 조각 같지 않나.」

「빨리 올라가면 올라갈수록 빨리 내려올 수 있어.」

나는 이렇게 대꾸했고, 우리는 다시 등반을 시작했다.

정상에서 1마일 이내의 지점에 도달하기까지는 한 주가 더 걸렸다. 불로 된 생물들은 모두 사라졌지만, 두 번 있었던 눈사태는 우리가 여전히 불청객이라는 사실을 보여 주고 있었다. 처음 눈사태는 괜찮았지만, 두 번째에 켈리가 오른쪽 발목을 삐었다. 독은 갈비뼈도 두어 대 부러졌을 가능성도 있다고 했다.

우리는 캠프를 설치했다. 독은 켈리와 함께 그곳에 남았다. 헨리와 말라르디와 나는 마지막 남은 1마일을 나아갔다.

이제 전진은 극도로 힘들어지고 있었다. 유리 산을 올라가는 것이나 마찬가지였다. 1피트씩 올라갈 때마다 바위를 깨서 디딜 곳을 만들어야 했다. 우리는 교대로 그 일을 했다. 어떤 일이든 악전고투를 한 후에야 달성할 수 있었다. 등에 진 짐은 물먹은 솜처럼 무거워졌고, 손가락의 감각이 없어졌다. 우리의 방어 시스템 — 프로젝터 — 은 점점 출력이 떨어져 가고 있는 듯했다. 아니면 무엇인가가 우리를 잡기 위한 노력을 증대시키고 있는 것이었다. 왜냐하면 뱀들은 점점 더 가까이서 꿈틀거렸고, 더 밝게 불타올랐기 때문이다. 그 탓에 눈이 아팠고, 나는 욕설을 내뱉었다.

정상에서 1천 피트 이내에 도달했을 때, 우리들은 구멍을 파고 또 캠프를 설치했다. 바로 앞의 2백 피트는 예전보다 쉬워 보였고, 그 다음에 위험한 부분이 나타났으며, 그 위의 상태가 어떤지는 알 수 없었다.

아침에 눈을 뜨자 헨리와 나밖에 남아 있지 않았다. 말라르디가 어디로 갔는지를 보여 주는 흔적은 남아 있지 않았다. 헨리는 자신의 통신기를 독의 주파수에 맞추고 아래에 있는 그를 불렀다. 나도 주파수를 맞췄고, 독이 마지막에 한 말을 들을 수 있었다. 「못 봤는데.」

「켈리는 어때?」 나는 물었다.

「나아졌어.」 그는 대답했다. 「갈비뼈는 안 부러진 건지도 모르겠군.」

그때 말라르디가 우리를 불렀다.

「난 자네들보다 4백 피트 높은 곳까지 와 있어, 친구들.」 그의 목소리가 들렸다. 「여기까지는 쉬웠지만, 여기서부터는 또 험해.」

「왜 자네 혼자 힘들게 간 거지?」 나는 물었다.

「머지않아 뭔가가 날 죽일 것 같은 느낌이 들었기 때문이야.」 그는 말했다. 「바로 저기, 정상에서 날 기다리고 있어. 거기서도 보일지 모르겠군. 뱀이야.」

헨리와 나는 쌍안경을 썼다.

뱀? 그것보다는 용이 더 적절한 단어일 것이다 — 아니면 미드가르드[7]에 사는 거대한 뱀이라고 하는 편이 옳을지도 모르겠다.

그것은 봉우리를 에워싼 채 고개를 높이 들고 있었다. 길이는 수백 피트는 되어 보였고, 고개를 상하 좌우로 움직이며 태양의 코로나 같은 연기를 뿜고 있었다.

그때 그것을 향해 올라가는 말라르디의 모습이 눈에 들어왔다.

「더 이상 올라가지 마!」 나는 소리쳤다. 「자네의 프로젝터가 저런 것에 대해 효과가 있는지 없는지도 모르잖아! 내가 독을 부를 때까지 기다 —」

7 Midgard. 북유럽 신화에서 사람이 사는 세상. 이승.

「그렇게는 안 되지.」 그는 말했다. 「저 아기는 내 거야.」

「기다려! 정상에는 먼저 올라가도 돼! 자네가 원하는 게 그거라면! 하지만 저런 것을 향해 혼자 돌진하지는 말아!」

유일한 대답은 웃음소리였다.

「세 개의 장치를 같이 쓰면 저걸 막을 수 있을지도 몰라.」 나는 말했다. 「우리를 기다려.」

대답은 없었고, 우리는 등반을 개시했다.

나는 헨리를 훨씬 아래쪽에 두고 왔다. 괴물은 하늘에서 꿈틀거리는 빛이었다. 서둘러 2백 피트를 올라간 후, 또다시 올려다보자, 머리가 두 개 더 자란 괴물이 보였다. 그 콧구멍에서는 번갯불이 뿜어져 나왔고, 산 주위를 감싼 꼬리가 채찍처럼 움직였다. 3백 피트를 더 올라가자, 말라르디의 모습을 뚜렷이 볼 수 있었다. 그는 반짝이는 하늘을 배경으로 뚜렷한 검은 윤곽을 드러내며 착실하게 올라가고 있었다. 나는 헐떡이며 피켈을 휘둘렀고, 그가 만든 길을 따라 가며 산과 싸웠다. 나는 점점 그와의 거리를 좁히기 시작했다. 그는 여전히 바위를 깨며 나아가고 있었지만, 나는 그럴 필요가 없었기 때문이다. 이윽고 그의 중얼거리는 소리가 들려왔다.

「아직 아냐, 친구, 아직.」 그는 잡음의 벽 뒤에서 이렇게 말하고 있었다. 「자, 바위 선반이다······.」

다음 순간 눈부시게 불타오르는 꼬리가 내가 그를 마지막으로 본 장소 위에서 엄습했고, 나는 그가 욕설을 내뱉는 소리를 들었고, 그의 공기 권총이 발사되는 진동을 느꼈다. 꼬리는 다시 휙 제자리로 돌아갔고, 또다시 그가 〈빌어먹을!〉이라고 하는 소리가 들려왔다.

나는 억지로 손발을 쭉 뻗어 그가 새긴 홀드를 잡아가며 서둘러 올라갔다. 그러자 그가 큰 소리로 노래를 부르기 시작하는 것이 들렸다. 아마 「아이다」의 한 구절인 것 같았다.

「빌어먹을! 기다려!」 나는 말했다. 「난 몇 백 피트만 더 가면 돼.」

그는 계속 노래를 불렀다.

현기증을 느끼기 시작했지만, 여기서 속도를 늦출 수는 없었다. 오른팔은 나무 조각 같았고, 왼팔은 얼음 조각 같은 느낌이었다. 내 발은 발굽으로 변했고, 내 눈은 머릿속에서 불타올랐다.

그때 그 일이 일어났다.

폭탄 같은 섬광이 번쩍였고, 뱀과 노래가 느닷없이 사라졌던 것이다. 그 탓에 내 몸은 흔들렸고, 하마터면 손을 놓칠 뻔했다. 나는 진동하는 산에 들러붙어 눈부신 빛 속에서 눈을 질끈 감았다.

「말라르디?」 나는 말했다.

대답이 없었다. 아무 소리도 없었다.

아래를 내려다보았다. 헨리는 여전히 암벽에 매달려 있었다. 나는 등반을 재개했다.

말라르디가 언급했던 바위 선반에 도달했고, 그곳에서 그를 찾아냈다.

그의 호흡 장치는 아직 작동하고 있었다. 방호복 오른편이 시꺼멓게 그을려 있었다. 피켈은 반쯤 녹아서 사라져 있었다. 나는 그의 어깨를 잡고 부축했다.

내 통신기의 볼륨을 높이자 그의 숨소리를 들을 수 있었다. 그는 눈을 떴다가, 감았다가, 떴다.

「괜찮아……」 그는 말했다.

「〈괜찮아〉라고? 빌어먹을! 어딜 다쳤지?」

「다친 덴 없어…… 기분은 아주 좋아…… 그냥 잠시 힘이 빠졌을 뿐이라니까…… 가서 깃발을 꽂고 와. 하지만 우선 내

윗몸을 일으켜 세워 줘. 여기서 구경하고 싶으니까…….」

나는 그를 부축해서 좀 더 편한 위치에 옮겨 놓은 다음, 물이 든 튜브를 그의 입에 대고 분사했고, 그가 그것을 넘기는 소리에 귀를 기울였다. 그런 다음 헨리가 올라올 때까지 기다렸다. 6분쯤 걸렸다.

「난 여기 남아 있겠어.」 헨리가 말라르디 곁에 멈춰 서며 말했다. 「자네는 올라가.」

나는 마지막 남은 사면을 올라가기 시작했다.

7

나는 피켈을 휘두르고, 바위를 쪼고, 공기 권총으로 구멍을 내며 기어 올라갔다. 얼음의 일부가 녹고, 바위가 그을려 있었다.

나를 막는 자는 아무도 없었다. 공전(空電)은 용과 함께 사라져 있었다. 나를 맞이한 것은 오로지 정적과 별들 사이의 칠흑 같은 어둠뿐이었다.

천천히 등반을 계속했다. 격렬하게 운동했던 탓에 여전히 지쳐 있었지만, 전진을 멈출 생각은 추호도 없었다.

앞으로 60피트만 오르면 전 세계가 나의 발아래에 놓이게 된다. 하늘이 내 머리 위에 걸려 있었고, 상공에서 로켓이 하나 반짝거렸다. 아마 망원 카메라를 가진 기자들일지도 모르겠다.

새도, 궁수도, 천사도, 여자도 보이지 않았다.

50피트……

40피트……

몸이 떨리기 시작했다. 긴장해 있는 탓이다. 침착을 되찾고, 등반을 재개했다.

30피트…… 이제 산은 흔들리고 있는 것처럼 보였다.

25…… 그러자 현기증이 났다. 움직임을 멈추고 물을 한 모금 마셨다.

그러고는 짤각, 짤각하는 피켈 소리가 계속됐다.

20……

15……

10……

나는 산의 마지막 공격에 대비해서 — 그것이 무엇이든 간에 — 마음을 가다듬었다.

5……

아무 일도 일어나지 않은 채 도달했다.

일어섰다. 더 이상 오를 곳이 없었다.

하늘을 올려다보고, 아래를 내려다보고, 시뻘건 로켓 배기가스를 향해 손을 흔들어 보였다.

깃대를 늘린 후 깃발을 매달았다.

기를 꽂았다. 그 어떤 바람에도 펄럭일 일이 없는 그곳에. 나는 통신기를 켜고 말했다. 「도달했어.」

다른 말은 하지 않았다.

이제 내려가서 헨리에게 기회를 줄 시기였지만, 등을 돌려 돌아가기 전에 나는 서쪽 사면을 내려다보았다.

그 여자가 또 눈을 깜박거리고 있었다. 8백 피트쯤 아래쪽에 빨간빛이 보였다. 오래전, 폭풍우가 몰아치던 그날, 지상에서 보였던 그 빛일까?

몰랐지만 확인해야 했다.

나는 통신기에 대고 말했다.

「말라르디는 어때?」

「지금 막 일어섰어.」 그가 대답했다. 「반 시간만 더 주면, 올라갈 수 있어.」

「헨리.」 나는 말했다. 「그래도 돼?」

「이 친구 상태가 어떤지는 본인 말을 믿는 수밖에.」 래닝이 대꾸했다.

「흠.」 나는 말했다. 「그럼 무리하지는 마. 자네들이 올라올 때쯤이면 난 여기 없을 거야. 서쪽 사면을 조금 내려가 봐야겠어. 확인하고 싶은 게 있거든.」

「뭐를?」

「나도 몰라. 그래서 가보겠다는 거야.」

「조심해.」

「응.」

서쪽 사면을 하강하는 일은 쉬어 보였다. 내려가는 도중, 그 빛이 산 중턱에 난 구멍에서 비쳐 오고 있다는 사실을 깨달았다.

반 시간 후, 나는 그 앞에 서 있었다.

안으로 걸어 들어가자, 눈이 부셨다.

그것을 향해 걸어가다가 멈춰 섰다. 그것은 맥동하고, 경련하고, 웅웅거리고 있었다.

동굴 바닥에서 느닷없이 진동하는 불의 벽이 솟구쳤고, 동굴 천장까지 뻗쳐 올라갔다.

그 너머로 가려고 하자, 벽은 내 앞을 가로막았다.

그녀는 거기 있었고, 나는 그녀에게 가고 싶었다.

한 걸음 앞으로, 불의 벽에서 한 뼘도 채 떨어지지 않은 곳으로 나아갔다. 통신기에서는 잡음밖에 들리지 않았고, 양팔 전체가 따끔거렸다.

벽은 마치 나를 공격하려는 듯이 앞으로 기울었다. 그러나

열은 느껴지지 않았다.

나는 불의 베일 너머로 그녀가 누워 있는 곳을 응시했다. 눈이 감겨 있었고, 가슴은 움직이지 않았다.

건너편 벽 쪽에 빼곡히 들어선 기계들을 보았다.

「드디어 왔어.」 나는 이렇게 말하고 피켈을 들어올렸다.

피켈 끄트머리가 불의 벽을 건드린 순간 누군가가 지옥의 뚜껑을 연 듯한 느낌을 받았다. 눈부신 빛이 폭발한 순간 나는 뒤로 비틀거리며 물러났다. 다시 눈이 보이게 됐을 때 눈앞에 천사가 서 있었다.

「이곳에 오면 안 된다.」 그는 말했다.

「저 여자 때문에 나더러 되돌아가라는 건가?」 나는 물었다.

「그렇다. 돌아가라.」

「이 일에 관해서 그녀가 할 말은 없어?」

「그녀는 자고 있다. 되돌아가라.」

「내가 봐도 그런 것 같군. 왜 저러고 있지?」

「그녀는 자야 한다. 돌아가라.」

「왜 그녀는 내 눈앞에 나타나서 기묘한 술수로 나를 유인했던 거지?」

「내가 가지고 있던 무서운 모습들을 모두 써버렸기 때문이다. 그것들은 효과가 없었다. 내가 기묘한 술수로 너를 유인한 것은 자고 있는 그녀의 정신이 나의 움직임에 영향을 끼치기 때문이다. 특히 내가 그녀의 모습을 빌렸을 때는 더욱 그랬고, 그 탓에 내가 받은 지시에 반하는 행동을 했기 때문이다. 돌아가라.」

「어떤 지시를 얘기하는 거지?」

「이 산을 오르는 모든 것들로부터 그녀를 지켜야 한다는 지시다. 돌아가라.」

「왜? 왜 그녀를 지켜야 한다는 거지?」

「그녀는 자야 한다. 돌아가라.」

우리 둘 사이의 대화가 다소 순환적인 양상을 띠기 시작한 이 시점에서, 나는 배낭 속에서 프로젝터를 꺼냈다. 그것을 앞으로 내밀자 천사는 녹아 내렸다. 내가 손을 뻗치자 불길을 피하려는 듯이 뒤로 굽었다. 나는 이 불의 원 어딘가에 있는 출입문을 열려고 시도해 보았다.

어찌어찌 그럴 수 있었다.

프로젝터를 내밀자 불길은 뒤로 굽었고, 또 굽었고, 계속 굽다가 마침내 갈라졌다. 불길이 갈라졌을 때, 나는 앞으로 뛰쳐나갔다. 빠져나가는 데는 성공했지만, 내 방호복은 말라르디와 마찬가지로 불에 그을려 있었다.

그녀가 자고 있는 관 같은 상자로 다가갔다.

상자 가장자리에 양손을 얹고 내려다보았다.

그녀는 얼음처럼 깨지기 쉬운 것같이 보였다.

사실, 그녀는 얼음이었다…….

그러자 불이 들어오며 기계가 작동하기 시작했고, 나는 그녀의 간소한 침대가 진동하기 시작하는 것을 느꼈다.

그때, 남자의 모습이 눈에 들어왔다.

그는 기계 옆에 놓인 금속제 의자 위에 널브러져 있었다.

그 또한 얼음이었다. 단지 그 얼굴은 잿빛으로 변색한 채 일그러져 있었다. 그는 검은 옷을 입었고, 죽었고, 석상으로 변해 있었다. 한편, 그녀는 자고 있는 석상이었다.

그녀는 파란색과 흰색 옷을 입고 있었다……

동굴 건너편 구석에 빈 관이 하나 더 있었다……

그러나 무엇인가가 내 주위에서 일어나고 있었다. 주위의 공기가 밝아 왔다. 그렇다, 공기였다. 동굴 바닥의 얼어붙은 분사공으로부터 쉭쉭거리며 뿜어져 나왔고, 위로 올라가 구름처럼 응집되었다. 그러자 열이 느껴졌고, 구름이 개이면서 주위가 점점 더 밝아 왔다.

다시 관으로 되돌아가서 그녀의 얼굴을 찬찬히 뜯어보았다.

그녀가 입을 열어 말하면 — 말한다면 — 어떤 목소리일지 궁금했다. 그녀가 무슨 생각을 하고 있을지 궁금했다. 그녀가 어떤 식으로 생각하고, 그녀가 무엇을 좋아하며, 무엇을 싫어하는지 궁금했다. 그녀의 눈이 과거에 무엇을 바라보았을지, 그때가 언제였는지 궁금했다.

내가 이런 일들에 대해 궁금해했던 것은, 내가 불의 원 안으로 들어오면서 모종의 힘을 작동시킨 탓에, 그녀가 천천히 석상임을 멈추고 있다는 사실 때문이었다.

그녀는 각성하고 있었다.

나는 기다렸다. 한 시간 후에도 여전히 기다리면서, 그녀를 바라보고 있었다. 그녀는 숨을 쉬기 시작했다. 마침내 그녀는 눈을 떴다. 오랫동안 아무것도 바라보지 않았던 두 눈을.

이윽고 파란 불길 같은 두 눈동자가 나를 바라보았다.

「화이티.」 그녀는 말했다.

「맞아.」

「난 어디 있는 거죠……?」

「내가 도저히 사람을 만날 거라고는 상상도 하지 못했던 장소에 있지.」

그녀는 이마를 찌푸렸다. 「기억이 나요.」 그녀는 이렇게 말한 후 윗몸을 일으켜 앉으려고 했다.

그러나 몸이 말을 듣지 않았다. 그녀는 다시 누웠다.

「당신 이름은 뭐지?」

「린다예요.」 그녀는 말했다. 그러고는, 「당신 꿈을 꿨어요, 화이티. 기묘한 꿈들을…… 어떻게 그런 꿈을 꿨을까요?」

「설명하자면 복잡해.」 나는 말했다.

「당신이 오고 있다는 걸 알고 있었어요.」 그녀는 말했다. 「하늘만큼이나 높은 산 위에서 괴물들과 싸우는 걸 보았어요.」

「응. 우린 지금 거기 있어.」

「치, 치료법을 찾아냈나요?」

「치료법? 무슨 치료법?」

「도슨 씨 병 말이에요.」 그녀는 말했다.

구토감이 치밀어 올라왔다. 그녀는 이곳에서 포로가 되어 자고 있던 것이 아니라, 다가오는 죽음을 연장하기 위해서 그랬다는 사실을 깨달았기 때문이다. 그녀는 병에 걸려 있었다.

「당신은 빛보다 빠른 우주선을 타고 이 세계로 왔어?」 나는 물었다.

「아뇨.」 그녀는 말했다. 「이곳에 오기까지는 몇 세기나 걸렸어요. 항행 중에 우리는 냉동 수면에 들어가 있었죠. 이건 냉동 수면용 침대예요.」 그녀는 관을 향해 눈짓을 해보였다. 나는 그녀의 뺨이 새빨갛게 달아 있다는 사실을 깨달았다.

「우리들 모두가 ─ 병에 걸려 죽기 시작했어요.」 그녀는 말했다. 「치료법은 없었어요. 내 남편 칼은 의사였어요. 내가 이 병에 걸린 걸 깨닫자마자 그이는 치료법이 발견될 때까지 나를 초저온 상태에서 보존하겠다고 했어요. 그러지 않는다면 이틀밖에 살지 못해요. 알고 있죠?」

이렇게 말하고 그녀는 나를 올려다보았고, 나는 그녀가, 마지막에 말한 두 단어가 나를 향한 질문이었음을 깨달았다.

나는 그녀가 죽은 사내의 모습을 볼 수 없도록 몸의 위치를 바꿨다. 저 사내는 그녀의 남편인 칼일 것이다. 나는 당시에 그가 어떤 생각을 했는지 상상해 보려고 했다. 그의 병 상태가 그녀보다 더 악화되어 있었다는 것은 명백하므로, 서둘러야 했을 것이다. 역병으로 식민지가 완전히 멸망해 버릴 것이라는 사실도 알고 있었을 것이다. 그는 그녀를 깊이 사랑하고 있던 것이 틀림없고, 또 지독하게 똑똑했다 ─ 보통 머리가 아니었을 것이다. 그러나 주된 이유는 그녀를 깊이 사랑했기 때문일 것이다. 식민지가 소멸하려는 것을 알고 있던 그는, 다음 우주선이 이곳에 도착하려면 몇 세기나 더 걸릴 것이라는 사실도 알고 있었다. 그렇게 오랜 시간 동안, 냉동 수면 장치에 동력을 공급할 만한 방법은 어디에도 없었다. 그러나 이곳, 거의 대기권 밖의 우주만큼이나 차가운 이 산의 정상에서는, 동력은 필요하지 않았다. 어떤 방법을 썼든, 그는 린다와 기계 장비를 이곳까지 운반해 왔다. 기계 장비는 이 동굴 주위를 역장(力場)으로 에워쌌다. 열과 공기가 있는 상태에서 그는 작업을 했고, 그녀를 냉동 수면 속으로 깊이 빠뜨린 다음, 자기 자신이 들어갈 냉동 수면 침대를 준비했다. 일단 그가 역장을 끄기만 하면, 얼음처럼 차가운 기나긴 대기 시간을 보존하기 위해서 동력 따위는 필요가 없었다. 그들은 이 〈그레이 시스터〉의 품 안에서, 방어 컴퓨터의 무리에 에워싸인 채 몇 세기 동안이라도 수면을 취할 수 있었던 것이다. 컴퓨터의 방어 프로그램은 아마 급하게 짜인 것 같았다. 그는 죽어 가고 있었으므로. 결국 그는 그녀와 합류하기에는 이미 때가 늦었다는 사실을 깨달았던 것이다. 그는 서둘러서 컴퓨터의 모드를 기본적 방어로 맞춰 놓았고, 역장을 끈 다음 〈어둡고 비밀스러운 장소〉로 자기 자신을 보냈던 것이다. 이렇게 해서 산은 우리를 향해 새와 천사와 뱀들을 보냈고, 불의 벽을 쌓아올려 나를 막으려고 했던 것이다. 그는 죽었지만, 산은 가사 상태에 있는 그녀를 지키고 있었다 — 구조자가 될지도 모르는 자들을 포함한 모든 것들에 대해서. 나는 이 산에 발을 들여놓음으로써 그것을 작동시켰던 것이다. 내가 방어선을 돌파한 탓에 그녀는 다시 소생했다.

「돌아가라!」

투사된 천사를 통해 기계가 이렇게 말하는 소리가 들렸다.

헨리가 동굴로 들어왔기 때문이다.

「하느님 맙소사!」 그가 이렇게 말하는 것이 들렸다. 「그게 누구야?」

「독을 불러!」 나는 말했다. 「지금 당장! 설명은 나중에 해줄게. 생사가 걸린 문제야! 통신기가 작동하는 곳까지 다시 올라가서, 도슨 씨 병이라고 전해 줘 — 토착성의 악성 전염병이라고 말이야! 서둘러!」

「지금 갈게.」 이렇게 말하고 그는 사라졌다.

「의사 선생님이 와 있어요?」

「응. 겨우 2시간만 오면 되는 곳에 있어. 걱정 마······. 그런데 아직도 이해가 안 되는데, 도대체 어떤 수를 써서 당신을 이런 산꼭대기까지 운반해 올 수 있었던 거지? 이런 기계들은 말할 나위도 없고.」

「우린 지금 그 거대한 산 — 40마일 높이의 산 위에 있는 건가요?」

「응.」

「당신은 어떻게 여기까지 올라왔어요?」 그녀가 물었다.

「걸어서 올라왔어.」

「퍼가토리오[8] 산을 정말로 올라왔단 말이에요? 바깥쪽에서?」

「퍼가토리오? 그게 이 산 이름이었어? 응, 난 그렇게 여기로 올라왔어.」

「설마 그런 일이 가능하리라고는 생각 못했어요.」

「달리 어떤 방법으로 산꼭대기로 올라올 수 있다는 거지?」

「이 산의 내부는 비어 있어요.」 그녀는 말했다. 「거대한 동굴과 넓은 통로가 있죠. 기압 조정 장치가 달린 제트 카로 안

---

8 *Purgatorio*. 〈연옥〉이라는 이탈리아 어의 영어식 발음. 단테의 『신곡』의 제2부이기도 함.

쪽을 통해 올라오는 건 쉬워요. 사실, 여긴 유원지였죠. 한 사람당 2달러 50센트만 내면 됐어요. 오르고 내리는 데는 각각 한 시간 반씩 걸렸어요. 1달러를 주고 기밀복을 빌려서 산의 정상에서 한 시간쯤 산책하는 거죠. 오후를 즐겁게 보내는 데는 안성맞춤이었어요. 멋진 전망이죠……?」 그녀는 깊게 훅 하고 숨을 들이켰다.

「몸 상태가 그다지 좋지 않아요.」 그녀는 말했다. 「물 가져온 거 있어요?」

「응.」 나는 대답하고 그녀에게 가진 물을 모두 주었다.

그녀가 물을 홀짝이고 있는 사이에, 나는 독이 필요한 혈청을 가지고 있는지, 아니면 그것을 입수할 수 있을 때까지 그녀를 다시 얼음 속의 잠으로 되돌려 보낼 수 있는 방법을 알고 있기를 빌었다. 또 나는 그가 당장 와주기를 빌었다. 그녀의 갈증이나 붉게 물든 뺨의 상태를 보고 판단하건대, 두 시간은 결코 짧은 시간이라고는 할 수 없다고 느꼈기 때문이다.

「다시 열이 오르고 있어요.」 그녀는 말했다. 「부탁이에요, 화이티. 내게 말을 걸어 줘요…… 아무 얘기나. 의사 선생님이 올 때까지 함께 있어 줘요. 난 옛날 이곳에서 일어났던 일을 다시 생각하고 싶지 않아요…….」

「무슨 얘기를 해줬으면 좋겠어, 린다?」

「왜 당신이 이런 일을 했는지 말해 줘요. 이런 산을 올라온다는 것이 어떤 일인지 얘기해 줘요. 왜 그랬죠?」

나는 지금까지 일어났던 일들에 대해 생각해 보았다.

「일종의 광기와도 관련이 있다고나 할까.」 나는 말했다. 「위대하고 강대한 자연력(自然力)에 대해서 어떤 선망을 느끼는 사람들이 있어. 이들 산은 각자 신(神)이라고도 할 수 있겠지. 각자 불멸의 힘을 가지고 있는. 만약 당신이 그 사면 위에서 제물을 바친다면, 그 산은 당신에게 어떤 은총을 내려 주고, 한동안 당신은 그 힘을 나눠 가질 수 있을지도 몰라. 산이 나를 부르는 건 아마 그 때문인지도…….」

그녀의 손은 내 손 안에 있었다. 나는 이것을 통해, 내 몸 안에 있는 힘이 무엇이든 간에, 그것이 그녀 전체를 가능한 한 나와 함께 지탱해 줄 수 있기를 빌었다.

「난 처음으로 퍼가토리오를 보았을 때를 기억하고 있어, 린다.」 나는 그녀에게 말했다. 「그것을 보자마자 현기증을 느꼈지. 도대체 저건 어디까지 이어지고 있는 것일까 하고……?」

(별들이여.
오오 그곳에 있어 다오.
이번만이라도.
기원하노라.)

「별들까지?」

수집열

「뭘 하고 있는 건가, 거기 있는 인간?」

「설명하자면 긴데.」

「좋아, 난 긴 얘기를 좋아한다네. 앉아서 얘기해 줘. 아니 — 내 위엔 앉진 말게!」

「미안해. 흐음, 모든 게 우리 숙부님 탓이야. 숙부는 엄청난 부자 —」

「잠깐. 〈부자〉라는 건 무슨 뜻인가?」

「으음, 부유하다는 뜻이야.」

「그럼 〈부유하다〉란?」

「흠. 돈이 많다는 뜻이지.」

「돈이 뭔가?」

「너 이 얘기를 듣고 싶은 생각이 있어, 없어?」

「듣고 싶네. 하지만 그 내용도 이해하고 싶어.」

「미안해, 바위. 실은 이건 나도 잘 이해 못하는 얘기야.」

「내 이름은 바위가 아니라 〈돌〉이라네.」

「알았어, 〈돌〉. 우리 숙부님은 굉장한 유력자야. 다들 그가 나를 우주 아카데미로 보낼 거라고 생각하고 있었지만, 보내 주지 않았어. 그러는 대신 교양을 쌓는 편이 나을 거라고 판단했던 거지. 그래서 그는 나를 케케묵은 모교로 보내서 외계 인문학을 전공하게 했던 거야. 여기까지는 알겠어?」

「아니. 하지만 이해하지 못한다고 해서 음미하지 못하는 건 아냐.」

「내 말이 바로 그 말이야. 난 시드니 숙부를 결코 이해하지 못하지만, 그 황당무계한 취미와, 잡다하기 이를 데 없는 취향과 남의 일에 참견하기를 밥 먹기보다 더 좋아하는 성격을 음미할 수는 있지. 너무 음미한 나머지 속이 느글거릴 때까지 말이야. 난 속수무책이었어. 숙부님은 우리 일족의 살아 있는 기념비 같은 존재이고, 만사를 자기 맘대로 처리하기를 즐기거든. 불행히도 그는 일족의 돈을 혼자서 독차지하고 있어 — 고로, zzn 뒤에는 xxt가 오는 것과 마찬가지로 확실하게, 만사는 언제나 그가 하고 싶은 대로 이루어지는 거지.」

「그 돈이라는 것은 상당히 중요한 것인가 보군.」

「1만 광년의 거리를 넘어 이런 이름도 없는 세계로 나를 보낼 수 있을 만큼 중요하지. 첨언하자면, 방금 나는 이 세계에 덩힐[1]이라는 이름을 붙였어.」

「낮게 날아다니는 저 자트*zatt*는 대식가라서 말이야. 그래서 낮게 날아다니는 거지만……」

「나도 깨닫고 있었어. 하지만 거기 자라 있는 건 〈이끼〉가 맞지?」

「그렇다네.」

「좋아. 그럼 생각보다 쉽게 포장할 수 있겠군.」

「〈포장〉이 뭔가?」

「뭔가를 다른 곳으로 운반하기 위해 상자에 집어넣는 거야.」

「여기저기로 움직인다는 건가?」

「응.」

---

[1] *dunghill*. 배설물의 언덕.

「뭘 포장할 생각인데?」

「바로 너야. 돌.」

「난 구르는 돌이었던 적은 한 번도 없었는데……」

「들어 봐, 돌. 우리 숙부는 돌 수집가야. 알겠어? 넌 은하계에서 유일하게 존재하는 지성을 가진 광물이고. 게다가 넌 내가 지금까지 찾아다닌 것 중 최대의 표본이야. 무슨 뜻인지 알겠어?」

「알겠지만, 난 그러고 싶지 않네.」

「왜 안 된다는 거지? 넌 그가 수집한 돌들 사이에서 왕 노릇을 할 수 있어. 별로 적절하지 않은 비유를 끌어다 쓰자면, 장님 나라로 간 외눈박이라고나 할까.」

「그게 무슨 뜻이든 간에, 그런 일은 하지 말아 줘. 듣기만 해도 끔찍하군. 자네 숙부가 어떻게 해서 우리 세계에 관해 알아냈는지 얘기해 주겠나?」

「내 선생들 중 하나가 오래된 우주선 일지를 읽었는데, 거기에 이 장소 얘기가 씌어 있었어. 그 일지는 페어힐 선장이라는 인물의 것이었지. 몇 세기 전에 이곳에 착륙해서 너희 종족들과 오랫동안 얘기를 나눴다고 하더군.」

「〈악천후〉라는 별명을 가진 페어힐 그 친구 말인가! 그 작자는 요즘 어떻게 지내나? 가서 안부를 전해 —」

「그는 죽었어.」

「뭐라고?」

「죽었다고. 부서졌어. 끝장났어. 갔어. 디블*deeble*한 거야.」

「맙소사! 어떻게 그런 일이 일어났나? 그럼 그 일은 정말 대단한 중요성을 가진 심미적인 사건이었을 것에 틀림없 —」

「솔직히 말해서 잘 모르겠군. 하지만 나는 우리 숙부님한테 그 정보를 넘겼고, 숙부님은 너를 수집하기로 결정했어. 그래서 내가 여기 와 있는 거야 — 그가 나를 여기로 보낸 거지.」

「그렇게 날 칭찬해 줘서 정말 고맙긴 하지만, 자네를 따라갈 수 없다네. 디블할 시기도 임박해 왔고 ─」

「알아. 시드니 숙부님한테 보여 주기 전에 페어힐의 일지에서 디블 얘기는 모두 읽었어. 그것들이 쓰여진 페이지를 모두 뜯어냈지. 네가 디블할 때 난 숙부님이 근처에 있기를 바라. 그럼 나는 그의 돈을 모두 상속할 수 있고, 우주 아카데미에 입학하지 못했다는 과거의 아픈 상처를 온갖 사치스러운 방법으로 치유할 수 있을 테니까. 우선 난 알코올 중독자가 될 작정이고, 그 다음에는 오입쟁이가 될 거야 ─ 아니, 반대 순서로 하는 편이 좋을지도 모르겠군……」

「하지만 난 여기서 디블하고 싶네. 내가 애착을 느끼게 된 이 환경에서!」

「보시다시피 이건 쇠 지렛대야. 이걸로 너를 꺼낼 작정이야.」

「그런 짓을 한다면, 지금 디블해 버리겠어.」

「그러지는 못할걸. 이 대화를 시작하기 전에 난 너의 질량을 재어 봤으니까. 지구 환경에서 네가 디블을 할 수 있는 수준에 도달하려면 적어도 여덟 달은 걸릴걸.」

「알았어. 난 허세를 부렸어. 하지만 자네에겐 동정심이라는 것이 없나? 나는 조그만 자갈돌이었을 때부터 몇 세기 동안이나 이곳에서 지내 왔어. 우리 조상들이 그렇게 해왔던 것처럼 말이야. 나는 정말 주의 깊게 내 원자를 수집해 왔고, 이 근처에서는 가장 훌륭한 분자 구조를 구축해 왔단 말일세. 그런 나를, 디블할 시기가 오기 전에 떼어 놓으려 하다니 ─ 이건 정말 비암석적인 행위야.」

「그렇게 비관적으로만 생각할 필요는 없어. 넌 지구에서 가장 좋은 원자들을 수집할 수 있을 거야. 넌 다른 돌들이 가본 적도 없는 신천지로 갈 수 있는 거야.」

「별로 위안이 되지 않는군. 난 내 친구들이 나를 보아 주기를 바라는데.」

「유감이지만 그건 논외야.」

「자넨 정말로 잔인한 인간이군. 디블할 때 근처에 있어 줬으면 좋겠어.」

「그 일이 일어날 때 나는 멀리 떨어진 곳에서 전무후무한 술판을 벌이기 위해 만반의 준비를 하고 있을걸.」

덩힐의 준(準) 지구 중력 하에서, 우주 세단의 측면으로 〈돌〉을 굴리고, 포장해서, 윈치의 힘을 빌려 원자로 옆에 있는 격실(隔室) 내부에 끼워 넣는 일은 어렵지 않았다. 이 세단형 우주선은 단거리용 스포츠 모델이었고, 소유자의 취미에 맞춰 개조된 탓에 차단벽 대부분이 제거되어 있었다. 이런 연유로 〈돌〉은 갑자기 화산이 폭발하는 듯한 취기가 도는 것을 느꼈고, 엄선된 특정 원자를 자신의 컬렉션에 급격히 덧붙인 다음 그 자리에서 디블했다.

그는 버섯구름처럼 위를 향해 팽창했고, 그런 다음에는 거대한 파도처럼 덩힐의 평원을 휩쓸었다. 몇 개의 젊은 〈돌〉들이 먼지투성이의 하늘에서 아래로 떨어지며 힘찬 탄생의 울음소리로 공동 주파수 대역을 채웠다.

「분열했구먼.」 멀리 있던 이웃이 잡음 위로 말했다. 「내가 생각하던 것보다 더 빨랐어. 저 뜨끈뜨끈한 잔광을 느껴 보라고!」

「멋진 디블이었어.」 다른 이웃이 동의했다. 「주의 깊은 수집가는 언제나 자신의 노력에 상응하는 성과를 올리는 법이지.」

완만한 대왕들

 드랙스와 드랜은 글랜의 거대한 접견실 옥좌에 앉아서 생명에 관해 논하고 있었다. 이들은 우수한 지능과 체력 덕택에 — 그리고 글랜 종족의 마지막 생존자들이라는 사실로 인해 — 왕위를 차지하고 있었고, 이 행성과 그들의 유일한 신하인 궁전 로봇 진드롬에 대해 분할 통치권을 행사하고 있었다.

 드랙스는 은하계의 다른 행성에 생명이 존재할 가능성에 관해 지난 4세기 동안 (이들은 매우 완만한 종족이었다) 곰곰이 생각하고 있었다.

 그래서 그는 상대방에게 (상대방은 아까부터 그가 무슨 생각을 하고 있는지 조금 흥미를 느끼기 시작하고 있는 듯했다) 말했다. 「드랜, 좀 생각해 보았는데, 은하계의 다른 행성에는 생명이 존재할지도 몰라.」

 드랜은 이 말에 어떻게 대답할까 잠시 궁리하고 있었다. 그 동안 행성은 태양 주위를 몇 번 돌았다.

 「사실이야.」 마침내 그는 동의했다. 「그럴 가능성은 있어.」

 몇 달 후 드랙스가 재빨리 대꾸했다. 「존재한다면, 우리는 그것을 찾아내야 하네.」

 「왜?」 드랜은 상대방에 질세라 재빨리 되물었다. 이 신속한 반응을 본 드랙스는 드랜 역시 자신과 비슷한 생각을 하고 있지 않았을까 하고 생각했다.

그래서 드랙스는 이 말을 어떻게 받아넘겨야 할지 신중하게 고려했고, 두껍게 방호된 파충류의 두개골 안에서 단어 하나하나를 일일이 음미해 본 다음에 무겁게 입을 열었다.

「현재 우리 왕국은 인구가 감소되어 가고 있네. 따라서, 다시 한 번 많은 백성을 거느릴 수 있다면 좋지 않은가.」

드랜은 드랙스를 곁눈질해 보다가, 천천히 고개를 돌렸다. 그러고는 한쪽 눈을 감았고, 다른 눈을 반쯤 감고는 공동 통치자를 관찰했다. 그가 보는 한 상대방의 모습은 예전에 보았을 때와 전혀 달라지지 않았다.

「그 또한 사실이네.」 그는 시인했다. 「그렇다면 무슨 일을 했으면 좋겠나?」

이번엔 드랙스가 고개를 돌렸고, 상대의 눈을 찬찬히 바라보았다.

「은하계의 다른 행성에 생명이 존재하는지 조사해 볼 필요가 있다고 생각하네.」

「흐으음.」

어느새 사계절이 두 번 지나갔다. 이윽고 드랜은 〈조금 생각하게 해줘〉라고 말하고는 몸을 돌렸다.

실례가 되지 않을 만큼 기다린 다음 드랙스는 헛기침을 했다.

「충분히 생각해 보았나?」

「아니.」

드랙스는 기다리는 동안, 거의 의식할 수 없을 만큼 파르스름한 빛줄기가 접견실을 가로지르고, 다시 가로지르고, 또 다시 가로지르는 광경에 눈의 초점을 맞춰 보려고 노력했다.

「진드롬!」 마침내 그는 신하를 불렀다.

로봇은 주군을 위해 동작을 늦췄고, 거의 석상만큼이나 미동도 않고 서 있었다. 먼지떨이가 그의 오른손에서 삐죽 나와 있었다.

「글랜의 국왕 폐하, 저를 부르셨습니까?」

「그렇다, 진드롬, 충실한 신하여. 좋았던 시절에 우리가 건조하고, 결국 쓰지 않았던 오래된 우주선들이 있었지. 그중에 아직 쓸 만한 것이 남아 있느냐?」

「점검해 보겠습니다, 대왕님.」

그는 조금 위치를 바꾼 것처럼 보였다.

「도합 382척이 있습니다.」 그는 보고했다. 「그중 네 척이 가동 가능한 상태입니다, 대왕님. 작동 회로를 모두 점검해 본 결과입니다.」

「드랙스」 드랜이 경고했다. 「자네는 또다시 부당한 월권행위를 저지르고 있네. 그 명령을 내리기 전에 일단 나와 상의해 보았어야 했어.」

「사과하겠네.」 상대방은 말했다. 「단지 나는 이 일을 신속하게 진행하고 싶었을 뿐이네. 조사를 실시해야 한다고 자네가 결정할 경우에 대비해서 말이야.」

「자네는 내 결정을 정확히 예기했네.」 드랜이 고개를 끄덕였다. 「하지만 자네의 그 열성적인 태도 뒤에는 뭔가 숨은 목적이 있는 것 같군.」

「왕국의 안녕 이외에 다른 목적은 없다네.」 상대방은 미소 지었다.

「그럴지도 모르겠지만, 예전에 자네가 〈왕국의 안녕〉이라고 말했을 때, 그 후에 발생한 내부 투쟁에 의해 우리는 다른 로봇 한 대를 잃지 않았나?」

「나는 그 일로 인해 교훈을 얻었고 더 현명해졌다네. 장래에는 더 사려 깊게 행동할 거야.」

「그랬으면 좋겠군. 자, 이 탐험 얘기인데 — 은하계의 어느 부분을 먼저 조사할 생각인가?」

긴장에 찬 침묵이 계속됐다.

「나는 자네가 탐험을 지휘할 것이라고 생각하고 있었네.」 드랙스가 중얼거렸다. 「왕으로서는 자네가 더 성숙하니까, 특정 종족이 우리의 영명한 통치를 받을 가치가 있는지 없는지 알려면 자네 쪽이 더 적절한 판단을 내릴 수 있을 것이라고 말이야.」

「그렇지, 하지만 자네는 나보다 젊기 때문에 좀 더 활동적으로 행동하는 경향이 있어. 탐험 여행은 자네가 참가하면 좀 더 신속하게 시행될 거야.」 그는 〈신속〉이라는 단어를 강조하며 말했다.

「우리들 모두 두 척의 우주선에 분승해서 타고 가면 어떨까.」 드랙스가 제안했다. 「그렇다면 정말로 신속하게 —」

그들 사이의 뜨거운 토론은 헛기침에 해당하는 금속적인 소리에 의해 중단되었다.

「양대(兩大) 폐하.」 진드롬이 재촉했다. 「방사성 물질의 반감기는 아시다시피 극히 짧기 때문에, 유감이지만 현재 가동 가능한 우주선은 단 한 척밖에 남아 있지 않다는 사실을 보고드려야 하겠습니다.」

「그렇다면 결정됐어, 드랜. 〈자네〉가 가야 해. 출력이 떨어진 우주선을 조종하려면 좀 더 차분한 〈인재〉가 필요할 테니까 말이야.」

「그럼으로써 뒤에 남은 자네가 내부 투쟁을 유발하고, 부당하게 권력을 찬탈하는 것을 두고 보란 말인가? 안 돼, 자네가 가야 해!」

「아니면 우리 모두 〈함께〉 갈 수도 있겠지.」 드랙스는 한숨을 쉬었다.

「훌륭한 선택이군! 왕국을 지도자 없이 내버려두다니! 그건 현재 우리가 직면한 정치적 곤란함을 야기한 것과 같은 종류의 우매한 발상이 아닌가.」

「양대 폐하.」 진드롬이 말했다. 「누군가가 가지 않는다면 우주선은 곧 쓸모없게 됩니다만.」

두 왕은 신하를 찬찬히 바라보며, 이 간결한 표현이 신속하게 야기한 논리적인 결론에 찬동했다.

「좋아.」 그들은 함께 미소 지었다. 「네가 가도록.」

진드롬은 극히 종순한 태도로 절하고는 글랜의 거대한 접견실에서 나갔다.

「진드롬에게 그 자신의 복제들을 만들라는 명령을 내리는 편이 좋을지도 모르겠군.」 드랜이 제안하듯이 말했다. 「신하들이 더 있다면 우리는 더 많은 일들을 성취할 수 있을 테니까.」

「자네는 우리가 최근에 맺은 협정을 잊었나?」 드랙스가 물었다. 「지난번에는 로봇의 수가 너무 늘어나면서 파벌 싸움을 유발하는 경향이 있었어 — 그리고 그 파벌 일부가 야심을 가지기 시작하면서…….」 그는 몇 년에 걸쳐 말꼬리를 흐림으로써 자신의 말을 강조했다.

「자네가 지금 한 언급에 나에 대한 숨겨진 비난이 포함되어 있는지 아닌지는 확실히 모르겠네만.」 상대방은 조심스럽게 말하기 시작했다. 「만약 그것이 사실이라면, 경솔함에 관해서 자네의 주의를 환기할 수 있도록 허락해 주면 좋겠군 — 그리고 〈단일 로봇 보호 조약〉을 추진한 사람이 자네라는 사실도 잊으면 안 돼.」

「다수의 유기체 신하가 있을 경우, 상황이 달라질 것이라고 믿나?」 드랙스가 반문했다.

「물론이지.」 드랜이 말했다. 「유기체의 존재 원리에는 모종의 비합리적인 요소가 포함되어 있기 때문에, 직접 명령을 받아도 기계보다는 덜 종순한 반응을 보이는 법이네. 적어도 우리 로봇들은 서로를 파괴하라는 우리의 명령에 충실하게 따랐어. 그렇지만 무책임한 유기체 신하들은 이쪽에서 명령하지도 않았는데 그런 짓을 하든지 — 이것은 조잡한 반응이라고 해야겠지 — 아니면 그런 명령을 해도 거부하거나 — 이것은 반항 그 자체야 — 둘 중 하나라네.」

「맞아.」 드랙스는 미소 지으며 바로 이럴 경우에 대비해서 몇 천 년 동안이나 쓰지도 않고 아껴 둔 보석과도 같은 말을 꺼냈다. 「유기적 생명에 관해 유일하게 확실한 것이 있다면, 그것은 생명이 불확실하다는 사실 그 자체겠지.」

「흐으음.」 드랜은 눈을 실처럼 가늘게 떴다. 「그 말에 관해 잠시 생각해 보기로 하지. 자네 생각이 대부분 그런 것처럼, 여기엔 궤변이 숨어 있다는 생각이 들어.」

「그런 것이 없다는 것을 보증하지. 이건 긴 숙고 끝에 내린 결론이라네.」

「흐으음.」

드랜의 명상은 진드롬의 도착에 의해 중단되었다. 진드롬은 금속제 양팔 밑에 갈색의 흐릿한 것을 하나씩 끼고 있었다.

「벌써 돌아왔나, 진드롬? 거기 가지고 온 것이 뭐지? 우리도 볼 수 있도록 가만히 있도록 하게.」

「현재 이들에게는 진정제를 투여해 놓았습니다, 양대 폐하. 두 분의 망막에 불쾌한 진동 패턴을 생성하고 있는 것은 이들의 호흡이 야기한 움직임입니다. 지금보다 더 깊게 마취시킨다면 유해한 결과를 가져올 수도 있습니다.」

「그럼에도 불구하고,」 드랜은 주장했다. 「우리는 새로운 신하들을 주의 깊게 감정해 볼 필요가 있고, 그러기 위해서는 우선 그들을 볼 수 있어야 해. 움직임을 좀 더 늦추도록.」

「자네는 나의 동의도 없이 그런 명령을 —」 하고 드랙스가 운을 뗐지만, 갑자기 출현한 두 마리의 털북숭이 두발 동물에게 정신이 팔려 입을 다물었다.

「온혈인가?」 그는 물었다.

「예, 폐하.」

「그렇다면, 극히 짧은 수명밖에는 가지고 있지 않다는 얘기군.」

「맞아.」 드랜이 끼어들었다. 「하지만 그런 종족은 매우 빨리 번식하는 경향이 있지.」

「그 관찰은 사실인 경우가 많아.」 드랙스가 고개를 끄덕였다. 「그런데 진드롬. 이들 두 마리는 번식에 필요한 성(性)에 각각 속해 있는가?」

「예, 폐하. 이들 유인원 사이에는 두 종류의 성이 있고, 저는 그것들을 한 마리씩 가져왔습니다.」

「매우 현명한 선택이었네. 어디서 이것들을 찾아 왔나?」

「수십 억 광년 떨어진 곳이었습니다.」

「이들 두 마리를 밖에다 풀어놓고 그곳으로 돌아가서 좀 더 많이 가지고 오도록.」

두 생물의 모습이 사라졌다. 진드롬은 전혀 움직이지 않은 것처럼 보였다.

「그런 여행을 또 할 만한 연료가 남아 있나?」

「예, 폐하. 최근 들어 더 생겨났습니다.」

「좋아.」

로봇은 밖으로 나갔다.

「이번에는 어떤 종류의 정부를 세우면 좋을까?」 드랙스가 물었다.

「여러 정부 형태에 관한 논의를 다시 검토해 보면 어떨까?」

「좋은 생각이군.」

이들이 토론하고 있던 중에 진드롬이 돌아왔고, 그곳에 선 채 왕들이 그 사실을 깨닫기를 기다리고 있었다.

「무슨 일이지, 진드롬? 뭔가를 잊고 갔나?」

「아닙니다, 양대 폐하. 제가 표본을 입수했던 세계로 되돌아가 보니, 그 종족은 핵분열 과정을 개발하는 단계까지 진화했고, 원폭 전쟁을 일으킨 끝에 전멸해 있었습니다.」

「참으로 경솔한 짓을 했군 — 그러나, 이것은 온혈 종족의 불안정함을 보여 주는 전형적인 행위라고 해야겠지.」

진드롬은 조금씩 자세를 바꿨다.

「뭔가 달리 보고할 것이 있나?」

「예, 양대 폐하. 제가 풀어놓았던 두 마리의 표본이 증식해서 이제는 글랜 행성 전체에 퍼져 있습니다.」

「마땅히 그 사실을 우리에게 보고했어야 했어!」

「예, 양대 폐하. 하지만 그때 저는 이곳에 없었고 —」

「그자들이 직접 우리한테 와서 보고했어야 했네!」

「양대 폐하, 유감이지만 그자들은 두 분의 존재를 모르고 있는 듯합니다.」

「어떻게 그런 일이 일어날 수 있었지?」 드랜이 물었다.

「대왕님들과 저는 현재 몇 천 층에 걸친 충적암 밑에 묻혀 있습니다. 지질학적인 변화가 —」

「너는 이 궁전을 유지하고 부지를 청결하게 유지하라는 명령을 받고 있었어.」 드랜이 노려보며 말했다. 「또 시간을 낭비하고 있었나?」

「아닙니다, 폐하! 모두 제가 이곳을 비우고 있던 사이에 일어난 일입니다. 당장 가서 그 문제에 대처하겠습니다.」

「그러기 전에 우선,」 드랙스가 명했다. 「우리의 신하들이 무슨 일을 꾸미고 있었는지부터 말해 보게. 우리에게서 숨기는 편이 좋다고 그자들이 판단한 일이 무엇인지를 말이야.」

「최근 들어서는」 로봇이 설명했다. 「금속을 주조하고, 단련하는 법을 발견했습니다. 제가 착륙했을 때 물건을 절단하기 위한 여러 독창적인 도구를 개발해 놓고 있었습니다. 불행하게도 그들은 서로를 절단하는 데 그 도구들을 쓰고 있었습니다.」

「그렇다면,」 드랜이 외쳤다. 「왕국 내부에 분란이 존재한다는 얘긴가?」

「아, 예, 폐하.」

「내 허가도 없이 나의 신하들끼리 폭력을 행사하는 것은 용납할 수 없어!」

「〈우리〉 신하들끼리.」 드랙스는 의미심장한 눈초리로 상대방을 노려보며 말했다.

「〈우리〉 신하들끼리.」 드랜이 정정했다. 「우리는 즉시 행동에 나서야 해.」

「찬성하겠네.」

「찬성하겠네.」

「유혈 사태로 이어지는 제반 활동을 금지한다는 명령을 내려야겠군.」

「우리의 공동 선언 얘기를 하고 있는 거겠지.」 드랙스가 말했다.

「물론이네. 나는 자네를 가볍게 본 것이 아니네. 단지 이 초유의 국가적인 비상사태에 동요했을 뿐이야. 그럼 공식 선언문을 기초하기로 하지. 진드롬더러 필기 도구를 가져오라고 해야겠군.」

「진드롬, 가서 필 —」

「여기 있습니다, 양대 폐하.」

「자, 여기 있네. 어떻게 표현하면 좋을까……?」

「두 분 폐하께서 그 일을 하시는 사이에 저는 궁전을 청소하는 편이 좋을 듯 ―」

「안 돼! 거기 서서 기다리고 있어! 매우 간결하고 요령 있는 선언문이 될 거야.」

「흐음. 〈짐들은 여기서 선언하노니…….〉」

「우리 칭호를 넣는 것을 잊지 말게.」

「맞아. 〈아래에 기명한 글랜의 제왕인 짐들은 여기서 선언하노니…….」

감마선의 미약한 파동이 두 명의 지배자들을 스쳐 지나갔지만, 그들은 그 사실을 깨닫지 못했다. 그러나 충실한 진드롬은 이 파동의 성질을 규명했고, 두 주군의 주의를 환기시키려는 무익한 노력을 계속했다. 마침내 그는 그의 종족 특유의 끈기 있는 제스처와 함께 이 노력을 포기했다. 그는 기다렸다.

「끝났어!」 그들은 미사여구로 문서를 장식하고는 합의에 도달했다. 「자, 아까부터 네가 하려고 하던 말을 해도 좋아, 진드롬. 하지만 간단하게 보고하도록. 너는 이것을 곧 전달하러 가야 하니까 말이야.」

「이미 때가 늦었습니다, 양대 폐하. 두 분께서 그것을 쓰고 계시는 동안, 이 종족 또한 문명 상태까지 도달해서, 핵에너지를 개발한 다음 전멸해 버리고 말았습니다.」

「그런 야만적인!」

「온혈 동물이 무책임한 것은 알고 있었지만!」

「이제 청소하러 가도 되겠습니까, 양대 폐하?」

「곧 가도 좋아, 진드롬, 곧. 하지만 일단 나는 이 선언문을 문서고에 보관함으로써, 장래에 비슷한 일이 일어날 경우에 대비하자고 정식으로 제안하겠네.」

드랜은 고개를 끄덕였다.

「동의하겠네. 〈우리〉가 명령하도록 하지.」

로봇은 너덜너덜해진 선언문을 받아 들고 그들 눈앞에서 사라졌다.

「그런데 말이네.」 드랙스가 생각에 잠긴 투로 말했다. 「현재 지상에는 다량의 방사성 물질이 깔려 있지 않을까……..」

「아마 그렇겠지.」

「그것을 써서 다른 탐험을 위한 우주선 연료로 쓸 수 있을지도 모르겠군.」

「그럴지도 모르겠군.」

「이번에는 좀 더 긴 수명과 좀 더 침착한 성질의 — 우리와 가까운 — 생물을 가지고 돌아오라고 진드롬에게 지시할 수 있네.」

「그런 경우에도 그 나름대로 위험이 따르겠지. 하지만 우리는 우선 〈단일 로봇 보호 조약〉을 폐기하고 진드롬에게 자기 자신의 복제를 몇 개 만들라고 명령할 수도 있네. 엄밀한 감독 하에서 말이네.」

「그럴 경우에도 그 나름대로 위험이 따르겠지.」

「어쨌든 간에, 일단 자네의 제안을 신중하게 고려해 볼 필요가 있어.」

「나도 자네 제안을 고려해 보아야겠군.」

「오늘 참 바쁘게 보냈군.」 드랜이 고개를 끄덕였다. 「한숨 자고 생각해 보기로 할까.」

「좋은 생각이군.」

글랜의 거대한 접견실 안에서 도마뱀류의 동물이 커다랗게 코를 고는 소리가 울려 퍼졌다.

폭풍의 이 순간

옛날 지구에서 대학에 다니던 시절, 우리 철학 교수는 어느 날 강의실로 들어오자마자 — 아마 강의 노트를 어딘가에 흘리고 오기라도 한 모양이다 — 기다리고 있던 열여섯 명의 희생자들의 얼굴을 30초쯤 뚫어지게 바라보았던 적이 있었다. 충분히 엄숙한 분위기가 조성되었다는 사실에 만족한 그는 대뜸 이런 질문을 던졌다.

「인간*Man*이란 무엇인가?」

다 꿍꿍이속이 있어서 한 소리였다. 한 시간 반을 때워야 했던 데다가, 열여섯 명의 수강생 중 여학생은 열한 명(그중 아홉 명은 인문학부에서 왔고, 나머지 두 명은 필수 과목이었다)이나 되었던 것이다.

이들 두 사람 중 의대 예비 과정에 있는 여학생 하나가 손을 들더니 산문적이기 그지없는 생물학적 정의를 늘어놓았다.

교수는 (지금 갑자기 생각났는데, 맥니트라는 이름이었다) 고개를 까딱해 보이고는 이렇게 말했다.

「그게 전부인가?」

이런 연유로, 그의 한 시간 반은 보장받은 것이나 마찬가지였다.

이렇게 해서 나는 인간이 이성적 동물이라는 사실을 알게 되었고, 인간이 웃는 존재이며, 인간은 짐승과 천사의 중간에 있는 존재이고, 인간이란 자신의 행동의 부조리함을 자각하면서도 그런 행동을 하는 자신을 바라보는 자기 자신을 바라보는 존재이고 (이건 비교 문학을 전공하는 여학생에게서 나온 말이었다), 인간은 문화를 전달하는 동물이며, 인간은 동경하고, 긍정하고, 사랑하는 정신이며, 도구 사용자이며, 망자를 매장하는 존재이며, 갖가지 종교를 발명하는 생물이며, 자기 자신을 정의하려고 시도하는 존재인 것이다. (마지막 정의는 내 룸메이트였던 폴 슈워츠가 내린 것이었다 — 즉석에서 고안해 낸 것치고는 상당히 괜찮았다고 생각한다. 그 후 폴은 어떻게 되었을까?)

어쨌든 간에, 이런 정의들에 대한 내 반응은 〈아마 그럴지도〉라든지, 〈틀린 말은 아냐, 하지만 —〉이거나, 혹은 그냥 〈헛소리!〉라는 말 한마디로 요약할 수 있는 경우가 대부분이다. 왜냐하면 나는 그것들을 실제로 시험해 볼 기회가 있었기 때문이다. 티에라 델 시그누스, 〈백조의 나라〉에서……

그때, 내 대답은 이랬다. 「인간이란 그가 그때까지 한 모든 일, 하고 싶거나 하고 싶지 않은 일들, 했으면 좋았을 것이라고 생각하거나, 혹은 안 했으면 좋았을 것이라고 생각하는 일들, 이 모든 것의 총합이다.」

여기서 잠깐 이 정의에 관해 생각해 보기 바란다. 다른 것들과 마찬가지로 일부러 포괄적인 용어를 사용하고 있지만, 이 안에는 생물학과, 웃음과, 동경뿐만 아니라, 문화 전달도, 사랑도, 거울의 복도도, 정의하려는 욕구도 충분히 들어갈 여지가 있는 것이다. 보다시피 종교에 대해서까지 문을 열어 놓았다는 사실을 알 수 있을 것이다. 물론 이 정의에도 한계는 있다. 이를테면, 제일 끝의 조건을 충족하는 과묵한 인물을 만난 적이 있는가?

 티에라 델 시그누스, 〈백조의 나라〉 — 정말 멋진 이름이다. 멋진 곳이기도 했다. 한동안은……

 이 나라에서 나는 보았던 것이다. 커다란 칠판에 쓰인 인간의 정의가 하나씩 지워지고, 결국 내 것 하나만 남는 광경을.

 ……라디오의 잡음이 평소 때보다 더 심했다. 그뿐이었다.

 몇 시간 동안 이것을 제외하고는 아무런 전조도 나타나지 않았다.

 아침 내내 나는 130개의 눈으로 베티를 바라보고 있었다. 청명하고 상쾌한 봄날, 찬란하게 빛나는 태양은 황금빛 꿀과 섬광을 호박색 들판 위로 쏟아 부었고, 거리 사이를 누비고 흘러 서쪽에 면해 있는 상점들의 유리창을 습격하고, 보도 가장자리의 돌을 말리고, 가로수 거죽을 뚫고 나온 올리브색과 암갈색의 새싹들을 씻어 내고 있었다. 시청 앞에 게양된 깃발에서 파란빛을 쥐어짠 햇살은 모든 창문을 오렌지빛 거울로 만들어 놓았고, 자줏빛과 보랏빛 반점을 쫓아서 30여 마일 떨어진 성(聖) 스테판 산맥의 산마루를 가로질렀고, 마치 초자연적인 광인처럼 산기슭의 숲으로 뛰어 내려와서, 너비가 몇 마일이나 되는 붓으로 몇 백만 개의 양동이에 담긴 형형색색의 페인트 — 각각 다른 색조의 초록, 노랑, 오렌지, 파랑, 빨강 — 를 넘실거리는 초목의 바다 위에 처바르고 있었다.

 아침 하늘은 코발트, 대낮은 터키석, 그리고 해질 녘에는 에메랄드와 루비가 발하는 경질의 섬광으로 변한다. 하늘이 코발트와 바다 안개의 중간색이었던 1100시, 나는 130개의 눈으로 베티를 바라보았고, 앞으로 일어날 일의 전조는 그 어디에서도 찾아볼 수 없었다. 단지 예의 끈질긴 잡음만이 내 휴대용 라디오에서 들려오는 피아노와 현악 합주곡의 반주처럼 들려왔을 뿐이었다.

인간의 마음이란 기묘한 것으로, 사물을 의인화하고, 성(性)을 부여하려는 경향이 있다. 이를테면 선박의 경우에는 언제나 여성이다. 당신은 〈이건 할머니지만 튼튼해〉라든지, 〈빠르고 터프한 말괄량이야, 이건〉이라고 말하며 뱃전을 가볍게 두드리고, 선체의 굴곡진 부분에서 미묘한 여성스러움을 느껴 보려고 한다. 또 이것과는 반대로, 〈이 샘이라는 녀석은 툭하면 시동이 안 걸려!〉라고 내뱉으며 육상 수송 차량의 보조 엔진을 걷어차곤 하는 것이다. 태풍은 언제나 여자이고, 위성(衛星)도, 바다도 그렇다. 그러나 도시는 다르다. 일반적으로는 중성이라고나 할까. 아무도 뉴욕이나 샌프란시스코를 〈그〉나 〈그녀〉라고는 부르지 않는다. 보통 〈그것〉이라고 부를 따름이다.

그러나 이따금 도시가 섹스의 속성을 띨 때도 있다. 보통 이런 경우는 옛날 지구에서 지중해 가까이에 있었던 작은 도시들에 해당된다. 혹시 이것은 그 지방에서 통용되던 언어가 성에 관련된 명사로 가득 차 있었다는 점에 기인하는 것인지도 모른다. 이 말이 맞는다면, 이것은 거주지보다 그곳에 살던 주민들에 관해 더 많은 것을 얘기하고 있다고 할 수 있다. 그러나 나 자신은 그보다 더 깊은 이유가 있다고 생각한다.

베티가 베타 스테이션이라고 불린 것은 10년도 채 안 되는 기간뿐이었다. 20년 후 그녀는 시의회의 결의에 의해 공식적으로 베티라는 이름을 갖게 되었다. 왜냐고? 흐음, 내가 당시 (90여 년 전)에 그렇게 느꼈고, 또 지금도 그렇게 느끼고 있듯이, 이곳이 바로 그런 장소였기 때문이다 — 휴식과 수리를 위한 곳. 너무나도 많은 것을 포기한 다음, 거대한 밤 속에서 기나긴 여정을 경험한 후, 비로소 사람의 손으로 직접 조리된 음식을 맛보고, 새로운 목소리들과 새로운 얼굴들을 경험하고, 풍경과 날씨와 자연광을 다시금 경험할 수 있는 곳. 그녀는 고향이 아니고, 목적지인 경우도 드물지만, 그 양쪽에 가깝다고나 할까. 어둠과 차가움과 침묵을 경험한 후에 당신이 조우하는 빛과 따사로움과 음악은 누가 뭐래도 〈여자〉인 것이다. 고대 지중해의 뱃사람이 긴 항해 끝에 처음으로 항구를 목격했을 때도 이런 느낌을 받았을 터이다. 적어도 처음에 베타 스테이션을, 베티를 본 나는 그렇게 느꼈고, 두 번째로 그녀를 보았을 때도 그렇게 느꼈다.

지금 나는 그녀의 헬캅 *Hell Cop* 노릇을 하고 있다.

……내가 처음으로 불안감을 느낀 것은, 내가 보유한 130개의 눈이 보내오는 영상 중 예닐곱 개가 한순간 깜박였다가 다시 정상으로 되돌아오고, 라디오에서 들리던 음악이 갑자기 공전(空電)의 파도에 의해 씻겨 나갔을 때였다.

그래서 나는 기상 센터에 전화를 걸어 일기 예보를 들었다. 녹음된 젊은 여성의 목소리가, 오후나 이른 저녁에, 계절에 걸맞은 비가 내릴지도 모른다고 가르쳐 주었다. 나는 수화기를 내려놓고 눈 한 개의 감시 각도를 배면에서 등면으로 바꿨다.

구름 한 점 없다. 바람 한 점 없다. 단지 무리를 지어 북쪽으로 날아가던, 녹색 날개를 퍼덕이는 날두꺼비의 한 무리가 렌즈의 시야를 가로질렀을 뿐이었다.

감시 각도를 다시 원상 복구시켜 놓은 다음, 베티의 깔끔하고 손질이 잘 되어 있는 도로를 통해 차들이 정체되지도 않고 천천히 움직이는 광경을 바라보았다. 세 명의 남자가 은행에서 나오고 있었고, 두 사람이 들어가고 있었다. 나는 나오고 있는 세 사람을 알아보고 그 위를 지나가며 마음속에서 손을 흔들었다. 우체국은 조용하다 못해 고즈넉했고, 제철소도, 가축 방목장도, 플라스틱 합성 공장도, 공항도, 우주선의 발착 패드도, 모든 쇼핑센터의 외부에서도, 정상적인 활동 패턴이 유지되고 있었다. 내륙 수송용 차량 터미널에는 차들이 들락거렸고, 무지갯빛 숲과 그 너머의 검은 민달팽이 같은 산들로부터 기어 나오는 차들이 황야에 타이어 자국을 남기고 있었다. 그리고 시골의 경작지들은 여전히 노란색과 갈색을 띠고 있었고, 이따금 녹색과 핑크색 부분도 눈에 들어왔다. 대부분 단순한 A형 프레임을 한 시골집들은 끌의 날이었고, 삐죽삐죽한 스파이크였고, 그 하나하나가 커다란 피뢰침이 달린 뾰족탑이었다. 내가 눈들을 각 담당 구역에서 순회시키자, 이들 풍경은 수많은 색으로 물들었고, 내 눈앞에서 퍼 올려진 다음 다시 내버려지는 일을 거듭했다. 시청의 감시탑 꼭대기에 위치한 경비 센터의 커다란 벽면에 투영된, 130개의 변화하는 그림들을 진열해 놓은 나의 갤러리는 이런 것들로 이루어져 있었다.

잡음은 뜸해졌다가 심해지기를 거듭했고, 급기야 나는 라디오를 꺼야 했다. 산산조각 난 음악을 들으니 아예 안 듣는 편이 낫다.

자력선을 타고 깃털처럼 가볍게 활공하고 있던 내 눈들이 깜박거리기 시작했다.

뭔가가 일어나려 하고 있다는 것을 나는 직감했다.

눈 하나를 전속력으로 성 스테판 산맥을 향해 보냈다. 이것은 눈이 산맥을 넘을 때까지 20분을 더 기다려야 한다는 것을 의미한다. 또 하나는 하늘을 향해 곧바로 올려 보냈다. 이 눈을 통해 같은 광경을 원거리에서 보려면 아마 10분은 더 기다려야 할 것이다. 그런 다음 나는 오토스캔에 모든 감시 작업을 맡겨 두고 커피를 마시기 위해 아래층으로 내려갔다.

시장실로 들어가서 응접 담당자인 로티에게 윙크를 해보인 다음, 안쪽 방으로 통하는 문을 흘끗 보았다.

「시장님 계셔?」 나는 물었다.

로티는 조금 뚱뚱하지만 보기 좋게 둥글둥글한 몸매에, 간헐적으로 여드름의 습격을 받곤 하는 여성이었고, 이따금 내게 미소 지어 보일 때도 있었다. 그러나 오늘은 기분이 별로인 듯했다.

「예.」 로티는 이렇게 대답하고 책상 위의 서류로 다시 주의를 돌렸다.

「혼자야?」

그녀는 고개를 끄덕였다. 이어링이 춤을 췄다. 검은 눈동자에 가무잡잡한 피부. 머리 모양을 바꾸고 지금보다 짙은 화장을 한다면 좀 더 야무진 느낌을 낼 수 있을 텐데. 흐음…….

나는 문까지 걸어가서 노크했다.

「누구?」 시장이 물었다.

「나야.」 나는 문을 열며 말했다. 「가드프리 저스틴 홈즈 — 약칭 〈갓God〉. 함께 커피를 마실 사람을 찾다가, 당신을 선택했지.」

그때까지 창문 밖을 바라보고 있던 그녀가 회전의자 위에서 몸을 돌리는 것과 동시에, 한가운데서 가르마를 탄, 은빛과 금빛 머리카락을 녹여 만든 듯한 짧은 머리가 살짝 나풀거렸다 — 햇살을 받고 반짝이는 흰 적설(積雪)이 돌풍에 휘날리듯이.

그녀는 미소 지으며 말했다. 「나 바빠요.」

「녹색 눈동자, 갸름한 턱, 귀엽고 조그만 귀 — 난 이것들 모두가 좋아.」 — 이것은 두 달 전에 내가 익명으로 그녀에게 보낸 밸런타인 카드의 문구를 인용한 것이고, 모두 사실이다.

「……하지만 아무리 바빠도 하느님과 커피 한잔 못 마실 정도는 아니군요.」 그녀는 말했다. 「옥좌로 왕림하시면 어때요. 인스턴트를 한 잔 타드리죠.」

나는 그렇게 했고, 그녀도 자기 말을 실행에 옮겼다.

그녀가 커피를 타는 동안 나는 의자에 등을 기대고, 그녀의 담배통에서 슬쩍한 담배 한 대에 불을 붙이고는 한마디 했다.
「비가 올 것 같군.」
〈흠흠〉 하고 그녀가 말했다.
「그냥 해본 소리가 아냐.」 나는 대꾸했다. 「어딘가에서 — 내가 보기엔 성 스테판 산맥 상공 어딘가에서 큰 폭풍이 하나 발생하고 있어. 조금만 기다리면 확실히 알 수 있겠지.」
「알겠습니다, 할아버님.」 그녀는 커피를 가져다주며 말했다. 「당신들처럼 비가 올 때마다 삭신이 쑤시는 늙으신네들의 예감은 기상 센터의 예보보다 더 잘 맞는다는 걸 난 알아요. 이건 부인할 수 없는 사실이니까, 반박할 생각은 없어요.」
그녀는 미소 지었고, 이마를 찌푸렸고, 다시 미소 지었다.
나는 그녀의 책상 가장자리에 내 커피 잔을 내려놓았다.
「조금만 더 기다리면 돼. 만약 산맥을 넘어 이리로 온다면 뇌우(雷雨)를 동반한 질이 안 좋은 폭풍으로 변할 것 같아. 벌써부터 라디오에 잡음이 끼는 걸 보면.」
커다란 보타이가 달린 흰색 블라우스에, 검은 스커트에 감싸인 탄력 있는 몸. 이번 가을이면 마흔 살이 되지만, 아직도 얼굴 표정을 완전히 제어하는 법을 터득했다고는 할 수 없다 — 이건 내 입장에서는 실로 매력적이었다. 천진난만한 표정은 너무나도 빨리 스러지는 법이다. 지금 그녀를 바라보고, 그 목소리를 듣는 것만으로도 나는 그녀가 어떤 어린아이였는지를 상상할 수 있었다. 그런 그녀도 마흔 살이 된다는 사실 탓에 또다시 고민하기 시작했다는 것을 알 수 있었다. 자기 나이가 마음에 걸릴 때마다 내 나이를 가지고 농담을 하는 버릇이 있기 때문이다.
그러니까, 나의 실제 연령은 대략 서른다섯이므로 그녀보다는 내가 조금 더 젊다는 얘기가 되지만, 그녀는 어린 시절

자기 할아버지한테서 내 얘기를 듣곤 했던 것이다. 이번에 내가 다시 돌아오기 전에 말이다. 베티-베타의 첫 번째 시장이었던 와이어스가 취임한 지 두 달만에 급서했을 때, 남은 임기 2년을 내가 떠맡았던 적이 있었다. 나는 지금으로부터 597년 전에 지구에서 태어났지만, 그중 562년은 별에서 별 사이의 긴 거리를 여행하며 잠든 채 보냈다. 그런 일을 하는 극소수의 인간들보다, 조금 더 많은 여행을 경험했다고나 할까. 결과적으로 나는 시대착오적인 존재가 되었다. 물론 실제로는 겉모습 그대로의 나이밖에 먹지 않았다 — 그럼에도 불구하고, 사람들은 언제나 내가 뭔가 사기를 쳤다는 듯한 느낌을 받는 것 같았다. 중년 여성들이 특히 그랬다. 때로는 이 사실이 정말 당혹스러울 때도 있었다…….

「엘리너」 나는 말했다. 「당신의 임기는 11월에 끝나. 차기 시장으로 또 입후보할 생각이야?」

그녀는 고상한 가는 테 안경을 벗고는 엄지손가락과 집게손가락으로 눈두덩을 문질렀다. 그러고는 커피 한 모금을 마셨다.

「아직 결정하지 못했어요.」

「보도 자료가 필요해서 물어본 게 아냐. 내가 알고 싶어서 그래.」

「정말로 결정 못했어요. 어떻게 해야 할지…….」

「알았어. 그냥 확인해 본 거야. 결심이 서면 얘기해 줘.」

나는 커피를 마셨다.

잠시 후, 그녀가 말했다. 「토요일에 저녁 함께 먹을 수 있죠? 언제나처럼?」

「응, 좋지.」

「그럼 그때 가서 얘기해 줄게요.」

「좋아 — 훌륭하군.」

그녀가 자신의 커피를 내려다보았을 때, 나는 물웅덩이를 응시하고 있는 작은 소녀의 모습을 보았다. 파문이 잦아들 때까지 기다렸다가, 수면에 비친 자기 얼굴을 보려고 하는 것인지, 아니면 웅덩이 바닥을 보고 싶어 하는 것인지. 혹은 양쪽 모두일지도 모른다.

거기서 그녀가 본 것이 무엇이었든 간에, 그녀는 그것을 향해 미소 지었다.

「심한 폭풍우라고요?」 그녀가 물었다.

「응. 뼈에 사무치는구먼.」

「저리 가라고 타일러 보았어요?」

「타일러 보았지. 하지만 말을 들을 것 같지는 않아.」

「미리 대비를 해놓는 게 좋겠군요 그럼.」

「헛수고는 아닐 거야. 오히려 득이 될지도 몰라.」

「반 시간 후면 기상 위성이 산맥 상공으로 오게 되요. 그 전에 뭔가 알 수 있을 것 같아요?」

「그럴 것 같아. 지금 당장이라도.」

나는 커피를 모두 들이켠 다음 컵을 씻어 놓았다.

「그 즉시 내게 알려줘요.」

「물론. 커피 고마웠어.」

로티는 여전히 일에 몰두하고 있었고, 내가 지나갈 때도 고개를 들지 않았다.

다시 위층으로 올라갔다. 아까 내가 상승시켰던 눈은 이제 충분히 높은 고도에 도달해 있었다. 나는 그것을 곧추세워서 먼 곳의 영상을 잡았다. 양털 같은 구름 덩어리가 성 스테판 산맥 반대편에서 끓어오르고, 부글부글 거품을 뿜어 대고 있었다. 산맥은 마치 방파제, 댐, 바위투성이의 해안선처럼 보였다. 그 너머는 거친 바다였다.

다른 눈 하나도 거의 소정 위치에 도달해 있었다. 담배를 반쯤 피우자 영상이 전송되어 왔다.

잿빛 일색의 축축한, 관통 불능의 장막이 들판 전체를 가로지르고 있었다. 이것이 내가 본 광경이었다.

……게다가, 전진하고 있었다.

엘리너를 불러냈다.

「큰비가 내릴 것이다, 아이들아.」 나는 말했다.

「모래주머니가 필요할 만큼?」

「그럴 거야.」

「그럼 당장 준비하는 편이 낫겠군요. 알았어요, 고마워요.」

나는 감시를 재개했다.

티에라 델 시그누스, 〈백조의 나라〉 — 정말 멋진 이름이다. 이것은 이 행성, 단 하나 있는 대륙 양쪽을 가리키는 이름이다.

어떻게 하면 이 세계를 알기 쉽게 설명할 수 있을까? 흠, 크기는 대략 지구와 같다. 실제로는 조금 더 작고, 물이 더 많다 — 이 행성의 유일한 대륙에 관해 설명하자면, 우선 남미 대륙 앞에 거울을 세워 놓고, 오른쪽의 커다란 돌출부를 왼쪽으로 옮겨 놓는다. 그런 다음 그것을 시계 반대 방향으로 90도 회전시키고 북반구로 밀어 올린다. 여기까지는 알겠는가? 좋다. 그런 다음 그 꼬리를 붙잡고 잡아당긴다. 6천7백 마일쯤 잡아당겨서, 가운데 부분이 날씬해지도록 한 다음, 마지막 5천6백 마일로 적도 위를 가로지르게 하는 것이다. 자, 이걸로 거대한 만(灣)을 부분적으로 열대 지방에 걸쳐 놓은 백조*Cygnus*가 만들어진 것이다. 이왕 하는 김에 좀 더 철저하게 해보자. 오스트레일리아를 여덟 조각으로 나눠서 남반구에 적당히 뿌려 넣고, 그리스 어 알파벳의 처음 여덟 글자를 써서 이것들을 부르는 것이다. 양 극점(極點)에는 바닐라 아이스크림을 한 덩어리씩

붙여 놓고, 집으로 가기 전에 자전축을 18도쯤 기울여 놓는 것을 잊지 마시기를. 고맙습니다.

나는 당장 필요 없는 눈들을 소환했고, 다른 몇 개들이 성 스테판 산맥 쪽을 향해 있도록 했다. 구름 띠가 산맥을 넘은 것은 그로부터 약 한 시간 후였다. 물론 기상 위성은 이미 그 상공을 통과해서 구름을 포착한 후였다. 위성은 산맥 반대편의 넓은 지역이 구름에 뒤덮여 있음을 보고해 왔다. 폭풍이 이렇게 빨리 발달하는 것은 시그누스에서는 흔히 볼 수 있는 일이었다. 그리고 한두 시간 동안 하늘의 포화(砲火)를 퍼부은 폭풍이 생겨났을 때만큼 빨리 흩어져 없어지는 일도 역시 흔했다. 그러나 개중에는 정말로 위험한 것도 있었다 ― 지독하게 오래 머물러 있고, 지구의 그 어떤 폭풍보다도 많은 번개를 화살 통에 넣고 다니는.

베티의 위치도, 보통 그 단점을 상쇄하고도 남는 수많은 장점을 가지고 있음에도 불구하고, 때로는 위험한 상황을 야기할 때가 있었다. 베티는 만에서 20마일쯤 내륙으로 들어간 곳에 있고, (그 본체는) 주요 하천인 노블 강에서 대략 3마일 떨어져 있다. 베티의 일부는 강둑까지 연장되어 있지만, 이것은 작은 일부에 지나지 않는다. 시가지는 어떻게 보면 띠 같은 모양을 하고 있고, 길이 7마일에 폭 2마일의 중심부가 강의 동쪽 기슭에서 내륙을 향해, 멀리 떨어진 해안과 거의 평행한 형태로 뻗어 가고 있다. 10만 인구의 약 80퍼센트는 강에서 5마일 떨어진 상업 지구에 집중해 있다.

우리 도시는 가장 저지대가 아니지만, 그렇다고 해서 가장 높은 곳에 위치해 있는 것도 아니었다. 그러나 이 부근에서 가장 편평한 토지라는 점만은 확실하다. 이 마지막 특징과, 적도에 인접해 있다는 사실이 베타 스테이션의 건설을 결정지은 가장 중요한 요소였다. 다른 요소를 꼽자면 바다와 강

양쪽에 가깝다는 점을 지적할 수 있을 것이다. 대륙에는 이곳 말고도 아홉 개의 도시가 있지만, 이들 모두가 우리보다는 역사가 짧고 작았으며, 그중 셋은 노블 강의 상류에 위치해 있었다. 베티는 잠재적인 국가의 잠재적인 수도였다.

우리 도시는 궤도를 선회 중인 항성 간 우주선의 연락정이 쉽게 착륙할 수 있는 양항(良港)이며, 대륙 내부로의 확장이라는 측면에서도 장래의 성장과 통합에 유리한 여러 이점을 갖추고 있었다. 그러나 본래의 존재 이유는 중계 기지로서의 역할이었다. 베티는 더 멀리 떨어진 곳에 있는, 더 규모가 큰 식민 행성으로 가는 항로상에 설치된 수리 기지였고, 보급창이었으며, 심신 양면을 위한 휴게소였던 것이다. 시그누스는 다른 세계들에 비해 늦게 발견되었고 — 별다른 이유는 없었다 — 다른 세계들보다 시작하는 것도 늦었다. 그런 연유로, 이곳에 오기보다는 다른 세계로 가는 이민자들이 더 많았다. 시그누스는 아직도 상당히 원시적인 상태였다. 자급자족 — 이것은 현재의 인구를 더 늘리기 위해서 필요했다. 또 땅의 크기는 19세기 중엽의 미국 남서부를 닮은 사회를 요구했다 — 적어도 발전 단계 초기에는 말이다. 시그누스의 화폐 경제를 통제하는 것은 지구 중앙 정부이지만, 행성의 일부는 아직도 자연 경제 시스템에 의존하고 있었다.

별들 사이의 여정 대부분을 수면 상태로 지내면서, 왜 휴게소가 필요한 것일까?

그 이유에 관해서 잠시 생각해 보라. 당신의 생각이 맞는지는 나중에 가르쳐 주겠다.

동쪽에서 솟아오른 적란운이 소나기와 가느다란 연무(煙霧)를 여기저기 뿌리기 시작했고, 곧 성 스테판 산맥은 괴물들이 우글거리는 극장의 2층 좌석으로 변했다. 괴물들이 우리가 있는 무대 쪽을 향해 난간 너머로 몸을 내민 채 목을 길게 뻗고 있는 형상이었다. 어두운 청회색의 구름 위로 또 구름이 겹쳐지며 생긴 벽은, 이윽고 천천히 무너지기 시작했다.

천둥이 우르릉거리는 소리가 처음으로 들려온 것은 점심을 먹은 지 반 시간 후의 일이었기 때문에, 배가 꾸르륵거리는 소리가 아니라는 것은 금세 알 수 있었다.

많은 눈이 밖을 감시하고 있었음에도 불구하고 나는 창가로 가서 직접 밖을 내다보았다. 거대한 잿빛의 빙하가 하늘을 가르며 오고 있다.

바람도 불기 시작한 듯했다. 나무들이 갑자기 몸을 떨더니 일제히 고개를 숙였기 때문이다. 이 계절 최초의 폭풍우였다. 먹구름은 터키석 같은 청록색 하늘을 순식간에 뒤로 밀어냈고, 마침내 태양까지 감싸 버렸다. 창문 유리를 두드리던 빗방울들은, 곧 작은 시내로 변했다.

부싯돌처럼, 성 스테판 산맥의 최고봉들은 폭풍의 복부(腹部)를 비비댔고, 쏟아지는 불꽃의 세례를 받았다. 잠시 후 폭풍은 귀청이 떨어질 듯한 소리와 함께 무엇인가에 격돌했고, 석영 유리창 위로 흐르던 시냇물은 강으로 변했다.

나는 갤러리로 되돌아갔고, 몇 다스에 달하는 화면에서 사람들이 비를 피해 이리저리 뛰어다니는 광경을 보고 미소 지었다. 현명하게도 우산이나 비옷을 미리 준비했던 사람은 몇 명 되지 않았다. 나머지는 모두 비를 피해 쏜살같이 달려가고 있었다. 사람들은 일기 예보에 결코 주의를 기울이지 않는 법이다. 내가 보기에 이것은 인간 심리를 구성하는 불변의 요소 중 하나이고, 아마 고대의 부족 구성원들이 샤먼에 대해 느꼈던 불신감에서 비롯된 것인지도 모른다. 사람들은 그의 예언이 틀릴 것을 원한다. 만약 예언이 맞는다면 상대방이 자기들보다 잘났다는 얘기가 되고, 이것은 비를 맞고 생쥐 꼴이 되는 것보다도 더 불유쾌한 일인 것이다.

그제야 내가 비옷도, 우산도, 고무장화도 가지고 오지 않았다는 사실을 깨달았다. 하지만 오늘 아침에는 정말로 맑게 개어 있었고, 기상 센터의 예보가 틀릴 가능성도 있었던 것이다……

어쨌든, 나는 새 담배에 불을 붙이고 커다란 의자에 몸을 기댔다. 그 어떤 폭풍우가 몰아닥치더라도, 나의 눈들을 하늘에서 추락시킬 수는 없다.

나는 영상 필터의 스위치를 넣은 다음 자리에 앉아 소나기가 지나가기를 기다렸다.

다섯 시간 후에도 비는 여전히 쏟아지고 있었고, 천둥이 울렸고, 하늘은 어두웠다.

퇴근 때까지는 그쳐 주기를 내심 기대하고 있었지만, 척 풀러가 출근할 무렵에도 상황은 전혀 바뀌지 않았다. 척은 그날 밤에 나와 교대할 야근 헬캅이었다.

그는 내 책상 옆으로 와서 앉았다.

「일찍 왔군.」 나는 말했다. 「한 시간은 더 기다려야 급료가 나올 텐데.」

「어딜 가나 축축해서 말이야. 앉아서 기다리기도 뭐하고. 어차피 앉아 있을 거라면 집보다는 여기서 그러는 게 더 나아.」

「지붕이 새기라도 하나?」

그는 고개를 가로저었다.

「장모가 또 와 있어.」

나는 고개를 끄덕였다.

「작은 세계에 사는 결점 중 하나지.」

그는 목덜미로 돌린 양손을 깍지 꼈고, 의자에 등을 기댄 채 창문 쪽을 쳐다보았다. 아까 올 때부터 워낙 저기압이었지만, 바야흐로 폭발할 듯한 분위기였다.

「내가 몇 살인지 알아?」 잠시 후 그가 물었다.

「모르겠는데.」 나는 이렇게 말했지만, 거짓말이었다. 그는 스물아홉 살이다.

「스물일곱이야.」 그는 말했다. 「그리고 곧 스물여덟이 돼. 지금까지 내가 어디어디를 가봤는지 알아?」

「모르겠는데.」

「어디에도 가지 않았어! 난 이 꾀죄죄한 세계에서 태어나서 자랐어! 그런 다음 결혼해서, 여기에 뿌리를 내렸지 — 그래서 아직 한 번도 이 행성에서 나가 본 적이 없어! 젊었을 때는 그러고 싶어도 돈이 없었지. 지금은 처자식이 딸린 몸이고…….」

그는 다시 몸을 앞으로 내밀었고, 어린애처럼 무릎 위에 양팔꿈치를 괴었다. 척은 쉰 살이 되어도 어린애처럼 보일 것이다. — 짧게 깎은 금발, 들창코, 좀 마른 몸에, 볕이 좀 강하다 싶으면 금세 그을리는 얼굴. 아마 쉰이 되어도 어린애처럼 행동할지도 모른다. 그걸 확인할 방도는 없지만.

할 말이 없었기 때문에, 나는 아무 말도 하지 않았다.

그는 오랫동안 침묵하고 있었다.

그러고는 느닷없이, 「자네는 많이 돌아다녔지.」

그러고는 1분쯤 지나서 이렇게 말을 이었다.

「자넨 지구에서 태어났어. 지구! 게다가 다른 세계들도 많이 돌아다녀 봤지. 내가 태어나기도 전에 말이야. 지구는 내겐 단지 하나의 이름에 불과해. 사진으로밖에 본 적이 없는. 그리고 다른 세계들도 — 다 마찬가지야! 사진하고 이름밖에는…….」

나는 그냥 기다렸고, 기다리는 일에도 염증을 느낀 나머지 이렇게 읊었다. 「미니버 치비, 조소(嘲笑)의 아들…….」[1]

---

[1] 미국 시인 Edwin Arlington Robinson(1869~1935)의 시. *Miniver Cheevy sighed for what was not, And dreamed, and rested from his labors...*

「그게 무슨 뜻이지?」

「고대의 시 첫 구절이야. 지금 시점에서 보면 고대이지만, 내가 어렸을 적에는 고대라고 할 정도는 아니었어. 그냥 오래된 시였지. 나도 친구들과 친척, 인척들을 가졌던 적이 있었어. 하지만 지금은 뼈조차 남아 있지 않지. 뼈가 아니라 티끌이 되어 있어. 진짜 티끌. 비유적인 티끌이 아니라 진짜 말이야. 과거 15년간은 내겐 15년간으로밖에는 느껴지지 않아. 하지만 사실은 그렇지 않아. 이미 역사책 속에서는 훨씬 앞쪽 장(章)에나 나와 있으니. 별들 사이를 여행할 때마다 인간은 자동적으로 과거를 묻어 버리게 되지. 만에 하나 자신이 떠났던 세계로 되돌아가 본다고 해도, 그 세계는 이방인들투성이 — 혹은 예전에 알았던 친구들, 친척들, 때에 따라선 자기 자신의 캐리커처로 가득 차 있어. 예순 살에 할아버지가 되고, 일흔다섯이나 여든 살 때 증조부가 되는 건 어렵지 않아 — 하지만 3백 년 동안 밖에 나가 있다가 고향으로 돌아와서, 증, 증, 증, 증, 증, 증, 증, 증, 증, 증, 증손자를, 그것도 쉰다섯이나 나이를 먹은 자손을 찾아내고, 상대방이 의아해 하는 광경을 상상해 봐. 그제야 자신이 얼마나 고독한지를 깨닫게 되는 거지. 단지 모국이 없다거나, 모성(母星)이 없다는 것하고는 달라. 시대가 없는 인간이라고나 할까. 어느 세기에도 소속되어 있지 않은 인간. 별들 사이에서 표류하는 잡동사니라고 할 수도 있겠지.」

「그래도 그럴 만한 가치가 있지 않나.」 그는 말했다.

나는 웃었다. 과거 1년 반 동안, 나는 거의 한두 달 간격으로 이 친구의 푸념을 들어 줘야 했다. 예전에는 그다지 신경이 쓰이지 않았다는 사실을 감안한다면, 아마 그날에는 축적된 효과가 나타난 것인지도 모른다 — 쏟아지는 비와, 토요일 밤 생각과, 최근에 자주 도서실에 갔던 일에 덧붙여 그의 불평불만이 직접적인 동기가 되어 줬다고나 할까.

그가 방금 한 말은 그냥 지나칠 수 없었다. 〈그래도 그럴 만한 가치가 있지 않나.〉 이런 말에, 내가 어떻게 대답하란 말인가?

나는 웃었다.

그의 얼굴이 시뻘겋게 물들었다.

「날 비웃고 있지!」

그는 벌떡 일어서서 나를 노려보았다.

「아니, 그게 아냐.」 나는 말했다. 「날 비웃고 있는 거야. 자네가 뭐라고 하든 평소처럼 신경을 끄고 있어야 하는 건데, 아까는 그렇지가 않았어. 그래서 생각을 좀 해보고, 그야말로 웃기는 사실에 직면하게 된 거지.」

「무슨?」

「난 나이를 먹은 탓에 센티멘털해졌어. 그래서 웃은 걸세.」

「오.」 그는 등을 돌리고, 창가로 걸어가서 밖을 내다보았다. 그런 다음 양손을 호주머니에 찔러 넣고는 몸을 돌려 나를 바라보았다.

「그럼 행복하지 않단 말이야?」 그는 물었다. 「진심으로? 자넨 돈도 있고, 그 누구의 구속도 받고 있지 않아. 그럴 생각만 있다면 지금 당장이라도 짐을 싸서 다음 우주선을 타고 여길 떠날 수 있잖아.」

「물론 난 행복해.」 나는 대꾸했다. 「단지 커피가 식어 있어서 기분이 나빴던 거야. 잊어 줘.」

「오.」 그는 또 이렇게 되풀이했다. 그가 다시 창가를 향해 몸을 돌리자마자 번개가 번득이며 그의 얼굴을 직격했고, 다음 말을 꺼내기 위해 그는 천둥소리와 경쟁을 해야 했다. 「미안해.」 그의 목소리가 마치 먼 곳에서 말한 것처럼 들려왔다. 「난 자네가 이 부근에서 가장 행복한 사람이 아닌가 하고 생각하고 있었어……」

「사실이야. 안 좋은 건 오늘 날씨야. 그 탓에 모두들 조금씩 신경이 날카로워져 있는 거야. 자네도 포함해서 말이야.」

「응, 맞아.」 그는 말했다. 「저 비 내리는 걸 좀 보라고. 몇 달 동안 한 방울도 안 내리다가……」

「오늘 한꺼번에 쏟아 부으려고 저렇게 모아 놓았던 모양이군.」

그러자 그는 쿡쿡 웃었다.

「교대하기 전에 잠깐 밑으로 내려가서 커피하고 샌드위치를 먹고 올게. 뭐 가져다줄까?」

「아니, 됐어.」

「알았어. 그럼 좀 있다가 보자고.」

그는 휘파람을 불며 나갔다. 아무리 찌무룩해도 오래 그러고 있지는 못하는 위인이다. 아이들의 기분과 마찬가지로, 올라갔다가 내려가고, 올라갔다가 내려가고…… 그런데도 그는 헬캅이었다. 그에게는 아마 최악의 직업일지도 모른다. 오랫동안 한군데에 정신을 집중하고 있어야 한다는 것은. 이 헬캅이라는 용어는 고대의 비행 기계의 이름 — 아마 헬코퍼 *hellcopper*였던 것 같다 — 에서 비롯된 것이다. 우리는 많은 눈들을 규정 구역으로 파견하고, 이것들은 고대의 기계들과 마찬가지로 공중에서 정지하거나, 상승하거나, 후진할 수 있다. 우리는 도시와 인접한 교외를 순회한다. 시그누스에서 경찰 업무는 그다지 어려운 일이 아니다. 특별히 의뢰받지 않는 한 우리는 창문 안을 엿보거나, 건물 내부로 눈을 들여보내지 않는다. 우리의 증언은 법정에서도 증거로 인정되고 — 혹은, 우리가 재빨리 두어 개의 단추를 누르는 데 성공한다면, 비디오테이프가 한층 더 확실한 증거가 되어 준다 — 상황에 따라 경찰관이나 로봇 경찰관을 급파할 수도 있다.

그러나 시그누스에서 범죄는 드문 편이다. 어린애들을 포함해서, 주민 모두가 어떤 식으로든 무기를 휴대하고 다님에도 불구하고 말이다. 모두들 이웃에 관해서 잘 알고 있고, 도망자가 도주할 수 있는 곳도 그다지 많지 않다. 우리의 주 임무는 주로 공중에서 교통을 정리하는 일이고, 행성 특유의 야생 동물 감시도 맡고 있다. (모두 무기를 가지고 다니는 것도 바로 이것 때문이다.)

후자의 기능은 S.P.C.U. — 인간 학대 방지 협회 *Society for the Prevention of Cruelty to Us* — 라고 지칭되고, 내가 가진 130개의 눈에 45구경의 〈눈썹〉이 각각 여섯 개씩 달려 있는 것도 바로 이것 때문이다.

야생 동물 중에는 판다 강아지라는 이름의 작고 귀여운 짐승이 있다 — 흐음, 봉제 곰 인형처럼 엉덩이를 땅에 대고 앉으면 어깨까지의 높이가 3피트쯤 되고, 네모나고 보드랍고 큼지막한 귀에, 북실북실하고 얼룩덜룩한 털가죽, 맑고 커다란 갈색의 눈, 핑크빛 혓바닥, 동그란 코, 파우더 퍼프 같은 꼬리, 퀘마다 섬의 독사보다 더 치명적인 독을 가진 작고 날카로운 흰 이빨, 그리고 포유동물의 창자를 가지고 노는 일에 대해서는 개박하 냄새를 맡고 흥분한 고양이와 맞먹는 열정을 가지고 있다.

그리고 스내퍼 *snapper*라고 불리는 놈이 있다. 이것은 이름 못지않게 살벌한 용모를 가지고 있다. 깃털을 가진 이 파충류의 머리는 비늘로 보호되어 있고, 세 개의 뿔이 — 양 눈 밑에 코끼리 엄니 같은 것이 하나씩, 그리고 코끝에서 하늘을 향해 호를 그리고 있는 것이 하나 — 달려 있으며, 길이 18인치의 다리에, 전장 4피트에 달하는 꼬리를 가지고 있다. 그레이하운드 뺨치는 속도로 땅 위를 달릴 때면 이놈은 이 꼬리를 하늘을 향해 곤추세우고, 샌드백처럼 육중하게 흔든다 — 입에는 길고 날카로운 이빨이 잔뜩 자라 있다.

그리고 이따금 바다에서 강을 타고 올라오는 양서류들도 있다. 그것들에 관해서는 별로 얘기하고 싶지 않다. 추악하고 흉포한 놈들이다.

어쨌든 간에, 이런 연유에서 헬캅이 존재하는 것이다 — 시그누스뿐만 아니라, 수많은 변경 행성에서도 그렇다. 나는 그 중 몇몇 행성에서 같은 직무에 종사한 적이 있었고, 경험이 풍부한 헬캅이라면 변경 행성에서는 언제든지 일자리를 얻을 수 있다는 사실을 알고 있었다. 지구에서 전문 사무직에 종사하는 것과 마찬가지라고나 할까.

척은 내가 생각했던 것보다 더 늦게, 엄밀하게 말하면 내 근무 시간이 지난 후에 돌아왔다. 그러나 기분이 좋은 듯해서 나는 아무 말도 하지 않았다. 셔츠 깃에는 옅은 연지가 묻어 있었고, 얼굴에는 히죽거리는 표정이 떠나질 않고 있었다. 그래서 나는 그에게 잘 있으란 인사를 한 다음 지팡이를 집어 들었고, 거대한 세탁기 쪽을 향해 떠나갔다.

두 블록 떨어진 곳에 세워 둔 차까지 걸어가기에는 빗줄기가 너무 셌다.

나는 택시를 호출했고, 15분을 더 기다렸다. 엘리너는 시장의 근무 시간에 따라 점심시간이 조금 지난 다음 시청을 떠난 후였다. 그리고 날씨 탓에 거의 모든 직원들이 한 시간 일찍 퇴근했다. 그 탓에, 시청 내부는 컴컴한 사무실과 공허한 메아리로 가득 차 있었다. 나는 정문 뒤쪽의 복도에서 택시를 기다리며 폭포수처럼 쏟아지는 빗소리에 귀를 기울였고, 빗물이 하수구로 콸콸 흘러 들어가는 소리를 들었다. 비는 거리를 난타했고, 창틀을 떨리게 했고, 창문 유리를 얼음장처럼 차갑게 만들었다.

그날 저녁은 도서관에서 보낼 예정이었지만, 밖의 날씨를 보고 마음을 바꿨다 — 도서관에 가는 것은 내일이나 모레로 미루리라. 오늘 같은 밤에는 좋은 음식을 두둑이 먹고, 뜨겁게 목욕을 하고, 집에 있는 책과 브랜디를 즐긴 다음, 일찌감치 잠자리에 드는 편이 낫다. 달리 쓸모가 없더라도, 푹 자기에는 안성맞춤인 날씨였다. 시청 앞에 멈춰선 택시가 경적을 울렸다.

나는 달렸다.

다음 날 아침에는 한 시간쯤 비가 그쳤다. 이윽고 가랑비가 내리기 시작했는데, 다시 멈출 기색을 보이지 않았다.

오후가 되자 가랑비는 끊임없이 쏟아지는 호우로 변해 있었다.

다음 날은 금요일이었고, 매주 그렇듯이 나는 비번이었다. 나는 그 사실에 안도했다.

목요일의 일기 예보 밑에 〈위와 같음〉이라는 표시를 하라. 그것이 금요일 날씨였다.

그러나 나는 뭔가 하려고 결심했다.

내가 살고 있는 곳은 시가지에서도 강에 가까운 지역이었다. 노블 강은 물이 많이 불어 있었고, 빗물이 계속 수위를 올리고 있었다. 이미 하수구가 막히면서 역류가 시작되고 있었다. 길가는 시내로 변해 있었다. 줄기차게 내리는 비는, 물웅덩이와 작은 호수들을 계속 넓혀 갔고, 여기에 하늘에서 울려 퍼지는 드럼 솔로와, 눈부신 갈퀴와 톱니의 낙하 반주가 덧붙여진다. 죽은 날두꺼비들이 타오른 불꽃의 찌꺼기처럼 하수구로 흘러간다. 부유하는 구전(球電)이 시민 광장을 가로지른다. 성 엘모의 불이 깃대와, 감시탑과, 영웅적으로 보이려고 노력하고 있는 와이어스의 커다란 동상에 달라붙어 있었다.

나는 주택 지구에 있는 도서관을 향해, 수없이 많은 구슬로 이루어진 발 사이로 천천히 차를 몰았다. 하늘의 거대한 운송 업자들이 조합에 가입하지 않았다는 사실은 명백했다. 왜냐하면 그들은 휴식 따위는 안중에도 없는 것 같았기 때문이다. 나는 겨우 주차할 장소를 찾아냈고, 우산으로 무장하고 도서관까지 달려갔다.

최근 몇 년 동안 나는 상당히 애서가가 되어 있었다. 지식에 대한 갈망 때문이라기보다는, 뉴스에 굶주리고 있었던 것이다.

굳이 이유를 들자면 이것은 이 거대한 믹서 안의 내 위치와 연관되어 있다. 물론 세상에는 빛보다 빠른 것들이 조금은 있다. 이를테면 이온 플라즈마 속의 전파의 위상(位相) 속도라든지, 지구의 부리에 달린 경첩이 딱 닫힐 때마다 태양계에서 쓰이는 통신 시스템인 〈오리너구리*Duckbill*〉에서 발사되는 이온 변조(變調)된 광선의 끄트머리라든지 — 그러나 이것들은 극히 특수한 예이고, 우주선에 실려 별들 사이를 오가는 사람들이나 화물에 대해서는 전혀 응용이 되지 않는 것들이다. 물질의 이동에 관한 한 광속을 넘는 것은 불가능하다. 광속에 상당히 근접할 수는 있지만, 결국은 그뿐이었다.

그러나 생명을 일시적으로 정지시키는 것은 가능하며, 용이하다 — 스위치를 끄고, 다시 스위치를 넣는 데는 아무런 문제도 없는 것이다. 그 덕택에 나 자신도 이렇게 오래 살고 있는 것이다. 우주선의 속도를 올리는 것이 불가능하다면, 그 대신 사람들의 속도를 — 완전한 정지 상태에 이를 때까지 — 늦추면 된다. 그런 다음 우주선을 광속에 가까운 속도로 날려 보내고, 반세기, 아니, 필요하다면 그 이상의 세월에 걸쳐 목적지까지 승객을 실어 나르는 것이다. 내가 이토록 고독한 것도 사실은 이 때문이다. 각각의 작은 죽음은, 다른 세계, 다른 시대에서의 부활을 의미하는 것이다. 나는 몇 차례에 걸쳐 이것을 경험했고, 내가 애서가가 된 이유는 바로 이 때문이다. 뉴스는 천천히 전달된다. 우주선 및 승객과 같은 속도로. 우주선에 탑승하기 전에 당신이 사둔 신문은, 목적지에 도착한 후에도 여전히 신문이다 — 그러나 당신이 그것을 샀던 세계에서는 이미 역사적 문서로 간주되고 있는 것이다. 만약 지구로 편지를 보낸다면, 수취인의 손자는 당신의 증손자에게 답장을 보낼 수 있을지도 모른다. 편지를 운반하는 선편의 접속이 정말로 매끄럽게 이루어지고, 양쪽의 자손이 충분히 오래 살 경우에는 말이다.

변경 행성에 있는 작은 도서관들은 모두 희귀본으로 가득 차 있다 — 어딘가를 떠나온 사람들은 출발 전에 구입한 베스트셀러의 초판본 등을 다 읽고 나서 기증하고 가는 경우가 많았다. 우리는 이들 책이 이곳에 도착할 무렵에는 이미 저작권이 소멸한 것으로 간주하고, 우리들 자신의 복제판을 유통시킨다. 이것에 대해 소송을 제기한 저자는 단 한 사람도 없었고, 저자의 대리인이나 상속인, 혹은 수탁인들에게 고소당할 만큼 오래 사는 출판업자도 없었다.

우리는 완전한 자치 공동체로 언제나 시대에 뒤떨어져 있다. 왜냐하면 결코 극복할 수 없는 운송 시차가 존재하기 때문이다. 고로, 설령 지구 중앙 정부가 통제력을 행사하려 한다고 해도, 하늘 멀리 달아난 연을 올려다보며 끊어진 연줄을 잡아당기는 소년의 경우와 별반 다르지 않았다.

아마 예이츠는 그 멋진 시구를 썼을 때 바로 이런 상황을 염두에 두고 있었는지도 모른다. 〈만물은 산산조각이 나고, 중심을 유지할 수가 없다.〉 정말로 그러지야 않았겠지만, 어쨌든 간에 나는 도서관으로 가서 뉴스를 읽어야 한다.

하루가 내 주위에서 녹아내린다.

나는 열람 부스에서 스크린 위로 흘러가는 글자들을 읽었다. 직접 만질 수 없는 신문과 잡지들이었다. 산맥에서 쏟아져 내리는 빗물은 베티의 부지 위로 흘러갔고, 숲의 표층을 씻어 냈고, 경작지를 휘저어 땅콩버터로 바꿔 놓았고, 지하실을 침수시켰고, 모든 것들에 가차 없이 스며들었으며, 길거리를 진흙투성이로 만들어 놓았다.

도서관의 카페테리아에서 점심을 먹은 나는, 그곳에 있던 녹색 에이프런과 노란색 스커트 (치마 자락이 스치는 소리가 멋있었다) 차림의 젊은 여성으로부터 모래주머니를 쌓는 작업반이 현재 맹렬히 작업을 하고 있고, 시민 광장 너머에서는 동쪽으로 가는 교통이 두절되었다는 얘기를 들었다.

점심을 먹은 다음 나는 비옷과 장화를 신고 그쪽으로 걸어가 보았다.

아까 들었던 대로, 중심가를 가로지르는 모래주머니의 벽은 이미 허리 높이까지 쌓여 있었다. 그러나 빗물도 이미 발목 높이에서 소용돌이치고 있었고, 우량도 시시각각 늘어나고 있었다.

나는 늙은 와이어스의 동상을 올려다보았다. 후광은 이미 사라져 있었지만, 이것은 어느 정도 예상하고 있던 일이었다. 후광 쪽도 이해할 수 있는 잘못을 저지르고 곧 그 사실을 깨달았던 것이다.

그는 왼손에 안경을 들고 나를 내려다보고 있었다. 약간 걱정하고 있는 듯한 표정이었고, 혹시 저 두꺼운 청동 안에서, 내가 비밀을 폭로함으로써 그의 저 견고한, 젖은, 녹색을 띤 영광을 망쳐 놓지나 않을까 의아해 하고 있는 것인지도 모른다. 폭로······? 살아 있는 사람 중 그를 정말로 기억하고 있는 사람은 아마 나뿐일 것이다. 그는 글자 그대로 이 위대한 신생 국가의 국부(國父)가 되고 싶어 했고, 그것을 위해 맹렬히 노력했다. 그가 시장에 취임한 지 세 달이 채 지나기도 전에,

나는 남은 2년 임기의 나머지를 떠맡아야 했다. 사망 진단서의 사인은 〈심장 정지〉였지만, 그렇게 되는 것을 막후에서 조금 도왔던 총알에 관해서는 언급하지 않았다. 사건 관계자들 모두가 이미 타계한 지 오래였다. 격분한 남편도, 공포에 질린 아내도, 검시관도. 나를 제외하고 말이다. 그리고 와이어스의 동상이 입을 다물고 있는 한 나도 그 일을 입 밖에 낼 생각은 없다. 그는 이제 영웅이고, 우주 반대편의 이곳 변경에서는 영웅뿐만 아니라 그 이상으로 영웅들의 동상을 필요로 하기 때문이다. 버틀러 시가 홍수 피해를 입었을 당시 재난 구조 작업을 훌륭하게 지휘한 인물은 바로 그였고, 그 사실만으로도 기억될 가치가 있었다.

나는 옛 보스에게 윙크를 보냈다. 그의 코를 따라 흐른 빗물이 내 발치의 물웅덩이로 떨어졌다.

나는 귀를 찢을 듯한 굉음과 눈부신 섬광 사이를 뚫고 도서관으로 되돌아갔다. 작업반이 다른 거리를 막기 시작했는지 첨벙거리는 소리와 욕설이 들려왔다. 칠흑의 머리 위를 눈 하나가 통과했다. 내가 손을 흔들자 필터가 찰칵하고 여닫혔다. 그날 오후의 당직 헬캅은 아마 존 킴즈인 듯했지만, 확실하지는 않았다.

느닷없이 하늘이 열렸다. 폭포 밑에 서 있는 듯한 느낌이었다.

벽을 향해 손을 뻗었지만 찾지 못한 채 미끄러졌고, 넘어지기 직전에 지팡이를 짚고 겨우 몸을 추슬렀다. 출입문이 하나 보였기 때문에 그 밑에서 몸을 움츠리고 비를 피했다.

10분 동안 번개와 천둥이 계속되었다. 눈이 멀 듯한 섬광과 귀청을 찢는 듯한 굉음이 멀어져 가며 빗줄기가 조금 약해졌을 때, 나는 가로(街路) — 2번가 — 가 강으로 변했다는 사실을 깨달았다. 출렁거리는 강물은 온갖 쓰레기, 종이, 모자, 작대기, 진흙을 싣고, 내 피난처 옆으로 콸콸 흘러갔다. 수면

이 내 장화 위까지 올라와 있는 것처럼 보였기 때문에, 나는 물이 빠지기를 기다렸다.

물은 빠지지 않았다.

물은 내게 다가와 내 다리를 건드리며 장난을 치기 시작했다.

이곳을 떠날 때가 된 것 같았다. 더 기다려 보았자 상황이 호전될 것 같지는 않았으므로.

달려 보려고 했지만, 물이 가득 찬 장화를 신고서는 아무리 노력해 보아도 물속에서 빨리 걷는 정도의 속도로 움직이는 것에 불과했고, 내 장화는 세 걸음을 걸은 후에는 물로 가득 차 있었다.

이 탓에 오후는 엉망이 되었다. 젖은 발로 도대체 무슨 생각을 할 수 있단 말인가? 나는 주차장으로 되돌아갔고, 차로 물을 헤치며 집을 향해 갔다. 원래 희망은 사막에서 낙타를 타는 것이었던 하천 보트의 선장이 된 심경이었다.

축축하지만 아직 침수되지 않은 차고에 도달했을 때는 오후라기보다는 저녁에 가까운 느낌이었다. 아파트 뒷문으로 통하는 지름길로 들어섰을 때 저녁이라기보다는 밤에 더 가깝다는 인상을 받았다. 벌써 며칠 동안 태양을 보지 못했다. 해님이 이토록 긴 휴가를 얻고 나서야 허전함을 느낀다는 것도 생각해 보면 웃기는 일이다. 하늘은 칠흑의 모피 같았고, 골목길 양편의 높은 벽돌담은 짙은 그늘에 가려 있었음에도 불구하고 일찍이 본 적도 없을 정도로 깨끗했다.

나는 조금이라도 비를 피하기 위해 왼쪽 벽을 따라 움직였다. 아까 차를 몰고 강가를 지나왔을 때 나는 강의 수위가 제방의 최고 수위 눈금 바로 아래까지 올라와 있는 것을 목격했다. 노블 강은 썩어 부풀어 오른 거대한 블러드 소시지였고, 파열하기 일보 직전이었다. 번개가 번쩍하며 골목 전체를 밝혔고, 나는 물웅덩이를 피하려고 걸음을 늦췄다.

마른 양말과 드라이 마티니 생각을 하며 앞으로 나아가던 내가 오른쪽 길모퉁이를 돈 순간 오그가 덤벼들었다.

그것은 분절이 있는 동체의 반을 보도에서 45도의 각도로 치켜들고 있었고, 〈멈춤〉 신호등 같은 두 눈이 달린 커다란 머리는 지면에서 3피트 반쯤 위로 올라와 있었다. 오그는 희끄무레한 다리 전부를 번개처럼 움직이며 돌진해 왔다. 죽음의 턱은 내 복부를 겨냥하고 있었다.

여기서 잠시 하던 얘기를 멈추고, 본론에서 벗어나긴 했지만 내 어린 시절의 얘기를 해야겠다. 내가 그때 처한 상황을 고려해 본다면, 과거의 선명한 기억이 주마등처럼 순간적으로 되살아났다고 해서 하등 이상할 것이 없다는 사실을 알 수 있을 터이다.

지구에서 태어나서 자라고 교육을 받았던 나는, 대학 시절 두 여름 방학 동안 도축장의 가축우리에서 일했던 적이 있다. 나는 소들이 풍기는 냄새와 소리를 아직도 기억하고 있다. 우리 안의 소들을 밖으로 몰아낸 후, 도축장을 향한 마지막 길을 떠나게 하는 일을 맡고 있었기 때문이다. 그리고 나는 대학의 냄새와 소음을 기억하고 있다. 생물학 연구실의 포름알데히드 냄새, 신입생들이 프랑스어 동사를 학살하는 소리, 짙은 커피 향기와 담배 연기가 뒤섞인 학생 회관의 냄새, 남학생 사교 클럽의 신참을 선배들이 미술관 앞의 연못에 풍덩 내던지는 소리, 무시당하기 일쑤인 채플의 종소리와 수업 종소리, 그해 첫 번째 잔디 깎기가 끝난 뒤의 잔디 냄새(그리고 야구 모자를 깊숙이 눌러쓰고, 왼쪽 뺨에 화상을 입지 않는 것이 이상할 정도로 옆으로 담배를 꼬나 문 채 풀을 먹는 괴물 위에 틱 앉아 있는 거구의 흑인 앤디의 모습), 그리고 언제나, 언제나, 길쭉한 경기대 위를 전후로 움직이면서 내가 내던 탁, 탁, 핏, 탕! 하는 발소리. 나는 〈일반 체육〉 따위를 수강하고 싶지는 않았지만, 이것은 4학기 동안 필수 과목이었다. 여기서 벗어나는 유일한 길은 특별 스포츠 강좌를 듣는 일뿐이었다. 내가 펜싱을 선택한 것은, 테니스, 농구, 권투, 레슬링, 핸드볼, 유도 따위는 너무 힘들 것 같았고, 그렇다고 해서 골프 세트를 살 돈은 없었기 때문이다. 이 선택 이후에 어떤 일이 일어날지는 전혀 상상도 못하고 있었다. 펜싱은 이들 스포츠 중 어떤 것에도 뒤지지 않을 정도로 격렬한 운동이었고, 그중 몇 가지에 비하면 오히려 더 힘들었던 것이다. 그러나 나는 펜싱이 마음에 들었다. 그래서 나는 2학년 때 대학팀에 들어가기로 결심했고, 결국 에페 반의 일원이 될 수 있었다. 그것으로 세 번이나 표창을 받았던 것은, 졸업할 때까지 펜싱을 계속했기 때문이다. 여기서 얻을 수 있는 교훈. 끊임없이 쉬운 데로 도망칠 궁리를 하는 소도 결국은 도살장에서 생을 마감하게 되지만, 그 여정은 다른 소들에 비해 조금 더 즐거워진다고나 할까.

모든 주민들이 무기를 휴대하고 다니는 이 거친 변경으로 처음 왔을 때, 내가 주문해서 만든 것이 바로 이 지팡이였다. 이것은 에페 검과 가축 몰이용 전기 막대기의 장점을 결합한 것이다. 단지 이것으로 소를 찌르거나 한다면 그 소는 두 번 다시 움직이지 않을 것이다.

손잡이에 달린 단추를 적절한 방법으로 누르고, 지팡이 끄트머리가 상대방에 닿아 있을 경우, 8백 볼트 이상의 전류가 흐르는 것이다…….

내 팔이 앞으로 쭉 뻗어 나가는 것과 동시에 내 손가락은 적절한 방법으로 단추를 누르고 있었다.

오그도 이것으로 끝장이었다.

내가 오그의 부드러운 아랫배를 슬쩍 찌르고 지팡이를 든 팔을 옆으로 홱 긋는 것과 동시에 상대방의 입 속에 빼곡히 들어선 면도날 같은 이빨 사이에서 어떤 소리가 — 숨을 내쉬는 소리와 〈삑〉 하는 소리의 중간쯤 되는 — 들려왔다. 그것이 오그(〈기억하지도-못할-정도로-긴-이름을-가진-오가니즘[生物]〉의 약칭이다)의 최후였다.

나는 지팡이의 스위치를 끄고 상대방 주위를 한 바퀴 돌아보았다. 이따금 강에서 기어 나오는 생물 중 하나였다. 세 번이나 그것을 뒤돌아본 후에야 나는 그 사실을 깨달았고, 다시 최대 출력이 나오도록 스위치를 누른 다음, 아파트 안으로 들어가 뒤로 문을 잠그고 불을 환하게 켤 때까지 그 상태를 유지했다.

그제야 나는 몸을 떨기 시작했다. 잠시 후 나는 양말을 갈아 신고 칵테일을 만들었다.

원컨대 여러분의 골목길이 오그로부터 안전하기를.

토요일.
비가 더 내렸다.
젖어 있었다, 모든 것이.

도시의 동쪽은 온통 모래주머니로 방호되어 있었다. 장소에 따라서 그것은 모래 섞인 폭포를 흘려보내는 역할밖에는 하지 못했다. 차라리 그런 것이 없었더라면, 조금은 더 깨끗한 시냇물이, 조금은 더 고르게 흘렀을 터이다. 그러나 다른 장소에서는 그럭저럭 홍수를 막아 주고 있었다. 당분간은.

그 무렵, 호우의 직접적인 영향으로 여섯 명의 희생자가 나왔다.

그 무렵에는, 낙뢰에 의한 화재와, 홍수에 의한 사고와, 습기와 추위에 의한 질병이 발생하고 있었다.

그 무렵에는, 자산 손괴액도 상당한 수준에 달하고 있었다.

모두가 지쳐 있었고, 신경이 날카로워져 있었고, 비참한 기분이었으며, 젖어 있었다. 나를 포함해서 말이다.

그래도 휴일은 휴일이었지만, 나는 출근했다. 나는 엘리너의 집무실에서 그녀와 함께 일했다. 테이블 위에는 커다란 기복(起伏) 지도가 펼쳐져 있었고, 한쪽 벽에는 여섯 대의 가동식 아이 스크린이 나란히 놓여 있었다. 여섯 개의 눈이 반 다스에 달하는 긴급 복구 포인트 상공에서 정지한 채 각 지점의 대처 상황을 중계해 주고 있었다. 새로 가설한 전화 몇 대와 커다란 무전기 한 대가 책상 위를 점령하고 있었다. 다섯 개의 재떨이는 제발 좀 비워 달라는 듯한 표정을 하고 있었고, 커피포트는 성급한 인간들을 놀리기라도 하듯이 클클거리며 웃고 있었다.

노블 강의 수위는 거의 최고 수준에 도달해 있었다. 폭풍우의 직격을 받고 고립된 곳은 우리들만이 아니었다. 강 상류의 버틀러 시도 피해가 막심했고, 스완즈 네스트에서는 물난리가 났으며, 로리에서는 봇물이 터졌고, 이들 사이에 가로놓인 황야는 몸을 떨고, 소리 높여 울고 있었다.

현장과 직접 연결되어 있었음에도 불구하고, 우리는 그날 아침 세 번에 걸쳐 직접 출동했다 — 한 번은 랜스 강 위를 남북으로 잇는 다리가 무너져서 맥 제철소가 있는 강가의 굽어진 부분까지 흘러갔을 때. 그 다음에는 폭풍에 의해 만신창이가 된 동쪽 언덕 위의 와일드우드 묘지가 급기야 깊게 패고, 열린 무덤에서 흘러나온 관 몇 개가 물살에 휩쓸렸을 때. 그리고 마지막으로는, 멀리 동쪽에 있는 집 세 채가 안에 사람들을 가득 집어넣은 채 옆으로 쓰러졌을 때. 우리는 폭풍에 휘말려 마구 진동하는 엘리너의 소형 비행정을 타고 현장으로 강행했고, 구조 작업을 직접 지휘했다. 나는 거의 전적으로 계기에 의존해서 비행정을 조종했다. 그 무렵에는 시내 중앙부에서 계속 불어나는 피난민들을 닥치는 대로 수용하고 있었다. 나는 그날 아침 세 번 샤워를 했고, 두 번 옷을 갈아입었다.

오후가 되자 사태는 조금 진정되었고, 빗줄기도 조금 약해졌다. 하늘을 뒤덮은 먹구름은 물러날 기색을 보이지 않았지만, 강우량이 줄어든 탓에 홍수에 대처할 여유가 생겨났다. 방벽은 강화되었고, 피난민들에게는 식사와 마른 옷이 제공되었고, 쓰레기 더미의 일부가 치워졌다. 여섯 개의 눈 중 네 개는 다시 순회 구역으로 복귀했다. 긴급 복구 지점 중 네 곳은 더 이상 긴급 복구 지점이 아니었기 때문이다.

……그리고 오그를 감시하려면 아무리 눈이 많아도 모자랄 지경이었다.

침수된 숲에 살던 동물들도 이동하기 시작하고 있었다. 그날 스내퍼 일곱 마리와 판다 강아지 한 무리, 그리고 노블 강의 탁류에서 기어 나온 몇 마리의 괴물들이 사살되었다 ― 온갖 종류의 나무뱀과, 독박쥐와, 송곳벌레와, 땅뱀장어들에 관해서는 언급할 필요조차 없다.

1900시가 되자, 상황은 일종의 소강상태에 빠진 것처럼 보였다. 엘리너와 나는 그녀의 비행정을 타고 하늘로 올라갔다.

우리는 상승을 계속했다. 마침내 쉭 하는 소리와 함께 조종실 내부가 자동적으로 여압(與壓)되기 시작했다. 주위는 온통 밤의 어둠에 뒤덮여 있었다. 계기반의 불빛에 비친 엘리너의 얼굴은 피로에 지친 나머지 무표정한 가면처럼 보였다. 그녀는 마치 그 가면을 떼어 내려는 듯이 양손을 관자놀이에 갖다 댔고, 내가 다시 그녀를 돌아보았을 때 정말로 그런 것처럼 보였다. 그녀의 입술에는 희미한 웃음기가 어려 있었고, 눈동자는 반짝거리고 있었다. 흐트러진 머리카락 한 올이 이마 위에 그림자를 떨어뜨리고 있다.

「날 어디로 데려가는 거죠?」 그녀가 물었다.

「위로, 높이.」 나는 말했다. 「폭풍우 위로.」

「왜?」

「한동안 맑은 하늘을 못 봤거든.」

「정말 그렇군요.」 그녀는 맞장구쳤다. 그녀가 담배에 불을 붙이려고 앞으로 몸을 굽혔을 때 그녀의 머리카락 한쪽이 모두 흐트러져 있는 것이 보였다. 그녀 대신 손을 뻗어 다듬어 주고 싶었지만, 그러지는 않았다.

우리들은 구름 바닷속으로 뛰어들었다.

하늘은 어두웠고, 달은 없었다. 별들은 부스러진 다이아몬드처럼 반짝였다. 구름은 용암 바닥이었다.

우리들은 하늘을 부유했다. 우리들은 천공을 올려다보았다. 나는 눈을 공중에 정지시키는 것처럼 비행정의 〈닻〉을 내린 다음, 내 담배에 불을 붙였다.

「당신은 나보다 더 나이를 먹었어요.」 이윽고 그녀가 말했다. 「정말로. 그걸 알아요?」

「몰라.」

「어떤 지혜, 어떤 힘, 흘러간 시간의 에센스 같은 것 ― 그런 것들이, 별들 사이를 여행하는, 잠들어 있는 사람의 내부로 스며들어가는 거예요. 난 알아요. 왜냐하면 당신 곁에 있을 때는 그걸 느낄 수 있으니까.」

「아냐.」 나는 말했다.

「아니면 당신이 지나간 몇 세기분의 힘을 지니고 있을지도 모른다는 다른 사람들의 기대에서 비롯되는 것인지도 모르겠군요. 물론 처음부터 그런 자질이 있었으니까 가능한 얘기지만.」

「아냐.」

그녀는 킥킥 웃었다.

「그렇다고 해서 반드시 그걸 긍정하고 있는 건 아니에요.」

나는 웃었다.

「내가 이번 가을에 다시 출마할 건가 안 할 건가 물어봤죠. 대답은 〈안 한다〉예요. 난 은퇴할 거예요. 이젠 가정을 가질 때가 됐고.」

「누군가 특별한 사람이라도?」

「예, 아주 특별한 사람이에요, 저스.」 그녀는 이렇게 말하며 미소 지었고, 나는 그녀에게 키스했지만 오래 그러고 있지는 못했다. 왜냐하면 그녀의 담뱃재가 내 목덜미 위로 떨어지기 직전이었기 때문이다.

그래서 우리 둘은 담배를 끄고 눈에 보이지 않는 도시 위를 부유했다. 달이 없는 하늘 아래에서.

아까 약속했던 대로 왜 휴게소가 필요한지 설명해 주겠다. 당신이 145광년의 거리를 여행하기 위해 실제 시간으로 150년 정도가 걸린다고 한다면, 왜 도중에 멈춰 서서 기지개를 켤 필요가 있는 것일까?

흐음, 첫 번째로, 가장 주된 이유를 들자면, 여행을 하는 동안 계속 깨어 있는 사람은 거의 없다는 것을 고려해야 한다. 우주선에는 인간의 계속적인 감시를 필요로 하는 작은 기계들이 잔뜩 있다. 물론 150년 동안 혼자 죽치고 앉아서 그것들을 감시하고 있을 사람은 없다. 그런고로, 여행자를 포함한 탑승자 전원이 한두 번씩 당직을 서게 되는 것이다. 그들은 문제가 발생했을 경우 전문가가 달려오기 전에 어떤 조치를 취하고, 누구누구를 어떤 방법으로 깨워야 하는지에 관해 브리핑을 받는다. 그런 다음 모든 사람들이 한두 달 동안 교대로 경비원 역할을 맡는 것이다. 몇 사람이 함께 말이다. 우주선에는 보통 몇 백 명씩 탑승하고 있기 때문에, 전원이 한 번씩 당직 임무를 마친 다음에는 다시 처음 팀에게 차례가 돌아오게 된다. 온갖 보조 기계가 그들을 보조하고, 그중에는 당사자들조차 그 존재를 모르는 것들이 다수 포함되어 있다. (이것은 수면 중인 탑승자를 당직자들이 도와 보호할 뿐만 아니라, 당직자들로부터 보호할 목적에서이다 — 이를테면, 만에 하나 몇몇 이단자들이 결탁해서 창문을 연다거나, 우주선의 항로를 마음대로 바꾼다거나, 승객을 살해하려고 결심하는 경우에 대비해서 말이다.) 그리고 당직팀 자체도 충분한 선정을 거쳐, 기계뿐만 아니라 사람들 사이에서도 상호 억제력과 균형이 유지되도록 주의 깊게 짝을 맞추는 것이 관례이다. 기계와 인간 양쪽이 감독을 필요로 하기 때문이다.

냉동 수면 기간에 몇 번인가의 당직 기간을 경험한 후에는, 가벼운 폐소 공포증과 함께 약간의 우울증에 시달리는 경향이 있다. 고로, 여행 도중에 적당한 휴게소가 있을 경우에는 정신의 균형을 회복시키고 시들해진 정기(精氣)에 활력을 불어넣기 위해 그곳에 들르는 것이 관례이다. 또 여행자들의 정보나 활동은 휴게소가 있는 행성의 생활과 경제를 풍성하게 만드는 역할도 하는 것이다.

결과적으로 항성 간 우주선이 기항하는 날은 많은 행성에서 전통적인 축일로 간주된다. 작은 세계의 경우 이것은 축제와 축하 의례의 형태를 취하고, 많은 인구를 가진 세계에서는 축하 퍼레이드, 행성 전체에 중계되는 인터뷰나 기자 회견 따위의 큰 행사가 된다. 식민 행성 출신의 방문자들이 들를 때는 현재의 지구에서도 이와 흡사한 축제가 벌어지는 것으로 알고 있다. 사실, 이런 얘기가 있을 정도이다. 데뷔 후에도 거의 주목받지 못하던 메릴린 오스틴이란 이름의 초년 여배우는 먼 행성으로 긴 여행에 나섰고, 도착 후 몇 달만 머물러 있다가 다음 선편으로 지구에 귀환했다고 한다. 그런 다음 입체 TV에 두세 번 출연해서, 항성 간 문화에 관한 감상을 술회하며 희디흰 이를 드러내며 싱긋 웃어 보였고, 급기야 고액의 계약과, 세 번째 남편과, 난생 처음으로 영화의 주요 배역을 따냈던 것이다. 이런 것을 보아도 휴게소 행성이 얼마나 가치 있는 것인지 잘 알 수 있지 않은가.

나는 베티에서 가장 큰 복합 아파트 건물인 헬릭스의 옥상에 비행정을 착륙시켰다. 엘리너는 이 건물의 모서리에 발코니가 두 개 딸린 스위트룸을 소유하고 있었다. 방에서는 노블 강과 베티의 주거 지역인 포시 계곡의 불빛이 멀리 내다보였다.

엘리너는 스테이크를 구웠고, 구운 감자와 옥수수, 맥주를 곁들였다 — 모두 내가 좋아하는 음식이었다. 나는 행복했고, 포만감을 느꼈고, 우리 미래에 관해 이것저것 계획을 세우며 자정까지 머물러 있었다. 그러고는 택시를 잡아타고 차를 세워 둔 시민 광장으로 갔다.

광장에 도착했을 때 문득 경비 센터에서 일이 어떻게 돌아가고 있는지 알기 위해 잠깐 들러 볼까 하는 생각이 들었다. 그래서 나는 시청으로 들어갔고, 발을 굴러 물기를 턴 다음 코트를 걸어 놓고 텅 빈 복도를 지나 엘리베이터를 탔다.

엘리베이터는 너무 조용했다. 알다시피 엘리베이터란 원래 덜컹거리는 물건 아닌가? 조용히 한숨을 내쉬거나, 소리 없이 열리거나 닫히는 문에서는 위화감이 느껴진다. 어쨌든 나는 위층으로 올라갔지만, 애당초 경비 센터로 통하는 복도 모퉁이를 돈 것이 잘못이었다.

로댕이라면 즐겨 저런 포즈의 조각을 제작했으리라. 그나마 지금 도착해서 다행이었다. 5분이나 10분 더 늦게 왔더라면 차마 두 눈 뜨고는 볼 수 없는 광경과 맞닥뜨렸을 테니까 말이다.

척 풀러와 엘리너의 비서인 로티는 직접 입에서 입으로 불어넣는 식의 인공 소생법을 실시 중이었고, 희생자의 몸을 따뜻하게 한다는 테크닉도 잊지 않고 시행하고 있었다. 경비 센터의 커다란 문 옆에 위치한 작은 로비에 놓인 소파 위에서 말이다.

척은 내게 등을 돌리고 있었지만 로티는 그의 어깨 너머로 나를 보았고, 눈을 동그랗게 뜨고 그를 밀쳐 냈다. 그는 재빨리 뒤를 돌아다보았다.

「저스……」 그는 말했다.

나는 고개를 끄덕였다.

「그냥 지나가던 참이야. 잠깐 들러서 인사하고 스크린을 좀 볼까 해서.」

「어 — 모두 아주 순조롭게 돌아가고 있어.」 그는 복도로 되돌아가며 대답했다. 「지금은 자동으로 해뒀고, 그러니까 — 어, 커피를 마시고 한숨 돌리려던 참이었어. 오늘 밤엔 로티도 야근이고, 여기 — 뭔가 타이프 칠 보고서가 없나 하고 잠깐 들렀던 거야. 그런데 갑자기 현기증이 난다고 해서, 여기 소파로 와서 잠깐 누워 있으려고……」

「응, 아까 보니까 얼굴이 좀 — 수척하더군.」 나는 대꾸했다. 「약장에 가보면 후자극제하고 아스피린이 있어.」

나는 어정쩡한 기분으로 경비 센터로 들어갔다.

척은 2~3분 후에 나를 따라 들어왔다. 그가 내 곁에 와서 섰을 때 나는 스크린을 바라보고 있었다. 상황은 어느 정도 안정된 것 같았지만, 130개의 눈을 통해 보이는 베티의 정경은 여전히 쏟아지는 비로 축축이 젖어 있었다.

「아, 그런데 말이야, 저스.」 그는 입을 열었다. 「자네가 올 거라고는 생각 못했어……」

「그랬겠지.」

「내가 말하고 싶은 건 — 아까 일은 보고 안 해줬으면 좋겠어.」

「응, 보고하지 않을 거야.」

「……그리고 신시아한테도 얘기하지 않았으면 좋겠어.」

「자네가 무슨 취미 활동을 하든 나하고는 상관없어. 단지 친구로서 충고하는 건데, 다음번에는 근무 시간이 아닐 때를 골라 좀 더 적당한 장소에서 그래 줘. 하지만 아까 무슨 일이 있었는지에 관해서는 벌써 기억이 가물가물하군. 1분쯤 지나면 완전히 잊어버릴 것 같아.」

「고마워, 저스.」 그는 말했다.

나는 고개를 끄덕였다.

「기상 센터에서 무슨 소식이 있나?」 나는 수화기를 들며 물었다.

그가 고개를 가로저었기 때문에 나는 다이얼을 돌리고 귀를 기울였다.

「나쁘다는군.」 전화를 끊으며 나는 말했다. 「더 쏟아질 거래.」

「빌어먹을.」 그는 이렇게 말하고는 떨리는 손으로 담배에 불을 붙였다. 「이 날씨 탓에 정말 돌아 버릴 지경이야.」

「나도 그래.」 나는 말했다. 「이제 집으로 돌아가야겠어. 지금보다 더 심한 폭우가 내리기 전에 말이야. 내일은 나와 볼 생각이야. 잘 있게.」

「잘 가.」

나는 엘리베이터를 타고 아래로 내려갔고, 코트를 걸치고 밖으로 나왔다. 로티의 모습은 어디에도 보이지 않았지만, 아마 어딘가에 몰래 숨어 내가 떠나기를 기다리고 있는 것인지도 모른다.

차를 타고 집까지 반쯤 갔을 때 하늘의 수도꼭지가 다시 터졌다. 하늘은 번개에 의해 갈가리 찢어졌고, 지글지글 끓는 듯한 비구름은 다리가 긴 절지동물처럼 시가지를 활보했고, 끝이 갈라진, 눈부시게 번쩍이는 다리로 지상을 짓밟으며 불타는 발자국을 남기고 다녔다. 나는 15분 후에 집에 도착했고, 차고로 차를 몰고 들어갔을 때도 이 현상은 계속되었다. 골목길을 (지팡이의 스위치를 넣고) 지나갔을 때도 멀리서 하늘이 쉭쉭거리고, 우르릉거리는 소리를 들을 수 있었다. 번쩍, 빠지직, 번쩍, 빠지직의 연속이 끊임없이 발하는 희미한 빛이 건물들 사이에 충만해 있었다.

집에 들어간 나는 뇌우 소리에 귀를 기울였고, 멀찍이서 이 세상의 종말을 바라보았다.

폭풍우에 휩싸인 도시의 착란 —

길 건너편의 건물은 맥박 치는 번갯불 아래에서 뚜렷하게 보였다. 창밖의 정경을 좀 더 잘 감상해 보기 위해 나는 아파트의 불을 모두 꺼 놓았다. 빛을 발하고 있는 층계, 박공벽, 창턱, 발코니 등을 가르고 있는 그림자는 모두 믿을 수 없을 만큼 검었다. 그리고 빛에 노출된 모든 물체들은 마치 내부로부터 나오는 빛에 의해 불타고 있는 것처럼 보였다. 머리 위에서는 살아 있는/살아 있지 않은 불의 곤충이 배회하고 있었고, 나는 푸른 후광에 휩싸인 눈 하나가 가까운 건물들의 옥상 위를 가로지르는 것을 목격했다. 불이 맥박 쳤고, 구름은 게헤나[2]의 언덕처럼 불타올랐다. 뇌명(雷鳴)이 부글거리며 쾅쾅 울렸다. 하얀 빗줄기가 송곳처럼 지상을 강타하자, 도로는 거품과 증기를 폭발하듯이 뿜어냈다. 그러자 스내퍼가, 세 개의 뿔이 달리고, 젖은 깃털에 감싸이고, 악마 같은 얼굴에 검처럼 뾰족한 꼬리를 가진 녹색 괴물이, 길모퉁이에서 번개처럼 튀어나왔다. 내가 천둥소리의 일부라고 생각했던 굉음을 들은 직후의 일이었다. 괴물은 전광석화의 속도로 물보라에

---

2 Gehenna. 예루살렘 근처의 소각장. 페스트 예방을 위해 끊임없이 불이 타올랐음. 초열(焦熱) 지옥.

휩싸인 보도 위를 질주했다. 그러자 아까 보았던 눈이 그 뒤를 쫓아 내려왔고, 쏟아지는 빗방울 소리에 납으로 된 우박의 난타를 덧붙였다. 둘 모두 다른 거리 쪽으로 사라졌다. 순식간에 일어난 일이었지만, 그 순간 나는 이 광경을 어떤 화가에게 그리게 해야 할까 하는 의문의 해답을 얻을 수 있었다. 엘 그레코도 아니고, 블레이크도 아니다. 아니다, 보스[3]다. 의심의 여지없이, 보스다 — 그 악몽 같은 지옥의 거리의 환상. 폭풍의 이 순간을 완전하게 표현할 수 있는 사람은 그를 제외하고는 없을 것이다.

이윽고 지글지글 끓는 비구름이 다리들을 위로 끌어올렸고, 불타는 고치처럼 공중에 머물러 있다가, 타다 남은 불이 재로 변하는 것처럼 스러져 가는 광경을 바라보았다. 갑자기 칠흑 같은 어둠이 주위를 뒤덮었고, 곧 비가 쏟아지는 소리밖에 들리지 않았다.

일요일은 혼돈의 날.

양초가 타고, 교회가 타고, 사람들이 익사하고, 짐승들이 길거리를 폭주하고(혹은 헤엄치고), 집들은 뿌리째 뽑혀 나가 종이배처럼 퉁퉁 튀며 수로 위를 흘러가고, 대폭풍이 우리를 엄습하고, 그 뒤로 광기가 찾아왔다.

시청으로 차를 몰고 갈 수 없었기 때문에 엘리너는 자신의 비행정을 내게 보냈다.

지하실에는 물이 가득 차 있었고, 1층은 넵튠의 대기실 같은 양상을 띠고 있었다. 과거의 최고 수위 기록은 모두 경신된 후였다.

우리는 베티가 생긴 이래 최악의 폭풍우 한복판에 있었다.

---

[3] Hieronymus Bosch(1450?~1516). 네덜란드의 화가. 환상적이고 기괴한 작풍으로 잘 알려짐. 대표작은 「쾌락의 동산」.

모든 업무는 3층에서 이루어지고 있었다. 이제 재해를 막을 방도는 없었다. 어떻게든 폭풍이 사라질 때까지 견뎌 내고, 최선을 다해 구조 작업에 임하는 수밖에 없었다. 나는 갤러리 앞에 앉아 감시를 계속했다.

비는 처음에 양동이로 쏟아 부은 것처럼, 다음에는 큰 독을 쏟아 부은 것처럼 내렸다. 그 다음에는 수영장, 호수, 강의 순서였다. 한동안은 바다가 머리 위로 쏟아지기까지 했다. 부분적으로는 만 쪽에서 불어온 강풍이 옆으로 때려 치듯이 비를 뿌렸기 때문이었다. 이것은 정오께에 시작되었고, 두세 시간 후에는 그쳤지만, 그것이 떠나간 후의 도시는 박살난 채 피를 흘리고 있었다. 와이어스의 동상은 옆으로 넘어져 있었고, 깃대는 날아가 버리고 없었고, 창문이 안 깨지거나 침수되지 않은 건물은 단 하나도 남아 있지 않았으며, 전력 공급이 갑자기 불안정해졌고, 나의 눈 하나는 세 마리의 판다 강아지가 어린애의 시체를 게걸스럽게 먹고 있는 광경을 중계했다. 나는 욕설을 내뱉으며 폭우 너머로 짐승들을 쏘아 죽였고, 엘리너는 내 곁에서 흐느끼고 있었다. 나중에는 제왕 절개가 아니면 출산할 수 없는 임산부가 가족과 함께 언덕 위에 고립해 있고, 현재 분만의 진통을 겪고 있다는 보고가 들어왔다. 우리는 어떻게 해서든지 비행정을 현장으로 보내 보려고 노력하고 있었지만, 이런 강풍에서는……. 나는 불타는 건물과, 사람과 동물의 시체를 보았다. 반쯤 묻힌 자동차와 산산조각이 난 집들을 보았다. 예전에 폭포가 없던 곳에서 폭포를 보았다. 나는 그날 수많은 탄환을 발사했지만, 그것 모두가 숲에서 나온 짐승을 향해 발사된 것은 아니었다. 열여섯 개의 눈이 약탈자들에 의해 파괴되었다. 그날 내가 촬영한 필름에는 두 번 다시 보고 싶지 않은 것들이 포함되어 있었다.

내 생애 최악의 일요일 밤이 시작되었을 때, 비가 여전히 그칠 기색이 없는 것을 보고, 나는 태어난 이래 세 번째로 절망이 무엇인지를 알았다.

엘리너와 나는 경비 센터 안에 있었다. 여덟 번째의 정전으로 불이 모두 나간 직후였다. 나머지 직원들은 모두 3층에 모여 있었다. 우리는 어둠 속에서 꼼짝 않고 앉아 있었다. 이 혼돈의 진로를 가로막기 위해서 우리가 할 수 있는 일이란 단 하나도 없었다. 다시 전기가 들어올 때까지는 그 광경을 바라볼 수조차 없었다.

그래서 우리는 얘기를 나눴다.

그랬던 것이 5분이었는지, 한 시간이었는지는 기억에 없다. 그러나 다른 세계에 묻혀 있는 젊은 여자 얘기와, 그녀의 죽음이 나를 밖으로 뛰쳐나오게 했다는 얘기를 그녀에게 한 것을 기억하고 있다. 두 세계로 두 번 여행을 한 후 나는 옛 시대와의 유대를 끊었다. 그러나 백 년 간의 여행은 한 세기의 망각을 가져다주지 않는 법이다 — 냉동 수면의 프티 모르(작은 죽음)로 시간을 속이려고 할 경우엔. 시간의 복수는 기억이고, 당신이 아무리 오랫동안 눈과 귀를 가리고 있어도, 다시 깨어날 때 과거는 역시 당신과 함께하고 있다. 그런 다음 취할 수 있는 최악의 행동이라고 한다면, 이제는 완전히 변해 버린 세계에 있는 당신 아내의 이름 없는 무덤을 방문하고, 예전에 고향이었던 장소에 이방인으로서 되돌아오는 일이다. 그러면 당신은 또다시 그곳에서 도망치고, 이윽고 조금은 잊을 수 있게 된다. 왜냐하면 당신의 실제 인생에서도 일정한 시간이 흐르기 때문이다. 그러나 그 무렵 당신은 외톨이가 되어 완전한 고독을 경험하게 된다. 내가 절망이 무엇인지를 처음으로 알았던 것은 바로 이때의 일이었다. 나는 책을 읽었고, 일했고, 마셨고, 여자를 샀지만, 다음 날 아침이 오면 나는 언제나 나였고, 혼자였다. 다른 곳에 가면 심기일전할 수 있으리라는 기대에서 나는 별에서 별로 도약을 거듭했지만, 변화를 겪을 때마다 나는 예전에 알고 지내던 모든 것들로부터 멀어져 갔다.

이윽고 또 하나의 느낌이 서서히 나의 마음을 잠식해 왔고, 그것은 정말 끔찍했다. 지금까지 살아온 모든 사람에게는, 각자에게 〈꼭〉 들어맞는 시간과 장소가 존재한다는 인식. 최악의 슬픔이 스러지고 사라진 과거와도 타협할 수 있게 된 이래, 나는 시간과 공간 속에서의 인간 위치에 관해 생각하게 되었다. 내가 여생을 기꺼이 보낼 결심을 하고, 내게 잠재된 가능성을 완전히 발휘하게 되는 곳은 이 우주의 어디, 그리고 〈언제〉일까? 내 과거는 죽었지만, 혹시 아직도 발견되지 않은 어떤 세계에서, 더 좋은 시절이, 앞으로 그 세계의 역사에 기록될 순간이, 나를 기다리고 있을지도 모른다. 그러나 어떻게 하면 그것을 알 수 있단 말인가? 나의 황금시대는 이곳이 아니라 하나 앞의 세계에 가로누워 있고, 또 이곳에서 내가 암흑시대와 고투하고 있을 때, 단 한 장의 티켓, 단 한 장의 비자, 단 한 장의 일기장 너머에 나 자신의 르네상스가 기다리고 있지 않다고 어떻게 단언할 수 있단 말인가? 이것이 내가 경험한 두 번째의 절망이었다. 나는 〈백조의 나라〉에 오기 전까지는 그 대답을 모르고 있었다. 엘리너, 왜 당신을 사랑하게 됐는지 나도 모르겠어. 하지만, 나는 당신을 사랑하고, 그것은 곧 나의 대답이 되었다. 비가 내린 것은 그 후의 일이었다.

다시 불이 들어오자 우리는 자리에 앉아 담배를 피웠다. 엘리너가 죽은 그녀의 남편 얘기를 마친 참이었다. 그는 영웅적인 최후를 맞이함으로써, 언젠가는 그의 목숨을 앗아갔을지도 모를 알코올 중독성 섬망증으로부터 스스로를 구했다고 한다. 그는 최고로 용감한 자의 죽음을 ― 그 이유를 자각하지도 못한 채로 ― 맞이했다. 이것은 순전히 반사적인 행동이었지만, 그 반사도 따지고 보면 원래부터 그의 일부였다고 할 수 있었다. 어느 탐험대에 참가했던 그가, 성 스테판 산맥 기슭의 숲에서 일행을 습격해 온 늑대를 닮은 괴물들 앞을 가로막고 섰던 것도 이런 반사 행동 때문이었다. 그가 마체테[4]를 휘두르며 이들 괴물의 무리를 막아내고, 갈가리 찢기는 사이에, 나머지 일행은 캠프까지 도망칠 수 있었고, 그곳에서 방어진을 치고 살아남을 수 있었던 것이다. 용기의 에센스란 결국 그런 것이다. 당신이 그때까지 했던 모든 일, 하고 싶어 했거나 싶어 하지 않았던 일들, 그리고 했으면 좋았다고 생각하거나 안 했으면 좋았을 것이라고 생각하는 모든 일들의 총합에 의해 이미 결정된 무의식적인 순간이자, 순간적으로 척추 신경을 타고 오르는 불꽃인 것이다. 고통은 그 뒤에 찾아온다.

우리는 벽의 갤러리를 바라보았다. 인간이 이성적인 동물이라고? 짐승과 천사의 중간에 있는 존재? 그날 밤 내가 사살한 살인자에게는 해당되지 않는 얘기이다. 그는 도구를 쓰거나 망자를 매장하는 존재도 아니었다. — 웃고, 동경하고, 긍정한다? 이런 행위는 어디에서도 볼 수 없었다. — 자신의 행동이 부조리하다는 사실을 자각하면서도 그런 행동을 하는 자신을 바라보는 자신을 바라본다? 너무 복잡하다. 인간은 바라보는 일없이 그냥 부조리한 행동을 할 뿐이다. 이를테면, 애지중지하던 파이프와 한 통의 담배를 갖고 나오기 위해 불타는 집으로 다시 뛰어들어 가는 행동을. — 갖가지 종교를 발명한다고? 난 사람들이 기도하는 것을 보았지만, 그들은 그 무엇도 발명하고 있지는 않았다. 그들은 생존을 위한 모든 노력이 헛수고로 돌아가 버린 후에, 살아남기 위해 지푸라기라도 잡는 심정으로 노력하고 있었던 것이다. 반사 작용

---

4 *machete*. 남미 원주민들이 쓰는 폭넓은 칼. 가지치기 등에 사용한다.

이었다.

사랑하는 존재?

이것은 내가 반박할 수 없을지도 모르는 유일한 정의였다.

나는 겨드랑이까지 차 오른 물속에서, 어린 딸을 어깨 위에 태우고 있는 어머니를 보았고, 그 어린 딸이 자신의 인형을 어머니와 똑같은 방법으로 어깨 위에 태우고 있는 것을 보았다. 그렇지만 그것 — 사랑 — 또한 전체의 일부가 아니었던가? 지금까지 했던 모든 일들, 혹은 하고 싶었던 일들의? 긍정적인, 혹은 부정적인? 바로 그것이 나를 벌떡 일어나게 했고, 엘리너의 비행정을 조종해서, 폭풍우를 뚫고 그 현장으로 향하게 한 원인임을 나는 알고 있었다.

그러나 제때에 도착하지 못했다.

다른 누군가가 제때에 도착했다는 사실을 알았을 때 얼마나 기뻤는지 나는 결코 잊지 못할 것이다. 조니 킴즈는 내 비행정 위로 상승하면서 라이트를 점멸시켰고, 무선을 통해 알려 왔다.

「괜찮아. 모두 무사하네. 인형까지도 말이야.」

「다행이군.」 나는 이렇게 말하고 기수를 돌렸다.

발코니 위에 비행정을 착륙시킨 순간 그림자 하나가 다가왔다. 비행정에서 내려가자 척의 손아귀 속에 권총이 출현했다.

「죽일 생각은 없어, 저스.」 그는 이렇게 운을 뗐다. 「하지만 반항하면 다칠지도 몰라. 비행정은 내가 타고 가야겠어.」

「자네 미쳤나?」 나는 물었다.

「난 내가 뭘 하고 있는지 알아. 난 비행정이 필요해, 저스.」

「흐음, 그렇게까지 필요하다면 저기 있네. 그러기 위해서 내게 총을 겨눌 필요는 없어. 방금 난 용무를 마치고 오는 길이야. 타고 가라고.」

「로티와 나 두 사람을 위해 필요한 거야.」 그는 말했다. 「뒤로 돌아서!」

나는 벽을 향해 몸을 돌렸다.

「그게 무슨 뜻이지?」 나는 물었다.

「우린 함께 떠날 거야 ― 지금!」

「정말로 미쳤군.」 나는 말했다. 「굳이 이럴 때를 골라……」

「이리와, 로티.」 그가 이렇게 외치자 등 뒤에서 황급히 달려오는 소리가 들려왔고, 곧 비행정 문이 열리는 소리가 났다.

「척!」 나는 말했다. 「우린 자네가 필요해! 일주일, 아니면 한 달만 기다리면 어느 정도 질서가 잡힐 거고, 그때 가서 평화롭게 해결하면 되잖나. 이혼이라는 것이 있다는 걸 모르나.」

「그런 방법으로는 이 세계에서 나갈 수 없어, 저스.」

「그럼 자네 방법으로는 가능하단 말인가?」

나는 뒤를 돌아다보았고, 그가 어딘가에서 꺼내 온 커다란 캔버스 부대를 어깨에 지고 있는 광경을 목격했다. 산타클로스처럼 말이다.

「저쪽을 보고 있어! 난 자네를 쏘고 싶지 않아.」 그는 경고했다.

어떤 의혹이 생겨났고, 점점 강해졌다.

「척, 자네 설마 약탈을 하고 다닌 건 아니겠지?」 나는 물었다.

「뒤로 돌아서!」

「알았어, 돌아서지. 그렇게 해서 얼마나 멀리 도망칠 수 있을 거라고 생각해?」

「충분히 먼 데까지.」 그는 말했다. 「아무도 우리를 찾을 수 없을 때까지 멀리 가서 ― 때가 되면 이 세계를 떠날 거야.」

「아니, 그럴 수 있을 것 같지는 않군. 난 자네를 알아.」

「두고 보라고.」 그의 목소리가 멀어져 갔다.

나는 황급히 걷는 소리와 문이 쾅 닫히는 소리를 들었다. 뒤를 돌아보자, 비행정은 발코니에서 막 상승하는 참이었다.

나는 비행정이 사라지는 것을 보고 있었다. 내가 그들을 본 것은 이것이 마지막이었다.

안으로 들어가자 직원 두 사람이 정신을 잃고 바닥에 쓰러져 있었다. 그렇게 심한 부상을 입지는 않았다는 사실이 곧 판명되었다. 그들이 응급 치료를 받을 수 있도록 조치한 다음 나는 경비탑의 엘리너와 합류했다.

그날 밤 내내 우리는 기진맥진한 상태로 아침이 오기만을 기다렸다.

아침이 마침내 찾아왔다.

우리는 함께 앉아서 빗줄기 사이로 햇살이 흘러 들어오는 광경을 바라보았다. 너무 많은 일이, 너무 빠르게 일어났다. 지난주에는 너무나도 많은 사건이 잇달아 일어났기 때문에 우리에겐 아침을 맞을 준비가 되어 있지 않았다.

아침은 비의 종말을 가져왔다.

북쪽에서 좋은 바람이 불어와 뱀의 모습을 한 티아마트와 싸우는 엔키[5]처럼 구름과 격투했던 것이다. 갑자기 코발트빛의 협곡이 출현했다.

구름의 진동은 하늘을 뒤흔들었고, 그 어두운 풍경을 가로지르며 빛의 균열이 하나 생겨났다.

계속 보고 있자니까, 먹구름이 산산조각 나기 시작했다.

나는 누군가의 환호 소리를 들었고, 태양이 출현하는 것을 보고는 다른 사람들과 함께 목쉰 함성을 질렀다.

정겹고, 따스하고, 뜨겁고, 자애로운 태양은 성 스테판의 최고 연봉(連峰)을 자신의 얼굴로 끌어당기고, 양쪽 뺨에 키스를 했다.

창가마다 인파가 모여 있었다. 나는 그중 하나에 합류했

---

5 Tiamat는 바빌로니아의 여신으로 혼돈을 상징한다. Enki는 수메르 신화에서 지식의 신.

고, 10분쯤 밖을 바라보고 있었다.

악몽에서 깨어났을 때, 침실 안에 그 잔해가 널려 있는 일은 거의 없다. 이것은 그때까지 일어났던 일이 단지 나쁜 꿈에 불과한 것인지, 아니면 자신이 실제로 깨어 있는지를 판단하는 방법 중 하나이다.

우리는 허벅지까지 올라오는 장화를 신고 거리를 돌아다녔다. 어디를 가도 진흙투성이였다. 진흙은 지하실에도, 기계 속에도, 하수도에도, 거실의 붙박이 옷장 속에도 있었다. 건물 벽에도, 자동차에도, 사람에게도, 나뭇가지에도 들러붙어 있었다. 말라붙은 진흙은 온통 금이 가 있었고, 깨끗한 조직에서 뜯겨 나가기를 기다리고 있는 갈색 딱지처럼 보였다. 우리가 접근하자 날두꺼비의 대군이 일제히 하늘로 날아올라갔고, 우리가 지나갈 때까지 잠자리처럼 공중에 머물러 있다가 식료품점을 털기 위해 다시 아래로 내려왔다. 곤충들도 전성기를 구가하고 있었다. 베티 전체에 구충제를 뿌릴 필요가 있었다. 너무나도 많은 것들이 뒤집혀지거나 바닥에 떨어져 있었고, 사르가소 해를 연상케 하는 갈색 길거리에 반쯤 묻혀 있었다. 사망자 수는 아직 판명되지 않았다. 물은 여전히 흐르고 있었지만, 흐름은 완만했고 흙탕물이었다. 도시 전체에서 악취가 피어오르기 시작하고 있었다. 상점의 전시 창은 모조리 박살이 나 있었고, 유리 조각이 사방에 널려 있었으며, 다리는 무너지고, 도로에는 구멍이 나 있었다…… 왜 이런 얘기를 늘어놓는 것일까? 당신이 이런 광경을 아직도 머릿속에 떠올리지 못했다면, 더 이상 설명해 보았자 아무 소용도 없다. 그것은 만취한 신들의 연회 뒤에 온, 거대한 숙취의 아침이었다. 신들이 남겨 둔 쓰레기를 치우거나, 아니면 그 밑에 매장되는 것이 우리들 인간의 숙명인 것이다.

그래서 우리는 그것들을 치우기 시작했지만, 정오 무렵 엘리너는 피로한 나머지 더 이상 서 있을 수가 없었다. 그래서 나는 그녀를 내 아파트로 데려갔다. 우리는 항구 근처에서 작업을 하고 있었고, 내 아파트 쪽이 더 가까웠기 때문이다.

이것으로 얘기는 거의 끝났다고 할 수 있다 — 빛에서 어둠으로, 다시 빛으로. 남은 것은 결말뿐이고, 나 자신도 이것에 관해서는 잘 모른다. 그러나 그 시작에 관해서는 얘기해 줄 수 있다…….

나는 그녀를 골목 어귀에 내려놓았고, 그녀는 내가 차를 세워 놓는 동안 아파트를 향해 걸어갔다. 왜 그녀와 함께 가지 않았느냐고? 나도 모르겠다. 아마 아침의 태양이 이 세계를, 그 불결함에도 불구하고, 평화로운 장소처럼 보이게 만들었기 때문인지도 모른다. 혹은 내가 사랑에 빠져 있었고, 어둠은 사라져 있었고, 밤의 정령이 완전히 떠난 것처럼 느껴졌기 때문인지도 모른다.

나는 차를 세워 두고 골목을 향해 걷기 시작했다. 오그와 맞닥뜨렸던 모퉁이까지 반쯤 갔을 때 그녀의 비명 소리가 들려왔다.

나는 달렸다. 두려움에서 비롯된 속도와 힘은 나로 하여금 나머지 거리를 순식간에 주파해서, 모퉁이를 돌게 만들었다.

그 사내는 부대를 가지고 있었다. 척이 지고 있던 것과 비슷한 부대가, 그가 서 있는 물웅덩이 곁에 놓여 있었다. 그는 엘리너의 핸드백을 뒤지고 있었고, 엘리너는 관자놀이에서 피를 흘리며 — 꼼짝도 않고! — 땅에 쓰러져 있었다.

나는 욕설을 내뱉었고, 사내를 향해 달려가며 지팡이의 스위치를 넣었다. 사내는 이쪽을 돌아다보았고, 핸드백을 떨어뜨리고는 허리에 찬 권총에 손을 뻗쳤다.

둘 사이의 거리는 30피트쯤 되었기 때문에 나는 지팡이를 던졌다.

사내가 권총을 뽑아 나를 겨냥한 순간, 내 지팡이가 그가 서 있던 물웅덩이 속으로 떨어졌다.

아마 천사의 무리가 공중을 날아다니며 그 사내의 안식을 위한 노래를 불러 주었을지도 모르겠다.

엘리너는 아직 숨이 붙어 있었기 때문에, 나는 그녀를 아파트에 데려다 놓은 다음 의사를 불렀고 — 어떻게 그랬는지에 관해서는 확실히 기억하고 있지 않다 — 그 다음에는 기다리고, 기다렸다.

그녀는 12시간을 더 살다가, 숨을 거뒀다. 수술 전에 두 번 의식이 돌아왔지만, 그것으로 끝이었다. 그녀는 아무 말도 하지 않았다. 한 번은 나를 향해 작게 웃어 보이고는 다시 혼수상태에 빠졌다.

나는 모른다.

그 어떤 일에 관해서도. 정말.

나는 또다시 베티의 시장이 되었다. 11월까지 남은 임기를 대행하고, 재건 작업을 지휘하기 위해서였다. 나는 일했다. 정신없이 일했다. 그리고, 내가 베티를 처음 보았던 날과 마찬가지로, 그녀를 밝고 깔끔한 상태로 되돌려 놓았다. 가을의 시장 선거에 입후보했더라면 아마 당선되었겠지만, 그럴 생각은 없었다.

시의회는 나의 항의에도 불구하고 가드프리 저스틴 홈즈의 동상을 엘리너 쉬러의 동상과 나란히 건립한다는 안을 가결시켰다. 이들 동상은 광장 너머의 깨끗하게 씻긴 와이어스의 동상을 마주보게 될 예정이었다. 아마 지금도 그곳에 있을 것이다.

두 번 다시 돌아오지 않겠다고 선언하기는 했지만, 앞의 일을 누가 알 수 있단 말인가? 2, 3년 후, 좀 더 역사가 흐른 후, 나는 낯선 사람들로 가득 찬 베티를 다시 방문할지도 모른다. 단지 어느 동상의 발치에 화환을 바치기 위해서라도. 그 무렵에는 대륙 전체가 오토메이션의 증기와 소음과 울림에 가득 차 있고, 반짝이는 해안에서 해안까지 사람들로 가득 차 있지 않으리라고 누가 장담할 수 있단 말인가?

그해 말에 우주선이 기항했기 때문에 나는 모두에게 손을 흔들어 작별 인사를 고한 후에 탑승했고, 베티를 떠났다. 목적지는 어디라도 좋았다.

나는 배를 탔고, 떠났다. 차가운 잠을 다시 한 번 자기 위해.

별들 사이를 가는 배의 환각 —

아마 몇 십 년이 지났으리라고 짐작된다. 나는 더 이상 햇수를 세지 않는다. 그러나 이런 생각만은 자주 하곤 한다. 혹시 언제, 어딘가에 나를 위한 황금시대가, 르네상스가 존재하고 있을지도 모른다는 생각을. 어딘가에 존재하는 나의 시대가, 단 한 장의 티켓, 단 하나의 비자, 단 한 장의 일기장 너머 어딘가에 있다고. 언제, 어디가 될지는 모른다. 누가 그런 것을 알 수 있겠는가? 어제 내렸던 비는 모두 어디에 있는 것일까?

보이지 않는 도시 속에?

나의 내부에?

우주 공간은 차갑고 조용하며, 지평선은 무한에 가깝다. 이동 감각은 전혀 없다.

달은 보이지 않고, 별들은 눈부시게 불타오른다. 부스러진 다이아몬드이다, 모두가.

특별 전시품

 자신의 예술이 이 경박한 세상에서는 전혀 주목받지 못하리라는 사실을 인정하지 않을 수 없게 된 제이 스미스는, 이런 세계로부터 아예 탈출하려고 마음먹었다. 그러나 그가 4달러 98센트를 써서 주문한 『요가 — 자유로 가는 길』이라고 명명된 통신 교육 코스는 그를 자유롭게 해주지는 못했다. 이것은 오히려 그의 식량 구입 능력을 4달러 98센트어치 감소시킴으로써 그의 인간적인 면을 강조하는 역할을 했을 뿐이었다.

 스미스는 파드마사나의 자세로 앉아 묵상하고 있었지만, 하루가 지날 때마다 배꼽이 등골을 향해 조금씩 더 다가가고 있다는 사실밖에 머리에 없었다. 니르바나[涅槃]라는 것은 상당히 심미적인 개념이지만, 자살은 절대로 그렇지 못했다. 특히 당사자에게 그럴 담력이 없을 경우에는 말이다. 그래서 그는 상당히 이른 시기에 이런 숙명론적인 관념을 머릿속에서 쫓아냈다.

 「이상적인 환경만 주어진다면, 스스로 목숨을 끊는 건 정말이지 너무나도 간단할 텐데!」 그는 한숨을 쉬었다. (이러면서 그는 금발을 흔들었고, 이 머리카락은 명백한 이유로 인해, 고전적인 잣대로 보았을 때도 인상적일 정도의 길이까지

자라 있었다.) 「욕조에 몸을 담그고, 노예 처녀들의 부채질을 받으며 포도주를 한 모금씩 마시고, 충실한 그리스 거머리가 자신의 정맥을 물어뜯는 것을 눈을 내리깐 채 방치하고 있는 살찐 금욕주의자! 체르케스[1] 인의 우아한 젊은이 한 사람이.」 그는 또다시 한숨을 쉬었다. 「바로 그곳에서, 자기 자신의 조사(弔辭)를 구술하고 있는 이 사내 곁에서 하프를 뜯고, 이 사내의 충실한 동포들은 이 조사를 눈 하나 깜짝 않고 낭독하게 되는 것이다. 정말 그에게는 얼마나 쉬운 일일까! 그러나 추락한 예술가는 — 그럴 수 없어! 어제 태어나서, 오늘 조롱의 대상이 된 후에 사라질 뿐. 자기 무덤을 찾아가는 코끼리처럼, 혼자서, 아무도 모르게!」

그는 6피트 1인치 반의 장신을 쭉 뻗으며 일어났고, 몸을 돌려 거울을 보았다. 대리석처럼 창백한 피부와 곧은 코, 넓은 이마와 넓은 미간을 가진 두 눈을 바라보면서, 그는 만약 사람이 예술을 창조함으로써 살아갈 수 없다면, 이를테면 그 역(逆)을 한다고 해서 해가 될 것은 없다고 마음먹었다.

그는 몸 여기저기의 근육을 움직여 보았다. 이것은 미식축구팀의 하프백이었던 4년 동안 그에게 수업료의 반을 벌어 준 근육이었지만, 그 4년 동안 그는 영혼의 대장간에 불을 지피고 자기 자신만의 예술 운동을 제련했던 것이다. 이른바 2차원적으로 채색된 조각을.

〈포괄적으로 말하자면,〉 어느 심술궂은 비평가가 평한 적이 있었다. 〈스미스 씨가 제공한 것들은 벽이 없는 프레스코화나 수직선의 집합에 지나지 않는다. 전자에 관해서는 에트루리아 인들이 뛰어난 수완을 발휘했으며, 이것은 그것이 어디에 속해 있는지를 그들이 잘 알고 있었음에 기인하는 바이

---

[1] Cherkes. 구 소련 그루지아 공화국 남부의 한 지방. 아름다운 육체를 가진 사람들로 예로부터 유명.

다. 그리고 후자의 경우는, 다섯 살배기 시절 유치원에서 숙달될 때까지 되풀이해서 배우는 것이다.〉

이 교묘하기 이를 데 없는 언사! 단지 교묘할 뿐인! 흥! 그는 남의 밥상에 와서 밤 놓아라, 배 놓아라 하는 존슨[2]에 대해 신물이 나 있었다.

한 달에 걸친 금욕주의적인 섭생의 결과 체중이 30파운드나 줄었고, 이제는 단지 225파운드밖에 나가지 않는다는 사실에 그는 만족감을 느꼈다. 지금 상태라면 헬레니즘 후기의 〈패배한 검투사〉로서도 충분히 통용될 것이다.

「결정했어.」 그는 선언했다. 「내가 예술이 〈되는〉 거야.」

그날 오후 늦게, 옆구리에 꾸러미를 하나 낀 고독한 그림자 하나가 미술관으로 들어왔다.

정신적으로 초췌해진 (그러나 겨드랑이 털까지도 깨끗이 민) 상태의 스미스는 〈그리스 시대〉 전시관에 가서 어슬렁거리며 기다렸다. 이윽고 그 자신과 대리석들을 제외하면 방이 빌 시간이 되었다.

그는 어두운 구석으로 가서 대좌(臺座)를 싼 꾸러미를 끌렀다. 그는 옷 대부분을 포함해서 전시(展示) 생활에 필요한 여러 가지 소지품들을 대좌 밑의 빈 공간에 숨겼다.

「세계여, 안녕.」 그는 작별을 고했다. 「네 예술가들을 좀 더 잘 대우하려무나.」 이렇게 말하고는 대좌에 올라섰다.

그의 식량 구입 대금이 순전히 헛쓰인 것은 아니었다. 4달러 98센트가 든 『자유로 가는 길』을 통해 그가 터득한 여러 테크닉 탓에 그는 근육을 통제할 수 있게 되었고, 아홉 살 미만의 어린아이 마혼네 명을 인솔하고 길모퉁이에 멈춰 선 버스에서 나온 가냘픈 중년 부인이, 매주 화요일과 목요일 아침

---

2 Samuel Johnson(1709~1784). 영국의 비평가, 사전 편찬자. 여기서는 비평가의 대명사로 쓰이고 있음.

9시 35분에서 40분 사이에 〈그리스 시대〉를 지나갈 때에는, 언제나 미동도 하지 않는 완벽한 석상의 상태를 유지할 수 있었던 것이다. 다행히도 그가 선택한 것은 앉은 자세였다.

일주일이 채 지나기 전에, 그는 옆방의 커다란 시계가 째깍거리는 소리를 이용해서 야간 경비원의 이동 시간을 파악했다. (금박과 법랑을 입히고, 조그만 천사 둘이 서로를 쫓아 빙빙 도는 18세기의 섬세한 시계였다.) 그는 경력 첫 주부터 도난품으로 보고될 생각은 추호도 없었다. 그럴 경우에는 이류 미술관으로 가거나, 음울한 개인 수집가의 음울한 개인 수집품 사이에서 불안한 나날을 보내는 수밖에 없는 것이다. 따라서, 아래층 식당의 저장고에서 식량을 탈취해 올 때도 그는 사려 깊게 움직였고, 술래잡기를 하고 있는 천사들과도 공감대를 형성해 보려고 노력했다. 감독자들은 냉장고나 식료품실 따위를 전시품이 자행하는 약탈로부터 지킬 필요가 있다고는 꿈에도 생각하지 않았고, 그는 이런 상상력의 결여에 대해 갈채를 보냈다. 그는 (가벼운) 삶은 햄이나 호밀 빵을 뜯어 먹었고, 아이스크림 바를 한 다스씩 우적우적 먹었다. 한 달 후 그는 〈청동 시대〉의 방에서 부득이 (무거운) 미용 체조를 해야 했다.

「아아, 잃어버린 것들이여!」〈현대〉 작품들 사이에 선 그는, 과거에 자기 것이라고 주장하던 왕국을 둘러보며 회상에 잠겼다. 그는 자신의 〈쓰러진 아킬레스〉의 조상(彫像) 앞에서 마치 그것이 자기 것이라도 되는 양 흐느꼈다. 실제로 그의 작품이었기 때문이다.

마치 거울을 보듯이, 근처에 있던 나사못과 호두 껍데기로 이루어진 콜라주에서 그는 자신의 모습을 보았다. 「만약 일찌감치 다 팔아 치우지 않았더라면, 조금만 더 거기에 매달려 있었더라면 — 이런 식으로, 〈예술〉이 낳은 가장 단순한 창조물처럼 거기 매달렸더라면…… 하지만 아냐! 그런 일은 불가능했어!」

「가능했을까?」 그는 머리 위에 매달려 있는 유독 균형 잡힌 모빌을 향해 말했다. 「가능했을까?」

「그랬을지도 모르지.」 어딘가에서 대답이 돌아왔고, 그는 혼비백산해서 자신의 대좌가 있는 곳으로 도망쳤다.

그러나 별다른 일은 일어나지 않았다. 경비원은 건물 반대편에 걸려 있는 루벤스의 육감적인 그림을 바라보며 약간 뒤가 켕기는 즐거움을 느끼고 있었기 때문에 이 대화를 듣지 못했다. 스미스는 자신이 우발적으로 다라나Dharana의 경지에 가까워졌기 때문에 이런 일이 일어났다고 해석하기로 했다. 그는 다시 〈자유로 가는 길〉로 되돌아갔고, 자기 부정 및 〈패배〉를 형상화하려는 노력을 한층 더 강화했다.

그 이후 며칠 동안, 그는 이따금 쿡쿡 거리며 웃거나 속삭이는 소리를 듣고는 했다. 처음에는 그의 정신 집중을 방해하기 위해 마라와 마야[3]의 자식들이 홍소(哄笑)하는 소리라고 간주하고 신경을 쓰지 않았다. 그러나 시간이 흐르자 좀 자신이 없어졌다. 그러나 그 무렵에는 이미 수동적인 호기심이라는 고전적인 태도에 전념하기로 마음을 굳히고 있었다.

그러던 어느 봄날, 딜런 토머스[4]의 시처럼 푸르고, 황금처럼 빛나는 봄날에, 젊은 여자 하나가 〈그리스 시대〉로 들어오더니 몰래 주위를 살펴보기 시작했다. 그는 자신의 대리석 같은 평온함을 유지하는 일이 곤란해졌음을 자각했다. 왜냐하면 보라! 그녀는 옷을 벗기 시작했던 것이다!

---

3 Mara. 인도 신화의 환신(幻神). Maya. 현상(現象)을 만들어 내는 힘을 의인화한 인도의 여신.

4 Dylan Thomas(1914~1953). 영국 웨일즈 출신의 시인, 작가.

그리고 바닥에는 무늬 없는 포장지에 싸인 네모난 꾸러미 하나. 이것이 의미하는 바는 오직 하나…….

경쟁자이다!

그는 예의 바르게, 나직하게, 고전적으로 헛기침을 했다…….

그녀는 화들짝 놀라며 경계 태세를 취했다. 이 동작은 그로 하여금 테르모필라이[5]와 관련된 여성 속옷 광고를 생각하게 했다. 그녀의 머리카락은 그 계획에 걸맞은 색깔 — 파로스 섬 산(産)의 백색 대리석 중에서도 가장 엷은 — 이었고, 그녀의 회색 눈동자는 아테네 여신의 얼음장같이 차갑고 일사불란한 눈동자처럼 반짝이고 있었다.

그녀는 방 전체를 면밀하게, 캥기는 듯이, 매력적으로 둘러보았다…….

「돌이 바이러스에 감염될 리가 없어.」 그녀는 단정했다. 「방금 들은 헛기침은 단지 내 양심의 가책에 불과해. 양심이여, 이런 연유로 인해 나는 이제 너를 버리노라!」

그러고는 그녀는 하던 일을 재개했고, 〈비탄에 잠긴 헤카베〉[6]가 되었다. 그녀는 〈패배한 검투사〉의 건너편 대각선 방향에 위치하고 있었지만, 다행히도 그의 정면을 바라보고 있지는 않았다. 상당히 좋은 솜씨군, 하고 그는 떨떠름하게나마 시인했다. 그녀는 곧 심미적인 정지 상태에 도달했다. 그 모습을 전문가적인 눈으로 감정해 본 그는 아테네야말로 진실로 모든 예술의 어머니라는 결론을 내렸다. 아무리 노력해도 그녀가 르네상스나 로마네스크를 달성할 수 있을 것 같지는 않았기 때문이다. 이 사실은 오히려 그를 기쁘게 했다.

마침내 커다란 정문이 닫히고, 경보기가 작동하기 시작하

---

5 Thermopylae. 기원전 480년에 3백 명의 스파르타군이 본대의 후퇴를 지원하기 위해 수백 배나 되는 페르시아 침략군과 맞서 싸우다 전멸한 곳.
6 Hekabe. 헥토르의 어머니. 트로이 왕 프리아모스의 아내.

자, 그녀는 깊게 한숨을 내쉬고는 바닥으로 뛰어내렸다.

「아직 안 돼.」 그는 경고했다. 「93초 후면 경비원이 여길 지나갈 거야.」

그녀에게는 자신의 비명을 막을 수 있을 만큼의 침착함과, 그것을 실행에 옮길 섬세한 손과, 다시 한 번 〈비탄에 잠긴 헤카베〉로 변신할 수 있는 87초가 있었다. 그는 이 87초 동안을 그녀의 섬세한 손과 침착함을 찬양하는 데 썼다.

경비원이 왔고, 가까이 다가왔다가, 갔다. 회중전등의 불빛과 턱수염이 케케묵은 도깨비불처럼 위아래로 까닥거리며 어둠 속으로 사라져 갔다.

「하느님 맙소사!」 그녀는 참고 있었던 숨을 내쉬었다. 「나 혼자인 줄 알았어요!」

「그건 사실이야.」 그는 대답했다. 「〈나신으로 고독하게, 우리는 유랑(流浪)의 몸이 되었노라⋯⋯ 이 피폐하고 어두운 타다 남은 재 위에서 반짝이는 별들 사이에서, 사라진 채로⋯⋯ 아아, 사라진 ─.〉」

「토머스 울프군요.」 그녀가 말했다.

「응.」 그는 부루퉁한 얼굴로 말했다. 「그럼 저녁 식사를 하러 가기로 하지.」

「저녁이라고요?」 그녀는 한쪽 눈썹을 추켜올리며 물었다. 「어디서요? K레이션을 좀 가져온 것이 있어요. 육군 잉여 물자 판매점에서 사온 건데 ─」

「당신이」 그는 역습에 나섰다. 「단기 체류자의 태도를 견지하고 있다는 것은 명백하군. 오늘 메뉴에서는 닭고기가 훌륭했던 것 같아. 자, 따라오라고!」

그들은 〈당(唐) 왕조〉를 지나 층계 쪽으로 갔다.

「몇 시간도 채 지나지 않았는데 추위를 느끼는 작자들도 있어.」 그는 운을 뗐다. 「하지만 아마 당신은 호흡 제어 기술을 완전히 터득했나 보군?」

「물론이죠.」 그녀는 대꾸했다. 「내 약혼자는 일시적인 유행을 쫓아 선(禪)에 심취했던 게 아니에요. 그는 라사[7]로 가는 훨씬 더 힘든 길을 택했어요. 한번은 『라마야나』[8]의 현대판을 쓴 적도 있었죠. 시사 문제에 대한 인유라든지, 현대 사회에게 보내는 충고 따위로 가득 찬 걸 말이에요.」

「그래서, 현대 사회는 그걸 어떻게 받아들였지?」

「아아! 현대 사회는 단 한 번도 그걸 보지 못했어요. 우리 부모님이 그에게 로마 행 비행기의 1등석 편도 티켓을 사줬던 거예요. 몇 백 달러의 여행자 수표도 함께. 그 이후로는 아무 소식도 듣지 못했어요. 그래서 나는 이 세상에서 은퇴했던 거예요.」

「그럼 당신 부모님들은 예술을 인정하지 않았단 말이로군?」

「그래요. 게다가 그를 협박했다고 생각해요.」

그는 고개를 끄덕였다.

「그것이 바로 사회가 천재를 다루는 방식이야. 나도 조촐하게나마 사회의 향상을 위해 노력했지만, 노력의 대가로 받은 것은 멸시뿐이었지.」

「정말?」

「응. 돌아가면서 〈현대〉를 지나다 보면, 나의 〈쓰러진 아킬레스〉를 볼 수 있어.」

매우 메마른 웃음소리가 그들의 발걸음을 멈추게 했다.

「거기 누구요?」 그는 신중한 어조로 물었다.

대답은 없었다. 그들은 〈로마의 영광〉 안에 서 있었고, 돌로 된 원로원 의원들은 꼼짝도 하지 않았다.

---

[7] Lhasa. 티벳의 수도. 라마 불교의 총본산.
[8] *Ramayana*. 고대 인도의 대서사시.

「방금 누군가가 웃었어요.」 그녀가 말했다.

「여기에 있는 건 우리들뿐만이 아냐.」 그는 어깨를 움츠려 보이며 말했다. 「지금 말고도 몇 번 이런 징후가 있었지. 하지만 그들이 누구든 간에, 트라피스트 수도사들만큼이나 과묵한 것 같아 — 이건 좋은 일이지만.」

「기억하라. 그대들은 돌에 불과하다는 사실을.」 그는 쾌활한 어조로 외쳤고, 두 사람은 카페테리아를 향해 갔다.

어느 날 밤 그들은 〈현대〉의 방에 함께 앉아 저녁 식사를 하고 있었다.

「바깥세상에서 당신은 이름을 가지고 있었어?」 그는 물었다.

「글로리아예요.」 그는 속삭였다. 「당신은?」

「스미스야. 제이 스미스.」

「당신은 무엇 때문에 석상이 될 생각을 한 거죠, 스미스 — 이런 질문을 해도 실례가 안 된다면?」

「전혀 상관없어.」 그는 내심 미소 지었다. 「어떤 사람들은 태어날 때부터 무명으로 살아갈 운명에 있고, 또 어떤 사람들은 각고의 노력을 통해서야 비로소 그렇게 되는 사람이 있어. 나는 후자에 속하지. 예술적으로 실패하고, 무일푼이었던 나는, 나 자신의 기념비가 되려고 결심했던 거야. 이곳은 따뜻하고, 밑으로 가면 먹을 것도 많아. 환경도 내 적성에 맞고, 결코 발각되는 일도 없을 거야. 미술관 안에 늘어선 물건들을 정말로 살펴보는 사람 따위는 없으니까 말이야.」

「아무도?」

「단 한 사람도 없어. 당신도 이미 깨달았겠지만. 아이들은 자신들의 의사에 상관없이 이곳으로 끌려오고, 젊은 작자들은 서로 시시덕거리기 위해 오고, 또 누군가가 무엇인가를 진정으로 바라볼 수 있을 정도로 충분한 감수성을 발달시킨다고 해도,」그는 쓸쓸한 어조로 말을 이었다.「그 무렵엔 이미 근시가 되어 있거나 쉽사리 환각에 빠지거나 둘 중 하나야. 전자의 경우에는 알아차리지 못하고, 후자의 경우에는 다른 사람에게 말하거나 하지는 않아. 이런 식으로 퍼레이드는 계속되는 거지.」

「그럼 미술관이 무슨 쓸모가 있죠?」

「세상에! 예전에 진정한 예술가와 약혼하고 있었으면서도 그런 말을 하다니, 당신들 사이의 관계는 정말로 짧았던 것 같 —」

「아니에요!」그녀가 끼어들었다.「관계가 아니라, 〈교제〉라는 편이 더 적절하다고 생각해요.」

「잘 알았어. 그럼 〈교제〉라고 하지.」그는 정정했다.「그러나 미술관은 과거(이건 죽어 있지)와 현재(이건 결코 알아차리는 법이 없어)를 비추는 거울이고, 민족의 문화적 유산을 미래(이건 아직 태어나지도 않은 거야)에 전해 주는 역할을 하는 거야. 그런 점에서 이곳은 종교 사원에 가깝다고 할 수 있지.」

「지금까지 그런 식으로 생각해 본 적이 없었어요.」그녀는 생각에 잠긴 표정으로 말했다.「그리고 듣고 보니 그건 상당히 아름다운 관념이군요. 당신은 정말로 선생님이 되면 좋을지도 모르겠군요.」

「선생 노릇으로 돈을 벌 수는 없지만, 그런 생각만으로도 위안이 되는군. 자, 다시 한 번 냉장고를 습격하러 가자고.」

그들은 허기진 문어를 닮은 거대한 모빌 밑에 앉아 아이스크림 바를 먹으며 〈쓰러진 아킬레스〉에 관해 논했다. 그는 그녀에게 자신의 또 다른 대작들에 관해 설명했고, 일요판 신문에 잠복하고 있는, 인생을 증오하며 심술궂고 냉혹하고 비열한 비평가들에 관해 말해 줬다. 그러자 그녀는 그에게 예술이 무엇인지 알고 있고, 또 왜 그녀가 그를 좋아하면 안 되는지에 관해서도 알고 있는 부모님에 관해 얘기해 주었고, 목재와 부동산과 석유에 균등히 분배되어 있는 그들의 막대한 재산에 관해 언급했다. 그러자 그는 그녀의 팔을 가볍게 두드려 주었고, 그녀 쪽에서는 눈을 크게 깜박거리며 그리스풍의 미소를 지었다.

「있잖아,」 이윽고 그는 말했다. 「매일 대좌 위에 앉아서 자주 이런 생각을 하곤 했어. 사회로 복귀해서, 다시 한 번 일반 대중의 눈을 흐리게 만드는 백내장을 꿰뚫어 보려는 노력을 해보면 어떨까 하고 말이야 ― 만약 내가 물질적으로 걱정이 없는 환경에서 안정된 상태에 도달할 수 있다면 ― 만약 내게 맞는 여자를 발견할 수 있다면 ― 하지만 아냐! 그런 여자는 없어!」

「계속해요! 부탁이니 계속해 줘요!」 그녀가 외쳤다. 「나도 줄곧 그런 생각을 하고 있었어요. 아마, 다른 예술가가 내 마음에 꽂혀 있는 가시를 뽑아 줄 수 있을지도 모른다고. 아마 미(美)의 창조자라면 이 고독이 만들어 낸 독(毒)을 없애 줄지도 모른다고 ― 만약 우리가 ―」

이때, 토가[9]를 입은 작고 추한 사내가 헛기침을 했다.
「내가 우려하던 대로군.」 그는 말했다.
비쩍 마른, 주름투성이의 지저분한 사내였다. 장에 궤양이라도 가지고 있는 듯한, 악의에 찬 표정을 하고 있었다. 그는 손가락을 들어 비난하듯이 그들을 가리켰다.
「내가 우려하던 대로군.」 그는 되풀이했다.
「누, 누구시죠 당신은?」 글로리아가 물었다.
「캐시어스야.」 그는 대꾸했다. 「캐시어스 피츠뮬렌 ― 〈돌

9 *toga*. 고대 로마 시민의 긴 겉옷.

턴[10] 타임스〉의 은퇴한 미술 평론가이지. 함께 이곳을 탈출할 작정인 것 같군.」

「설령 우리가 여길 떠난다고 해서, 그게 당신하고 무슨 상관이 있지?」 스미스는 자신의 〈패배한 검투사〉 겸 하프백용의 근육을 굽혔다 폈다 하면서 물었다.

캐시어스는 고개를 가로저었다.

「무슨 상관이냐고? 자네들이 이곳을 떠난다면 하나의 생활 양식 전체를 위협하게 돼. 여기서 나간다면, 자넨 보나마나 예술가나 미술 교사가 될 것이 틀림없어 — 그리고 그렇게 된다면 늦든 빠르든, 말이나 제스처, 혹은 손짓이나 무의식적인 의사 전달 따위를 통해서 예전부터 줄곧 의심하고 있었던 사실을 다른 사람들에게 전달할 거야. 나는 몇 주 동안 자네들 사이의 대화에 귀를 기울였어. 자네는 의심하고 있고, 방금 그 사실을 확인했지. 이곳이야말로 모든 미술 평론가들이 마지막으로 와서, 자신들이 증오하고 있었던 것들을 비웃으면서 여생을 보내는 장소라는 사실을 말이야. 최근 몇 년 들어 로마 원로원 의원들 수가 늘어난 것도 바로 그 때문이라네.」

「이따금 의심해 보기는 했지만, 확신하지는 못했어.」

「의심한 것만으로도 충분하네. 그것만으로도 치명적이니까. 자네는 심판을 받아야 해.」

그는 양손을 딱딱 쳤다.

「심판을!」 그는 외쳤다.

다른 고대 로마인들이 천천히 입장했다. 구부러진 양초 같은 모습. 그들은 두 연인을 둘러쌌다. 먼지와 누렇게 변색한 신문지와 담즙과 흘러간 시간의 악취를 풍기며, 늙은 비평가들은 천천히 다가왔다.

10 Dalton. 미국 조지아 주 북서부의 소도시.

「이들은 다시 인간 세계로 돌아갈 작정을 하고 있네.」 캐시어스가 큰 소리로 말했다. 「여기서 얻은 지식을 가지고, 이곳을 떠나려고 하고 있는 거야.」

「아무한테도 얘기 안 할게요.」 글로리아가 울음 섞인 목소리로 말했다.

「이미 늦었어.」 거무튀튀한 사내 한 사람이 말했다. 「이미 카탈로그에 올라와 있다는 걸 모르나. 자, 보라구!」 그는 카탈로그를 꺼내 읽었다. 「28번, 〈비탄에 잠긴 헤카베〉. 32번 〈패배한 검투사〉. 알겠나! 이미 때가 늦었어. 너희들이 사라지면 우리가 틀림없이 조사를 받게 돼 있어.」

「심판을!」 캐시어스가 되풀이했다.

천천히, 원로원 의원들은 엄지손가락을 들어 아래쪽을 가리켰다.

「너희들은 여기서 나갈 수 없어.」

스미스는 쿡쿡 웃었고, 조각가의 억센 손으로 캐시어스의 튜닉[11]을 움켜잡았다.

「이 꼬마 녀석.」 그는 말했다. 「어떻게 우리를 막을 작정이지? 글로리아가 한 번 소리를 지르기만 해도 경비원이 와서 경보를 발할 텐데. 또 내가 한 대 치기만 해도 넌 일주일은 기절해 있을걸.」

「경비원이 잠자리에 든 후에 보청기 스위치를 꺼놓았다네.」 캐시어스는 미소 지었다. 「말해 두지만, 비평가에게도 상상력이 전혀 없는 것은 아냐. 당장 이 손을 놓지 않으면 자넨 험한 꼴을 당하게 될 걸.」

스미스는 한층 더 손에 힘을 주었다.

「뭐든지 할 수 있으면 해봐.」

「심판을.」 캐시어스는 미소 지었다.

---

11 *tunic*. 고대 그리스와 로마의 소매가 짧고 무릎까지 내려오는 상의.

「이 사내는 현대적*modern*이로군.」 한 사내가 말했다.

「따라서, 그 취미는 다방면*catholic*에 걸쳐 있다고 봐야 해.」 다른 사내가 말했다.

「기독교도를 사자들에게 던지자!」 세 번째 사내가 박수를 치며 말했다.

다음 순간 어두운 구석에서 뭔가 움직이는 것을 본 스미스는 화들짝 놀라며 뒤로 물러섰다. 캐시어스는 그의 손을 뿌리쳤다.

「이건 말도 안 돼요!」 글로리아는 두 손으로 얼굴을 가리며 외쳤다. 「우리는 〈그리스 시대〉에서 왔단 말이에요!」

「그리스에서는 로마인들이 하는 대로 하라.」[12] 캐시어스는 껄껄 웃었다.

고양잇과 동물의 냄새가 두 사람의 코를 자극했다.

「도대체 어떻게 — 여기……? 사자가……?」 스미스가 물었다.

「우리 직업 특유의 최면술의 일종이지.」 캐시어스가 대답했다. 「평소에는 거의 마취된 상태로 놓아둔다네. 왜 이 미술관에는 한 번도 도둑이 들지 않았는지 이상하게 생각해 본 적이 없나? 아니, 그런 시도는 물론 있었어! 우리는 우리 자신의 이익을 지킨다네.」

보통 때는 정문 옆에서 잠들어 있는 마른 몸집의 알비노[13] 사자가 어둠 속에서 천천히 걸어 나와 커다랗게 한 번 포효했다.

사자가 슬금슬금 다가오자 스미스는 글로리아를 자신의 등 뒤에 숨겼다. 포럼[14] 쪽을 흘끗 보니 이미 아무도 없었다.

---

12 *When in Greece, do as the Romans do*. 〈로마에서는 로마인들이 하는 대로 하라〉는 속담을 패러디한 것.

13 *albino*. 백색증(白色症).

14 *Forum*. 고대 로마의 공회용 광장. 재판소.

가죽으로 만들어진 비둘기 무리가 파닥거리는 듯한 소리가 멀리서 들려왔고, 점점 사라져 갔다.

「여기엔 우리밖엔 없어요.」 글로리아가 말했다.

「도망쳐.」 스미스가 명령했다. 「저놈은 내가 막고 있을게. 당신은 도망칠 수 있을 때 도망쳐야 해.」

「당신을 여기 내버려두고? 싫어요, 절대로! 두 사람은 함께 있어야 해요! 지금도, 그리고 언제나!」

「글로리아!」

「제이 스미스!」

그 순간, 짐승은 도약하려고 마음먹었고, 그 생각을 즉시 실행에 옮겼다.

「안녕, 내 사랑.」

「안녕. 죽기 전에 키스를 한 번, 부탁해요.」

사자는 높이 도약했다. 건강한 기침 소리, 형형하게 빛나는 녹색 눈.

「기꺼이 해주지.」

그들은 포옹했다.

사자 모양으로 절단된 달이, 희디흰 짐승이, 머리 위에 떠 있었다 — 높이, 위협적으로, 언제까지나…….

사자는 바닥과 천장 사이의, 건축학이 특별한 명칭을 부여하고 있지는 않은 그 공간에 뜬 채 몸부림쳤고, 발톱으로 공중을 마구 할퀴기 시작했다.

「호으음! 한 번 더 키스할까?」

「그러지 말라는 법이 어디 있어요? 인생은 정말 달콤해요.」

소리 없는 발걸음으로 1분이 지나갔다. 그리고 또 다른 1분이 그 뒤를 따랐다.

「아니, 도대체 무엇이 저 사자를 저기 붙들어 놓고 있는 걸까?」

「그건 나야.」 모빌이 대답했다. 「죽은 과거의 유물 속에서 몸을 숨길 그늘을 찾는 것은 자네들 인간뿐만이 아니라네.」

그 목소리는 특별히 바삐 울리고 있는 에올리언 하프[15] 소리처럼 가늘고 섬세한 느낌이었다.

「꼬치꼬치 캐물을 생각은 없지만」 스미스가 말했다. 「도대체 누구신지?」

「나는 외계 생명체라네.」 그것은 사자를 소화하며 짤랑거리는 듯한 소리로 대답했다. 「내 우주선은 아크투러스로 가는 도중에 사고를 당했지. 곧 나는 자네들의 이 행성에서 나의 겉모습이 매우 불리하다는 사실을 곧 발견했어. 단지 미술관만은 예외였고, 그곳에서는 큰 찬양의 대상이 된다는 사실도. 어느 쪽인가 하면 상당히 섬세하고, 굳이 말하자면 다소 자아도취적인 종족의 일원으로서 ─」 그는 여기서 잠시 말을 멈추고 우아하게 트림을 했고, 말을 이었다. 「─ 이곳에서의 체류를 상당히 즐기고 있다네 ─ 〈이 피폐하고 어두운 타다 남은 재 위에서 반짝이는 별들 사이에서 끄윽, 사라진 채로.〉」

「그랬군요.」 스미스가 말했다. 「사자를 먹어 주셔서 고맙습니다.」

「천만에 ─ 하지만 그건 〈완전히〉 바람직한 일은 아니었어. 실은, 지금부터 나는 분열해야 하거든. 다른 내가 자네들을 따라가도 될까?」

「물론입니다. 당신은 우리 목숨을 구해 줬고, 우리 거실에 걸어 놓을 장식품도 언젠가는 필요하게 될 테니까요. 나중에 거실이 생긴 다음에 말입니다.」

「잘됐군.」

그는 일진(一陣)의 64분음표 같은 소리를 내며 분열했고, 그들 곁의 바닥으로 떨어졌다.

「안녕, 나 자신.」 그는 위를 향해 말했다.

15 *aeolian harp*. 바람이 불면 압력을 받아 혼자서 울리는 하프의 일종.

「안녕.」 그는 위에서 대답했다.

일동은 당당하게 〈현대〉에서 걸어 나갔고, 〈그리스〉를 통과했고, 오만 무례하고 침착하며 위엄에 가득 찬 모습으로 〈로마 시대〉를 지나쳤다. 더 이상 〈패배한 검투사〉, 〈비탄에 잠긴 헤카베〉, 그리고 〈기계에서 나온 외계인〉[16]이 아닌 그들은 곯아떨어진 경비원의 열쇠를 빼내 정문 밖으로 나갔고, 층계를 내려갔고, 젊디젊은 다리와 낚싯줄같이 드리워진 몇 개의 줄을 써서 밤의 품속으로 걸어 나갔다.

---

16 *Xena ex Machina*. 소설이나 연극에서 절박한 장면의 해결책을 떠맡는 역할을 하는 기계 장치의 신 *deus ex machina*의 패러디.

성스러운 광기

「……말인가 나란 이것이 ?자 만드는 서게 우뚝 자리에 그 청중들처럼 놀란 소스라치듯이 소환해서 별들을 헤매는 천공을 문구로 슬픈……」

그가 연기를 불어넣자 담배는 더 길어졌다.

그는 시계를 흘끗 보았고, 바늘이 거꾸로 움직이고 있다는 사실을 깨달았다.

시계 바늘은 10시 33분을 가리키고 있었고, 오후 10시 32분을 향해 움직이고 있었다.

다음 순간 절망에 가까운 감정이 솟구쳤다. 자기 힘으로는 어떻게 할 수 없다는 사실을 알고 있었기 때문이다. 그는 과거에 자신이 취한 행위의 연쇄에 사로잡힌 채 거꾸로 움직이고 있었기 때문이다. 어떤 이유에서인지 이번에는 그 전조를 깨닫지도 못했다.

보통은 그전에 일종의 프리즘 효과가 온다. 핑크빛 공전(空電)이 번득이고, 졸음이 찾아오고, 곧 고조된 지각의 순간이…….

그는 책장을 오른쪽에서 왼쪽으로 넘겼고, 아래에서 위를 훑어보았다.

「?있는가 느끼고 슬픔을 깊은 그리도 연유로 어떠한 도대체 그는」

속수무책으로, 양 눈 뒤에서, 그는 자신의 육체가 행하는 움직임을 보고만 있었다.

담배가 본래 길이에 달했다. 그는 라이터 불을 찰칵하고 켰고, 노란 불꽃을 라이터 안으로 빨아들인 다음 담뱃갑을 흔들어 담배를 집어넣었다.

그는 거꾸로 기지개를 켰다. 처음에 숨을 내쉬고, 그 다음에는 빨아들였다.

이것은 현실이 아니었다 — 의사는 그렇게 말했다. 이것은 비탄과 간질 발작이 협동해서 만들어 낸 비정상적인 증세인 것이다.

발작은 이미 일어난 후였다. 디알란틴을 복용해도 별 소용이 없었다. 이것은 마음의 고통에 의해 유발되고, 간질성 발작에 의해 촉진된 심적 외상(外傷) 후의 운동성 환각인 것이다.

그러나 그는 그런 얘기를 믿지 않았고, 믿지 못했다 — 20분에 달하는 시간이 이미 반대 방향으로 흘러가 버린 지금은. 그는 독서용 스탠드에 책을 다시 올려놓았고, 일어섰고, 뒷걸음질 쳐서 방을 거꾸로 나아가 붙박이 옷장으로 간 다음, 실내용 가운을 그곳에 걸었고, 그날 하루 종일 입고 있었던 셔츠와 바지를 다시 입었고, 홈바로 되돌아가서 차가운 마티니를 한 모금 한 모금씩 토해 내고, 유리잔 언저리까지 액체가 가득 찼지만 한 방울도 흘리지 않는 것을 보았다.

올리브 맛의 예감이 다가오더니, 모든 것이 또다시 변화했다.

그가 찬 손목시계의 초침은 올바른 방향으로 움직이고 있었다.

시간은 10시 7분이었다.

지금은 마음대로 움직일 수 있다는 것을 느꼈다.

그는 다시 마티니를 들이켰다.

자, 평소의 패턴을 따르자면, 이제 그는 가운으로 갈아입고 책을 읽어 보려고 해야 할 것이다. 그러는 대신 그는 마티니를 한 잔 더 만들었다.

이제 그 시퀀스는 일어나지 않을 것이다.

이제 그가 일어났다고 생각했고, 역류했다고 생각했던 일들은 일어나지 않을 것이다.

이제 모든 것이 달라져 있었다.

이 모든 일들은 그의 경험이 환각이었음을 증명하고 있었다.

쌍방향으로 26분이 소요되었다는 생각도 정당화를 위한 시도에 불과했다.

아무런 일도 일어나지 않았던 것이다.

……술을 마시고 있을 상황이 아니었다. 또 발작이 일어날지도 모르니까.

그는 웃었다.

그건 그렇고, 정말 미친 짓이다 이건…….

그 일에 관해 생각하며, 그는 술을 마셨다.

다음 날 아침 그는 평소 하던 대로 아침 식사를 건너뛰었고, 이윽고 아침이 끝나리라는 사실을 깨닫고는 아스피린을 두 알 먹었고, 미지근한 물로 샤워를 한 다음 커피 한 잔을 마시고 산책에 나섰다.

공원, 분수, 장난감 배를 가지고 노는 아이들, 풀밭, 연못. 그는 이것들을 증오했다. 그리고 아침, 햇살, 높이 솟은 구름을 에워싼 푸르른 해자들도.

증오하면서, 그곳에 앉아 있었다. 그리고 기억했다.

만약 그가 발광 직전의 상태에 있다면, 그가 원하는 것은 그 안으로 빠져 들어가는 일이었다. 이것도 아니고 저것도 아닌 상태에서 비틀거리는 대신에.

그는 그 이유를 생각해 냈다.

그러나 맑은, 너무나도 맑은 아침이었다. 모든 것이 상쾌하며 뚜렷하게 보였고, 봄의 푸른 불길 속에서 불타오르고 있다. 백양궁 안에서. 4월.

그는 바람이 불어와 겨울의 잔재를 멀리 떨어진 잿빛 울타리 근처에 쌓아 놓고, 배들을 밀어 연못을 가로지르게 하고, 어린아이들이 발자국을 남긴 옅은 진흙 위에 올려놓는 광경을 바라보았다.

분수는 푸르스름한 빛을 띤 구리 돌고래들 위로 차가운 물줄기를 뿜어냈다. 태양은 그가 머리를 움직일 때마다 그 우산에 불을 붙였다. 바람이 그 모양을 일그러뜨렸다.

콘크리트 위로 모인 새들은 빨간 포장지에 눌어붙어 있는 캔디 바를 쪼아 대고 있었다.

연들이 꼬리 위에서 몸통을 흔들었고, 아이들이 눈에 보이지 않는 줄을 잡아당기자 밑으로 곤두박질치더니 다시 상승했다. 전선에는 연살과 찢어진 종잇장들이 부서진 높은음자리표와 도포(塗布)된 글리산도처럼 얽혀 있었다.

그는 전선을, 연을, 아이들을, 새들을 증오했다.

그러나 가장 증오하고 있는 것은 자기 자신이었다.

이미 해버린 일을 원 상태로 되돌려 놓으려면 어떻게 해야 할까? 아무 일도 할 수 없다. 하늘 아래에서 그럴 수 있는 방법은 없다. 그 대신 고뇌하고, 기억하고, 회개하고, 저주하거나, 잊을 수는 있다. 단지 그뿐인 것이다. 이런 맥락에서 과거는 불가피한 것이다.

한 여자가 그의 앞을 지나갔다. 한 박자 늦게 고개를 들었기 때문에 그녀의 얼굴을 볼 수는 없었지만, 옷깃 위로 흘러

내린 어두운 금발과, 검은 코트 자락 아래로 쭉 뻗어 있는, 얇은 투명 스타킹에 감싸인 다리의 곡선과, 리드미컬하게 또각거리는 하이힐을 본 그는 명치 깊숙한 곳에서 숨이 멎는 듯한 느낌을 받았다. 여자의 걸음걸이와 몸동작이 자아내는 마법의 직물이 그의 시선을 사로잡았다. 마치 그의 머릿속에 마지막으로 떠오른 생각에 운을 맞추듯이.

그가 벤치에서 반쯤 일어났을 때 핑크빛 공전이 그의 눈알을 엄습했고, 분수는 무지개를 뿜어내는 화산이 되었다.

세계가 얼어붙었고, 유리 덮개를 덮은 요리처럼 그의 눈앞에 내밀어졌다.

……여자는 뒷걸음질 치며 그의 앞을 지나갔고, 그는 한 박자 늦게 고개를 내렸기 때문에 그녀의 얼굴을 볼 수 없었다.

뒤로 날아가는 새들이 눈앞을 지나갔을 때 그는 지옥이 다시 시작되고 있다는 사실을 깨달았다.

그는 그 지옥에 몸을 내맡겼다. 그가 부서질 때까지 이 일을 계속하는 것이다. 완전히 피폐해 버리고 아무것도 남지 않을 때까지.

그는 벤치에 앉아 기다렸다. 토브들이 매끈 촐싹 저물거리고,[1] 분수가 뿜어낸 물을 빨아들이고, 꼼짝도 않는 돌고래들 위로 커다란 호(弧)를 그리며, 배들이 연못 위를 거꾸로 가로지르고, 울타리가 바람에 날린 종잇조각을 떨어뜨려 내고, 새들이 캔디 바를 콕콕 쪼며 빨간 포장지 위에 되돌려 놓는 광경을 바라보았다.

그의 사고(思考)만 고스란히 남긴 채, 그의 육체는 썰물에 실려 나갔다.

---

1 *the slithey toves be brillig*. 루이스 캐럴의 난센스 시 「재버워키Jabberwocky」는 '*Twas brillig, and the slithey toves*...로 시작된다.

마침내 그는 일어섰고, 공원에서 뒷걸음질 쳐 나가며 산책을 시작했다.

길가에 나가자 어떤 소년이 유행가의 한 구절을 휘파람으로 빨아들이며 그의 곁을 뒷걸음질 치며 지나쳤다.

그는 뒷걸음질 치며 층계를 올라가 자신의 아파트로 돌아갔고, 숙취가 점점 더 심해지는 것을 느끼며 커피를 뱉어 냈고, 샤워의 물줄기를 역류시킨 다음 아스피린을 뱉어 냈고, 최악의 기분이 되어 침대에 누웠다.

될 대로 되라, 하고 그는 마음을 먹었다.

희미하게 기억하고 있는 악몽이 그의 마음속에서 역으로 돌아갔고, 어울리지도 않는 해피엔딩이 왔다.

눈을 떴을 때 주위가 어두워져 있었다.

만취한 상태였다.

그는 뒷걸음질 치며 홈바로 되돌아가서 어제 썼던 술잔에 마티니를 한 모금씩 뱉어내기 시작했고, 술잔의 액체를 다시 술병 안으로 옮겨 놓았다. 진과 베르무트를 분리하는 일은 전혀 어렵지 않았다. 마개를 연 병들을 바 위에서 기울이자 두 줄기의 액체가 위로 날아 올라갔다.

이런 일이 계속되면서 취기가 가시기 시작했다.

곧 그는 술을 마시기에는 너무 이른 시각에 만든 마티니 한 잔을 앞에 두고 서 있었다. 시각은 오후 10시 7분이었다. 이 환각 속에서, 그는 다른 환각 생각을 하고 있었다. 시간은 이제 고리를 형성하는 것일까? 지난번의 발작을 기점으로 전진과 후퇴를 되풀이하는 것일까?

아니다.

그런 일은 한 번도 일어나지 않았고, 결코 경험한 적도 없다는 느낌이 들었다.

그는 저녁 내내 역행을 계속했고, 자신이 한 행위를 취소했다.

그는 수화기를 들어올려 〈잘 있어〉라고 말했고, 내일도 또 결근할 거라고 머레이에게 한 말을 빨아 들였으며, 잠시 귀를 기울이다가 수화기를 올려놓고는 전화가 울리는 소리를 듣고 그것을 올려다 바라보았다.

서쪽 하늘에서 태양이 떠오르자 사람들은 차를 후진시켜 직장으로 되돌아갔다.

그는 일기 예보와 1면 기사를 읽은 후 석간신문을 접어 복도에 내다 놓았다.

이렇게 긴 발작은 처음이었지만, 이젠 뭐가 어떻게 되든 상관없다는 심정이었다. 그는 그것에 모든 것을 맡기고 낮이 아침으로 되돌아가는 광경을 바라보고 있었다.

날이 더 젊어져 감에 따라 숙취가 되돌아왔고, 다시 침대에 누울 때에는 끔찍한 상태로 바뀌어 있었다.

눈을 뜨자 전날 밤이었고, 만취해 있었다. 술병 두 개를 다시 채운 다음, 마개를 닫고, 다시 봉했다. 곧 이것들을 다시 주류 판매점으로 가지고 가서 돈을 되돌려 받으리라는 것을 그는 알고 있었다.

하루 종일 방 안에 틀어박혀서 했던 욕을 다시 삼키고, 술을 내뱉고, 책장을 거꾸로 넘기면서도, 새 차들이 다시 디트로이트로 반송되어 분해되고, 시체들이 다시 깨어나며 단말마의 경련을 시작하고, 전 세계의 신부들이 자신도 모르는 사이에 흑(黑)미사를 진행하고 있다는 사실을 그는 알고 있었다.[2]

그는 껄껄 웃고 싶었지만, 입이 마음대로 움직여 주지 않았.

그는 두 갑 반의 재를 다시 담배로 재생시켰다.

다시 숙취가 찾아왔고, 그는 침대에 누웠다. 한참 후에, 해가 동녘으로 넘어갔다.

---

2 악마 숭배자들은 가톨릭의 미사 의식을 모두 거꾸로 뒤집어 진행한다.

날개가 달린 시간의 전차가 그의 앞을 달려 나간 후 그는 문을 열고 〈안녕히〉라고 말하며 위로를 하려 와준 사람들을 맞이했고, 그들은 들어와 앉아서 너무 슬퍼하지 말라고 그에게 말했다.
　그리고 이제 무슨 일이 일어나리라는 것을 깨달은 그는 눈물을 흘리지 않고 속으로 울었다.
　이 광기에도 불구하고, 가슴이 미어지는 듯했다.
　……날이 역류하면서, 그는 마음의 상처를 입었다.
　……뒤로, 용서 없이 흘러갔다.
　……용서 없이 뒤로 흘러갔고, 그 시간이 다가오리라는 것을 그는 알았다.
　그는 마음속에서 이를 악물었다.
　거대한 비탄과, 증오와, 사랑.

　그는 검정색 양복을 입고 연거푸 술을 뱉어 내고 있었다. 그동안 어딘가에서는 다른 사내들이 무덤을 다시 메우기 위해 삽에 흙을 갖다 붙이고 있었다.
　그는 뒷걸음질 쳐서 자신의 차에 탔고, 장례식장으로 가서 주차시켜 놓은 후 영구차로 갈아탔다.
　그들은 줄곧 후진하며 묘지로 되돌아갔다.
　그는 친지들 사이에 서서 목사의 말에 귀를 기울였다.
　「,먼지로 먼지는 ,재로 재는」 하고 목사는 말했다. 어떻게 뒤집어 말하든 별반 달라지지 않는 문구였다.
　관은 다시 영구차에 실렸고, 장례식장으로 되돌려 보내졌다.
　장례식이 시작되자 그는 집으로 돌아가서 깎은 수염을 다시 기르고 이를 거꾸로 닦은 다음 침대로 가서 누웠다.
　눈을 뜬 다음에는 다시 검정 양복을 입고 장례식장으로 되돌아갔다.

꽃들은 다시 제자리에 돌아와 있었다.

엄숙한 표정을 한 친지들이 방명록에서 서명을 지웠고 그와 악수했다. 그런 다음에는 좌석으로 돌아가 앉아 뚜껑을 닫은 관을 바라보았다. 이윽고 그와 장례 담당자만이 남았다.

그러고는 혼자가 되었다.

눈물이 뺨 위를 거슬러 올라갔다.

그의 양복과 셔츠가 다시 빳빳해지고 줄이 세워졌다.

그는 집으로 되돌아갔고, 옷을 벗은 후, 머리를 흐트러뜨렸다. 그날이 그의 주위에서 무너지며 아침으로 변했고, 그는 또다시 잠을 되돌려 놓기 위해 침대에 누웠다.

전날 밤 잠에서 깼을 때, 그는 자신이 어디로 향하고 있는지를 깨달았다.

두 번, 그는 모든 의지를 쥐어짜서 사건의 연쇄를 중단시켜 보려고 했다. 두 번 모두 실패로 끝났다.

그는 죽고 싶었다. 만약 그날 자신의 목숨을 끊었다면, 지금 그 행위를 향해 되돌아가고 있을 것이다.

앞으로 24시간도 채 남지 않은 과거의 일을 생각하며 그는 마음속으로 눈물을 흘렸다.

그 과거가 살며시 다가오는 것을 느끼며 그는 관과, 납골당과, 장례 용품의 구입에 관한 상담을 백지로 되돌렸다.

그런 다음 집으로 돌아가 생애 최악의 숙취에 몸을 맡겼고, 일단 잤다가 또 일어나서 술을 뱉고 뱉는 일을 거듭했고, 시체 보관소로 되돌아갔다가, 급히 집으로 돌아와서 수화기를 내리고 그 전화를 받았다. 그 전화…….

……벨을 울려 그의 분노를 침묵시킨 그 전화를.

그녀가 죽었다.

그녀는 90번 고속도로 어딘가에 흩어져 있는 차의 잔해 속에 누워 있었다.

 담배를 불며 방 안을 왔다 갔다 하면서도, 그는 지금 그녀가 그곳에 쓰러진 채 피를 흘리고 있다는 사실을 알고 있었다.
 ……그리고 죽음의 고통. 시속 80마일로 충돌.
 ……그리고 지금은 다시 살아났을까?
 차와 함께 다시 형태를 되찾고, 다시 생명을 되찾고 일어서는 것일까? 지금 이 순간에도, 무서운 속도로 집을 향해 후진해 와서, 다시 쾅 하고 문을 닫고 마지막 논쟁을 벌인 이곳으로 되돌아오기 위해? 그를 향해 그녀가 지른 소리를 삼키고, 그녀를 향해 그가 지른 고함을 다시 듣기 위해?
 그는 마음속으로 절규했다. 영혼의 양손을 쥐어틀었다.
 지금 여기서 멈출 수는 없었다. 아니다. 지금은 아니다.
 그의 모든 비탄과 사랑과 자기혐오가 이렇게 멀리까지 그를 데려온 것이다, 그 순간 바로 앞으로까지…….
 〈지금〉 끝낼 수는 없었다.
 잠시 후, 그는 거실로 되돌아갔다. 그의 다리는 계속 움직이며 돌아다녔고, 입술은 욕설을 빨아들였고, 그 자신은 기다리고 있었다.

 문이 쾅 소리를 내며 열렸다.
 그녀는 그를 빤히 올려다보고 있었다. 마스카라는 엉망이 되어 있었고, 뺨은 눈물에 젖어 있었다.
 「!해 맘대로 그럼」 그는 말했다.
 「!나가겠어요」 그녀는 말했다.
 그녀는 방으로 되돌아와 문을 닫았다.
 그녀는 복도의 붙박이장에 급히 코트를 걸었다.
 「.없지 수 어쩔 생각이라면 당신 그게」 그는 말하며 어깨를 으쓱해 보였다.

「!사람이군요 않는 하지 생각밖에는 자기」그녀가 말했다.
「!마 굴지 어린애같이」그는 말했다.
「!있잖아요 수 해줄 말은 미안하다는 적어도」

그녀의 눈이 핑크빛 공전을 통해 에메랄드처럼 반짝였다. 그녀는 또다시 살아 있었고, 아름다웠다. 마음속에서 그는 환희 작약하고 있었다.

변화가 일어났다.

「적어도 미안하다는 말은 해줄 수 있잖아요!」

「미안해.」그는 그녀가 손을 빼낼 수 없도록 꽉 움켜잡았다.「후회하고 있어, 당신이 상상할 수도 없을 만큼.」

「이리 와.」그러자 그녀는 그의 품안으로 왔다.

코리다[1]

그는 비통한 초음파의 울부짖음을 듣고 눈을 떴다. 그 소리는 그의 고막을 괴롭혔지만, 언제까지나 가청역(可聽域) 바로 바깥쪽에 머물러 있었다.

그는 어둠 속에서 비틀거리며 일어섰다.

그는 몇 번이나 벽에 부딪혔다. 양팔의 둔한 아픔을 자각했다. 마치 주사 바늘에 여러 번 찔린 듯한 느낌이었다.

그 소리 때문에 미칠 지경이었다…….

도망쳐! 도망쳐야 해!

왼쪽에 작은 빛의 반점이 출현했다.

몸을 돌려 그쪽으로 돌진하자, 그것은 자라나며 문이 되었다.

그는 맹렬한 속도로 문을 통과했고, 시야를 엄습한 눈부신 빛 속에서 눈을 깜짝거리며 서 있었다.

그는 벌거벗었고, 땀을 흘리고 있었다. 그의 마음은 안개로 뒤덮여 있었고, 갈가리 찢겨진 꿈의 조각들로 가득 차 있었다.

군중이 내는 듯한 함성이 들려왔고, 그는 눈부신 빛을 향해 눈을 깜박였다.

우뚝 솟은 검은 그림자가 멀리 앞쪽에 서 있었다. 분노에

[1] *corrida*. 스페인 어로, 투우(鬪牛).

휩쓸린 그는, 그 그림자를 향해 돌진했다. 왜 그랬는지는 그도 확실히 알 수 없었다.

맨발에 닿는 모래가 뜨거웠지만, 그는 그 고통을 무시하고 상대방을 공격하기 위해 돌진했다.

그의 마음의 일부가 〈왜?〉라는 의문을 형성했지만 그는 그것을 무시했다.

다음 순간 그는 멈춰 섰다.

벌거벗은 여인이 그의 앞에 서서, 그를 손짓해 부르며, 유혹했다. 그러자 갑자기 그의 사타구니에서 뜨거운 불길이 치밀어 올랐다.

그는 조금 왼쪽으로 방향을 틀어 그녀를 향해 갔다.

그녀는 춤추는 듯한 동작으로 그를 피했다.

그는 더 빨리 움직였다. 그러나 그가 막 그녀를 포옹하려고 했을 때, 오른쪽 어깨에서 불 같은 아픔이 치밀어 올랐고, 그녀의 모습이 사라졌다.

어깨를 보니 알루미늄 막대기가 그곳에 박혀 있었고, 팔을 따라 피가 흘러내렸다. 또다시 함성이 솟구쳤다.

……그리고 또다시 여인이 나타났다.

또다시 그녀를 쫓자, 왼쪽 어깨가 갑자기 불타올랐다. 그녀는 사라졌고, 그는 몸을 떨면서 비 오듯이 땀을 흘리며, 눈부신 빛을 향해 눈을 깜박이고 있었다.

「이건 눈속임이야.」 그는 단언했다. 「상대방 수에 넘어가면 안 돼!」

그녀가 또다시 나타났지만, 그는 움직이는 것을 거부하고 머리를 맑게 해보려고 노력하고 있었다.

검은 그림자가 또다시 나타났다. 키는 7피트 정도였고, 두 쌍의 팔이 달려 있었다.

한 손에 무엇인가를 들고 있었다. 조명이 이렇게 미쳐 있지만 않았다면, 그것이 무엇인지 그도 볼…….

그러나 그는 이 검은 그림자를 증오했고, 그것을 향해 돌진했다.

고통이 그의 옆구리를 채찍처럼 엄습했다.

잠깐만 기다려! 잠깐만 기다려 줘!

〈미쳤어! 이건 완전히 미친 짓이야!〉 그는 자신이 누군지를 생각해 내며 중얼거렸다. 〈이곳은 투우장이고 나는 인간이야. 그리고 저 검은 그림자는 인간이 아냐. 뭔가 잘못되어 있어.〉

그는 그 자리에서 무릎을 꿇고 손을 짚은 채 시간을 벌기로 했다. 양손으로 눈앞의 모래를 퍼 올렸다.

무엇인가가 그를 쿡쿡 찔렀다. 전기 충격 같은 고통. 그는 견딜 수 있을 때까지 이것을 무시했고, 마침내 일어섰다.

검은 그림자는 그를 향해 무엇인가를 흔들었고, 그것을 보자마자 그는 증오를 느꼈다.

그는 그것을 향해 달려갔고, 그 앞에서 멈춰 섰다. 이제는 이것이 게임이라는 사실을 알고 있었다. 그의 이름은 마이클 캐시디였고 직업은 변호사였다. 뉴욕의. 존슨, 웜즈, 도허티, 캐시디 법률 사무소의. 어떤 사내가 그를 멈춰 세우고, 불을 빌려 달라고 했다. 길가에서. 밤늦게. 그것까지 기억하고 있었다.

그는 눈앞의 그림자를 향해 모래를 뿌렸다.

그것은 한순간 비틀거렸고, 여러 개의 팔을 들어 얼굴인 듯한 부분을 가렸다.

그는 이를 악물고 알루미늄 막대기를 어깨에서 뽑아냈고, 그 날카로운 끄트머리를 그림자의 배에 찔러 넣었다.

무엇인가가 그의 목덜미를 건드렸고, 눈앞이 캄캄해졌고, 그는 그 자리에 오랫동안 쓰러져 있었다.

겨우 움직일 수 있게 되자, 다시 검은 그림자가 눈에 들어왔다. 그는 태클을 걸어 보려고 했다.

그는 상대방을 놓쳤다. 고통이 등을 가로질렀고, 무엇인가 축축한 것을 느꼈다.

다시 일어섰을 때, 그는 고함을 질렀다. 「이런 법이 어디 있어! 나는 인간이야! 황소가 아니란 말이야!」

그러자 박수갈채가 울려 퍼졌다.

그는 검은 그림자를 향해 여섯 번 돌진했고, 그것과 격투하고, 붙들고, 상처를 입혀 보려고 했다. 그럴 때마다 상처를 입는 쪽은 그였다.

마침내 그는 격렬하게 숨을 헐떡이고, 몰아쉬며 그 자리에 우뚝 섰다. 양어깨와 등이 고통으로 욱신거렸다. 한순간 그의 마음이 맑아졌을 때 그는 말했다. 「너는 신이야, 그렇지? 그리고 이것이 너의 게임 방식이야……」

상대방은 대답하지 않았다. 그는 돌진했다.

그는 상대방에게 도달하기 직전에 멈춰 섰고, 한쪽 무릎을 꿇고 상대방의 다리를 향해 몸을 날렸다.

어두운 그림자를 땅 위에 넘어뜨린 순간, 옆구리가 불타오르는 듯한 끔찍한 고통을 느꼈다. 상대방을 두 번 때리자, 그 고통은 가슴으로 침입해 들어왔다. 그는 전신이 점점 무감각해지는 것을 느꼈다.

「그게 아니라면 혹시?」 그는 뚜렷하지 않은 목소리로 물었다. 「아니, 넌 그게…… 여긴 어디지?」

마지막으로, 무엇인가가 그의 양쪽 귀를 잘라 내는 것을 느꼈다.

사랑은 허수

나를 영원히 속박해 놓을 수는 없다는 사실을 그들은 알고 있었어야 했다. 혹은 알고 있었을지도 모른다. 스텔라가 언제나 내 곁에 있었다는 사실을 감안하면.

그곳에 누운 채 나는 그녀를 바라보았다. 한쪽 팔을 머리 위쪽으로 뻗고, 흐트러진 풍성한 금발로 휩싸인 그녀의 잠든 얼굴을. 그녀는 내게 아내 이상의 존재였다. 나의 감시자인 것이다. 지금이 돼서야 그 사실을 알아차리다니 나는 얼마나 어리석었던가!

아니, 이것 말고도 그들은 나한테 어떤 짓을 한 것일까?

내가 누군지 잊도록 만들었다.

내가 그들과 닮았지만, 그들의 일원이 아니라는 이유로, 나를 이 시간과 장소에 결박해 놓았던 것이다.

그들은 내 기억을 빼앗았다. 그들은 사랑으로 나를 못 박았다.

나는 일어섰다. 그러자 마지막 사슬이 끊어지며 밑으로 떨어졌다.

한 줄기의 달빛이 침실 바닥에 드리워져 있었다. 나는 그것을 지나 내 옷이 걸려 있는 곳으로 갔다.

어딘가 먼 곳에서 희미한 음악 소리가 들려왔다. 그것이 나를 각성시켰던 것이다. 이것을 마지막으로 들은 것은 정말 오래전의 일이었다.

그들은 어떻게 해서 나를 함정에 빠뜨렸던 것일까?

그 조그만 왕국, 먼 옛날, 어딘가의 〈다른〉 세계, 그곳으로 나는 화약을 가져갔고 — 맞아! 바로 그곳이었다! 그들은 〈다른〉 세계에서 만들어진 수도사의 두건을 쓰고, 고전 라틴어를 말하던 나를 그곳에서 함정에 빠뜨렸던 것이다.

그리고 혼뇌(混腦)와 이 〈별시간(別時間)〉으로의 구속.

나는 옷을 다 입으며 나지막하게 웃었다. 나는 얼마나 오랫동안 이곳에서 살아왔던 것일까? 45년 동안의 기억 — 그러나 이 기억은 얼마만큼 위조된 것일까?

복도의 거울이 보여 준 나는 빨간 스포츠 셔츠와 검은 바지 차림에, 성긴 머리카락과 약간 살찐 몸을 가진 중년 사내였다.

음악 소리가 점점 커졌다. 나만 들을 수 있는 음악이다. 기타 소리, 그리고 가죽을 댄 북이 계속 쿵쿵거리는 소리.

그렇다, 이것이 바로 나를 움직였던 또 하나의 드럼 주자다! 내게 천사를 붙여 줬다고 해서 내가 성인(聖人)이 되는 것은 아냐, 제군!

나는 나를 다시 젊고 강하게 만들었다.

그러고는 층계를 통해 거실로 내려갔고, 홈바로 가서 와인 한 잔을 따른 다음 홀짝였고, 음악이 격렬함의 정점에 도달했을 때 나머지를 단숨에 들이키고는 빈 잔을 바닥에 내던졌다. 이제 자유다!

몸을 돌려 나가려고 하자 위쪽에서 인기척이 났다.

스텔라가 깨어난 것이다.

전화가 울렸다. 벽에 걸린 전화는 계속 울렸고, 마침내 참을 수 없는 지경에 이르렀다.

나는 수화기를 들었다.

「또 해버렸군.」 귀에 익은 나이든 목소리가 말했다.

「저 여자를 너무 야단치지는 말게나.」 나는 말했다. 「언제나 나를 감시하라는 쪽이 무리니까 말이야.」

「그냥 그 자리에 가만히 있어 주면 좋겠네만.」 목소리가 말했다. 「그러면 서로 많은 수고를 덜 수 있을 거야.」

「잘 자.」 나는 이렇게 말한 후 전화를 끊었다.

수화기가 내 손목 주위를 휙 돌면서, 그 줄은 벽에 박힌 고리 달린 볼트에 연결된 쇠사슬로 변했다. 이런 어린애 같은 짓을 하다니!

스텔라가 위층에서 옷을 입는 소리가 들렸다. 나는 〈그곳〉에서 열여덟 발자국 옆으로 이동했고, 휘감긴 덩굴로부터 비늘에 뒤덮인 내 팔을 쉽게 빼냈다.

그러고는 다시 거실로 되돌아왔고, 현관으로 나갔다. 뭔가 탈 것이 필요했다.

컨버터블을 후진시켜 차고에서 꺼냈다. 두 대의 차 중에서 더 빠른 차였다. 그런 다음 밤의 어둠이 깔린 고속도로로 나갔다. 그러자 머리 위에서 천둥소리가 울려 퍼졌다.

파이퍼 컵 기(機)가 마구 흔들리며 저공에서 이쪽으로 돌진해 왔다. 나는 급제동을 걸었고, 비행기는 우듬지를 베어내고 전화선을 절단하며 계속 날아왔고, 반 블록 앞에 있는 도로 위에 추락했다. 나는 차를 왼쪽으로 급하게 꺾어 좁은 길로 들어갔고, 다시 오른쪽으로 돌아 처음 도로와 평행한 길로 나아갔다.

그들이 이런 식의 행동에 나선다면 좋다 ─ 나도 이 방면에서는 전혀 문외한이 아니었다. 그러나 그들 쪽에서 선수를 쳤다는 사실에 나는 만족감을 느꼈다.

나는 교외로 향했다. 그곳에 가서 힘을 비축할 생각이었다. 백미러에 전조등 불빛이 보였다.

그들일까?

그러기엔 너무 일렀다.

그냥 같은 방향으로 오고 있는 자동차던가, 아니면 스텔라일 것이다.

그러나, 그리스 비극의 코러스가 말하듯이, 신중함은 경솔함보다 나은 법이다.

나는 전이(轉移)했다. 그러나 기어를 전이 *shift* 한 것은 아니었다.

내가 지금 달리고 있는 것은, 아까보다 몸체가 낮고 마력이 센 차였다.

나는 또다시 전이했다.

나는 반대편 좌석에 앉아서 고속도로 반대편 방향을 향해 달리고 있었다.

다시 한 번.

바퀴가 사라져 있었다. 내 차는 공기쿠션을 타고 엉망이 된 황폐한 고속도로 위를 질주하고 있었다. 내가 지나친 건물들은 모두 금속으로 되어 있었다. 어디를 보아도 나무나 돌이나 벽돌로 된 건조물은 눈에 띄지 않았다.

내 배후의 긴 커브 길에서, 한 쌍의 전조등이 출현했다.

나는 등을 끄고 전이했다. 다시, 몇 번이나 되풀이해서, 또다시.

나는 하늘을 가르며 질주하고 있었다. 광활한 소택지 위로, 충격 음파를 내가 남긴 궤적에 구슬처럼 길게 꿰어 놓으며. 또다시 전이하자 나는 증기가 피어오르는 토지 위를 낮게 스치며 날고 있었고, 거대한 파충류 무리가 진흙탕 안에서 콩줄기처럼 긴 고개를 일제히 치켜드는 것을 보았다. 태양은 마치 천공의 아세틸렌 토치처럼 불타오르며 세계 위에 높이 떠 있었다. 나는 금방이라도 분해될 듯이 마구 진동하는 차를 의지력으로 제어하면서 추적자가 나타나기를 기다렸다. 그러나 추적자는 나타나지 않았다.

또다시 전이……

높은 언덕의 거의 기슭까지 달하는 검은 숲. 언덕 위에 우뚝 서 있는 고성(古城). 나는 마법 전사의 복장으로 히포그리프[1]를 타고 하늘을 날아가고 있었다. 나는 괴수를 숲속으로 몰았다.

「말이 되라.」 나는 적절한 유도 주문을 써서 명령했다.

그런 다음 검은 수말에 올라탔고, 검은 숲을 관통하는 구불구불한 오솔길을 속보로 나아갔다.

이곳에 머물면서 마법으로 그들에게 대항할까, 아니면 앞으로 더 나아가서, 과학이 지배하는 세계에서 그들과 맞붙을까?

아니면 일부러 길게 우회해서, 어딘가 먼 곳에 있는 〈다른〉 장소로 도망침으로써 그들의 추적을 완전히 따돌려야 할까?

내 의문은 자연스럽게 풀렸다.

등 뒤에서 말발굽소리가 나더니, 곧 기사가 나타났다. 그는 키가 크고 당당한 준마를 타고 있었다. 번쩍거리는 갑옷을 입고 있었고, 방패에는 붉은 십자가가 그려져 있었다.

「이쯤 해두는 게 어때.」 그는 말했다. 「거기 멈춰 서!」

그가 치켜든 장검은 살벌하게 빛나는 물건이었다 — 내가 그것을 뱀으로 바꿀 때까지는. 그가 뱀을 떨어뜨리자, 뱀은 미끄러지듯이 덤불 속으로 들어갔다.

「자, 무슨 얘기를 하고 있었더라……?」

「왜 단념하지 않는 건가?」 그는 말했다. 「우리와 손을 잡든지, 아니면 포기하면 어때?」

[1] *hippogriff*. 말의 몸에 독수리의 머리와 날개를 가진 괴수.

「왜 〈자네〉야말로 단념하지 않는 건가? 놈들과 결별하고, 나와 합류하지 않겠나? 우리가 힘을 합친다면, 많은 시간과 장소를 바꿀 수 있어. 자네에겐 그럴 능력이 있고, 훈련도 받았어……」

그러나 그는 이미 손이 닿는 거리까지 접근해 있었고, 방패 가장자리를 써서 나를 말에서 떨어뜨리려고 했다.

내가 손짓을 하자 그의 말이 비틀거리면서 그를 땅으로 내팽개쳤다.

「네가 가는 곳이라면 어디에나 역병과 전쟁이 따라 다녀!」 그는 헐떡거리며 말했다.

「모든 진보에는 대가가 따르기 마련이야. 자네가 말하는 것은 성장을 위한 아픔이지, 최종적인 결과가 아냐.」

「어리석은 놈! 진보 따위는 존재하지 않아! 네가 말하는 것 같은 진보는! 인간 그 자체를 바꾸지 않을 경우, 네놈이 인간의 문화 속에 풀어놓는 기계와 관념이 도대체 무슨 소용이 있단 말이지?」

「사고(思考)와 메커니즘은 전진해. 인간은 그 뒤를 천천히 따라가지.」 나는 이렇게 말하고는 말에서 내려 그의 곁으로 천천히 다가갔다. 「자네 친구들은 오로지 존재의 모든 국면을 통틀어서 영원히 계속되는 암흑시대를 원할 뿐이야. 그렇다고는 해도, 이런 짓을 자네에게 하는 건 마음 내키지 않는 일이군.」

나는 허리에 찬 단검을 칼집에서 뽑은 다음 투구의 면갑(面甲) 사이로 찔러 넣었지만, 투구는 이미 비어 있었다. 그는 이미 다른 〈장소〉로 도망친 후였고, 그 행위에 의해 윤리적 진화론자와 논쟁을 벌인다는 행위의 무익함을 또다시 내게 깨우쳐 주었던 것이다.

나는 다시 말에 올라타고 앞으로 나아갔다.

잠시 후, 등 뒤에서 또다시 말발굽소리가 들려왔다.

또 다른 단어를 말하자, 내 말은 미끈한 유니콘으로 변했고, 검은 숲속을 눈이 핑핑 돌 정도로 빠르게 질주하기 시작했다. 그러나 추적은 계속되었다.

마침내 나는 작은 공터로 나왔다. 공터 중앙에는 석총이 높게 쌓여 있었다. 나는 그것이 마력이 깃든 장소라는 사실을 알아차리고 안장에서 내렸다. 유니콘은 그 즉시 모습을 감췄다.

나는 석총 위로 올라가서 그 꼭대기에 앉았다. 시가에 불을 붙이고, 기다렸다. 이렇게 빨리 발견되리라고는 생각하지 않았었기 때문에, 조금 신경이 곤두서 있었다. 이곳에서 추적자와 대결하리라.

날씬한 잿빛 암말이 공터로 들어왔다.

「스텔라!」

「거기서 내려와요.」 그녀는 외쳤다. 「지금 이 순간에도, 그들이 공격해 올지 몰라요!」

「아멘.」 나는 말했다. 「나도 준비가 되어 있어.」

「중과부적이예요! 언제나 그랬었잖아요! 당신은 또 그들에게 질 거예요. 그리고 다음번에도, 그 다음번에도, 당신이 싸움을 계속하는 한. 이리 내려와서 나하고 함께 도망쳐요. 아직 늦지 않았어요!」

「내가? 은퇴하라고?」 나는 반문했다. 「나는 이미 하나의 제도(制度)야. 내가 없다면 놈들은 성전(聖戰)을 수행할 상대가 없어져. 그게 얼마나 따분할지 생각해 보라 —」

한줄기의 번개가 하늘에서 떨어졌다. 그러나 번개는 내 석총을 비켜 갔고, 부근에 있던 나무를 태웠다.

「시작됐어요!」

「그럼 당신은 여기서 떠나. 이건 당신의 싸움이 아냐.」

「당신은 내 거예요!」

「난 내 거야! 그 누구의 것도 아닌! 그걸 잊지 마!」
「당신을 사랑해요!」
「당신은 날 배신했어!」
「아니에요. 당신은 인간을 사랑하고 있다고 하지만……」
「사실이야.」
「난 그 말을 믿지 않아요! 지금까지 당신이 그들에게 해온 일들을 생각해 봐요!」

나는 한 손을 들어올렸다. 「지금 그대를 〈지금〉과 〈여기〉로부터 추방하노라.」 이렇게 말하자 나는 다시 혼자가 되었다.

번개가 계속 떨어지며 내 주위의 지면을 시꺼멓게 태웠다.

나는 주먹 쥔 손을 휘둘렀다.

「도대체 언제 단념할 거지? 내게 한 세기 동안만이라도 평화를 내려 준다면, 나는 너희들이 꿈에도 생각하지 못했던 세계를 보여 줄 수 있다는 걸 못 믿겠나!」 나는 절규했다.

이에 대답이라도 하듯이 대지가 떨리기 시작했다.

나는 그들과 맞서 싸웠다. 번개를 닥치는 대로 그들의 얼굴에 되던져 주었다. 돌풍이 불기 시작하자, 풍향을 뒤집어 주었다. 그러나 대지는 계속 진동했고, 석총의 기부에도 금이 가기 시작했다.

「모습을 드러내!」 나는 절규했다. 「정정당당히 한 놈씩 덤비란 말이야! 그럼 내가 어떤 힘을 가지고 있는지 가르쳐 주겠다!」

그러자 땅이 갈라지면서 석총이 무너졌다.

나는 암흑을 향해 추락했다.

나는 질주하고 있었다. 세 번 전이한 후에는, 털가죽에 뒤덮인 생물이었다. 바로 뒤에서, 불타는 전조등 같은 눈과 검같이 날카로운 이빨을 가진 무리가 포효하며 쫓아오고 있었다.

내가 배니언[2]의 검은 뿌리 사이를 미끄러지듯이 통과하자,

긴 부리를 가진 새가 날카롭게 우짖으며 비늘에 뒤덮인 내 몸을 찾았다.

내가 벌새의 날개를 파닥이며 휙 날아가자 매가 우는 소리가 들렸다…….

내가 어둠 속에서 헤엄쳐 나아가자 촉수가 하나 다가왔다…….

나는 전파로 변해 도망쳤고, 고주파의 산과 골을 타고 움직였다.

그러자 잡음 낀 공전(空電)이 내 앞을 가로막았다.

추락하는 나를 그들은 포위했다.

나는 그물에 걸린 물고기처럼 사로잡혔다. 나는 올가미에 걸렸고, 결박당했다…….

어딘가에서 그녀의 흐느끼는 소리가 들려왔다.

「왜 당신은 지치지도 않고, 같은 일을 되풀이하고 또 되풀이하는 거죠?」 그녀가 물었다. 「왜 나와 함께 평온하고 안락한 나날을 보내는 일에 만족하지 못하는 거죠? 과거에 그들이 당신에게 무슨 짓을 했는지 생각나지 않아요? 나와 함께 보낸 나날들은 그것에 비하면 천국이 아니었나요?」

「아냐!」 나는 절규했다.

「당신을 사랑해요.」 그녀가 말했다.

「그런 사랑은 허수에 불과해.」 나는 대답했다. 놈들은 쓰러져 있던 나를 들어 올리고 어딘가로 데리고 갔다.

그녀는 흐느끼며 뒤에서 따라왔다.

「난 당신에게 평화롭게 지낼 수 있는 기회를 주라고 탄원했지만, 당신은 그 선물을 내 얼굴에 내던졌어요.」

「그건 거세된 내시(內侍)의 평화야. 뇌전두엽을 잘라 낸, 연꽃의, 소라진[3]의 평화야.」 나는 말했다. 「아냐, 놈들이 하고 싶

---

2 *banyan*. 벵골 보리수.
3 *Thorazine*. 신경 안정제.

은 대로 하도록 놓아두고, 그럼으로써 놈들이 말하는 진실이 결국엔 거짓임이 밝혀지도록 하는 쪽이 나아.」

「지금 제정신으로 그런 말을 하는 건가요?」 그녀는 물었다. 「코카서스의 그 태양을 벌써 잊어버린 건가요 — 독수리가 새빨갛게 불타오르는 오늘도, 내일도, 당신의 옆구리를 쪼아 대었던 일을?」

「잊지 않았어.」 나는 말했다. 「하지만 난 놈들을 저주해. 나는 모든 시간과 장소가 끝날 때까지 놈들에게 저항할 작정이고, 언젠가 꼭 이기고야 말 거야.」

「당신을 사랑해요.」 그녀는 말했다.

「지금 제정신으로 그런 말을 하는 거야?」

「어리석은 자여!」 합창과도 같은 목소리가 들려왔고, 나는 동굴 속의 바위 위에 눕혀진 후, 쇠사슬로 결박되었다.

하루 종일 내 옆에 묶여 있는 뱀이 내 얼굴을 향해 독액을 뱉고, 그녀는 곁에서 그것을 받기 위해 접시를 내민다. 그러나 접시가 가득 차면 나를 배신한 여자는 그 내용물을 땅에 버려야 한다. 그때마다 뱀은 내 눈을 향해 독액을 뱉고, 나는 비명을 지른다.

그러나 나는 반드시 자유를 되찾을 것이다. 오랫동안 괴로움에 시달려 온 인류를 나의 수많은 선물로 돕기 위해. 내가 이 속박에서 벗어나는 그날, 높은 하늘도 진동하리라. 그날이 오기까지는, 나는 그 접시 바닥을 받치고 있는 그녀의 참기 힘들 정도로 가늘고 고운 손가락을 바라보고, 그녀가 그것을 치울 때마다 비명을 질러야 하는 것이다.

화이올리를 사랑한 남자

 이것은 존 오든과 화이올리의 이야기이고, 이 얘기에 관해서 나보다 더 잘 아는 자는 없다. 들어 보라 —
 그날 저녁의 일이었다. 그가 전 세계에서 가장 좋아하는 장소에서 산책을 하고 있었을 때(특별히 산책을 하지 않을 이유도 없었기에), 〈망자의 협곡〉 부근의 바위 위에 앉아 있는 화이올리를 보았던 것이다. 빛으로 이루어진 그녀의 날개가 어른거리고, 깜박이더니, 어느새 그곳에는 젊은 여자가 앉아 있었다. 새하얀 옷을 입고, 흐느끼면서. 삼단 같은 흑발(黑髮)이 허리에 감겨 있었다.
 죽어 가는 태양이 발하는 끔찍한 빛 아래에서 그는 그녀에게 다가갔다. 인간의 눈으로는 거리를 가늠하거나 원근을 제대로 파악할 수도 없는 (그러나 그는 그럴 수 있었다) 빛. 그는 그녀의 어깨 위에 오른손을 얹은 후 인사를 건넸고, 위로했다.
 그러나 그는 그곳에 존재하지 않는 것이나 마찬가지였다. 그녀는 울음을 그치지 않았다. 눈송이나 뼈를 연상케 하는 새하얀 볼 위로 은빛 눈물 줄기가 흘러내렸다. 아몬드 모양의 눈으로 마치 그를 투시하듯이 앞쪽을 쳐다보고 있었고, 긴 손톱은 주먹 쥔 손바닥을 파고들었지만, 피는 흐르지 않았다.

그 광경을 본 그는 화이올리에 관해 전해져 내려오는 말들이 진실임을 깨달았다 — 그들은 오로지 살아 있는 사람을 볼 뿐이지 죽은 자를 보지는 못하며, 전 우주에서 가장 사랑스러운 여인의 모습으로 나타난다는 사실을. 그 자신이 죽어 있던 존 오든은, 잠시나마 다시 한 번 산 자가 된다면 어떤 결과가 초래될지 숙고해 보았다.

알려진 바에 의하면 화이올리는 인간이 죽기 한 달 전에 — 죽는 사람은 이제 거의 없지만 — 찾아와서, 그 존재의 마지막 한 달을 함께 보내며, 인간에게 가능한 모든 즐거움을 내려 준다고 한다. 그래서 마지막 날, 몸에서 모든 생명을 빨아들이는 죽음의 키스를 받을 때가 와도, 그 사내는 그것을 침착한 태도로 기꺼이 — 아니, 오히려 적극적으로 — 받아들인다고 한다. 모든 존재 중에서도 화이올리의 힘은 이토록 강하고, 그것을 안 다음에는 그 어떤 것도 필요로 하지 않게 되는 것이다.

존 오든은 자기 자신의 인생과 죽음에 관해 생각했고, 그가 지금 서 있는 세계의 상태에 관해 고찰했고, 그 자신의 직무와 그가 받은 저주의 성질에 관해 생각했고, 화이올리에 관해 — 그가 존재했던 40만 일 동안 본 것 중 가장 아름다운 생물에 관해 — 생각하다가, 자신의 왼쪽 겨드랑이 아래의 한 부분에 손을 댔고, 그를 다시 한 번 생자(生者)로 만들기 위해 필요한 메커니즘을 작동시켰다.

화이올리의 몸이 그의 손 아래에서 긴장하는 것을 알 수 있었다. 생명의 감각이 그에게 되돌아온 지금, 그의 손은 갑자기 피가 통하는 살이 되었고, 그가 지금 만지고 있는 몸도 따스하고 여자다운 육체로 변했기 때문이다. 그는 자기 손의 감촉이 다시 한 번 인간의 감촉으로 되돌아왔음을 알았다.

「이렇게 말했어, 〈안녕, 울지 마〉라고 말이야.」 그가 말을 걸자, 그녀의 목소리가, 마치 그가 잊고 있었던 모든 나무들 사이를 그가 잊고 있었던 산들바람들처럼 스쳐 지나가며, 그 촉촉함, 그 향기, 그 색채를 그의 마음속에 한꺼번에 되살려 냈다.
「어디서 온 거죠, 당신은? 아까만 해도 이곳에 없었잖아요.」

「〈망자의 협곡〉에서 왔어.」

「당신 얼굴을 만지게 해줘요.」 그는 가만히 있었고, 그녀는 그의 얼굴을 만졌다.

「당신이 다가오는 걸 눈치 채지 못했다니 이상하군요.」

「이곳은 이상한 곳이니까.」 그는 대답했다.

「그건 사실이에요.」 그녀는 말했다. 「이곳에서 살아 있는 자는 당신밖에 없어요.」

그러자 그는 말했다. 「당신 이름이 뭐지?」

그녀는 말했다. 「사이시아라고 불러 줘요.」 그는 그 이름을 발음해 보았다.

「내 이름은 존이야. 존 오든.」

「나는 당신과 함께 있기 위해 왔어요. 당신에게 위안과 즐거움을 주기 위해서.」 그녀가 이렇게 말하자, 그는 의식(儀式)이 시작되고 있음을 알았다.

「왜 당신은 내가 왔을 때 울고 있었지?」

「이 세계에는 아무도 없다고 생각했고, 또 먼 길을 온 탓에 정말 지쳐 있었어요. 당신은 이 근처에서 사나요?」

「멀진 않아. 전혀 먼 곳이 아냐.」

「나를 그곳으로 데려가 줄래요? 당신이 사는 곳으로?」

「응.」

그녀는 일어서서 그의 뒤를 따라 〈망자의 협곡〉으로 왔다. 그의 집이 있는 곳으로.

그들은 협곡 바닥을 향해 한참을 내려갔다. 주위 곳곳에는 과거에 살았던 사람들의 유해가 널려 있었다. 그러나 그녀의 눈에 이런 광경은 보이지 않는 듯했다. 줄곧 존의 얼굴만 쳐다보고, 그의 팔에만 매달려 있었다.

「왜 이 장소를 〈망자의 협곡〉이라고 부르는 거죠?」 그녀가 물었다.

「왜냐하면 우리 주위에 널려 있는 것은 바로 망자들이기 때문이야.」 그는 대답했다.

「난 아무것도 못 느끼겠어요.」

「나도 알아.」

그들은 〈뼈의 골짜기〉를 횡단했다. 그곳은 수많은 종족과 세계에 속한 망자들의 뼈가 몇 백만 명분이나 쌓여 있는 곳이었다. 그리고 그녀는 이런 것들을 보지 못했다. 모든 세계의 무덤으로 왔으면서도, 그 사실을 깨닫지 못하고 있었다. 그녀가 조우한 인물은 이곳의 유일한 무덤지기이자 관리자였지만, 그녀는 그가 누군지를 — 지금 그녀 곁에서 술 취한 것처럼 비틀거리며 걸어가고 있는 사내의 정체를 몰랐다.

존 오든은 그녀를 집으로 — 정확히 말하자면 그가 사는 곳은 아니었지만, 지금부터는 그렇게 될 — 데려갔고, 산 내부에 있는 건물 안에 내재된 고대의 회로를 작동시켰다. 그러자 사방의 벽에서 빛이 뻗어 나왔고, 예전에는 전혀 필요하지 않았지만 지금은 필요하게 된 조명을 제공했다.

그들 뒤에서 문이 닫혔고, 온도가 올라가며 정상적으로 따뜻한 실온으로 되돌아왔다. 신선한 공기가 순환되기 시작하자 그는 그것을 폐 깊숙이 들이마셨고, 잊고 있었던 그 감각에 희열을 느꼈다. 가슴속에서 심장이 뛰면서 그는 고통과 쾌락을 다시 기억했다. 오랜 세월이 흐른 후 처음으로, 그는 음식을 장만하고 깊숙한 곳의 라커 속에 밀봉되어 있던 와인을 한 병 가지고 왔다. 그 말고 그가 지금까지 견뎌 왔던 것을 실제로 견딜 수 있었던 사람이 도대체 몇 명이나 될까?

아마 한 명도 없을 것이다.

그녀는 그와 함께 저녁 식사를 했다. 그녀는 요리를 뒤척거리며 모두 조금씩 먹어 보기는 했지만, 실제로는 극히 조금밖에 먹지 않았다. 그러나 이와는 반대로 그는 자기도 놀랄 만큼 실컷 먹었다. 그들은 와인을 마셨고, 즐거운 기분이 되었다.

「이곳은 정말 기묘한 장소로군요.」 그녀가 말했다. 「당신은 어디서 자요?」

「옛날엔 저기서 잤어.」 그는 거의 잊고 있었던 방을 가리키며 말했다. 그들은 그 방으로 들어갔다. 그가 그녀에게 방 안을 보여 주자 그녀는 침대로 오라고 손짓했고, 그녀의 육체가 제공하는 쾌락으로 그를 유혹했다.

그날 밤 그는 그녀를 몇 번이나 사랑했다. 일종의 자포자기에 가까운 그의 정신 상태는 체내의 알코올을 모두 불살랐고, 그의 모든 생기(生氣)를, 굶주림을 닮았지만 그것보다 더 강렬한 무엇인가를 향해 몰아댔다.

다음 날, 죽어 가는 태양의 희끄무레한, 월광을 닮은 햇빛이 〈뼈의 골짜기〉를 채우기 시작했을 때 그는 눈을 떴다. 잠을 자지 않았던 그녀는 그의 머리를 자신의 가슴에 끌어안고 이렇게 물었다. 「당신을 움직이는 건 뭐죠, 존 오든? 당신은 인생을 살다가 가는 다른 사람들과는 달리, 마치 화이올리의 일원 같은 태도로 생명을 받아들이는 것 같아요. 쥐어짜듯이 생명으로부터 모든 것을 끌어내고, 유유자적하게 그걸 즐기는 걸 보면 인간이 알고 있을 리가 없는 시간 감각을 가지고 있는 것 같아요. 당신은 누구죠?」

「나는 그걸 알아 버린 사내야. 인간의 일수(日數)가 한정되어 있다는 사실을 알고, 종말이 가까워 오는 것을 느끼고, 그 사실을 선망하고 있는 사내야.」

「불가사의한 사람이군요, 당신은.」 사이시아가 말했다. 「내가 당신을 즐겁게 해줬나요?」

「내가 지금까지 알고 있었던 그 무엇보다도 즐겁게 해줬어.」

그러자 그녀는 한숨을 내쉬었고, 그는 또다시 그녀의 입술을 찾아 입을 맞췄다.

그들은 아침 식사를 했고, 그날은 〈뼈의 골짜기〉에서 산책을 했다. 그는 거리를 가늠할 수도, 원근을 제대로 파악할 수도 없었고, 그녀는 옛날에는 살아 있었지만 지금은 죽어 있는 것들을 전혀 보지 못했다. 그래서 두 사람은 결국 바위 선반 위에 앉았고, 그는 그녀의 어깨에 팔을 두른 채 방금 하늘에서 내려온 로켓을 가리켰다. 그녀는 눈을 가늘게 뜨고 그가 가리킨 방향을 보았다. 그는 로켓의 화물칸에서 수많은 세계에서 온 망자의 유해를 밖으로 운반해 내기 시작한 로봇들을 가리켰다. 그녀는 고개를 갸우뚱하고는 앞을 바라보았지만, 그가 얘기하고 있는 것들을 실제로 보고 있지는 않았다.

로봇 하나가 쿵쿵 소리를 내며 그에게 다가와 수령증과 첨필(尖筆)이 첨부된 판을 내밀었을 때도, 또 그가 유해의 수령증에 서명했을 때도, 그녀는 무슨 일이 일어나고 있는지를 보지도, 이해하지도 못했다.

그 이후로 계속된 나날들. 그의 생활은 꿈과 같은 성질을 띠기 시작했고, 이것은 사이시아가 주는 쾌락으로 가득 차 있었지만, 이따금 피할 수 없는 고통이 전광석화처럼 그의 몸을 스치고 지나갔다. 그가 자주 얼굴을 찡그리는 것을 알아차린 그녀는 왜 그런 표정을 하느냐고 물었다.

그러면 그는 언제나 웃으며 이렇게 대답하곤 했다. 「쾌락과 고통은 종이 한 장 차이야.」 혹은 이와 비슷한 얘기를.

해가 지면 그녀는 요리를 했고, 그의 어깨를 주물러 줬고, 칵테일을 만들어 줬고, 옛날 그가 한때 애송하던 몇몇 시구를 낭송해 주곤 했다.

한 달. 한 달이 지나면 종말이 오리라는 것을 그는 알고 있었다. 화이올리. 그들의 정체가 무엇이든 간에, 그들은 자신이 앗아가는 생명의 대가를 육체의 쾌락으로 지불하는 것이다. 어떤 사내의 죽음이 임박했다는 사실을 그들은 언제나 알아차린다. 그리고 이런 의미에서, 그들은 언제나 받는 것 이상의 것을 준다. 생명은 어차피 날아가 버리기 마련이고, 그들은 그것을 앗아 가기 전에 한층 더 강화해 주기 때문이다. 아마 그것을 자신의 영양으로 삼기 위해서. 그들이 주는 것의 대가는 바로 이것이다.

존 오든은 전 우주의 그 어떤 화이올리도 그와 같은 사내와 조우한 적이 없다는 사실을 알고 있었다.

사이시아는 진주모(眞珠母)였고, 그녀의 몸은 그의 애무에 응해 때로는 차갑게, 때로는 따뜻하게 변했으며, 작은 불꽃을 닮은 그녀의 입술은 그것이 닿는 모든 것에 불을 붙였다. 그이는 바늘, 그 혀는 꽃술이었다. 그리고 그는 사이시아라는 이름을 가진 이 화이올리에 대해 사랑이라고 불리는 감정을 느끼게 되었다.

사랑하는 것 말고는 특별한 일이 거의 일어나지 않았다. 그녀가 그를 원하고, 궁극적으로는 그를 이용하려고 한다는 사실을 그는 알고 있었다. 자신이 아마 이 우주에서 그녀와 같은 존재를 기만할 수 있는 유일한 사내일지도 모른다는 사실도. 그는 생명에 대해서도 죽음에 대해서도 완벽한 방어를 갖추고 있었던 것이다. 이제 인간이 되어 살고 있는 그는, 이 사실을 생각하고 가끔 눈물을 흘리곤 했다.

그에게는 아직 한 달의 수명이 남아 있었다.

아마 서너 달 남아 있을지도 모른다.

따라서 화이올리가 제공하는 것에 대한 대가로 이번 한 달을 기꺼이 제공할 준비가 되어 있었다.

사이시아는 그의 육체를 혹사시켰고, 그의 지친 신경 세포에 깃들어 있던 쾌락을 마지막 한 방울까지 쥐어짰다. 그녀는 그를 불로, 빙산으로, 조그만 소년으로, 노인으로 만들었다. 그녀와 함께 있으면 심경의 변화가 왔고, 점점 다가오고 있는 이번 달 말에, 그에게 주어질 〈죽음의 위로 *consolamentum*〉를 정말로 받아들여도 괜찮겠다는 생각이 들곤 했다. 그러면 왜 안 된단 말인가? 그는 사이시아가 어떤 목적을 위해 자신의 존재로 그의 마음을 가득 채웠다는 사실을 알고 있었다. 그러나 그가 앞으로 계속 존재한다고 해서, 그 사실에 어떤 의미가 있단 말인가? 별들의 피안에서 그를 찾아온 이 생물은 인간이 원할 수 있는 모든 것을 하나도 빠짐없이 그에게 주었다. 그녀는 그에게 정열의 세례를 내려 주었고, 그 후에 오는 평온함으로써 그를 위로해 주었다. 아마 그녀의 마지막 키스를 받고 최종적인 망각을 받아들이는 편이 최상의 선택일지도 모른다.

그는 그녀를 굳게 포옹했다. 그녀는 그런 그를 이해하지 못했지만, 그의 포옹에 응했다.

그런 그녀를 그는 사랑했고, 이로 인해 거의 파멸하기 직전까지 갔다.

세상에는 모든 생명체를 갉아먹는 병이라는 것이 존재한다. 그리고 그는 지금까지 살아왔던 어떤 사람보다도 깊게 이것을 이해하고 있었다. 그녀, 생명밖에 알지 못하는 이 여자 정령(精靈)은 이것을 이해하지 못했다.

그래서 그는 그녀에게 아무런 설명도 해주지 않았지만, 날이 갈수록 그녀의 키스는 점점 더 강렬해졌고, 피처럼 짭짤해졌다. 그리고 날이 갈수록 현재의 그가 그 무엇보다도 갈망하고 있는 것의 그림자는 점점 더 실체를 획득했고, 더 어두워졌고, 더 강해지고 무거워져 가고 있었다.

그리고 언젠가 그날이 오리라. 그리고 그날은 왔다.

그가 그녀를 안고 어루만지자, 그의 남은 나날들이 적힌 달력이 그들 주위로 떨어져 내렸다.

그녀의 책략과, 그녀의 입과 가슴이 안겨 주는 환희에 몸을 내맡기면서도, 자신이 화이올리와 살았던 모든 사내들처럼 그 마력의 포로가 되었다는 사실을 그는 알고 있었다. 그녀들의 힘은 그녀들의 가냘픔에 기인하고 있다. 화이올리는 궁극적인 여자였다. 그 가냘픔으로써 그들은 환락에 대한 욕구를 불러일으키는 것이다. 그는 그 육체의 창백한 풍경에 녹아들고 싶었다. 그녀의 둥근 눈동자 속으로 깊숙이 침잠(沈潛)해서, 두 번 다시 그곳에서 나오고 싶지 않았던 것이다.

그는 자신이 패배했음을 깨달았다. 남은 날들이 사라져 감에 따라 점점 약해졌던 것이다. 지축을 뒤흔드는 소리를 내며 갈비뼈와 해골을 쿵쿵 밟아 바스러뜨리고 그에게 다가온 로봇이 수령증을 내밀었을 때도, 겨우 서명할 정도의 힘밖에 남아 있지 않았다. 한순간 그는 눈앞의 물체에 대해 부러움을 느꼈다. 성도 없고, 감정도 없고, 자신의 임무에만 몰두하고 있는 로봇에 대해. 로봇을 돌려보내기 전에 그는 이렇게 물었다. 「만약 너에게 욕망이 있고, 이 세상에서 네가 원하던 것들을 모두 네게 줄 수 있는 존재를 만난다면 너는 어떻게 하겠나?」

「나는 ─ 그것을 ─ 곁에 두려고 할 것입니다.」 로봇은 돔 모양의 머리 주위에서 빨간 불빛을 깜박이며 이렇게 대답하고는 몸을 돌렸고, 쿵쿵거리며 〈위대한 무덤〉을 가로질러 갔다.

「맞아.」 존 오든은 큰 소리로 말했다. 「하지만 그러는 것은 불가능해.」

사이시아는 그런 그를 이해하지 못했다. 그리고 31일째 되는 날, 그녀와 함께 그가 한 달 동안 살고 있던 장소로 되돌아갔을 때, 그는 강한, 너무나도 강한, 죽음에 대한 공포가 찾아오는 것을 느꼈다.

사이시아의 정열은 그 어느 때보다도 더 강렬했지만, 그는 최후에 그가 만나게 될 것을 두려워하고 있었다.

「당신을 사랑해.」 그는 마침내 말했다. 이것은 그가 단 한 번도 입에 담은 적이 없는 말이었다. 그녀는 그의 눈썹을 어루만지고 입을 맞췄다.

「알아요.」 그녀는 말했다. 「그리고 나에 대한 당신의 사랑을 완전하게 할 때가 다가오고 있어요. 하지만 나의 존 오든, 마지막 사랑의 행위를 하기 전에, 한 가지만 가르쳐 줄래요? 당신을 다른 사람들과는 격리된 존재로 만든 것이 뭐죠? 왜 제한된 수명을 가진 인간이 알고 있을 리가 없는 〈생명이 아닌 것〉들에 관해 그렇게도 잘 알고 있는 거죠? 나를 처음으로 만났던 그날 밤, 어떻게 해서 나도 모르는 사이에 내게 접근할 수 있었던 거죠?」

「왜냐하면 나는 이미 죽어 있기 때문이야.」 그는 대답했다. 「내 눈을 들여다보았을 때 그걸 느끼지 못했어? 내가 당신을 만질 때마다 어떤 특별한 차가움을 느끼지는 않아? 내가 이곳으로 온 것은 냉동 수면에 들어가고 싶지 않았기 때문이야. 그 자체가 내게는 어차피 죽음과 비슷한 것이었고, 내가 무엇을 기다리고 있는지도 모른 채 망각에 빠져 있고 싶지는 않았기 때문이지. 영원히 발견되지 않을지도 모르는 치료법을, 이 우주에서 끝까지 살아남은 몇 개 안 되는 치명적인 병, 내게 얼마 안 되는 여명밖에는 허락하지 않은 그 병의 치료법을 기다리고 있다는 사실을 잊은 채로 말이야.」

「무슨 말인지 모르겠어요.」 그녀가 말했다.

「키스하고 그냥 잊어 줘.」 그는 말했다. 「그러는 편이 나아. 어차피 치료법 따위는 발견되지 않을 거야. 어떤 일들은 언제나 어둠 속에 남아 있기 마련이고, 나 자신이 이미 잊힌 존재일 테니까 말이야. 내가 다시 인간으로 되돌아왔을 때, 당신은 내 죽음이 임박했다는 사실을 깨달았던 거야. 그것이 당신의 종족의 본능이니까 말이야. 나는 처음부터 당신이 화이올리인 것을 알고, 당신을 즐기기 위해 그렇게 했던 거야. 그러니까 이제는 당신이 나를 마음껏 즐겨도 좋아. 그리고 내가 그 즐거움을 나눠 가지고 있다는 사실을 알아 줘. 나는 당신을 받아들이겠어. 어차피 나는 전 생애에 걸쳐 무의식적으로 당신에게 구애(求愛)하고 있었던 것이나 마찬가지니까 말이야.」

그러나 그녀는 호기심을 느끼고 (그들이 만난 후 처음으로 정색한 말투로) 이렇게 물었다.

「그렇다면 그대는 어떻게 생명과 〈생명이 아닌 것〉 사이에서 균형을 유지할 수 있는 것입니까. 어떻게 그대의 의식만을 남겨 두고, 살아 있지 않은 상태로 만들 수 있는 것입니까?」

「불행히도 내가 깃들게 된 이 육체 내부에는 제어 장치가 설치되어 있어. 내 왼쪽 겨드랑이 밑에 있는 이 부분에 손을 대면 내 폐는 호흡을 멈추고, 심장도 박동을 멈추게 돼. 그러면 내 육체 내부에서, 내 로봇들이 가지고 있는 것과 똑같은 (당신이 그것들을 볼 수 없다는 것은 알아) 전자 화학적 시스템이 작동하기 시작하지. 이것이 죽음 속에서 살아 있는 내 생명이야. 나는 망각을 두려워했기에 이것을 희망했어. 나는 자원해서 우주의 무덤지기가 되었던 거야. 왜냐하면 이 장소에서 죽음과도 같은 나의 모습을 보고 소름끼쳐 할 사람은 아무도 없으니까 말이야. 내가 이렇게 된 것은 그런 이유에서야. 자, 입을 맞추고 모든 걸 끝내 줘.」

그러나 여성의 모습을 하고 있었기 때문에, 혹은 처음부터 여성이었기 때문에, 사이시아라고 불리는 화이올리는 호기심을 드러냈고, 「여기 말인가요?」라고 말하고는 그의 왼쪽 겨드랑이 밑에 손을 댔다.

이와 동시에 그는 사이시아의 눈앞에서 사라졌고, 이와 동시에 그는 감정과는 동떨어진 차가운 얼음 같은 논리를 또다시 알게 되었다. 이런 연유로, 그는 또다시 그 부분에 손을 대려고 하지 않았다.

그러는 대신, 지금까지 그가 살고 있었던 장소에서 그녀가 그를 찾아 헤매는 광경을 바라보고 있었다.

그녀는 모든 옷장과 방을 뒤져보았다. 그리고 살아 있는 사람이 없다는 사실을 알고 비통하게 흐느꼈다. 그녀를 처음으로 본 그날 밤에 그랬듯이. 그러고는 빛의 날개가 깜박, 깜박, 힘없이 깜박였고, 다시 그녀의 등 위에 출현했다. 그러자 그녀의 얼굴이 흐릿해졌고, 그녀의 육체가 천천히 녹기 시작했다. 그의 눈앞에 서 있던 불꽃으로 된 탑은 곧 사라졌다. 그리고 이 미칠 듯한 밤에, 또다시 거리를 가늠하고 원근을 제대로 파악할 수 있게 된 그는, 다시 그녀를 찾아다니기 시작했다.

이것이 존 오든의 이야기이다. 화이올리를 사랑했지만, 훗날 살아서 (그것을 살아 있다고 할 수 있다면 말이지만) 이 얘기를 들려줄 수 있었던 유일한 남자의 이야기이다. 이 얘기에 관해서 나보다 더 잘 아는 자는 없다.

치료법은 결국 발견되지 않았다. 그리고 나는 그가 〈망자의 협곡〉을 걸어 다니며 뼈들을 관찰하고, 이따금 그녀를 처음으로 만났던 바위 앞에 멈춰 서서, 이미 존재하지 않는 촉촉한 물기를 찾아 눈을 깜박이며, 자신이 올바른 결단을 내렸는지에 관해 생각해 보곤 한다는 사실을 알고 있다.

이야기는 이렇게 끝난다. 굳이 여기서 교훈을 얻자면, 생명은 (그리고 아마 사랑은) 그것이 내포하고 있는 것보다 더 강하지만, 그것을 내포하고 있는 것보다는 결코 강하지 않다는 교훈을 들 수 있을 것이다. 그러나 이것을 당신에게 확실히 가르쳐 줄 수 있는 것은 화이올리뿐이고, 그들은 더 이상 이곳에 오지 않는다.

루시퍼

 칼슨은 언덕 위에 서 있었다. 주민이라고는 아무도 없는 도시의 고요한 중심에.

 그는 〈건물〉을 올려다보았다 — 이 거대한 건축물에 비하면, 그의 주위 몇 마일을 빽빽이 채우고 있는 네모난 호텔, 바늘 같은 마천루, 치즈 상자 같은 아파트 따위는 모두 난쟁이처럼 보였다. 산처럼 우뚝 솟아 있는 그 건물은 피처럼 붉은 햇빛에 물들어 있었다. 어떤 이유에서인지 그 건물이 반쯤 올라간 곳에서는 붉은빛이 황금빛으로 바뀌고 있었다.

 칼슨은 갑자기 이곳으로 돌아오지 말았어야 했다는 느낌에 사로잡혔다.

 그의 기억에 의하면, 그가 이곳에 마지막으로 온 지 2년 이상의 세월이 흘렀다. 지금은 다시 산으로 돌아가고 싶었다. 한 번 보는 것만으로도 족했다. 그럼에도 불구하고 그는 이 거대한 〈건물〉을 보고, 계곡 전체를 가로지르고 있는 긴 그림자를 바라보며, 못 박힌 듯이 그 자리에서 꼼짝 않고 서 있었다. 이윽고 그는 두터운 어깨를 움츠렸다. 5년 전(아니, 6년 전이었을까?), 이 거대한 시설 안에서 일하던 시절의 추억을 떨쳐 보려고 했지만 무리였다.

이윽고 그는 언덕 꼭대기까지 올라가서 높고 넓은 정문으로 들어갔다.

인기척이 없는 사무실들을 지나 벨트가 있는 곳으로 통하는 긴 복도를 걸어가자 풀로 엮은 그의 샌들은 여러 종류의 메아리를 만들어냈다.

벨트는 물론 멈춰 있었다. 그것을 타고 움직이던 수천 명의 사람들은 없었다. 살아서 그것을 탈 사람이 아무도 없었던 것이다. 뱃속에서부터 우러나오는 듯한 낮고 우렁찬 울림은 그의 마음속에 존재하는 시끄러운 환청에 불과했다. 그는 가장 가까운 벨트 위로 올라가 칠흑처럼 깜깜한 건물 안쪽으로 들어갔다.

마치 영묘(靈廟) 안으로 들어온 듯했다. 천장도, 벽도 없었고, 들리는 것이라고는 오직 탄성 섬유로 만들어진 벨트 위에서 그의 샌들이 파닥거리는 소리뿐이었다.

그는 교차점에 도달한 후 교차 벨트 위에 올라탔고, 본능적으로 멈춰 서서 벨트가 그의 체중을 감지하고 앞으로 홱 움직이기를 기다렸다.

곧 그는 소리 없는 웃음을 흘렸고, 다시 걷기 시작했다.

승강기 앞에 도달한 그는 오른쪽으로 돌았고, 기억에 의존해서 보수용 층계 쪽으로 나아갔다. 짐을 어깨에 지고, 앞을 더듬어 가며 긴 등반을 시작했다.

동력실로 왔을 때는 눈이 부신 탓에 눈을 깜박거렸다. 백 개의 높은 창문을 통해 들어오는 여과된 햇빛이 몇 에이커에 걸쳐 늘어선 먼지투성이의 기계들 위로 조금씩 떨어지고 있었다.

긴 거리를 올라온 칼슨은 격한 숨을 몰아쉬며 무너지듯이 벽에 몸을 기댔다. 잠시 후 그는 작업용 벤치의 먼지를 깨끗이 닦아 내고 짐을 내려놓았다.

이 장소가 곧 찜통으로 변하리라는 사실을 알고 있었기 때문에 그는 빛바랜 셔츠를 벗었다. 그는 눈을 가리고 있던 머리카락을 쓸어 올렸고, 좁다란 금속 계단을 통해 발전기들이 죽은 검정 딱정벌레의 대군(大軍)처럼 몇 줄씩 늘어서 있는 곳으로 내려갔다. 그것들 전부를 대충 점검하는 일에만도 여섯 시간이 걸렸다.

그는 제2열에 있던 발전기 세 대를 골라 차례차례 분해하고 아래에 내려놓기 시작했다. 부품을 청소하고, 자동 납땜기로 접촉이 헐거워진 곳을 땜질했고, 그리스를 바르고, 기름을 붓고, 먼지와 거미줄을 깨끗이 걷어 내고, 바닥에 널려 있던 금이 간 단열재 조각을 치웠다.

뚝뚝 떨어지는 굵은 땀방울이 그의 눈을 자극했고, 옆구리와 허벅지를 따라 흘러내렸고, 바닥에 떨어지면서 순식간에 증발했다.

마침내 그는 빗자루를 내려놓았고, 다시 층계를 올라가서 짐을 두고 온 곳으로 되돌아갔다. 그는 짐에서 물통을 하나 꺼내 반을 비웠다. 말린 고기를 먹었고, 남은 물을 들이켰다. 그는 담배를 한 대 꺼내 피운 다음 작업을 재개했다.

주위가 어두워지자 더 이상 일하는 것을 포기해야 했다. 그냥 이 방에서 잘 작정이었지만, 지금은 너무 답답해서 견딜 수가 없었다. 그래서 처음에 온 길로 되돌아가서 언덕 기슭에 있는 낮은 건물의 옥상에서 별들을 올려다보며 잠이 들었다.

발전기 수리에는 이틀이 더 걸렸다. 그런 다음 그는 거대한 배전반을 손보기 시작했다. 2년 전에 한 번 사용한 적이 있었기 때문에 발전기보다는 상태가 좋았다. 발전기들은 예전에 그가 태워 버린 세 대를 제외하면, 5년 동안 (아니, 6년일까?) 잠들어 있었던 것이다.

그는 만족할 수 있을 때까지 납땜질을 했고, 닦았고, 점검했다. 이제 남은 일은 단 하나뿐이었다.

보수용 로봇들은 모두 동작 중간에서 얼어붙어 있었다. 칼슨은 무게가 3백 파운드에 달하는 동력 큐브를 누구의 도움도 받지 않고 혼자 움직여야 했다. 팔목을 부러뜨리는 일 없이 선반 위에서 큐브를 하나 내려서 카트에 실을 수 있다면, 점화 오븐까지는 별로 힘들이지 않고 운반할 수 있을 것이다. 그런 다음에는 오븐 안에 그것을 넣어야 했다. 2년 전에 이 일을 했을 때는 자칫 탈장(脫腸)이 될 뻔했지만, 이번에는 그때보다 좀 더 강해져 있고 — 좀 더 행운이 따르리라는 기대가 있었다.

점화 오븐을 청소하는 데는 10분 걸렸다. 그는 카트를 찾아내서 선반 쪽으로 밀고 갔다.

큐브 하나는 적당한 높이에, 카트 바닥에서 대략 8인치 위쪽에 위치해 있었다. 그는 카트 바퀴의 고정용 쐐기를 발로 차서 푼 다음 반대편으로 돌아가서 선반을 관찰했다. 큐브는 아래를 향해 경사가 진 선반 위에 놓여 있었고, 길이 2인치의 금속제 안전판으로 고정되어 있었다. 그는 안전판을 밀어 보았다. 선반에 고정되어 있다.

작업 구역으로 가서, 도구 상자를 뒤져 렌치를 찾아냈다. 그러고는 선반으로 다시 와서 너트를 풀기 시작했다.

네 번째 너트를 돌리고 있을 때 안전판이 헐거워졌다. 위태위태하게 삐걱거리는 소리가 들리자마자 그는 뒤로 펄쩍 물러섰다. 렌치가 발 위로 떨어졌다.

큐브가 앞으로 미끄러지면서 헐거워진 안전판을 깔아뭉갰고, 한순간 흔들대며 멈췄다가, 귀청이 떨어질 정도의 굉음을 내며 카트의 튼튼한 바닥 위로 떨어졌다. 카트 바닥의 표면이 일그러지면서 큐브의 무게를 못 이기고 찌그러지기 시작했다. 카트가 바깥쪽으로 기울었다. 큐브는 계속 미끄러졌고, 카트 바닥에서 반 피트 가까이 밖으로 나왔다. 이윽고 카트는 균형을 되찾았고, 떨리는 것을 멈췄다.

칼슨은 한숨을 내쉬었고, 카트가 갑자기 자기 쪽으로 쓰러질 경우 당장이라도 펄쩍 물러설 태세를 갖춘 다음 고정용 쐐기를 발로 차서 풀었다. 카트는 쓰러지지 않았다.

그는 통로 사이로 지극히 조심스럽게 카트를 밀었고, 점화 오븐 앞에서 정지했다. 그는 다시 카트를 고정했고, 물을 마시고 담배를 한 대 피우며 잠깐 쉰 다음, 받침대가 달린 쇠 지렛대, 작은 잭, 길고 편평한 금속판 등을 찾아냈다.

그는 카트 앞쪽 부분과 오븐 입구 사이에 금속판을 걸쳐 놓았고, 반대쪽 끄트머리를 점화 오븐의 문간 아래에 끼워 넣었다.

뒷바퀴의 고정용 쐐기를 푼 다음, 잭을 집어넣었다. 한 손으로는 잭의 손잡이를 돌리며, 다른 손으로는 지렛대를 든 상태로 카트 끄트머리를 천천히 위로 들어올리기 시작했다.

카트 한쪽이 신음하는 듯한 소리와 함께 위로 기울기 시작했다. 미끄러지며 삐걱이는 소리가 들리기 시작하자 그는 더 빨리 카트를 들어올렸다.

깨진 종이 울리는 듯한 소리와 함께 큐브는 걸쳐진 금속판 위로 굴러 떨어졌다. 큐브는 왼쪽으로 비스듬하게 미끄러져 내렸다. 그는 지렛대로 큐브를 쳤고, 혼신의 힘을 다해 오른쪽으로 밀었다. 큐브 끄트머리가 약 반 인치쯤 오븐 입구의 테두리에 걸렸다. 큐브와 테두리 사이의 틈은 아래쪽으로 갈수록 넓어지고 있었다.

그는 그 사이에 지렛대를 끼우고 온몸의 체중을 실어 밀었다. 세 번을 민 후에야 큐브는 앞으로 움직였고, 점화 오븐 안으로 들어가 멈췄다.

그는 웃기 시작했다. 너무 웃었던 탓에 힘이 빠졌다. 부서진 카트 위에 앉아서 발을 흔들흔들하며 혼자 쿡쿡 웃고 있었지만, 그러던 중에 자신의 목에서 나오는 소리에 위화감을 느끼기 시작했다. 그는 갑자기 웃음을 그치고는 오븐 문을 쾅 닫았다.

배전반은 천 개의 눈을 가지고 있었지만, 어느 하나도 그를 향해 눈을 깜박거리지 않았다. 그는 〈송전〉을 위한 마지막 조정을 마쳤고, 발전기들을 마지막으로 점검했다.

그런 다음, 그는 고가 통로로 올라가서 창문 앞으로 다가갔다.

아직 해가 질 때까지는 조금 시간이 남아 있었기 때문에 그는 창가에서 창가로 옮겨 다니며 창턱 밑에 있는 〈열림〉 버튼을 눌렀다.

그런 다음 그는 남은 음식을 마저 먹었고, 물 한 통을 다 마시고 담배를 두 대 피웠다. 층계 위에 앉아서 그는 켈리와 머치슨과 지진스키와 이곳에서 함께 일하며, 전자(電子)들의 꼬리를 비틀어 비명을 지르게 하고, 벽을 뛰어넘어 도시로 도망치게 만들었던 지난날을 회상했다.

그 시계! 그는 갑자기 생각해 냈다 — 문 왼쪽의 벽 높은 곳에 달려 있는 그 시계는 9시 33분 48초를 가리킨 채 얼어붙어 있었던 것이다.

그는 어스레한 박명 아래에서 사다리를 옮긴 다음, 시계가 있는 곳까지 올라갔다. 그는 둥그렇게 원을 그리는 듯한 동작으로 기름때에 찌든 시계 문자반 위의 먼지를 닦아 냈다. 이것으로 준비가 완료되었다.

그는 점화로 앞으로 가서 스위치를 켰다. 어딘가에서 영구 진지가 되살아났고, 찰칵하는 소리와 함께 가늘고 날카로운 섀프트가 큐브의 외각을 뚫고 들어가는 소리가 났다. 그는 층계 쪽으로 뛰어가서 순식간에 고가 통로 위로 기어올랐다.

그는 창가로 가서, 기다렸다.

「하느님.」 그는 속삭였다. 「제발 휴즈가 나가지 않게 해주십시오! 부탁이니 제발 —」

영원한 암흑 너머에서 발전기들이 윙윙거리기 시작했다. 그는 제어반에서 나오는 날카로운 잡음을 듣고 눈을 감았다. 그 소리는 곧 사라졌다.

창문이 위로 올라가는 소리를 듣고 그는 눈을 떴다. 그의 주위에서 백 개의 높은 창문이 열리기 시작한 것이다. 그가 있는 곳 아래쪽의 작업 구역에 있는 작업대 위에 작은 불이 들어왔지만, 그는 그것을 보지 못했다.

그가 보고 있는 것은, 그가 있는 아크로폴리스의 넓은 사면(斜面)과 그 아래로 펼쳐지는 도시였다. 그의 도시이다.

불빛은 별과는 달랐다. 별들을 모두 때려눕히고도 남을 정도로 강렬했다. 불빛은 사람들이 집을 짓고 살던 도시의 화려하고 질서 정연한 별자리였다. 규칙적으로 늘어선 가로등, 광고판의 조명, 치즈 상자를 닮은 아파트의 창문들을 밝히는 등불, 바늘처럼 뾰족한 마천루의 측면을 솔리테어[1]의 카드처럼 여기저기서 밝히고 있는 반짝이는 사각형의 불빛, 도시 상공에 드리워진 구름층을 뚫고 빛의 안테나를 회전시키고 있는 서치라이트의 불빛.

그는 다른 창가로 달려갔고, 밤의 산들바람이 불어와 그의 턱수염을 쓰다듬는 것을 느꼈다. 아래쪽에서는 벨트가 낮게 윙윙거리고 있었다. 그는 도시의 가장 깊숙한 협곡 사이를 덜거덕거리며 지나가는 벨트가 내뱉는 딱딱한 독백을 들었다. 그는 사람들이 집이나, 극장이나, 술집에 모여 있는 광경을 상상했다 — 서로 대화를 하고, 즐거움을 공유하고, 클라리넷을 불고, 손을 마주 잡고, 밤참을 나눠 먹는 광경을. 잠

[1] *solitaire*. 혼자서 하는 카드놀이의 일종.

들어 있던 로봇카들이 깨어나 벨트의 상층 레벨을 질주하며 서로 스쳐 지나갔다. 도시 전체에서 낮게 울리고 있는 배경음은 그 생산과, 기능과, 이동과, 주민에 대한 봉사 이야기를 그에게 들려주었다. 하늘이 머리 위에서 빙빙 돌고 있는 것처럼 느껴졌다. 마치 도시가 그 회전축이고, 우주가 그 가장자리를 돌고 있는 것처럼.

이윽고 빛은 흰색에서 노란색으로 바뀌며 스러져 갔고, 그는 필사적으로 달려 다른 창가로 갔다.

「안 돼! 그러기엔 너무 일러! 나를 두고 가지 말아 줘!」 그는 흐느꼈다.

창문들이 혼자서 닫히며 불이 꺼졌다. 그는 이미 스러져 버린 불빛의 잔재를 응시하며 오랫동안 통로 위에 서 있었다. 오존 냄새가 그의 코를 자극했다. 빈사 상태의 발전기들 위로 푸른 후광(後光)이 떠오른 것을 그는 깨닫고 있었다.

그는 아래로 내려가서 작업 구획을 가로질렀고, 그가 벽에 기대어 놓은 사닥다리로 갔다.

유리 뚜껑에 얼굴을 맞대듯이 가까이 대고 오랫동안 응시한 끝에야 겨우 시계 바늘의 위치를 파악할 수 있었다.

「아홉 시 삼십오 분, 이십일 초.」 칼슨은 읽었다.

「지금 한 소리를 들었나?」 그는 모든 것들을 향해 주먹을 휘두르며 소리쳤다. 「93초였어! 나는 93초 동안 너희들을 되살려 놓았단 말이다!」

곧 그는 어둠 속에서 얼굴을 감싸 쥐었고, 침묵했다.

오랜 시간이 흐른 후 그는 층계를 내려갔고, 벨트 위를 걸었고, 긴 복도를 지나 〈건물〉 밖으로 나갔다. 다시 산맥 쪽을 향해 가면서, 그는 속으로 — 또다시 — 맹세했다. 다시는 이곳에 돌아오지 않으리라고.

역자 해설
젤라즈니의 영광과 비극

1. 경계 소설

경계 소설의 영어 원어에 해당하는 슬립스트림*slipstream*은 본디 항공기의 프로펠러가 회전할 때 생기는 후류(後流) 혹은 자동차의 고속 주행시 그 뒷부분에 발생하는 공기 역학적 포켓을 의미하지만, 문학 비평적인 맥락에서는 주류 문학과 비(非) 리얼리즘 계열의 장르 소설 양진영의 작가들이 탈장르적인 상상력을 구사해서 쓴 일종의 경계적, 융합적인 문학 작품들을 지칭할 때 쓰인다. 이런 경향은 대중문화의 코드가 주류 문학으로 유입되기 시작했던 1960년대 말부터 이미 존재했지만, 영미 문학계에서 뚜렷한 장르 인식을 바탕으로 한 〈고의적〉인 슬립스트림의 개념이 시민권을 얻은 것은 윌리엄 깁슨 등과 함께 1980년대 미국 SF계의 사이버펑크 운동을 주도했던 작가 겸 비평가 브루스 스털링이 에세이 「90년대의 사이버펑크 문학」을 통해 운동의 공식적인 종결을 선언했던 1991년 이후의 일이다.

스털링은 이 에세이에서 현대 사회의 급격한 기술적, 사회적 변화가 카운터 컬처에 큰 영향을 끼치기 시작하면서 그

〈보헤미아적인 문학적 화신(化身)〉으로서의 사이버펑크 문학이 발생했다는 점을 지적하며, SF 문학 내부에서 시작된 이 운동의 역사적, 사회적 필연성을 역설하고 있다.[1] 컴퓨터 칩에 의한 자동 제어와, 인터넷으로 대표되는 정보 테크놀로지가 일상생활의 필수적인 요소로 간주되기 시작한 1990년대 초에, 위에서 언급한 일반 소설과 장르 소설의 융합이 시작되었다는 사실을 감안하면 상당히 시의 적절한 주장이었다고 할 수 있다. 슬립스트림은 적극적인 비평 수단이라기보다는 기술적(記述的)인 개념에 더 가깝지만, 주류 문학과 통속 문학의 대립으로 상징되는 성(聖)과 속(俗)의 구분과, 현존하는 각 장르들 사이의 구분이 점점 모호해지는 〈경계의 부재 *borderlessness*〉 현상을 창작 레벨에서 반영하고 있다는 점에서 우리의 문학계에도 매우 시사하는 바가 크다. 그리고 장르 사이를 구분 짓는 이 〈경계〉의 성질이 정확히 무엇인지를 논의하기 위해서는, 이들 장르의 대표 격이라고 할 수 있는 과학 소설의 역사에 대해 잠시 언급할 필요가 있다.

2. 과학 소설: 1926~1962

과학과 문학의 융합이라는 사이언스 픽션의 대명제는 1926년에 미국의 과학 계몽 잡지의 발행자이자 SF 초창기의 대부들 중 한 사람이기도 한 휴고 건즈백이 〈사이언티픽션*scientifiction*〉이라는 귀에 거슬리는 조어를 제시했을 때부터 이미 대립의 불씨를 품고 있었다. 건즈백이 자신의 펄프 잡지를 위해 만든 등록 상표는 새로운 장르의 탄생을 알리는 신호탄이었던 동시에, 다른 한편으로는 문학적 게토*ghetto*로

[1] Bruce Sterling, "Cyberpunk in the Nineties," *Interzone*, June, 1991.

의 도피를 의미했기 때문이다. 1920년대의 미국 SF는 테마적 발전 가능성을 내포한 소수의 걸작들을 제외하면 서부 활극*horse opera*을 우주로 그대로 옮겨 놓은 듯한 우주 활극, 즉 스페이스 오페라*space opera*의 전성 시대였다. 과학적 현실성 내지는 정합성(整合性)의 결여, 오락 위주의 편의주의적인 플롯, 19세기적인 공간 개념에 기반을 둔 제국주의 세계관으로의 회귀 등의 특징을 가진 이 하위 장르는, 창작 기법의 내부적인 발전과는 별도로, 초창기의 스페이스 오페라를 그대로 은막에 이식했다고 해도 무방한 조지 루카스의 영화 『스타워즈』 3부작(1977~1983)에 의해 그 문학적 생명을 소진했다.[2] 이 경향은 1930년대까지 계속되었지만, 1945년에 종결된 제2차 세계 대전은 원폭과 탄도 로켓으로 상징되는 과학의 어두운 면을 부각시켰고, 〈핵전쟁에 의한 인류의 멸망 가능성〉이라는 지극히 SF적인 아이디어를 현실의 공포로 만들었다. 본격적인 냉전이 시작된 1950년대에는 장르의 문학적인 성숙과 맞물려 그때까지 도외시되었던 사회학적인 아이디어의 비중이 커지기 시작했고, 사상성이 희박했던 과거와는 달리 엄밀한 과학적 고증과 현실에 밀착된 세련된 작품들이 나타나기 시작하면서 SF는 최초의 황금시대를 맞이한다. 원폭의 경우와 마찬가지로, 오웰이나 헉슬리의 소설에서 예견되었던 어두운 전체주의와 파멸의 이미지가 서구의 식자층에게 급격

---

2 평론집인 *Silent Interviews*(1994)에서 딜레이니는 당시의 SF 커뮤니티가 『스타워즈』에 대해 보인 적대감을 이렇게 표현하고 있다. 〈『스타워즈』를 SF가 아닌 판타지로 만드는 가장 큰 요인은 아무 것도 없는 진공 속을 나아가는 우주선에서 《소리》가 나기 때문이다.〉 이런 과학적인 부정확함에 대해 질문을 받은 루카스는, 제작 단계에서 이미 여러 기술 담당자들이 이 사실을 지적했지만, 영화적인 〈효과〉를 배가시키기 위해 소리를 집어넣었으며, 어차피 대다수의 관객들은 〈기본적인 물리 법칙이 무시당한다고 해서 신경을 쓸 리가 없다〉고 대답했다고 한다.

한 현실로 다가왔던 것이다.

아서 C. 클라크, 로버트 A. 하인라인과 더불어 1950년대의 SF를 대표하는 3대 거장의 한 사람이었던 아이작 아시모프는 『소비에트 과학 소설 Soviet Science Fiction』(1962)의 서문에서 현대 SF의 발전 단계를 모험 주류(1926~1938), 과학 기술 주류(1938~1950), 사회 과학 주류(1950~)의 3단계로 나누고 있다. 이 분석이 나온 시점을 고려한다면 (그리고 아시모프가 자신의 SF, 이를테면 〈파운데이션〉 시리즈를 무언 중에 〈사회 과학적〉이라고 규정한 사실을 제외한다면) 일단은 타당한 견해라고 할 수 있겠지만, SF라는 문학 형식이 과학과 보조를 맞춰 끊임없이 발전할 것이라는 소박한 낙관론의 이면에는 당시 심각한 매너리즘에 빠져 있었던 미국 SF계의 고민이 자리 잡고 있었다. 직접적인 원인은 아이디어의 고갈이었다. 20년 전만 해도 상상의 산물에 불과했던 통신위성, 컴퓨터, 우주선, 레이저 등이 실용화되면서, SF에서는 문학적인 〈홍분〉의 대상이어야 할 과학 기술이 어느새 일상생활에서도 접할 수 있는 문화적인 아이콘 icon으로 환원되어 있었고, 전문가들의 예상조차 뛰어넘는 과학 기술의 급속한 발전이 야기한 사회 변화를 〈사회학적〉이어야 할 SF가 적시에 흡수하지 못했던 것이다. 그러나 고정 독자층의 확보를 원하는 편집자들은 기존 작가들에게 틀에 박힌 아이디어 스토리를 양산할 것을 암암리에 강요했고, 독자들은 그 결과를 외면한다는 악순환이 몇 년 동안이나 계속되었다. 그러나 이런 장르의 질곡에서 벗어나 H. G. 웰스나 쥘 베른 이전의 〈순수의 시대〉로 회귀하려는 문학적인 욕구는 언제나 존재했고, 종종 S파와 F파 사이의 충돌, 세대교체론, SF의 정의(定義)를 둘러싼 논쟁 따위를 통해 불거져 나오곤 했다. 이 갈등 구조가 가장 극적인 형태로 표출된 것은 SF의 학문적 연구가 활성화되기 시작했던 1960년대 초의 일이었다.

하인라인은 1957년 시카고 대학에서 행한 강연에서 SF란 〈과거와 현재의 현실 세계에 관한 충분한 지식과, 과학적 방법의 성질과 의미에 대한 완전한 이해에 입각한, 실현 가능한 미래의 사상(事象)에 관한 현실적인 예측〉이라고 정의했다. 이것은 편집자이자 그의 은사이기도 했던 존 W. 캠벨 주니어가 제창한 메타 SF적 기법으로서의 외삽법extrapolation을 충실히 반영한 것이지만, 미래 예측의 일환으로서 〈예술의 기만적인 컬트성〉의 소멸을 예로 들면서 하인라인의 주장은 다분히 정치적인 색채를 띠기 시작한다. 〈이른바 《현대 예술》은 정신병자들의 전유물이 될 것이다. 현대 문학은 병에 걸려 있고, 섹스광...... 변태, 사이코들에 의해 쓰이고 있다.〉[3] 1950년대부터 눈에 띄기 시작했던 SF의 〈학술화〉에 대한 체제 측의 히스테리라고 웃어넘길 수도 있겠지만, 〈교실에서 SF를 쫓아내고 원래의 빈민굴로 되돌아가자Kick SF out of the classroom and back to the gutter where it belongs〉라는 캐치프레이즈로 상징되는 다수파의 게토 심리를 〈오른쪽으로 기운〉 하인라인이 대변해 준 것 또한 사실이다. 그리고 하인라인의 이런 우려는 몇 년 후 대서양 건너편에서 현실화된다. 자연 과학적 정합성을 최우선시하는 종래의 SF 레토릭을 거부하고, 현대 문학에 걸맞은 세련된 소설 기법의 도입을 옹호하는 일단의 영국 작가들이 등장했던 것이다. 이 경향은 곧 〈뉴웨이브New Wave〉로 불리게 되었다.[4] 뉴웨이브의 선두 주자는 J. G. 발라드이다.

---

3 Robert A. Heinlein, "Science Fiction: Its Nature, Faults, and Virtues", *The Science Fiction Novel*: Imagination and Social Criticism(1959).

4 뉴웨이브란 용어는 1960년대 초에 쓰이던 영화 비평 용어를 차용한 것이며, 장 뤽 고다르와 프랑수아 트뤼포 감독의 실험적 작풍을 가리키는 누벨 바그nouvelle vague의 영어 번역어이다. 1970년대 후반에는 펑크록의 동의어로 쓰이기도 했다.

1930년에 중국 상하이의 영국인 조계에서 태어나 태평양 전쟁 발발 후에는 중국에 있는 일본군의 적성 외국인 수용소에서 포로 아닌 포로 생활을 해야 했던 특이한 경력의 소유자이다. 억류되었을 당시 12세에 불과했던 그는 후식민주의의 모순과 전란 속에서 살아남기 위해 고투해야 했고, 그의 뇌리에 아로새겨진 소년 시절의 트라우마는 자전적 소설인 『태양의 제국*The Empire of the Sun*』(1984)을 통해 극명하게 해체되고, 재구성되었다. 스티븐 스필버그에 의해 같은 제목으로 영화화되기도 했던 〈짐 그레이엄〉 소년의 초상은 작가 발라드의 광기 어린 원풍경(原風景)의 일부이다. 전통 SF가 건즈백 이래 줄기차게 지향해 온 외우주(外宇宙)에 대한 집착을 버리고, 인간 정신으로 대표되는 내우주(內宇宙)로 시선을 돌려야 한다는 발라드의 주장이, 고도의 상징성과 회화적(繪畫的) 이미지를 다용한 그의 전위적인 작풍과 맞물려 기묘한 설득력을 가지는 것은 바로 이 개인적인 체험의 영향이 크다.[5] 발라드는 기념비적인 에세이 「내적 우주로의 길은 어디에?」(1962)에서 내우주*inner space*를 〈외적 세계(현실)와 내적 세계(정신)가 만나고, 융합되는 영역〉이라고 정의하며, 〈우주 소설은 더 이상 SF 아이디어의 주요 원천이 아니다〉라고 잘라 말하고 있다.[6] 현대인의 정신 — 의식과 무의식을 포함한 — 속에는 반세기 이전에는 몽상에 불과했던 〈과학〉이 〈마법〉에 필적하는 하나의 원형으로서 자리 잡고 있으므로, 그런 상징의 구현이야말로 현대 SF의 에센스에 해당한다는 그의 주장과, 이

---

5 데이비드 크로넨버그에 의해 영화화된 그의 소설 『크래쉬*Crash*』(1996)의 주인공의 이름이 〈제임스 발라드〉라는 사실에서 알 수 있듯이, 실제 경험에서 (미래의) 원체험을 추출하는 기법은 발라드의 작품 세계에서는 빼놓을 수 없는 중요한 요소이다.

6 J. G. Ballard, "Which Way to Inner Space?", *New Worlds* 118, 1962년 5월호.

것을 데카당하고 세련된 파멸 소설의 형태로 체현한 그의『재앙 3부작』은 기성 SF계에 커다란 파문을 불러일으켰다.[7]

뉴웨이브는 1964년 영국을 대표하는 SF잡지『뉴월즈*New Worlds*』의 편집장으로 약관 25세의 신예 작가 마이클 무어콕이 취임하면서부터 강력한 지원자를 얻게 된다. 전통적인 SF가 우주 공간으로 대표되는 외부 지향의 문학이었다면, 무어콕이 발굴한 작품들은 인간의 내면에 펼쳐지는 의식/무의식과 외부 환경의 상호 작용에 초점을 맞추고 있었다. 내용 면에서는 심리학과 기호학으로 대표되는 인문 과학적 주제의 도입이 눈에 띄었고, 주제 전달 매체로서의 스타일이 강조되었다. 무어콕은 매호마다 발라드와 그의 좋은 라이벌이었던 브라이언 올디스의 작품과 평론을 게재함으로써 창작과 비평을 활성화시켰으며, 로저 젤라즈니, 어슐러 K. 르귄, 새뮤얼 R. 딜레이니, 토머스 디쉬 등 재능 있는 미국 작가들을 발탁하는 일에도 적극적이었다.

그러나 브리티시 뉴웨이브는 몇 가지의 치명적인 약점을 내포하고 있었다. 우선 앞서 언급한 몇몇 작가들의 경우를 제외하면 소설 기법보다는 의욕이 더 앞서는 전위적이고 페시미스틱한 〈예술〉 작품들이 너무 많았고, 이 점이 전통적 SF 옹호자들의 거센 반발을 샀던 것이다. 〈토성 여행 따위의 진부한 얘기에는 싫증이 났다……. 우리는 실험을 원한다. 우리는 자유로워지고 싶다. (윌리엄) 버로스처럼 새로운 형식을 시도하고 싶은 것이다〉라는 영국 작가들의 주장에 대해, 〈실험하고 싶다고? 물론 실험은 좋은 일이다! 하지만 내가 자네들의 소설을 인정하지 않는 이유는, 그것이 실험적이어서가 아니라, 그 밖의 모든 면에서 도저히 읽을 욕구가 생기지 않

---

7 1960년대에 씌어진 *The Drowned World*(1962), *The Burning World*(1964), *The Crystal World*(1966)는 지구적, 혹은 우주적 규모의 파멸과 상호 작용하는 인간들의 모습을 화려한 필치로 그린 걸작들이다.

을 정도로 따분한 것들이기 때문이다!〉라고 응수했던 미국 작가 프레드릭 폴의 말에서 당시의 영어권 SF가 직면했던 딜레마를 읽을 수 있다. 발라드라는 탁월한 이론가의 존재에도 불구하고, 거의 모든 기법상의 혁신이 장르 밖의 주류 문학에서 왔다는 사실도 부담으로 작용했다. 뉴웨이브는 문학 운동이라기보다는 작가 개개인의 심적(心的) 상태이며, SF가 당시의 격렬한 시대 문화적 상황에 민감하게 반응한 결과 야기된 일종의 내부 조정이었다는 피터 니콜스의 주장이 어느 정도 타당성을 얻는 것도 바로 이런 맥락에서이다.[8] 일반적으로 뉴웨이브는 SF가 문학적으로 자각하는 계기를 마련해 준 것으로 평가받고 있지만, 그 영향력은 창작 분야에만 국한되어 있지 않았다. 편집자들은 장르의 경계에 관해 예전만큼 구애받지 않았고, 게토는 장르와 문화가 상호 작용하는 장(場)으로 격상되었다. SF사(史)의 영역에서도 아시모프의 SF 3단계 발전설에서 볼 수 있었던 통시적*diachronic* 접근 대신에 반전 운동, 로큰롤, 성혁명, 코뮌, 플라워 칠드런, 카운터컬처로 대표되는 공시성*synchronicity*에 관한 논의가 각광을 받았다. SF의 풍부한 은유적 잠재력에 착안한 진정한 내부*insider* 비평이 본격적으로 시작된 것도 이 시기의 일이다.[9] 뉴웨이브는 60년대 말 장르 내부로 흡수 통합되는 형태로 소멸했지만, 다음 세대, 특히 1980년대 중반의 사이버펑크 작가들에게 새로운 혁명의 모델을 제공했다는 의미에서 영속적이었다. 『뉴월즈』에 게재된 미국 작가들의 비평적 성공이 침체의 늪에 빠져

---

8 John Clute and Peter Nichols, *The Encyclopedia of Science Fiction* (London: Orbit, 1993), p. 866.

9 발라드와 더불어 이 시기에 두각을 나타내고, 훗날 영미권의 SF 평단을 대표하는 평론가로 성장한 작가로는 브라이언 W. 올디스와 미국의 딜레이니가 가장 유명하다. 특히 딜레이니의 경우는 코넬 대학을 필두로, 매사추세츠 대학과 뉴욕 주립 대학에서 교편을 잡으며 작가 활동을 병행했다.

있던 미국 SF계 내부에 일종의 공명(共鳴) 작용을 일으켜 아메리칸 뉴웨이브, 혹은 포스트 뉴웨이브라고 불리는 미국 SF의 르네상스를 유발했다는 것은 잘 알려진 사실이다. 그리고 이 르네상스의 중심에는 로저 젤라즈니가 있었다.

3. 로저 젤라즈니

로저 조지프 젤라즈니는 1937년 5월 13일에 미국 오하이오 주 클리블랜드에서 태어났다. 가계를 따져 보면 아일랜드인, 폴란드인, 독일계 펜실베이니아인의 혈통이라고 한다. 미래의 작가들이 흔히 그렇듯이 어릴 때부터 신화, 전설, 동화 등을 탐독했고, SF에 처음으로 접했던 것은 초등학교 6학년 때였다. 학교 도서실에 있던 SF를 모두 독파한 다음에는 1930년대와 1940년대의 헌 SF 잡지들을 읽기 시작했다고 한다. 소년 시절에 가장 좋아했던 작가는 스탠리 와인버움, 로버트 A. 하인라인, 시오도어 스터전, 레이 브래드베리였으며, 고등학교 재학 시에는 학교 신문의 편집자로 활약하며 3백 편이 넘는 환상적인 단편과 시를 썼다. 1955년 오하이오 주의 웨스턴 리저브 대학에 진학, 프로이트와 융에 흥미를 가지고 심리학을 전공했지만, 3학년 때인 1957년에 핀리 포스터 시인상을 수상한 것을 계기로 영문학으로 진로를 바꿨다. 학부 시절 그는 셰익스피어, 휘트먼, 만, 릴케 및 프랑스의 상징파 시인들에 관해 연구하는 한편, 취미였던 펜싱과 유도 연습에도 열중했다. 대학 졸업 직후인 1959년에 컬럼비아 대학의 비교 영문학 석사 과정에 입학한 그는 맨해튼의 박물관, 미술관, 극장, 재즈 클럽, 포크 뮤직 카페 등을 탐방하며 보헤미안적인 생활을 즐겼다. 1960년에는 석사 논문을 쓰기 위해 뉴욕을 떠났고, 오하이오 주 방위군에 입대, 6개월의 복무 기간 대부분을 텍사스 주 소재 나이키 대공 미사일 대대의 조작 요원으로 복무했다. 1962년에는 엘리자베스 및 제임스 1세 시대의 연극을 주제로 한 논문 「두 개의 전통과 시릴 터너: 〈복수자(復讐者)의 비극〉에서 볼 수 있는 윤리성과 유머 코미디의 인습에 관한 고찰」로 영문학 석사 학위를 받았고, 볼티모어의 사회 보장국에 취직한 다음 본격적인 창작 활동에 돌입했다. 이 시점에서 이미 수많은 습작들이 완성되어 있었지만, 그의 실질적인 데뷔작은 취직 3개월 후인 『어메이징 스토리즈 Amazing Stories』 8월호에 게재된 단편 「수난극」이다. 『어메이징 스토리즈』와 『팬터스틱 Fantastic』의 편집을 맡고 있었던 셀레 골드스미스는 유망한 신인 발굴에 뛰어난 재능을 보인 여성 편집자였다. 비슷한 시기에 『팬터스틱』지에 데뷔했던 르귄의 말을 빌리자면 〈진취적이고 감수성이 풍부한 최상의 편집자〉였으며, 젤라즈니의 표현을 빌리자면 〈매력적이며 나무랄 데 없는 취미의 소유자〉였다. 젤라즈니는 자신을 발탁해 준 골드스미스의 격려에 힘입어 1963년 한 해 동안 무려 17편이나 되는 중단편을 발표했다.

그리고 다음 해인 1963년 11월, 『판타지 앤드 사이언스 픽션(F&SF)』지에 중편 「전도서에 바치는 장미」가 게재되는 것을 계기로 젤라즈니는 일약 SF계의 총아로 떠오른다. 데뷔 1년 전인 1961년에 이미 탈고했음에도 불구하고, 〈너무나도 고색창연한 화성의 설정 때문에 도저히 통용되지 않을 것〉이라고 생각한 작가 자신이 묻어 두었다는 일화가 있을 정도로 고풍스러운 작품이지만, 원고를 읽어 본 『F&SF』 편집진이 만장일치로 〈전도서〉를 권두(卷頭)에 게재할 것을 결정하고, 저명한 삽화가인 해니스 보크에게 표지 그림을 의뢰했다는 사실만 보아도 이 작품이 얼마나 높은 평가를 받았는지를 알 수 있다. 멸망해 가는 화성을 무대로 지구의 젊은 서정시인과 화성인 여성의 비련(悲戀)을 다룬 이 작품은, 1930년대에 활약했던 환상 SF 작가 와인버움의 고전 『화성의 오디세이 A Martian Odyssey』(1934)에 대한 작가 자신의 패스티시인 동시에, 고전 SF적인 배경을 바탕으로 문학의 영원한 테제인 젊음, 사랑, 오만, 배신, 부활 등을 내면(=내우주)의 스크린에 투영한 걸작이다. 이 작품에서는 젤라즈니의 특색으로 간주되는 여러 요소들 — 명석하고 유려한 스타일, 동시대의 슬랭을 다용(多用)한 쿨하고 시적인 문체, 개인이라는 미시적(微視的)인 관점에서 거시적(巨視的)인 테마를 다루는 독특한 기법, 현학과 아이러니로 가득 찬 문학적 인유(引喩), 강렬한 신화적 상징성 — 이 유감없이 드러나 있으며, 그리니치빌리지에 관한 언급에서도 알 수 있듯이 자전적인 면이 강한 것이 특색이다. 뉴웨이브의 중심인물 중 한 사람이자, 젤라즈니의 가장 강력한 라이벌이기도 했던 작가 딜레이니의 회상은 당시의 팬들이 받은 충격을 잘 보여 준다. 1965년의 어느 날, 음악을 전공하는 여자 친구가 그의 방문을 두드리고 들어오더니, 마치 무엇에 홀린 듯한 표정으로 한 권의 잡지를 보여 주며, 〈이봐, 칩(딜레이니의 애칭), 이거 읽어 봤어? 도대체 이 작가가 누구지? 이 사람에 관해 뭔가 아는 거 없어? 지금까지 무슨 작품들을 썼지?〉라고 외쳤다고 한다.[10] 이 잡지는 『F&SF』 3월호였고, 그녀가 읽었던 작품은 「그 얼굴의 문, 그 입의 등잔」이었다.

그리고 앞서 언급한 영국의 SF 잡지인 『뉴월즈』에 초기의 중단편들이 게재되면서 그는 〈한 세대에 한 사람 나올까 말까 한 뛰어난 작가의 출현〉이라는 찬사를 받았고, 딜레이니와 더불어 아메리칸 뉴웨이브의 중심인물로 부각되었다. 시

[10] Samuel R. Delany, "Faust and Archimedes," *The Jewel-Hinged Jaw* (1978).

인 바이런의 〈하룻밤 자고 나니 유명해져 있었다〉는 말을 빌려 젤라즈니의 등장을 표현한 평론가가 있었을 정도니 그가 얼마나 높은 평가를 받았는지를 알 수 있다. 그러나 구습의 완전한 해체를 통한 혁명을 주장했던 영국 작가들과는 대조적으로, 어릴 적부터 SF를 읽어 왔던 젤라즈니와 딜레이니는 전통적인 SF의 뼈대를 유지하면서도 참신한 스타일을 지향하는, 〈헌 부대에 새 술을 담는〉 식의 길을 택했으며, 바로 이 사실이 미국 독자들의 구미에 맞아떨어졌다는 식의 해석도 가능하다. 특히 젤라즈니의 경우는 화려한 스타일의 매력에 의해 당시의 SF를 뒤흔들어 놓은 뉴웨이브 이념 논쟁에서 상당히 자유로울 수 있었다. 처음부터 뉴웨이브에 호의적인 반응을 보였던 할란 엘리슨, 로버트 실버버그 등 미국의 기성 작가들이 〈사변 소설 *speculative fiction*〉을 표방하고 적극적으로 창작 활동을 벌이기 시작하면서 점진적이기는 하지만 뉴웨이브에 우호적인 분위기가 형성되었다. 엘리슨이 편찬한 유명한 뉴웨이브 앤솔러지 『위험한 비전 *Dangerous Visions*』(1967)에 이르러서는 프레드릭 폴과 더불어 보수적 작가층의 거두였던 아시모프조차 서문을 빌려 〈현재 진행되고 있는 《제2의 혁명》, 《SF의 새로운 경향》〉을 옹호하고 있는 것을 보면 아이러니컬한 느낌을 금할 수 없다. 그렇다면 젤라즈니 자신의 의견은 어떠했을까?

그는 아메리칸 뉴웨이브의 기수로 주목받은 인물치고는 매우 과묵했다고 할 수 있을 것이다. 대다수의 신인들과는 달리 그가 이미 문학적으로 성숙해 있었고, 자신의 주인공들처럼 지적인 동시에 매우 내성적(內省的)인 인물이며, 〈작품으로 말하는〉 타입의 작가이기 때문이었는지도 모른다. 영국 작가 올디스는 (지금까지 쓰인 것 중 가장 포괄적인 SF 평론서인) 『1조 년의 잔치 *Trillion Year Spree*』에서 다음과 말하고 있다. 〈마이크를 들이대면 젤라즈니는 고개를 돌려 외면한다. 엘리슨은 마이크를 낚아챈다.〉 이 말에 (특히 후자의 행동에) 납득이 간다고 하면 실례가 되겠지만, 여하튼 젤라즈니는 묵묵히, 그러나 화려한 창작 활동을 전개했다. 〈전도서〉는 휴고상 후보에 오르는 것에 그쳤지만, 1965년 1월에서 2월에 걸쳐 『어메이징』지에 연재된 「형성하는 자」가 1965년 네뷸러 상 최우수 노벨라[中篇]상, 그리고 『F&SF』지의 10월과 11월호에 게재된 처녀 장편 『내 이름은 콘라드』가 프랭크 허버트의 『듄Dune』과 함께 다음 해의 휴고상 최우수 장편상을 공동 수상했다. 1965년 한 해 동안 「폭풍의 이 순간」, 「프로스트와 베타」, 「그 얼굴의 문, 그 입의 등잔」 등 본서에 포함된 중단편이 무려 세 편이나 네뷸러상 후보에 올랐으며, 결국 젤라즈니의 가장 중요한 작품 중 하나로 꼽히는 「그 얼굴의 문, 그 입의 등잔」이 노벨렛[短中篇] 부문의 최우수작으로 뽑혔다. 뒤이어 1967년에 발표한 장편 『신들의 사회』는 인도 신화와 SF의 결합을 시도했던 야심적인 작품으로, 다음 해의 휴고상을 수상했다. 1968년 당시 젤라즈니는 영광의 절정에 있었고, 이 젊은 작가에게 불가능이란 존재하지 않는 것처럼 보였다.

4. 공감각적 신화

신화는 그의 초기 장편들을 이해하는 가장 중요한 잣대 중의 하나이다. 초기 작품들, 특히 그리스 신화의 파토스를 핵전쟁 후의 황폐한 지구에 투영한 처녀 장편 『내 이름은 콘라드』, 트리스탄 전설과 파우스트 전설을 배경에 깐 심리 SF 『드림 마스터』, 그리고 인도 신화를 종횡무진으로 구사한 『신들의 사회』 등이 그 대표적인 예로, 60년대 말까지만 해도 〈신화 SF 작가〉라는, 작가 자신은 별로 달가워하지 않았던 명칭이 따라다닌 것도 사실이다. 그러나 〈젤라즈니는 모든 신화를 SF로 번역하려고 작정한 듯하다〉라고 말한 올디스의 비판적인 시각과는 달리, 젤라즈니는 신화가 제공하는 풍부한 상징이라든지 문학적 환기력을 각론적으로 활용하는 데 치중하기보다는, 신화와 SF의 〈융합〉을 통해 모든 신화에서 공통적으로 찾을 수 있는 인간성의 원형(元型)을 탐구하는 일을 주요 목적으로 삼고 있었다고 하는 편이 정확할 것이다. 실제로 SF 백과사전의 젤라즈니 항을 보면 다음과 같은 테마들이 나열되어 있다. 인식의 변혁, 죄와 벌, 종말론, ESP, 판타지, 게임과 스포츠, 외계인, 융 심리학, 신과 악마, 영웅, 불사(不死), 화성, 텔레포테이션, 구세주, 신화, 강박증과 분열증, 기생과 공생, 심리학, 전생(轉生), 종교, 로봇, 초인, 초자연적인 생물, 해저, 금성……. 굳이 젤라즈니의 경력을 따지지 않더라도 이 테마들을 훑어보면 그의 관심이 이공계라기보다는 주로 문과 계통의 주제에 쏠려 있다는 사실을 깨닫기란 어렵지 않다. 특히 불사성*Immortality*의 개념은 젤라즈니를 이해하려면 반드시 짚고 넘어가야 하는 중요한 개념이다. 본서에 포함된 「12월의 열쇠」나 「사랑은 허수」에서 볼 수 있듯이, 젤라즈니의 작품에서는 (상대적으로) 초인적인 불사의 주인공이 자주 등장한다. 근대 SF에서 불사신의 이미지는 멀리 메리 셸리의 『프랑켄슈타인』까지 거슬러 올라가며, 이 작품에서는 불사성에 대한 서구 문화/히브리즘의 전통적 입장, 즉 불사는 곧 저주이며, 신*Immortal*을 모독하는 인간*Mortal* 특유의 죄악*hubris*라는 관념을 찾아볼 수 있다. 불사를 소재로 삼은 젤라즈니의 SF에서도 종종 전통적인 〈슬픈 영웅〉의 이미지와는 동떨어진 강인한 불사의 영웅이 등장하지만, 이들은 신격(神格)을 가진 황당무계한 슈퍼맨인 동시에 고뇌에 시달리는 인간적이고 리얼한 영웅이다. 평론 「파우스트와 아르키메데스」에서 젤라즈니 작품의 상징성을 논한 딜레이니는, 그의 환상적이고 강력한 상징적 문체 뒤에 숨겨진 논리는 바로 이 불사성에 대한 독특한 관점에서 비롯되었다고 지적하고 있다. 주인공이 영원한 생을 얻었을 경우 그의 인생은 〈셀 수 없이 많은 보석 같은 순간〉의 연속에 해당하며, 개별적으로 보면 평범하기 짝이 없는 개인사(個人史)의 에피소드도 무한히 많은 다른 에피소드들과의 유기적인 결합에 의해 〈세월의 빛을 받고 반짝이기〉 때문이다. 본서에 포함된 중편 「폭풍의 이 순간」은 바로 이런 관점에서 불사를 다룬 걸작이다.

젤라즈니의 또 다른 특징은 남성상에 집중된, 인물 위주의 *character-driven* 소설 작법이며, 특히 장편에서는 이런 경향이 두드러지고, 때로는 비판의 대상이 되기까지 한다. 그러나 여성의 입장에서 보면 젤라즈니 장편의 주인공들은 거의 저항할 수 없을 정도로 강한 매력의 소유자이며, 여러 의미에서 초월적인 존재임에도 불구하고 지극히 인간적인 인물인 경우가 많다. 영국의 평론가 존 클루트가 『내 이름은 콘라드』의 주인공인 콘라드 노미코스에 관해 내린 평가를 인용하자면, 〈미국 스릴러물의 관용어를 남발하는 버릇이 있음에도 불구하고 그는 신화의 영웅을 연상케 하며……《천의 얼굴을 가진 영웅》인 동시에《트릭스터*trickster*》이기도 하다…… 그리고 이 기본적 인물상은 향후의 젤라즈니 작품 대다수에 여러 이름으로, 되풀이해서 등장하게 된다. 기지에 넘치고, 멜랑콜릭하고, 로맨틱하고, 센티멘털하고, 고독한 동시에, 플롯이 요구한다면 시도 때도 없이 고차(高次)의 정신 상태로 돌입하곤 하는 이들은 거의 모든 측면에서 믿을 수 없을 만큼 세련된 소망 충족*wish-fulfillment*의 일례이다.〉 신랄하지만 정곡을 찌른 분석임에는 틀림없다.

한편, 젤라즈니를 비롯한 르 귄, 딜레이니 등의 동시대 작가들에게서 전근대적인 뉘앙스를 가진 언령(言靈) 신앙에 대한 언급을 공통적으로 찾아볼 수 있다는 점은 매우 흥미롭다. (이들의 교육 배경을 고려한다면 그리 의외는 아닐지도 모른다.) 굳이 구약의 창세기를 예로 들지 않더라도 이름이 곧 파워[魔力]라는 사상은 모든 원시 사회에 공통된 믿음이며, 이 믿음을 가장 고전적인 형태로 형상화한 것은 마법사 게드를 주인공으로 한 르귄의 『어스시*Earthsea*』 4부작이다. 곧잘 J. R. R. 톨킨의 대하 판타지 『반지의 제왕*The Lord of the Rings*』 3부작과 비견되곤 하는 〈어스시〉의 세계에서, 사람의 하나밖에 없는 이름은 곧 그 인물의 에센스이며, 삼라만상의 진정한 이름을 알아내는 일은 곧 세계를 이해하는 행위이다. 이와는 대조적으로, 기호학(記號學) 지향이 강한 딜레이니는 장편 SF 『바벨-17』을 통해 비교 언어학의 새피어-워프 가설 — 인식의 많은 부분은 해당 언어 구조에 의해 규정된다는 현대판 언령 신앙 — 을 전형적인 스페이스 오페라의 모티프로 삼는다는 폭거(?)를 감행했고, 결국 『바벨-17』은 대니얼 키스의 『앨저논에게 바치는 꽃다발*Flowers for Algernon*』과 함께 1966년 네뷸러상 최우수 장편상을 수상했다.

르 귄의 전아함, 딜레이니의 예리함에 비해 이 명제를 처리하는 젤라즈니의 수법은 상당히 즉물적(卽物的)이다. 여러 이름을 가진 주인공은 젤라즈니의 독자에게는 익숙한 설정이며, 개개의 이름은 주인공의 과거-현재-미래에 걸친 분신 *alter ego*에 해당된다. 즉, 단시간이나마 이 이름을 입에 담는 것은 인격의 특정한 국면을 불러내는 행위, 상(相)을 두르는 행위인 것이다. 이것은 히브리즘/카발리즘의 초혼(招魂) 의식과도 일맥상통한다. 표면상으로는 일반인에 가까운 주인공조차 강한 심리적 스트레스를 받는 상황에서는 과거의 자아(자아의 페르소나 뒤에 감춰진 종족적 원형이라고 하는 편이 더 정확할지도 모른다)로 거듭 회귀하며, 이 책에 포함된 단편 「사랑은 허수」가 보여 주듯이 플롯이 요구한다면 자발적으로 이 과정에 참가하기도 한다. 신화 체계가 우주*cosmos*를 이해하려는 인간의 가장 오래된 노력임을 감안할 때, 젤라즈니의 신화적 주인공들은 신화를 이 지상 위에 체현하는 일종의 문학적 렌즈 역할을 맡고 있다고 해도 과언이 아니다.

그러나 신화적 주인공의 존재에서 직접 소설의 구동력(驅動力)을 끌어내는 행위는, 인물 조형에 실패할 경우 허구를 떠받치는 기반 자체를 파괴해 버릴 위험을 내포하고 있다. 그러나 젤라즈니는 탄탄한 소설 기법과 철저한 지적 조작을 통해 이런 장애물을 가볍게 뛰어넘고 있으며, 초기 장편들 중 걸작의 이름에 손색이 없는 작품들이 많은 이유도 같은 맥락에서 설명될 수 있다. 소설 = 허구의 기반을 불멸의 신화에서 찾음으로써 젤라즈니는 일종의 안전밸브를 획득했지만, 그 과정에서 SF와의 연결 고리가 약해졌다는 점을 부인할 수는 없다. (바로 그런 맥락에서 그는 〈신화 SF〉라는 용어를 탐탁지 않게 여겼던 것 같다.) 물론 젤라즈니가 그 사실을 자각하지 못했을 리가 없고, 1965년의 중편 「형성하는 자」는 SF의 원점으로 돌아가려는 지극히 성공적인 시도였다고 할 수 있다. 약간의 가필을 거쳐 다음 해에 『드림 마스터』라는 제목의 장편으로 출간된 이 작품은 융 심리학, 트리스탄과 이졸데와 파우스트 전설 등을 소재로 삼은 심리 SF이다. 『드림 마스터』의 경우 신화는 바깥에 있는 것이 아니라 글자 그대로 내면화되어 있다. 이 작품은 개인적인 오만*hubris*에 의해 신화의 힘이 오용될 경우 어떤 결과가 야기되는가를 그린 일종의 반신화(反神話)이며, 공감각(共感覺)을 활용한 첨단적인 언어 실험을 통해 SF 문학의 역사에 또 하나의 장을 덧붙였다는 찬사와 함께 젤라즈니의 최고 걸작이라는 평을 받았다.

공감각synesthesis이란 한 감각 수용기(受容器)에 자극을 줄 경우, 다른 종류의 감각으로까지 그 영향이 파급되는 현상을 가리키는 지각 심리학의 용어이다. 특정한 음을 들으면 눈앞에 일정한 색채가 나타나는 색청(色聽)은 공감각의 일종이며, 주관적인 인식이 수반되므로 환각과는 구별된다. 시각이 청각화하고, 후각이 촉각화하는 예는 20세기 모더니즘의 영향을 받은 전위문학의 인쇄 실험typography에서 찾아볼 수 있지만, SF에서 이 분야의 선구자를 찾는다면 역시 『타이거! 타이거!Tiger! Tiger!』(1956)의 작가로 유명한 알프레드 베스터를 들 수 있을 것이다. 이 작품의 클라이맥스에서 베스터는 텔레포테이션(순간 이동) 능력을 가진 주인공의 초월적 체험을 활자와 일러스트레이션의 융합을 통해 효과적으로 묘사, 커다란 반향을 불러일으켰다. 텔레파시 능력이 보편화된 24세기를 무대로 한 베스터의 처녀 장편 『파괴된 사나이The Demolished Man』(1953)는 이 시각화 테크닉의 원점이 어디에 있는지를 보여 주고 있다. 주인공인 〈1급 에스퍼〉 파웰은 〈표층 의식과 전(前)의식을 뚫고 들어가서 무의식의 영역까지 도달할 수 있는〉 독심 능력을 가지고 있으며, 피험자(被驗者)의 심적 공간 속에 글자 그대로 몰입, 숨겨진 갈등 구조를 찾아낸다.

파웰은 비틀거리며 나락 가장자리를 돌았고, 만지고, 탐색하며, 느꼈다. (중략) 근처에서 눈부신 전광이 솟구쳤다. 그것에 손을 대 본 파웰은 지독한 충격을 느꼈고, 황급히 손을 떼고 옆으로 물러섰다. 자기 보존 본능이 담요처럼 그를 감싼 탓에 질식할 지경이었다. 그는 긴장을 풀고 다시금 그 연상(聯想)의 소용돌이에 빨려 들어갔고, 그것들을 분류하기 시작했다. (중략) 영원히 계속되는 시냅스의 접합-차단 사이클은 날카로운 잡음을 수반한 복잡한 리듬을 만들어 낸다. 끊임없이 변화하는 수많은 간극을 메우고 있는 것은 깨진 이미지, 반(半) 상징, 불완전한 연상…… 이온화된 사고의 핵. (『파괴된 사나이』 제11장)[11]

베스터의 내우주가 공감각적 도구*tool*로서의 정신분석학을 통해 기술되는 공간이라면, 젤라즈니의 『드림 마스터』에 등장하는 드림 스페이스*Dream Space*는 인공 자궁이라는 SF적 도구*gadget*에 의해 구축된 분석 심리학적 가상현실이다. 이 소설의 주인공인 찰스 렌더는 셰이퍼 ― 형성하는 자 ― 란 통칭으로 불리는 특수한 정신과 의사이며, 기계 자궁을 통해 창조된 상호 보완적 가상현실에 몰입, 〈꿈〉에 상응하는 전자 공학적 심상*mindscape*을 환자에게 직접 체험시킴으로써 신경증을 치료한다. 테크놀로지를 매개로 한 상호 작용이 셰이퍼 대 피험자의 그것에 한정되어 있다는 점을 제외하면, 드림 스페이스는 윌리엄 깁슨이 사이버펑크 소설 『뉴로맨서』(1984)에서 소개한 사이버스페이스의 개념을 이미 한 세대 전에 구현하고 있었다.

이윽고 그는 자기 마음을 확장시켜, 모든 색채를 한꺼번에 만들어 냈다. 색채는 소용돌이치는 거대한 깃털. 그것들을 찢어발긴 다음, 형태를 부여한다. 눈부신 무지개가 칠흑의 하늘에 호(弧)를 그렸다. (중략) 거리와 깊이를 만들어 내려는 노력에 저항이 느껴졌기 때문에, 극히 희미한 파도 소리로 이 정경을 보강했다. 구름을 이리저리 움직이는 동안 청각적 기리감으로부터의 전이(轉移)가 천천히 다가온다.

11 알프레드 베스터, 김상훈 옮김, 『파괴된 사나이』(시공사, 1996), 220~221면.

노도처럼 밀려오는 아크로포비아[廣場恐怖症]에 대항하기 위해 서둘러 높은 숲을 만들었다. (『드림 마스터』 제2장)

드림 스페이스가 기능하기 시작하는 것과 동시에 일상적 텍스트와는 전혀 다른 종류의 언어가 사용되고 있다는 사실에 주목하라. 이러한 공감각적 전이 과정의 이면에 신화적 창조력이 개재되어 있다는 사실을 깨닫기는 어렵지 않다. 그리고 셰이퍼=조물주라는 공식은 허구-현실 공간 사이의 미묘한 균형에 부정적인 영향을 끼친다. 드림 스페이스는 셰이퍼의 수의적(隨意的) 심상뿐만 아니라 그 인격적인 결함까지 증폭해 버리기 때문이다. 가상공간이 조작자에게 치명적인 트라우마를 줄 가능성은 『파괴된 사나이』에서도 이미 예견된 바 있으며, 젤라즈니가 베스터의 열렬한 팬이었다는 사실을 감안한다면 그다지 신기한 일은 아니다. 사이버펑크의 대표주자였던 윌리엄 깁슨의 경우, 심리적 내재율을 통한 문체 실험이라는 측면에서 사실상 스타일리스트 베스터-젤라즈니의 계보를 잇는 후계자라고 할 수 있다.[12]

5. 경계선상에서: SF와 판타지의 파라미터

데뷔 5년 만에 최고 걸작들을 썼다는 사실은 어떤 의미에서는 비극이다. 당시의 젤라즈니 앞에 펼쳐진 가능성은 무한한 것처럼 보였고, 무엇보다도 대중의 열렬한 지지가 젤라즈

---

12 젤라즈니의 문체 실험이 깁슨에 끼친 영향에 관해서 거의 언급하는 평론가가 없다는 사실에 대해, 딜레이니는 인터뷰에서 이들 두 작가의 스타일이 본질적으로 〈너무나도 닮았기 때문에〉 오히려 객관적인 비교를 하기 힘들다는 견해를 피력하고 있다.

니에게 창조적인 휴식을 허락하지 않은 측면을 무시할 수 없을 것이다. 그런 맥락에서 환상 SF인 『앰버 연대기』의 제1권 『앰버의 아홉 왕자』(1970)는 양면적인 가치를 지닌 작품이며, 초기와 중기 젤라즈니를 가르는 하나의 분수령이 되고 있다. 해저 미궁, 용, 유니콘, 질서와 혼돈의 대결 등 장르 환상 소설의 전통적인 소도구를 사용하고 있는 『앰버』가 일단 SF로 간주된 이유는 젤라즈니의 논리성에 뒷받침된 플라토닉한 상징 구조에 기인하는 바가 크다. 왜냐하면 앰버는 판타지의 일반적인 〈2차 우주 Secondary Universe〉와는 달리 이데아적 존재 국면에 위치한 유일무이의 〈진짜〉 세계이며, 지구를 포함한 〈그림자〉 세계들은 앰버의 불완전한 반영에 불과하기 때문이다. 따라서 앰버의 왕좌를 차지하기 위한 왕족들의 암투는 소설의 주요 갈등 요인을 제공하는 동시에, 우리가 알고 있는 세계의 양태(樣態)를 규정짓는 〈지고의 현실〉로써 작용한다.

젤라즈니의 이 〈변신〉에 대해 대다수의 평론가들은 의외라는 반응을 보였다. 가장 큰 이유를 들자면 그때까지 극도로 높은 수준에 고정되어 있었던 젤라즈니의 이미지에 비해 이 소설이 테마나 내용 면에서 상당히 동떨어져 있었고, 그 자체로서도 충분히 독립된 소설이지만, 시리즈 전체의 맥락에서 보면 도입부에 불과했다는 사실이 거의 알려져 있지 않았기 때문이다. 게다가 종전의 젤라즈니에게서는 볼 수 없었던 새로운 문체 — 이를테면, 하드보일드 작가 레이몬드 챈들러의 작품을 연상시키는 건조한 1인칭 묘사 — 와 형식을 취하고 있었다. 이 사실이 그때까지 젤라즈니를 옹호하던 평론가들을 당혹하게 했고, 경우에 따라서는 적대적으로 만들었다는 것은 잘 알려진 사실이다. 그러나 『신들의 사회』가 그렇듯 그의 SF에는 본래부터 환상적인 색채가 농후하게 존재했고, 초기의 순수 판타지인 「그림자의 잭」, 『저주받은 자 딜비쉬』

연작 등은 대다수의 SF보다 오히려 앞선 시기에 쓰인 것들이다. 또한 젤라즈니 자신의 관점에서 보면 SF와 판타지는 표리일체의 관계에 있고(누구나 다 이 의견에 찬성하는 것은 아니다), 출판사나 평론가들이 그어 놓은 인위적인 경계선에 의해 구분될 성질의 것은 아니라고 해야 할 것이다.

그러나 〈젤라즈니는 고풍스러운 유혈극과 동화의 섬세한 아름다움을 결합, 성숙한 독자들을 위한 완전한 소설을 창조해 냈다〉라는 샬롯 모스랜더의 서평에서도 알 수 있듯이, 『앰버의 아홉 왕자』는 일반 독자층의 호의적인 반응을 얻었고, 속편이 계속 발간됨에 따라 SF팬들을 중심으로 열렬한 지지자들을 획득하기에 이르렀다. 앰버 5부작은 표면상으로는 앰버의 왕자인 주인공의 모험을 그린 일종의 피카레스크 소설이다. 그러나 플롯이 반전에 반전을 거듭함에 따라 독자들은 일인칭으로 서술되는 주인공 코윈의 행위가 단순히 물리적 차원에만 국한되는 것이 아니며, 그의 인식이 반드시 객관적 상황의 정확한 반영도 아니라는 사실을 깨닫게 된다. 이 시리즈의 가장 큰 매력 중 하나는 신비주의 연구가인 C. 폰세가 〈형이상학의 용광로〉라고까지 표현했던 타로 카드가 전 시리즈를 통해 중요한 비교적(秘敎的), 상징적 역할을 수행하고 있다는 점이다. 에코나 콜린 윌슨처럼 마법이나 오컬트를 소설의 직접적인 테마로 삼는 경우는 종종 있지만, 젤라즈니만큼이나 그것을 함축적으로 사용하는 경우는 드물다. 특히 처음에는 허구에 불과했던 평행 우주의 아이디어가 세계율(世界律)의 일부로서 점점 사실성을 띠기 시작하는 과정의 묘사는 압권이며, 제3권인 『유니콘의 상징』에서 『오베론의 손』, 『혼돈의 궁정』으로 이어지는 마지막 세 작품은 『신들의 사회』 이래의 최고 걸작이라는 평가를 받고 러시아 어와 히브리 어 등을 포함한 십여 개의 언어로 번역되어 전 세계 수천만 독자들의 사랑을 받기에 이르렀다.

그러나 『앰버』의 상업적 성공은 젤라즈니의 가장 큰 약점인 권력 환상을 부(負)의 방향으로 강화했고, 코윈 이후의 주인공들을 거의 예외 없이 그들 자신의 세계에서 고립시키는 결과를 가져왔다. 가장 현저한 예로 휴고와 네뷸러상의 노벨라 부문을 휩쓴 SF 스릴러 「집행인의 귀향」(1976)을 들 수 있다. 컴퓨터로 완전 관리되는 미래 사회에서 수많은 가명을 사용해서 자신의 정체를 숨긴 다음에야 비로소 〈자유〉를 획득한다는 주인공의 설정은 〈고독한 초인〉의 전통에 입각한 아이디어 SF로서는 훌륭한 작품이지만, 문체상으로는 『앰버의 아홉 왕자』와도 일맥상통하는 건조함이 눈에 띄었다. 이 작품이 높은 평가를 받은 이면에는 1970년대 들어 판타지 창작에 주력했던 젊은 거장의 복귀에 SF계가 환호했다는 사정이 있지만, 젤라즈니 자신은 이미 이 시기에 자신의 작풍이 점점 SF와 판타지의 혼성물*hybrid*에 가까워지고 있다는 사실을 뚜렷하게 자각하고 있었던 것 같다. SF의 학술적 연구와 평론 활동에 적극적으로 임했던 딜레이니와는 달리, 뉴웨이브의 와중에 있었지만 언제나 한 발자국 떨어진 곳에서 자신만의 독특한 영역을 구축하는 데 주력했던 젤라즈니는 자신의 영원한 테마였던 〈신화와 SF의 융합〉의 방법론을 변화시킬 필요를 느끼고 있었다. 뉴웨이브가 소멸한 후, 과학적 정합성을 최우선시하는 하드 SF가 어느 정도 시민권을 얻은 것을 제외하고는 뚜렷한 경향이라고 할 만한 것이 없었던 1970년대 SF계의 폐쇄적인 상황도 그가 변화를 모색하게 된 이유 중 하나였다.[13]

---

13 하드 SF란 과학적 논리의 정합성에 주안점을 둔 SF를 의미하며, 좁은 의미에서는 자연 과학*hard science*의 탐구 대상, 이를테면 천체라든지 자연 현상 등을 소재로 삼은 작품을 가리킨다. 최근에는 유전공학이나 양자역학의 이론이 직접적인 소재가 되는 경향이 있다.

시간 여행을 다룬 매혹적인 소품「로드마크스」(1979)와 엘프(!)의 피를 이어받은 검사/마법사 딜비쉬의 복수를 다룬 연작 판타지『저주받은 자 딜비쉬』시리즈(1981~1982)가 이 시기의 대표작이며, 나바호 족의 신화를 소재로 삼은, 사실상 그가 쓴 마지막 신화 SF라고 할 수 있는 걸작『고양이의 눈』(1982)을 경계로 젤라즈니의 작품 세계는 중기에서 후기로 접어들게 된다. 물론 예전과 마찬가지로 〈신화〉가 화두라는 점에는 변함이 없었지만, 기존 신화를 복선에 깔고 SF적인 해석을 시도했던 초기와는 달리, 젤라즈니 자신의 개인적인 신화를 구축(構築)했다는 것이 1980년대의 작품군(作品群)의 특징이다. 한 가지 흥미로운 것은, 이런 개인화/내면화의 표면에 어릴 적부터 그가 즐겨 읽었던 미국의 장르 판타지, 특히 〈영웅 환상 소설〉로 번역되곤 하는 히로익 판타지에 대한 기호(嗜好)가 드러나 있다는 사실이다. 1985년에 재개된 신『앰버』시리즈가 그렇듯 젤라즈니의 판타지 자체가 이미 히로익 판타지에 접근하고 있었지만, 그의 환상의 모태가 된 것이『반지의 제왕』류의 영국적인 에픽 판타지가 아니라, 톨킨과는 쌍벽을 이루지만 우리 나라에서는 상대적으로 잘 알려져 있지 않은 〈코즈믹 호러〉계열의 작품, 이를테면 윌리엄 호프 호지슨에서 H. P. 러브크래프트,『코난』사가의 작가인 로버트 E. 하워드로 이어지는 〈크틀후 신화 체계〉였다는 점은 기존의 젤라즈니 팬들에게는 신선한 충격으로 다가왔다.[14] 젤라즈

---

14 톨킨이 북구 신화를 모델로 삼았던 것과는 대조적으로, 러브크래프트는 극히 개인적이고, 더 근원적인 공포에 입각한 〈어두운〉 신화의 재래를 시도했다. 크툴후란 인간, 아니 포유류조차 존재하지 않던 태곳적에 지구를 지배했던 외계의 사악한 신들*Great Old Ones* 중 하나이다. 이를 따서 〈크툴후 신화 체계*Cthulhu Mythos*〉로 불리는 그의 작품군은 인간의 종족적 무의식 속에 침잠되어 있는 태고의 공포를 불러일으키고, 인간의 힘으로는 어쩔 수 없는 〈우주적〉인 숙명에 대한 체념과 공포를 묘사하는 것을 골자로 하고 있

니는 날카로운 위트와, 오컬트 및 그 상징체계에 대한 깊은 조예를 종횡무진으로 구사함으로써 선구자들에게서는 찾아보기 힘든, 일종의 〈코즈믹 판타지〉라고 부를 만한 독특한 작풍을 자아냈다. 같은 시기의 단편집 *Unicorn Variations*(1983)와 *Frost and Fire*(1989)는 놀랄 정도로 다양하고 세련된 젤라즈니의 지적 경향을 집대성한 중요한 작품집이다.

초기 젤라즈니의 특징이었던 인간성의 변화에 관한 깊은 고찰은 특유의 스타일을 완전히 확립한 후기에 이르러서는 양자역학에서 정보 테크놀로지를 망라하는 폭넓은 지적 관심으로 대체되었으며, 특히 1980년대 들어 SF계뿐만 아니라 문화계 전반을 휩쓴 〈제2의 뉴웨이브〉 사이버펑크 운동은 『드림 마스터』와 『집행인의 귀환』 등의 선구적인 중편을 통해 사이버네틱스 SF의 가능성을 보여 주었던 그에게는 큰 자극이 되었다. 1991년에 오랫동안 그의 발목을 잡고 있었던 신 『앰버』 시리즈가 (불완전하게나마) 일단락된 후에는, 젤라즈니가 오랜만에 〈참신한ground-breaking〉 SF 장편을 준비하고 있다는 소문이 팬들의 가슴을 설레게 했지만, 1995년 여름에 들려 온 그의 사망 소식에 환상 문학계는 충격을 금하지 못했다.[15] 6월 14일 사망. 향년 58세, 사인은 암이었다. 영미권을 위시한 세계의 SF 잡지들이 앞다투어 추모 특집을 마련했지만, 너무나도 갑작스런 그의 죽음에 당황하고 있는 기색을 숨기지 못했다. 같은 해 미국을 대표하는 SF 평론지인 『로커스*Locus*』 8월호에 실린 여러 동료 작가들의 절절한 추모사는

으며, 후세의 영미 환상 문학 작가들에게 지대한 영향을 끼쳤다.

15 젤라즈니의 반려자이자 동료 작가였던 제인 린즈콜드가, 그의 미완성 유고에 가필 수정해서 출간한 장편으로는 *Donnerjack*(1997)과 *Lord Demon*(1999)이 있지만, 알프레드 베스터의 미완성 장편을 젤라즈니가 완성시킨 사실상의 유작 *Psychoshop*(1998)과는 달리, 질적 양적인 측면에서 그의 작품이라고 하기는 힘들다.

SF계에 그가 얼마나 영속적인 영향을 끼쳤는지, 또 인간적으로도 얼마나 매력적인 인물이었는지를 증명하고 있다. 특히 그는 갓 출판계에 입문한 젊은 후배 작가들에게 물심양면으로 지원을 아끼지 않았고, 어떤 상황에서도 차분함과 유머 감각을 잃지 않는 신사였다. 작가인 조지 R. R. 마틴은 1970년대 중반 작가 지망생들을 위한 워크숍에서 처음으로 젤라즈니를 만났으며, 뉴멕시코 주의 산타페에서 20여 년 동안 돈독한 우정을 쌓았고, 친지들의 부탁을 받고 그의 죽음을 처음으로 SF계에 알렸다. 현재 미국에서 가장 재능 있는 SF/판타지 작가의 한 사람으로 간주되는 마틴은 1980년대에 젤라즈니 작품의 오마주를 썼던 신예 월터 존 윌리엄스와 더불어 그의 문학적인 영향을 가장 강하게 받았다.

로저 젤라즈니가 남긴 50여 편의 작품들 중에서도 중단편집 『전도서에 바치는 장미』는 가장 중요한 위치를 점하고 있으며, 1993년 이래 『신들의 사회』, 『앰버』 시리즈를 포함한 그의 장편들을 한국에 소개해 왔던 필자에게도 개인적인 〈젤라즈니 프로젝트〉의 1기를 마감하는 뜻깊은 책이다. 오리지널 중단편집에는 들어 있지 않은 「캐멀롯의 마지막 수호자」(1979)를 제외하면, 본서는 모두 1960년대에 발표된 초기의 주옥같은 중단편들로 이루어져 있다. 30여 년에 걸친 그의 작가 인생에서도 가장 생동감 넘치고, 창조적이었던 시기에 쓰인 작품들은, 장편만으로는 그 전모를 파악하기 힘들었던 〈중단편 작가〉 젤라즈니의 진면목을 보여 준다고 해도 결코 과장이 아니다. 그의 표현을 빌리자면 〈그때까지 했던 모든 일, 하고 싶거나 하고 싶지 않았던 일, 했으면 좋았을 것이라고 생각하거나, 혹은 안 했으면 좋았을 것이라고 생각했던 일들〉의 총합이라고나 할까.

6. 수록 작품 일람

12월의 열쇠 The Keys to December

문체와 소재에서 장편 『신들의 사회』(1967)를 단편으로 응축시킨 듯한 느낌이며, 〈신성(神性)이란 무엇인가?〉라는 화두를 본격 SF의 배경에 융합시킨 걸작이다. 젤라즈니가 경애해 마지않던 거장 코드웨이너 스미스의 영향이 짙게 느껴지는 점도 흥미롭다. *New Worlds* 1966년 8월호에 게재.

그 얼굴의 문, 그 입의 등잔 The Doors of His Face, the Lamps of His Mouth

질주하는 스토리텔링과 젊디젊은 스타일의 매력이 집약된 걸작. 간결한 대화체와, 화려하지만 절제된 리듬의 산문이 절묘한 균형을 이루고 있다. 제목은 구약성서 욥기에 나오는 〈누가 그 얼굴의 문을 열 수 있을까…… 그 눈은 새벽 눈꺼풀이 열림 같으며 그 입에서는 횃불이 나오고〉라는 구절에서 따온 것이다. 우주 탐사를 통해 이제 상당 부분 실체가 드러난 금성과는 별도의 〈환상적〉인 금성이 등장한다는 점에서 「전도서에 바치는 장미」와도 일맥상통하는 고전 SF에 대한 작가의 경의를 읽을 수 있다. 실제로 젤라즈니는 인터뷰에서 이들 중편이 〈어린 시절 읽었던 에드거 라이스 버로스 및 그 정신적 후계자들에게 바치는 작품〉이었다고 라고 술회하고 있다. *Fantasy & Science Fiction* 1965년 3월호. 네뷸러상 최우수 중편상 수상.

악마 차 Devil Car

젤라즈니가 사랑하던 뉴멕시코의 사막 풍경에 SF의 도구를 외삽한 복수극. 서부극을 방불케 하는 독특한 무대 설정은 훗날 영화화되기도 했던 장편 *Damnation Alley*(1969)에서도 활용된다. 여담이지만 폭력적인 작풍으로 유명한 할란 엘리슨도 단편 *Along the Scenic Route*(1969)에서 이와 유사한 소재를 전혀 다른 시각에서 다루고 있다. *Galaxy* 1965년 6월호.

전도서에 바치는 장미A Rose for Ecclesiastes

미국 SF 협회가 독자들을 대상으로 시행한 인기투표에서, 아시모프의 「나이트폴Nightfall」, 클라크의 「별The Star」, 하인라인의 「지구의 푸른 뫼The Green Hills of Earth」, 키스의 「앨저논에게 바치는 꽃다발Flowers for Algernon」과 함께 최상의 고전으로 뽑힌, 젤라즈니의 대표적 중편. 영문학도로서의 배경이 서정적이면서 현대적인 스토리에 녹아 들어가 있는 것이 특징이다. *F&SF* 1963년 11월호.

괴물과 처녀The Monster and the Maiden

젤라즈니가 쓴 장편(掌篇) 중 하나이다. 〈인식의 변혁〉이라는 소주제는 형태를 바꾸며 젤라즈니의 작품에 거듭 등장하며, 이 작품은 그것을 하나의 응집된 형태로 표현하고 있다. *Galaxy* 1964년 12월호.

이 죽음의 산에서This Mortal Mountain

「그 얼굴의 문, 그 입의 등잔」과도 공통되는 남성적인 무대에서, 〈자연 대 인간〉, 불가지(不可知)와 가지(可知)의 관계 등 그가 즐겨 다루던 테마를 추구한 산악 SF. 마지막 부분에서 역시 〈인식의 전환〉을 통한 아이러니컬한 반전이 이루어진다는 점이 흥미롭다. *The World of If* 1967년 3월호.

수집열 Collector's Fever

프레드릭 브라운 풍의 경묘한 단편. 원래는 작품 전체가 대화체만으로 이루어질 예정이었지만, 결국 마지막 부분에서 작가가 굴복(?)했다는 에피소드가 있다. *Galaxy* 1964년 6월호.

완만한 대왕들 The Great Slow Kings

촌철살인의 유머가 발휘된 단편. 인간성에 대한 시니컬한 시점은 어딘가 스타니스와프 렘의 『욘 티키*Ijon Tichy*』 연작을 연상시킨다. *The World of Tomorrow* 1963년 12월호.

폭풍의 이 순간 This Moment of the Storm

개인적인 관점에서 거시적 테마를 다루는 젤라즈니 특유의 소설 기법이 성숙한 문체를 통해 최상의 결실을 맺고 있다. 특히 레이 브래드베리의 서정적인 우주 소설을 방불케 하는 결말의 노스탤직한 시정(詩情)은 시인 젤라즈니의 면모를 극명하게 보여주고 있다. 냉동 수면을 통한 시간 여행과 불사를 소재로 인간의 변화를 다루고 있다는 점에서, 이보다 2년 앞서서 쓰여진 연애 소설 「마음은 차가운 무덤 The Graveyard Heart」(1964)과 동일 계열의 작품으로 분류된다. 초기 젤라즈니를 대표하는 중편 중 하나. *F&SF* 1966년 6월호.

특별 전시품 A Museum Piece

20세기의 영국 작가 존 콜리어 풍의 기괴한 〈환상〉을 유머러스한, 때로는 사납기까지 한 시니컬한 문체로 풀어쓴 개성적인 단편. *Fantastic* 1963년 6월호.

성스러운 광기 Divine Madness

잘 읽어 보면 일종의 〈연애 소설집〉이라고도 할 수 있는 본서에서도 특히 이채를 띠고 있는 작품이다. 이 단편에서 쓰인 시간 여행의 아이디어는 예로부터 존재했지만, 기교적인 측면에서 그것을 실제로 성공시킨 작가는 젤라즈니와 제임스 팁트리 주니어밖에는 없다는 평가를 받았다(이 두 사람 모두 심리학을 전공했던 것은 결코 우연의 일치가 아니다). 여담이지만 1962년의 데뷔에서 본 단편이 씌어진 1966년 사이에 젤라즈니는 아버지의 죽음과 결혼, 이혼, 재혼 등을 경험했으며 결코 순탄하지만은 않았던 이 시기의 개인적인 체험이 예술적으로 승화된 형태로 여러 중단편들에 녹아 들어가 있는 것을 알 수 있다. *The Magazine of Horror* 1966년 여름호.

코리다Corrida

본서의 「괴물과 처녀」와도 많은 공통점을 가진 변신담이며, 어떤 의미에서는 헤밍웨이의 패러디에 가깝다. *Anubis* 1968년.

사랑은 허수Love Is an Imaginary Number

1970년에 시작된 『앰버』 시리즈의 기본적인 골격은 이미 이 단편이 쓰인 시기부터 젤라즈니의 머릿속에 있었다는 사실을 알 수 있다. 신화와 SF의 결합을 통해, 많은 장편에 공통되는 프로메테우스적 인물상이 거의 원형(元型)에 가까운 형태로 나타난다. *New Worlds* 1966년 1월호.

화이올리를 사랑한 남자The Man Who Loved the Faioli

사랑과 죽음, 불사의 의미를 다룬 환상적인 단편. 젤라즈니의 여성관을 읽을 수 있다는 점이 (그의 당시 심리 상태를 밀접하게 반영하고 있다고 보는 의견도 있지만) 흥미로우며, 분위기 상으로는 이집트 신화를 다룬 장편『빛과 어둠의 존재들*Creatures of Light and Darkness*』(1969)과 인도 신화를 다론『신들의 사회』의 중간 지점에 있다. *Galaxy* 1967년 6월호.

루시퍼Lucifer

러디어드 키플링의 단편 *The Devil and the Deep Sea*(1898)에 촉발 받고 쓴 젤라즈니의 초기 단편이다. 키플링은 과학적인 디테일, 특히 그가 사랑했던 대영제국 확장의 초석이라고도 할 수 있는 선박과 기차를 움직이게 하는 〈기술〉의 묘사에 관심을 보였고, 이것은 과학 기술과 인간의 관계를 다루는 SF의 내러티브와도 밀접한 관련을 가진다. 이 단편에서 젤라즈니는 인간 사회를 이루는 톱니바퀴가 글자 그대로 〈정지〉된 상황의 묘사를 통해 과학 기술적 〈과정〉의 의미를 고찰하고 있다. *The World of Tomorrow* 1964년 6월호. 현대 작가들이 쓴 키플링 풍의 〈과학 소설〉을 모은 앤솔러지 *Heads to the Storm*(1989)에도 수록되었다.

7. 주요 저작 목록

장편

1. *This Immortal*(1966) — 『내 이름은 콘래드』(시공사, 2005).

2. *The Dream Master*(1966) — 중편 *He Who Shapes*를 장편화한 작품.

3. *Isle of the Dead*(1967).

4. *Lord of Light*(1967) — 『신들의 사회』(정신세계사, 1993. 행복한 책읽기, 2003).

5. *Creatures of Light and Darkness*(1969).

6. *Damnation Alley*(1969).

7. *Jack of Shadows*(1971).
8. *Today We Choose Faces*(1973).
9. *To Die in Italbar*(1973) — 3의 자매편.
10. *Bridge of Ashes*(1976).
11. *Doorways in the Sand*(1976).
12. *Deus Irae*(1976) — 필립 K. 딕과 공저.
13. *Roadmarks*(1979).
14. *Changeling*(1980) — 판타지. 폴 데트슨 시리즈 #1.
15. *Madwand*(1981) — 폴 데트슨 시리즈 #2.
16. *The Changing Land*(1981) —『변화의 땅』(너머, 2005). 딜비쉬 연대기 #2.
17. *Dilvish, the Damned*(1982) —『저주받은 자 딜비쉬』(너머, 2005). 딜비쉬 연대기 #1.
18. *Eye of Cat*(1982).
19. *Coils*(1982) — 프레드 세이버헤이겐과 공저.
20. *A Dark Traveling*(1987) — 아동 SF.
21. *Wizard World*(1989) — 14와 15의 합본.
22. *The Black Throne*(1990) — 프레드 세이버헤이겐과 공저.
23. *The Mask of Loki*(1990) — 토머스 T. 토머스와 공저.
24. *Bring Me the Head of Prince Charming*(1991) — 로버트 셰클리와 공저.
25. *Flare*(1992) — 토머스 T. 토머스와 공저.
26. *If at Faust You Don't Succeed*(1993) — 24의 속편. 로버트 셰클리와 공저.
27. *A Night in Lonesome October*(1993) — 판타지.
28. *Wilderness*(1994) — 제럴드 하우스먼과 공저. 역사 소설.

29. *A Farce to Be Reckoned With*(1995) — 27의 속편. 로버트 셰클리와 공저.

30. *Donnerjack*(1997) — 미완성 원고를 제인 린즈콜드가 완성시켜 젤라즈니 사후에 발표한 작품.

31. *Psychoshop*(1998) — 알프레드 베스터의 미완성 장편을 젤라즈니가 완성시킨 작품.

32. *Lord Demon*(1999) — 제인 린즈콜드와 공저. 판타지.

중단편집

1. *Four for Tomorrow*(1967) — 초기 중편 4편을 모은 중편집.

2. *The Doors of His Face, the Lamps of His Mouth and Other Stories*(1971) — 본서. 영국판 제목은 『전도서에 바치는 장미 *A Rose for Ecclesiastes*』.

3. *My Name is Legion*(1976) — *Home is the Hangman*을 포함한 연작 중편집.

4. *The Illustrated Roger Zelazny*(1978) — 중단편집, 화집. 그레이 모로가 삽화를 담당.

5. *The Last Defender of Camelot*(1980) — 중단편집.

6. *Unicorn Variations*(1983) — 단편집.

7. *Frost and Fire*(1989) — 단편집.

8. *Gone to Earth*(1992) — 단편선. *Author's Choice Monthly* 시리즈 #27.

9. *Way Up High/Here There Be Dragons*(1992) — 삽화가 들어간 한정판.

10. *The Last Defender of Camelot*(2002) — 로버트 실버버그가 새로 편집한 중단편집. 5를 상당 부분 침식한 신판.

앰버 연대기

⟨클래식 앰버 시리즈⟩

1. *Nine Princes in Amber*(1970) —『앰버의 아홉 왕자』(예문, 1999).

2. *The Guns of Avalon*(1972) —『아발론의 총』(예문, 1999).

3. *Sign of the Unicorn*(1975) —『유니콘의 상징』(예문, 1999).

4. *The Hand of Oberon*(1976) —『오베론의 손』(예문, 2000).

5. *The Courts of Chaos*(1978) —『혼돈의 궁정』(예문, 2000).

⟨신 앰버 시리즈⟩

6. *Trumps of Doom*(1985).

7. *Blood of Amber*(1986).

8. *Sign of Chaos*(1987).

9. *Knight of Shadows*(1989).

10. *Prince of Chaos*(1991).

시집

1. *Poems*(1974).

2. *When Pussywillows Last in the Catyard Bloomed*(1980).

3. *To Spin is Miracle Cat*(1981).

4. *Hymn to the Sun: An Imitation*(1996).

기타

1. *Roger Zelazny*(1979) — 유년 시절의 친구이자 영문학 교수인 Carl B. Yoke가 쓴 젤라즈니 평론집.

2. *Roger Zelazny*(1986) — 평론가 Theodore Krulik이 쓴 전기, 평론집.

3. *Roger Zelazny*(1993) — 작가이자 90년대의 〈반려자〉였던 Jane Lindskold가 쓴 전기.

4. *Lord of the Fantastic*(1998) — Martin H. Greenberg가 편찬한 젤라즈니 추모 앤솔러지. 로버트 실버버그, 그레고리 벤포드, 존 발리, 월터 존 윌리엄스, 로버트 셰클리, 닐 게이먼 등이 쓴 〈젤라즈니풍〉의 단편들이 각 작가의 개인적인 코멘트와 함께 수록되어 있다.

본서의 텍스트로는 미국 ibooks에서 출간된 *The Doors of His Face, the Lamps of His Mouth and Other Stories*(2001)를 썼다. 〈전도서에 바치는 장미 *A Rose for Ecclesiastes*〉는 영국판 제목이다.

김상훈

로저 젤라즈니 연보

1937년 출생 5월 13일 오하이오 주 클리블랜드에서 폴란드 출신 아버지와 아일랜드계 미국인 어머니 사이에서 태어남.

1943년 6세 오하이오 주 유클리드의 노블 초등학교에 입학. 6학년이 되기 전에 이미 유머 스토리와 시를 쓰기 시작함.

1949년 12세 유클리드의 쇼어 중학교 입학. 젤라즈니 자신이 〈레코드〉라고 이름 붙인 일련의 습작 단편을 씀. 내용은 유머러스한 판타지.

1952년 15세 유클리드 고등학교에 입학. 저널리즘과 소설 작법 과목을 공부하며 「레코드」 습작을 계속함. 12학년이 되던 해에 학교 신문의 편집장으로 취임해서 학생 기자로도 활약.

1953년 16세 『서번』에 첫 번째 단편소설인 「조건부 은전(恩典)」을 발표.

1954년 17세 단편소설 「풀러 씨의 반란」, 「그리고 어둠은 가치 없었다」 및 시 등을 교내 문예지인 『유쿠요』에 발표. 「풀러 씨의 반란」을 상업지인 『리터러리 캐벌케이드』에 게재.

1955년 18세 유클리드 고등학교를 졸업하고 클리블랜드의 웨스턴 리저브 대학교에 입학. 심리학을 전공하여 프로이트, 융, 엘리스 등의 저작에 심취함. 이때에도 시와 소설의 습작을 계속함.

1957년 20세 대학교 영문과에서 수여하는 핀리 포스터 시인상을 수상. 전공을 영문학으로 바꿈. 셰익스피어, 휘트먼, 만, 릴케 및 프랑스의 상징주의 시인들에 관해 연구.

1958년 21세   시 「그림자 없는 사내」와 단편소설 「외부의 징후」를 대학 문예지인 『스카이라인』에 게재.

1959년 22세   웨스턴 리저브 대학교에서 영문학 학사 학위 획득. 뉴욕 컬럼비아 대학교의 비교 영문학 석사 과정에 입학. 제임스 1세 시대의 연극에 관해 연구하며 맨해튼의 문화를 탐방함.

1960년 23세   오하이오 주 방위군에 자원 입대. 반년 동안 텍사스에서 나이키 대공 미사일 요원으로, 그리고 향후 3년간 예비군으로 복무.

1962년 25세   컬럼비아 대학교에서 영문학 석사 학위를 획득. 클리블랜드의 사회 보장국에 취직. 지급 청구 담당자로 근무하며 만난 여러 인간 군상은 훗날 소설의 인물 조형 밑거름이 됨. 독학으로 독일어를 터득함. 첫 번째 SF 단편소설인 「수난극」과 「기사」를 각각 『어메이징』과 『판타스틱』 8월호에 게재. 단편소설 「선생들은 불의 수레바퀴를 탔다」와 「비잔티움의 달 없는 밤에」를 『어메이징』 12월호에 발표하며 본격적으로 SF 소설을 쓰기 시작함.

1963년 26세   「스플레노바로 가는 길」, 「특별 전시품」, 「솔로몬 왕의 반지」, 「마지막 만찬」, 「완만한 대황들」 등의 단편소설을 『어메이징』, 『판타스틱』, 『뉴월즈』에 발표. 해리슨 덴마크라는 필명으로 「스테인리스 스틸 흡혈귀」, 「끔찍한 아름다움」, 「왕국의 나의 것」 등을 발표. 『판타스틱 사이언스 픽션』 7월호에 중편소설 「전도서에 바치는 장미」를 발표해서 평단에 큰 충격을 주고 일약 SF계의 총아로 떠오름.

1964년 27세   9월경 오하이오 주 맨스필드 근교에서 운전 중 교통사고를 당해 중상을 입음. 11월 아버지가 급사. 12월 샤론 스티벌과 결혼. 「마음은 차가운 무덤」, 「수집열」, 「루시퍼」, 「파우스트의 구원」, 「괴물과 처녀」를 발표.

1965년 28세   사회 보장국의 지급 정책관으로 승진해서 볼티모어 지국으로 전근. 중편소설 「형성하는 자」, 「그 얼굴의 문, 그 입의 등잔」,

「복수의 여신」, 판타지 연작인 『딜비쉬』 시리즈의 단편소설 「딜파로 가는 길」, 「셸린데의 노래」를 발표.

1966년 29세 장편소설 『내 이름은 콘래드』로 휴고상 수상. 6월 샤론 스티벌과 이혼한 뒤 주디스(주디) 캘러헌과 재혼. 「형성하는 자」와 「그 얼굴의 문, 그 입의 등잔」으로 각각 네뷸러상 중편상과 중단편상을 수상. 「사랑은 허수」, 「쇼어던의 종」, 「프로스트와 베타」, 「폭풍의 이 순간」, 「12월의 열쇠」, 「신성한 빛」 등을 발표. 이들 중 다수가 휴고상과 네뷸러상 후보에 오름.

1967년 30세 장편소설 『죽은 자의 섬』, 『신들의 사회』를 출간. 중편소설 「파이올리를 사랑한 사내」, 「지옥의 질주」 등을 발표. 미국 SF협회의 서기 및 재무 담당자로 선출.

1968년 31세 『신들의 사회』로 휴고상 최우수 장편상을 수상. 장편소설 『빛의 존재』, 『코리다』를 발표.

1969년 32세 사회 보장국을 퇴직하고 전업 작가가 됨. 「강철 장군」, 「어둠의 존재」, 「루모코 이브」 발표. 이집트 신화를 다룬 SF 장편소설 『빛과 어둠의 존재들』을 발표.

1970년 33세 〈앰버 연대기〉의 제1권인 『앰버의 아홉 왕자』를 출간.

1971년 34세 장남 데빈 출생. 장편소설 『그림자의 잭』과 작품집인 『전도서에 바치는 장미』 출간.

1972년 35세 『아발론의 총』 출간. 장편소설 『죽은 자의 섬』으로 프랑스 과학 소설 협회에서 주관하는 아폴로상 최우수 장편상을 수상.

1973년 36세 중편소설 「크즈왈 '크제' 크 '쿠사일' 크제크」 발표. 장편소설 『오늘날 우리는 얼굴을 고른다』와 『이탈바에서 죽다』 출간.

1974년 37세 중편소설 「하트스프링의 기계」 발표. 워싱턴에서 열린 세계 SF 컨벤션에 주빈 작가로 초청됨. 시집 출간.

1975년 38세 「피와 먼지의 게임」, 「행맨의 귀환」, 「과학 소설의 파라미터: 편중된 의견」을 발표. 장편소설 『유니콘의 상징』을 발표. 중편소설 「행맨의 귀환」으로 네뷸러상 최우수 중편상을 수상. 가족과 함께 볼 티모어에서 뉴멕시코 주 산타페로 이주함.

1976년 39세   차남 조너선 트렌트 출생. 장편소설 『재로 된 다리』, 『모래 속의 문』, 『오베론의 손』, 연작 중편집 『내 이름은 레기온』, 필립 K. 딕과 함께 쓴 『분노의 날』을 출간. 『모래 속의 문』으로 미국 도서관 협회의 최우수 청소년 소설상을, 중편소설 「행맨의 귀환」으로 휴고상 최우수 중편상을 수상.

1977년 40세   『새터데이 이브닝 포스트』에 「상은 없다」를 게재. 영화판 『지옥의 질주』가 미국에서 개봉됨.

1978년 41세   그레이 모로가 삽화를 담당한 『일러스트레이티드 로저 젤라즈니』를 양장판과 반양장판으로 출간. 〈앰버〉 5부작의 대미를 장식하는 『혼돈의 궁정』을 출간, 평단의 찬사를 받음.

1979년 42세   장녀 셰넌 출생.

1980년 43세   중단편 「캐멀롯의 마지막 수호자」로 발로그상 수상.

1982년 45세   장편 신화 SF 『고양이 눈』 출간. 「유니콘 배리에이션」으로 휴고상 중단편 부문 수상.

1985년 48세   새로운 〈앰버〉 시리즈의 제1권인 『악운의 트럼프』를 출간.

1986년 49세   「호쿠사이의 후지산 24경」으로 휴고상 중편 부문 수상.

1987년 50세   「영원한 겨울」로 휴고상 중단편 부문 수상.

1989년 52세   뉴욕의 과학 소설 컨벤션에서 작가인 제인 린즈콜드를 만나 의기투합함. 단편집 『프로스트 앤드 파이어』 출간.

1991년 54세   새로운 〈앰버〉 제5권이자 시리즈 마지막 작품인 『혼돈의 왕자』를 출간.

1993년 56세   러브크래프트적 세계관을 기반으로 한 판타지 『고독한 10월의 밤』을 출간, 독자들과 평단의 호평을 받음. 로스앤젤레스 사이언스 판타지 협회에서 주관하는 포리 작가상을 수상.

1994년 57세   대장암 선고를 받고 화학 요법을 시작함. 6월 자택에서 제인 린즈콜드와 동거를 시작함. 뉴질랜드 등지로 여행을 감. 『앰버』 시리즈의 단편인 「거울 복도」, 「결혼 축가」 등을 완성 장편 SF 『도너잭』과 『로드 데몬』의 집필을 계속함.

1995년 58세   성 빈센트 병원에서 입원 치료 중 6월 14일 이른 오후에 가족과 친구들이 지켜보는 가운데 영면. 유언에 따라 화장되고, 재는 산타페 교외의 산에 뿌려짐.

열린책들 세계문학 011 전도서에 바치는 장미

옮긴이 김상훈 서울에서 태어났다. 환상 문학 평론가이며 열린책들의 〈경계 소설〉 시리즈의 기획을 담당했다. 강수백이라는 필명으로 SF 비평과 번역 분야에서도 활약하고 있다. 번역서로는 로저 젤라즈니의 『별을 쫓는 자』, 『신들의 사회』, 『앰버 연대기』, 윌리엄 호프 호지슨의 『이계의 집』, 밴 다인의 『파일로 밴스의 정의』, 로버트 소여의 『멸종』, 스타니스와프 렘의 『솔라리스』, 로버트 홀드스톡의 『미사고의 숲』, 팀 파워즈의 『시인의 피』 등이 있다.

지은이 로저 젤라즈니 **옮긴이** 김상훈 **발행인** 홍예빈·홍유진
발행처 주식회사 열린책들 **주소** 경기도 파주시 문발로 253 파주출판도시
전화 031-955-4000 **팩스** 031-955-4004 **홈페이지** www.openbooks.co.kr
Copyright (C) 주식회사 열린책들, 2002, 2009, *Printed in Korea*.
ISBN 978-89-329-0925-7 04840 **ISBN** 978-89-329-1499-2 (세트)
발행일 2002년 11월 30일 초판 1쇄 2005년 8월 10일 초판 4쇄 2006년 2월 25일 보급판 1쇄 2008년 8월 30일 보급판 5쇄 2009년 11월 10일 세계문학판 1쇄 2021년 6월 10일 세계문학판 8쇄

이 도서의 국립중앙도서관 출판예정도서목록(CIP)은 서지정보유통지원시스템 홈페이지(http://seoji.nl.go.kr)와 국가자료공동목록시스템(http://www.nl.go.kr/kolisnet)에서 이용하실 수 있습니다.(CIP제어번호: CIP2009003282)

열린책들 세계문학
Open Books World Literature

001 **죄와 벌** 표도르 도스또예프스끼 장편소설 | 홍대화 옮김 | 전2권 | 각 408, 512면

003 **최초의 인간** 알베르 카뮈 장편소설 | 김화영 옮김 | 392면

004 **소설** 제임스 미치너 장편소설 | 윤희기 옮김 | 전2권 | 각 280, 368면

006 **개를 데리고 다니는 부인** 안똔 체호프 소설선집 | 오종우 옮김 | 368면

007 **우주 만화** 이탈로 칼비노 단편집 | 김운찬 옮김 | 416면

008 **댈러웨이 부인** 버지니아 울프 장편소설 | 최애리 옮김 | 296면

009 **어머니** 막심 고리끼 장편소설 | 최윤락 옮김 | 544면

010 **변신** 프란츠 카프카 중단편집 | 홍성광 옮김 | 464면

011 **전도서에 바치는 장미** 로저 젤라즈니 중단편집 | 김상훈 옮김 | 432면

012 **대위의 딸** 알렉산드르 뿌쉬낀 장편소설 | 석영중 옮김 | 240면

013 **바다의 침묵** 베르코르 소설선집 | 이상해 옮김 | 256면

014 **원수들, 사랑 이야기** 아이작 싱어 장편소설 | 김진준 옮김 | 320면

015 **백치** 표도르 도스또예프스끼 장편소설 | 김근식 옮김 | 전2권 | 각 504, 528면

017 **1984년** 조지 오웰 장편소설 | 박경서 옮김 | 392면

019 **이상한 나라의 앨리스** 루이스 캐럴 환상동화 | 머빈 피크 그림 | 최용준 옮김 | 336면

020 **베네치아에서의 죽음** 토마스 만 중단편집 | 홍성광 옮김 | 432면

021 **그리스인 조르바** 니코스 카잔차키스 장편소설 | 이윤기 옮김 | 488면

022 **벚꽃 동산** 안똔 체호프 희곡선집 | 오종우 옮김 | 336면

023 **연애 소설 읽는 노인** 루이스 세풀베다 장편소설 | 정창 옮김 | 192면

024 **젊은 사자들** 어윈 쇼 장편소설 | 정영문 옮김 | 전2권 | 각 416, 408면

026 **젊은 베르테르의 슬픔** 요한 볼프강 폰 괴테 장편소설 | 김인순 옮김 | 240면

027 **시라노** 에드몽 로스탕 희곡 | 이상해 옮김 | 256면

028 **전망 좋은 방** E. M. 포스터 장편소설 | 고정아 옮김 | 352면

029 **까라마조프 씨네 형제들** 표도르 도스또예프스끼 장편소설 | 이대우 옮김 | 전3권 | 각 496, 496, 460면

032 **프랑스 중위의 여자** 존 파울즈 장편소설 | 김석희 옮김 | 전2권 | 각 344면

034 **소립자** 미셸 우엘벡 장편소설 | 이세욱 옮김 | 448면

035 **영혼의 자서전** 니코스 카잔차키스 자서전 | 안정효 옮김 | 전2권 | 각 352, 408면

037 **우리들** 예브게니 자먀찐 장편소설 | 석영중 옮김 | 320면

038 **뉴욕 3부작** 폴 오스터 장편소설 | 황보석 옮김 | 480면

039 **닥터 지바고** 보리스 빠스쩨르나고 장편소설 | 박형규 옮김 | 전2권 | 각 400, 512면

041 **고리오 영감** 오노레 드 발자크 장편소설 | 임희근 옮김 | 456면

042 **뿌리** 알렉스 헤일리 장편소설 | 안정효 옮김 | 전2권 | 각 400, 448면

044 **백년보다 긴 하루** 친기즈 아이뜨마또프 장편소설 | 황보석 옮김 | 560면

045 **최후의 세계** 크리스토프 란스마이어 장편소설 | 장희권 옮김 | 264면

046 **추운 나라에서 돌아온 스파이** 존 르카레 장편소설 | 김석희 옮김 | 368면

047 **산도칸 – 몸프라쳄의 호랑이** 에밀리오 살가리 장편소설 | 유향란 옮김 | 428면

048 **기적의 시대** 보리슬라프 페키치 장편소설 | 이윤기 옮김 | 560면

049 **그리고 죽음** 짐 크레이스 장편소설 | 김석희 옮김 | 224면

050 **세설** 다니자키 준이치로 장편소설 | 송태욱 옮김 | 전2권 | 각 480면

052 **세상이 끝날 때까지 아직 10억 년** 스뜨루가츠끼 형제 장편소설 | 석영중 옮김 | 224면

053 **동물 농장** 조지 오웰 장편소설 | 박경서 옮김 | 208면

054 **캉디드 혹은 낙관주의** 볼테르 장편소설 | 이봉지 옮김 | 232면

055 **도적 떼** 프리드리히 폰 실러 희곡 | 김인순 옮김 | 264면

056 **플로베르의 앵무새** 줄리언 반스 장편소설 | 신재실 옮김 | 320면

057 **악령** 표도르 도스또예프스끼 장편소설 | 박혜경 옮김 | 전3권 | 각 328, 408, 528면

060 **의심스러운 싸움** 존 스타인벡 장편소설 | 윤희기 옮김 | 340면

061 **몽유병자들** 헤르만 브로흐 장편소설 | 김경연 옮김 | 전2권 | 각 568, 544면

063 **몰타의 매** 대실 해밋 장편소설 | 고정아 옮김 | 304면

064 **마야꼬프스끼 선집** 블라지미르 마야꼬프스끼 선집 | 석영중 옮김 | 384면

065 **드라큘라** 브램 스토커 장편소설 | 이세욱 옮김 | 전2권 | 각 340, 344면

067 **서부 전선 이상 없다** 에리히 마리아 레마르크 장편소설 | 홍성광 옮김 | 336면

068 **적과 흑** 스탕달 장편소설 | 임미경 옮김 | 전2권 | 각 432, 368면

070 **지상에서 영원으로** 제임스 존스 장편소설 | 이종인 옮김 | 전3권 | 각 396, 380, 496면

073 **파우스트** 요한 볼프강 폰 괴테 희곡 | 김인순 옮김 | 568면

074 **쾌걸 조로** 존스턴 매컬리 장편소설 | 김훈 옮김 | 316면

075 **거장과 마르가리따** 미하일 불가꼬프 장편소설 | 홍대화 옮김 | 전2권 | 각 364, 328면

077 **순수의 시대** 이디스 워튼 장편소설 | 고정아 옮김 | 448면

078 **검의 대가** 아르투로 페레스 레베르테 장편소설 | 김수진 옮김 | 384면

079 **예브게니 오네긴** 알렉산드르 뿌쉬낀 운문소설 | 석영중 옮김 | 328면

080 **장미의 이름** 움베르토 에코 장편소설 | 이윤기 옮김 | 전2권 | 각 440, 448면

082 **향수** 파트리크 쥐스킨트 장편소설 | 강명순 옮김 | 384면

083 **여자를 안다는 것** 아모스 오즈 장편소설 | 최창모 옮김 | 280면

084 **나는 고양이로소이다** 나쓰메 소세키 장편소설 | 김난주 옮김 | 544면

085 **웃는 남자** 빅토르 위고 장편소설 | 이형식 옮김 | 전2권, 각 472, 496면

087 **아웃 오브 아프리카** 카렌 블릭센 장편소설 | 민승남 옮김 | 480면

088 **무엇을 할 것인가** 니꼴라이 체르니셰프스끼 장편소설 | 서정록 옮김 | 전2권, 각 360, 404면

090 **도나 플로르와 그녀의 두 남편** 조르지 아마두 장편소설 | 오숙은 옮김 | 전2권, 각 408, 308면

092 **미사고의 숲** 로버트 홀드스톡 장편소설 | 김상훈 옮김 | 424면

093 **신곡** 단테 알리기에리 장편서사시 | 김운찬 옮김 | 전3권, 각 292, 296, 328면

096 **교수** 샬럿 브론테 장편소설 | 배미영 옮김 | 368면

097 **노름꾼** 표도르 도스또예프스끼 장편소설 | 이재필 옮김 | 320면

098 **하워즈 엔드** E. M. 포스터 장편소설 | 고정아 옮김 | 512면

099 **최후의 유혹** 니코스 카잔차키스 장편소설 | 안정효 옮김 | 전2권, 각 408면

101 **키리냐가** 마이크 레스닉 장편소설 | 최용준 옮김 | 464면

102 **바스커빌가의 개** 아서 코넌 도일 장편소설 | 조영학 옮김 | 264면

103 **버마 시절** 조지 오웰 장편소설 | 박경서 옮김 | 408면

104 **10 1/2장으로 쓴 세계 역사** 줄리언 반스 장편소설 | 신재실 옮김 | 464면

105 **죽음의 집의 기록** 표도르 도스또예프스끼 장편소설 | 이덕형 옮김 | 528면

106 **소유** 앤토니어 수전 바이어트 장편소설 | 윤희기 옮김 | 전2권, 각 440, 488면

108 **미성년** 표도르 도스또예프스끼 장편소설 | 이상룡 옮김 | 전2권, 각 512, 544면

110 **성 앙투안느의 유혹** 귀스타브 플로베르 희곡소설 | 김용은 옮김 | 584면

111 **밤으로의 긴 여로** 유진 오닐 희곡 | 강유나 옮김 | 240면

112 **마법사** 존 파울즈 장편소설 | 정영문 옮김 | 전2권, 각 512, 552면

114 **스쩨빤치꼬보 마을 사람들** 표도르 도스또예프스끼 장편소설 | 변현태 옮김 | 416면

115 **플랑드르 거장의 그림** 아르투로 페레스 레베르테 장편소설 | 정창 옮김 | 512면

116 **분신** 표도르 도스또예프스끼 장편소설 | 석영중 옮김 | 288면

117 **가난한 사람들** 표도르 도스또예프스끼 장편소설 | 석영중 옮김 | 256면

118 **인형의 집** 헨리크 입센 희곡 | 김창화 옮김 | 272면

119 **영원한 남편** 표도르 도스또예프스끼 장편소설 | 정명자 외 옮김 | 448면

120 **알코올** 기욤 아폴리네르 시집 | 황현산 옮김 | 352면

121 **지하로부터의 수기** 표도르 도스또예프스끼 장편소설 | 계동준 옮김 | 256면

122 **어느 작가의 오후** 페터 한트케 중편소설 | 홍성광 옮김 | 160면

123 **아저씨의 꿈** 표도르 도스또예프스끼 장편소설 ǀ 박종소 옮김 ǀ 312면

124 **네또츠까 네즈바노바** 표도르 도스또예프스끼 장편소설 ǀ 박재만 옮김 ǀ 316면

125 **곤두박질** 마이클 프레인 장편소설 ǀ 최용준 옮김 ǀ 528면

126 **백야 외** 표도르 도스또예프스끼 소설선집 ǀ 석영중 외 옮김 ǀ 408면

127 **살라미나의 병사들** 하비에르 세르카스 장편소설 ǀ 김창민 옮김 ǀ 304면

128 **뻬쩨르부르그 연대기 외** 표도르 도스또예프스끼 소설선집 ǀ 이항재 옮김 ǀ 296면

129 **상처받은 사람들** 표도르 도스또예프스끼 장편소설 ǀ 윤우섭 옮김 ǀ 전2권 ǀ 각 296, 392면

131 **악어 외** 표도르 도스또예프스끼 소설선집 ǀ 박혜경 외 옮김 ǀ 312면

132 **허클베리 핀의 모험** 마크 트웨인 장편소설 ǀ 윤교찬 옮김 ǀ 416면

133 **부활** 레프 똘스또이 장편소설 ǀ 이대우 옮김 ǀ 전2권 ǀ 각 308, 416면

135 **보물섬** 로버트 루이스 스티븐슨 장편소설 ǀ 머빈 피크 그림 ǀ 최용준 옮김 ǀ 360면

136 **천일야화** 앙투안 갈랑 엮음 ǀ 임호경 옮김 ǀ 전6권 ǀ 각 336, 328, 372, 392, 344, 320면

142 **아버지와 아들** 이반 뚜르게네프 장편소설 ǀ 이상원 옮김 ǀ 328면

143 **오만과 편견** 제인 오스틴 장편소설 ǀ 원유경 옮김 ǀ 480면

144 **천로 역정** 존 버니언 우화소설 ǀ 이동일 옮김 ǀ 432면

145 **대주교에게 죽음이 오다** 윌라 캐더 장편소설 ǀ 윤명옥 옮김 ǀ 352면

146 **권력과 영광** 그레이엄 그린 장편소설 ǀ 김연수 옮김 ǀ 384면

147 **80일간의 세계 일주** 쥘 베른 장편소설 ǀ 고정아 옮김 ǀ 352면

148 **바람과 함께 사라지다** 마거릿 미첼 장편소설 ǀ 안정효 옮김 ǀ 전3권 ǀ 각 616, 640, 640면

151 **기탄잘리** 라빈드라나트 타고르 시집 ǀ 장경렬 옮김 ǀ 224면

152 **도리언 그레이의 초상** 오스카 와일드 장편소설 ǀ 윤희기 옮김 ǀ 384면

153 **레우코와의 대화** 체사레 파베세 희곡소설 ǀ 김운찬 옮김 ǀ 280면

154 **햄릿** 윌리엄 셰익스피어 희곡 ǀ 박우수 옮김 ǀ 256면

155 **맥베스** 윌리엄 셰익스피어 희곡 ǀ 권오숙 옮김 ǀ 176면

156 **아들과 연인** 데이비드 허버트 로런스 장편소설 ǀ 최희섭 옮김 ǀ 전2권 ǀ 각 464, 432면

158 **그리고 아무 말도 하지 않았다** 하인리히 뵐 장편소설 ǀ 홍성광 옮김 ǀ 272면

159 **미덕의 불운** 싸드 장편소설 ǀ 이형식 옮김 ǀ 248면

160 **프랑켄슈타인** 메리 W. 셸리 장편소설 ǀ 오숙은 옮김 ǀ 320면

161 **위대한 개츠비** 프랜시스 스콧 피츠제럴드 장편소설 ǀ 한애경 옮김 ǀ 280면

162 **아Q정전** 루쉰 중단편집 ǀ 김태성 옮김 ǀ 320면

163 **로빈슨 크루소** 대니얼 디포 장편소설 ǀ 류경희 옮김 ǀ 456면

164 **타임머신** 허버트 조지 웰스 소설선집 ǀ 김석희 옮김 ǀ 304면

165 **제인 에어** 샬럿 브론테 장편소설 | 이미선 옮김 | 전2권 | 각 392, 384면

167 **풀잎** 월트 휘트먼 시집 | 허현숙 옮김 | 280면

168 **표류자들의 집** 기예르모 로살레스 장편소설 | 최유정 옮김 | 216면

169 **배빗** 싱클레어 루이스 장편소설 | 이종인 옮김 | 520면

170 **이토록 긴 편지** 마리아마 바 장편소설 | 백선희 옮김 | 192면

171 **느릅나무 아래 욕망** 유진 오닐 희곡 | 손동호 옮김 | 168면

172 **이방인** 알베르 카뮈 장편소설 | 김예령 옮김 | 208면

173 **미라마르** 나기브 마푸즈 장편소설 | 허진 옮김 | 288면

174 **지킬 박사와 하이드 씨** 로버트 루이스 스티븐슨 소설선집 | 조영학 옮김 | 320면

175 **루진** 이반 뚜르게네프 장편소설 | 이항재 옮김 | 264면

176 **피그말리온** 조지 버나드 쇼 희곡 | 김소임 옮김 | 256면

177 **목로주점** 에밀 졸라 장편소설 | 유기환 옮김 | 전2권 | 각 336면

179 **엠마** 제인 오스틴 장편소설 | 이미애 옮김 | 전2권 | 각 336, 360면

181 **비숍 살인 사건** S. S. 밴 다인 장편소설 | 최인자 옮김 | 464면

182 **우신예찬** 에라스무스 풍자문 | 김남우 옮김 | 296면

183 **하자르 사전** 밀로라드 파비치 장편소설 | 신현철 옮김 | 488면

184 **테스** 토머스 하디 장편소설 | 김문숙 옮김 | 전2권 | 각 392, 336면

186 **투명 인간** 허버트 조지 웰스 장편소설 | 김석희 옮김 | 288면

187 **93년** 빅토르 위고 장편소설 | 이형식 옮김 | 전2권 | 각 288, 360면

189 **젊은 예술가의 초상** 제임스 조이스 장편소설 | 성은애 옮김 | 384면

190 **소네트집** 윌리엄 셰익스피어 연작시집 | 박우수 옮김 | 200면

191 **메뚜기의 날** 너새니얼 웨스트 장편소설 | 김진준 옮김 | 280면

192 **나사의 회전** 헨리 제임스 중편소설 | 이승은 옮김 | 256면

193 **오셀로** 윌리엄 셰익스피어 희곡 | 권오숙 옮김 | 216면

194 **소송** 프란츠 카프카 장편소설 | 김재혁 옮김 | 376면

195 **나의 안토니아** 윌라 캐더 장편소설 | 전경자 옮김 | 368면

196 **자성록** 마르쿠스 아우렐리우스 명상록 | 박민수 옮김 | 240면

197 **오레스테이아** 아이스킬로스 비극 | 두행숙 옮김 | 336면

198 **노인과 바다** 어니스트 헤밍웨이 소설선집 | 이종인 옮김 | 320면

199 **무기여 잘 있거라** 어니스트 헤밍웨이 장편소설 | 이종인 옮김 | 464면

200 **서푼짜리 오페라** 베르톨트 브레히트 희곡선집 | 이은희 옮김 | 320면

201 **리어 왕** 윌리엄 셰익스피어 희곡 | 박우수 옮김 | 224면

202 **주홍 글자** 너대니얼 호손 장편소설 | 곽영미 옮김 | 360면
203 **모히칸족의 최후** 제임스 페니모어 쿠퍼 장편소설 | 이나경 옮김 | 512면
204 **곤충 극장** 카렐 차페크 희곡선집 | 김선형 옮김 | 360면
205 **누구를 위하여 종은 울리나** 어니스트 헤밍웨이 장편소설 | 이종인 옮김 | 전2권 | 각 416, 400면
207 **타르튀프** 몰리에르 희곡선집 | 신은영 옮김 | 416면
208 **유토피아** 토머스 모어 소설 | 전경자 옮김 | 288면
209 **인간과 초인** 조지 버나드 쇼 희곡 | 이후지 옮김 | 320면
210 **페드르와 이폴리트** 장 라신 희곡 | 신정아 옮김 | 200면
211 **말테의 수기** 라이너 마리아 릴케 장편소설 | 안문영 옮김 | 320면
212 **등대로** 버지니아 울프 장편소설 | 최애리 옮김 | 328면
213 **개의 심장** 미하일 불가꼬프 중편소설집 | 정연호 옮김 | 352면
214 **모비 딕** 허먼 멜빌 장편소설 | 강수정 옮김 | 전2권 | 각 464, 488면
216 **더블린 사람들** 제임스 조이스 단편소설집 | 이강훈 옮김 | 336면
217 **마의 산** 토마스 만 장편소설 | 윤순식 옮김 | 전3권 | 각 496, 488, 512면
220 **비극의 탄생** 프리드리히 니체 | 김남우 옮김 | 320면
221 **위대한 유산** 찰스 디킨스 장편소설 | 류경희 옮김 | 전2권 | 각 432, 448면
223 **사람은 무엇으로 사는가** 레프 똘스또이 소설선집 | 윤새라 옮김 | 464면
224 **자살 클럽** 로버트 루이스 스티븐슨 소설선집 | 임종기 옮김 | 272면
225 **채털리 부인의 연인** 데이비드 허버트 로런스 장편소설 | 이미선 옮김 | 전2권 | 각 336, 328면
227 **데미안** 헤르만 헤세 장편소설 | 김인순 옮김 | 264면
228 **두이노의 비가** 라이너 마리아 릴케 시 선집 | 손재준 옮김 | 504면
229 **페스트** 알베르 카뮈 장편소설 | 최윤주 옮김 | 432면
230 **여인의 초상** 헨리 제임스 장편소설 | 정상준 옮김 | 전2권 | 각 520, 544면
232 **성** 프란츠 카프카 장편소설 | 이재황 옮김 | 560면
233 **차라투스트라는 이렇게 말했다** 프리드리히 니체 산문시 | 김인순 옮김 | 464면
234 **노래의 책** 하인리히 하이네 시집 | 이재영 옮김 | 384면
235 **변신 이야기** 오비디우스 서사시 | 이종인 옮김 | 632면
236 **안나 까레니나** 레프 똘스또이 장편소설 | 이명현 옮김 | 전2권 | 각 800, 736면
238 **이반 일리치의 죽음 · 광인의 수기** 레프 똘스또이 중단편집 | 석영중 · 정지원 옮김 | 232면
239 **수레바퀴 아래서** 헤르만 헤세 장편소설 | 강명순 옮김 | 272면
240 **피터 팬** J. M. 배리 장편소설 | 최용준 옮김 | 272면
241 **정글 북** 러디어드 키플링 중단편집 | 오숙은 옮김 | 272면

242 **한여름 밤의 꿈** 윌리엄 셰익스피어 희곡 | 박우수 옮김 | 160면

243 **좁은 문** 앙드레 지드 장편소설 | 김화영 옮김 | 264면

244 **모리스** E. M. 포스터 장편소설 | 고정아 옮김 | 408면

245 **브라운 신부의 순진** 길버트 키스 체스터턴 단편집 | 이상원 옮김 | 336면

246 **각성** 케이트 쇼팽 장편소설 | 한애경 옮김 | 272면

247 **뷔히너 전집** 게오르크 뷔히너 지음 | 박종대 옮김 | 400면

248 **디미트리오스의 가면** 에릭 앰블러 장편소설 | 최용준 옮김 | 424면

249 **베르가모의 페스트 외** 옌스 페테르 야콥센 중단편 전집 | 박종대 옮김 | 208면

250 **폭풍우** 윌리엄 셰익스피어 희곡 | 박우수 옮김 | 176면

251 **어셴든, 영국 정보부 요원** 서머싯 몸 연작 소설집 | 이민아 옮김 | 416면

252 **기나긴 이별** 레이먼드 챈들러 장편소설 | 김진준 옮김 | 600면

253 **인도로 가는 길** E. M. 포스터 장편소설 | 민승남 옮김 | 552면

254 **올랜도** 버지니아 울프 장편소설 | 이미애 옮김 | 376면

255 **시지프 신화** 알베르 카뮈 지음 | 박언주 옮김 | 264면

256 **조지 오웰 산문선** 조지 오웰 지음 | 허진 옮김 | 424면

257 **로미오와 줄리엣** 윌리엄 셰익스피어 희곡 | 도해자 옮김 | 200면

258 **수용소군도** 알렉산드르 솔제니찐 기록문학 | 김학수 옮김 | 전6권 | 각 460면 내외

264 **스웨덴 기사** 레오 페루츠 장편소설 | 강명순 옮김 | 336면

265 **유리 열쇠** 대실 해밋 장편소설 | 홍성영 옮김 | 328면

266 **로드 짐** 조지프 콘래드 장편소설 | 최용준 옮김 | 608면

267 **푸코의 진자** 움베르토 에코 장편소설 | 이윤기 옮김 | 전3권 | 각 392, 384, 416면

270 **공포로의 여행** 에릭 앰블러 장편소설 | 최용준 옮김 | 376면

271 **심판의 날의 거장** 레오 페루츠 장편소설 | 신동화 옮김 | 264면

272 **에드거 앨런 포 단편선** 에드거 앨런 포 지음 | 김석희 옮김 | 392면

각 권 12,800~15,800원